JÚLIO VERNE

20 MIL LÉGUAS SUBMARINAS

vitrola

Direção Editorial
Suzanne Borela

Tradução
Maitê Dietze

Diagramação
Manoela Dourado

Revisão
Tayná Werlang De Carli

Assistente Editorial
Alana Fernandes

A ortografia deste livro segue o Acordo Ortográfico da Língua Portuguesa.

Dados Internacionais de Catalogação na Publicação (CIP)
(Câmara Brasileira do Livro, SP, Brasil)

Verne, Júlio, 1828-1905
20 mil léguas submarinas / Júlio Verne ; tradução Maitê Dietze. -- 1. ed. -- Frederico Westphalen, RS : Vitrola Editora, 2024.

Título original: Vingt mille lieues sous les mers.
ISBN 978-65-6030-030-9

1. Ficção francesa I. Título.

24-213847 CDD-843

Índices para catálogo sistemático:
1. Ficção : Literatura francesa 843

Tábata Alves da Silva - Bibliotecária - CRB-8/9253

Vitrola Editora e Distribuidora Ltda.
Rua das Camélias, 321 — Aparecida — CEP: 98400-000
Frederico Westphalen — RS
Tel.: (55) 3744-6878 — www.vitrola.com.br

SUMÁRIO

PRIMEIRA PARTE

SEGUNDA PARTE

JÚLIO VERNE

O romancista e entusiasta da ciência Jules Gabriel Verne, ou Júlio Verne, foi um grande autor francês, considerado um dos pioneiros das narrativas de ficção científica. Dono de uma imaginação surpreendente, o escritor unia a sua curiosidade a uma busca incansável por conhecimento. Lia, todos os dias, enciclopédias e periódicos, potencializando sua mente culta e erudita. Assim, apesar de que a ciência ainda caminhava com passos curtos no século XIX, a partir da associação dos seus estudos com a fantasia, pôde prever grandes invenções e inspirar, cada vez mais, a valorização tanto da ciência, quanto do avanço tecnológico.

Em suas mais de 100 obras, Verne imaginou e deu vida ao progresso científico, antecipando criações como a do submarino, da televisão e das viagens espaciais. Estava imerso em uma geração que atribuía à ciência o poder de explorar um novo mundo, mas faltava aos outros a capacidade de acreditar fielmente que era possível encontrá-lo. Então, assumiu o papel de imortalizar a caminhada ao desenvolvimento e de narrar as utopias dessa era.

Contudo, o destino do gênio da ficção não esteve sempre alinhado com o romance. Nascido em fevereiro de 1828, na cidade de Nantes, região oeste da França, Júlio Verne foi criado pelos pais, Pierre Verne e Sophie Alotte de la Fuÿe. Seu pai era uma autoridade judiciária e sonhava que o filho seguisse seus passos. Desse modo, aos dezesseis anos passou a estudar filosofia e retórica no Liceu da província, espécie de estudo secundário. Após isso, começou, de fato, a estudar direito, como era a vontade do pai.

Porém, em segundo plano, a escrita dava os seus sinais, em celebrações familiares a alegria era transformada em poemas. O autor afirmou que desde seus doze anos já tinha carinho pelos versos, uma paixão que revelava a sua personalidade e o seu lado mais humano. Um caderno com poemas inéditos acumulados ao longo de sua adolescência foi resultado desses momentos, mas teve sua publicação póstuma, em 1989.

Outrossim, no início dos anos 50 deu continuidade aos estudos jurídicos em Paris, mas a vontade de escrever aumentava a cada dia. Ao contrário do que seu pai esperava, Júlio começou a escrever pequenas narrativas e peças de teatro. Esse comportamento aborreceu Pierre Verne, que cortou o apoio financeiro ao filho. Nesse contexto, o francês conheceu Alexandre Dumas, autor de "O Conde de Monte Cristo", que o apoiou e investiu em uma de suas peças. A comédia "As Palhas Rompidas" estreou no Teatro Histórico, também na capital da França, firmando a parceria entre os dois escritores.

Em 1857, casou-se com Honorine de Viane, viúva que morava em Amiens, mas só quatorze anos depois mudou-se para a cidade da esposa. Júlio e Honorine tiveram um filho, Michel Verne, e criaram as duas filhas do primeiro casamento dela, Louise e Suzanne Morel.

Na vida profissional, abandonou por completo a carreira de advogado e mergulhou ainda mais fundo na escrita, inspirado, principalmente, por Victor Hugo e Edgar Allan Poe. Em 1862, escreveu um ensaio para a "Musée des familles", revista literária, a respeito de Poe, e afirmou que o contista "moveu os limites do impossível" criando um gênero literário único, do qual só ele tinha o segredo.

Nesse viés, inspirado a também criar obras inesquecíveis, escreveu o romance "Voyage en l'air", mais tarde intitulado "Cinq semaines en ballon" (Cinco Semanas em um Balão). Deu, então, um grande passo em sua carreira, conheceu o editor Pierre-Jules Hetzel. Assinou um contrato de exclusividade com Hetzel e publicou o seu primeiro livro em 1863, obra que lhe rendeu mais de 76 mil cópias vendidas ainda em vida.

A segunda obra da coleção a ser publicada foi "Viagem ao Centro da Terra", em 1864, que narra a épica aventura do professor

Otto Lidenbrock e seu sobrinho Axel. No ano seguinte, devido ao grande sucesso, Verne assinou um novo contrato com o editor, garantindo a publicação de ao menos três livros por ano. Na mesma editora, o escritor ganhou destaque também ao codirigir a "Revista de Educação e de Recreação", um periódico literário voltado ao público infantil e que tinha o fito de universalizar a educação e combater as desigualdades sociais.

O autor, pessoalmente, ficou mais ligado à família e foi desprendendo-se da vida boêmia de Paris. Comprou seu primeiro barco, Saint-Michel, e designou o filho como capitão. Desse modo, retomou o interesse de infância pelo mar, que nutria ao morar às margens do rio Loire, e também fez mais viagens pelo mundo.

Júlio Verne viveu o auge da glória profissional entre 1872 e 1886, tendo muito êxito em suas publicações literárias. Enquanto aproveitava o sucesso, passou a integrar a Academia de Amiens e a Sociedade Industrial, além de fazer parte do Conselho do Teatro e de ser eleito para o Conselho Municipal de Amiens. Porém, em 1886, morreu seu editor e grande amigo, Hetzel, o que deixou o autor muito abalado.

Ainda, no mesmo ano da morte de seu amigo, foi baleado duas vezes por um sobrinho com distúrbios mentais. Tal fato reduziu sua mobilidade e capacidade de se aventurar, então, passou a morar em uma casa menor e viver uma vida simples. Também perdeu, nesse período, os pais e o irmão, o que trouxe à tona uma escrita mais dramática e sombria.

Nesse sentido, já debilitado pelo atentado de seu sobrinho, sofria também com catarata, diabetes e reumatismo avançado. Em 24 de março de 1905, aos 77 anos, Jules Gabriel Verne reuniu seus familiares, abriu pela última vez um de seus livros e faleceu.

O autor de "Viagem ao Centro da Terra" teve uma vida repleta de aventuras e deixou como legado que: "Não há nada impossível; há só vontades mais ou menos enérgicas". E conseguiu, através da escrita, provar que possuía uma personalidade enérgica e sonhadora, capaz de criar mundos da ficção, que nos fazem duvidar dos limites do que é real.

PRIMEIRA PARTE

CAPÍTULO I

Um recife móvel

O ano de 1866 foi marcado por um evento bizarro, um fenômeno inexplicado e inexplicável que provavelmente ninguém esqueceu. Sem falar dos rumores que agitaram as populações dos portos e tumultuaram a mente do público no interior dos continentes, os trabalhadores do mar ficaram particularmente atordoados. Mercantes, armadores, capitães, comandantes e mestres da Europa e da América, oficiais das marinhas de todos os países e, depois deles, os governos dos vários estados dos dois continentes, ficaram preocupados ao extremo com o fato.

Vários navios vinham encontrando, já há algum tempo, "uma coisa enorme" no mar, um objeto longo, fusiforme, às vezes fosforescente, infinitamente maior e mais rápido do que uma baleia.

Os fatos relacionados a essa aparição, registrados em diversos diários de bordo, eram bastante consistentes no que tange à estrutura do objeto ou ser em questão, da incrível velocidade de seus movimentos, do seu surpreendente poder de locomoção e da vida particular de que parecia ser dotado. Se se tratasse de um cetáceo, superaria em tamanho todos os que a ciência havia classificado até então. Nem Cuvier, nem Lacépède, nem Duméril, nem Sr. de Quatrefages teriam admitido a existência de tal monstro — a menos que o tivessem visto com seus próprios olhos especialistas.

Na média das observações feitas em várias ocasiões — rejeitando as estimativas tímidas que davam ao objeto um comprimento de duzentos pés, bem como as opiniões exageradas que diziam ter uma milha de largura e três pés de comprimento — poderíamos afirmar, no entanto, que aquele ser fenomenal excedia em muito todas as dimensões até então aceitas pelos ictiólogos — se é que existisse.

Ora, ele existia; não há mais como negar o fato e, com a propensão do cérebro humano para o maravilhoso, é compreensível a emoção gerada em todo o mundo por essa aparição sobrenatural. E podia-se renunciar da intenção de jogá-la no cesto das fábulas.

De fato, em 20 de julho de 1866, o navio a vapor *Governor Higginson*, da Calcutta and Burnach-Steam Navigation Company, encontrou essa massa em movimento a cinco milhas a leste da costa australiana. A princípio, o capitão Baker acreditou estar na presença de um recife desconhecido; estava mesmo se preparando para determinar sua localização exata, quando duas colunas de água, projetadas pelo objeto inexplicável, se lançaram sibilando a cento e cinquenta pés no ar. Portanto, a menos que esse recife estivesse sujeito à expansão intermitente de um gêiser, o *Governor Higginson* estava realmente lidando com algum mamífero aquático até então desconhecido, que ejeta colunas de água misturadas com ar e vapor através de seus orifícios.

Um avistamento semelhante também foi observado em 23 de julho do mesmo ano, nos mares do Pacífico, pelo *Cristóbal Colón*, da West India e Pacific Steam Navigation Company. Portanto, esse extraordinário cetáceo podia viajar de um lugar para outro com uma velocidade surpreendente, já que, com três dias de diferença, o *Governor Higginson* e o *Cristóbal Colón* o observaram em dois pontos do mapa separados por uma distância de mais de setecentas léguas náuticas.

Quinze dias depois, a duas mil léguas de distância, o *Helvetia* da Compagnie Nationale e o Shannon da Royal Mail, navegando um contra o outro no Atlântico, entre os Estados Unidos e a Europa, avistaram o monstro a 42° 15' de latitude norte e 60° 35' de longitude a oeste do meridiano de Greenwich. Nesse avistamento simultâneo, julgou-se possível estimar o comprimento mínimo do mamífero em mais de 106 metros, já que o *Shannon* e o *Helvetia* eram menores do que ele, embora medissem cem metros da proa à popa. Ora, as maiores baleias, que habitam as Ilhas Aleutas, a Kulammak e a Umgullick, nunca ultrapassaram o comprimento de 56 metros — se é que chegavam a alcançá-lo.

Esses relatos sucessivos, novas observações feitas a bordo do transatlântico *Le Péreire*, uma colisão entre o transatlântico *Etna*, da Inman Line, e o monstro, um relatório elaborado pelos oficiais da fragata francesa *La Normandie* e uma recuperação muito séria obtida pela equipe do Comodoro Fitz-James a bordo do *Lord Clyde*, afetaram profundamente a opinião pública. Nas regiões de humor leve, o fenômeno virou piada, mas nas culturas graves e práticas, a preocupação era intensa.

Em todos os quadrantes, o monstro virou moda; era cantado nos cafés, ridicularizado nos jornais e representado nos teatros. A vaca foi ordenhada até a última gota. Todas as criaturas imaginárias e gigantescas, desde a baleia branca, o terrível Moby Dick das regiões hiperbóreas, até o absurdo Kraken, cujos tentáculos podem envolver um navio de 500 toneladas e arrastá-lo para o fundo do oceano, reapareceram nos jornais — de pouca tiragem. Chegaram a reproduzir registros da antiguidade, as opiniões de Aristóteles e Plínio, que admitiam a existência desses monstros, depois os relatos noruegueses do bispo Pontoppidan, de Paul Heggede e, finalmente, os do Sr. Harrington, cuja boa-fé não pode ser questionada quando afirmou ter visto, a bordo do *Castillan*, em 1857, uma enorme serpente que até então nunca tinha aparecido senão nos mares do velho Constitutionnel.

Então eclodiu a interminável querela entre crédulos e incrédulos das sociedades eruditas e revistas científicas. O "enigma do monstro" fez com que se gastasse saliva e papel, e os jornalistas que se profissionalizavam em ciência, em combate com os que se dedicam às questões do espírito, derramaram torrentes de tinta durante essa campanha memorável; alguns chegaram a derramar duas ou três gotas de sangue, pois da serpente marinha lhes despertava as personalidades mais ofensivas.

Por seis meses a fio, a guerra continuou em sorte variada. Dos artigos do Instituto Geográfico do Brasil, da Academia Real de Ciências de Berlim, da Associação Britânica, da *Smithsonian Institution de Washington*, às discussões em *The Indian Archipelago*, no *Cosmos* do Abbé Moigno, no *Mittheilungen* de Petermann, nas colunas científicas dos principais jornais da França e do exterior, a pequena imprensa respondeu com verve inesgotável. Os escritores espirituosos parodiaram uma palavra de Linnaeus, citada pelos oponentes do monstro, e sustentaram que *a natureza não faz tolos*, e conclamaram seus contemporâneos a não contradizer a natureza ao admitir a existência de Krakens, serpentes marinhas, Moby Dick e outras fantasias de marinheiros delirantes. Finalmente, em um artigo publicado em um jornal satírico muito temido, o mais amado de seus redatores, com base em tudo isso, derrubou o monstro, como Hipólito, deu-lhe um último golpe e acabou com ele em meio a uma explosão de risadas gerais. A troça vencera a ciência.

Durante os primeiros meses de 1867, a questão aparentava estar enterrada e não parecia provável que fosse reavivada, quando novos fatos foram trazidos à atenção do público. Não se tratava mais de um problema científico a ser resolvido, mas de um perigo real e sério a ser evitado. O tópico tomou um aspecto completamente diferente. O monstro mais uma vez se tornou uma ilha, uma rocha, um recife, mas um recife móvel, inapreensível e fugidio.

Em 5 de março de 1867, o *Moravian*, pertencente à Montreal Ocean Company, estava na latitude 27° 30' e longitude 72° 15' à noite, quando bateu a estibordo em uma rocha que não era indicada em nenhum mapa. Sob o esforço combinado do vento e de seus quatrocentos cavalos de potência, estava navegando a treze nós. Não há dúvida de que, não fosse a qualidade superior de seu casco, o *Moravian*, com tal impacto, teria afundado com os duzentos e trinta e sete passageiros que trazia do Canadá.

O acidente ocorreu por volta das cinco horas da manhã, quando o dia estava começando a raiar. Os oficiais de guarda correram para a popa do navio. Eles examinaram o oceano com a mais escrupulosa atenção. Não viram nada, exceto um forte redemoinho a seiscentos metros de distância, como se a superfície da água houvesse sido violentamente golpeada. O relevo do local foi levantado com exatidão, e o *Moravian* continuou seu caminho sem nenhum dano aparente. Havia batido em uma rocha submersa ou em algum destroço enorme de um naufrágio? Impossível saber; mas ao examinar o casco, percebeu-se que parte da quilha havia sido quebrada.

Esse evento, em si mesmo já extremamente sério, talvez fosse esquecido como tantos outros, se não tivesse se repetido três semanas depois, em condições idênticas. Só que aí, graças à nacionalidade do navio que foi vítima dessa nova colisão e à reputação da empresa à qual esse navio pertencia, o evento teve um impacto imenso.

Ninguém desconhece o nome da famosa armadora inglesa Cunard. Em 1840, o esperto industrial fundou um serviço postal entre Liverpool e Halifax, com três navios de madeira, à roda, com quatrocentos cavalos de potência, pesando mil cento e sessenta e duas toneladas. Oito anos mais tarde, a frota da Companhia foi expandida, com quatro navios de seiscentos e cinquenta cavalos de potência e mil e oitocentas toneladas e, dois anos depois, com outros dois navios de maior potência e tonelagem. Em 1853, a companhia Cunard, cuja licença de transporte postal acabara de ser renovada, acrescentou sucessivamente à sua frota o *Arabia, o Persia, o China, o Scotia, o Java e o Russia*, todos navios de primeira classe e os maiores que, depois do *Great Eastern*, já haviam navegado pelos mares. Em 1867, portanto, a empresa tinha doze navios, oito com rodas e quatro movidos a hélice.

Forneço esses breves detalhes para que todos estejam cientes da importância dessa companhia de navegação, conhecida em todo o mundo por sua administração inteligente. Nenhum empreendimento de transporte marítimo transoceânico foi conduzido com maior destreza; nenhum negócio foi mais bem-sucedido. Durante 26 anos, os navios da Cunard cruzaram o Atlântico duas mil vezes, e nunca se perdeu uma viagem, nunca houve um atraso, nunca se perdeu uma carta, um homem ou um navio. É por isso que os passageiros ainda escolhem a linha Cunard em vez de qualquer outra, apesar da forte concorrência da França, conforme demonstrado por uma pesquisa de documentos oficiais dos últimos anos. Dito isso, não é de surpreender ninguém a repercussão do acidente que se abateu sobre um dos melhores navios a vapor da Cunard.

Em 13 de abril de 1867, com um mar bom e uma brisa agradável, o *Scotia* estava a 15° 12' de longitude e 45° 37' de latitude. Viajava a uma velocidade de treze nós e quarenta e três centésimos sob o impulso de seus mil cavalos. Suas rodas batiam no mar com perfeita regularidade. Seu calado era de 6,70 m, e seu deslocamento, de seis mil seiscentos e vinte e quatro metros cúbicos. Às 16h17, enquanto os passageiros almoçavam no salão principal, o *Scotia* sofreu um leve impacto em seu casco, às quartas e um pouco à ré da roda de bombordo.

O *Scotia* não colidiu com algo, mas foi atingido, e antes por um instrumento afiado ou perfurante do que por um instrumento plano. A colisão parecia tão leve que ninguém a bordo teria se preocupado, não fossem os gritos da tripulação da cabine que subiu ao convés exclamando:

— Estamos afundando! Estamos afundando!

A princípio, os passageiros ficaram muito assustados, mas o capitão Anderson se apressou em tranquilizá-los. De fato, o perigo não poderia ser iminente. O *Scotia*, dividido em sete compartimentos por anteparas estanques, devia resistir impunemente a um vazamento.

O capitão Anderson foi imediatamente para o porão. Descobriu que o mar invadira o quinto compartimento, e a vazão do escoamento atestava que a entrada de água era considerável. Felizmente, não era esse o compartimento que continha as caldeiras, pois o fogo teria se apagado repentinamente.

O capitão parou o navio imediatamente e um dos marinheiros mergulhou para examinar a avaria. Poucos momentos depois, um buraco de dois metros de largura foi encontrado no casco do navio a vapor. Essa entrada de água não podia ser tampada, e o *Scotia*, com as rodas meio afundadas, teve que continuar sua viagem. Estava agora a trezentas milhas de Cabo Clear e, após um atraso de três dias que preocupou muito Liverpool, chegou aos estaleiros da Companhia.

Os engenheiros passaram então a inspecionar o *Scotia*, que foi colocado no estaleiro. Não conseguiram acreditar no que os próprios olhos viam. Dois metros e meio abaixo da linha d'água, havia uma ruptura regular no formato de um triângulo isósceles. A fenda na chapa de metal era de corte perfeito e não poderia ter sido feita de forma mais certeira. A ferramenta perfurante que a causou devia, portanto, ser de uma dureza incomum e, sendo lançada com uma força descomunal, após perfurar uma placa de metal de quatro centímetros de espessura, deveria ter se retirado por conta própria, com um movimento retrógrado e verdadeiramente inexplicável.

Daquele momento em diante, os desastres marítimos que não tinham causa definida foram atribuídos ao monstro. Esse animal fantástico assumiu a responsabilidade por todos os naufrágios, que infelizmente são de número considerável, pois dos três mil navios cujas perdas são registradas anualmente pelo *Bureau Veritas*, o número de navios a vapor e veleiros supostamente perdidos por falta de notícias não baixa de duzentos!

Agora era o "monstro" que, justa ou injustamente, era culpado pelos desaparecimentos e, assim, as conexões entre os vários continentes estavam se tornando cada vez mais perigosas, de modo que o público se manifestou e exigiu categoricamente que os mares fossem enfim livrados a qualquer custo daquele extraordinário cetáceo.

CAPÍTULO II

A favor ou contra

Na época em que ocorreram esses eventos, eu estava voltando de uma exploração científica realizada nas terras inóspitas de Nebraska, nos Estados Unidos. Como professor suplente no Museu de História Natural de Paris, o governo francês me enviou para a expedição e, depois de seis meses no Nebraska, carregado de preciosas coleções, cheguei a Nova Iorque no final de março. Minha partida para a França foi marcada para os primeiros dias de maio. Eu matava meu tempo, enquanto isso, classificando meus tesouros mineralógicos, botânicos e zoológicos, quando aconteceu o incidente do *Scotia*.

Eu estava totalmente a par do assunto do momento, como não estaria? Li e reli todos os jornais americanos e europeus; o mistério intrigava-me. Não conseguindo formar uma opinião, flutuava de um extremo ao outro. Que havia algo, disso não era possível duvidar, e com o *Scotia*, os incrédulos foram impelidos a colocar o dedo na ferida.

Quando cheguei a Nova Iorque, o assunto estava incendiando. A hipótese da ilha flutuante, do recife móvel, sustentada por algumas mentes pouco competentes, foi absolutamente abandonada. E, de fato, a menos que o recife tivesse um motor na barriga, como poderia se mover com tão alta velocidade? Do mesmo modo, foi rejeitada a existência de um casco flutuante ou de um enorme destroço, também por causa da velocidade de movimento.

Restavam, portanto, duas soluções possíveis para a questão, que criavam dois clãs de partidários muito distintos: de um lado, aqueles que consideravam ser um monstro de força colossal; de outro, os que o tomavam por um barco *submarino* de extrema potência motriz.

Ora, esta última hipótese — admissível, no fim das contas — não resistiu às investigações que foram realizadas nos dois continentes. Que um mero civil possuísse, à sua disposição, tal engenho mecânico, era pouco provável. Onde e quando teria o construído, e como teria mantido tal construção em segredo?

Só um governo poderia possuir uma máquina tão destrutiva, e, nestes tempos desastrosos em que o homem está trabalhando para multiplicar o poder das armas de guerra, era possível que um Estado tentasse, sem o conhecimento dos outros, fazer tal mecanismo. Depois dos caças, os torpedos; depois dos torpedos, os submarinos; depois, a reação. Pelo menos, assim espero.

Mas a hipótese de uma máquina de guerra também caiu por terra perante a declaração dos governos. Como se tratava de um assunto de interesse público, uma vez que as passagens transoceânicas eram afetadas, a franqueza dos governos não podia ser posta em causa. Aliás, como presumir que a construção deste barco submarino tivesse escapado aos olhos do público? Mesmo para o setor privado, guardar segredo nestas circunstâncias é muito difícil, e certamente é impossível para um Estado cujos atos são obstinadamente vigiados pelas potências rivais.

Portanto, após investigações feitas na Inglaterra, França, Rússia, Prússia, Espanha, Itália, EUA e até na Turquia, a hipótese de um monitor submarino foi definitivamente rejeitada.

Ao chegar a Nova Iorque, várias pessoas deram-me a honra de me consultar sobre o tópico do fenômeno. Eu tinha publicado, na França, um livro *in-quarto*, de dois volumes, intitulado *Os mistérios das profundezas submarinas*. Este livro, particularmente aprovado no mundo erudito, fazia de mim um especialista nesta parte obscura da história natural. A minha opinião foi solicitada. Até onde consegui negar o fato, firmava-me na negação absoluta. Mas logo, posto contra a parede, precisei me explicar categoricamente. E até "o honorável Pierre Aronnax, professor no Museu de Paris" foi enviado pelo *New York Herald* para formular alguma opinião.

Eu me envolvi. Não consegui ficar em silêncio; debati a questão em todos os seus aspectos, política e cientificamente, e aqui deixo um extrato do artigo bastante elaborado que publiquei na edição de 30 de abril.

"Então — disse eu, depois de examinar uma a uma das diversas hipóteses —, sendo rejeitada qualquer outra suposição, deve-se invariavelmente admitir a existência de um animal marinho de extrema força.

As grandes profundezas do oceano nos são totalmente desconhecidas. As sondas não conseguem alcançá-las. O que acontece naqueles abismos remotos? Que seres vivem e podem viver a doze ou quinze milhas abaixo da superfície da água? Qual é o organismo desses animais? Mal somos capazes de cogitar.

No entanto, a solução do problema que me é apresentado pode parecer ser um dilema. Ou conhecemos todas as variedades de seres que habitam nosso planeta, ou não os conhecemos. Se não as conhecemos todas, se a natureza ainda resguarda segredos em termos de ictiologia, nada mais aceitável do que admitir a existência de peixes ou cetáceos de espécies ou mesmo de gêneros novos, de estrutura essencialmente 'precursora', que habitam as camadas inacessíveis às sondas, e que algum acontecimento — uma fantasia, um capricho, por assim dizer — traz à superfície de tempos em tempos.

Se, pelo contrário, conhecemos todas as espécies vivas, deve-se necessariamente procurar o animal em questão entre os seres marinhos já catalogados e, nesse caso, estarei disposto a admitir a existência de um narval gigante. O narval vulgar, ou unicórnio marinho, muitas vezes atinge o comprimento de 60 pés. Quintuplique, no mínimo, essa dimensão, acrescente ao cetáceo a força proporcional ao seu tamanho e mais umas armas ofensivas, e temos o animal em questão. As características dele serão determinadas pelos oficiais do Shannon, conforme o instrumento necessário para a perfuração do Scotia e a potência necessária para entrar no casco de um navio a vapor.

De fato, o narval é armado com uma espécie de espada de marfim, de uma alabarda, seguindo a expressão de alguns naturalistas. É um dente central que tem a dureza do aço. Foram encontrados alguns desses dentes implantados no corpo de baleias, as quais o narval é capaz de, com sucesso, atacar.

Outras presas dessas foram arrancadas, não sem dificuldade, de carenas de barcos que haviam perfurado muitas vezes, como uma broca perfura um barril. O museu da Faculdade de Medicina de Paris possui uma de dois metros e vinte e cinco centímetros de comprimento e quarenta e oito de base!

Pois bem! Imagine uma arma dez vezes mais forte e um animal dez vezes mais poderoso, lance-o com uma velocidade de vinte milhas por hora, multiplique sua massa pela velocidade, e teremos um choque capaz de produzir a catástrofe em questão.

Então, até maiores informações, eu opinaria que se trata de um unicórnio do mar, de dimensões colossais, armado não de uma alabarda, mas de um verdadeiro esporão — como as fragatas couraçadas ou os tanques de guerra, com massa e força motriz semelhante à destes.

Assim o fenômeno inexplicável poderia ser explicado — a não ser que nada existisse, apesar do que vimos, entrevimos, sentimos e ressentimos, o que sempre é possível!"

As últimas palavras eram uma covardia da minha parte; mas eu queria até certo ponto manter a minha dignidade de professor e não dar muito motivo para que rissem de mim os americanos, que riem muito, quando riem. Reservava-me uma saída. No fundo, eu admitia a existência do "monstro".

Meu artigo foi calorosamente discutido, o que lhe gerou grande difusão. Levantou certo número de partidários. A solução que propunha, aliás, deixava livre caminho à imaginação. A mente humana gosta dessas concepções grandiosas de seres sobrenaturais. Ora, o mar é, precisamente, o seu melhor veículo, o único ambiente onde esses gigantes, perto dos quais animais terrestres como elefantes ou rinocerontes não passam de anões, podem nascer e crescer. As massas líquidas contêm as maiores espécies conhecidas de mamíferos e podem conter moluscos de tamanho incomparável, crustáceos assustadores de se ver, como seriam lagostas de cem metros ou caranguejos que pesem duzentas toneladas... E por que não conteriam? Antigamente, os animais terrestres, quadrúpedes, quadrúmanos, répteis, pássaros eram construídos sob formas gigantescas. O Criador os fizera num molde colossal, que o tempo tem reduzido gradualmente. Por que o mar, em suas profundezas desconhecidas, não poderia ter mantido essas imensas amostras da vida de outras eras — ele, que nunca se modifica, enquanto o núcleo da Terra está mudando quase o tempo todo? Por que é que ele não esconderia, no fundo de si, as últimas variedades destas espécies titânicas, cujos anos são séculos e os séculos milênios?

Mas deixo-me levar por fantasias que não me cabem mais! São trevas essas quimeras que o tempo transformou, para mim, em realidades terríveis. Repito: a opinião sobre a natureza do fenômeno se fez, então, e o público admitiu inequivocamente a existência de um gigante que nada tinha em comum com as fabulosas serpentes marinhas.

Se alguns viram isso como um problema puramente científico a ser resolvido, outros, mais positivos, sobretudo nos EUA e na Inglaterra, argumentaram por purgar o oceano do temível monstro, a fim de tranquilizar as conexões transoceânicas. Os jornais industriais e comerciais trataram a questão sobretudo por essa perspectiva. A *Shipping and Mercantile Gazette*, o *Lloyd*, o *Paquebot*, a *Revue Maritime et Coloniale*, todas as folhas dedicadas às companhias de seguros, que estavam sob ameaça de aumentar os seus prejuízos, foram unânimes quanto a este ponto.

A opinião pública foi enunciada, os Estados da União declararam-se primeiro. Em Nova Iorque, foram feitos os preparativos para uma expedição destinada a perseguir o narval. Uma fragata de grande velocidade, o *Abraham Lincoln*, foi preparada para entrar em alto-mar o mais rápido possível. Os arsenais foram entregues ao comandante Farragut, que carregou ativamente o armamento na fragata.

Obviamente, e isso sempre acontece, desde que decidiu-se perseguir o monstro, ele não voltou a aparecer. Durante dois meses, ninguém ouviu falar dele. Nenhum navio o encontrou. Parecia que o unicórnio tinha conhecimento das conspirações que se tramava contra ele. Falou-se tanto disso, e até no cabo transatlântico! Os engraçadinhos até afirmavam que o malandro interceptava telegramas, dos quais tirava proveito das informações.

Então, a fragata armada para uma campanha distante e dotada de formidáveis aparelhos de pesca. Não se sabia para onde conduzi-la. E a impaciência ia crescendo quando, em 2 de julho, ficou-se sabendo que um barco a vapor da linha de São Francisco a Xangai tinha avistado o animal, três semanas antes, nos mares do Pacífico do Norte.

A emoção causada por esta notícia foi extrema. Não se concedeu nem 24 horas de descanso ao comandante Farragut. Os mantimentos foram embarcados. Os porões, lotados de carvão. Nenhum homem faltou ao seu papel na tripulação. Bastava acender as fornalhas, aquecer, zarpar! Não seria perdoado nem meio dia de atraso! A propósito, o comandante Farragut só queria mesmo era partir logo.

Três horas antes do *Abraham Lincoln* deixar o píer de Brooklyn, recebi uma carta do seguinte teor:

Senhor Aronnax,
professor no Museu de Paris,
Fifth Avenue Hotel.
Nova Iorque.

Senhor, se quiser se juntar à expedição do Abraham Lincoln, o Governo da União terá todo o prazer em ver a França representada por você nesta companhia. O comandante Farragut guarda uma cabine à sua disposição.

Cordialmente,
J. B. HOBSON,

Secretário da Marinha

CAPÍTULO III

Como o senhor quiser

Três segundos antes da chegada da carta de J. B. Hobson, eu nem sequer pensava mais em perseguir aquele unicórnio. Três segundos depois de ler a carta do honorável secretário da marinha, eu finalmente compreendia que a minha verdadeira vocação, o único objetivo da minha vida, consistia em caçar este monstro assustador e livrar os mares dos seus males.

No entanto, estava voltando de uma viagem penosa, exausto e louco para descansar. Só queria voltar ao meu país, aos meus amigos, à minha casinha no Jardim das Plantas de Paris, às minhas queridas e preciosas coleções! Mas nada podia me segurar. Esqueci-me de tudo, do cansaço, dos amigos, das coleções, e aceitei sem nem pestanejar a oferta do governo americano.

"Além disso", pensei eu, "todos os caminhos levam de volta à Europa, e o unicórnio vai me fazer a gentileza de me levar para a costa da França! O incrível animal vai se deixar apanhar nos mares da Europa — para meu prazer pessoal — e quero no mínimo voltar com meio metro de alabarda de marfim para deixar no Museu de História Natural."

Mas, enquanto isso, tinha que procurar o narval no norte do Pacífico — o que, para voltar à França, era tomar o caminho contrário.

— Conseil! — gritei com uma voz impaciente.

Conseil era meu empregado. Um menino dedicado que me acompanhava em todas as minhas viagens; um corajoso flamengo de quem eu gostava muito e que me atendia bem, um ser flegmático por natureza, disciplinado por princípio, zeloso por hábito, pouco surpreendido pelas surpresas da vida, de boas habilidades manuais, capaz de qualquer serviço, e, apesar do seu nome, que nunca dá conselhos.

Nos encontros com os cientistas do nosso pequeno mundo do Jardim das Plantas de Paris, Conseil tinha aprendido algumas coisas. Tinha, na figura dele, ao meu lado um especialista, ferrenho na classificação em história natural, percorrendo com agilidade acrobata toda a ramificação dos grupos, classes, subclasses, ordens, famílias, gêneros, subgêneros, espécies e variações. Mas seu conhecimento científico não passava disso. Classificar era a sua vida, e parava por aí. Bem versado em classificação teórica, mas pouco na prática, não seria capaz de distinguir, penso eu, um cachalote de uma baleia! E, não obstante, que rapaz corajoso e digno!

Conseil, até então e já há dez anos, tinha me seguido aonde quer que me arrastasse a ciência. Nunca ouvi um comentário dele sobre a extensão ou a exaustão de uma viagem. Não tinha objeções quando precisava fazer as malas para um país qualquer, por mais distante que fosse. Lá se portava como aqui, sem precisar de nada mais. Aliás, era de uma boa saúde que combatia qualquer doença; músculos fortes, mas os nervos nem tanto — força física nem sempre indica força emocional.

O rapaz tinha trinta anos, e sua idade era para a do seu patrão como quinze é para vinte: é assim que quero dizer que eu tinha quarenta anos.

Mas Conseil tinha um defeito. Obstinado formalista, só falava comigo na terceira pessoa, a ponto de ser irritante.

— Conseil! — repeti, começando febrilmente os preparativos da viagem.

Eu tinha total confiança no quão dedicado era o garoto. Não costumava perguntar se lhe era conveniente ou não me acompanhar nas viagens, mas desta vez era uma expedição que poderia durar indefinidamente, de uma empresa arriscada, à caça de um animal capaz de afundar uma fragata como uma casca de nozes! Havia motivo para se pensar duas vezes, mesmo para o homem mais impassível do mundo. O que Conseil diria?!

— Conseil! — chamei pela terceira vez.

Conseil apareceu.

— O senhor me chamou? — disse ao entrar.

— Sim. Apronte as minhas coisas, apronte as suas. Partimos em duas horas.

— Como o senhor quiser — respondeu calmamente Conseil.

— Nem um instante a perder. Coloque na mala todos os meus utensílios de viagem, roupas, camisas, meias, quantas tiver, e o mais depressa possível!

— E as coleções do senhor? — perguntou Conseil.

— Vemos isso depois.

— Como assim?! E os *archaeotherium*, *hyracotherium*, oreodontes, queropótamos e as outras carcaças do senhor?

— Vamos deixar no hotel.

— E a babirussa que o senhor cria?

— Vou pedir que a tratem enquanto estivermos fora. Aliás, vou mandar nosso viveiro para França.

— Não estamos voltando para Paris, então? — perguntou Conseil.

— Sim... Com certeza... — respondi evasivamente. — Mas vamos fazer uma voltinha.

— Faremos a volta que o senhor quiser.

— Ah! Não vai ser nada demais! Um caminho menos direto, só isso. Vamos embarcar no *Abraham Lincoln*...

— Como convir ao senhor — respondeu ele serenamente.

— Sabes, meu amigo, é o monstro... O famoso narval... Vamos livrar os mares dele! O autor de uma obra *in-quarto* em dois tomos chamada *Mistérios das profundezas submarinas* não poderia se negar a embarcar com o comandante Farragut. Missão gloriosa, mas... perigosa, também! Não sabemos para onde vamos! Estas bestas podem ser muito caprichosas! Mas iremos igual. Temos um comandante que não treme na base!

— O que fizer o senhor, farei também — respondeu Conseil.

— Pense bem nisso, porque não quero esconder nada: é uma daquelas viagens de que nem sempre se volta!

— Como o senhor quiser.

Um quarto de hora depois, nossos baús estavam prontos. Conseil tinha os arrumado em um piscar de olhos e eu tinha a certeza de que não faltava nada, porque o rapaz classificava as camisas e os casacos tão bem quanto aves ou mamíferos.

O elevador do hotel nos deixou no grande vestíbulo do mezanino. Desci os poucos degraus que levavam ao térreo. Acertei minha conta no balcão enorme da recepção, sempre cheio de gente. Dei ordem para mandar a Paris minhas caixas de animais empalhados e de plantas secas. Deixei crédito suficiente para cuidar da babirussa e, com Conseil seguindo-me, pulei num carro.

O veículo, de vinte francos a corrida, desceu a Broadway até a Union Square, seguiu a Quarta Avenida até sua junção com a Rua Bowery, tomou a Rua Katrin e parou no píer 34. Ali, a balsa *Katrin* nos levou — pessoas, cavalos e carros — até o Brooklyn, o grande anexo de Nova Iorque localizado na margem esquerda do rio do leste, e em poucos minutos chegamos ao cais perto de onde o *Abraham Lincoln* vomitava fumaça preta pelas suas duas chaminés.

Nossa bagagem foi imediatamente descarregada no convés da fragata. Fui correndo embarcar. Pedi pelo comandante Farragut. Um dos marinheiros me levou para o tombadilho, onde encontrei um oficial de boa aparência, que me estendeu a mão.

— Sr. Pierre Aronnax? — disse-me.

— Ele mesmo — respondi. — Comandante Farragut?

— O próprio. Seja bem-vindo, professor. Sua cabine espera por você.

Despedi-me e, deixando o comandante cuidando de sua embarcação, fui levado à minha cabine.

O *Abraham Lincoln* tinha sido perfeitamente escolhido e preparado para o seu novo objetivo. Era uma fragata de grande marcha, munida de aparelhos superaquecedores que chegavam a sete atmosferas de pressão do vapor. Sob essa pressão, o *Abraham Lincoln* atingia uma velocidade média de dezoito milhas e três décimos por hora — velocidade considerável, mas ainda insuficiente para lutar com o gigantesco cetáceo.

As instalações interiores da fragata correspondiam às suas qualidades náuticas. Fiquei muito satisfeito com a minha cabine, localizada na parte de trás, que dava na sala dos oficiais.

— Estamos bem instalados aqui — falei ao Conseil.

— Assim como um caranguejo eremita em uma concha de búzio, com todo o respeito devido ao senhor — respondeu Conseil.

Deixei Conseil amarrar os baús de forma adequada e subi ao convés, a fim de acompanhar os preparativos de aparelhagem.

Nesse momento, o comandante Farragut mandava soltar as últimas amarras que mantinham o *Abraham Lincoln* no píer do Brooklyn. Ou seja, fosse uns quinze minutos de atraso, até menos, a fragata partiria sem mim e eu perderia esta expedição extraordinária, sobrenatural, inacreditável, cuja narrativa verídica é capaz de encontrar alguns incrédulos.

Mas o comandante Farragut não queria perder nem um dia, nem uma hora, para voltar aos mares onde o animal tinha acabado de ser avistado. Mandou chamar o engenheiro.

— Já pegamos pressão? — perguntou ele.

— Sim, senhor — respondeu o engenheiro.

— *Go ahead* — gritou o comandante Farragut.

Com esta ordem, transmitida ao maquinário por meio de aparelhos de ar comprimido, os mecânicos botaram para funcionar a roda de tração. O vapor assobiava, saindo pelos compartimentos entreabertos. Os longos pistões horizontais grunhiram e empurraram as bielas. As pás da hélice batiam nas ondas com uma rapidez crescente, e o *Abraham Lincoln* avançou majestosamente em meio a uma centena de balsas e barcos carregados de espectadores, que o acompanhavam.

Os cais do Brooklyn e toda a Nova Iorque na margem do rio leste estavam repletos de curiosidade. Três urras dados por quinhentas mil vozes ressoaram. Milhares de lenços se balançaram acima da massa compacta, acenando ao *Abraham Lincoln* até que chegasse às águas do Hudson, na ponta desta península comprida da cidade de Nova Iorque.

A fragata, seguindo pelo lado de Nova Jersey, na bela margem direita do rio, cheia de mansões, passou entre os fortes, que o saudaram com os seus maiores canhões. O *Abraham Lincoln* respondeu mostrando e içando três vezes a bandeira americana, cujas trinta e nove estrelas resplandeceram no topo do mastro; então, diminuindo a marcha para entrar no canal balizado que circunda a baía interior formada pela ponta de Sandy Hook, encostou na praia arenosa onde, outra vez, milhares de espectadores aplaudiram. A comitiva dos barcos e balsas ainda seguia a fragata, e não a deixou antes da altura do *light-boat*, cujas luzes marcam a entrada dos canais de Nova Iorque.

Soaram então três horas. O piloto desceu e juntou-se à pequena escuna que o esperava sob o vento. Aumentou-se as chamas; a hélice se acelerou nas ondas; a fragata seguiu a costa amarela por Long Island, e, às oito da noite, depois de deixar a noroeste dos fogos de Fire Island, correu a todo vapor pelas águas escuras do Atlântico.

CAPÍTULO IV

Ned Land

O comandante Farragut era um bom marinheiro, digno da fragata que ele comandava. Ele e o seu navio eram um só: era a sua alma. Sobre a questão do cetáceo, nenhuma dúvida assolava sua mente, e ele não permitia que a existência do animal fosse discutida a bordo. Acreditava nisso como as religiosas acreditam no Leviatã — por fé, não por questão de razão. O monstro existia e ele limparia os mares, havia prometido. Era uma espécie de cavaleiro marchando ao encontro da serpente que desonrava a sua ilha. Ou o comandante Farragut mataria o narval, ou o narval mataria o comandante Farragut. Não havia terceira opção.

Os oficiais de bordo partilhavam da opinião do seu chefe. Era necessário ouvir, discutir, debater, calcular as várias chances de encontro e observar a vasta dimensão do oceano. Mais de um se impunha como voluntário nas barras de mastro, tarefa que em qualquer outra circunstância todos detestariam. Enquanto o sol desenhasse seu arco no céu, o mastro estaria lotado de marinheiros, mesmo queimando as plantas dos pés no convés a ponto de não conseguirem ficar parados no lugar! E, no entanto, o *Abraham Lincoln* ainda não cortava as águas suspeitas do Pacífico com sua roda de proa.

A tripulação queria apenas encontrar o unicórnio com a ponta do arpão e içá-lo a bordo para o destrinchar. Vigiavam o mar com escrupulosa atenção. Aliás, o comandante Farragut falava de uma certa quantia de dois mil dólares, reservada a quem, criado ou marinheiro, mestre ou oficial, avistasse o animal. Nem preciso dizer, assim, o quanto os olhos se esforçavam a bordo do *Abraham Lincoln*.

Eu, da minha parte, não fiquei para trás, e não delegava a minha escala de vigia diária a ninguém. A fragata bem que poderia se chamar *Argus*. Entre o entusiasmo geral de todos a bordo, Conseil destoava por sua indiferença à questão que nos obcecava.

Contei que o comandante Farragut providenciou cuidadosamente ao navio os aparelhos apropriados para pescar o gigantesco cetáceo. Um baleeiro não teria estado mais bem armado. Possuíamos todos os artefatos conhecidos, desde o arpão que se lança à mão, até às flechas farpadas e as balas explosivas dos canhões. Na frente, esticava-se um canhão sofisticado, carregado pelo cabeçote, de paredes muito espessas e bocal bem estreito, cujo modelo devia estar na Exposição Universal de 1867. Aquele precioso instrumento, de origem americana, lançava sem o menor esforço um projétil cônico de quatro quilos a uma distância média de dezesseis quilômetros. Sendo assim, o *Abraham Lincoln* não carecia de meios de destruição. Mas tinha algo ainda melhor. Tinha Ned Land, o rei dos arpoadores.

Ned Land era um canadense, de habilidades manuais incomuns, e não tinha semelhante no seu perigoso ofício. Perícia e sangue-frio, audácia e astúcia, tinha essas qualidades num grau superior, e só uma baleia muito esperta ou um cachalote particularmente astuto para escapar ao seu arpão.

Ned Land tinha cerca de quarenta anos. Era um homem com mais de seis pés ingleses de altura — de estrutura vigorosa, olhar severo, pouco comunicativo, violento às vezes, e muito irado quando contrariado. Sua pessoa chamava atenção, especialmente pelo poder de seu olhar, que acentuava de maneira singular a sua fisionomia.

Acho que o comandante Farragut acertara ao contratar aquele homem a bordo. Ele sozinho valia por toda a tripulação, todos os olhos e todos os braços. A melhor comparação seria com um telescópio poderoso, mas que ao mesmo tempo fosse um canhão sempre pronto para disparar.

Canadenses e franceses são, praticamente, a mesma coisa e, por menos comunicativo que fosse Ned Land, devo admitir que ele tinha uma certa afeição por mim. Minha nacionalidade o atraía, sem dúvida. Era uma oportunidade para ele falar, e para eu ouvir, a velha língua de Rabelais que ainda está em uso em algumas províncias canadenses. A família do arpoador era originária do Quebec e já formava ali uma aldeia de pescadores destemidos quando a cidade ainda pertencia à França.

Pouco a pouco, Ned começou a gostar de conversar, e eu gostava de ouvir as aventuras nos mares polares. Contava suas pescas e lutas com um bom e natural tom poético. A narrativa tomava a forma épica e eu me sentia escutando um Homero canadiano, cantando a Ilíada das regiões hiperbóreas.

Estou pintando o corajoso companheiro como o conheço agora. Nós nos tornamos bons amigos, unidos pela inalterável amizade que nasce e se edifica nas mais assustadoras conjunturas. Ah, bravo Ned! Quero viver mais cem anos, só para seguir lembrando de você!

E, então, qual era a opinião de Ned Land sobre o tópico do monstro marinho? Devo confessar que ele não acreditava muito no unicórnio, o único a bordo que não partilhava da convicção geral. Até evitava tratar do assunto — o qual, um dia, pensei dever abordar com ele.

Na bela noite de 30 de julho, três semanas depois da nossa partida, a fragata estava à altura de Cabo Branco, sob o vento das costas patagônicas. Tínhamos ultrapassado o trópico de Capricórnio, e o Estreito de Magalhães se abria a menos de setecentas milhas ao sul. Em menos de oito dias, o *Abraham Lincoln* estaria perfurando as ondas do Pacífico.

Sentados no tombadilho, Ned Land e eu falávamos de uma coisa e outra, olhando para aquele mar misterioso cujas profundezas permanecem até agora inacessíveis aos olhares do ser humano. Eu naturalmente levei a conversa para o unicórnio gigante, e examinei as várias chances de sucesso ou insucesso da nossa expedição. Então, vendo que Ned me deixou sem dizer muita coisa, eu o pressionei mais diretamente.

— Ned — perguntei a ele —, como pode não estar convencido da existência do cetáceo que perseguimos? Tem, portanto, razões especiais para se mostrar tão incrédulo?

O arpoador me encarou por alguns momentos antes de responder, bateu com a mão na testa larga, um gesto que lhe era habitual, fechou os olhos como que para olhar para si mesmo, e finalmente disse:

— Talvez sim, Sr. Aronnax.

— Mas, Ned, você, um baleeiro profissional, você, que é familiarizado com os grandes mamíferos marinhos, você, cuja imaginação deve aceitar facilmente a hipótese de cetáceos enormes, você deveria ser o último a duvidar de tais circunstâncias!

— É aí que você se engana, professor — respondeu Ned. — Que as pessoas comuns acreditem em cometas extraordinários que atravessam o espaço, ou na existência de monstros antediluvianos que povoam o interior do globo, tudo bem, mas nenhum astrônomo nem geólogo admitiria tais quimeras. Da mesma forma é com o baleeiro. Eu persegui muitos cetáceos, lutei com vários, matei um grande número deles, mas por mais poderosos e bem armados que fossem, suas caudas e suas presas jamais seriam capazes de cortar o casco de um navio.

— Mas, Ned, fala-se de embarcações que foram atravessadas fora a fora pelo dente do narval.

— Navios de madeira, é possível — respondeu o canadense. — Além disso, eu nunca as vi. Então, até se provar o contrário, nego que baleias, cachalotes ou unicórnios consigam produzir um efeito semelhante.

— Escute, Ned...

— Não, professor, não. Tudo o que quiser, exceto isso. Um polvo gigante, talvez?

— Isso muito menos, Ned. O polvo é um molusco, e até o nome já indica a pouca consistência de sua carne. Tivesse ele quinhentos pés de comprimento, o polvo, que não pertence aos vertebrados, seria bastante inofensivo para embarcações como o *Scotia* ou *Abraham Lincoln*. Devemos, pois, rejeitar as fábulas das proezas dos Krakens ou de outros monstros desta espécie.

— Então, senhor naturalista — disse Ned Land com um tom bastante irônico —, continua a admitir a existência de um enorme cetáceo?

— Sim, Ned, repito com uma convicção que se baseia na lógica dos fatos. Acredito na existência de um mamífero, composto robustamente, pertencente aos vertebrados, como baleias, cachalotes ou golfinhos, e munido de uma defesa córnea cuja força de penetração é extrema.

— Hum! — fez o arpoador, sacudindo a cabeça com ar de quem não quer ser convencido.

— Repare, meu caro canadense — disse eu —, que se existe tal animal, se reside ele nas profundezas do oceano, se frequenta as camadas líquidas situadas a milhas abaixo da superfície das águas, ele necessariamente possui um organismo cuja robustez recusa qualquer comparação.

— E por que um organismo tão potente? — perguntou Ned.

— Porque é necessária uma força incalculável para se manter nas camadas profundas e resistir à pressão.

— É mesmo? — questionou Ned, piscando os olhos.

— É mesmo, e os números podem provar.

— Ah! Os números! — replicou Ned. — Fazemos o que quisermos com números!

— Nos negócios, Ned, mas não na matemática. Escute. Admitamos que a pressão da atmosfera seja representada pela pressão de uma coluna de água de trinta e dois pés de altura. Na verdade, a coluna de água seria de menor altura, uma vez que se trata da água do mar, cuja densidade é maior do que a da água doce. Bem, quando você mergulha, Ned, a cada trinta e dois pés de água, multiplica-se a pressão igual à da atmosfera para seu corpo suportar, isto é, em um quilograma por cada centímetro quadrado de superfície. Daí, a trezentos e vinte pés, esta pressão é de dez atmosferas, de cem atmosferas a três mil e duzentos pés, e de mil atmosferas a trinta e dois mil pés, ou seja, duas léguas e meia. O que equivale a dizer que se você pudesse atingir essa profundidade dentro do oceano, cada centímetro quadrado da superfície do seu corpo sofreria uma pressão de mil quilos. Ora, meu bravo Ned, sabe quantos centímetros quadrados você tem de superfície?

— Não sei, Sr. Aronnax.

— Uns dezessete mil.

— Tanto assim?

— E como, na realidade, a pressão atmosférica é um pouco maior do que o peso de um quilo por centímetro quadrado, seus dezessete mil centímetros quadrados suportam neste momento uma pressão de dezessete mil quinhentos e sessenta e oito quilos.

— Sem que eu perceba?

— Sem que você perceba. E se não é esmagado por uma tal pressão, é porque o ar entra no seu corpo com uma pressão igual. Daí um equilíbrio perfeito entre o impulso interno e o impulso exterior, que se neutralizam, permitindo que você suporte sem esforço. Mas na água é outra coisa.

— Sim, entendo — respondeu Ned, agora mais atento —, porque a água me cerca, mas não me penetra.

— Precisamente, Ned. Portanto, a dez metros abaixo da superfície do mar, você sofreria uma pressão de dezessete mil quinhentos e sessenta e oito quilos; a cem metros, dez vezes esta pressão, ou seja, cento e setenta e cinco seiscentos e oitenta quilos; a mil metros, cem vezes essa pressão, ou um milhão, setecentos e cinquenta e seis mil e oitocentos quilos; dez mil metros, finalmente, mil vezes essa pressão, ou seja, dezessete milhões, quinhentos e sessenta e oito mil, você seria achatado como se uma máquina compressora o atropelasse!

— Diabos! — exclamou Ned.

— Bom, meu caro arpoador, se vertebrados, com centenas de metros de comprimento e com grande proporção se mantêm em tais profundidades, é necessário estimar que eles, cuja superfície alcança milhões de centímetros quadrados, sofram milhares de quilos de pressão. Calcule então qual deve ser a resistência da estrutura óssea e do organismo para resistir a isso!

— É preciso — respondeu Ned Land — que sejam fabricados em chapas de oito polegadas, como as fragatas de guerra.

— Exatamente, Ned, e então pense no estrago que pode causar uma massa semelhante lançada com a velocidade de um expresso contra o casco de um navio.

— Sim... de fato. Talvez — respondeu o canadense, abalado pelos números, mas não querendo se render.

— Pois bem, eu o convenci?

— Você me convenceu de uma coisa, naturalista: de que se esses animais existem no fundo do mar, devem ser tão fortes como você falou.

— Mas se não existem, arpoador teimoso, como explicar o acidente no *Scotia*?

— Talvez seja... — disse Ned hesitante.

— Vá lá!

— Porque... não é verdade! — respondeu o canadense, reproduzindo sem saber uma famosa resposta de Arago.

Mas essa resposta provou somente a teimosia do arpoador, e nada mais. Naquele dia, não insisti mais. O acidente do *Scotia* não era contestável. O buraco existia sim e teve que ser tapado, e eu não acho que possa haver prova mais categórica do que a existência do buraco. Ora, este buraco não tinha se feito sozinho, e visto que não fora produzido por rochas ou artefatos subaquáticos, necessariamente fora causado por armas perfurantes de um animal.

Sendo assim, segundo eu próprio, e por todas as razões anteriormente deduzidas, este animal pertencia à ramificação dos vertebrados, à classe dos mamíferos, ao grupo dos pisciformes e, finalmente, à ordem dos cetáceos. Quanto à família, baleia, cachalote ou golfinho; quanto ao gênero e à espécie, eram questões para se esclarecer mais tarde. Para resolvê-las, seria preciso dissecar aquele monstro desconhecido, e para o dissecar seria preciso apanhá-lo; para apanhá-lo, arpoá-lo — que era o negócio de Ned Land —; para arpoá-lo, avistá-lo, e, para avistá-lo, encontrá-lo — o que era um assunto para o acaso.

CAPÍTULO V

À aventura!

A viagem do *Abraham Lincoln* por um tempo não foi marcada por incidentes. No entanto, surgiu uma circunstância que exaltou a maravilhosa habilidade de Ned Land e mostrou a confiança que se deveria ter nele.

Perto das Malvinas, em 30 de junho, a fragata se comunicou com baleeiros americanos e ficamos sabendo que não havia nenhuma informação do narval. Mas um deles, o capitão do *Monroe*, sabendo que Ned Land estava a bordo do *Abraham Lincoln*, pediu sua ajuda para caçar uma baleia que estava à vista. O comandante Farragut, querendo ver Ned Land em ação, autorizou-o a subir a bordo do *Monroe*. E o acaso foi tão favorável ao nosso canadense que, em vez de uma baleia, arpoou duas, atingindo uma direto no coração, e apanhando a outra após uma perseguição de alguns minutos.

Decididamente, se o monstro alguma vez tivesse que lidar com o arpão de Ned Land, eu não apostaria no monstro. A fragata costeou a sudeste da América com rapidez prodigiosa. No dia 3 de julho, estávamos no Estreito de Magalhães, na altura do Cabo Virgens. Mas o comandante Farragut não quis tomar esta passagem sinuosa e manobrou de modo a dobrar o Cabo Horn.

A tripulação concordou por unanimidade. E, de fato, era provável que o narval pudesse ser encontrado neste estreito apertado? Muitos marinheiros diziam que o monstro não conseguia passar por lá, que ele era "grande demais para isso".

No dia 6 de julho, por volta das três da tarde, o *Abraham Lincoln*, a quinze milhas de distância do sul, dobrou essa ilhota solitária, essa rocha perdida na extremidade do continente americano, a quem marinheiros holandeses impuseram o nome da sua vila natal, Cabo Horn. A rota foi definida para o noroeste e, no dia seguinte, as hélices da fragata finalmente atingiram as águas do Pacífico.

— Abram bem os olhos! Abram bem os olhos! — repetiam os marinheiros do *Abraham Lincoln*.

E eles bem os abriram. Olhos e lunetas, um pouco deslumbrados, é verdade, pela perspectiva dos dois mil dólares, não tiveram um momento de repouso. Dia e noite, observávamos a superfície do oceano, e os nictalopes, cuja capacidade de ver na escuridão aumentava as chances em cinquenta por cento, estavam na vantagem para ganhar o prêmio.

Eu, a quem a isca do dinheiro não atraía, nem por isso era o menos atento a bordo. Tirando apenas alguns minutos para refeições e algumas horas de sono, indiferente ao sol ou à chuva, eu não deixei mais o convés do navio. Às vezes inclinado na borda do canhão da frente, às vezes encostado à parte de trás, eu devorava com meu olhar ávido as linhas de algodão que branqueavam o mar até se perderem de vista. E quantas vezes partilhei a emoção do estado-maior, da tripulação, quando uma baleia caprichosa elevava suas costas negras acima das ondas. O convés da fragata se enchia num instante. Os compartimentos vomitavam uma torrente de marinheiros e oficiais. Cada um, peito ofegante, olhar turvo, observava o movimento do cetáceo. Eu observava, encarava e forçava a minha retina até quase me deixar cego, enquanto Conseil, sempre fleumático, dizia-me em tom calmo:

— Se o senhor quiser fazer o favor de arregalar menos os olhos, o senhor enxergará bem melhor!

Mas, que vã emoção! O *Abraham Lincoln* mudou de direção, correu para o animal avistado: uma simples baleia ou cachalote vulgar, que logo desapareceu em meio a um concerto de praguejadas.

No entanto, o clima permaneceu favorável. A viagem era realizada nas melhores condições. Era então o inverno austral, porque o julho desta zona corresponde ao nosso janeiro na Europa; mas o mar permanecia bonito, e era facilmente observado em amplo perímetro.

Ned Land mostrava ainda a mais tenaz incredulidade; ele até preferia não examinar a superfície das ondas fora do seu turno — pelo menos quando nenhuma baleia estava à vista. E, entretanto, sua maravilhosa visão teria prestado grandes serviços. Mas, oito horas por dia, o obstinado canadense ficava lendo ou dormindo em sua cabine. Mil vezes o critiquei por sua indiferença.

— Pff! — respondia. — Não tem nada lá, e, se tivesse, Sr. Aronnax, qual é a chance de conseguirmos ver? Não estamos correndo para a aventura? Dizem que viram de novo a besta inapreensível nos mares altos do Pacífico, posso conceber isso, mas já se passaram dois meses desde aquele encontro, e pelo temperamento do tal narval, ele não gosta de se demorar muito tempo na mesma paragem! É dotado de uma prodigiosa facilidade de deslocamento. Ora, o senhor sabe melhor do que eu, professor, a natureza não faz nada sem sentido, e não daria a um animal parado por natureza a faculdade de se mover rapidamente, se não precisasse usá-la. Então, se a besta existe, já está longe!

Para isso, eu não sabia o que responder. Obviamente, corríamos às cegas. Mas como proceder de outra forma? Nossas chances eram também muito limitadas. No entanto, ninguém duvidava do sucesso ainda, nem um marinheiro apostaria contra a existência do narval e contra sua próxima aparição.

Em 20 de julho, cortamos o trópico de Capricórnio ao 105° de longitude, e no dia 27 do mesmo mês, atravessávamos o Equador no centésimo décimo meridiano. Com essa elevação, a fragata tomou a direção firme para o oeste e o Pacífico Central.

O comandante Farragut achava, com razão, que era melhor ficar pelas águas profundas e se afastar dos continentes ou das ilhas, dos quais o animal sempre pareceu ter evitado a aproximação, "decerto porque não tem água suficiente para ele", dizia o contramestre. A fragata passou então pelas Ilhas Tuamotu, Marquesas, Sandwich, cortou o trópico de Câncer a 132° de longitude e foi rumo aos mares da China.

Estávamos finalmente no palco do último ato do monstro! E, para ser honesto, a bordo já não se vivia. Os corações palpitavam terrivelmente e se preparavam para um futuro de aneurismas incuráveis. A tripulação inteira estava passando por uma agitação nervosa que eu não consigo explicar. Não se comia, não se dormia. Dez vezes por dia, erros de avaliação e ilusões de ótica de algum marinheiro empoleirado nos mastros causavam dores intoleráveis, e essas emoções repetidas mil vezes insistiam em manter-nos num estado de eretismo violento demais para não provocar uma reação em breve.

E, de fato, a reação não demorou. Por três meses — três meses, durante os quais cada dia era um século! — o *Abraham Lincoln* percorreu todos os mares setentrionais do Pacífico, correndo às baleias avistadas, fazendo desvios bruscos de direção, virando subitamente de um bordo sobre o outro, parando de repente, forçando ou invertendo seu vapor, correndo o risco de danificar seu maquinário, e não deixou de explorar um único ponto da costa do Japão à costa dos EUA. E nada! A imensidão das ondas, deserta! Nada que se assemelhasse a um narval gigantesco, nem a uma ilha submarina, nem a um naufrágio, nem a um recife móvel, ou a qualquer coisa sobrenatural!

A reação ocorreu, então. Primeiro, o desânimo tomou conta, abrindo uma brecha para a incredulidade. Um novo sentimento se fazia a bordo, e consistia em três décimos de vergonha contra sete décimos de fúria. Estávamos nos sentindo bobos por termos nos deixado levar por uma quimera, mas, mais ainda, estávamos furiosos! As montanhas de argumentos entalados há um ano saíram de uma só vez, e cada qual só pensava em recuperar horas de refeição ou de sono que tão tolamente sacrificou.

Com a mutabilidade natural da mente humana, de um extremo se passava para o outro. Os mais fervorosos apoiadores da empreitada se tornaram fatalmente os mais fervorosos detratores. A reação subiu dos fundos do navio, do posto dos cargueiros, até à praça do estado-maior, e certamente, sem a teimosia muito particular do comandante Farragut, a fragata teria definitivamente retomado o rumo para o sul.

No entanto, aquela busca inútil não poderia continuar por mais muito tempo. O *Abraham Lincoln* não tinha culpa, tendo feito tudo para ter sucesso. Nunca uma tripulação de um navio da Marinha dos EUA mostrou mais paciência e mais zelo; seu insucesso não pode ser imputado a ele. Mas só lhe restava voltar.

Uma proposta nesse sentido foi feita ao comandante. O comandante resistiu. Os marinheiros não esconderam o seu descontentamento, e o serviço sofreu. Não quero dizer que houve revolta a bordo, mas após um razoável período de obstinação, o comandante Farragut, como outrora Colombo, pediu três dias de paciência. Se em três dias o monstro não aparecesse, o timoneiro daria três voltas no leme e o *Abraham Lincoln* iria para os mares europeus.

Essa promessa foi feita em 2 de novembro. A princípio, serviu para reanimar a tripulação. O oceano foi observado com uma atenção nova. Todo mundo queria dar uma última olhada, com a qual se gravam as lembranças. As lunetas trabalharam febrilmente. Era um desafio supremo para o narval gigante, e este não podia se recusar a responder a esta intimação "a comparecer!".

Dois dias se passaram. O *Abraham Lincoln* estava a baixo vapor. Usávamos mil maneiras de chamar a atenção ou estimular a apatia do animal, no caso de ele se encontrar nas redondezas. Enormes pedaços de toucinho eram jogados ao mar, para a grande satisfação dos tubarões, devo dizer. Barcos saíram em todas as direções em torno do *Abraham Lincoln*, quando ele estava em manutenção, e não deixaram um ponto de mar inexplorado. Mas a noite de 4 de novembro chegou sem que este mistério submarino se tivesse revelado.

No dia seguinte, 5 de novembro, ao meio-dia, expirava o prazo proposto. Após isso, o comandante Farragut, fiel à sua promessa, deveria seguir o caminho a sudeste, e abandonar definitivamente as regiões setentrionais do Pacífico. A fragata encontrava-se então a 31° 15' de latitude norte e 136° 42' de longitude leste. As terras do Japão estavam a menos de duzentas milhas. A noite chegava. Tinha acabado de bater oito horas. Grandes nuvens cobriam o disco da lua, então em seu quarto crescente. O mar ondulava pacificamente sob a proa da fragata.

Neste momento, eu estava encostado na proa, na balaustrada de estibordo. Conseil, prostrado ao meu lado, fitava à frente. A tripulação, pendurada nos tirantes, examinava o horizonte que se estreitava e se obscurecia pouco a pouco. Os oficiais, em suas vestes de dormir, vasculhavam a escuridão crescente. Por vezes, o oceano escuro brilhava sob um raio que a lua dardejava entre a franja de duas nuvens. Depois, qualquer vestígio de luz desvanecia-se na escuridão.

Ao observar Conseil, notei que este bravo rapaz sentia pouco da influência geral. Pelo menos, foi o que pensei. Talvez, e pela primeira vez, seus nervos vibravam sob a ação de um sentimento de curiosidade.

— Vamos, Conseil — falei —, é a última oportunidade de embolsar dois mil dólares.

— Permita-me dizer — respondeu Conseil —, que nunca contei com esse prêmio, e o Governo da União podia prometer cem mil dólares, não teria mudado.

— Tem razão, Conseil. Afinal de contas, é um caso tolo e em que nós mergulhamos muito levianamente. Quanto tempo perdido, quantas emoções inúteis! Já há seis meses poderíamos estar na França...

— No apartamento do senhor — replicou o Conseil —, no museu do senhor! E eu já teria classificado os fósseis do senhor! E a babirussa estaria na sua gaiola no Jardim das Plantas de Paris, atraindo todos os curiosos da capital!

— Exatamente, Conseil, e sem contar que, imagino, vão rir de nós!

— Com certeza — respondeu calmamente Conseil —, acho que vão caçoar do senhor. E, tenho que dizer...

— Pois diga, Conseil.

— Bom, será merecido!

— Sério?!

— Sendo um cientista honrável como o senhor, não é de bom tom se expor...

Conseil não pôde terminar seu elogio. No meio do silêncio geral, ouviu-se uma voz. Era a voz de Ned Land, que ele dizia:

— Ei! A tal coisa, a sota-vento, na nossa lateral!

CAPÍTULO VI

A todo vapor

Com esse grito, toda a tripulação correu em direção ao arpoador, incluindo o comandante, os oficiais, os contramestres, os marinheiros e até mesmo os engenheiros, que abandonaram seus motores, e os foguistas, que abandonaram seus fogões. A ordem de parar havia sido dada, e a fragata agora estava funcionando apenas com sua própria inércia.

A escuridão era profunda e, por melhores que fossem os olhos do canadense, eu me perguntava como ele tinha visto e o que poderia ter visto. Meu coração batia a quase romper o peito.

Ned Land não estava enganado, e todos nós vimos o objeto para o qual ele estava apontando. A dois cabos do *Abraham Lincoln*, a estibordo, o mar parecia ser iluminado por baixo. Não se tratava de um mero fenômeno de fosforescência, e não havia como errar. O monstro, submerso a apenas alguns metros da superfície da água, projetava aquele brilho tão intenso e inexplicável, mencionado nos relatórios de vários capitães. Essa magnífica irradiação devia ser produzida por um agente de grande potência de iluminação. A parte luminosa desenhava um imenso oval alongado no mar, no centro do qual se condensava um foco ígneo cujo brilho insuportável se extinguia em gradações sucessivas.

— É apenas uma aglomeração de moléculas fosforescentes — exclamou um dos oficiais.

— Não, senhor — respondi com convicção. — Fólades ou salpas nunca produzem uma luz tão forte. Esse brilho é essencialmente elétrico... Além disso, veja, veja! Está se movendo! Está se movendo para frente, para trás! Está vindo em nossa direção!

Um grito geral veio da fragata.

— Silêncio! — disse o comandante Farragut. — Todo o leme para barlavento! Motor à ré!

Os marinheiros correram para o leme, os engenheiros para seus motores. O vapor foi imediatamente invertido, e o *Abraham Lincoln*, balançando para bombordo, descreveu um semicírculo.

— Leme alinhado! Em frente! — gritou o comandante Farragut.

Essas ordens foram cumpridas e a fragata se afastou rapidamente do foco da luz. Minto: ela tentou se afastar, mas o animal sobrenatural se aproximou com o dobro de sua velocidade.

Estávamos ofegantes. O espanto, muito mais do que o medo, nos manteve mudos e imóveis. O animal nos ganhou brincando. Ele circundou a fragata, que agora estava a quatorze nós, e a envolveu em seus lençóis de raios elétricos como se fosse uma poeira luminosa. Em seguida, afastou-se em duas ou três milhas, deixando um rastro fosforescente comparável aos redemoinhos de vapor lançados por uma locomotiva expressa. De repente, partindo dos limites obscuros do horizonte onde havia tomado impulso, o monstro avançou em direção ao *Abraham Lincoln* com uma velocidade assustadora, parando abruptamente a seis metros de sua proa, extinguindo-se — não por afundar na água, já que seu brilho não sofreu degradação, mas repentinamente e como se a fonte de seu eflúvio brilhante tivesse secado de súbito! Em seguida, ele reapareceu do outro lado do navio, virando-o ou deslizando sob seu casco. A qualquer momento, poderia ocorrer uma colisão, o que teria sido fatal para nós.

No entanto, fiquei surpreso com as manobras da fragata. Ela estava fugindo e não atacando. Ela estava sendo perseguida, ela que deveria estar perseguindo, e eu disse isso ao comandante Farragut. Seu rosto, normalmente tão impassível, estava marcado por um espanto indefinível.

— Sr. Aronnax — respondeu ele —, não sei com que ser formidável estou lidando e não quero arriscar minha fragata de forma imprudente no meio dessa escuridão. Além disso, como podemos atacar o desconhecido, como podemos nos defender dele? Vamos esperar a luz do dia e a situação se inverterá.

— O senhor não tem dúvidas, comandante, quanto à natureza do animal?

— Não, senhor, é obviamente um narval gigantesco, mas também um narval elétrico.

— Talvez — acrescentei — não seja possível se aproximar dele como é com um peixe-elétrico ou uma raia.

— De fato — respondeu o capitão —, e se ele possui um poder de relâmpago, é sem dúvida o animal mais terrível que já saiu das mãos do Criador. É por isso, senhor, que ficarei em vigília.

A tripulação inteira ficou acordada a noite toda. Ninguém pensou em dormir. O *Abraham Lincoln*, incapaz de combater a velocidade, havia moderado seu ritmo e se mantinha a pouco vapor. Por sua vez, o narval, imitando a fragata, deixou-se balançar pelas ondas e parecia determinado a não abandonar o campo de batalha.

No entanto, perto da meia-noite, ele desapareceu, ou para usar uma expressão mais precisa, *apagou-se* como um grande verme incandescente. Teria ele fugido? Era algo a se temer, não esperar. Mas aos sete minutos para a uma da manhã, ouviu-se um assobio ensurdecedor, semelhante ao produzido por uma coluna de água impulsionada com extrema violência. O comandante Farragut, Ned Land e eu estávamos de pé no convés da popa, olhando para a escuridão profunda.

— Ned Land — perguntou o capitão —, você já ouviu muitas vezes o rugido de baleias?

— Muitas vezes, senhor, mas nunca uma baleia como essa, cujo avistamento me trouxe dois mil dólares.

— De fato, você tem direito à recompensa. Mas, diga-me, esse não é o som que os cetáceos fazem quando sopram água de seus espiráculos?

— O mesmo barulho, senhor, mas este é incomparavelmente mais alto. Assim, não tem como errar. É um cetáceo que está ali em nossas águas. Com sua permissão, senhor — acrescentou o arpoador —, trocaremos duas palavrinhas com ele amanhã ao amanhecer.

— Se ele estiver disposto a ouvi-lo, Mestre Land — respondi, com um tom pouco convincente.

— Se eu chegar a quatro arpões de distância dele — respondeu o canadense —, ele terá que me ouvir!

— Mas para se aproximar dele — continuou o comandante —, terei que colocar uma baleeira à sua disposição?

— Sem dúvida, senhor.

— O senhor estaria arriscando a vida dos meus homens?

— E a minha! — respondeu o arpoador com simplicidade.

Por volta das duas horas da manhã, a luminosidade reapareceu, não menos intensa, cinco milhas a barlavento do *Abraham Lincoln*. Apesar da distância, apesar do barulho do vento e do mar, podíamos ouvir claramente o formidável bater da cauda do animal e até mesmo sua respiração ofegante. Parecia que, quando o enorme narval respirava na superfície do oceano, o ar entrava em seus pulmões como vapor nos vastos cilindros de um motor de dois mil cavalos.

“Hum! Uma baleia com a força de um regimento de cavalaria seria uma baita baleia”, pensei.

Ficamos em vigília até o amanhecer e nos preparamos para a batalha. Os equipamentos de pesca estavam dispostos ao longo das grades. O imediato tinha as armas de arpão carregadas, capazes de se lançar a uma milha, e as armas longas com balas explosivas, que podem matar até os animais mais poderosos. Ned Land se contentou em afiar seu arpão, uma arma terrível em sua mão.

Às seis horas despontou a aurora e, com a primeira luz do amanhecer, o brilho elétrico do narval desapareceu. Às sete horas, a luz do dia já era suficiente, mas uma espessa névoa matinal estreitava o horizonte e nem as melhores lunetas conseguiam penetrar nela. Daí minha decepção e raiva.

Subi para as barras da mezena, e alguns oficiais já estavam empoleirados nos mastros. Às oito horas, a neblina se espalhava pesadamente sobre as ondas e seus pesados cachos foram se dissipando aos poucos. O horizonte se alargou e se purificou ao mesmo tempo.

De repente, como no dia anterior, ouviu-se a voz de Ned Land.

— A coisa, bombordo à ré! — gritou o arpoador.

Todos os olhos se voltaram para o ponto indicado. Ali, a uma milha e meia da fragata, um longo corpo negro emergiu um metro acima das ondas. Sua cauda, violentamente agitada, produzia um redemoinho considerável. Nunca um aparelho caudal havia batido no mar com tanta força. Uma trilha enorme e ofuscantemente branca marcou a passagem do animal e desenhou uma curva alongada.

A fragata se aproximou do cetáceo. Eu o examinei com a mente totalmente livre. Os relatórios do *Shannon* e do *Helvetia* haviam exagerado um pouco suas dimensões, e eu estimei seu comprimento em apenas duzentos e cinquenta pés. Quanto ao seu tamanho, tive dificuldade ao avaliar, mas no geral, o animal me pareceu admiravelmente proporcional em suas três dimensões.

Enquanto eu observava esse ser fenomenal, dois jatos de vapor e água saíram de suas aberturas e subiram a uma altura de quarenta metros, o que me deu uma ideia de como ele respirava. Concluí, definitivamente, que pertencia ao filo dos vertebrados, classe dos mamíferos, subclasse dos monodelfos, grupo dos pisciformes, ordem dos cetáceos, família... Aqui, ainda não consegui me decidir. A ordem dos cetáceos compreende três famílias: baleias, cachalotes e golfinhos, sendo que os narvais estão incluídos nesta última. Cada uma dessas famílias é dividida em vários gêneros, cada gênero em espécies e cada espécie em variações. Ainda faltavam variações, espécies, gêneros e famílias, mas eu não tinha dúvidas de que completaria minha classificação com a ajuda dos céus e do comandante Farragut.

A tripulação aguardava impaciente as ordens de seu líder. Este, depois de observar cuidadosamente o animal, mandou chamar o engenheiro. O engenheiro veio correndo.

— Senhor — disse o comandante —, temos pressão?

— Sim, senhor — respondeu o engenheiro.

— Bom. Aumentem as fogueiras, e a todo vapor!

Três urras saudaram essa ordem. A hora da batalha havia chegado. Poucos instantes depois, as duas chaminés da fragata expeliam torrentes de fumaça negra e o convés tremia com a agitação das caldeiras. O *Abraham Lincoln*, impulsionado por sua poderosa hélice, foi direto para o animal. Este, indiferentemente, permitiu que nos aproximássemos até a distância de meio cabo; depois, não querendo mergulhar, tomou um curso de fuga e se acomodou mantendo certa distância.

Essa perseguição durou cerca de três quartos de hora, sem que a fragata conseguisse alcançar o cetáceo em cem metros. Então, era óbvio que, se continuássemos assim, nunca alcançaríamos a baleia. O comandante Farragut estava torcendo com raiva o grosso tufo de cabelo sob o queixo.

— Ned Land? — gritou ele.

O canadense respondeu ao chamado.

— Bem, Mestre Land, ainda me aconselha a colocar meus barcos no mar? — perguntou o comandante.

— Não, senhor — respondeu Ned Land —, porque aquela fera não se deixará apanhar, a menos que queira.

— O que devo fazer, então?

— Aumente a pressão, se puder, senhor. Quanto a mim, com sua permissão, é claro, vou me posicionar nas braçadeiras do gurupés e, se chegarmos ao comprimento do arpão, eu a arpoarei.

— Vamos, Ned — respondeu o comandante Farragut. — Engenheiro — gritou —, aumente a pressão.

Ned Land foi para seu posto. As fogueiras foram alimentadas ativamente; a hélice deu quarenta e três voltas por minuto e o vapor saiu pelas válvulas. Lançada a barquilha, viu-se o *Abraham Lincoln* viajando a dezoito milhas e cinco décimos por hora. Mas o maldito animal também corria a uma velocidade de dezoito milhas e cinco décimos.

Por mais uma hora, a fragata manteve esse ritmo, sem ganhar uma braça! Foi humilhante para um dos mais rápidos da marinha americana. Uma raiva ensurdecedora percorreu a tripulação. Os marinheiros amaldiçoaram o monstro, que, a propósito, não fez menção de responder-lhes. O comandante Farragut não se contentava mais em torcer o cavanhaque, ele o estava mordendo.

O engenheiro foi chamado novamente.

— Alcançamos o nível máximo de pressão?

— Sim, senhor — respondeu o engenheiro.

— E as válvulas estão carregadas?

— A seis atmosferas e meia.

— Carregue-as até dez.

Eis uma ordem realmente americana, se é que há alguma. Não poderíamos ter feito melhor no Mississippi para superar *a concorrência*!

— Conseil — chamei meu bom funcionário que estava ali perto —, você sabe que provavelmente vamos saltar?

— Como o senhor quiser — respondeu Conseil.

Bem, confesso: não me importava em correr esse risco.

As válvulas foram carregadas. O carvão correu para as fornalhas. Os ventiladores enviaram torrentes de ar sobre os braseiros. A velocidade do *Abraham Lincoln* aumentou. Seus mastros balançavam até as raízes, e os redemoinhos de fumaça mal conseguiam passar pelas chaminés estreitas. A barquilha foi lançada uma segunda vez.

— Então, timoneiro? — indagou o comandante Farragut.

— Dezenove e três décimos de milhas, senhor.

— Aumente a pressão.

O engenheiro obedeceu. O medidor de pressão registrou dez atmosferas. Mas o cetáceo *esquentou* também, sem dúvida, porque, sem hesitar, acelerou a dezenove e três décimos de milhas. Que perseguição! Não, não consigo descrever a emoção que fazia todo o meu ser vibrar. Ned Land permaneceu em seu posto, com o arpão na mão. Várias vezes, o animal se deixou aproximar.

— Alcançamos! Alcançamos! — gritou o canadense.

Então, quando ele estava prestes a atacar, o cetáceo fugiu com uma velocidade que não posso estimar em menos de trinta milhas por hora. E mesmo durante nossa velocidade máxima, ele não tomou a liberdade de zombar da fragata dando voltas em torno dela! Um grito de fúria escapou de cada pulmão!

Ao meio-dia, não estávamos mais à frente do que estávamos às oito horas da manhã. O comandante Farragut decidiu, então, usar meios mais diretos.

— Ah! — exclamou ele. — Aquele animal anda mais rápido do que o *Abraham Lincoln*! Bem, vamos ver se ele consegue correr mais do que as nossas balas de canhão. Mestre, alguns homens para o canhão da frente.

O canhão de proa foi imediatamente carregado e mirado. O tiro foi disparado, mas a bola passou alguns metros acima do cetáceo, que estava a oitocentos metros de distância.

— Outro, mais habilidoso! — convocou o comandante. — E quinhentos dólares para quem perfurar essa fera infernal!

Um velho artilheiro de barba grisalha — que ainda consigo ver —, com um olhar calmo e um rosto frio, aproximou-se da arma, posicionou-a e fez uma mira demorada. Um estrondo alto irrompeu, misturado com os gritos da tripulação.

A bala de canhão atingiu seu alvo, alvejou o animal, mas não normalmente: deslizando ao longo de sua superfície arredondada, perdeu-se a duas milhas no mar.

— Ah, pronto! — soltou o velho canhoneiro, com raiva. — O desgraçado é blindado com placas de dois metros!

— Maldição! — gritou o comandante Farragut.

A caçada recomeçou, e o comandante Farragut, inclinando-se em minha direção, disse:

— Vou perseguir o animal até minha fragata explodir!

— Sim — respondi —, e você está certo!

Era de se esperar que o animal se exaurisse e que não fosse indiferente à fadiga como uma máquina a vapor. Mas não foi o que aconteceu. As horas se passaram, sem que ele mostrasse qualquer sinal de exaustão.

Entretanto, é preciso dizer que *Abraham Lincoln* lutou com tenacidade incansável. Calculo que tenhamos percorrido uma distância de nada menos que quinhentos quilômetros naquele dia infeliz de 6 de novembro! Mas a noite chegou e envolveu o oceano tempestuoso em suas sombras.

Naquele momento, pensei que nossa expedição havia terminado e que nunca mais veríamos o fantástico animal. Eu estava errado.

Às 22h50, a luz elétrica reapareceu, três milhas a barlavento da fragata, tão pura e intensa quanto na noite anterior. O narval parecia imóvel. Talvez, cansado do dia, ele estivesse dormindo, deixando-se levar pelo vaivém das ondas? Essa era uma oportunidade que o comandante Farragut resolveu aproveitar.

Ele deu suas ordens. O *Abraham Lincoln* foi mantido com vapor leve e avançou com cautela para não acordar seu adversário. Não é incomum encontrar baleias em sono profundo no meio do oceano, que são então atacadas com sucesso, e Ned Land havia arpoado mais de uma em seu sono. O canadense voltou à sua posição no gurupés.

A fragata se aproximou silenciosamente, parou a dois cabos do animal e fugiu. A bordo, ninguém respirava. Um silêncio profundo reinava no convés. Estávamos a menos de cem pés da claridade ardente, cujo brilho aumentava, ofuscando nossos olhos.

Naquele momento, inclinando-me sobre a amurada do castelo de proa, pude ver Ned Land abaixo de mim, segurando o cabo da bujarrona com uma das mãos e brandindo seu terrível arpão com a outra. Apenas seis metros o separavam do animal imóvel. De repente, seu braço relaxou violentamente e o arpão foi lançado. Ouvi o choque sônico da arma, que parecia ter atingido um corpo duro.

De repente, a luz elétrica se apagou e duas enormes trombas d'água caíram sobre o convés da fragata, correndo como uma torrente da proa à popa, derrubando homens e quebrando as amarrações dos equipamentos de convés. Houve um estrondo assustador, e eu fui jogado por cima da amurada e, sem ter tempo de me segurar, lançado ao mar.

CAPÍTULO VII

Uma baleia de espécie desconhecida

Embora tenha ficado surpreso com essa queda inesperada, ainda assim mantive uma impressão muito clara de minhas sensações. Primeiro, fui arrastado para uma profundidade de cerca de seis metros. Sou um bom nadador, não como Byron e Edgar Poe, que são mestres, e esse mergulho não me fez perder a cabeça. Duas braçadas vigorosas me trouxeram de volta à superfície do mar.

Meu primeiro recurso foi procurar a fragata. Será que a tripulação havia notado que eu desaparecera? Teria o *Abraham Lincoln* virado para bombordo? Será que o comandante Farragut lançara um bote de resgate? Deveria eu ter esperança de ser resgatado?

A escuridão era profunda. Tive um vislumbre de uma massa negra desaparecendo em direção ao leste, com suas luzes de marcação se apagando ao longe. Era a fragata. Eu me senti perdido.

— Aqui! Aqui! — gritei, nadando em direção ao *Abraham Lincoln* com braçadas desesperadas.

As roupas estavam me atrapalhando. Molhadas, grudavam em meu corpo e impediam meus movimentos. Eu estava afundando! Afogando!

— Aqui!

Esse foi o último grito que dei. Minha boca se encheu de água. Eu me debatia, arrastado para o abismo...

De repente, minhas roupas foram agarradas por uma mão forte, senti que estava sendo trazido violentamente de volta à superfície do mar e ouvi, sim, ouvi estas palavras ditas em meu ouvido:

— Se o cavalheiro tiver a gentileza de se apoiar em meu ombro, nadará com muito mais conforto.

Segurei o braço de meu fiel Conseil com uma das mãos.

— Você! — exclamei. — Você!

— Eu mesmo — respondeu Conseil —, e às suas ordens.

— E o choque o lançou ao mar como eu?

— De modo algum. Mas, estando a serviço do senhor, eu o segui!

O digno rapaz achou isso muito normal!

— E a fragata? — perguntei.

— A fragata! — respondeu Conseil, virando-se de costas. — Acho que senhor faria bem em não contar muito com ela!

— O que quer dizer?

— Digo que, enquanto eu me jogava no mar, ouvi os homens no leme gritarem: "A hélice e o leme estão quebrados..."

— Quebrados?

— Quebrados, sim, quebrados pelo dente do monstro. Acho que foi o único dano que o *Abraham Lincoln* sofreu. Mas, infelizmente para nós, não há como conduzi-lo.

— Portanto, estamos perdidos!

— Pode ser — respondeu Conseil calmamente —, mas ainda temos algumas horas pela frente, e muito pode ser feito em algumas horas!

A serenidade imperturbável de Conseil me animou. Nadei com mais vigor, mas, prejudicado por minhas roupas que me apertavam como uma touca de chumbo, achei extremamente difícil me sustentar. Conseil percebeu.

— O senhor permite que eu faça uma incisão? — sugeriu ele.

E, enfiando uma faca sob minhas vestes, cortou-as de cima a baixo em um golpe rápido. Em seguida, rapidamente as retirou de mim, enquanto eu nadava pelos dois. Por minha vez, fiz o mesmo com Conseil, e continuamos a *navegar* próximos um do outro.

No entanto, a situação não era menos terrível. Talvez nosso desaparecimento não tivesse sido notado e, se sim, a fragata não poderia retornar ao sotavento de nós, pois havia perdido o leme. Portanto, teríamos que contar apenas com seus botes.

Conseil raciocinou friamente com essa hipótese e elaborou seu plano de acordo com ela. Que gênio incrível! Esse rapaz fleumático ali se sentia à vontade como em sua casa! Assim, foi decidido que, como nossa única chance de salvação era sermos apanhados pelos botes do *Abraham Lincoln*, deveríamos nos organizar de modo a esperar por eles o maior tempo possível. Resolvi, então, dividir nossas forças de modo a não esgotá-las simultaneamente, e foi isto que ficou combinado: enquanto um de nós, deitado de costas, ficaria imóvel, com os braços cruzados e as pernas estendidas, o outro nadaria e o empurraria para a frente. Esse papel de rebocador não deveria durar mais do que dez minutos e, revezando-nos dessa forma, conseguiríamos nos manter em superfície por algumas horas, talvez até o amanhecer.

Chance baixa! Mas a esperança é tão fortemente enraizada no coração humano... E, além disso, éramos dois. Posso dizer, enfim — embora pareça improvável —, que se eu quisesse acabar com toda a ilusão, se eu quisesse me *desesperar*, não poderia!

A colisão entre a fragata e o cetáceo havia ocorrido por volta das onze horas. Portanto, contava uma natação de oito horas até o nascer do sol. Uma operação rigorosamente praticável, se nos revezássemos. O mar estava muito bom e não nos cansou muito. Às vezes, eu tentava penetrar com meus olhos na escuridão espessa, rompida apenas pela fosforescência causada por nossos movimentos. Fitava as ondas luminosas que se quebravam sobre minha mão e cuja espuma cintilante estava tingida de manchas lívidas. Era como se estivéssemos imersos em um banho de mercúrio.

Por volta de uma hora da manhã, fui tomado por uma fadiga extrema. Meus membros se enrijeceram em cãibras violentas. Conseil teve de me apoiar, e o cuidado com nossa preservação recaiu somente sobre ele. Logo comecei a ouvir o pobre rapaz ofegar; sua respiração ficou curta e rápida. Percebi que ele não conseguiria resistir por muito tempo.

— Largue-me! Largue-me! — supliquei a ele.

— Abandonar o senhor? Jamais! — respondeu-me. — Prefiro me afogar antes!

Naquele momento, a lua apareceu entre as franjas de uma grande nuvem que o vento estava levando para o leste. A superfície do mar brilhava sob seus raios. Essa luz benevolente reavivou nossas forças. Minha cabeça se reergueu. Olhei para todos os pontos do horizonte. Avistei a fragata: estava a cinco milhas de nós e formava apenas uma massa escura, quase imperceptível. Mas nada de botes!

Eu queria gritar. Para quê, àquela distância? Meus lábios inchados não me deixavam emitir nenhum som. Conseil conseguiu articular algumas palavras, e eu o ouvi repetir várias vezes:

— Aqui! Aqui!

Suspendemos nossos movimentos por um momento e ficamos ouvindo. Poderia ser um daqueles zumbidos com que o sangue comprimido enche o ouvido, mas me pareceu que um grito respondeu ao grito de Conseil.

— Você ouviu? — murmurei.

— Sim, sim!

E Conseil fez outro chamado desesperado para o espaço.

Dessa vez não havia erro! Uma voz humana estava respondendo à nossa! Seria a voz de algum infeliz abandonado no meio do oceano, outra vítima do choque sofrido pelo navio? Ou será que um dos botes da fragata estava nos chamando das sombras?

Conseil fez um esforço supremo e, apoiando-se em meu ombro enquanto eu resistia com uma última disposição, ergueu-se até a metade na água e caiu exausto.

— O que você viu?

— Eu vi... — ele sussurrou. — Eu vi... mas não vamos falar... vamos poupar nossas forças!

O que ele vira? Então, não sei por que, a ideia do monstro veio à minha cabeça pela primeira vez! Mas e aquela voz? Não é mais a época em que Jonas se refugia na barriga das baleias!

No entanto, Conseil continuava me puxando. De vez em quando, ele levantava a cabeça, olhava para frente e soltava um grito de gratidão, que era respondido por uma voz cada vez mais próxima. Eu mal conseguia ouvi-la. Minhas forças estavam esgotadas; meus dedos estavam se soltando; minha mão não conseguia mais me dar um ponto de apoio; minha boca, convulsivamente aberta, estava cheia de náuseas; o frio me invadia. Levantei a cabeça uma última vez e depois desmaiei...

Naquele momento, um corpo duro me atingiu. Agarrei-me a ele. Então, me senti ser puxado para longe, trazido de volta à superfície da água, meu peito esvaziou e eu desmaiei... É certo que me recuperei rapidamente, graças às vigorosas fricções que foram aplicadas em meu corpo. Entreabri os olhos...

— Conseil — murmurei.

— O senhor chamou? — respondeu Conseil.

Naquele momento, na última luz da lua, que estava afundando no horizonte, vi uma figura que não era a de Conseil e que reconheci imediatamente.

— Ned! — gritei.

— Em pessoa, senhor, e perseguindo sua recompensa! — respondeu o canadense.

— O senhor foi jogado ao mar pela fragata?

— Sim, professor, mas tive mais sorte do que o senhor, pois consegui me firmar em uma ilhota flutuante quase imediatamente.

— Uma ilhota?

— Ou, melhor dizendo, em nosso narval.

— Explique-se, Ned.

— Simplesmente, logo percebi por que meu arpão não tinha sido capaz de cortá-lo e tinha perdido o fio no choque contra sua pele.

— Por que, Ned, por quê?

— Porque essa fera, professor, é feita de chapa de aço!

Nisso, precisei recobrar o juízo, reavivar minhas memórias e verificar minhas próprias afirmações. As últimas palavras do canadense produziram uma súbita reviravolta em meu cérebro. Subi rapidamente até o topo do ser ou objeto semissubmerso que servia como nosso refúgio. Apalpei-o com meu pé. Era obviamente um corpo duro e impenetrável, não a substância macia que compõe a massa dos grandes mamíferos marinhos.

Mas aquele corpo duro poderia ter sido uma carapaça óssea, semelhante à dos animais antediluvianos, e eu teria que classificar o monstro entre os répteis anfíbios, como tartarugas ou jacarés.

Bem, não! O dorso escuro que me sustentava era liso, polido, não imbricado. Fazia um som metálico com o impacto e, por incrível que pareça, dava a impressão, ou melhor, a certeza de que era feito de placas parafusadas.

Não havia dúvida! O animal, o monstro, o fenômeno natural que havia intrigado todo o mundo erudito, abalado e desviado a imaginação dos marujos em ambos os hemisférios, era um fenômeno ainda mais surpreendente, um fenômeno feito pelo homem.

A descoberta da existência do ser mais fabuloso, mais mitológico, não teria surpreendido minha razão no mesmo nível. É muito simples que algo extraordinário venha da natureza. Mas encontrar de repente, diante de seus olhos, o impossível misteriosamente e humanamente realizado, era de confundir a mente!

Não havia, contudo, motivo para hesitar. Estávamos deitados na parte de trás de uma espécie de barco subaquático que, pelo que pude ver, tinha o formato de um imenso peixe de aço. A opinião de Ned Land já estava formada. Conseil e eu só podíamos concordar.

— Então — comecei —, esse dispositivo contém um mecanismo de locomoção e uma tripulação para manobrá-lo?

— Obviamente — respondeu o arpoador —, e mesmo assim, nas três horas em que estou vivendo nesta ilha flutuante, não me deu nenhum sinal de vida.

— O barco não andou?

— Não, Sr. Aronnax. Está se deixando levar pelas ondas, mas não está se movendo.

— Sabemos, entretanto, que tem grande velocidade. Agora, como precisamos de uma máquina para gerar tal velocidade e de um maquinista para dirigir essa máquina, concluo... que estamos salvos.

— Hm! — disse Ned Land em um tom reservado.

Naquele momento, como que para provar meu ponto de vista, houve um borbulhar na parte de trás dessa estranha máquina, cujo propulsor era obviamente uma hélice, e ela começou a se mover. Mal tivemos tempo de nos agarrar à sua parte superior, da qual cerca de oitenta centímetros estavam visíveis. Felizmente, sua velocidade não era excessiva.

— Enquanto ela navegar horizontalmente — murmurou Ned Land — não tenho nada a reclamar. Mas, se resolver mergulhar, não dou dois dólares pela minha vida!

Menos ainda, o canadense poderia ter dito. Portanto, tornou-se urgente me comunicar com os seres encerrados entre as paredes daquela máquina. Procurei em sua superfície por uma abertura, um painel, *um buraco de marujo*; mas as linhas de parafusos, firmemente dobradas sobre as juntas das chapas de metal, eram limpas e uniformes.

Então, a lua desapareceu, deixando-nos em uma escuridão profunda. Tivemos que esperar até o dia clarear para descobrir como entrar no submarino.

Ou seja: nossa salvação dependia exclusivamente do capricho dos misteriosos timoneiros que dirigiam aquele aparelho e, se submergisse, estaríamos perdidos! Exceto nesse caso, eu não tinha dúvidas sobre a possibilidade de entrar em contato com eles. E, de fato, se não produzissem seu próprio ar, teriam de retornar à superfície do oceano de tempos em tempos para renovar seu suprimento de moléculas respiráveis. Portanto, eles precisavam de uma abertura que colocasse o interior do barco em comunicação com a atmosfera.

Quanto à esperança de sermos resgatados pelo comandante Farragut, tivemos que desistir completamente. Estávamos sendo levados para o oeste, e calculei que nossa velocidade, que era relativamente moderada, estava chegando a doze milhas por hora. A hélice batia nas ondas com uma regularidade matemática, às vezes emergindo e fazendo com que a água fosforescente jorrasse a uma grande altura.

Por volta das quatro horas da manhã, a velocidade da máquina aumentou. Mal pudemos resistir a esse impulso vertiginoso enquanto as ondas nos atingiam com força total. Felizmente, Ned encontrou uma grande rede de pesca presa à parte superior da traseira de metal, e conseguimos nos segurar com firmeza.

A longa noite enfim terminou. Minha memória incompleta não me permite reconstituir todas as sensações. Apenas um detalhe me vem à mente. Durante certas calmarias no mar e no vento, várias vezes pensei ter ouvido sons vagos, uma espécie de harmonia fugaz produzida por acordes distantes. Qual seria, então, o mistério dessa navegação submarina, cuja explicação o mundo inteiro buscava em vão? Que seres viviam nesse estranho barco? Que dispositivo mecânico permitia que ele se movesse a uma velocidade tão notável?

Amanheceu o dia. A névoa da manhã nos envolveu, mas logo se dissipou. Eu estava prestes a dar uma olhada de perto no casco, que formava uma espécie de plataforma horizontal na parte superior, quando o vi afundar gradualmente.

— Mil demônios! — gritou Ned Land, batendo o pé no metal, que ressoava. — Abram, seus marinheiros hostis!

Entretanto, era difícil se fazer ouvir em meio à batida ensurdecedora da hélice. O movimento de submergir parou, felizmente. De repente, ouviu-se o som de ferragens sendo movidas violentamente dentro do barco. Uma escotilha se abriu, um homem apareceu, deu um grito estranho e desapareceu imediatamente. Poucos momentos depois, oito homens fortes, com os rostos encobertos, apareceram silenciosamente e nos puxaram para dentro de sua formidável máquina.

CAPÍTULO VIII

Mobilis in mobile

Esse sequestro, tão brutalmente executado, deu-se na rapidez de um relâmpago. Meus companheiros e eu não tivemos tempo de dar por conta de nós mesmos. Não sei o que eles sentiram ao serem conduzidos a essa prisão flutuante, mas, de minha parte, um ligeiro arrepio percorreu minha espinha. Com quem estávamos lidando? Sem dúvida, alguns piratas de uma nova espécie, que estavam explorando o mar à sua própria maneira.

Assim que a estreita escotilha se fechou atrás de mim, uma escuridão profunda me envolveu. Meus olhos, impregnados com a luz de fora, não conseguiam perceber nada. Senti meus pés descalços agarrados aos degraus de uma escada de ferro. Ned Land e Conseil, se segurando com força, me seguiram. Na base da escada, uma porta se abriu e imediatamente se fechou sobre nós com um forte estrondo.

Estávamos sozinhos. Onde? Eu não sabia dizer, mal conseguia imaginar. Tudo estava escuro, mas tão escuro que, depois de alguns minutos, meus olhos ainda não captavam um desses brilhos indeterminados que flutuam nas noites mais profundas.

Ned Land, com seus modos, furioso, deu vazão à sua indignação.

— Mil demônios! — exclamou. — Essas pessoas poderiam ensinar algumas coisas sobre hospitalidade aos caledônios! Só o que falta é ainda serem antropófagos! Eu não me surpreenderia, mas já aviso que não serei comido sem protestar!

— Acalme-se, amigo Ned, acalme-se — respondeu o Conseil, calmamente. — Não se empolgue antes da hora. Ainda não estamos no espeto!

— No espeto, não — retrucou o canadense —, mas no forno, com certeza! Felizmente, ainda tenho comigo minha faca *Bowie* e ainda consigo enxergar com clareza suficiente para usá-la. O primeiro desses bandidos que colocar as mãos em mim...

— Não fique irritado, Ned — eu disse ao arpoador —, e não nos comprometa com violência inútil. Vai saber se não estão nos escutando. Antes disso, vamos tentar descobrir onde estamos!

Avancei, tateando o caminho. Depois de cinco passos, me deparei com uma parede de ferro feita de chapas de metal aparafusadas. Então, ao me virar, trombei em uma mesa de madeira, ao lado da qual havia vários degraus. O piso dessa prisão estava escondido sob um espesso tapete de fórmio que abafava o som dos passos. As paredes nuas não apresentavam sinais de portas ou janelas. Conseil, virando-se na direção oposta, juntou-se a mim e voltamos para o meio da cabine, que devia ter seis metros de comprimento e três metros de largura. Quanto à altura, Ned Land, apesar de sua grande estatura, não conseguia medi-la.

Já havia se passado meia hora sem nenhuma mudança na situação, quando nossos olhos subitamente mudaram da escuridão extrema para a luz mais violenta. Nossa prisão se iluminou de repente, ou seja, foi preenchida com uma substância luminosa tão brilhante que, a princípio, não consegui suportar o brilho. Por sua claridade, por sua intensidade, reconheci a iluminação elétrica, que produzia em torno do barco submarino uma espécie de fenômeno fosforescente. Depois de fechar os olhos involuntariamente, eu os reabri e vi que o agente luminoso estava escapando de um meio-globo fosco que circundava o teto da cabine.

— Finalmente, luz! — exclamou Ned Land, que estava na defensiva com sua faca na mão.

— Sim — respondi, arriscando a antítese —, mas a situação não é menos obscura.

— O senhor terá de ser paciente — disse o impassível Conseil.

A iluminação repentina da cabine me permitiu examinar os detalhes. Ela continha apenas a mesa e os cinco degraus. A porta invisível devia estar hermeticamente fechada. Nenhum som chegava aos nossos ouvidos, e tudo dentro do barco parecia morto. Estaria ele andando, permanecendo na superfície do oceano ou afundando em suas profundezas? Eu não sabia dizer.

No entanto, o globo de luz não havia se iluminado sem motivo. Portanto, eu esperava que os homens da tripulação não demorassem para aparecer. Quando se quer esquecer as pessoas, não se iluminam masmorras.

Eu não estava enganado. A porta se abriu e dois homens apareceram. Um deles era de baixa estatura, vigorosamente musculoso, de ombros largos, membro robusto, cabeça forte, cabelo preto abundante, bigode espesso, olhos afiados e penetrantes, e toda a sua personalidade era marcada por aquela vivacidade sulista que caracteriza o povo da Provença, na França. Diderot afirmou, com toda razão, que o gesto de um homem é metafórico, e esse homenzinho certamente era a prova viva disso. Era possível sentir que, em sua linguagem habitual, ele deve ter esbanjado prosopopeia, metonímia e hipálage. O que, aliás, nunca pude verificar, pois ele sempre usava um idioma singular e absolutamente incompreensível na minha frente.

O segundo desconhecido merece uma descrição mais detalhada. Um discípulo de Gratiolet ou Engel teria lido seu rosto como um livro. Reconheci sem hesitação suas qualidades dominantes: autoconfiança, pois sua cabeça se erguia nobremente no arco formado pela linha de seus ombros, e seus olhos pretos fitavam com fria segurança; tranquilidade, pois sua pele, mais pálida do que colorida, anunciava a calmaria de seu sangue; energia, demonstrada pela rápida contração dos músculos de suas sobrancelhas; coragem, pois sua ampla respiração denotava grande expansão vital.

Eu acrescentaria que esse homem era orgulhoso, que seu olhar firme e calmo parecia refletir pensamentos elevados, e que de tudo isso, da homogeneidade das expressões nos gestos do corpo e do rosto, de acordo com a observação dos fisionomistas, resultava uma franqueza indiscutível.

Senti-me *involuntariamente* reconfortado com sua presença e previ bem nosso encontro. Eu não sabia dizer se ele tinha trinta e cinco ou cinquenta anos. Sua estatura era alta, a testa larga, o nariz reto, a boca claramente definida, os dentes magníficos, as mãos finas, alongadas, eminentemente psíquicas, para usar um termo quironômico, ou seja, dignas de servir a uma alma elevada e apaixonada. Esse homem era certamente o tipo mais admirável que eu já havia conhecido. Um detalhe particular era que seus olhos, ligeiramente afastados um do outro, podiam captar simultaneamente quase um quarto do horizonte. Essa faculdade — verifiquei mais tarde — estava associada a um poder de visão ainda superior ao de Ned Land. Quando esse estranho olhava para um objeto, a linha de suas sobrancelhas se franzia, suas pálpebras largas se juntavam de modo a circunscrever a pupila de seus olhos e, assim, estreitar o campo de visão, e ele olhava! Que olhar! Como ele ampliava objetos que se tornavam menores pela distância! Como penetrava até a alma! Como perfurava essas camadas líquidas, tão opacas aos nossos olhos, e como lia as profundezas do mar!

Os dois estranhos, usando boinas feitas de pele de lontra marinha e botas marítimas de pele de foca, estavam vestidos com um tecido especial que ficava solto na cintura e lhes permitia grande liberdade de movimento.

O mais alto dos dois — obviamente o líder do navio — nos examinou com extrema atenção, sem dizer uma palavra. Depois, voltando-se para seu companheiro, falou com ele em um idioma que não consegui reconhecer. Era um idioma sonoro, harmonioso e flexível, cujas vogais pareciam estar sujeitas a uma acentuação muito variada.

O outro homem acenou com a cabeça em resposta e acrescentou duas ou três palavras que eram completamente incompreensíveis. Então, com os olhos, ele pareceu me questionar diretamente. Respondi, em bom francês, que não estava entendendo nada daquela língua, mas ele também pareceu não me entender, e a situação se tornou bastante embaraçosa.

— Deixe o cavalheiro continuar a contar nossa história — disse Conseil. — Talvez os senhores entendam algumas palavras.

Comecei a contar nossas aventuras novamente, articulando todas as minhas sílabas com clareza e sem omitir um único detalhe. Dei nossos nomes e títulos, apresentando o professor Aronnax, seu criado Conseil e o mestre Ned Land, o arpoador.

O homem de olhos suaves e calmos me ouviu em silêncio, educadamente até, e com notável atenção. Mas não havia nada em seu rosto que indicasse que ele havia entendido minha história. Quando terminei, ele não disse uma única palavra.

Ainda havia a opção de falar inglês. Talvez pudéssemos nos fazer ouvir nesse idioma, que é quase universal. Eu sabia inglês e alemão o bastante para ler fluentemente, mas não para falar corretamente. Nesse caso, eu precisava me fazer entender.

— Agora é a sua vez — eu disse ao arpoador. — Você, mestre Land, tire de sua bolsa o melhor inglês já falado por um anglo-saxão e tente ter mais sucesso do que eu.

Ned não se demorou e começou a repetir minha história, que eu entendi mais ou menos. O conteúdo era o mesmo, mas a forma era diferente. O canadense, levado por seu caráter, estava muito animado. Reclamou violentamente de estar preso em desacordo com a lei das nações, perguntou sob qual lei estava sendo mantido, invocou *habeas corpus*, ameaçou processar aqueles que o estavam confinando de modo indevido, lutou, gesticulou, gritou e, finalmente, deixou claro com um gesto expressivo que estávamos morrendo de fome. O que era perfeitamente verdade, mas havíamos mais ou menos nos esquecido disso.

Para seu espanto, o arpoador não parecia ter sido mais inteligível do que eu. Nossos visitantes não pestanejaram. Era óbvio que eles não entendiam nem a língua de Arago nem a de Faraday.

Tendo esgotado nossos recursos filológicos em vão, eu estava sem saber o que fazer quando Conseil me disse:

— Se o senhor me permitir, contarei a história em alemão.

— Como assim, você sabe alemão?

— Como um flamengo, se não se importa que eu diga isso.

— Pelo contrário, eu gosto. Vá em frente, meu rapaz.

E Conseil, com sua voz calma, contou pela terceira vez as várias reviravoltas de nossa história. Mas, apesar das frases elegantes e da bela acentuação do narrador, a língua alemã não teve sucesso.

Finalmente, levado ao limite, reuni tudo o que havia sobrado de meus primeiros estudos e comecei a contar nossas aventuras em latim. Cícero teria tapado os ouvidos e me mandado de volta para de onde vim, mas consegui me safar. O mesmo resultado negativo.

Quando essa última tentativa foi finalmente abortada, os dois estranhos trocaram algumas palavras em seu idioma incompreensível e se retiraram, sem sequer nos fazer um daqueles gestos tranquilizadores que são comuns em todos os países do mundo. A porta se fechou novamente.

— Isso é uma infâmia! — gritou Ned Land, pela vigésima vez. — Como pode! Falamos com esses malandros em francês, inglês, alemão e latim, e nenhum deles tem a cortesia de responder!

— Acalme-se, Ned — falei ao arpoador enraivado —, a raiva não o levará a lugar algum.

— O senhor não enxerga, professor — prosseguiu nosso companheiro irascível —, que podemos morrer de fome nesta gaiola de ferro?

— Que nada — disse Conseil. — Com um pouco de serenidade, podemos durar muito tempo.

— Meus amigos — eu disse —, não devemos nos desesperar. Já estivemos em situações piores. Deem-me o prazer de esperar para formar uma opinião sobre o capitão e a tripulação deste barco.

— Minha opinião já está formada — retrucou Ned Land. — São uns malandros...

— E de que país?

— Do país dos malandros!

— Meu bom Ned, esse país ainda não está suficientemente indicado no mapa-múndi, e confesso que a nacionalidade desses dois estranhos é difícil de determinar! Nem inglês, nem francês, nem alemão, é tudo o que podemos dizer. No entanto, eu me sentiria inclinado a admitir que esse comandante e seu imediato nasceram em latitudes baixas. Há algo de sulista neles. Mas se são espanhóis, turcos, árabes ou indianos, isso é o que seu tipo físico não me permite decidir. Quanto ao idioma deles, é absolutamente incompreensível.

— Esse é o inconveniente de não conhecer todos os idiomas — respondeu Conseil —, ou a desvantagem de não ter um único idioma!

— O que seria inútil! — respondeu Ned Land. — Vocês não veem que essas pessoas têm um idioma próprio, um idioma inventado para enganar as pessoas boas que pedem comida? Não é algo compreendido, em todos os países do mundo, abrir a boca, mover a mandíbula, arreganhar os dentes e os lábios? Tanto no Quebec como nas Ilhas de Tuamotu, em Paris como nos antípodas, isso não significa "Estou com fome! Dê-me algo para comer!"?

— Oh — fez Conseil —, há certas naturezas tão pouco inteligentes...!

Ao dizer essas palavras, a porta se abriu. Um comissário entrou. Ele nos trouxe algumas roupas, jaquetas e calças, feitas de um tecido que não reconheci. Logo vesti-as, e meus companheiros seguiram minha deixa.

Enquanto isso, o comissário — mudo, talvez surdo — havia posto a mesa e colocado três pratos.

— Isso aqui é promissor — disse Conseil —, e parece bom.

— Pff! — respondeu o arpoador ressentido. — O que você acha que comeremos aqui? Fígado de tartaruga, filé de tubarão, bife de cação?

— Vamos ver! — disse Conseil.

Os pratos, cobertos com suas campânulas de prata, foram colocados simetricamente sobre a toalha, e tomamos nossos lugares à mesa. Sem dúvida, estávamos lidando com pessoas civilizadas e, se não fosse pela luz elétrica que inundava nossa sala, eu teria pensado que estava na sala de jantar do Adelphi Hotel em Liverpool ou do Grand Hotel em Paris.

Devo dizer, no entanto, que faltava absolutamente o pão e o vinho. A água era fresca e clara, mas era água — o que não era do gosto de Ned Land. Entre os pratos que nos foram servidos, reconheci vários peixes delicadamente preparados; mas em certos pratos, por mais excelentes que fossem, eu não conseguia nem mesmo distinguir a que reino, vegetal ou animal, seu conteúdo pertencia. Quanto ao serviço de mesa, era elegante e de perfeito bom gosto. Cada utensílio, colher, garfo, faca e prato trazia uma letra rodeada por um lema em exórdio, do qual o seguinte é um fac-símile exato:

MOBILIS IN MOBILE
N

"Móvel no elemento movente!" Esse lema se aplicava precisamente àquele dispositivo subaquático, com a condição de que a preposição *in* fosse traduzida como "em" e não "sobre". A letra N, sem dúvida, formava a inicial do nome do enigmático personagem que comandava o fundo do mar!

Ned e Conseil não pensaram muito no assunto. Eles estavam devorando a comida, e não demorou muito para que eu seguisse os passos deles. Também fiquei mais tranquilo quanto ao nosso destino, e me pareceu óbvio que nossos anfitriões não queriam nos deixar morrer de inanição.

Entretanto, tudo acaba aqui na Terra, tudo passa, até mesmo a fome de pessoas que não comem há quinze horas. Com o apetite saciado, a necessidade de dormir tornou-se imperativa. Uma reação natural, após a noite interminável em que lutamos contra a morte.

— Meu Deus, dormiria muito bem agora — disse Conseil.

— E eu estou dormindo! — respondeu Ned Land.

Meus dois companheiros se estenderam no carpete da cabine e logo mergulharam em um sono profundo. De minha parte, cedi menos facilmente a essa necessidade violenta de dormir. Muitos pensamentos estavam se acumulando em minha mente, muitas perguntas sem resposta se esmagaram nela, muitas imagens seguraram minhas pálpebras entreabertas! Que potência estranha estava nos carregando? Senti — ou melhor, pensei ter sentido — a embarcação afundando em direção aos confins do mar. Pesadelos violentos me obcecavam. Nesses asilos misteriosos, eu vislumbrava um mundo inteiro de animais desconhecidos, dos quais esse barco subaquático parecia ser o congênere, vivo, em movimento, formidável como eles! Então meus sonhos se acalmaram, minha imaginação se transformou em uma vaga sonolência, e logo caí em um sono morno.

CAPÍTULO IX

A ira de Ned Land

Quanto tempo durou esse sono, não sei; mas deve ter sido longo, pois nos deu um descanso completo de nossas fadigas. Eu acordei primeiro. Meus companheiros ainda não haviam se mexido e estavam deitados em seus cantos como massas inertes.

Assim que me levantei daquela cama bastante dura, senti meu cérebro e minha mente límpidos. Então, voltei a examinar cuidadosamente nossa cela. Nada havia mudado em sua configuração interna. A prisão continuava sendo uma prisão, e os prisioneiros, prisioneiros. No entanto, o comissário de bordo, aproveitando-se de nosso sono, havia tirado a mesa. Assim, não havia nenhum sinal de mudança na situação, e eu me perguntei seriamente se estaríamos destinados a viver indefinidamente naquela jaula.

Essa perspectiva parecia ainda mais desagradável porque, embora meu cérebro estivesse livre das obsessões do dia anterior, meu peito parecia singularmente oprimido. Minha respiração era árdua. O ar pesado não era mais suficiente para meus pulmões. Apesar da cela ser grande, era óbvio que havíamos consumido grande parte do oxigênio que ela continha. Em uma hora, cada homem consome o oxigênio contido em cem litros de ar, e esse ar, carregado com uma quantidade quase igual de ácido carbônico, torna-se irrespirável.

Ou seja, era urgente renovar a atmosfera de nossa prisão e, sem dúvida, também a atmosfera do submarino. Isso levantou uma questão em minha mente: como o comandante dessa residência flutuante procedia? Será que ele obtinha o ar por meios químicos, aquecendo o oxigênio contido no clorato de potássio e absorvendo o ácido carbônico com potassa cáustica? Nesse caso, ele deve ter mantido alguma relação com os continentes para obter os materiais necessários para essa operação. Ou ele simplesmente armazena o ar sob alta pressão em tanques e depois o distribui de acordo com as necessidades de sua tripulação? Talvez. Ou, como um método mais conveniente, mais econômico e, portanto, mais provável, ele se contentava em voltar a respirar na superfície da água, como um cetáceo, e renovar seu suprimento de atmosfera por vinte e quatro horas? Fosse qual fosse o caso, e fosse qual fosse o método, parecia-me prudente aplicá-lo o quanto antes.

Na verdade, eu já era forçado a multiplicar minhas inspirações para extrair dessa célula o pouco oxigênio que ela continha, quando, de repente, fui refrescado por uma corrente de ar puro e todo o vapor de emanações salinas. Abri bem a boca e meus pulmões ficaram saturados de moléculas frescas. Ao mesmo tempo, senti um balanço, um rolar de amplitude medíocre, mas perfeitamente determinável. O barco, o monstro de metal, obviamente tinha acabado de chegar à superfície do oceano para respirar como uma baleia. O método de ventilação do navio estava, portanto, perfeitamente reconhecido.

Depois de absorver o ar puro a plenos pulmões, procurei o duto, a saída de ar que permitia que esse eflúvio benéfico chegasse até nós, e logo o encontrei. Acima da porta havia um orifício de ventilação pelo qual passava uma coluna de ar fresco, renovando a atmosfera empobrecida da cela.

Eu havia chegado a esse ponto de minhas observações quando Ned e Conseil acordaram quase ao mesmo tempo, sob a influência daquele ar revitalizante. Eles esfregaram os olhos, esticaram os braços e se puseram de pé em um instante.

— Teve uma boa noite de sono? — perguntou Conseil com sua cortesia habitual.

— Muito boa, meu bom amigo — respondi. — E o senhor, mestre Ned Land?

— Profundamente, professor. Mas, não sei se estou enganado, parece que estou respirando uma brisa do mar?

Um marinheiro não poderia equivocar-se, e contei ao canadense o que havia acontecido enquanto ele dormia.

— Bem — disse ele —, isso explica perfeitamente aqueles rugidos que ouvimos quando o suposto narval estava à vista do *Abraham Lincoln*.

— Perfeitamente, Mestre Land, era sua respiração!

— Só que, Sr. Aronnax, não tenho ideia de que horas são, será que é hora do jantar?

— Hora do jantar, meu caro arpoador? Antes a hora do almoço, porque certamente é o dia seguinte a ontem.

— O que mostra — respondeu Conseil — que tivemos vinte e quatro horas de sono.

— Essa é a minha opinião — respondi.

— Não estou lhes contradizendo — respondeu Ned Land. — Mas, jantar ou almoço, o comissário de bordo pode trazer qualquer um dos dois.

— Ambos — disse Conseil.

— É justo — respondeu o canadense —, temos direito a duas refeições, e farei justiça a ambas.

— Bem, então! Ned, vamos esperar — respondi. — É óbvio que esses estranhos não têm a intenção de nos deixar morrer de fome, pois, se assim fosse, não teria sentido em terem trazido o jantar da noite passada.

— A menos que eles estivessem nos engordando — retrucou Ned.

— Eu protesto — respondi. — Não caímos nas mãos de canibais!

— Não seria a primeira vez — respondeu o canadense com seriedade. — Quem sabe se essas pessoas não estão privadas de carne fresca por um longo tempo e, nesse caso, três indivíduos saudáveis e bem constituídos como o professor, seu criado e eu...

— Tire essas ideias da cabeça, Mestre Land — respondi ao arpoador —, e, acima de tudo, não as desconte em nossos anfitriões, o que só pioraria a situação.

— De qualquer forma — disse o arpoador —, estou faminto como o diabo, e seja jantar ou almoço, a comida nunca chega!

— Mestre Land — respondi —, temos de nos conformar com as regras do navio, e suponho que nossos estômagos estejam se movendo mais rápido do que o relógio do mestre-cuca.

— Bem, vai chegar na hora certa — respondeu Conseil tranquilamente.

— Eu vejo o que está fazendo aí, amigo Conseil — respondeu o impaciente canadense. — Você não desgasta muito seus nervos! Sempre calmo! Seria capaz de agradecer pela comida antes de a servirem e passar fome em vez de reclamar!

— De que isso adiantaria? — perguntou Conseil.

— Mas isso é motivo para se reclamar! Já é alguma coisa. E se esses piratas — digo piratas por respeito, e para não irritar o professor, que proíbe chamá-los de canibais —, se esses piratas acham que vão me manter nessa jaula onde estou sufocando, sem ouvir os palavrões que uso para temperar minhas explosões, estão enganados! Vamos, Sr. Aronnax, fale francamente. Você acha que eles vão nos manter nessa caixa de ferro por muito tempo?

— Para dizer a verdade, sei tanto quanto você, amigo Land.

— Mas o que você acha?

— Suponho que o acaso nos tornou donos de um segredo importante. Agora, se a tripulação deste submarino tem interesse em guardá-lo, e se esse interesse é mais sério do que a vida de três homens, acho que nossa existência está em grande perigo. Caso contrário, na primeira oportunidade, o monstro que nos engoliu nos levará de volta ao mundo habitado por nossos semelhantes.

— A menos que nos aliste em sua tripulação — disse Conseil —, e nos mantenha aqui...

— Até o momento — respondeu Ned Land — em que alguma fragata, mais rápida ou mais habilidosa do que o *Abraham Lincoln*, se apodere desse ninho de piratas e envie sua tripulação e a nós para um último suspiro no final de sua grande borda.

— Bem fundamentado, Mestre Land — respondi. — Mas, até onde sei, ainda não foi feita nenhuma proposta nesse sentido. Portanto, é inútil discutir o curso de ação que devemos tomar, se for o caso. Repito, vamos esperar, vamos ponderar as circunstâncias e não fazer nada, já que não há nada a fazer.

— Pelo contrário, Sr. Professor, temos que fazer algo! — respondeu convencido o arpoador.

— E o que seria isso, Mestre Land?

— Fugir.

— Fugir de uma prisão *terrestre* costuma ser difícil, mas de uma prisão subaquática... isso me parece absolutamente impraticável.

— Vamos lá, amigo Ned — perguntou Conseil —, o que você acha da objeção do senhor? Não posso acreditar que um canadense esgote seus recursos!

O arpoador, visivelmente constrangido, permaneceu em silêncio. Fugir, nas condições em que o acaso nos havia jogado, era absolutamente impossível. Mas um canadense é metade francês, e o mestre Ned Land deixou isso claro com sua resposta.

— Então, Sr. Aronnax — continuou ele após alguns instantes de reflexão —, você não consegue imaginar o que precisam fazer as pessoas que não conseguem escapar da prisão?

— Não, meu amigo.

— É muito simples, eles têm que dar um jeito de ficar lá.

— Por Deus! — exclamou Conseil. — É melhor estar dentro do que em cima ou embaixo!

— Mas depois de expulsar os carcereiros, os porteiros e os guardas — acrescentou Ned Land.

— O quê, Ned? Você está pensando seriamente em assumir o controle deste navio?

— Muito seriamente — respondeu o canadense.

— Impossível.

— Por que, senhor? Pode haver algum acaso favorável, e não vejo o que poderia nos impedir de aproveitá-lo. Se houver apenas cerca de vinte homens a bordo desta máquina, não serão capazes de conter dois franceses e um canadense, suponho!

Era melhor aceitar a proposta do arpoador do que discutir sobre ela. Então, me contentei em responder:

— Vamos deixar isso por conta das circunstâncias, Mestre Land, e veremos. Mas até lá, por favor, contenha sua impaciência. Você só consegue agir a partir da raiva, e não é se deixando levar que criará chances favoráveis. Portanto, prometa-me que aceitará a situação sem muita ira.

— Eu prometo, professor — respondeu Ned Land, em um tom não muito reconfortante. — Nem uma palavra violenta sairá de minha boca, nem um gesto brutal me trairá, mesmo que o serviço de mesa não seja feito com a regularidade desejada.

— Tenho sua palavra, Ned — respondi ao canadense.

Em seguida, a conversa foi suspensa e cada um começou a pensar por si mesmo. Devo confessar que, de minha parte, e apesar da garantia do arpoador, eu não me iludia. Não acreditava nas ocasiões favoráveis que Ned Land havia mencionado. Para ser manobrado com tanta segurança, o submarino exigia uma tripulação grande e, consequentemente, no caso de um combate, estaríamos lidando com um grupo forte demais. Além disso, acima de tudo, tínhamos que estar livres, e não estávamos. Eu não conseguia nem ver uma maneira de escapar daquela cela de metal hermeticamente fechada. E se o estranho capitão desse barco tivesse um segredo a guardar — o que parecia muito provável —, ele não nos deixaria agir livremente a bordo. Agora, livraria-se de nós pela violência ou, um dia, jogaria-nos em algum pedaço de terra? Essa era a incógnita. Todas essas hipóteses pareciam extremamente plausíveis para mim, e era preciso ser um arpoador para ter esperança de recuperar a liberdade.

Também percebi que as ideias de Ned Land estavam se tornando cada vez mais amargas pelas reflexões que se empilhavam na sua mente. Aos poucos, pude ouvir os palavrões ressoando em sua garganta e pude ver seus gestos se tornarem ameaçadores novamente. Ele se levantou, virou-se como um animal selvagem em uma jaula, bateu nas paredes com o pé e o punho. Além disso, o tempo estava se esgotando, a fome estava se fazendo sentir cruelmente e, dessa vez, o comissário não apareceu. E isso significava que por muito tempo esqueciam a nossa situação de náufragos, se é que alguém realmente tinha boas intenções para conosco.

Ned Land, atormentado pelas pontadas de seu estômago robusto, estava ficando cada vez mais irritado e, apesar de sua palavra, eu realmente temia uma explosão quando se encontrasse na presença de um dos homens a bordo.

Por mais duas horas, a raiva de Ned Land foi se exaltando. O canadense chamava e gritava, mas sem sucesso. As paredes de estanho eram isolantes. Eu não conseguia ouvir um som sequer dentro do barco, que parecia morto. Não estava se movendo, porque eu obviamente teria sentido o estremecimento do casco sob o impulso da hélice. Mergulhado, sem dúvida, no abismo das águas, não pertencia mais à terra. Todo aquele silêncio morno era assustador.

Quanto ao nosso abandono, nosso isolamento no fundo dessa cela, não ousei calcular quanto tempo poderia durar. As esperanças que eu havia concebido depois de nosso encontro com o capitão estavam desaparecendo gradualmente. A gentileza do olhar daquele homem, a expressão generosa de seu rosto, a nobreza de seu porte, tudo isso desaparecia de minha memória. Passei a ver esse personagem enigmático como ele deveria ser, necessariamente impiedoso e cruel. Senti que estava fora da humanidade, inacessível a qualquer sentimento de piedade, um inimigo implacável de seus semelhantes, a quem deve dedicar um ódio eterno!

Mas será que aquele homem nos deixaria morrer de fome, trancados nessa prisão estreita, entregues às horríveis tentações da fome feroz? Esse pensamento tenebroso encheu minha mente com uma intensidade terrível e, com a ajuda de minha imaginação, senti-me dominado por um pavor insano. Conseil permanecia calmo, Ned Land rugia.

Naquele momento, ouviu-se um barulho do lado de fora. Passos ecoaram na laje de metal. As fechaduras foram remexidas, a porta se abriu e o comissário de bordo apareceu. Antes que eu pudesse fazer um movimento para impedi-lo, o canadense pulou no infeliz, derrubou-o e o agarrou pela garganta. O comissário estava sufocando sob sua mão poderosa.

Conseil já tentava tirar sua vítima meio sufocada das mãos do arpoador, e eu estava prestes a me juntar aos seus esforços quando, de repente, fiquei petrificado no meu lugar por causa destas palavras, ditas em francês:

— Acalme-se, mestre Land, e o senhor também, professor, ouçam-me.

CAPÍTULO X

O homem das águas

Era o capitão do navio que dizia essas palavras. Ao ouvi-las, Ned Land se levantou de repente. O comissário, quase estrangulado, saiu cambaleando a um sinal de seu mestre; mas tal era o império do capitão a bordo que nenhum gesto revelou o ressentimento que esse homem devia estar sentindo pelo canadense. Conseil, a contragosto envolvido, e eu, atônito, esperamos em silêncio o desfecho da cena.

O comandante, encostado no canto da mesa, com os braços cruzados, nos observava com atenção extasiada. Será que ele estava hesitando em falar? Será que estava se arrependendo das palavras que acabara de dizer em francês? Parecia que sim.

Depois de alguns momentos de silêncio, que nenhum de nós cogitou interromper:

— Senhores — disse ele com uma voz calma e penetrante —, eu também falo francês, inglês, alemão e latim. Portanto, eu poderia ter lhes dado uma resposta, mas quis conhecê-los primeiro e depois pensar melhor. Sua história quádrupla, que era absolutamente semelhante em sua essência, confirmou-me as suas identidades. Agora sei que o acaso me trouxe o Sr. Pierre Aronnax, professor de história natural do Museu de Paris, em uma missão científica no exterior, seu criado, e Ned Land, de origem canadense, arpoador a bordo da fragata *Abraham Lincoln*, da Marinha dos Estados Unidos.

Inclinei minha cabeça em sinal de assentimento. Não era uma pergunta que o comandante estava me fazendo. Portanto, não havia resposta a ser dada. O homem falava com perfeita desenvoltura, sem sotaque. Suas frases eram claras, suas palavras, precisas, sua elocução, notável. E, no entanto, não *senti* nele um compatriota.

Ele retomou a conversa nos seguintes termos:

— Os senhores devem ter percebido que demorei muito para lhes fazer esta segunda visita. Isso se deve ao fato de que, depois de confirmar suas identidades, eu queria considerar cuidadosamente que atitude tomar em relação a vocês. Hesitei muito. As circunstâncias mais infelizes os trouxeram à presença de um homem que rompeu com a humanidade. Vocês vieram perturbar minha vida...

— Involuntariamente — interferi.

— Involuntariamente? — respondeu o estranho, com a voz um pouco mais firme. Foi involuntariamente que o *Abraham Lincoln* me perseguiu pelos mares? Foi involuntariamente que vocês embarcaram naquela fragata? Foi involuntariamente que suas balas de canhão ricochetearam no casco do meu navio? Será que foi involuntariamente que o Mestre Ned Land me atingiu com seu arpão?

Percebi nessas palavras uma irritação moderada. Mas eu tinha uma resposta muito natural a dar a essas recriminações, e eu a dei.

— Senhor — disse eu —, sem dúvida não está ciente das discussões que ocorreram a seu respeito na América e na Europa. Não sabe que vários acidentes, causados pelo impacto de seu submarino, despertaram a opinião pública em ambos os continentes. Vou poupá-lo das inúmeras hipóteses que foram apresentadas para explicar o fenômeno inexplicável do qual só o senhor tinha o segredo. Mas saiba que, ao persegui-lo até o alto-mar do Pacífico, o *Abraham Lincoln* acreditou estar caçando um poderoso monstro marinho, do qual o oceano precisava ser libertado a todo custo.

Um meio-sorriso relaxou os lábios do comandante e, em seguida, em um tom mais calmo:

— Sr. Aronnax — ele respondeu —, o senhor ousaria dizer que sua fragata não teria perseguido e atirado com canhões em um barco subaquático, assim como em um monstro?

Essa pergunta me deixou confuso, pois certamente o comandante Farragut não teria hesitado. Teria julgado ser seu dever destruir um dispositivo desse tipo, assim como um gigantesco narval.

— Portanto entende, senhor — disse o estranho —, que tenho o direito de tratá-los como inimigos.

Não respondi nada, e por um bom motivo. Qual é o sentido de tal debate quando a força pode destruir os melhores argumentos?

— Hesitei longamente — continuou o comandante. — Nada me obrigava a lhes dar hospitalidade. Se os perdesse de vista, não teria interesse em vê-los novamente. Colocaria-os de volta na plataforma do navio, que foi seu refúgio. Afundaria no mar e esqueceria que vocês existiam. Não seria isso o meu direito?

— Talvez o direito de um selvagem — respondi —, mas não o de um homem civilizado.

— Professor — respondeu o comandante com firmeza —, eu não sou o que você chama de homem civilizado! Rompi com a sociedade como um todo por motivos que só eu tenho o direito de avaliar. Portanto, não obedeço às suas regras e comprometam-se a nunca invocá-las em minha presença!

Isso foi dito com muita clareza. Um lampejo de raiva e desdém iluminou os olhos do estranho, e tive um vislumbre de um passado formidável na vida desse homem. Ele não apenas havia se separado das leis humanas, mas também se tornou independente, livre no sentido mais estrito da palavra, fora de qualquer alcance! Quem se atreveria a persegui-lo no fundo dos mares, já que em sua superfície ele frustrou todos os esforços feitos contra ele? Que navio poderia suportar o choque de seu monitor subaquático? Que armadura, por mais espessa que fosse, poderia resistir aos golpes de sua espora? Nenhum homem poderia pedir-lhe contas de seus atos. Deus, se é que acreditasse nele, e sua consciência, se tivesse uma, eram seus únicos juízes.

Esses pensamentos me atravessaram rapidamente, enquanto a estranha figura permanecia em silêncio, absorta e como se estivesse fechada em si mesma. Eu o encarava com uma mistura de medo e interesse, decerto da mesma forma que Édipo encarava a Esfinge.

Depois de um silêncio bastante longo, o capitão voltou a falar.

— Hesitei — disse ele —, mas achei que meu interesse poderia ser conciliado com a piedade natural a que todo ser humano tem direito. Vocês permanecerão a bordo, já que o destino os jogou aqui. Ficarão livres aqui e, em troca dessa liberdade, que é relativa, imporei apenas uma condição. Sua promessa de que irão cumpri-la será suficiente para mim.

— Certo, senhor; suponho que seja uma condição que um homem direito pode aceitar?

— Sim, senhor, aqui está: é possível que certos eventos imprevistos me obriguem a confiná-los em suas cabines por algumas horas ou alguns dias, conforme o caso. Como não quero usar violência, espero que, nesses casos, mais do que em todos os outros, vocês obedeçam passivamente. Se o fizerem, eu tomo a responsabilidade sobre vocês, liberto-os totalmente, porque cabe a mim tornar impossível que vocês vejam o que não deve ser visto. Aceitam essa condição?

Ora, a bordo ocorriam coisas, no mínimo, peculiares, que não deveriam ser vistas por pessoas que não se abstiveram das leis da sociedade! Entre as surpresas que o futuro me reservava, essa não seria a menor.

— Aceitamos — respondi. — Mas preciso pedir sua permissão, senhor, para fazer uma pergunta, uma apenas.

— Fale, senhor.

— O senhor disse que seríamos livres a bordo?

— Completamente.

— Então vou lhe perguntar o que o senhor quer dizer com essa liberdade.

— A liberdade de ir e vir, de ver, até mesmo de observar tudo o que acontece aqui — exceto em algumas raras circunstâncias —, a liberdade que nós mesmos desfrutamos, meus companheiros e eu.

Era óbvio que não estávamos nos entendendo.

— Perdoe-me, senhor — continuei —, mas essa liberdade é apenas a liberdade que todo prisioneiro tem para andar pela prisão. Isso não basta para nós.

— Mas deverá bastar!

— Temos de renunciar nossa terra natal, nossos amigos, nossos pais!

— Sim, senhor. Mas desistir desse jugo insuportável da terra, que os homens acreditam ser a liberdade, talvez não seja tão doloroso quanto você pensa!

— Por exemplo — gritou Ned Land —, nunca darei minha palavra de que não tentarei escapar!

— Não estou pedindo sua palavra, mestre Land — respondeu o comandante friamente.

— Senhor — respondi, apesar de tudo —, o senhor está abusando de sua posição em relação a nós! Isso é crueldade!

— Não, senhor, é clemência! Vocês são meus prisioneiros depois da batalha! Estou mantendo-os aqui, quando eu poderia, com uma palavra, jogá-los de volta no abismo do oceano! Vocês me atacaram! Vocês vieram tentar expor um segredo que nenhum homem no mundo deveria descobrir, o segredo de toda a minha existência! E acham que eu vou mandá-los de volta para essa terra que nunca mais deve me descobrir! Nunca! Nunca! Ao mantê-los aqui, não estou protegendo vocês, estou protegendo a mim mesmo!

Essas palavras indicavam uma determinação da parte do comandante contra a qual nenhum argumento poderia prevalecer.

— Então, senhor — continuei —, o senhor está simplesmente nos dando uma escolha entre a vida e a morte?

— Pura e simplesmente.

— Meus amigos — disse eu —, para uma pergunta como essa, não há nada a responder. Nenhuma promessa que nos ligue ao capitão deste navio.

— Nenhuma, senhor — respondeu o estranho. Então, com uma voz mais suave, ele continuou: — Agora, permita-me terminar o que tenho a lhe dizer. Eu o conheço, Sr. Aronnax. O senhor, não seus companheiros, talvez não tenha tanto do que reclamar quanto o acaso que o liga ao meu destino. Você encontrará entre os livros que uso para meus estudos favoritos esta obra que publicou sobre o fundo do mar. Li muitas vezes. O senhor levou seu trabalho tão longe quanto a ciência terrestre permitiria. Mas o senhor não sabe tudo, não viu tudo. Por isso, deixe-me dizer-lhe, professor, que não se arrependerá do tempo que passará a bordo. Estará viajando no país das maravilhas. O espanto e a admiração provavelmente serão o estado normal de sua mente. Você não ficará facilmente entediado com o espetáculo constantemente oferecido aos seus olhos. Em uma nova excursão pelo mundo subaquático — que pode ser a última

—, revisarei tudo o que pude estudar no fundo desses mares tantas vezes percorridos, e você será meu companheiro de estudo. A partir de hoje, vocês entrarão em um novo elemento, verão o que nenhum homem viu ainda — pois eu e meu povo já não contamos mais —, e nosso planeta, graças a mim, revelará seus últimos segredos.

Não posso negar: essas palavras do comandante tiveram um grande efeito sobre mim. Fui tomado por minha fraqueza e esqueci, por um momento, que a contemplação dessas coisas sublimes não valeria a pena pela liberdade perdida. Além disso, eu estava contando com o futuro para decidir essa séria questão. Assim, contentei-me em responder:

— Senhor, se o senhor rompeu com a humanidade, quero acreditar que não renunciou a todo sentimento humano. Somos náufragos que foram caridosamente levados a bordo de seu navio, e não nos esqueceremos disso. Quanto a mim, não ignoro que, se os interesses da ciência pudessem absorver até mesmo a necessidade de liberdade, a promessa de nosso encontro me ofereceria uma grande compensação.

Pensei que o comandante fosse me estender sua mão para selar nosso tratado. Ele não o fez. Lamentei por ele.

— Uma última pergunta — eu disse, no momento em que aquele ser inexplicável parecia querer se retirar.

— Fale, professor.

— Como devo chamá-lo?

— Senhor — respondeu o capitão —, eu sou apenas o capitão Nemo para você, e você e seus companheiros são apenas os passageiros do *Nautilus* para mim.

O capitão Nemo chamou. Um comissário de bordo apareceu. O capitão lhe deu ordens em uma língua estrangeira que eu não conseguia reconhecer. Depois, voltando-se para o canadense e para Conseil, falou:

— Uma refeição os aguarda em sua cabine. Por favor, sigam este homem.

— Eu não me importaria — respondeu o arpoador.

Ele e Conseil finalmente saíram da cela onde estavam trancados por mais de trinta horas.

— E agora, Sr. Aronnax, nosso almoço está pronto. Permita-me tomar a frente.

— Às suas ordens, capitão.

Segui o capitão Nemo e, assim que passei pela porta, entrei em uma espécie de corredor iluminado eletricamente, semelhante às passagens de um navio. Após cerca de dez metros, uma segunda porta se abriu à minha frente.

Entrei em uma sala de jantar, decorada e mobiliada com muito bom gosto. Cômodas altas de carvalho, incrustadas com ornamentos de ébano, ficavam em cada extremidade da sala e, em suas prateleiras onduladas, brilhavam louças, porcelanas e vidros de valor inestimável. Os talheres brilhavam sob os raios de um teto luminoso, cujas belas pinturas suavizavam o brilho.

No centro da sala havia uma mesa ricamente servida. O capitão Nemo me mostrou onde eu deveria me sentar.

— Sente-se — disse ele —, e alimente-se como se estivesse quase morrendo de fome.

O almoço consistia em uma série de pratos cujo conteúdo era fornecido apenas pelo mar e alguns pratos cuja natureza e origem eu desconhecia. Devo admitir que estava bom, mas com um sabor característico ao qual me acostumei facilmente. Esses vários alimentos me pareceram ricos em fósforo e achei que deviam ter vindo do mar.

O capitão Nemo olhou para mim. Não lhe perguntei nada, mas ele adivinhou o que eu estava pensando e respondeu às perguntas que estava morrendo de vontade de fazer.

— A maioria desses pratos é desconhecida para você — disse ele. — Entretanto, pode apreciá-los sem medo. São saudáveis e nutritivos. Deixei de comer alimentos terrestres há muito tempo e não estou pior por causa disso. Minha tripulação, que é vigorosa, se alimenta como eu.

— Então, todos esses alimentos são produtos do mar? — perguntei.

— Sim, professor, o mar supre todas as minhas necessidades. Às vezes, jogo minhas redes, e as retiro prontas para se romperem. Às vezes caço no meio desse elemento que parece inacessível ao homem e forço as presas que ficam em minhas florestas submarinas. Meus rebanhos, como os do velho pastor de Netuno, pastam sem medo nos imensos prados do oceano. Tenho aqui uma vasta propriedade que eu mesmo cultivo e que é sempre semeada pela mão do Criador de todas as coisas.

Olhei para o capitão Nemo com certo espanto e respondi:

— Entendo perfeitamente, senhor, que suas redes fornecem excelentes peixes para a sua mesa; não tão bem entendo que o senhor procure caça aquática em suas florestas submarinas; mas absolutamente não entendo como uma porção de carne, por menor que seja, faça parte do seu cardápio.

— Portanto, senhor — respondeu o capitão Nemo —, eu nunca consumo carne de animais terrestres.

— Isto, porém — continuei, apontando para um prato onde ainda havia algumas fatias de filé.

— O que o senhor acha que é carne, professor, não passa de filé de tartaruga marinha. Aqui também há alguns fígados de golfinho que o senhor pode confundir com ensopado de porco. Meu cozinheiro é um habilidoso preparador que se destaca na preservação desses variados produtos do oceano. Experimente todos os pratos. Aqui temos uma conserva de pepinos do mar que um malaio declararia sem igual no mundo, aqui, um creme cujo leite foi fornecido pelos úberes de cetáceos e cujo açúcar foi fornecido pelo grande fucus do Mar do Norte e, por último, permita-me oferecer-lhe geleias de anêmonas, que são tão boas quanto as das frutas mais saborosas.

E eu provei, mais como um curioso do que como um especialista, enquanto o capitão Nemo me encantava com suas histórias incríveis.

— Mas este mar, Sr. Aronnax — ele me disse —, este prodigioso e inesgotável nutridor, não apenas me alimenta; ele também me veste. Estes tecidos que o cobrem são feitos com o bisso de certas conchas; são tingidos com a púrpura dos antigos e sombreados com as cores violeta extraídas das aplísias do Mediterrâneo. Os perfumes que encontrará no banheiro de sua cabine são o produto da destilação de plantas marinhas. Sua cama é feita com a mais macia zostera do oceano. Sua pena será de osso de baleia, sua tinta será o nanquim secretado pela lula ou o calamar. Para mim, agora tudo vem do mar, assim como tudo voltará para ele um dia!

— Você ama o mar, capitão.

— Sim! Eu o amo! O mar é tudo! Ele cobre sete décimos do globo. Sua respiração é pura e saudável. É o imenso deserto onde o homem nunca está sozinho, porque sente a vida tremendo ao seu lado. O mar nada mais é do que o veículo de uma existência sobrenatural e prodigiosa; nada mais é do que movimento e amor; é o infinito, como disse um de seus poetas. E, de fato, professor, a natureza se manifesta aqui em seus três reinos: mineral, vegetal e animal. Este último é amplamente representado pelos quatro grupos de zoófitos, as três classes de articulados, as cinco classes de moluscos, as três classes de vertebrados, os mamíferos, os répteis e as incontáveis legiões de peixes, uma ordem infinita de animais com mais de treze mil espécies, das quais apenas um décimo pertence à água doce. O mar é o vasto reservatório da natureza. Foi através do mar que o globo terrestre começou, por assim dizer, e quem sabe se não terminará com ele! Aqui, a tranquilidade é suprema. O mar não pertence aos déspotas. Em sua superfície, ainda podem exercer seus direitos iníquos, lutar, devorar uns aos outros e carregar todos os horrores da terra. Mas, trinta pés abaixo do nível do mar, seu poder cessa, sua influência se extingue, sua força desaparece! Ah, senhor, viva, viva no seio dos mares! Só aqui existe independência. Aqui, não reconheço nenhum mestre! Aqui, sou livre!

O capitão Nemo se calou de repente em meio ao entusiasmo que transbordava dele. Será que ele se deixou levar além de sua reserva habitual? Teria falado demais? Por alguns instantes, ele andou de um lado para o outro, muito agitado. Depois, seus nervos se acalmaram, seu rosto recuperou a frieza habitual e, voltando-se para mim:

— Agora, professor — falou —, se quiser visitar o *Nautilus*, estou à sua disposição.

CAPÍTULO XI

O Nautilus

O capitão Nemo se levantou e eu o segui. Uma porta dupla no fundo da sala se abriu e entrei em uma sala do mesmo tamanho da que eu havia acabado de sair.

Era uma biblioteca. Móveis altos de jacarandá preto, com detalhes em cobre, sustentavam um grande número de livros uniformemente encadernados em suas amplas prateleiras. Eles seguiam os contornos da sala e terminavam na parte inferior com grandes divãs estofados em couro marrom que ofereciam as curvas mais confortáveis. Escrivaninhas leves e móveis, que podiam ser aproximadas ou afastadas à vontade, eram usadas para apoiar o livro que estava sendo lido. No centro, havia uma enorme mesa coberta de folhetos, com alguns jornais antigos entre eles. A luz elétrica inundava esse conjunto harmonioso, caindo de quatro globos foscos cortados pela metade nas volutas do teto. Olhei com verdadeira admiração para essa sala, tão engenhosamente organizada, e não pude acreditar no que via.

— Capitão Nemo — disse ao meu anfitrião, que estava se espreguiçando em um sofá —, esta é uma biblioteca que honraria mais de um palácio nos continentes, e fico realmente surpreso quando penso que ela pode segui-lo até as profundezas dos mares.

— Onde você poderia encontrar mais solidão e silêncio, professor? — respondeu o capitão Nemo. — Sua sala no Museu lhe oferece essa tranquilidade absoluta?

— Não, senhor, e devo acrescentar que ela é muito modesta, comparada à sua. O senhor tem uns seis ou sete mil volumes...

— Doze mil, Sr. Aronnax. São os únicos laços que me prendem à terra. Mas o mundo acabou para mim no dia em que meu *Nautilus* ficou submerso pela primeira vez. Naquele dia, comprei meus últimos volumes, meus últimos panfletos, meus últimos jornais e, desde então, quero acreditar que a humanidade não mais pensou ou escreveu. Esses livros, professor, estão à sua disposição e o senhor pode usá-los livremente.

Agradeci ao capitão Nemo e me aproximei das prateleiras da biblioteca. Livros sobre ciência, moral e literatura, escritos em todos os idiomas, eram abundantes; mas não vi uma única obra sobre economia política; pareciam ter sido severamente proibidos a bordo. Um detalhe curioso era que todos esses livros eram classificados indiscriminadamente, em qualquer idioma em que estivessem escritos, e essa mistura provava que o capitão do *Nautilus* devia estar a par dos volumes que sua mão pegava ao acaso.

Entre os títulos, notei as obras-primas dos mestres antigos e modernos, em outras palavras, tudo o que a humanidade produziu de mais belo na história, na poesia, no romance e na ciência, de Homero a Victor Hugo, de Xenofonte a Michelet, de Rabelais a Madame Sand. Os livros sobre mecânica, balística, hidrografia, meteorologia, geografia, geologia etc. ocupavam um lugar não menos importante do que as obras sobre história natural, e eu entendi que eles eram o principal estudo do capitão. Vi todos os trabalhos de Humboldt, todos os trabalhos de Arago, os trabalhos de Foucault, Henri Sainte-Claire Deville, Chasles, Milne-Edwards, Quatrefages, Tyndall, Faraday, Berthelot, o padre Secchi, Petermann, Comandante Maury, Agassiz etc., as memórias da Academia de Ciências, os boletins das várias sociedades geográficas etc., e, em boa ordem, os dois volumes que talvez tenham me valido essa recepção relativamente caridosa do capitão Nemo. Entre as obras de Joseph Bertrand, seu livro intitulado *Os Fundadores da Astronomia* até me deu uma data definida; e como eu sabia que havia sido publicado no decorrer de 1865, pude concluir que a instalação do *Nautilus* não datava de um período posterior. Portanto, por três anos, no máximo, o capitão Nemo havia começado sua existência subaquática. Eu esperava, além disso, que trabalhos ainda mais recentes me permitissem fixar esse período com exatidão; mas eu tinha tempo para fazer essa pesquisa e não queria atrasar mais nosso passeio pelas maravilhas do *Nautilus*.

— Senhor — disse eu ao capitão —, agradeço-lhe por disponibilizar esta biblioteca para mim. Há tesouros da ciência aqui, e vou aproveitá-los ao máximo.

— Esta sala não é apenas uma biblioteca — disse o capitão Nemo —, é também uma sala de fumantes.

— Uma sala de fumantes? — exclamei. — Então fuma-se a bordo?

— Sem dúvida.

— Então, senhor, sou forçado a acreditar que o senhor mantém relações com Havana.

— Nenhuma — respondeu o capitão. — Aceite este charuto, Sr. Aronnax, e, embora não venha de Havana, o senhor ficará satisfeito com ele, se for um conhecedor.

Peguei o charuto que me foi oferecido, cujo formato lembrava um *londrès*, mas parecia ser feito de folha de ouro. Acendi-o em um pequeno braseiro apoiado em uma elegante base de bronze e dei as primeiras tragadas com o prazer de um entusiasta que não fumava há dois dias.

— É excelente — eu disse —, mas não é tabaco.

— Não — respondeu o capitão —, esse tabaco não vem de Havana ou do Oriente. É um tipo de alga marinha, rica em nicotina, que o mar me fornece, embora com moderação. Sente falta dos *londrès*, senhor?

— Capitão, eu os desprezo de hoje em diante.

— Fume à vontade, sem questionar a origem desses charutos. Eles não foram inspecionados por nenhuma das autoridades, mas nem por isso são menos bons, imagino.

— Pelo contrário.

Naquele momento, o capitão Nemo abriu uma porta oposta àquela pela qual eu havia entrado na biblioteca, e eu passei para um salão imenso e esplendidamente iluminado.

Era um vasto quadrilátero, com lados inclinados, com dez metros de comprimento, seis de largura e cinco de altura. Um teto luminoso, decorado com arabescos leves, distribuía uma luz clara e suave sobre todas as maravilhas empilhadas naquele museu. Pois era realmente um museu no qual uma mão inteligente e pródiga havia reunido todos os tesouros da natureza e da arte, com aquela confusão artística que distingue o ateliê de um pintor.

Trinta ou mais pinturas de mestres com molduras uniformes, separadas por panos brilhantes, adornavam as paredes penduradas com tapeçarias de design severo. Vi telas do mais alto valor, a maioria das quais eu havia admirado em coleções particulares em toda a Europa e em exposições de pintura. As várias escolas dos antigos mestres estavam representadas por uma Madonna de Rafael, uma Virgem de Leonardo da Vinci, uma Ninfa de Correggio, uma Mulher de Ticiano, uma Adoração de Veronese, uma Assunção de Murillo, um Retrato de Holbein, um monge de Velázquez, um mártir de Ribera, uma quermesse de Rubens, duas paisagens flamengas de Teniers, três pequenas pinturas de gênero de Gérard Dow, Metsu e Paul Potter, duas telas de Géricault e Prud'hon e várias paisagens marinhas de Backhuysen e Vernet. Entre as obras de pintura moderna havia pinturas de Delacroix, Ingres, Decamp, Troyon, Meissonier, Daubigny etc., e algumas admiráveis reduções de estátuas de mármore ou bronze, baseadas nos melhores modelos da Antiguidade, estavam em seus pedestais nos cantos desse magnífico museu. O estado de espanto previsto pelo capitão do *Nautilus* já estava começando a tomar conta de minha mente.

— Professor — disse o homem estranho —, o senhor me desculpe pelo constrangimento com que o recebo e pela desordem que reina nesses corredores.

— Senhor — respondi —, sem tentar descobrir quem o senhor é, posso dizer que é um artista?

— No máximo um amador, senhor. Eu adorava colecionar essas belas obras criadas pela mão do homem. Era um ávido pesquisador, um caçador incansável, e consegui colecionar alguns objetos muito valiosos. Essas são minhas últimas lembranças de uma terra que morreu para mim. Aos meus olhos, os artistas modernos já não são mais do que antigos; têm dois ou três mil anos de idade, e os confundo em minha mente. Os mestres não envelhecem.

— E esses músicos? — perguntei, apontando para partituras de Weber, Rossini, Mozart, Beethoven, Haydn, Meyerbeer, Herold, Wagner, Auber, Gounod e muitos outros, espalhadas em um grande piano que ocupava um dos painéis do salão.

— Esses músicos — respondeu o capitão Nemo — são contemporâneos de Orfeu, pois as diferenças cronológicas se apagam na memória dos mortos — e eu estou morto, Professor, tão morto quanto os seus amigos que jazem a dois metros de profundidade!

O capitão Nemo ficou em silêncio e parecia perdido em um profundo devaneio. Eu o olhava com intensa emoção, analisando silenciosamente as estranhas características de seu rosto. Encostado no canto de uma preciosa mesa de mosaico, ele não conseguia mais me ver, havia se esquecido de que eu estava ali. Respeitei essa reverência e continuei a examinar as curiosidades que enriqueciam o salão.

Juntamente com as obras de arte, as raridades naturais ocupavam um lugar muito importante. Consistiam principalmente de plantas, conchas e outros produtos do oceano, que devem ter sido achados pessoais do capitão Nemo. No meio do salão, um jato de água, iluminado eletricamente, caía em uma bacia feita de um único tridacna. Essa concha, feita do maior dos moluscos acéfalos, tinha bordas delicadamente recortadas, medindo cerca de seis metros de circunferência; portanto, superava em tamanho os belos tridacnas que foram dados a Francisco I pela República de Veneza e dos quais a igreja de Saint-Sulpice, em Paris, fez duas gigantescas fontes de água benta.

Ao redor dessa bacia, sob elegantes janelas fixadas por molduras de cobre, estavam classificados e rotulados os mais preciosos produtos do mar que já haviam sido expostos aos olhos de um naturalista. Dá para imaginar minha alegria como professor.

O filo dos zoófitos oferecia alguns espécimes muito curiosos de seus dois grupos de pólipos e equinodermos. No primeiro grupo, tubíporas, gorgônias dispostas em leque, esponjas macias da Síria, isídios das Molucas, penátulas, uma admirável virgulária dos mares noruegueses, várias umbelíferas, alcionários, toda uma série dessas madréporas que meu mestre Milne-Edwards tão sagazmente classificou em seções, entre as quais notei adoráveis flagelinas, oculinas da Ilha Bourbon, a carruagem de Netuno das Índias Ocidentais, variedades magníficas de corais e, finalmente, todas as espécies desses curiosos polipeiros cujo conjunto forma ilhas inteiras que um dia se tornarão continentes. Entre os equinodermos, notáveis por suas conchas espinhosas, astérias, estrelas-do-mar, pentácrinos, comátulas, asterófonos, ouriços-do-mar, pepinos-do-mar etc., representavam a coleção completa de indivíduos desse grupo.

Se fosse um pouco desequilibrado, um conquiliólogo certamente teria um ataque diante daquelas vitrines diversas, nas quais estavam classificados os espécimes do ramo dos moluscos. Da coleção de valor inestimável, que na íntegra seria dispendioso descrever, de memória cito os seguintes espécimes: a elegante ostra-real do oceano Índico, com seu fundo vermelho e marrom sobre os quais contrastam intensamente manchas brancas e regulares; um espôndilo-imperial, em tons vivos e com espinhos pontiagudos, espécie rara nos museus europeus, devendo valer cerca de vinte mil francos; um espôndilo comum dos mares da Nova Holanda, de difícil aquisição; berbigões do Senegal, conchas brancas bivalves tão frágeis que com um sopro se poderia estourá-las como bolha de sabão; diversas variedades de "regadores-de-java", tubos calcários circundados por dentilhos serrilhadas, sempre procurados colecionadores; toda uma série de troquídeos, alguns amarelo-esverdeados, pescados nos mares da América, outros em castanho-avermelhado, achados das águas da Nova Holanda, uns oriundos do golfo do México e notáveis por sua concha imbricada, outros nos mares austrais, e, enfim, o mais raro de todos, o magnífico esporão da Nova Zelândia. Ainda, as admiráveis conquilhas sulfuradas; belas espécies de citéreas e vênus; a concha trançada de Tranquebar; um bulbo marmorizado em madrepérola brilhante, os "periquitos-verdes" dos mares da China; um cone quase desconhecido do gênero *Coenodulli*; todas as variedades de porcelanas que servem de moeda na Índia e na África; "a Glória do Mar", a mais preciosa concha das Índias orientais. Por fim, litorinas, delfínulas, turritelas, jantinas, óvulos, volutas, olivas, mitras, capacetes, púrpuras, bucinos, harpas, rochedos, tritões, ceritas, fusos, estrombos, pteróceras, patelas, híalas, cleódoros, conchas frágeis e formosas, batizadas pela ciência com tais nomes sedutores.

Separadamente, e em compartimentos especiais, desfilavam rosários de pérolas deslumbrantes, que a luz elétrica espetava com pontas de fogo; pérolas rosadas, arrancadas das pinas do Mar Vermelho; pérolas verdes de haliotidae íris; pérolas amarelas, azuis, negras, curiosos produtos dos diversos moluscos de todos os oceanos e alguns mariscos dos cursos d'água do Norte; bem como vários espécimes de preço incalculável, que haviam sido destilados pelas mais raras pintadinas. Algumas dessas pérolas ultrapassavam em volume um ovo de pomba, valendo o mesmo, ou mais, que a vendida pelo viajante Tavernier por três milhões ao xá da Pérsia, e ofuscando inclusive a pérola do imã de Mascate, que eu julgava sem rival no mundo.

Portanto, era praticamente impossível estimar o valor dessa coleção. O capitão Nemo deve ter gastado milhões para adquirir essas várias amostras, e eu estava me perguntando em que fonte ele se baseava para satisfazer suas fantasias de colecionador, quando fui interrompido por estas palavras:

— O senhor está examinando minhas conchas, professor. De fato, elas podem ser interessantes para um naturalista, mas, para mim, elas têm um charme a mais, pois eu mesmo as coletei e não há um mar no mundo que tenha escapado à minha pesquisa.

— Entendo, capitão, eu entendo a alegria de andar entre essas riquezas. Você é um daqueles que fizeram seu próprio tesouro. Nenhum museu na Europa tem uma coleção semelhante de produtos do oceano. Mas se eu esgotar minha admiração por eles, o que me restará para o navio que os carrega? Não quero penetrar nos segredos que são seus! No entanto, devo admitir que o *Nautilus*, a força motriz que ele contém, os dispositivos que permitem que ele seja manobrado, o poderoso agente que o anima, tudo isso excita minha curiosidade ao mais alto grau. Vejo instrumentos pendurados nas paredes deste salão cuja finalidade é desconhecida para mim. Posso perguntar?

— Sr. Aronnax — respondeu o capitão Nemo —, eu lhe disse que o senhor estaria livre a bordo e, consequentemente, nenhuma parte do *Nautilus* está fora dos seus limites. Portanto, o senhor pode visitá-lo detalhadamente e eu terei o maior prazer em ser seu cicerone.

— Não sei como lhe agradecer, senhor, mas não vou me aproveitar da sua gentileza. Gostaria apenas de lhe perguntar para que servem esses instrumentos de física...

— Professor, tais instrumentos estão em minha sala, e é lá que terei o prazer de lhe explicar o uso deles. Mas, antes, venha conhecer a cabine reservada para o senhor.

Segui o capitão Nemo, que, através de uma das portas perfuradas em cada lado do salão, conduziu-me às passagens do navio. Ele me levou para a frente, e lá encontrei não uma cabine, mas um quarto elegante, com cama, banheiro e vários outros móveis. Eu só tinha a agradecer ao meu anfitrião.

— Seu quarto é contíguo ao meu — disse ele, abrindo uma porta —, e o meu dá para o salão que acabamos de deixar.

Entrei no quarto do capitão. Tinha uma aparência severa, quase cenobítica. Um beliche de ferro, uma mesa de trabalho, alguns móveis de banheiro. Tudo iluminado por uma meia-luz. Nada confortável. Apenas o necessário. O capitão Nemo me indicou um assento.

— Por favor, sente-se — disse ele. Sentei-me e ele continuou com estas palavras:

CAPÍTULO XII

Tudo pela eletricidade

— Senhor — continuou o capitão Nemo, mostrando-me os instrumentos pendurados nas paredes de sua sala —, estes são os dispositivos necessários para navegar no *Nautilus*. Aqui, como no salão, eu sempre os tenho à minha frente e eles me mostram minha posição e direção exatas no meio do oceano. Alguns lhes são familiares, como o termômetro, que indica a temperatura dentro do *Nautilus*; o barômetro, que pesa o ar e prevê mudanças no clima; o higrômetro, que indica o grau de secura da atmosfera; o vidro de tempestade, cuja mistura, ao se decompor, anuncia a chegada de tempestades; a bússola, que orienta meu curso; o sextante, que indica a latitude pela altura do sol; os cronômetros, que permitem calcular a longitude; e, por fim, as lunetas e as lunetas noturnas, que se usa para examinar todos os pontos do horizonte, quando o *Nautilus* já subiu à superfície das ondas.

— Esses são os instrumentos usuais de um navegador — respondi —, e sei como usá-los. Mas aqui há alguns outros que, sem dúvida, atendem às exigências específicas do *Nautilus*. Esse mostrador que estou vendo com uma agulha móvel passando por ele não é um medidor de pressão?

— É realmente um manômetro. Conectado à água, indica a pressão externa, além de me dar a profundidade em que meu aparelho está sendo mantido.

— E esses novos tipos de sondas?

— São sondas termométricas que informam a temperatura das várias camadas de água.

— E esses outros instrumentos, cujo uso eu não consigo adivinhar?

— Aqui, professor, preciso lhe dar algumas explicações. Por favor, ouça-me — disse o capitão Nemo. Ele ficou em silêncio por alguns instantes, depois falou: — Há um agente poderoso, obediente, rápido e fácil, que se curva a todos os costumes e reina supremo a bordo. Tudo é feito por meio disso. É o que ilumina, aquece, é a alma do meu equipamento mecânico. Esse agente é a eletricidade.

— Eletricidade! — exclamei, um tanto surpreso.

— Sim, senhor.

— No entanto, capitão, o senhor tem uma velocidade extrema de movimento que não combina com o poder da eletricidade. Até agora, seu poder dinâmico permaneceu muito limitado e só foi capaz de produzir pequenas forças.

— Professor — respondeu o capitão Nemo —, minha eletricidade não é a eletricidade de todo mundo, e isso é tudo o me permito dizer sobre o assunto.

— Não insistirei, senhor, e me contentarei em ficar surpreso com esse resultado. Só uma pergunta, no entanto, que o senhor não responderá se for indiscreta. Os elementos que você usa para produzir esse agente maravilhoso devem se desgastar rapidamente. O zinco, por exemplo, como você o substitui, já que não tem mais comunicação com a terra?

— Sua pergunta será respondida — respondeu o capitão Nemo. — Em primeiro lugar, vou lhe dizer que existem minas de zinco, ferro, prata e ouro no fundo do mar, que certamente seria possível explorar. Mas eu não peguei nada emprestado desses metais da terra, e queria pedir apenas ao próprio mar os meios para produzir minha eletricidade.

— Ao mar?

— Sim, professor, e não me faltariam meios. De fato, ao estabelecer um circuito entre fios imersos em diferentes profundidades, poderia ter obtido eletricidade a partir das diversas temperaturas que experimentariam; mas preferi usar um sistema mais prático.

— E qual foi esse sistema?

— Você conhece a composição da água do mar. Em mil gramas, há noventa e seis centésimos e meio de água e cerca de dois centésimos e dois terços de cloreto de sódio; depois, em pequenas quantidades, cloretos de magnésio e potássio, brometo de magnésio, sulfato de magnésio, sulfato e carbonato de cal. Como você pode ver, o cloreto de sódio está presente em proporções significativas. E é esse sódio que extraio da água do mar e a partir do qual produzo meus elementos.

— Sódio?

— Sim, senhor. Misturado com mercúrio, ele forma um amálgama que toma o lugar do zinco nos elementos Bunsen. O mercúrio nunca se desgasta. Apenas o sódio é consumido, e o mar o fornece para mim. Também lhe direi que as baterias de sódio devem ser consideradas as mais energéticas e que sua força eletromotriz é duas vezes maior que a das baterias de zinco.

— Entendo perfeitamente, capitão, a excelência do sódio nas condições em que o senhor se encontra. O mar o contém. Isso é bom. Mas ele ainda precisa ser fabricado, extraído, em suma. E como você faz isso? Suas baterias poderiam, obviamente, ser usadas para essa extração, mas, se não me engano, o gasto de sódio exigido pelos aparelhos elétricos excederia a quantidade extraída. Portanto, você consumiria mais para produzi-lo do que produziria!

— Então, professor, eu não uso a bateria para extrair o sódio, uso simplesmente o calor do carvão.

— Carvão mineral? — perguntei, insistindo.

— Digamos marinho, se preferir — respondeu o capitão Nemo.

— E você consegue explorar minas de carvão submarinas?

— Sr. Aronnax, o senhor me verá trabalhando. Tudo o que peço é um pouco de paciência, já que o senhor tem tempo para ser paciente. Apenas lembre-se disso: Devo tudo ao oceano; ele produz eletricidade, e a eletricidade dá ao *Nautilus* calor, luz, movimento, vida, em resumo.

— Mas não o ar que respira...

— Ah, eu poderia produzir o ar de que preciso para meu próprio consumo, mas isso é inútil, pois eu subo à superfície do mar sempre que quero. No entanto, se a eletricidade não me fornece ar respirável, pelo menos ela opera bombas potentes que o armazenam em tanques especiais, permitindo que eu prolongue minha permanência nas profundezas do mar pelo tempo que eu quiser.

— Capitão — respondi —, contento-me em admirar. O senhor obviamente descobriu o que os homens, sem dúvida, descobrirão um dia: o verdadeiro poder dinâmico da eletricidade.

— Não sei se descobrirão — respondeu o capitão Nemo friamente. — De qualquer forma, já conhece a primeira aplicação que fiz desse precioso agente, que nos ilumina com uma igualdade e continuidade que a luz do sol não tem. Agora olhe para este relógio; ele é elétrico e funciona com uma regularidade que desafia a dos melhores cronômetros. Eu o dividi em vinte e quatro horas, como os relógios italianos, porque para mim não há noite, nem dia, nem sol, nem lua, apenas essa luz artificial que estou arrastando para o fundo do mar! Veja, agora são dez horas da manhã.

— Exatamente.

— Outra aplicação da eletricidade. Este mostrador, suspenso diante de nossos olhos, indica a velocidade do *Nautilus*. Um fio elétrico conecta-o à hélice da barquilha, e seu ponteiro me fornece o deslocamento real do aparelho. Veja, neste momento navegamos a uma velocidade moderada, quinze milhas por hora.

— Isso é maravilhoso — respondi —, e posso ver, capitão, que o senhor estava certo em usar esse agente, que pretende substituir o vento, a água e o vapor.

— Ainda não terminamos, Sr. Aronnax — disse o capitão Nemo, levantando-se —, e se quiser me acompanhar, vamos visitar a popa do *Nautilus*.

Na verdade, eu já estava familiarizado com toda a seção dianteira desse barco submarino, que é dividida exatamente da seguinte forma, do centro para o esporão: a sala de jantar de cinco metros, separada da biblioteca por uma divisória estanque, ou seja, que não pode ser penetrada pela água; a biblioteca de cinco metros; o grande salão de dez metros, separado da sala do capitão por uma segunda divisória estanque; a sala do capitão, com cinco metros de comprimento; meu quarto, com dois metros e meio de comprimento e, finalmente, um tanque de ar com sete metros e meio de comprimento, que se estendia até a haste. No total, eram trinta e cinco metros de comprimento. As anteparas estanques eram perfuradas com portas que se fechavam hermeticamente com persianas de borracha e garantiam total segurança a bordo do *Nautilus* no caso de um vazamento de água.

Segui o capitão Nemo pelos corredores e cheguei ao centro do navio. Havia uma espécie de poço que se abria entre duas divisórias estanques. Uma escada de ferro, presa à parede, levava à sua extremidade superior. Perguntei ao capitão para que servia essa escada.

— Ela leva ao bote — respondeu ele.

— Você tem um bote? — indaguei, um tanto surpreso.

— Sem dúvida, tenho. É um excelente barco, leve e inafundável, usado em cruzeiros e embarcações de pesca.

— Mas então, quando quer embarcar, é obrigado a voltar à superfície do mar?

— De jeito nenhum. O bote é fixado na parte superior do casco do *Nautilus* e ocupa uma cavidade projetada para recebê-lo. Ele é totalmente coberto, absolutamente impermeável e mantido no lugar por parafusos sólidos. Essa escada leva a um orifício perfurado no casco do *Nautilus*, que corresponde a um buraco semelhante perfurado na lateral do bote. É por essa abertura dupla que se entra no barco. Uma, a do *Nautilus*, está fechada; fecho a outra, a do bote, usando parafusos de pressão; solto os parafusos e o barco sobe com velocidade prodigiosa até a superfície do mar. Em seguida, abro a escotilha para o convés, que foi cuidadosamente fechada até o momento, coloco o mastro, iço minha vela ou pego meus remos e saio para dar uma volta.

— Mas como você volta a bordo?

— Eu não volto, Sr. Aronnax, é o *Nautilus* que vem.

— Sob seu comando?

— Sim, senhor. Um fio elétrico me conecta a ele. Envio um telegrama e é o suficiente.

— De fato — confirmei, inebriado por essas maravilhas —, nada mais simples!

Depois de passar pela escada que levava à plataforma, vi uma cabine de dois metros de comprimento, na qual Conseil e Ned Land, encantados com sua refeição, estavam ocupados devorando-a com prazer. Em seguida, uma porta se abriu para a cozinha de três metros de comprimento, situada entre os vastos paióis a bordo.

Ali, a eletricidade, mais enérgica e obediente do que o próprio gás, fazia todo o cozimento. Os fios que passavam sob os fogões forneciam às esponjas de platina um calor que era distribuído e mantido regularmente. Também aquecia os aparelhos de destilação que, por vaporização, forneciam excelente água potável. Ao lado da cozinha havia um banheiro, confortavelmente instalado, com torneiras que forneciam água quente e fria conforme necessário.

A cozinha era seguida pelos alojamentos da tripulação, com cinco metros de comprimento. Mas a porta estava fechada e não pude ver sua disposição, o que poderia ter me dado uma ideia do número de homens necessários para manobrar o *Nautilus.*

Na extremidade oposta, havia uma quarta antepara que separava essa estação da sala de máquinas. Uma porta se abriu e eu me vi no compartimento onde o capitão Nemo — um engenheiro de primeira linha, com certeza — havia organizado seu equipamento de locomoção.

A sala de máquinas, muito iluminada, tinha nada menos que vinte metros de comprimento. Era naturalmente dividida em duas partes: a primeira continha os elementos que produziam a eletricidade, e a segunda o mecanismo que transmitia o movimento à hélice.

De início, fiquei surpreso com o cheiro *sui generis* que enchia esse compartimento. O capitão Nemo percebeu minha impressão. Ele me disse:

— São apenas os gases emanados pelo uso de sódio, mas não passa de um pequeno inconveniente. Além disso, todas as manhãs purificamos o navio ventilando-o com ar fresco.

Enquanto isso, eu estava examinando o motor do *Nautilus* com um interesse que era fácil de imaginar.

— Como você pode ver — disse o capitão Nemo —, uso elementos Bunsen, e não elementos Ruhmkorff, que teriam sido pouco potentes. Os elementos Bunsen são poucos, mas fortes e maiores, o que é melhor, conforme as experiências. A eletricidade produzida vai para a parte traseira, onde atua por meio de grandes eletroímãs em um sistema especial de alavancas e engrenagens que transmitem o movimento para o eixo da hélice. A hélice, que tem um diâmetro de seis metros e um passo de sete metros e meio, pode dar até cento e vinte rotações por segundo.

— E o que você obtém?

— Uma velocidade de cinquenta milhas por hora.

Havia ali um mistério, mas eu não insisti em descobrir. Como a eletricidade poderia agir com tal poder? Qual era a origem dessa força quase ilimitada? Seria na tensão excessiva obtida por um novo tipo de bobina? Estaria em sua transmissão, que um sistema de alavancas desconhecidas poderia aumentar *até o infinito*? Isso é o que eu não conseguia entender.

— Capitão Nemo — falei —, estou vendo os resultados e não estou tentando explicá-los. Vi a manobra do *Nautilus* em frente ao *Abraham Lincoln*, e sei qual é a minha opinião com relação à velocidade dele. Mas andar não é suficiente. Você precisa ver para onde está indo! Você tem que ser capaz de virar à direita, à esquerda, para cima, para baixo! Como você chega às grandes profundidades, onde encontra uma resistência crescente que pode ser medida em centenas de atmosferas? Como chegar à superfície do oceano? Por fim, como você se mantém no ambiente que lhe convém? Estou sendo indiscreto ao lhe perguntar isso?

— De forma alguma, professor — respondeu o capitão, após uma leve hesitação —, já que o senhor nunca deve sair deste submarino. Venha para o salão. Esse é o nosso verdadeiro estudo, e lá o senhor aprenderá tudo o que precisa saber sobre o *Nautilus*!

CAPÍTULO XIII

Alguns dados

Um momento depois, estávamos sentados em um sofá no salão, com um charuto na boca. O capitão colocou diante dos meus olhos um esboço mostrando a planta, a seção e a elevação do *Nautilus*. Em seguida, ele começou sua descrição nos seguintes termos:

— Eis, Sr. Aronnax, as várias dimensões do barco que o transporta. Consiste num cilindro esticado, com as pontas cônicas, tendo portanto a forma de um charuto, forma já adotada em Londres para várias construções do mesmo gênero. O comprimento desse cilindro, de uma extremidade à outra, mede exatamente setenta metros, e seu vão, em sua maior largura, oito metros. Portanto, ele não foi construído na proporção decimal exatamente como os navios a vapor de longa distância, mas suas linhas são longas o suficiente e seu afunilamento prolongado o bastante para que a água deslocada escape com facilidade e não atrapalhe seu progresso. Essas duas dimensões permitem que você calcule a área da superfície e o volume do *Nautilus*. Sua área de superfície é de mil e onze metros quadrados e quarenta e cinco centésimos; seu volume, de mil e quinhentos metros cúbicos e dois décimos — o que significa que, quando totalmente submerso, ele desloca ou pesa mil e quinhentos metros cúbicos ou toneladas. Quando elaborei a planta dessa embarcação destinada à navegação subaquática eu queria que, em equilíbrio na água, ela mergulhasse nove décimos e emergisse apenas um. Consequentemente, nessas condições, ele deveria deslocar apenas nove décimos de seu volume, ou seja, trezentos e cinquenta e seis metros cúbicos e quarenta e oito centésimos, ou seja, pesar apenas esse mesmo número de toneladas. Portanto, tive que me manter dentro desse limite de peso, construindo-o com as dimensões acima. O *Nautilus* é composto por dois cascos, um interno e outro externo, unidos por ferros em T que lhe conferem uma rigidez extrema. De fato, graças a esse arranjo celular, ele resiste como um bloco, como se fosse sólido. Suas tábuas não cedem; elas aderem por si mesmas e não pelo aperto de rebites, e a homogeneidade de sua construção, devido à montagem perfeita dos materiais, permite que ele desafie os mares mais violentos.

Esses dois cascos são feitos de chapa de aço com uma densidade de sete ou oito décimos em relação à água. O primeiro tem nada menos do que cinco centímetros de espessura e pesa trezentas e noventa e quatro toneladas e noventa e seis centésimos. O segundo invólucro, a quilha, com cinquenta centímetros de altura e vinte e cinco centímetros de largura, pesa sessenta e duas toneladas, o motor, o lastro, os vários acessórios e encaixes, as anteparas e os estais internos pesam novecentas e sessenta e uma toneladas e sessenta e dois centésimos, que, somados às trezentas e noventa e quatro toneladas e noventa e seis centésimos, perfazem o total necessário de trezentas e cinquenta e seis toneladas e quarenta e oito centésimos. Compreendido?

— Sim — respondi.

— Então — continuou o capitão —, quando o *Nautilus* está flutuando nessas condições, ele emerge em um décimo. Agora, se eu tiver tanques com capacidade igual a esse décimo, ou seja, com capacidade de cento e cinquenta toneladas e setenta e dois centésimos, e se eu os encher de água, o barco que estiver deslocando mil quinhentas e sete toneladas, ou pesando-as, ficará completamente submerso. É isso que acontece, professor. Esses tanques existem nas partes inferiores do *Nautilus*. Eu abro as válvulas, eles se enchem e o barco afunda na superfície da água.

— Ótimo, capitão, mas aí chegamos à verdadeira dificuldade. Entendo que você pode ir até a superfície do oceano. Mas mais adiante, ao mergulhar abaixo dessa superfície, seu submarino não ficará sob maior pressão e, consequentemente, sofrerá um impulso de baixo para cima que deve ser estimado em uma atmosfera por trinta pés de água, ou cerca de um quilograma por centímetro quadrado?

— Exatamente, senhor.

— Portanto, a não ser que encha o *Nautilus* completamente, não vejo como movê-lo através das massas líquidas.

— Professor — respondeu o capitão Nemo —, o senhor não deve confundir estática com dinâmica, caso contrário estará sujeito a erros graves. Há muito pouco trabalho a ser feito para alcançar as regiões mais baixas do oceano, porque os corpos têm a tendência de derreter. Siga meu raciocínio.

— Estou ouvindo, capitão.

— Quando quis determinar o aumento de peso que o *Nautilus* precisava para submergir, minha única preocupação foi com a redução de volume sofrida pela água do mar à medida que suas camadas vão ficando mais profundas.

— Obviamente — respondi.

— Agora, se a água não é absolutamente incompressível, ela é, no mínimo, muito pouco compressível. De fato, de acordo com os cálculos mais recentes, essa redução é de apenas quatrocentos e trinta e seis milésimos por atmosfera, ou por dez metros de profundidade. Se tivermos que chegar a mil metros, levarei em conta a redução de volume sob uma pressão equivalente à de uma coluna de água de mil metros, ou seja, sob uma pressão de cem atmosferas. Essa redução será, então, de quatrocentos e trinta e seis milésimos. Ou seja, terei de aumentar o peso de modo a pesar mil quinhentas e treze toneladas e setenta e sete centésimos, em vez de mil quinhentas e sete toneladas e dois décimos. Ora, o aumento será de meras seis toneladas e cinquenta e sete centésimos.

— Só isso?

— Só, Sr. Aronnax, e o cálculo é fácil de conferir. Tenho tanques extras capazes de carregar cem toneladas. Sendo assim, posso descer a profundidades consideráveis. Quando quiser voltar à superfície, tudo o que tenho a fazer é jogar essa água fora e esvaziar todos os tanques completamente, se quiser que o *Nautilus* emerja com um décimo de sua capacidade total.

Eu não tinha nada a objetar a tal raciocínio baseado em números.

— Entendo seus cálculos, capitão — respondi —, e não teria propósito em contestá-los, pois a experiência os comprova todos os dias. Mas sinto uma dificuldade real no momento.

— O que seria, senhor?

— Quando o senhor está a mil metros de profundidade, as paredes do *Nautilus* podem suportar uma pressão de cem atmosferas. Ora, se nesse momento você quiser esvaziar os tanques adicionais para aliviar o barco e voltar à superfície, as bombas terão de superar essa pressão de cem atmosferas, que é de cem quilogramas por centímetro quadrado. Daí a potência...

— Que só a eletricidade poderia me dar — disse o capitão Nemo apressadamente. — Repito, senhor, que a potência dinâmica das minhas máquinas é quase infinita. As bombas do *Nautilus* têm uma força prodigiosa, e o senhor deve ter visto isso quando as colunas de água se precipitaram como uma torrente sobre o *Abraham Lincoln*. Além disso, só uso os tanques extras para atingir profundidades médias entre mil e quinhentos e dois mil metros, e isso é para poupar meu equipamento. Quando pretendo visitar as profundezas do oceano a duas ou três léguas abaixo da superfície, utilizo manobras mais demoradas, mas não menos confiáveis.

— Quais são elas, capitão?

— Isso naturalmente me leva a lhe dizer como o *Nautilus* é manobrado.

— Estou ansioso para aprender.

— Para dirigir este barco para estibordo e para bombordo, para se mover, em uma palavra, de acordo com um plano horizontal, uso um leme comum com uma grande pá de leme, fixada na popa e operada por uma roda e um equipamento. Mas também posso mover o *Nautilus* para cima e para baixo, em um plano vertical, por meio de dois planos inclinados, fixados em suas laterais no centro de flutuação, planos móveis, capazes de assumir todas as posições e que são manobrados por dentro por meio de alavancas poderosas. Se esses planos forem mantidos paralelos ao barco, ele se moverá horizontalmente. Se forem inclinados, o *Nautilus*, de acordo com o arranjo dessa inclinação e sob o impulso de sua hélice, afunda ao longo de uma diagonal, enquanto me convier, ou sobe ao longo dessa diagonal. E mesmo se eu quiser voltar à superfície mais rapidamente, aciono a hélice e a pressão da água faz com que o *Nautilus* suba verticalmente como um balão que, inflado com hidrogênio, sobe rapidamente no ar.

— Bravo, capitão — exclamei. — Mas como o timoneiro consegue seguir a rota que você deu a ele no meio da água?

— O timoneiro é colocado em uma cabine de vidro, que se projeta da parte superior do casco do *Nautilus* e que é revestida com vidro lenticular.

— Vidro capaz de suportar tal pressão?

— Com certeza. O cristal é frágil ao impacto, mas oferece uma resistência considerável. Em experimentos de pesca com luz elétrica realizados em 1864 no meio dos mares do norte, vimos placas desse material, com apenas sete milímetros de espessura, resistirem a uma pressão de dezesseis atmosferas, permitindo a passagem de poderosos raios de calor e distribuindo-o de forma desigual. Agora, os vidros que uso têm nada menos que vinte e um centímetros em seu centro, ou seja, trinta vezes essa espessura.

— Certo, capitão Nemo; mas, no final, a luz tem que afugentar a escuridão, e eu me pergunto como, no meio da escuridão das águas...

— Atrás da cabine do timoneiro há um poderoso refletor elétrico, cujos raios iluminam o mar a meia milha de distância.

— Ah! Bravo, três vezes bravo! Capitão. Agora posso explicar a fosforescência do chamado narval, que tanto intrigou os cientistas! A propósito, gostaria de lhe perguntar se a colisão entre o *Nautilus* e o *Scotia*, que causou tanto alvoroço, foi resultado de um encontro casual?

— Puramente por acaso, senhor. Estava navegando a dois metros abaixo da superfície da água quando ocorreu a colisão. Também vi que não houve nenhum resultado negativo.

— Nenhum, senhor. Mas e quanto ao seu encontro com o *Abraham Lincoln*?

— Professor, sinto muito por um dos melhores navios da brava marinha americana, mas fui atacado e tive que me defender! Fiquei satisfeito, no entanto, em colocar a fragata fora de perigo — não será tanto incômodo para reparar seus danos no próximo porto.

— Ah, capitão — exclamei com convicção —, seu *Nautilus* é realmente um barco maravilhoso!

— Sim, professor — respondeu o capitão Nemo com emoção genuína —, e eu o amo como a carne da minha carne! Se tudo é perigoso a bordo de um de seus navios sujeitos aos caprichos do oceano, se, neste mar, a primeira impressão é a sensação do abismo, como o holandês Jansen tão bem disse, abaixo dele e a bordo do *Nautilus*, o coração do homem não tem mais nada a temer. Não há deformações a temer, porque o casco duplo desse barco tem a rigidez do ferro; não há cordame que se exaure pelo rolamento ou pela inclinação; não há velas que o vento derrube; não há caldeiras que o vapor rompa; não há de temer o fogo, porque esse aparelho é feito de chapa metálica e não de madeira; nenhum carvão a esgotar, já que a eletricidade é seu agente mecânico; nenhum encontro a temer, já que navega sozinho em águas profundas; nenhuma tempestade a enfrentar, já que ele encontra tranquilidade absoluta a poucos metros abaixo da água! É isso, senhor. Este é o navio de excelência! E se é verdade que o engenheiro tem mais confiança no navio do que o construtor, e o construtor mais do que o próprio capitão, então entenda o quanto eu confio no meu *Nautilus*, pois sou ao mesmo tempo o capitão, o construtor e o engenheiro!

O capitão Nemo falou com uma eloquência arrebatadora. O fogo em seus olhos e a paixão em seus gestos o transfiguraram. Sim, ele amava seu navio como um pai ama seu filho! Mas uma pergunta, talvez indiscreta, surgiu naturalmente, e eu não pude resistir a fazê-la.

— O senhor é engenheiro, capitão Nemo?

— Sim, professor — respondeu ele —, estudei em Londres, Paris e Nova Iorque, quando eu era um habitante dos continentes da Terra.

— Mas como o senhor conseguiu construir esse admirável *Nautilus* em segredo?

— Cada uma de suas partes, Sr. Aronnax, veio para mim de um lugar diferente do globo, e com um destino disfarçado. A quilha foi construída no Creusot, o eixo de sua hélice na Pen e Cia., de Londres, as placas de metal do casco na Leard, de Liverpool, enquanto a hélice foi feita pela Scott, de Glasgow. Os reservatórios são desenvolvidos pela Cail e Cia., de Paris, o motor pela Krupp, na Prússia, seu esporão pela Motala, na Suécia, seus instrumentos de precisão nos Irmãos Hart, de Nova Iorque etc. Meu projeto foi envido a cada qual dos fornecedores com nomes diversos.

— Mas — continuei — essas peças fabricadas ainda tinham que ser montadas, ajustadas...?

— Professor, eu montei minhas oficinas em uma ilhota deserta no meio do oceano. Lá eu e os trabalhadores, em outras palavras, meus bravos companheiros que eu havia instruído e treinado, concluímos nosso *Nautilus*. Então, quando a operação terminou, o fogo destruiu todos os vestígios de nossa passagem por essa ilhota, que eu teria explodido se pudesse.

— Então, posso acreditar que o preço de custo dessa embarcação é absurdo?

— Sr. Aronnax, um navio de ferro custa cento e vinte e cinco francos por tonelada. O *Nautilus* custa mil e quinhentos. Portanto, ele custa um milhão seiscentos e oitocentos e quarenta e sete francos, ou dois milhões, incluindo o equipamento, ou quatro ou cinco milhões com as obras de arte e coleções que contém.

— Uma última pergunta, capitão Nemo.

— Vá em frente, professor.

— Então o senhor é rico?

— Infinitamente rico, senhor, e eu poderia sem problemas pagar os dez bilhões das dívidas da França!

Fitei o homem extraordinário que me falava daquela maneira. Estaria zombando de mim? O tempo diria.

CAPÍTULO XIV

O Rio Negro

A porção da Terra ocupada pela água é estimada em três milhões oitocentos e trinta e dois quinhentos e cinquenta e oito milímetros quadrados, ou mais de trinta e oito milhões de hectares. Essa massa líquida compreende dois bilhões duzentos e cinquenta milhões de milhas cúbicas e formaria uma esfera de sessenta léguas de diâmetro, pesando três quintilhões de toneladas. Para se ter a perspectiva desse número, há de se pensar que o quintilhão está para o bilhão como o bilhão está para a unidade; ou seja, há tantos bilhões no quintilhão quanto unidades no bilhão.

Durante as épocas geológicas, o período do fogo foi seguido pelo período da água. No início, o oceano era universal. Depois, pouco a pouco, no período siluriano, surgiram picos de montanhas, ilhas emergiram, desapareceram sob inundações parciais, reapareceram, fundiram-se, formaram continentes e, por fim, a terra tornou-se geograficamente fixa como a vemos hoje. O sólido havia conquistado trinta e sete milhões seiscentas e cinquenta e sete milhas quadradas, ou doze milhões novecentos e dezesseis hectares, do líquido. A configuração dos continentes permite dividir as águas em cinco partes principais: os oceanos Ártico, Antártico, Índico, Atlântico e Pacífico.

O Pacífico se estende de norte a sul, entre os dois círculos polares, e de oeste a leste, entre a Ásia e a América, em uma área de cento e quarenta e cinco graus de longitude. É o mais tranquilo dos mares, com correntes largas e lentas, marés medíocres e chuvas abundantes. Esse foi o oceano que meu destino me chamou para explorar sob as mais estranhas condições.

— Professor — disse-me o capitão Nemo —, se não se importa, vamos determinar com exatidão nossa posição e estabelecer o ponto de partida para esta viagem. É quinze para o meio-dia. Vamos à superfície.

O capitão apertou uma campainha elétrica três vezes. As bombas começaram a bombear água dos tanques; a agulha do manômetro mostrou o movimento ascendente do *Nautilus* em diferentes pressões, depois parou.

— Chegamos — disse o capitão.

Fui até a escada central que levava à plataforma. Subi os degraus de metal e, através das escotilhas abertas, cheguei à parte superior do *Nautilus*. A plataforma estava apenas oitenta centímetros acima da superfície. A proa e a popa do *Nautilus* tinham aquele formato espigado que o faz parecer um longo charuto. Notei que suas placas de metal ligeiramente entrelaçadas se assemelhavam às escamas dos corpos de grandes répteis terrestres. Portanto, era bastante natural que, mesmo com as melhores lunetas, esse barco sempre tivesse sido confundido com um animal marinho.

No meio da plataforma, o bote, meio embutido no casco do navio, formava uma leve protuberância. À frente e à ré havia duas gaiolas de altura medíocre, com laterais inclinadas, parcialmente fechadas por grossos vidros lenticulares: uma para o timoneiro que dirigia o *Nautilus*, a outra onde brilhava a potente lanterna elétrica para iluminar seu caminho.

O mar estava magnífico, o céu, limpo. O longo veículo mal sentia as amplas ondulações do oceano. Uma leve brisa do leste ondulava a superfície da água. O horizonte, livre de neblina, permitia as melhores observações. Não havia nada à vista. Nem um recife, nem uma ilhota. O *Abraham Lincoln* havia sumido. A imensidão deserta.

O capitão Nemo usou seu sextante e mediu a altura do sol para determinar a latitude. Ele esperou alguns minutos até que a estrela ficasse nivelada com a borda do horizonte. Enquanto observava, nenhum de seus músculos se contraiu, e o instrumento não teria ficado mais imóvel em uma mão de mármore.

— Meio-dia — disse ele. — Professor, quando o senhor quiser.

Dei uma última olhada no mar levemente amarelado dos desembarques japoneses e voltei para o salão principal. Ali, o capitão tomou sua posição e calculou cronometricamente sua longitude, que ele havia verificado por meio de observações anteriores dos ângulos horários. Então, falou-me:

— Sr. Aronnax, estamos a 137 graus e 15 minutos de longitude a oeste...

— De qual meridiano? — perguntei com firmeza, esperando que a resposta do capitão pudesse indicar sua nacionalidade.

— Senhor — respondeu ele —, tenho vários cronômetros ajustados para os meridianos de Paris, Greenwich e Washington. Mas, em sua honra, usarei o de Paris.

Essa resposta não me informou nada. Fiz uma reverência, e o comandante continuou:

— Trinta e sete graus e quinze minutos a oeste do meridiano de Paris, a trinta graus e sete minutos de latitude norte, em outras palavras, a cerca de trezentas milhas da costa do Japão. Hoje, 8 de novembro, ao meio-dia, começa nossa viagem de exploração submarina.

— Que Deus nos abençoe! — respondi.

— E agora, professor — acrescentou o capitão —, vou deixá-lo com seus estudos. Indiquei a rota leste-norte-leste a uma profundidade de cinquenta metros. Aqui estão alguns mapas pontuados, nos quais o senhor pode acompanhá-la. O salão está à sua disposição, e peço sua permissão para me retirar.

O capitão Nemo me cumprimentou. Fiquei sozinho, absorto em meus pensamentos. Todos eles eram sobre o comandante do *Nautilus*. Será que algum dia eu saberia a que nação pertencia esse homem estranho, que se gabava de não pertencer a nenhuma? Esse ódio que ele havia dedicado à humanidade, esse ódio que talvez buscasse uma vingança terrível, quem o havia provocado? Será que ele era um desses cientistas não reconhecidos, um desses gênios "que torturamos", como disse Conseil, um Galileu moderno, ou um desses homens de ciência como o americano Maury, cuja carreira foi destruída por revoluções políticas? Ainda não sabia dizer. Eu, que o acaso acabara de lançar a bordo, eu, cuja vida ele tinha nas mãos... Ele me recebeu com frieza, mas com hospitalidade. Só que nunca aceitou a mão que eu lhe estendi. Nunca me oferecera a sua.

Durante uma hora inteira, fiquei imerso nessas reflexões, tentando desvendar esse mistério tão interessante para mim. Então, meus olhos se fixaram no vasto planisfério estendido sobre a mesa e coloquei meu dedo no ponto exato em que a longitude e a latitude observadas se cruzavam.

O mar, como os continentes, tem seus rios. São correntes particulares, reconhecíveis por sua temperatura e cor, sendo a mais notável delas conhecida como a Corrente do Golfo. A ciência determinou a direção de cinco correntes principais ao redor do globo: uma no Atlântico Norte, uma segunda no Atlântico Sul, uma terceira no Pacífico Norte, uma quarta no Pacífico Sul e uma quinta no oceano Índico Sul. É até provável que uma sexta corrente já tenha existido no norte do oceano Índico, quando os mares Cáspio e Aral, juntamente com os grandes lagos da Ásia, formavam um único corpo de água.

Ora, no ponto indicado no planisfério, uma dessas correntes estava fluindo, o Kuro Shivo dos japoneses, a Rio Negro, que, emergindo do golfo de Bengala, onde é aquecido pelos raios perpendiculares do sol tropical, atravessa o Estreito de Malaca, se estende ao longo da costa da Ásia e deságua no Pacífico Norte até as Ilhas Aleutas, carregando troncos de cânfora e outros produtos nativos e contrastando com o puro índigo de suas águas quentes com as ondas do oceano. Era essa corrente que o *Nautilus* iria percorrer. Eu o seguia, vendo-o se perder na imensidão do Pacífico, e me senti sendo arrastado com ele, quando Ned Land e Conseil apareceram na porta do salão.

Meus dois corajosos companheiros ficaram petrificados ao ver aquelas maravilhas empilhadas diante de seus olhos.

— Onde estamos? Onde estamos? — gritou o canadense. — No Museu de Quebec?

— Se for do agrado do senhor — respondeu Conseil —, é melhor que seja no Hôtel du Sommerard!

— Meus amigos — respondi, fazendo sinal para que entrassem —, vocês não estão nem no Canadá nem na França, mas a bordo do *Nautilus*, cinquenta metros abaixo do nível do mar.

— É preciso acreditar, já que o senhor afirma — respondeu Conseil —, mas, francamente, esse salão é de surpreender até mesmo um flamengo como eu.

— Surpreenda-se, meu amigo, e dê uma olhada, porque para um classificador de sua estirpe, há muito com o que trabalhar aqui.

Eu não precisava encorajar Conseil. O bom rapaz, debruçado sobre as vitrines, já murmurava palavras da língua dos naturalistas: classe dos gastrópodes, família dos bucinídeos, gênero das Porcelanas, espécie *Cypraea madagascariensis* etc.

Enquanto isso, Ned Land, que não era muito conquiliólogo, estava me perguntando sobre minha entrevista com o capitão Nemo. Havia descoberto quem era, de onde vinha, para onde estava indo, a que profundezas estava nos levando? Em suma, mil perguntas que eu não tinha tempo para responder. Contei a ele tudo o que sabia, ou melhor, tudo o que não sabia, e perguntei o que ele tinha ouvido ou visto do seu lado.

— Não ouvi, não vi nada! Nem sequer vi a tripulação deste barco. Por acaso, ela também é elétrica?

— Elétrica!

— Por Deus! Seria tentador acreditar nisso. Mas o senhor, Sr. Aronnax — perguntou Ned Land, que ainda tinha suas próprias ideias —, não sabe me dizer quantos homens há a bordo? Dez, vinte, cinquenta, cem?

— Não posso lhe responder, Mestre Land. De qualquer forma, acredite em mim, abandone por enquanto essa ideia de tomar o *Nautilus* ou fugir dele. Esse barco é uma das obras-primas da indústria moderna, e me arrependeria de nunca tê-lo visto! Muitas pessoas aceitariam a situação em que estamos, nem que fosse para passear por essas maravilhas. Portanto, fiquem calmos e vamos observar o que está acontecendo ao nosso redor.

— Observar! — gritou o arpoador. — Mas não conseguimos ver nada, não veremos nada desta prisão de lata! Estamos andando e navegando às cegas...

Ned Land estava dizendo essas últimas palavras quando a escuridão recaiu de repente, mas uma escuridão absoluta. O teto de luz foi apagado, e tão logo meus olhos tiveram uma sensação dolorosa, semelhante à produzida pela passagem oposta da escuridão profunda para a luz mais brilhante. Ficamos em silêncio, sem nos mover, sem saber que surpresa, agradável ou desagradável, nos aguardava. Mas então ouvimos um som de deslizamento. Parecia que painéis estavam sendo manobrados ao longo das laterais do *Nautilus*.

— É o fim do fim! — disse Ned Land.

— Ordem das hidromedusas! — murmurou Conseil.

De repente, a luz surgiu em ambos os lados do salão, através de duas aberturas oblongas. As massas líquidas pareciam estar bem iluminadas pela eletricidade. Duas placas de cristal nos separavam do mar. A princípio, estremeci ao pensar que aquela frágil parede poderia se quebrar, mas fortes reforços de cobre a mantiveram no lugar e lhe davam resistência quase infinita.

O mar estava claramente visível em um raio de uma milha ao redor do *Nautilus*. Que visão! Que caneta poderia descrevê-la! O que poderia pintar os efeitos da luz através dessas folhas transparentes e a suavidade de suas sucessivas degradações até as camadas inferiores e superiores do oceano?

Sabemos como o mar é diáfano. Sabemos que ele é mais cristalino do que a água de mina. As substâncias minerais e orgânicas que ele mantém em suspensão aumentam ainda mais sua transparência. Em certas partes do oceano, nas Antilhas, centro e quarenta e cinco metros de água revelam o leito de areia com surpreendente nitidez, e a penetração dos raios solares parece parar apenas a uma profundidade de trezentos metros. Mas nesse ambiente fluido pelo qual o *Nautilus* estava viajando, a explosão elétrica foi produzida dentro das próprias ondas. Não se tratava mais de água luminosa, mas de luz líquida.

Se aceitarmos a hipótese de Ehrenberg, que sugere uma iluminação fosforescente das profundezas submarinas, a natureza certamente reservou um de seus espetáculos mais prodigiosos para os habitantes do mar, e eu poderia julgá-lo aqui pelos mil jogos dessa luz. De cada lado, eu tinha uma janela aberta para esses abismos inexplorados. A escuridão do salão fazia com que a luz do lado de fora se destacasse, e nós nos olhávamos como se esse cristal puro fosse o vidro de um imenso aquário.

O *Nautilus* não parecia se mover. Isso acontecia porque não havia pontos de referência. Às vezes, porém, as linhas de água, divididas por sua espora, passavam por nós com velocidade excessiva. Estávamos maravilhados diante das vitrines, e nenhum de nós quebrava o silêncio de estupefação quando Conseil disse:

— Não queria ver, amigo Ned? Pois bem, está vendo!

— Curioso! Curioso! — disse o canadense, que, esquecendo sua raiva e seus planos de fuga, estava sob uma atração irresistível. — E viria gente de longe para admirar esse espetáculo!

— Ah! — exclamei. — Estou começando a entender a vida desse homem! Ele criou seu próprio mundo, com as mais surpreendentes maravilhas reservadas para ele!

— Mas e os peixes? — comentou o canadense. — Não vejo nenhum peixe!

— O que lhe importa, amigo Ned — respondeu Conseil —, já que você não os conhece.

— Eu! Um pescador! — gritou Ned Land.

E começou uma discussão sobre o assunto entre os dois amigos, pois conheciam peixes, mas cada um de uma maneira muito diferente. Todos sabem que os peixes formam a quarta e última classe do filo dos vertebrados. Eles foram apropriadamente definidos como "vertebrados de sangue frio com dupla circulação, respirando por brânquias e destinados a viver na água". Formam duas séries distintas: a série de peixes ósseos, ou seja, aqueles cujas espinhas dorsais são feitas de vértebras ósseas, e a série de peixes cartilaginosos, ou seja, aqueles cujas espinhas dorsais são feitas de vértebras cartilaginosas.

O canadense podia estar ciente dessa distinção, mas Conseil sabia muito mais e, agora que tinha feito amizade com Ned, não podia admitir que tivesse menos conhecimento do que ele. Então, ele lhe disse:

— Amigo Ned, você é um matador de peixes, um pescador muito habilidoso. Você já pescou muitos desses animais interessantes. Mas aposto que você não sabe como classificá-los.

— Sim — respondeu o arpoador com seriedade. — São divididos em peixes que podem ser comidos e peixes que não podem!

— Essa é uma distinção de glutão — respondeu Conseil. — Mas diga-me, você sabe a diferença entre peixes ósseos e peixes cartilaginosos?

— Talvez eu saiba, Conseil.

— E a subdivisão dessas duas grandes classes?

— Nem desconfio — respondeu o canadense.

— Bem, amigo Ned, ouça e grave. Os peixes ósseos subdividem-se em seis ordens: em primeiro lugar, os acantopterígios, cuja maxila superior é completa e móvel, e cujas brânquias ostentam a forma de um pente. Essa ordem compreende quinze famílias, isto é, três quartos dos peixes conhecidos. Exemplo: a perca comum.

— Muito bom para comer — respondeu Ned Land.

— Em segundo lugar — continuou Conseil —, os abdominais, que têm nadadeiras ventrais suspensas sob o abdômen e atrás das nadadeiras peitorais, sem estarem presas aos ossos da espádua; ordem dividida em cinco famílias e que inclui a maioria dos peixes de água doce. Exemplos: carpa, lúcio.

— Pff! — fez o canadense com um certo desprezo. — Peixes de água doce!

— Em terceiro lugar — continuou Conseil —, os sub-braquiais, cujas nadadeiras ventrais estão presas sob os peitorais e imediatamente suspensas dos ossos da espádua. Essa ordem contém quatro famílias. Exemplos: esturjões, rodovalhos, linguados, barbos, solhas etc.

— Excelente, excelente! — gritou o arpoador, que só queria considerar os peixes do ponto de vista comestível.

— Em quarto lugar — retomou Conseil, imperturbável —, os ápodos, de forma comprida e sem nadadeiras ventrais, envoltos por uma grossa derme, quase sempre viscosa; ordem que compreende uma única família. Exemplos: a enguia e o gimnoto.

— Médio! Médio! — respondeu Ned Land.

— Quinto — falou Conseil —, os plectógnatos, cujo osso maxilar atrela-se à lateral da intermaxila que forma a mandíbula, e cuja arcada palatina é imóvel por estar encaixada com o crânio. A ordem não conta com autênticas nadadeiras ventrais e se compõe de duas famílias. Exemplos: cavalos-marinhos e o peixe-mariposa-anão.

— Ruim! Ruim! — respondeu o arpoador.

— Sexto, por fim — disse Conseil —, os plectógnatos, cujo osso maxilar solda-se no flanco do intermaxilar que forma a mandíbula, e cuja arcada palatina encaixa-se por sutura com o crânio, o que a torna imóvel, ordem que carece de autênticas nadadeiras ventrais e se compõe de duas famílias. Exemplos: os tetrodontes e os peixes-lua.

— Bom para desgraçar uma caldeira! — exclamou o canadense.

— Entendeu, amigo Ned? — perguntou o sábio Conseil.

— Nem um pouco, amigo Conseil — respondeu o arpoador. — Mas continue, pois você é muito interessante.

— Quanto aos peixes cartilaginosos — continuou Conseil imperturbavelmente —, só compreendem três ordens.

— Tanto melhor — disse Ned.

— Em primeiro lugar, os ciclóstomos, cujas mandíbulas são soldadas em um anel móvel e cujas guelras se abrem através de numerosos orifícios — uma ordem que compreende apenas uma família. Tipo: a lampreia.

— Não tem como não amar — respondeu Ned Land.

— Em segundo lugar, os seláquios, com brânquias semelhantes às dos ciclóstomos, mas com uma mandíbula inferior móvel. Essa ordem, que é a maior da classe, compreende duas famílias. Tipos: a raia e o tubarão.

— O quê! — exclamou Ned. — Raias e tubarões na mesma ordem! Bem, meu amigo Conseil, no interesse das raias, não aconselharia a colocá-las juntas no mesmo tanque!

— Em terceiro lugar — respondeu Conseil —, os estuarinos, quase sempre com uma única fenda composta de um opérculo que abre suas brânquias, ordem formada por quatro gêneros: Exemplo: o esturjão.

— Ah, amigo Conseil, você guardou o melhor para o final; pelo menos na minha opinião. Isso é tudo?

— Sim, meu bom Ned — respondeu Conseil —, e observe que, quando você sabe isso, ainda não sabe nada, porque as famílias são subdivididas em gêneros, subgêneros, espécies, variedades...

— Bem, amigo Conseil — respondeu o arpoador, inclinando-se sobre o painel de vidro —, aqui temos algumas variedades passando!

— Sim! peixes! — exclamou Conseil. — É como estar diante de um aquário!

— Não — respondi —, porque o aquário é apenas uma gaiola, e esses peixes são tão livres quanto os pássaros no ar.

— Bem — disse Ned Land —, amigo Conseil, diga qual o nome deles!

— Eu não... — respondeu Conseil — não sou capaz de fazer isso! Isso é assunto do meu mestre!

E, de fato, o digno rapaz, um classificador maníaco, não era naturalista, e não sei se ele saberia diferenciar um atum de um bonito. Em suma, o oposto do canadense, que nomeou todos esses peixes sem hesitação.

— Um peixe-porco — falei.

— E um peixe-porco chinês! — respondeu Ned Land.

— Gênero dos balistas, família dos esclerodérmicos, ordem dos plectógnatos — murmurou Conseil.

Juntos, Ned e Conseil teriam dado um naturalista fora de série. O canadense não estava enganado. Um cardume de peixes-porco de pele cinza e corpo comprimido, armados com um ferrão na barbatana dorsal, estava brincando ao redor do *Nautilus*, agitando as quatro fileiras de espinhos de cada lado da cauda. Nada poderia ser mais admirável do que seu revestimento, cinzento por cima, branco por baixo, cujas manchas douradas tremeluziam no escuro remanso das ondas. Entre eles, bailavam raias, como toalhas ao vento, e, para minha grande alegria, entre elas identifiquei a raia amarelada em cima, rosa-claro no ventre, dotada de três esporões atrás do olho; espécie rara e mesmo questionável no tempo de Lacépède, que nunca a vira senão numa coletânea de desenhos japoneses.

Todo um exército aquático acompanhou o *Nautilus* por cerca de duas horas. Em meio às suas brincadeiras, algazarras e saltinhos, ostentando sua beleza, seu brilho e sua velocidade, identifiquei o bodião-verde; o salmonete-da-vasa, com suas duas listras pretas; o góbio-eleotrídeo, de cauda arredondada, branco com uma mancha roxa nas costas; a escômbrida japonesa, a incrível alcoviteira desses mares, de corpo azul e a cabeça prateada; reluzentes azulinos, que por seu nome dispensam qualquer descrição; esparídeos listrados, cujas nadadeiras revezam-se entre o azul e o amarelo, esparídeos agaloados, decorados com uma risca preta na cauda; outros, igualmente espartilhados, com seis cinturões; aulóstomos, verdadeiros apara-lápis ou trombeteiros, dos quais alguns espécimes alcançavam um metro de comprimento; salamandras-do-japão, moreias equinoides; serpentes de dois metros, olhos inquietos e pequenos, dentes serrilhados etc.

Nossa admiração não diminuía. Nossas interjeições nunca cessavam. Ned nomeava os peixes, Conseil os classificava e eu ficava maravilhado com a vivacidade de seus movimentos e a beleza de suas formas. Eu nunca tinha visto esses animais vivos e livres em seu habitat natural.

Não vou mencionar todas as variedades que passaram diante de nossos olhos deslumbrados, toda essa coleção dos mares do Japão e da China. Esses peixes vieram em bandos, mais numerosos do que os pássaros no ar, atraídos, sem dúvida, pelo foco brilhante da luz elétrica.

De repente, o salão se iluminou. As escotilhas de metal se fecharam. A visão encantadora desapareceu. Mas por um longo tempo eu ainda estava sonhando, até que meus olhos caíram sobre os instrumentos pendurados nas paredes. A bússola ainda apontava para o norte-nordeste, o manômetro indicava uma pressão de cinco atmosferas, correspondente a uma profundidade de cinquenta metros, e o registro elétrico indicava uma velocidade de quinze milhas por hora.

Esperava o capitão Nemo, mas ele não apareceu. O relógio bateu cinco horas.

Ned Land e Conseil voltaram para suas cabines e eu voltei para o meu quarto. Meu jantar estava lá servido. Consistia em uma sopa de tartaruga feita com os mais delicados juncos, um salmonete de carne branca e levemente escamoso, cujo fígado, preparado separadamente, era uma refeição deliciosa, e filés da carne de peixe-anjo-real, cujo sabor achei superior ao do salmão.

Passei a noite lendo, escrevendo e pensando. Depois, quando o sono se apoderou de mim, deitei-me em meu leito de capim-enguia e caí em um sono profundo, enquanto o *Nautilus* deslizava pela rápida corrente do Rio Negro.

CAPÍTULO XV

Um convite por carta

No dia seguinte, 9 de novembro, só acordei depois de um longo sono de doze horas. Conseil veio, como era seu costume, para saber "como o cavalheiro havia passado a noite" e para oferecer seus serviços. Ele havia deixado seu amigo canadense dormindo como um homem que não tivesse feito outra coisa em toda a sua vida.

Deixei o bom rapaz tagarelar o quanto quisesse, sem responder muito. Eu estava preocupado com a ausência do capitão Nemo durante nossa reunião no dia anterior e esperava vê-lo novamente hoje.

Logo vesti minhas roupas de bisso. Sua natureza provocou mais de uma reflexão de Conseil. Eu lhe disse que elas eram feitas de filamentos sedosos e brilhantes que prendem os "presuntos" às rochas, um tipo de concha muito abundante nas margens do Mediterrâneo. No passado, eles eram usados para fazer belos tecidos, meias e luvas, pois eram muito macios e quentes. A tripulação do *Nautilus* podia, portanto, vestir-se de forma econômica, sem pedir nada aos produtores de algodão, às ovelhas ou aos bichos-da-seda da terra.

Quando me vesti, fui para o grande salão. Ele estava deserto.

Lancei-me ao estudo daqueles tesouros da conquiliologia, aglomerados em caixas de vidro. Também vasculhei os extensos herbários, repletos de raríssimas plantas marinhas que mesmo secas tinham cores admiráveis. Entre todas aquelas valiosas hidrófitas, encontrei cladostefos verticilados, padinas-pavônicas, calitâmnios graníferos, cerâmios com tons escarlates, em formato de chapéus de cogumelos achatados, que por muito foram classificados como zoófitos, além de uma grande amostragem de sargaços.

O dia inteiro passou sem que eu tivesse a honra de receber a visita do capitão Nemo. As portas do salão não se abriram. Talvez eles não quisessem nos incomodar entre aquelas coisas lindas.

O *Nautilus* continuou a se dirigir para leste-nordeste, com velocidade de doze milhas e profundidade entre cinquenta e sessenta metros. No dia seguinte, 10 de novembro, o mesmo abandono, a mesma solidão. Não vi nenhum membro da tripulação. Ned e Conseil passaram a maior parte do dia comigo. Eles ficaram surpresos com a ausência inexplicável do capitão. Será que aquele homem estranho estava doente? Será que mudaria seus planos para nós? Afinal de contas, como Conseil observou, estávamos desfrutando de total liberdade e sendo delicada e abundantemente alimentados.

Nosso anfitrião estava cumprindo os termos de seu tratado. Não podíamos reclamar e, além disso, a própria singularidade de nosso destino nos oferecia compensações tão maravilhosas que ainda não tínhamos o direito de acusá-lo. Naquele dia, comecei a escrever um diário das aventuras, o que me permitiu contá-las com a mais escrupulosa precisão e — detalhe curioso — escrevi-o em papel feito de capim-enguia.

No dia 11 de novembro, bem cedo, o ar fresco dentro do *Nautilus* me dizia que havíamos retornado à superfície do oceano para reabastecer nossos suprimentos de oxigênio. Dirigi-me à escada central e subi na plataforma.

Eram seis horas. O tempo estava nublado, o mar estava cinza, mas calmo. Quase não havia ondulação. Será que o capitão Nemo, que eu esperava encontrar ali, viria? Vi apenas o timoneiro, trancado em sua cabine de vidro. Sentado na saliência do casco do bote, inalei a fumaça salgada com prazer.

Pouco a pouco, a névoa se dissipou sob a ação dos raios solares. A estrela radiante transbordou o horizonte oriental. O mar se incendiou sob seu olhar como um rastro de pólvora. As nuvens, espalhadas nas alturas, estavam coloridas em tons vívidos admiravelmente matizados, e numerosas línguas de gato[1] anunciavam vento para o dia inteiro. Mas o que o vento tinha de afronta para o *Nautilus*, que não se assustava com tempestades! Eu estava admirando esse feliz nascer do sol, tão alegre, tão revigorante, quando ouvi alguém subindo à plataforma. Preparei-me para cumprimentar o capitão Nemo, mas quem apareceu foi seu imediato, que eu já havia visto na primeira visita do capitão. Ele subiu na plataforma e não pareceu notar minha presença. Com o telescópio em seus olhos, examinou cada ponto do horizonte com extrema atenção. Depois de concluir seu exame, aproximou-se do painel e pronunciou uma frase, cujas palavras exatas são as seguintes. Eu a guardei porque era repetida todas as manhãs, em condições idênticas. Dizia o seguinte:

— *Nautron respoc lorni virch*[2].

Não soube dizer o que significava. Com essas palavras, o companheiro desceu. Pensei que o *Nautilus* fosse retomar sua navegação subaquática. Então, voltei para a escotilha e atravessei os corredores até meu quarto. Cinco dias se passaram sem nenhuma mudança na situação. Todas as manhãs eu subia para a plataforma. A mesma frase era dita pela mesma pessoa. O capitão Nemo não apareceu.

Eu já estava supondo que não o veria novamente quando, em 16 de novembro, voltei ao meu quarto com Ned e Conseil e encontrei um bilhete endereçado a mim sobre a mesa. Abri-o com a mão impaciente. Estava escrito em uma caligrafia franca e clara, mas um pouco gótica e que lembrava os tipos alemães. O bilhete dizia o seguinte:

Professor Aronnax,
a bordo do Nautilus,
16 de novembro de 1867

O capitão Nemo convida o professor Aronnax para uma festa de caça que ocorrerá amanhã de manhã em suas florestas

---

1 E, justamente, fala-se agora de uma descoberta desse tipo, na qual um novo conjunto de alavancas produz forças consideráveis. Teria o inventor conhecido o capitão Nemo?

2 Nuvens pequenas, claras e brancas com bordas serrilhadas.

na Ilha Crespo. Ele espera que nada impeça o professor de comparecer, e ficará satisfeito em ver seus companheiros se juntarem a ele.

Do capitão do Nautilus,
capitão Nemo

— Uma caçada! — gritou Ned.

— E nas florestas da Ilha Crespo! — acrescentou Conseil.

— Então ele está indo para terra? — perguntou Ned Land.

— Parece claro para mim — eu disse, relendo a carta.

— Bom! Temos que aceitar — respondeu o canadense. — Quando estivermos em terra firme, decidiremos o que fazer. Além disso, não me importaria de comer um pouco de carne de veado fresca.

Sem tentar conciliar a contradição entre a óbvia aversão do capitão Nemo por continentes e ilhas e seu convite para caçar na floresta, contentei-me em responder:

— Primeiro vamos ver o que é a Ilha Crespo.

Consultei o planisfério e, na latitude 32° 40' norte e longitude 167° 50' oeste, encontrei uma ilhota que foi reconhecida em 1801 pelo capitão Crespo e que os antigos mapas espanhóis chamavam de Roca de la Plata, ou seja, "Rocha de Prata". Estávamos, portanto, a cerca de mil e oitocentas milhas do nosso ponto de partida, e a direção ligeiramente alterada do *Nautilus* era para o sudeste.

Mostrei aos meus companheiros essa pequena rocha perdida no meio do Pacífico Norte.

— Se o capitão Nemo desembarca às vezes — falei —, pelo menos escolhe ilhas absolutamente desertas.

Ned Land acenou com a cabeça sem responder, e ele e o Conseil me deixaram. Depois do jantar, que me foi servido pelo mordomo mudo e impassível, adormeci, não sem certa preocupação.

No dia seguinte, 17 de novembro, quando acordei, senti que o *Nautilus* estava absolutamente imóvel, então me vesti rapidamente e fui para o salão principal. O capitão Nemo estava lá. Ele estava me esperando, levantou-se, fez uma saudação e me perguntou se eu gostaria de acompanhá-lo.

Como ele não fez nenhuma referência à sua ausência durante esses oito dias, evitei falar disso e apenas respondi que meus companheiros e eu estávamos prontos para segui-lo.

— Mas, senhor — acrescentei —, gostaria de lhe fazer uma pergunta.

— Diga, Sr. Aronnax, e se eu puder respondê-la, eu o farei.

— Bem, capitão, como é possível que o senhor, que rompeu todos os laços com a terra, possua florestas na ilha de Crespo?

— Professor — respondeu o capitão —, as florestas que possuo não pedem luz nem calor ao sol. Nem leões, nem tigres, nem panteras, nem qualquer outro quadrúpede as frequentam. Elas são conhecidas apenas por mim; crescem somente para mim. Não são florestas terrestres, mas florestas subaquáticas.

— Florestas subaquáticas! — exclamei.

— Sim, professor.

— E o senhor está se oferecendo para me levar até lá?

— Exatamente.

— A pé?

— E até mesmo em terra firme.

— Caçando?

— Caçando.

— Rifle na mão?

— Rifle na mão.

Olhei para o capitão do *Nautilus* com um olhar que não era nada lisonjeiro.

"Definitivamente, não está bem da cabeça", pensei. "Ele teve um ataque, que durou oito dias, e ainda está acontecendo. Que pena! Eu gostava mais dele excêntrico do que louco!"

Esse pensamento estava claro em meu rosto, mas o capitão Nemo simplesmente me convidou a segui-lo, e eu o segui como um homem resignado a qualquer coisa.

Chegamos à sala de jantar, onde o almoço estava sendo servido.

— Sr. Aronnax — disse-me o capitão —, peço-lhe que me faça companhia para o almoço sem qualquer problema. Podemos conversar enquanto comemos. Pois se prometi uma caminhada na floresta, não prometi que encontraríamos um restaurante lá. Portanto, almoce como um homem que provavelmente não jantará até muito tarde.

Eu honrei a refeição. Consistia em vários peixes e fatias de pepinos-do-mar, excelentes zoófitos, temperados com algas muito apetitosas, como *Porphyra laciniata* e *Laurentia primafetida*. A bebida consistia em água pura à qual, seguindo o exemplo do capitão, acrescentei algumas gotas de um licor fermentado extraído, à moda de Kamchatka, da alga conhecida como *Rhodymenia palmata*. No início, o capitão Nemo comeu sem dizer uma palavra. Depois, disse-me:

— Professor, quando pedi que viesse caçar nas minhas florestas de Crespo, o senhor achou que eu estava me contradizendo. Quando disse que eram florestas subaquáticas, o senhor achou que eu estava louco. Professor, nunca devemos julgar os homens levianamente.

— Mas, capitão, veja bem...

— Por favor, ouça-me e verá se deve me acusar de loucura ou de contradição.

— Estou ouvindo.

— Professor, o senhor sabe tão bem quanto eu que o homem pode viver debaixo d'água, desde que leve consigo seu suprimento de ar respirável. No trabalho subaquático, o trabalhador, vestido com um traje impermeável e com a cabeça presa em uma cápsula de metal, recebe ar de fora por meio de bombas de pressão e reguladores de fluxo.

— É o mesmo que um traje de mergulho — respondi.

— De fato, mas nessas condições, o homem não fica livre. Ele está preso à bomba que envia o ar por uma mangueira de borracha, uma verdadeira corrente que o prende à terra, e se ficássemos presos ao *Nautilus* dessa forma, não conseguiríamos ir muito longe.

— E a maneira de conseguirmos andar livres...?

— É usar o dispositivo Rouquayrol-Denayrouze, criado por dois de seus compatriotas, mas que aperfeiçoei para meu próprio uso e que permitirá que você se aventure nessas novas condições fisiológicas, sem que seus órgãos sofram de forma alguma. Trata-se de um tanque de chapa metálica grossa, no qual armazeno ar a uma pressão de cinquenta atmosferas. Esse tanque é preso às costas por correias, como uma mochila de soldado. Sua parte superior forma uma caixa na qual o ar, mantido por um mecanismo de fole, vaza sempre em sua tensão normal. No aparelho de Rouquayrol, como é usado, dois tubos de borracha, partindo dessa caixa, terminam em uma espécie de máscara que envolve o nariz e a boca do operador; um é usado para a introdução do ar inspirado, o outro para a saída do ar expirado, e a língua fecha esse ou aquele, de acordo com as necessidades da respiração. Mas, como é preciso lidar com uma pressão considerável no fundo do mar, temos de envolver a cabeça, como nos trajes de mergulho, em uma esfera de cobre, e é a essa esfera que os dois tubos de inalação e exalação conduzem.

— Perfeitamente, Capitão Nemo, mas o ar que está carregando deve se desgastar rapidamente e, assim que não contém mais de quinze por cento de oxigênio, torna-se irrespirável.

— Sem dúvida, mas como eu falei, Sr. Aronnax, as bombas do *Nautilus* me permitem armazená-lo sob uma pressão considerável e, nessas condições, o tanque da embarcação pode fornecer ar respirável por nove ou dez horas.

— Não tenho mais objeções — respondi —, só vou lhe perguntar, capitão, como consegue iluminar seu caminho no fundo do oceano?

— Com o dispositivo Ruhmkorff, Sr. Aronnax. Se o primeiro é usado nas costas, o segundo fica preso ao cinto. Consiste em uma bateria Bunsen que ativo, não com dicromato de potássio, mas com sódio. Uma bobina de indução coleta a eletricidade produzida e a direciona para uma lanterna especialmente montada. Dentro dessa lanterna há uma bobina de vidro que contém apenas um resíduo de dióxido de carbono. Quando o dispositivo está funcionando, esse gás se torna luminoso, emitindo uma luz esbranquiçada contínua. Assim equipado, eu respiro e vejo.

— Capitão Nemo, suas respostas a todas as minhas objeções são tão contundentes que não ouso mais duvidar. Entretanto, se devo aceitar os dispositivos Rouquayrol e Ruhmkorff, gostaria de exprimir algumas reservas quanto ao rifle com o qual o senhor quer me armar.

— Não é um rifle de pólvora — respondeu o capitão.

— Então é uma arma de ar comprimido?

— Claro. Como esperaria que eu fizesse pólvora a bordo, se não tenho salitre, enxofre ou carvão?

— Além disso — continuei —, para disparar debaixo d'água, em um ambiente oitocentas e cinquenta e cinco vezes mais denso do que o ar, você teria que superar uma resistência considerável.

— Isso não seria um empecilho. Há certas armas, aperfeiçoadas depois de Fulton pelos ingleses Philippe Coles e Burley, pelo francês Furcy e pelo italiano Landi, que são equipadas com um sistema de travamento especial e que podem disparar nessas condições. Mas, repito, como não tenho pólvora, eu a substituí por ar de alta pressão, que as bombas *Nautilus* fornecem em abundância.

— Mas esse ar deve se esgotar rapidamente.

— Bem, não temos o tanque de Rouquayrol para fornecer um pouco, se precisar? Tudo o que precisa é de uma torneira específica. Além disso, Sr. Aronnax, o senhor verá por si mesmo que, durante essas caçadas subaquáticas, não gastamos muito com ar ou balas.

— No entanto, parece-me que nessa semiescuridão, e no meio desse líquido que é muito denso em comparação com a atmosfera, os tiros não podem ir muito longe, e dificilmente são letais...?

— Senhor, com esse rifle todos os tiros são fatais, pelo contrário, e assim que um animal é atingido, mesmo que levemente, cai fulgurado.

— E por que isso acontece?

— Porque essa arma não dispara balas comuns, mas pequenas cápsulas de vidro — inventadas pelo químico austríaco Leniebrock —, das quais tenho um estoque considerável. Essas cápsulas de vidro, cobertas por uma estrutura de aço e pesadas por uma base de chumbo, são como pequenas garrafas de Leiden nas quais a eletricidade é forçada a uma voltagem muito alta. Ao menor choque, elas se descarregam, e o animal, por mais poderoso que seja, cai morto. Acrescentaria que o tamanho dessas cápsulas não passa de um número quatro, e que a carga de um rifle comum pode conter dez delas.

— Não vou questionar mais — respondi, levantando-me da mesa —, e vou pegar meu rifle. Onde você for, eu vou.

O capitão Nemo me conduziu em direção à popa do *Nautilus* e, ao passarmos pela cabine de Ned e Conseil, chamei meus dois companheiros, que nos seguiram imediatamente. Chegamos então a uma cela situada perto da sala de máquinas, onde vestiríamos nossas roupas de passeio.

CAPÍTULO XVI

Um passeio na planície

A cela era, a rigor, o arsenal e o vestiário do *Nautilus*. Uma dúzia de trajes de mergulho, pendurada na parede, aguardava os peregrinos.

Quando Ned Land as viu, ficou claramente relutante em vesti-las.

— Mas, meu bom Ned — disse a ele —, as florestas da Ilha Crespo são florestas subaquáticas!

— Bom — disse o arpoador, desapontado, vendo seus sonhos de carne fresca desaparecerem. — E o senhor, Sr. Aronnax, vai vestir essas roupas?

— É preciso, Mestre Ned.

— Você que sabe, professor — respondeu o arpoador, encolhendo os ombros —, mas quanto a mim, a menos que eu seja forçado, nunca usarei isso.

— Não será obrigado, Mestre Ned — disse o capitão Nemo.

— E Conseil, se atreverá? — perguntou Ned.

— Estarei onde quer que o senhor vá — respondeu Conseil.

A chamado do capitão, dois homens da tripulação vieram nos ajudar a vestir essas pesadas roupas à prova d'água, feitas de borracha sem costura e preparadas para suportar uma pressão considerável. Parecia uma armadura flexível, porém resistente. As roupas consistiam em uma calça e uma jaqueta. As calças terminavam em sapatos grossos com solas pesadas de chumbo. O tecido da jaqueta era unido por tiras de cobre que blindavam o peito, defendendo-o contra a correnteza da água e permitindo que os pulmões trabalhassem livremente; a extremidade das mangas eram luvas flexíveis que não impediam os movimentos da mão.

Como é possível notar, havia um grande abismo entre tais trajes de mergulho avançados e as vestimentas sem forma, como os peitorais de cortiça, sobrevestes, roupas de marinheiro, baús etc., que foram inventados e difundidos no século XVIII.

Capitão Nemo, um de seus companheiros — uma espécie de Hércules que parecia ser prodigiosamente forte —, Conseil e eu logo vestimos esses trajes de mergulho. Tudo o que restava a fazer era encaixar nossas cabeças na esfera de metal. Mas antes de seguir para essa operação, pedi permissão ao capitão para examinar os rifles destinados a nós. Um dos homens do *Nautilus* me entregou um rifle simples, cuja coronha, feita de chapa de aço e oca por dentro, era bastante grande. Ela servia como reservatório de ar comprimido, que uma válvula, acionada por um gatilho, deixava vazar pelo tubo de metal. Uma caixa de projéteis, cortada na espessura da coronha, continha cerca de vinte balas elétricas que, por meio de uma mola, eram automaticamente colocadas no cano do rifle. Assim que um tiro era disparado, o outro estava pronto.

— Capitão Nemo — disse —, essa arma é perfeita e fácil de manusear. Não posso esperar para testá-la. Mas como vamos chegar ao fundo do mar?

— No momento, professor, o *Nautilus* está parado a dez metros de profundidade, e tudo o que temos a fazer é sair.

— Mas como vamos sair?

— Você verá.

O capitão Nemo enfiou a cabeça dentro da calota esférica. Conseil e eu fizemos o mesmo, não sem antes ouvir o canadense nos dar um irônico "boa caça". A parte superior de nossa vestimenta acabava numa gola de cobre espiralada, na qual esse capacete de metal era parafusado. Três orifícios, protegidos por lentes grossas, deixavam que enxergássemos em todas as direções apenas virando a cabeça dentro dessa esfera. Assim que a esfera estava posicionada, as máquinas Rouquayrol em nossas costas começaram a funcionar e eu pude respirar com facilidade.

Com a lâmpada Ruhmkorff pendurada em meu cinto e o rifle na mão, eu estava pronto para partir. Mas, para ser franco, preso naquelas roupas pesadas e pregado ao convés por minhas solas de chumbo, teria sido impossível dar um passo. Mas isso era o esperado, pois logo me senti sendo empurrado para uma pequena sala ao lado do vestiário. Meus companheiros, que também estavam sendo arrastados, vieram atrás. Ouvi uma porta fechar-se sobre nós, e uma escuridão profunda nos envolveu.

Depois de alguns minutos, um assobio agudo chegou aos meus ouvidos. Senti um certo calafrio subir de meus pés até o peito. Evidentemente, uma torneira no interior do barco havia deixado entrar a água externa que estava nos invadindo e que logo encheu o cômodo. Uma segunda porta, perfurada na lateral do *Nautilus*, abriu-se e uma meia-luz e brilhou sobre nós. Um momento depois, nossos pés estavam pisando no fundo do mar.

E agora, como posso reconstituir as impressões deixadas em mim por esse passeio sob a água? As palavras são impotentes para descrever tais maravilhas! Se até mesmo o pincel é incapaz de reproduzir os efeitos particulares do elemento líquido, como poderia a caneta reproduzi-los?

Capitão Nemo foi à frente e seu companheiro seguiu alguns passos atrás. Conseil e eu ficamos juntos, como se fosse possível trocar palavras através de nossas conchas metálicas. Eu não sentia mais o peso das minhas roupas, dos meus sapatos, do meu tanque de ar, nem o peso dessa esfera espessa, no meio da qual minha cabeça balançava como uma amêndoa em sua casca. Todos esses objetos, imersos na água, perdiam uma parte de seu peso igual à do líquido deslocado, e eu estava bem ciente dessa lei física reconhecida por Arquimedes. Eu não era mais uma massa inerte e tinha uma liberdade de movimento relativamente grande.

A luz, que iluminava o solo até trinta pés abaixo da superfície do oceano, me surpreendeu por seu poder. Os raios de sol penetravam facilmente nessa massa aquosa e dissipavam sua coloração. Eu conseguia claramente distinguir objetos a uma distância de cem metros. Além disso, o fundo era sombreado com as finas gradações de ultramar, depois se tornava azul à distância e se desvanecia em uma vaga escuridão. A água que me cercava era, na verdade, apenas um tipo de ar, mais denso do que a atmosfera da Terra, mas quase tão diáfano. Acima de mim, conseguia ver a superfície calma do mar.

Estávamos caminhando sobre areia fina e uniforme, não enrugada como a areia das praias, que retém a marca da ondulação. Esse tapete deslumbrante, um verdadeiro refletor, repelia os raios solares com uma intensidade surpreendente. Daí a imensa reverberação que penetrou em todas as moléculas do líquido. Será que acreditarão em mim se eu disser que, a uma profundidade de trinta pés, conseguia ver como se estivesse em plena luz do dia?

Durante um quarto de hora, pisei naquela areia irradiante, repleta de uma impalpável poeira de conchas. O casco do *Nautilus*, desenhado como um longo recife, desapareceu pouco a pouco, mas sua lanterna, quando a noite caiu no meio da água, facilitou nosso retorno a bordo, projetando seus raios com perfeita clareza. Esse efeito é difícil de entender para aqueles que só viram esses raios esbranquiçados e brilhantes em terra. Lá, a poeira que satura o ar lhes dá a aparência de uma névoa luminosa; mas no mar, assim como embaixo dele, essas correntes elétricas são transmitidas com uma pureza incomparável.

No entanto, ainda continuávamos em frente e a vasta planície de areia parecia não ter fim. Eu afastava com a mão as cortinas d'água, que se fechavam atrás de mim, e meus passos desapareciam de repente sob a pressão da água. Logo, algumas formas de objetos, pouco borradas pela distância, apareceram. Reconheci os magníficos primeiros planos rochosos, atapetados com a mais bela espécie de zoófitas; fiquei impressionado com um efeito peculiar daquele ambiente.

Eram dez horas da manhã. Os raios solares atingiam a superfície das ondas em um ângulo bastante oblíquo e, ao entrar em contato com a luz, quebrada pela refração como se fosse através de um prisma, flores, rochas, mudas, conchas e pólipos eram sombreados em suas bordas pelas sete cores do espectro solar. Era uma maravilha, um banquete para os olhos, esse emaranhado de tons coloridos, uma verdadeira caleidoscopia de verde, amarelo, laranja, violeta, índigo, azul, em uma palavra, toda a paleta de um colorista tempestuoso! Como lidar com não poder transmitir a Conseil as sensações vívidas que estavam surgindo em meu cérebro, e competir com ele em interjeições de admiração? Como lidar com não poder trocar meus pensamentos, como o capitão Nemo e seu companheiro, por meio de sinais combinados? Então, na falta de algo melhor, falei comigo mesmo, gritando para a caixa de cobre no alto da minha cabeça, talvez gastando mais ar do que deveria em palavras vãs.

Diante daquele esplêndido espetáculo, Conseil estava embasbacado — como eu. Obviamente, o bom jovem, na presença daquela gama de espécimes de zoófitos e moluscos, não parava de classificar e classificar. Pólipos e equinodermos abundavam no solo. As variadas ísis, corniculáceas solitárias, moitas de oculinas virgens, outrora denominadas "coral-branco", fungos eriçados em forma de cogumelos, anêmonas unidas por seus discos musculares, tudo evocava um canteiro de flores, com porpitas exibindo seu colar de tentáculos azulados, estrelas-do-mar constelando a areia, e astrófitos verrugosos, finos rendados bordados pelas náiades, cujos festões esvoaçavam com as tênues ondulações provocadas por nossa marcha. Doía-me pisotear aqueles notáveis espécimes de moluscos que juncavam o solo aos milhares, os pentes concêntricos, os martelos, as donácias, autênticas conchas saltadoras, os troquídeos, os capacetes vermelhos, os búzios asa-de-anjo, as aplísias e tantas outras criações do inesgotável oceano. Mas tínhamos de continuar andando, e o fazíamos enquanto tropas de caravelas-portuguesas flutuavam sobre nossas cabeças, com seus tentáculos ultramarinos seguindo seu rastro, águas-vivas cujos guarda-chuvas opalinos ou rosa suave, enfeitados com um pergaminho azul, nos protegiam dos raios solares, e pelágios panópiros que, no escuro, teriam semeado nosso caminho com luzes fosforescentes!

Vi todas essas maravilhas no espaço de um quarto de milha, mal parando e seguindo o capitão Nemo, que me chamou de volta com um gesto. Logo, a natureza do terreno mudou. A planície de areia foi substituída por uma camada de lama viscosa que os americanos chamam de *ooze*, composta inteiramente de conchas siliciosas ou calcárias. Em seguida, cruzamos um prado de algas marinhas, plantas pelágicas que as águas ainda não haviam levado, e cuja vegetação era ardente. Aquela relva bem trançada, macia sob os pés, teria rivalizado com os tapetes mais macios tecidos por mãos humanas. Mas embora a vegetação se espalhasse sob nós, não deixava de estar sobre nossas cabeças. Um leve berço de plantas marinhas, classificadas na exuberante família das algas, da qual conhecemos mais de duas mil espécies, cruzava a superfície da água. Via-se longas fitas de *wrack*, algumas globulares, outras tubulares, laurência, *Cladostephus* com sua folhagem delicada e *Rhodymenia palmata*, parecendo leques de cactos. Notei que as plantas verdes ficavam mais próximas da superfície do mar, enquanto as vermelhas ocupavam uma profundidade média, deixando as hidrófitas pretas ou marrons formarem os jardins e canteiros nas camadas mais remotas do oceano.

As algas são realmente uma maravilha da criação, uma das maravilhas da flora universal; família que produz tanto as menores quanto as maiores plantas da Terra. Assim como quarenta mil dessas mudas imperceptíveis foram contadas em um espaço de cinco milímetros quadrados, também foram coletadas algas com mais de quinhentos metros de comprimento.

Havíamos deixado o *Nautilus* há cerca de uma hora e meia. Já era quase meio-dia. Percebi isso pela perpendicularidade dos raios de sol, que não estavam mais se refratando. A magia das cores foi desaparecendo aos poucos, e os tons de esmeralda e safira sumiram de nosso firmamento. Caminhávamos com um passo firme que ecoava no chão com uma intensidade surpreendente. Os menores sons eram transmitidos com uma velocidade à qual o ouvido não está acostumado em terra. De fato, a água é um veículo melhor para o som do que o ar, fazendo-o viajar a uma velocidade quatro vezes maior.

O solo declinou abruptamente. A luz adquiriu uma tonalidade uniforme. Chegamos a uma profundidade de cem metros, sob pressão de dez atmosferas, mas as condições do meu traje de mergulho eram tais que nada senti, exceto um único desconforto nas articulações dos dedos, que logo passou. Quanto ao cansaço que essa viagem de duas horas em um arnês ao qual eu não estava acostumado deveria ter causado, ele não existiu. Meus movimentos, auxiliados pela água, eram surpreendentemente fáceis.

Quando cheguei a uma profundidade de trezentos pés, ainda conseguia ver os raios de sol, mas apenas fracamente. Seu brilho intenso havia sido substituído por um crepúsculo avermelhado, o meio-termo entre o dia e a noite. No entanto, conseguíamos ver o suficiente para nos orientar e ainda não era necessário ativar os dispositivos Ruhmkorff. Nesse ponto, o capitão Nemo parou. Esperou que me aproximasse dele e, com o dedo, apontou para algumas massas obscuras nas sombras a uma curta distância.

"É a floresta da Ilha Crespo", pensei, e não estava enganado.

CAPÍTULO XVII

Uma floresta subaquática

Enfim chegamos à borda dessa floresta, sem dúvida uma das mais belas do imenso domínio do capitão Nemo. Ele a considerava sua e reivindicava para si os mesmos direitos sobre ela que os primeiros homens tinham nos primeiros dias do mundo. Além disso, quem poderia contestar sua posse dessa propriedade subaquática? Que outro pioneiro, ainda mais ousado, teria vindo abrir aquela vegetação escura a machadadas?

A floresta era composta de grandes plantas arborescentes e, assim que penetramos sob seus vastos arcos, meus olhos foram surpreendidos por um arranjo singular de galhos — um arranjo que nunca antes havia visto.

Nenhuma das gramíneas que cobriam o solo, nenhum dos galhos que se eriçavam nos arbustos, rastejavam, se curvavam ou se estendiam em um plano horizontal. Todos eles estavam subindo em direção à superfície do oceano. Não havia filamentos, nem fitas, por mais finas que fossem, que não ficassem retas como barras de ferro. Cipós e trepadeiras cresciam em uma rígida linha perpendicular, ditada pela densidade do elemento que as produziu. Quando as afastava com a mão, imediatamente voltavam à posição original. Era o reino da verticalidade.

Logo me acostumei com esse arranjo extraordinário, bem como com a relativa escuridão que nos envolvia. O chão da floresta estava repleto de pedras afiadas que eram difíceis de evitar. A flora subaquática me pareceu bastante completa, mais rica até do que seria nas zonas árticas ou tropicais, onde seus produtos são menos numerosos. Mas, por alguns minutos, confundi involuntariamente os reinos, confundindo zoófitos com hidrófitos, animais com plantas. E quem não teria se enganado? A fauna e a flora estão tão próximas nesse mundo subaquático!

Notei que todos esses produtos do reino vegetal estavam presos ao solo apenas por um entre-eixo superficial. Desprovidos de raízes, indiferentes ao corpo sólido, areia, concha ou seixo que os sustenta, do solo só precisam de um ponto de apoio, não de vitalidade. Essas plantas são autossuficientes, e o princípio de sua existência está na água que as sustenta e nutre. Na maioria delas, em vez de folhas, cresciam flocos de formato caprichoso, confinados a uma gama limitada de cores, que incluía rosa, carmim, verde, oliva, fulvo e marrom, dinas-pavônicas desdobradas em leques que pareciam rogar por um vento, cerâmios escarlates, laminares alongando seus jovens brotos comestíveis, nereocistes filiformes e sinuosas, que desabrochavam a uma altura de quinze metros, buquês de acetábulos, cujos caules cresciam a partir do topo, e várias outras plantas pelágicas, todas sem flores. Um naturalista espirituoso disse certa vez: "Anomalia curiosa, elemento singular, onde o reino animal floresce e o reino vegetal não!"

Entre esses diversos arbustos, altos como as árvores das zonas temperadas, e sob sua sombra úmida, havia touceiras com flores vivas, sebes de zoófitas, nas quais floresciam meandrinas zebradas com sulcos tortuosos, cariófitas amareladas com tentáculos transparentes, tufos relvados de zoantários e, para completar a ilusão, peixes-balão voavam de galho em galho como uma revoada de beija-flores, enquanto lepisacantos amarelos, com suas mandíbulas eriçadas e escamas afiadas, dactilópteros e monocentros, subiam sob nossos pés, como um cardume de narcejas.

Por volta de uma hora da tarde, o capitão Nemo deu o sinal para pararmos. Fiquei bastante satisfeito com isso e nos esticamos sob um dossel de alariáceas, cujas tiras longas e finas se projetavam como flechas. Aquele momento de descanso me pareceu delicioso. Tudo o que nos faltava era o encanto da conversa. Mas era impossível falar, impossível responder. Tudo o que eu podia fazer era colocar minha grande cabeça de cobre perto da de Conseil. Vi os olhos do corajoso garoto brilharem de contentamento e, em sinal de satisfação, ele se mexeu em sua concha com o ar mais cômico do mundo.

Depois de quatro horas de caminhada, fiquei muito surpreso por não sentir uma necessidade violenta de comer. Não sei dizer a que isso se deve. Mas, por outro lado, senti uma vontade insuperável de dormir, como acontece com todos os mergulhadores. Assim, meus olhos logo se fecharam por trás do vidro grosso e caí em uma sonolência invencível, que somente o movimento de caminhar havia conseguido combater até então. Seguimos o exemplo do sono do capitão Nemo e de seu robusto companheiro, estendidos naquele cristal límpido.

Não sei calcular quanto tempo permaneci imerso nesse sono, mas quando acordei, pareceu-me que o sol estava se pondo no horizonte. O capitão Nemo já havia se levantado, e eu estava começando a espreguiçar os membros, quando uma aparição inesperada me fez levantar de repente.

A alguns passos de distância, uma monstruosa aranha-do-mar, com um metro de altura, estava me encarando com olhos astutos, pronta para me atacar. Embora minha roupa de mergulho fosse grossa o suficiente para me defender das mordidas desse animal, não consegui conter um movimento de horror. Conseil e o marinheiro do *Nautilus* acordaram nesse momento. Capitão Nemo apontou a seu companheiro o horrível crustáceo, que foi imediatamente derrubado por um golpe da coronha do rifle dele, e eu vi as pernas horríveis do monstro se contorcerem em terríveis convulsões.

Esse encontro me fez pensar que outras feras mais temíveis devem assombrar essas profundezas obscuras e que meu traje de mergulho não me protegeria de seus ataques. Não havia pensado nisso até então e resolvi ficar atento. Além disso, presumi que essa parada marcava o fim do nosso passeio; mas eu estava errado e, em vez de retornar ao *Nautilus*, o capitão Nemo continuou sua audaciosa excursão.

O solo ainda estava descendo e sua inclinação, cada vez mais íngreme, nos levava a profundidades maiores. Devia ser por volta das três horas quando chegamos a um vale estreito, esculpido entre paredes altas e íngremes, situado a uma profundidade de cento e cinquenta metros. Graças à perfeição de nosso equipamento, tínhamos ultrapassado em noventa metros o limite que a natureza parecia ter imposto até então às excursões subaquáticas do homem.

Disse cento e cinquenta metros, embora nenhum instrumento me permitisse estimar essa distância. Mas eu sabia que, mesmo nos mares mais claros, os raios solares não conseguiam penetrar mais do que isso. Precisamente, ali a escuridão se tornava profunda. Nenhum objeto era visível em um raio de dez passos. Eu estava andando às apalpadelas quando, de repente, vi uma luz branca bastante brilhante. O capitão Nemo tinha acabado de ligar seu dispositivo elétrico. Seu companheiro fez o mesmo. Conseil e eu seguimos o exemplo. Girando um parafuso, estabeleci comunicação entre a bobina e a serpentina de vidro, e o mar, clareado por nossas quatro lanternas, iluminou-se em um raio de vinte e cinco metros.

O capitão Nemo continuava a embrenhar-se nas profundezas obscuras da floresta, cujos arbustos se tornavam cada vez mais raros. Notei a vida vegetal desaparecendo mais rapidamente do que a vida animal. As plantas pelágicas já abandonavam o solo árido, mas um número prodigioso de animais, zoófitos, articulados, moluscos e peixes ainda se aglomerava ali.

Enquanto andávamos, veio-me a ideia de que a luz de nossas câmeras Ruhmkorff poderia atrair alguns dos habitantes dessas camadas escuras. Mas, se se aproximaram, ficaram a uma distância lamentável para caça. Vi várias vezes o capitão Nemo parar e apontar seu rifle; depois de alguma observação, ele retomava sua caminhada.

Finalmente, por volta das quatro horas, aquela maravilhosa excursão chegou ao fim. Uma parede de rochas soberbas de massa imponente se ergueu à nossa frente, um amontoado de blocos gigantescos, um enorme penhasco de granito, escavado por cavernas obscuras, mas sem nenhum acesso utilizável. Eram os Açores da Ilha Crespo. Era terra firme.

Capitão Nemo parou de repente. Um gesto dele e, por mais ansioso que eu estivesse para atravessar a muralha, tive que parar. Esse era o fim do domínio do capitão Nemo. Ele não queria ir além. Afinal, era a parte do globo onde ele nunca mais colocaria os pés.

A viagem de volta começou. O capitão Nemo estava de volta à frente de sua pequena trupe, sempre seguindo sem hesitação. Pareceu-me ver que não estávamos seguindo a mesma rota de volta ao *Nautilus*. Essa nova rota, que era muito íngreme e, portanto, muito difícil, nos aproximou rapidamente da superfície do mar. No entanto, esse retorno às camadas superiores não foi tão repentino de modo que a descompressão ocorresse muito rapidamente, o que poderia ter levado a sérios distúrbios em nosso organismo e causado as lesões internas tão fatais para os mergulhadores. Muito rapidamente, a luz reapareceu e aumentou, e com o sol já baixo no horizonte, a refração mais uma vez envolveu os vários objetos com um anel espectral.

A uma profundidade de dez metros, estávamos caminhando em meio a um cardume de pequenos peixes de todos os tipos, mais numerosos do que os pássaros no ar, mais ágeis também, mas nenhuma caça aquática digna de um tiro de espingarda ainda havia se apresentado ao nosso olhar.

Naquele momento, vi a arma do capitão, empunhada rapidamente, seguir um objeto em movimento entre os arbustos. O tiro foi disparado, ouvi um assobio fraco e um animal caiu a alguns passos de distância, atingido por um raio.

Era uma lontra marinha magnífica, uma *Enhydra*, o único quadrúpede exclusivamente marinho. A lontra, com um metro e cinquenta centímetros de comprimento, devia custar muito. Sua pele, marrom por cima e prateada por baixo, era uma daquelas peles admiráveis tão procuradas nos mercados russo e chinês; a finura e o brilho de seu pelo lhe garantiam um valor mínimo de dois mil francos. Eu admirava muito esse curioso mamífero com sua cabeça arredondada e orelhas curtas, seus olhos redondos, seus bigodes brancos semelhantes aos de um gato, seus pés com membranas e sem guelras e sua cauda espessa. O precioso carnívoro, caçado e perseguido por pescadores, está se tornando demasiado raro e se refugia em especial nas regiões do norte do Pacífico, onde sua espécie provavelmente será extinta em breve.

O companheiro do capitão Nemo pegou o animal, carregou-o em seu ombro e partimos novamente. Durante uma hora, uma planície de areia se desenrolou diante de nossos passos. Muitas vezes, elevava-se a menos de dois metros da superfície da água. Pude então ver nossa imagem, claramente refletida, tomando forma na direção oposta, e acima de nós apareceu um grupo idêntico, reproduzindo nossos movimentos e gestos, em uma palavra, semelhante em todos os sentidos, exceto pelo fato de que eles andavam com a cabeça baixa e os pés no ar.

Outro efeito a observar era a passagem de grossas nuvens que se formavam e desfaziam num piscar de olhos. Mas, refletindo, percebi que essas supostas nuvens se deviam apenas à espessura variável das longas ondas no fundo, e eu podia até ver as "ovelhas" de espumosas que suas cristas da rebentação multiplicavam na água. Nem mesmo as sombras dos grandes pássaros que passavam sobre nossas cabeças me surpreenderam ao deslizarem rapidamente pela superfície do mar.

Nessa ocasião, testemunhei um dos mais belos tiros que já emocionaram um caçador. Um grande pássaro, com uma grande envergadura, bem visível, estava deslizando em nossa direção. O companheiro do capitão Nemo mirou nele e disparou quando estava apenas alguns metros acima das ondas. O animal foi atingido por um raio e sua queda o colocou ao alcance do hábil caçador, que o agarrou. Era um albatroz da mais bela espécie, um admirável exemplar das aves pelágicas.

Nossa caminhada não foi interrompida por esse incidente. Durante duas horas, seguimos ora por planícies arenosas, ora por prados de algas, que eram extremamente difíceis de atravessar. Sinceramente, eu já não me aguentava mais, quando vi uma luz vaga rompendo a escuridão das águas a oitocentos metros de distância. Era a lanterna do *Nautilus*. Dentro de vinte minutos estaríamos a bordo, e lá eu poderia respirar com tranquilidade, pois me parecia que meu tanque só estava fornecendo ar muito pobre em oxigênio. Mas não contava com um encontro que atrasou um pouco nossa chegada.

Estava cerca de vinte passos atrás, quando vi o capitão Nemo voltar repentinamente em minha direção. Com sua mão forte, derrubou-me no chão, enquanto seu companheiro fazia o mesmo com o Conseil. A princípio, eu não tinha certeza do que pensar desse ataque repentino, mas fiquei tranquilo ao ver que o capitão estava deitado ao meu lado e permanecia imóvel. Assim, estava eu deitado no chão, ao abrigo de um arbusto de algas, quando, ao levantar a cabeça, vi uma enorme massa passar correndo, lançando luzes fosforescentes.

Meu sangue congelou em minhas veias! Tinha reconhecido as formidáveis criaturas que estavam nos ameaçando. Eram um par de tintureiras, carcarrinídeos terríveis com caudas enormes e olhos opacos e vítreos que destilam uma substância fosforescente por meio de orifícios perfurados em seus focinhos. Bocas monstruosas, que esmagam um homem inteiro em suas mandíbulas de ferro! Não sei se Conseil ocupava-se classificando-os, mas, de minha parte, observei suas barrigas prateadas, suas formidáveis mandíbulas cheias de dentes, de um ponto de vista nada científico, e mais como vítima do que como naturalista.

Felizmente, esses vorazes animais têm visão ruim. Passaram sem nos ver, apenas nos roçando suas barbatanas marrons, e escapamos, como que por milagre, àquele perigo, que certamente era maior do que um encontro com um tigre no meio da floresta.

Meia hora depois, guiados pela trilha elétrica, chegamos ao *Nautilus*. A porta externa havia sido deixada aberta e o capitão Nemo a fechou assim que entramos na primeira cela. Em seguida, apertou um botão. Ouvi as bombas funcionando dentro do navio, senti a água baixando ao meu redor e, em poucos instantes, a cela foi completamente esvaziada. A porta interna então se abriu e fomos para o vestiário. Lá, nossos trajes de mergulho foram retirados, não sem dificuldade, e, muito exausto, caindo de fome e de sono, voltei para o meu quarto, todo maravilhado com aquela surpreendente excursão ao fundo do mar.

CAPÍTULO XVIII

Quatro mil léguas sob o Pacífico

Na manhã seguinte, 18 de novembro, eu estava perfeitamente recuperado do cansaço do dia anterior e subi na plataforma no momento em que o imediato do *Nautilus* dizia sua frase diária. Ocorreu-me então que ela se referia ao estado do mar, ou melhor, que significava: "Nada à vista".

E, de fato, o oceano estava deserto. Nenhuma vela no horizonte. As alturas da Ilha Crespo haviam desaparecido durante a noite. O mar, absorvendo todas as cores do prisma, exceto os raios azuis, refletiu-os em todas as direções e adquiriu um admirável tom de índigo. Reflexos listrados e cintilantes apareciam regularmente nas ondas inquietas.

Estava admirando essa aparência magnífica do oceano quando o capitão Nemo surgiu. Não pareceu notar minha presença e começou uma série de observações astronômicas. Em seguida, terminou sua operação, foi se apoiar na gaiola do farol e seu olhar se perdeu na superfície do oceano.

Entretanto, cerca de vinte marinheiros do *Nautilus*, todos vigorosos e bem constituídos, haviam subido na plataforma. Vinham retirar as redes que haviam sido colocadas durante a noite. Esses marinheiros obviamente pertenciam a diferentes nações, embora o tipo europeu fosse evidente em todos. Tive a certeza de reconhecer irlandeses, franceses, alguns eslavos e um grego ou um candiota. É claro que esses homens eram econômicos com as palavras e só usavam entre si aquele estranho idioma, cuja origem eu não conseguia sequer suspeitar. Portanto, desisti de questioná-los.

Içaram as redes a bordo. Eram como aquelas redes de arrasto da costa da Normandia, com bolsões entreabertos por uma viga flutuante e uma corrente presa nas malhas inferiores. Esses bolsões, presos nas bases de ferro, varriam o fundo do oceano e coletavam aqueles seus produtos ao passar. Naquele dia, trouxeram amostras interessantes de peixes: lofos, cujos movimentos curiosos geraram o apelido de *histriônicos*, comersões negros dotados de antenas, balistas ondulados cingidos por faixas vermelhas, tetrodontídeos-balões de veneno sutil, algumas lampreias, macrorrincos de escamas prateadas, iquiuros, de potência elétrica semelhante à do gimnoto e da raia-elétrica, notópteros escamosos com faixas marrons e transversais, gadiformes esverdeados, diversos gobídeos etc. Por fim, um ou outro peixe mais avantajado, um carangídeo de cabeça proeminente, com um metro de comprimento, várias e belas escômbridas-sardas, pintalgadas nas tonalidades azul e prata, e três belos atuns, cuja agilidade não bastou para salvá-los da rede de arrasto.

Estimei que essa pesca rendeu mais de quatrocentos quilos de peixe. Foi uma boa pescaria, mas não surpreendente. Na verdade, as redes permanecem na água por várias horas e envolvem todo um mundo aquático em sua prisão de fios. Portanto, não haveria escassez de alimentos de excelente qualidade, que a velocidade do *Nautilus* e a atração de sua luz elétrica podiam reabastecer constantemente.

Esses diversos produtos do mar eram imediatamente trazidos pela escotilha, alguns para serem consumidos frescos, outros para serem guardados. Com a pesca finalizada e o suprimento de ar renovado, pensei que o *Nautilus* fosse retomar sua exploração submarina e estava me preparando para voltar ao meu quarto, quando, virando-se para mim, o capitão Nemo disse sem mais delongas:

— Olhe este oceano, professor, não tem ele uma verdadeira vida? Não tem raiva e ternura? Ontem, foi dormir como nós, e agora acordou depois de uma noite tranquila!

Nem bom-dia, nem boa-noite! Não daria para dizer que aquele estranho personagem estava continuando comigo uma conversa que já havia começado?

— Veja — continuou ele —, ele está acordando com as carícias do sol! Vai voltar a viver de sua existência diurna! É um estudo interessante acompanhar o funcionamento de seu organismo. Ele tem pulso, artérias, tem seus espasmos, e concordo com o sábio Maury, que descobriu nele uma circulação tão real quanto a circulação sanguínea dos animais.

O capitão Nemo certamente não esperava que eu lhe desse nenhuma resposta, e não senti a necessidade de bombardeá-lo com "Obviamente", "Claro" e "Você está certo". Ele falava mais consigo mesmo, demorando muito tempo entre cada frase. Ele estava meditando em voz alta.

— Sim — disse ele —, o oceano tem uma circulação real, e tudo o que o criador de todas as coisas teve de fazer para provocá-la foi multiplicar o calórico, o sal e os glóbulos animais nele. O calor, de fato, cria diferentes densidades, levando a correntes e contracorrentes. A evaporação, que não existe nas regiões hiperbóreas e é muito ativa nas zonas equatoriais, é uma troca permanente entre as águas tropicais e polares. Além disso, vi as correntes ascendentes e descendentes que constituem a verdadeira respiração do oceano. Vi a molécula de água do mar, aquecida na superfície, afundar nas profundezas, atingir sua densidade máxima a dois graus abaixo de zero e, depois, esfriar ainda mais, ficar mais leve e subir novamente. O senhor verá, nos polos, as consequências desse fenômeno e entenderá por que, por essa lei da natureza clarividente, o congelamento só pode ocorrer na superfície da água!

Quando o capitão Nemo terminou sua frase, pensei comigo mesmo: "O polo! Será que esse personagem audacioso pretende nos levar até lá?"

No entanto, o capitão ficou em silêncio e estava olhando para esse elemento tão minuciosamente, tão incessantemente estudado por ele. Então ele retomou:

— Os sais — disse ele —, estão presentes no mar em quantidade considerável, professor, e se você fosse remover todos os que ele contém em dissolução, teria uma massa de dezoito milhões de quilômetros cúbicos, que, espalhada pelo globo, formaria uma camada de mais de dez metros de altura. E não pense que a presença desses sais se deve simplesmente a um capricho da natureza. Eles tornam as águas marinhas menos evaporáveis e impedem que os ventos retirem delas muito vapor, o que, se ocorresse, submergiria as zonas temperadas. Um papel imenso, um papel de equilíbrio na economia geral do globo!

O capitão Nemo parou, levantou-se, deu alguns passos na plataforma e se voltou para mim:

— Quanto aos infusórios — continuou ele —, quanto a esses bilhões de animais, milhões dos quais existem em uma gota, e dos quais são necessários oitocentos mil para pesar um miligrama, seu papel não é menos importante. Eles absorvem sais marinhos, assimilam elementos sólidos da água e, como verdadeiros criadores de continentes calcários, fazem corais e madréporas! Assim, a gota d'água, privada de seu alimento mineral, torna-se mais leve, sobe à superfície, absorve os sais deixados pela evaporação, torna-se mais pesada, afunda novamente e traz de volta novos elementos para os glóbulos animais absorverem. A partir daí, uma corrente dupla para cima e para baixo, e sempre em movimento, sempre viva! A vida, mais intensa do que nos continentes, mais exuberante, mais infinita, florescendo em todas as partes desse oceano, um elemento de morte para o homem, dizem, um elemento de vida para miríades de animais — e para mim!

Enquanto capitão Nemo falava, transfigurava-se e provocava uma emoção extraordinária em mim.

— E consigo conceber a fundação de cidades náuticas, aglomerações de casas subaquáticas que, como o *Nautilus*, voltariam a respirar todas as manhãs na superfície do mar, cidades livres, se é que existem, cidades independentes! Mas, ainda assim, se algum déspota...

O capitão Nemo terminou sua frase com um gesto violento. Então, dirigindo-se diretamente a mim, como se quisesse afastar um pensamento sinistro:

— Sr. Aronnax — me perguntou —, o senhor sabe qual é a profundidade do oceano?

— Pelo menos, capitão, sei o que as sondagens principais nos informaram.

— Poderia citá-las para que eu possa retificá-las, se necessário?

— Eis algumas que me vêm à mente. Se não me engano, foi encontrada uma profundidade média de oito mil e duzentos metros no Atlântico Norte e de dois mil e quinhentos no Mediterrâneo. As sondagens mais notáveis foram feitas no Atlântico Sul, perto do trigésimo quinto grau, e resultaram em doze mil metros, catorze mil e noventa e um e quinze mil cento e quarenta e nove metros. Em suma, estima-se que, se o fundo do mar fosse nivelado, sua profundidade média seria de cerca de sete quilômetros.

— Bem, professor — respondeu o capitão Nemo —, espero que possamos explicar isso da melhor forma. Quanto à profundidade média desta parte do Pacífico, posso lhe dizer que é de apenas quatro mil metros.

Dito isso, o capitão Nemo se dirigiu ao painel e desapareceu pela escada. Eu o segui e voltei para o salão principal. A hélice começou a se mover imediatamente e a barquilha atingiu uma velocidade de vinte milhas por hora.

Durante os dias e semanas que se seguiram, o capitão Nemo foi muito econômico em suas visitas. Via-se apenas em raros intervalos. Seu imediato traçava regularmente o ponto no mapa e eu conseguia saber exatamente para onde o *Nautilus* estava indo.

Conseil e Land passavam longas horas comigo. Conseil contou a seu amigo sobre as maravilhas de nossa caminhada, e o canadense lamentou não ter nos acompanhado. Mas eu esperava ter outra oportunidade de visitar as florestas oceânicas. Quase todos os dias, por algumas horas, as escotilhas do salão eram abertas, e nossos olhos não se cansavam de penetrar nos mistérios do mundo subaquático.

A direção geral do *Nautilus* era sudeste e ele permanecia em uma profundidade entre cem e cento e cinquenta metros. Um dia, porém, por um capricho do destino, impulsionado diagonalmente por seus planos inclinados, atingiu as camadas de água a uma profundidade de dois mil metros. O termômetro mostrou uma temperatura de 4,25 graus centígrados, uma temperatura que, a essa profundidade, parece ser comum a todas as latitudes.

Em 26 de novembro, às três horas da manhã, o *Nautilus* cruzou o Trópico de Câncer na longitude 172°. No dia 27, passou ao alcance da vista das Ilhas Sandwich, onde o ilustre Cook morreu em 14 de fevereiro de 1779. Havíamos navegado quatro mil oitocentas e sessenta léguas desde nosso ponto de partida. Pela manhã, quando cheguei à plataforma, vi, duas milhas a sotavento, o Havaí, a maior das sete ilhas que compõem esse arquipélago. Eu podia distinguir claramente sua orla cultivada, as várias cadeias de montanhas paralelas à costa e seus vulcões dominados por Mauna-Kea, cinco mil metros acima do nível do mar. Entre outras amostras dessa área, as redes trouxeram flabelárias pavonídeas, pólipos comprimidos de formato gracioso que são peculiares a essa parte do oceano.

O *Nautilus* continuou a se dirigir para o sudeste. Em 1º de dezembro, cruzou a linha do Equador a 142° de longitude e, no dia 4 do mesmo mês, após uma rápida travessia sem incidentes, chegávamos às ilhas Marquesas. A três milhas de distância, na latitude 8° 57' sul e longitude 139° 32' oeste, vi Martin Point em Nuku Hiva, o ponto principal desse grupo, que pertence à França. Eu só pude ver as montanhas arborizadas no horizonte, pois o capitão Nemo não gostava de aproximar-se do interior. Lá, as redes trouxeram belos espécimes de peixe, corifenídeos com as nadadeiras azuladas e a cauda dourada, cuja carne não tem rival no mundo; *Hologymnosus* praticamente desprovidos de escamas, mas de sabor refinado; ostorrincos com maxilar ósseo; barracudas amareladas parecidas com cavalas, todos eles dignos de serem classificados na cozinha do navio.

Depois de deixar as encantadoras ilhas cobertas sob bandeira francesa, de 4 a 11 de dezembro, o *Nautilus* percorreu cerca de duas mil milhas. Um dos destaques dessa navegação foi o encontro com um enorme cardume de calamares, moluscos curiosos, muito próximos da lula. Os pescadores franceses as chamam de *encornets*, e pertencem à classe dos cefalópodes e à família dos dibrânquios, que inclui as lulas e os argonautas. Esses animais foram particularmente estudados pelos naturalistas da antiguidade e forneceram muitas metáforas para os oradores da Ágora, além de serem um excelente prato na mesa dos cidadãos ricos, se acreditarmos em Ateneu, o médico grego que viveu antes de Galeno.

Foi durante a noite de 9 para 10 de dezembro que o *Nautilus* encontrou esse exército de moluscos particularmente noturnos, que podiam ser contados aos milhões. Eles estavam migrando das zonas temperadas para as mais quentes, seguindo a mesma rota do arenque e da sardinha. Nós os observávamos através das grossas janelas de cristal, nadando para trás com extrema velocidade, movendo-se por meio de seu tubo locomotor, perseguindo peixes e moluscos, comendo os pequenos, comendo os grandes e sacudindo em indescritível confusão os dez braços que a natureza implantou em suas cabeças, como um cabelo de cobras pneumáticas. O *Nautilus*, apesar de sua velocidade, navegou por várias horas em meio a essa tropa de animais, e suas redes trouxeram uma quantidade inumerável, na qual reconheci as nove espécies que d'Orbigny classificou no oceano Pacífico.

Como se pode ver, durante essa travessia, o mar seguia sempre oferecendo seus espetáculos mais maravilhosos. E os variava infinitamente. Mudava seu cenário e encenação para o prazer de nossos olhos, e éramos convocados não apenas a contemplar as obras do Criador em meio ao elemento líquido, mas também a penetrar nos mistérios mais formidáveis do oceano.

Durante o dia 11 de dezembro, lia no salão principal, enquanto Ned Land e Conseil observavam as águas luminosas através das escotilhas entreabertas. O *Nautilus* estava parado. Com seus tanques cheios, ele se mantinha a uma profundidade de mil metros, numa região pouco habitada dos oceanos, na qual peixes grandes só apareciam raramente.

Eu estava lendo um livro encantador de Jean Macé, *Les serviteurs de l'estomac*, e desfrutando de suas lições engenhosas, quando Conseil interrompeu minha leitura.

— O senhor gostaria de entrar por um momento? — disse ele com uma voz estranha.

— Qual é o problema, Conseil?

— Veja o senhor mesmo.

Levantei-me, encostei-me diante da vidraça e olhei. Em meio ao brilho da luz elétrica, uma enorme massa negra e imóvel estava suspensa no meio da água. Eu a observei com atenção, tentando reconhecer a natureza desse cetáceo gigantesco. Mas, de repente, um pensamento passou por minha cabeça.

— Um navio! — exclamei.

— Sim — respondeu o canadense —, um navio a pique, desamparado!

Ned Land estava certo. Estávamos na presença de um navio cujos estais cortados ainda estavam pendurados em suas placas de corrente. Seu casco parecia estar em boas condições e havia afundado há no máximo algumas horas. Três tocos do mastro, serrados a dois pés acima do convés, indicavam que essa embarcação tivera de sacrificar seu mastro. Porém, deitado de lado, havia se enchido e continuava a bombordo. Foi triste ver aquele casco perdido sob as ondas, mas ainda mais triste foi a visão de seu convés, onde jaziam ainda alguns cadáveres, amarrados por cordas! Vi quatro, quatro homens, um dos quais estava no leme, e depois uma mulher — metade do corpo para fora da claraboia do convés e segurando uma criança nos braços. Era jovem e eu conseguia distinguir suas feições, iluminadas pelas luzes do *Nautilus*, que a água ainda não havia decomposto. Em um esforço supremo, ela havia levantado a criança acima da cabeça, um pobre serzinho cujos braços estavam enrolados no pescoço da mãe! A atitude dos quatro marinheiros me pareceu assustadora, contorcidos em movimentos convulsivos e fazendo um último esforço para se soltarem das cordas que os prendiam ao navio. Sozinho, mais calmo, com o rosto claro e sério, os cabelos grisalhos grudados na testa, a mão segurando a roda do leme, o timoneiro ainda parecia estar conduzindo o seu navio naufragado pelas profundezas do oceano!

Que cena! Ficamos mudos, com o coração palpitando, diante desse naufrágio flagrado em ação e, por assim dizer, fotografado em seu último minuto! E eu já podia ver tubarões enormes se aproximando, com os olhos ardendo de desejo por carne humana!

No entanto, o *Nautilus* seguiu em frente, circundando o navio submerso, e por um momento consegui ler em sua popa:

FLORIDA, SUNDERLAND.

CAPÍTULO XIX

Vanikoro

O terrível espetáculo inaugurou a série de desastres marítimos que o *Nautilus* encontraria em sua rota. Desde que passou a navegar em mares mais frequentados, vimos com frequência cascos naufragados apodrecendo entre duas águas e, mais ao fundo, canhões, projéteis, âncoras, correntes e milhares de outros objetos de ferro sendo devorados pela ferrugem.

Enquanto isso, ainda levados pelo *Nautilus*, onde vivíamos isolados, em 11 de dezembro identificamos o arquipélago de Tuamotu, o antigo "arquipélago perigoso" de Bougainville, que se estende por um espaço de quinhentas léguas de leste-sudeste a oeste-noroeste, entre 13° 30' e 23° 50' de latitude sul e 125° 30' e 151° 30' de longitude oeste, da ilha Ducie à ilha Lazareff. Esse arquipélago cobre uma área de trezentas e setenta léguas quadradas e é composto por cerca de sessenta grupos de ilhas, incluindo o grupo Gambier, ao qual a França impôs um protetorado. São ilhas coralígenas. Uma elevação lenta, mas contínua, causada pelo trabalho dos pólipos, um dia as unirá. Mais tarde, essa nova ilha se juntará aos arquipélagos vizinhos, e um quinto continente se estenderá da Nova Zelândia e Nova Caledônia até as Marquesas.

No dia em que desenvolvi essa teoria na frente do capitão Nemo, ele respondeu friamente.

— A Terra não precisa de novos continentes, mas de novos homens!

A natureza fortuita da navegação levou o *Nautilus* à Ilha de Clermont-Tonnerre, uma das mais curiosas do grupo, que foi descoberta em 1822 pelo capitão Bell de La Minerve. Pude então estudar o sistema madrepórico que forma as ilhas desse oceano.

As madréporas, que não devem ser confundidas com corais, têm um tecido coberto por uma crosta calcária, e as mudanças em sua estrutura levaram o Sr. Milne-Edwards, meu ilustre mestre, a classificá-las em cinco seções. As pequenas moléculas animais que secretam esse pólipo vivem aos bilhões no fundo de suas cavidades. São seus depósitos calcários que se transformam em rochas, recifes, ilhotas e ilhas. Aqui, eles formam um anel circular, cercando uma lagoa ou um pequeno lago interior, que se rompe e se conecta ao mar. Lá, formam barreiras de recifes semelhantes às encontradas nas costas da Nova Caledônia e em várias ilhas de Tuamotu. Em outros lugares, como Reunião e Maurício, formam recifes com franjas, paredes altas e escarpadas, perto das quais as profundidades do oceano são consideráveis.

Percorrendo a linha costeira da Ilha de Clermont-Tonnerre a apenas alguns cabos de distância, admirei o trabalho gigantesco realizado por esses trabalhadores microscópicos. Essas paredes foram especialmente o trabalho de madréporas designadas pelos nomes de corais-de-fogo, porites, astreias e meandrinas. Esses pólipos se desenvolvem sobretudo nas camadas agitadas da superfície do mar e, consequentemente, é a partir de sua parte superior que eles iniciam essas subestruturas, que afundam de forma gradual com os resíduos de secreções que as sustentam. Essa, pelo menos, é a teoria do Sr. Darwin, que explica a formação de atóis dessa maneira — uma teoria que é, em minha opinião, superior àquela que dá aos cumes de montanhas ou vulcões submersos a alguns metros abaixo do nível do mar como a base das obras madrepóricas.

Pude ter uma visão bem próxima dessas curiosas paredes, pois a sonda estava a mais de trezentos metros abaixo da superfície, e nossas ondas elétricas fizeram o calcário brilhante cintilar. Em resposta a uma pergunta feita por Conseil sobre quanto tempo essas barreiras colossais cresceriam, eu o surpreendi muito ao dizer que os cientistas estimam esse crescimento em um oitavo de polegada por século.

— Então, para construir essas paredes — disse ele —, foi necessário...

— Cento e noventa e dois mil anos, meu caro Conseil, bem mais do que os sete dias da Bíblia. Além disso, a formação do carvão, ou seja, a mineralização das florestas levadas pelas enchentes, tomou muito mais tempo. Mas eu acrescentaria que os dias da Bíblia são apenas épocas e não o intervalo entre dois nasceres do sol, porque, de acordo com a própria Bíblia, o sol não data do primeiro dia da criação.

Quando o *Nautilus* voltou à superfície do oceano, pude ver toda a ilha baixa e arborizada de Clermont-Tonnerre. Suas rochas madrepóricas foram obviamente fertilizadas pelas chuvas e tempestades. Um dia, algumas sementes, levadas pelo furacão das terras vizinhas, caíram sobre as camadas de calcário, misturadas com os detritos decompostos de peixes e plantas marinhas, que formaram o húmus vegetal. Um coco, empurrado pelas ondas, chegou a essa nova costa. A semente criou raízes. A árvore que estava crescendo interrompeu o vapor de água. Nasceu um riacho. A vegetação cresceu gradualmente. Alguns animais, vermes e insetos pousaram nos troncos arrancados das ilhas pelo vento. As tartarugas vieram botar seus ovos. Os pássaros fizeram seus ninhos nas árvores jovens. Dessa forma, a vida animal se desenvolveu e, atraído pela vegetação e pela fertilidade, surgiu o ser humano. Assim foram formadas essas ilhas, imensas obras de animais microscópicos.

Ao anoitecer, Clermont-Tonnerre foi se perdendo ao longe, e o curso do *Nautilus* mudou significativamente. Depois de tocar o Trópico de Capricórnio na longitude de cento e trinta e cinco graus, dirigiu-se para oeste-noroeste, subindo toda a zona tropical. Embora o sol de verão fosse de raios generosos, não sofremos muito com o calor, pois a trinta ou quarenta metros abaixo da água, a temperatura não subia acima de dez ou doze graus.

Em 15 de dezembro, deixamos o sedutor arquipélago da Sociedade, a leste, e a graciosa Taiti, a rainha do Pacífico. Pela manhã, a algumas milhas a sotavento, vi os altos picos dessa ilha. Suas águas abasteciam as mesas a bordo com excelentes peixes, cavala, bonito, atum albacora e variedades de uma cobra marinha chamada munerofe.

O *Nautilus* havia percorrido oito mil e cem milhas. Nove mil setecentas e vinte milhas haviam sido percorridas no litoral, quando passou entre o arquipélago de Tonga-Tabou, onde pereceram as tripulações do *Argo*, do *Port-au-Prince* e do *Duke of Portland*, e o arquipélago dos Navigators, onde o capitão de Langle, amigo de La Pérouse, foi morto. Depois, ele soube do arquipélago de Viti, onde os selvagens massacraram os marinheiros do Union e o capitão Bureau, de Nantes, que comandava o *Aimable Joséphine*.

Esse arquipélago, que se estende por uma área de cem léguas de norte a sul e noventa léguas de leste a oeste, fica entre 6° e 2° de latitude sul e 174° e 179° de longitude oeste. É formado por várias ilhas, ilhotas e recifes, incluindo as ilhas de Viti Levu, Vanua Levu e Kandabon.

Foi Tasman quem descobriu esse grupo em 1643, o mesmo ano em que Torricelli inventou o barômetro e Luís XIV subiu ao trono. Deixo em aberto qual evento foi mais útil para a humanidade. Depois vieram Cook, em 1714, d'Entrecasteaux, em 1793, e finalmente Dumont d'Urville, em 1827, que desvendou o caos geográfico desse arquipélago. O *Nautilus* se aproximou da baía de Wailea, cenário das terríveis aventuras do capitão Dillon, que foi o primeiro a esclarecer o mistério do naufrágio do La Pérouse.

Essa baía, que foi dragada em várias ocasiões, produz uma abundância de ostras excelentes. Comemos imoderadamente, depois de abri-las em nossa própria mesa, seguindo o preceito de Sêneca. Aqueles moluscos pertenciam à espécie conhecida como *Ostrea lamellosa*, que é muito comum na Córsega. O viveiro de Wailea devia ser considerável e, certamente, sem múltiplas causas de destruição, essas aglomerações acabavam por encher as baías, já que se contam até dois milhões de ovos em um único indivíduo.

E se o mestre Ned Land não teve de se arrepender de sua gula nessa ocasião, foi porque a ostra é o único prato que nunca causa indigestão. Na verdade, são necessárias nada menos que dezesseis dúzias desses moluscos sem cabeça para fornecer os trezentos e quinze gramas de substância nitrogenada necessários para a dieta diária de um único homem.

Em 25 de dezembro, o *Nautilus* navegou até o meio do arquipélago das Novas Hébridas, descoberto por Quiros em 1606, explorado por Bougainville em 1768 e batizado com o nome atual por Cook em 1773. Esse grupo consiste principalmente de nove grandes ilhas e forma uma faixa de cento e vinte léguas de nor-noroeste a sul-sudeste, entre 15° e 2° de latitude sul e entre 164° e 168° de longitude. Passamos bem perto da ilha de Aru, que, no momento das observações do meio-dia, me pareceu uma massa de bosques verdes, dominada por um pico muito alto.

Era dia de Natal, e Ned Land me pareceu estar lamentando profundamente a celebração do "Christmas", verdadeira festa da família, pelo qual os protestantes são fanáticos.

Fazia mais ou menos uma semana que eu não via o capitão Nemo quando, na manhã do dia 27, ele entrou no salão principal, sempre com a aparência de quem acaba de se despedir há cinco minutos. Eu me ocupava traçando a rota do *Nautilus* no planisfério. O capitão se aproximou de mim, colocou o dedo em um ponto do mapa e pronunciou esta única palavra:

— Vanikoro.

O nome foi mágico. Era o nome das ilhotas nas quais os navios de La Pérouse se perderam. Levantei-me de repente.

— O *Nautilus* está nos levando a Vanikoro? — perguntei.

— Sim, professor — respondeu o capitão.

— E eu poderei visitar essas famosas ilhas onde se espatifaram o *Boussole* e o *Astrolabe*?

— Se o senhor quiser, professor.

— Quando estaremos em Vanikoro?

— Já estamos, professor.

Seguido pelo capitão Nemo, subi na plataforma e, de lá, meus olhos examinaram avidamente o horizonte. No Nordeste, surgiram duas ilhas vulcânicas de tamanhos desiguais, cercadas por um recife de coral de quarenta milhas de comprimento. Estávamos na presença da ilha de Vanikoro propriamente dita, à qual Dumont d'Urville deu o nome de ilha de La Recherche, e exatamente em frente ao pequeno porto de Vanou, situado a 16° 4' de latitude sul e 164° 32' de longitude leste. A terra parecia estar coberta de vegetação desde a praia até os picos do interior, dominados pelo Monte Kapogo, com quatrocentos e setenta e seis metros de altura.

Depois de cruzar o cinturão externo de rochas por uma passagem estreita, o *Nautilus* se viu dentro da arrebentação, onde o mar tinha de trinta a quarenta braças de profundidade. Sob a sombra exuberante dos manguezais, avistei alguns nativos que ficaram extremamente surpresos com nossa aproximação. Teriam visto, naquele corpo longo e negro, que se aproximava da borda da água, um cetáceo formidável com o qual precisavam tomar cuidado?

Nesse momento, o capitão Nemo me perguntou o que eu sabia sobre o naufrágio do La Pérouse.

— O que todo mundo sabe, capitão — respondi.

— E poderia me dizer o que todo mundo sabe? — me perguntou levemente irônico.

— Muito facilmente.

Eu lhe contei o que o último trabalho de Dumont d'Urville havia revelado, e aqui está um breve resumo desse trabalho. La Pérouse e seu segundo em comando, o capitão de Langle, foram enviados por Luís XVI em 1785 em uma viagem de circunavegação, a bordo das corvetas *Boussole* e *Astrolabe*, que nunca mais reapareceram.

Em 1791, o governo francês, justamente preocupado com o destino das duas corvetas, armou dois grandes navios, o *Recherche* e o *Espérance*, que partiram de Brest em 28 de setembro sob o comando de Bruni d'Entrecasteaux. Dois meses depois, soubemos pelo testemunho de um certo Bowen, comandante do Albermale, que destroços de navios naufragados haviam sido vistos na costa da Nova Geórgia. Mas d'Entrecasteaux, ignorando essa comunicação — que, aliás, era bastante duvidosa —, dirigiu-se às Ilhas do Almirantado, designadas em um relatório do capitão Hunter como o local do naufrágio de La Pérouse.

Sua busca foi em vão. O *Espérance* e o *Recherche* passaram por Vanikoros sem parar e, no fim das contas, a viagem foi muito infeliz, pois custou a vida de d'Entrecasteaux, de dois de seus segundos e de vários marinheiros de sua tripulação.

Foi um velho veterano do Pacífico, o capitão Dillon, o primeiro a encontrar vestígios indiscutíveis da tripulação naufragada. Em 15 de maio de 1824, seu navio, o *Saint-Patrick*, passou perto da Ilha de Tikopia, uma das Novas Hébridas. Lá, um lascar, depois de abordá-lo em uma piroga, vendeu-lhe um punho de espada de prata com a marca de caracteres gravados com um cinzel. Também afirmou que, seis anos antes, durante uma estada em Vanikoro, havia visto dois europeus que vinham dessas embarcações encalhadas há muitos anos nos recifes da ilha.

Dillon imaginou que se tratava dos navios de La Pérouse, cujo desaparecimento havia comovido o mundo inteiro. Quis ir para Vanikoro, onde, de acordo com o lascar, havia vários destroços, mas os ventos e as correntes o impediram. Dillon retornou a Calcutá. Lá, ele conseguiu despertar o interesse da Sociedade Asiática e da Companhia das Índias em sua descoberta. Um navio, ao qual foi dado o nome de *La Recherche*, foi colocado à sua disposição, e partiu em 23 de janeiro de 1827, acompanhado por um agente francês.

O *Recherche*, depois de parar em vários pontos do Pacífico, ancorou em Vanikoro em 7 de julho de 1827, no mesmo porto de Vanu onde o *Nautilus* estava flutuando. Lá, ele coletou muitos resquícios do naufrágio, utensílios de ferro, âncoras, estropos de polias, morteiros, um projétil de dezoito libras, pedaços de instrumentos astronômicos, um toco de canhão e um sino de bronze com os dizeres "Bazin me fabricou", marca da fundição do Arsenal de Brest por volta de 1785. Não era mais possível duvidar. Dillon completou suas investigações e permaneceu no local do desastre até outubro. Ele então deixou Vanikoro, dirigiu-se à Nova Zelândia, ancorou em Calcutá em 7 de abril de 1828 e retornou à França, onde foi calorosamente recebido por Carlos X.

Mas, a essa altura, Dumont d'Urville, sem saber do trabalho de Dillon, já havia partido para procurar em outro lugar o local do naufrágio. E, de fato, os relatos de um baleeiro revelaram que medalhas e uma Cruz de São Luís estavam nas mãos dos selvagens das Lusíadas e da Nova Caledônia.

Dumont d'Urville, comandando o *Astrolabe*, zarpou e, dois meses depois de Dillon ter deixado Vanikoro, ancorou na cidade de Hobart. Lá, ele ficou sabendo dos resultados obtidos por Dillon e, além disso, que um certo James Hobbs, segundo em comando do *Union*, de Calcutá, tendo desembarcado em uma ilha situada a 8° 18' latitude sul e a 156° 30' de longitude leste, notara barras de ferro e tecidos vermelhos usados pelos nativos dessas partes. D'Urville, um tanto perplexo e sem saber se deveria acreditar nesses relatos de jornais não confiáveis, decidiu, no entanto, seguir os passos de Dillon.

Em 10 de fevereiro de 1828, o *Astrolabe* chegou a Tikopia, tomou um desertor que vivia na ilha como seu guia e intérprete, seguiu rumo a Vanikoro, tomou conhecimento dela em 12 de fevereiro, percorreu seus recifes até o dia 14 e, no dia 20, ancorou dentro da barreira, no porto de Vanou.

No dia 23, vários oficiais circunavegaram a ilha e trouxeram alguns destroços sem importância. Os nativos, adotando um sistema de negação e evasão, recusaram-se a levá-los ao local do desastre. Esse comportamento duvidoso levou-os a suspeitar que haviam maltratado a tripulação do navio naufragado e, de fato, pareciam temer que Dumont d'Urville tivesse vindo para vingar La Pérouse e seus infelizes companheiros.

No entanto, no dia 26, persuadidos pelos presentes e percebendo que não tinham nada a temer em termos de represálias, levaram o primeiro imediato, Sr. Jacquinot, ao local do naufrágio. Lá, em três ou quatro braças de água, entre os recifes de Pacou e Vanou, havia âncoras, canhões e latões de ferro e chumbo, incrustados em concreções de calcário. A chalupa e a baleeira do *Astrolabe* foram despachadas para o local. Não sem muito custo, suas tripulações conseguiram puxar uma âncora pesando mil e oitocentas libras, um canhão de oito libras em ferro fundido, uma peça de chumbo e dois morteiros de cobre.

Dumont d'Urville, interrogando os habitantes locais, também descobriu que La Pérouse, depois de perder seus dois navios nos recifes da ilha, construiu uma embarcação menor para se perder uma segunda vez... Onde? Não se sabia.

O comandante do *Astrolabe* mandou erguer um cenotáfio sob um bosque de mangueiras em memória do famoso navegador e seus companheiros. Era uma pirâmide quadrangular simples, assentada em uma base de coral, sem acessórios que pudesse tentar a cobiça dos nativos.

Então, D'Urville quis partir, mas suas tripulações foram prejudicadas pelas febres dessas costas insalubres e, como ele próprio estava muito doente, só conseguiu zarpar em 17 de março. Enquanto isso, o governo francês, temendo que Dumont d'Urville não estivesse ciente do trabalho de Dillon, enviou a Vanikoro a corveta *Bayonnaise*, comandada por Legoarant de Tromelin, que estava ancorada na costa oeste da América. O *Bayonnaise* ancorou em Vanikoro alguns meses após a partida do *Astrolabe* e não encontrou novas informações, mas observou que os nativos haviam respeitado o mausoléu de La Pérouse.

Essa é a essência do relato que fiz ao capitão Nemo.

— Então — disse ele —, ainda não se sabe onde esse terceiro navio construído pelos náufragos na Ilha de Vanikoro foi perecer?

— Não se sabe.

Capitão Nemo não respondeu, e me chamou para segui-lo até o salão principal. O *Nautilus* afundou alguns metros abaixo das ondas e as escotilhas se abriram. Corri para a vitrine e, sob os impastos engastes de corais — revestidos por fungos, sinófilos, alcíones e cariofílicos —, através das miríades de peixes encantadores — girelas, glifisidontes, ponferídeos, diácopos e holocentros —, avistei alguns destroços que as dragas não haviam conseguido remover, estribos de ferro, âncoras, canhões, projéteis, uma peça do cabrestante, um castelo de proa, todos objetos provenientes dos navios naufragados e agora atapetados por flores vivas.

E enquanto eu olhava para esses destroços desolados, o capitão Nemo me disse com uma voz séria:

— O comandante La Pérouse partiu em 7 de dezembro de 1785 com seus navios, o *Boussole* e o *Astrolabe*. Primeiro ancorou em Botany Bay, visitou o arquipélago de Amis, na Nova Caledônia, dirigiu-se a Santa Cruz e parou em Namouka, uma das ilhas do grupo Hapai. Seus navios chegaram então aos recifes inexplorados de Vanikoro. O *Boussole*, que estava à frente, entrou na costa sul. O *Astrolabe* veio em seu socorro e encalhou da mesma forma. O primeiro navio foi destruído quase que imediatamente. O segundo, engordado no sotavento, resistiu por alguns dias. A tripulação do navio naufragado foi muito bem recebida pelos habitantes locais. Eles se estabeleceram na ilha e construíram um navio menor com os destroços dos dois navios maiores. Alguns marinheiros permaneceram voluntariamente em Vanikoro, enquanto os outros, enfraquecidos e doentes, partiram com La Pérouse. Eles se dirigiram às Ilhas Salomão e pereceram, com corpo e tudo, na costa oeste da ilha principal do arquipélago, entre os cabos Decepção e Satisfação!

— E como você sabe disso?

— Foi isso que encontrei no exato local do último naufrágio!

Capitão Nemo me mostrou uma caixa de lata, estampada com as armas da França e corroída pela água salgada. Ele a abriu e vi um maço de papéis amarelados, mas ainda legíveis. Eram as instruções do Ministro da Marinha para o Comandante La Pérouse, anotadas na margem com a mão de Luís XVI!

— Ah, que bela morte para um marinheiro — falou capitão Nemo. — É um túmulo pacífico, o túmulo de coral, e que os céus permitam que meus companheiros e eu nunca acabemos em outro!

CAPÍTULO XX

Estreito de Torres

Na noite de 27 para 28 de dezembro, o *Nautilus* deixou a área de Vanikoro em velocidade excessiva. Dirigiu-se para o sudoeste e, em três dias, percorreu as setecentas e cinquenta léguas que separam o arquipélago de La Pérouse da ponta sudeste de Papuásia.

Em 1º de janeiro de 1868, de manhã cedo, Conseil me encontrou na plataforma.

— Senhor — disse o bom rapaz —, permite que eu lhe deseje um feliz ano-novo?

— Claro, Conseil, exatamente como se eu estivesse em Paris, em meu escritório no Jardin des Plantes. Aceito seus votos e agradeço. Mas gostaria de lhe perguntar o que entende por "um feliz ano" nas circunstâncias em que nos encontramos. É o ano que trará o fim de nossa prisão, ou o ano que verá a continuação dessa estranha jornada?

— Bom — respondeu Conseil —, não sei o que dizer ao senhor. É verdade que estamos vendo algumas coisas curiosas e que, nesses dois meses, não tivemos tempo para ficar entediados. A última maravilha é sempre a mais surpreendente e, se essa progressão continuar, não sei como terminará. Acho que nunca teremos outra oportunidade como essa.

— Nunca, Conseil.

— Além disso, o Sr. Nemo, que faz jus ao seu nome latino, não incomoda mais do que se não existisse.

— Exatamente, Conseil.

— Portanto, com todo o respeito devido ao senhor, acho que um feliz ano seria aquele que nos permitiria ver tudo...

— Ver tudo, Conseil? Isso pode levar muito tempo. Mas o que pensa Ned Land?

— Ned Land pensa exatamente o oposto de mim — respondeu Conseil. — Ele tem uma mente pragmática e um estômago imperioso. Apenas olhar e comer peixes não é suficiente para ele. A falta de vinho, pão e carne dificilmente combina com um saxão digno, familiar com os bifes, e que o conhaque ou o gim, tomados em proporções moderadas, dificilmente assustam!

— No que me diz respeito, Conseil, não é isso que está me incomodando, e estou bem com a dieta do navio.

— Eu também — respondeu Conseil. — Assim, estou pensando tanto em ficar quanto o Mestre Land está pensando em partir. E, desse modo, se o próximo ano não for bom para mim, será bom para ele, e vice-versa. Alguém sempre ficará satisfeito. Por fim, para concluir, desejo ao senhor tudo de bom.

— Obrigado, Conseil. Gostaria apenas de pedir que os senhores adiassem a questão dos presentes de ano-novo para mais tarde e que os substituíssem temporariamente por um bom aperto de mão. Isso é tudo o que tenho comigo.

— O senhor nunca foi tão generoso — respondeu Conseil.

E, com isso, o bom rapaz foi embora.

Em 2 de janeiro, tínhamos navegado onze mil trezentas e quarenta milhas, ou cinco mil duzentas e cinquenta léguas, desde nosso ponto de partida nos mares japoneses. À frente do esporão do *Nautilus* estava o perigoso Mar de Coral, na costa nordeste da Austrália. Nosso barco estendeu esse formidável banco de areia, no qual os navios de Cook quase se perderam em 10 de junho de 1770, a uma distância de algumas milhas. O navio em que Cook estava bateu em uma rocha e, se não afundou, foi graças a essa circunstância que o pedaço de coral, que se soltou com o impacto, permaneceu embutido no casco entreaberto.

Eu gostaria muito de ter visitado esse recife, com trezentas e sessenta léguas de comprimento, contra o qual o mar, sempre tempestuoso, quebrava com uma intensidade formidável, comparável ao ribombar de um trovão. Mas, no momento, os planos inclinados do *Nautilus* estavam nos levando a grandes profundidades, e eu não conseguia ver nada das altas paredes de coral. Tive que me contentar com as várias amostras de peixes trazidas por nossas redes. Entre outros, vi escombrídeos grandes como atuns, azulados e riscados por faixas transversais que se esvanesciam com a vida do animal. Esses peixes nos seguiam em cardumes e nos forneceram uma refeição de carne delicadíssima. Pegamos também um grande número de esparídeos, com meio decímetro de comprimento, cujo sabor lembrava o do dourado, e peixes-voadores, verdadeiras andorinhas submarinas, que, na escuridão da noite, riscam ares e águas com sua fosforescência. Dentre os moluscos e zoófitos, descobri nas malhas da rede diversas espécies de alcionários, ouriços-do-mar, martelos, esporões, solários, cerites, hialídeos. A flora era representada por belas algas flutuantes, laminárias e macrocistos, impregnados da mucilagem que brotava pelos poros, dentre os quais encontrei uma admirável *Nemastoma gelianiroide*, classificada então nas curiosidades naturais do Museu de Paris.

Dois dias depois de cruzar o Mar de Coral, em 4 de janeiro, chegamos à costa de Papua. Nessa ocasião, o capitão Nemo me disse que sua intenção era chegar ao oceano Índico pelo Estreito de Torres. Sua comunicação se limitou a isso. Ned ficou satisfeito ao ver que essa rota o aproximava dos mares europeus.

O Estreito de Torres é considerado não menos perigoso pelos recifes que o pontilham do que pelos habitantes selvagens que vivem às suas margens. Ele separa a grande ilha de Papuásia, também conhecida como Nova Guiné, da Nova Holanda.

A Papuásia tem quatrocentas léguas de comprimento e cento e trinta léguas de largura, com uma área de superfície de quarenta mil léguas geográficas. Sua latitude está entre 0° 19' e 10° 2' sul, e sua longitude entre 128° 23' e 146° 15'. Ao meio-dia, enquanto o segundo barco tomava a altura do sol, vi os picos das montanhas Arfak, erguidos em planos e terminando em picos agudos.

Essa terra, descoberta em 1511 pelo português Francisco Serrano, foi visitada sucessivamente por Dom José de Meneses em 1526, por Grijalva em 1527, pelo general espanhol Alvar de Saavedra em 1528, por Juigo Ortez em 1545, pelo holandês Shouten em 1616, por Nicolas Sruick em 1753, por Tasman, Dampier, Fumel, Carteret, Edwards, Bougainville, Cook, Forrest, Mac Cluer, por d'Entrecasteaux em 1792, por Duperrey em 1823 e por Dumont d'Urville em 1827. "É o lar dos negros que ocupam toda a Malásia", disse Sr. de Rienzi, e eu mal suspeitava que os perigos dessa navegação me colocariam em contato com os temidos andamãos.

Assim, o *Nautilus* se encontrava na entrada do estreito mais perigoso do mundo, aquele que os navegadores mais ousados mal se atrevem a atravessar, o estreito que Louis Paz de Torres enfrentou em seu caminho de volta dos mares do sul para a Melanésia e no qual, em 1840, as corvetas encalhadas de Dumont d'Urville estavam a ponto de se perder de corpo e alma. O próprio *Nautilus*, superior a todos os perigos do mar, deveria, no entanto, conhecer os recifes de coral.

O Estreito de Torres tem cerca de trinta e quatro léguas de largura, mas é obstruído por um número incontável de ilhas, ilhotas, quebra-mares e rochas, o que torna a navegação quase impraticável. Consequentemente, capitão Nemo tomou todas as precauções para atravessá-lo. O *Nautilus*, flutuando no nível da água, avançava em um ritmo moderado. Sua hélice, como a cauda de um cetáceo, batia lentamente nas ondas.

Aproveitando a situação, meus dois companheiros e eu ocupamos nossos lugares na plataforma, ainda deserta. À nossa frente estava o compartimento do timoneiro, e, se eu não estiver enganado, o capitão Nemo devia estar lá, dirigindo seu *Nautilus.*

Eu tinha à minha frente os excelentes mapas do Estreito de Torres, elaborados pelo engenheiro hidrográfico Vincendon Dumoulin e pelo alferes Coupevent-Desbois — hoje almirante —, que faziam parte da equipe de Dumont d'Urville durante sua última circunavegação. Juntamente com as cartas do capitão King, esses são os melhores mapas para desvendar o imbróglio dessa passagem estreita, e eu os consultei com atenção escrupulosa.

Ao redor do *Nautilus*, o mar estava fervendo furiosamente. A corrente de água, que se movia do sudeste para o noroeste a uma velocidade de duas milhas e meia, quebrava nos corais cujas cabeças emergiam aqui e ali.

— Que mar ruim — disse Ned Land.

— Horrível — respondi —, e pouco propício para uma embarcação como o *Nautilus*.

— Que esse maldito capitão esteja bem seguro de seu trajeto — disse o canadense —, pois vejo ali recifes de coral que despedaçariam seu casco se sequer roçasse neles!

De fato, a situação era perigosa, mas o *Nautilus* parecia deslizar pelos recifes agressivos como que por mágica. Não estava exatamente seguindo a rota tomada pelo *Astrolabe* e pelo *Zélée*, o que se mostrou fatal para Dumont d'Urville. Foi mais para o norte, contornou a Ilha Murray e voltou para o sudoeste, em direção a Cumberland Sound. Pensei que fosse perder tudo quando, subindo novamente para noroeste, dirigiu-se para a Ilha Tound e o Canal Mauvais, passando por um grande número de ilhas e ilhotas pouco conhecidas.

Eu já me perguntava se o capitão Nemo, imprudente a ponto de enlouquecer, queria levar seu navio para esse canal onde as duas corvetas de Dumont d'Urville colidiram, quando, mudando de direção uma segunda vez e cortando para oeste, dirigiu-se para a Ilha Gueboroar.

Já passavam-se três horas do meio-dia. A maré estava quase cheia e o mar estava agitado. O *Nautilus* se aproximou da ilha, que ainda posso ver com sua notável borda de pendão. Estávamos a menos de duas milhas dela, quando, de repente, um choque me derrubou. O *Nautilus* acabara de bater em um recife e ficara imobilizado, inclinando-se ligeiramente para bombordo.

Quando me levantei, vi o capitão Nemo e seu imediato na plataforma. Eles estavam examinando a situação do navio, trocando algumas palavras em seu idioma incompreensível.

A situação era a seguinte. A duas milhas a estibordo aparecia a Ilha Gueboroar, cuja costa se arredondava de norte a oeste como um imenso braço. Ao sul e ao leste, algumas cabeças de coral já apareciam, deixadas expostas pela maré vazante. Tínhamos encalhado, em um daqueles mares em que as marés são medíocres, uma circunstância infeliz para reflutuar o *Nautilus*. No entanto, o navio não havia sofrido danos, pois seu casco era solidamente construído. Mas, se por um lado não afundou nem se rompeu, havia um grande risco de que ficasse preso a esses recifes para sempre, e então seria o fim do submarino do capitão Nemo.

Eu estava pensando nisso quando o capitão, frio e calmo, sempre no controle de si mesmo, sem parecer nem comovido nem chateado, aproximou-se de mim.

— Um acidente? — perguntei.

— Não, um incidente — respondeu ele.

— Mas um incidente que talvez o obrigue a se tornar um habitante dessas terras das quais está fugindo! — respondi.

O capitão Nemo olhou para mim de forma estranha e fez um gesto negativo. Claramente reafirmava que nada o forçaria a colocar os pés em um continente outra vez. Então, falou:

— Além disso, Sr. Aronnax, o *Nautilus* não está afundando. Ele ainda o transportará para as maravilhas do oceano. Nossa viagem está apenas começando, e não quero me privar tão rapidamente da honra de sua companhia.

— No entanto, capitão Nemo — continuei, sem perceber a ironia da frase —, o *Nautilus* encalhou na preamar. Ora, as marés não são fortes no Pacífico e, se não conseguir desfazer-se de lastro, o que me parece impossível, não vejo como ele poderá alcançar a reflutuação.

— As marés não são fortes no Pacífico, o senhor tem razão, professor — respondeu o capitão Nemo —, mas no Estreito de Torres ainda há a diferença de um metro e meio entre o nível da preamar e da vazante. Hoje é 4 de janeiro e daqui a cinco dias haverá lua cheia. Ficarei muito surpreso se esse satélite complacente não levantar essas massas de água o suficiente e não me fizer um favor que somente ele pode me prestar.

Dito isso, o capitão Nemo, seguido por seu primeiro oficial, voltou para dentro do *Nautilus*, enquanto o navio permanecia imóvel, como se os pólipos de coral já o tivessem alisado com seu cimento indestrutível.

— Pois bem, senhor? — questionou Ned Land, que veio até mim depois que o capitão saiu.

— Bom, amigo Ned, vamos esperar calmamente pela maré do dia 9, porque parece que a lua fará o favor de nos colocar de volta à flutuação.

— Simples assim?

— Simples assim.

— E esse capitão não vai lançar suas âncoras ao largo, engrenar seu motor e fazer tudo para se soltar?

— A maré será suficiente — respondeu Conseil simplesmente.

O canadense olhou para Conseil e depois encolheu os ombros. Era o marinheiro dentro dele falando.

— Senhor — respondeu ele —, pode acreditar em mim quando lhe digo que esse pedaço de ferro nunca mais navegará no mar ou sob o mar. Ele só serve para ser vendido por peso. Portanto, acho que chegou a hora de dar uma rasteira no capitão Nemo.

— Amigo Ned — respondi —, não me desespero pelo *Nautilus* como você, e em quatro dias saberemos qual é a nossa posição nas marés do Pacífico. Além disso, a ideia de fugir poderia ser oportuna se estivéssemos à vista das costas da Inglaterra ou da Provença, mas nas proximidades de Papuásia, é outra coisa. E, se o *Nautilus* não conseguir emergir, ainda está em tempo de chegar a esse extremo, o que eu consideraria um evento grave.

— Mas não poderíamos pelo menos fazer um reconhecimento do terreno? — disse Ned Land. — Aqui temos uma ilha. Nessa ilha há árvores. Sob essas árvores, há animais terrestres, com costeletas e rosbifes, nos quais de bom grado daria umas dentadas.

— O amigo Ned tem razão — diz Conseil —, concordo com ele. Será que o senhor não poderia pedir ao seu amigo capitão Nemo para nos levar à terra, nem que seja para não perdermos o hábito de pisar nas partes sólidas do nosso planeta?

— Posso perguntar — respondi —, mas ele vai se recusar.

— O senhor que se arrisque — disse Conseil —, e saberemos até onde vai a simpatia do capitão.

Para minha grande surpresa, o capitão Nemo me concedeu a permissão que havia solicitado, e o fez com muita graça e presteza, sem sequer exigir que eu prometesse voltar a bordo. Mas uma fuga pelas terras da Nova Guiné teria sido muito perigosa, e eu não aconselharia Ned Land a tentar. Era melhor ser prisioneiro a bordo do *Nautilus* do que cair nas mãos dos nativos de Papuásia.

O bote foi colocado à nossa disposição para a manhã seguinte. Não tentei descobrir se o capitão Nemo iria nos acompanhar. Cheguei a pensar que nenhum dos tripulantes nos seria dado e que somente Ned Land seria encarregado de dirigir o barco. Além disso, a terra firme estava a no máximo duas milhas de distância, e não passava de uma brincadeira para o canadense dirigir essa canoa leve entre as linhas de recifes tão fatais para navios grandes.

No dia seguinte, 5 de janeiro, o bote foi desamarrado, arrancado de seu encaixe e lançado ao mar a partir do topo da plataforma. Dois homens eram suficientes para essa operação. Os remos estavam no bote e tudo o que tínhamos de fazer era entrar.

Às oito horas, armados com rifles e machados, desembarcamos do *Nautilus*. O mar estava bastante calmo. Uma leve brisa soprava da terra. Conseil e eu, nos remos, nadávamos vigorosamente, e Ned dirigia nas passagens estreitas deixadas entre eles pelas ondas. O barco se comportou bem e navegou rapidamente.

Ned Land não conseguia conter sua alegria. Era um prisioneiro que havia escapado e não queria lembrar que teria de voltar.

— Carne! — repetiu. — Vamos comer carne, e que carne! Carne de caça de verdade! Nada de pão, por exemplo! Não estou dizendo que peixe não seja bom, mas não devemos exagerar, e um pedaço de carne de veado fresca, grelhada na brasa, será uma mudança agradável em relação à nossa comida habitual.

— Guloso! — respondeu Conseil, deixando-me com água na boca.

— Resta saber — falei — se essas florestas têm bastante caça, e se a caça não é tão grande que pode caçar o caçador.

— Sr. Aronnax — respondeu o canadense, cujos dentes pareciam ser tão afiados quanto um machado —, eu comerei tigre, lombo de tigre, se não houver outro quadrúpede nesta ilha.

— O amigo Ned está preocupante — respondeu Conseil.

— Seja o que for — continuou Ned Land —, qualquer animal com quatro patas e sem penas, ou com duas patas e penas, será recebido com meu primeiro tiro.

— Pois bem — respondi —, eis a imprudência do Mestre Land outra vez!

— Não tenha medo, Sr. Aronnax — respondeu o canadense —, e reme com firmeza! Não preciso de mais de vinte e cinco minutos para lhe conseguir uma refeição.

Às oito e meia, o bote do *Nautilus* parou suavemente em uma praia de areia, depois de ter felizmente passado pelo anel coralino que cercava a Ilha Gueboroar.

CAPÍTULO XXI

Alguns dias em terra

Fiquei bastante impressionado quando cheguei em terra. Ned Land testava o solo com o pé, como se quisesse se apossar dele. Fazia apenas dois meses que havíamos nos tornado, nas palavras do capitão Nemo, "passageiros do *Nautilus*", ou seja, na realidade, prisioneiros de seu comandante.

Em poucos minutos, estávamos a um tiro de fuzil da costa. O solo era quase totalmente madrepórico, mas alguns leitos de torrentes secas, repletos de detritos graníticos, mostravam que essa ilha era o resultado de uma formação primordial. Todo o horizonte estava escondido atrás de uma cortina de florestas admiráveis. Árvores enormes, podendo atingir duzentos pés de altura, ligavam-se entre si por guirlandas de cipós, como redes naturais embaladas por uma brisa suave. Mimosas, ficus, casuarinas, tecas, hibiscos, vacuás e palmeiras se misturavam profusamente, e sob o abrigo de sua copa verde, ao pé de seus gigantescos estipes, cresciam orquídeas, legumes e samambaias.

Mas, sem notar todas essas belas amostras da flora papuásica, o canadense abandonou o agradável pelo útil. Ele avistou um coqueiro, derrubou alguns de seus frutos, quebrou-os e bebemos a água e comemos sua polpa com uma satisfação que protestava contra a comida comum do *Nautilus*.

— Excelente! — disse Ned Land.

— Excelente! — respondeu Conseil.

— E penso que Nemo não se oporá a trazermos uma carga de cocos a bordo... — disse o canadense.

— Acho que não — respondi —, mas ele não vai nem prová-los!

— Que pena para ele! — exclamou Conseil;

— E melhor para nós! Sobra mais — retrucou Ned Land.

— Só uma coisa, Mestre Land — eu disse ao arpoador, que estava prestes a destruir outro coqueiro. — Coco é uma boa, mas antes de encher a canoa com isso, acho prudente ver se a ilha não produz outra coisa igualmente útil. Vegetais frescos seriam muito bem-vindos na cozinha do *Nautilus*.

— O senhor tem razão — respondeu Conseil —, e proponho reservar três lugares em nosso barco, um para frutas, outro para legumes e o terceiro para carne de caça, da qual ainda não vi a menor amostra.

— Sem desespero — respondeu o canadense.

— Então vamos continuar nossa excursão — continuei —, mas fiquem atentos. Embora a ilha pareça desabitada, ainda pode ter alguns indivíduos que seriam menos exigentes do que nós com relação à espécie da caça!

— Hehe! — fez Ned Land, com um movimento muito significativo de sua mandíbula.

— Ora, Ned! — gritou Conseil.

— Por Deus — retrucou o canadense —, estou começando a entender os encantos da antropofagia!

— Ned! O que está dizendo? — respondeu Conseil. — Você, antropófago! Então não estarei seguro com você, eu, com quem compartilha sua cabine! Será que um dia vou acordar meio devorado?

— Amigo Conseil, eu gosto muito de você, mas não o suficiente para comê-lo sem necessidade.

— Não acredito nisso — respondeu Conseil. — Caça! É absolutamente preciso abater alguma caça para satisfazer esse canibal, ou, em uma dessas manhãs, o senhor não encontrará nada além de pedaços da minha carne para servi-lo.

Enquanto essas várias observações estavam sendo trocadas, entramos nas escuras abóbadas da floresta e, durante duas horas, vagamos por ela em todas as direções. O acaso nos ajudou muito em nossa busca por plantas comestíveis, e um dos produtos mais úteis dos trópicos nos forneceu um alimento precioso que estava faltando a bordo. Refiro-me à árvore de fruta-pão, que é muito abundante na Ilha Gueboroar, e notei em particular a variedade sem sementes conhecida em malaio como "rima".

Essa árvore diferia das outras por seu tronco reto, com seis metros de altura. Sua copa, graciosamente arredondada e composta de grandes folhas multilobadas, foi suficiente para identificar esse artocarpo, que foi naturalizado com sucesso nas Ilhas Mascarenhas por um naturalista. De sua massa de vegetação destacavam-se grandes frutos globulares, com cerca de um decímetro de largura, com rugosidades externas que assumiam uma forma hexagonal. É uma planta útil que a natureza deu às regiões onde há escassez de trigo e que, sem precisar de nenhum cultivo, dá frutos durante oito meses do ano.

Ned Land conhecia bem essas frutas. Já as havia comido em suas muitas viagens e sabia como preparar sua substância comestível. Assim, ao vê-las, despertou seu desejo e ele não pôde mais resistir.

— Senhor — disse ele —, eu vou morrer se não provar um pouco dessa pasta de fruta-pão!

— Prove, amigo Ned, prove o quanto quiser. Estamos aqui para experimentar, então vamos fazer isso.

— Não vai demorar muito — respondeu o canadense. E, com uma lente, acendeu uma fogueira de madeira seca que crepitou alegremente. Enquanto isso, Conseil e eu estávamos escolhendo os melhores frutos do artocarpo. Alguns ainda não tinham atingido um grau suficiente de maturação e sua casca grossa cobria uma polpa branca, mas pouco fibrosa. Outros, em grande número, estavam amarelados e gelatinosos, apenas esperando para serem colhidos.

Eram frutas sem caroço. Conseil levou uma dúzia delas para Ned Land, que as colocou em uma fogueira de carvão, depois de cortá-las em fatias grossas e, enquanto fazia isso, repetia:

— O senhor verá como esse pão é bom!

— Especialmente quando não o comemos a muito tempo — respondeu Conseil.

— Nem sequer é pão — acrescentou o canadense. — É um manjar. Nunca comeu, senhor?

— Não, Ned.

— Bem, prepare-se para algo saboroso. Se você não concordar, não serei mais o rei dos arpoadores!

Depois de alguns minutos, a parte da fruta exposta ao fogo estava completamente carbonizada. Uma pasta branca apareceu em seu interior, uma espécie de miolo macio, com um sabor que lembrava alcachofra. Era um pão excelente, devo admitir, e comi com grande prazer.

— Infelizmente — disse — não se pode conservar a massa fresca, e não acho que valha a pena estocá-la para o navio.

— Veja só, senhor! — exclamou Ned Land. — Você fala como um naturalista, mas eu vou agir como um padeiro. Conseil, colha algumas dessas frutas, que pegaremos quando voltarmos.

— E como você vai prepará-las? — perguntei ao canadense.

— Fazendo uma pasta fermentada com a polpa, que se conservará indefinidamente, sem estragar. Quando quiser usá-la, bastará cozinhá-la a bordo e, apesar do sabor levemente ácido, o senhor a achará excelente.

— Então, Mestre Ned, vejo que não falta nada...

— Sim, professor — respondeu o canadense —, está faltando alguma fruta, ou pelo menos alguns vegetais!

— Vamos procurar as frutas e os legumes.

Quando nossa colheita estava completa, partimos para completar esse jantar "terrestre". Nossa busca não foi em vão e, ao meio-dia, tínhamos um grande suprimento de bananas. Esses deliciosos produtos da zona tórrida amadurecem durante todo o ano, e os malaios, que lhes deram o nome de "pisang", comem-nas cruas. Além das bananas, colhemos enormes jacas com um sabor forte, saborosas mangas e abacaxis de tamanho inacreditável. Mas essa colheita tomou grande parte de nosso tempo, o que, aliás, não foi de se lamentar.

Conseil não parava de observar Ned. O arpoador caminhava à frente e, à medida que avançava pela floresta, colhia com mão firme algumas frutas excelentes para acrescentar ao seu estoque.

— Por fim — perguntou Conseil —, está lhe faltando alguma coisa, amigo Ned?

— Hum — fez o canadense.

— Está se queixando?

— Essas plantas todas não constituem uma refeição — respondeu Ned. — É o final de uma refeição, é uma sobremesa. Mas o cozido? E o assado?

— De fato — falei —, Ned havia nos prometido alguns bifes, que me parecem um problema.

— Senhor — respondeu o canadense —, a caçada não só não acabou, como ainda nem começou. Seja paciente! Eventualmente encontraremos algum animal de pena ou pele, e se não for neste lugar, será em outro...

— E se não for hoje, será amanhã — acrescentou Conseil —, porque não devemos nos afastar muito. Eu até proponho voltar para a canoa.

— O quê!? Já? — exclamou Ned.

— Temos de voltar antes do anoitecer — eu disse.

— Mas que horas são? — perguntou o canadense.

— Pelo menos duas horas — respondeu Conseil.

— Como o tempo voa nesta terra firme! — exclamou Mestre Ned Land com um suspiro pesaroso.

— Em frente — acrescentou Conseil.

Voltamos pela mata e complementamos os mantimentos colhendo as nozes-de-areca no topo das árvores, além de uma espécie de feijões — que reconheci como os ábrus dos malaios — e inhames de ótima qualidade.

Estávamos sobrecarregados quando chegamos à canoa. No entanto, Ned Land ainda achava que não tinha o suficiente. Mas o destino o favoreceu. Quando estávamos prestes a embarcar, ele viu várias árvores, com altura entre vinte e cinco e trinta pés, pertencentes à espécie das palmeiras. Essas árvores, tão preciosas quanto os artocarpos, são consideradas, com razão, um dos produtos mais úteis da Malásia.

Eram saguzeiros, plantas que crescem sem cultivo, reproduzindo-se, como as amoreiras, por meio de seus brotos e sementes. Ned Land sabia como tratar essas árvores. Ele pegou seu machado e, empunhando-o com grande vigor, logo tinha dois ou três saguzeiros deitados no chão, visivelmente maduros a julgar pelo pó branco que revestia suas palmas.

Eu o observei fazer isso com os olhos de um naturalista, e não com os de um homem faminto. Ele começou retirando de cada tronco uma tira de casca, com uma polegada de espessura, que cobria uma rede de fibras alongadas formando nós inextricáveis, mastigados por uma espécie de farinha gomosa. Essa farinha era o sagu, a substância comestível usada principalmente pelas populações da Melanésia.

Por enquanto, Ned Land se contentava em cortar os troncos em pedaços, como teria feito com a lenha, reservando-se o direito de extrair a farinha mais tarde, passá-la por um pano para separá-la de seus ligamentos fibrosos, evaporar a umidade ao sol e deixá-la endurecer em moldes.

Finalmente, às cinco horas da tarde, carregados com todas as nossas riquezas, deixamos a costa da ilha e, meia hora depois, atracamos no *Nautilus*. Ninguém estava lá quando chegamos, e o enorme cilindro de metal parecia deserto. Com meus suprimentos a bordo, desci para o meu quarto. Lá encontrei meu jantar pronto. Comi e fui dormir.

No dia seguinte, 6 de janeiro, não havia nada de novo a bordo. Nem um som interno, nem um sinal de vida. O bote permaneceu ao lado, no mesmo lugar em que o havíamos deixado. Decidimos retornar à Ilha Gueboroar. Ned Land esperava ter mais sorte do que no dia anterior, do ponto de vista de caçador, e queria visitar outra parte da floresta. Ao nascer do sol, estávamos a caminho. O barco, levado pela correnteza terrestre, chegou à ilha em poucos instantes.

Desembarcamos e, achando melhor confiar nos instintos do canadense, seguimos Ned Land, cujas longas pernas ameaçavam nos ultrapassar. Ned Land subiu a costa para o oeste e, depois de passar por várias torrentes, chegou à planície alta cercada por florestas admiráveis. Alguns martins-pescadores rondavam o curso d'água, mas não se deixavam aproximar. Sua circunspecção me mostrou que essas aves sabiam o que esperar de bípedes de nossa espécie, e concluí que, se a ilha não era habitada, pelo menos era frequentada por seres humanos. Depois de atravessar um prado bastante exuberante, chegamos à beira de um pequeno bosque animado pelo canto e pelo voo de um grande número de pássaros.

— Ainda somente pássaros — disse Conseil.

— Mas alguns deles podem ser comidos! — respondeu o arpoador.

— De modo algum, amigo Ned — respondeu Conseil —, pois não vejo nada além de papagaios.

— Amigo Conseil — respondeu Ned gravemente —, o papagaio é o faisão daqueles que não têm mais nada para comer.

— E eu acrescentaria que essa ave, devidamente preparada, vale seu peso em ouro — repliquei.

De fato, sob a densa folhagem daquela floresta, havia um mundo inteiro de papagaios revoando de galho em galho, faltando-lhes apenas uma educação mais cuidadosa para falar como humanos. Papagaiavam então na companhia de periquitos de todas as cores e de sérias cacatuas, que pareciam refletir sobre algum problema filosófico, enquanto lóris de um vermelho ardente passavam como um pedaço de estame carregado pelo vento, em meio aos calaus de voo ruidoso, papuas pintados nos mais sutis matizes do anil, e uma variedade imensa de aves encantadoras, mas basicamente não comestíveis.

No entanto, faltava um pássaro nessa coleção, que é peculiar a essas terras e nunca foi visto além das Ilhas Aru e das Ilhas Papua. Mas o destino me reservou a chance de admirá-lo em pouco tempo. Depois de passar por um bosque de espessura medíocre, nos encontramos novamente em uma planície coberta de arbustos. Vi então as magníficas aves, cujas longas penas as obrigavam a se virar contra o vento, decolarem. Seu voo ondulante, a graça de suas curvas aéreas, o brilho de suas cores, atraíam e encantavam os olhos. Não tive dificuldade em reconhecê-las.

— Aves do paraíso! — exclamei.

— Ordem dos passeriformes, seção dos clistómoros — respondeu Conseil.

— Família das perdizes? — perguntou Ned Land.

— Acho que não, mestre Land. No entanto, conto com sua habilidade para capturar um desses encantadores produtos da natureza tropical!

— Vamos tentar, professor, embora eu esteja mais acostumado a manejar um arpão do que um rifle.

Os malaios, que comercializam bastante essas aves para os chineses, têm várias maneiras de capturá-las, que não conseguiríamos usar no momento. Armam laços no cume das árvores mais altas, local predileto dos paradiseídeos, usam uma forte cola paralisante para capturá-las ou até envenenam as nascentes onde essas aves bebem água. Só nos restava caçá-las enquanto voavam, o que nos dava poucas probabilidades de sucesso. E, de fato, esgotamos parte de nossa munição em vão.

Às onze horas da manhã, havíamos cruzado o primeiro plano das montanhas que formam o centro da ilha e ainda não havíamos matado nada. A fome estava batendo. Os caçadores confiaram no sucesso de sua caçada e se enganaram. Felizmente, Conseil, para sua grande surpresa, deu um tiro duplo e garantiu o almoço. Ele abateu um pombo branco e um torcaz, que, depenados e pendurados em um espeto, foram assados em frente a uma fogueira de lenha seca. Enquanto aqueles animais interessantes cozinhavam, Ned preparou algumas frutas do artocarpo. Em seguida, o pombo e o torcaz foram comidos até os ossos, e considerados excelentes. A noz-moscada, da qual eles têm o hábito de se empanturrar, dá sabor à carne e torna a refeição deliciosa.

— É como se as galinhas comessem trufas — disse Conseil.

— E agora, Ned, o que está faltando? — perguntei ao canadense.

— Caça de quatro patas, Sr. Aronnax — respondeu Ned Land. — Todos esses pombos são apenas aperitivos e tira-gostos! Então, enquanto eu não matar um animal com costelas, não ficarei satisfeito!

— Nem eu, Ned, se não pegar uma ave do paraíso.

— Vamos continuar a caçada — respondeu o Conseil —, mas voltando para o mar. Chegamos às primeiras encostas das montanhas e acho que é melhor voltarmos para as florestas.

Era um conselho sensato, que foi seguido. Depois de uma hora de caminhada, chegamos a uma verdadeira floresta de saguzeiros. Algumas cobras inofensivas fugiram sob nossos pés. As aves do paraíso se esquivavam de nossa aproximação, e eu realmente já perdia a esperança de alcançá-los quando Conseil, que caminhava à frente, de repente se abaixou, soltou um grito de triunfo e voltou para mim, carregando um magnífico paradiseídeo.

— Ah! Bravo, Conseil — exclamei.

— O senhor é muito generoso — respondeu Conseil.

— Não mesmo, meu rapaz. Você deu um golpe de mestre aqui. Pegar um desses pássaros vivos e segurá-lo em sua mão!

— Se o senhor quiser examiná-lo de perto, verá que não tive muito mérito.

— E por que, Conseil?

— Porque essa ave está bêbada como um marinheiro.

— Bêbada?

— Sim, senhor, entorpecida com a noz-moscada que estava devorando sob a árvore onde eu a peguei. Veja, amigo Ned, veja os efeitos monstruosos da intemperança!

— Mil demônios — retrucou o canadense —, pelo tanto de gin que tenho bebido nos últimos dois meses, não há necessidade de me censurar!

Examinei, enquanto isso, o curioso pássaro. Conseil não estava enganado. A ave-do-paraíso, intoxicada pelo suco inebriante, estava reduzida à impotência: não conseguia voar e mal conseguia andar. Mas isso não me preocupou muito, e eu a deixei digerir o almíscar. O pássaro pertencia à mais bela das oito espécies encontradas em Papuásia e nas ilhas vizinhas. Era a ave-do-paraíso conhecida como esmeraldina, uma das mais raras. Media três decímetros de comprimento. Sua cabeça era relativamente pequena, os olhos ficavam próximos à abertura do bico, e também eram pequenos. Mas tinha uma combinação admirável de tons, sendo amarelo no bico, marrom nas patas e nas garras, avelã nas asas, com um rubor nas pontas, amarelo pálido na cabeça e na parte de trás do pescoço, esmeralda na garganta, marrom na barriga e no peito. Duas hastes córneas e flexíveis se erguiam acima da cauda, prolongando-se por penas longas e muito leves de admirável delicadeza, completando o conjunto dessa maravilhosa ave que os nativos chamaram poeticamente de "ave do sol".

Eu esperava, sinceramente, poder trazer o magnífico espécime de ave-do-paraíso de volta a Paris, para que pudesse doá-lo ao Jardin des Plantes, que não tem um único exemplar vivo.

— É realmente tão raro assim? — perguntou o canadense, no tom de um caçador que não pensa muito em sua caça em termos de arte.

— Muito raro, meu bom amigo, e, acima de tudo, muito difícil de capturar vivo. E mesmo mortas, essas aves ainda são objeto de tráfico de animais considerável. Por isso, os nativos tiveram a ideia de fabricá-las, como se faz com pérolas ou diamantes.

— O quê?! — exclamou Conseil. — Estão fazendo aves-do-paraíso falsas?

— Sim, Conseil.

— E o senhor sabe como os nativos fazem isso?

— Perfeitamente. Durante a monção oriental, as aves-do-paraíso perdem as magníficas penas que envolvem suas caudas e que os naturalistas chamam de subalares. Essas são as penas que os falsificadores coletam dos pássaros e que eles habilmente adaptam a algum pobre periquito que tenha sido mutilado anteriormente. Em seguida, tingem a costura, envernizam o pássaro e enviam esses produtos de sua singular indústria para os museus e entusiastas da Europa.

— Bem — disse Ned Land —, se não é o pássaro, ainda são suas penas e, desde que o objeto não seja para ser comido, não vejo muito mal nisso!

Se eu satisfiz meu desejo com a posse daquela ave-do-paraíso, para o caçador canadense isso não ocorrera. Felizmente, por volta das duas horas, Ned Land abateu um magnífico porco-do-mato, um daqueles que os nativos chamam de *bariutangue*. O animal chegou bem a tempo de nos fornecer carne de quadrúpede de verdade, e que caiu muito bem. Ned Land estava muito orgulhoso de seu tiro. O porco, atingido pela bala elétrica, caíra morto.

O canadense o eviscerou e limpou, depois de tirar meia dúzia de costeletas para fornecer carne grelhada para a refeição da noite. Em seguida, foi retomada a caçada, que seria novamente marcada pelas façanhas de Ned e Conseil.

Os dois amigos bateram nos arbustos e com isso desentocaram um bando de cangurus, que fugiram aos saltos com suas pernas de borracha. Mas os animais não fugiram tão rapidamente que a cápsula elétrica não pudesse detê-los.

— Ah, professor — exclamou Ned Land, com a fúria de caçador tomando conta —, que caça excelente, especialmente se cozida em ensopado! Que banquete para o *Nautilus*! Dois! Três! Cinco no chão! E pensar que devoraremos toda essa carne, e que os tolos a bordo não receberão uma migalha sequer!

Acho que, no excesso de sua alegria, o canadense, se não tivesse falado tanto, teria massacrado todo o bando! Mas se contentou com cerca de uma dúzia daqueles interessantes marsupiais, que formam a primeira ordem de mamíferos aplacentários, segundo Conseil.

Eram animais pequenos, de uma espécie dita "coelhos-canguru", que geralmente vivem nos buracos das árvores e cuja velocidade é extrema; mas, se são de tamanho medíocre, por outro lado fornecem a carne mais apreciada.

Ficamos muito satisfeitos com os resultados de nossa caçada. O alegre Ned pretendia retornar no dia seguinte a essa ilha encantada, que queria despovoar de todos os seus quadrúpedes comestíveis. Mas ele não contava com os eventos que aconteceriam.

Às seis horas da tarde, havíamos retornado à praia. Nosso bote estava em seu lugar habitual. O *Nautilus*, como um longo caixão, emergiu das ondas a duas milhas da costa. Ned Land, sem mais delongas, começou a preparar o jantar. Sabia cozinhar perfeitamente. As costeletas de bariutangue, grelhadas na brasa, logo exalaram um aroma delicioso que perfumou o ar...

Percebo que estou seguindo os passos do canadense. Cá estou eu, em êxtase diante de uma carne de porco fresca grelhada! Que me perdoem, como perdoei o Mestre Land, e pelos mesmos motivos!

O jantar, enfim, estava excelente. Dois torcazes completaram o cardápio extraordinário. A pasta de sagu, o pão de artocarpo, mangas, meia dúzia de abacaxis e a água fermentada de alguns cocos nos deixaram muito satisfeitos. Acho até que a mente de meus dignos companheiros não estava tão clara quanto deveria.

— E se não voltássemos ao *Nautilus* esta noite?

— E se nunca mais voltarmos? — acrescentou Ned Land.

Naquele momento, uma pedra caiu a nossos pés e interrompeu a proposta do pesquisador.

CAPÍTULO XXII

O raio do capitão Nemo

Olhamos para a floresta sem nos levantarmos. Eu levava minha mão à boca, enquanto a de Ned Land já cobria a dele.

— Pedra não cai do céu — disse Conseil —, ou então merece o nome de aerólito.

Uma segunda pedra, cuidadosamente arredondada, que removeu uma saborosa perna de torcaz da mão de Conseil, deu ainda mais peso à sua observação. Nós três nos levantamos, com os rifles pendurados nos ombros, prontos para reagir a qualquer ataque.

— Serão macacos? — exclamou Ned Land.

— Não, são os indígenas — respondeu Conseil.

— Para o barco! — gritei, dirigindo-me para o mar.

De fato, tivemos de recuar, pois cerca de vinte nativos, armados com arcos e fundas, apareceram na borda de um bosque que encobria o horizonte, à direita, a apenas cem passos de distância. Nossa canoa estava a vinte metros.

Os indígenas se aproximaram, sem correr, mas fizeram demonstrações hostis. Choveram pedras e flechas. Ned Land não queria abandonar suas provisões e, apesar da iminência do perigo, com seu porco de um lado e seus cangurus do outro, afastou-se depressa.

Em dois minutos, estávamos na praia. Carregar o bote com provisões e armas, empurrá-lo para o mar e colocar os dois remos foi questão de um instante. Não havíamos percorrido quatrocentos metros quando cem indígenas, berrando e gesticulando, entraram na água até a cintura. Esperei que aquela aparição atraísse alguns homens do *Nautilus* à plataforma. Mas não.

A enorme embarcação, ao largo da costa, permanecia absolutamente deserta. Vinte minutos depois, subimos a bordo. As escotilhas estavam abertas. Depois de amarrar o bote, entramos no *Nautilus*. Fui até o salão, de onde alguns acordes emanavam. O capitão Nemo estava lá, curvado sobre o órgão e imerso em êxtase musical.

— Capitão! — chamei. Ele não me ouviu. — Capitão! — gritei novamente, tocando-o com minha mão. Ele estremeceu e, virando-se, disse:

— Ah, é o senhor, professor? Bom, teve uma boa caçada, e a coleta de ervas foi bem-sucedida?

— Sim, capitão — respondi —, mas infelizmente trouxemos de volta uma tropa de bípedes cuja proximidade parece preocupante.

— Que bípedes?

— Selvagens.

— Selvagens! — respondeu ironicamente o capitão Nemo. — E o senhor está surpreso, professor, que, tendo pisado em uma das terras deste globo, tenha encontrado indígenas lá? Onde não há nativos? E estes que você chama de "selvagens" são algo inferior a nós?

— Mas, capitão...

— No que me diz respeito, senhor, eu os encontrei em todos os lugares.

— Bom — respondi —, se não quiser recebê-los a bordo do *Nautilus*, é melhor tomar algumas precauções.

— Não se preocupe, professor, não há nada com que se preocupar.

— Mas há muitos deles.

— Quantos contou?

— Uma centena, pelo menos.

— Sr. Aronnax — respondeu o capitão Nemo, cujos dedos haviam retornado às teclas do órgão —, nem quando todos os nativos das Papuas estiverem reunidos nesta praia o *Nautilus* terá que temer seus ataques!

Os dedos do capitão estavam agora percorrendo o teclado do instrumento, e notei que só tocava as teclas pretas, o que dava às suas melodias um tom essencialmente escocês. Logo, ele se esqueceu da minha presença e mergulhou em um devaneio que não tentei mais dissipar.

Voltei para a plataforma. Já estava escuro, pois nessa baixa latitude o sol se põe rapidamente, e sem crepúsculo. Eu só conseguia ver a Ilha Gueboroar em um borrão. Mas as muitas fogueiras acesas na praia mostravam que os nativos não estavam pensando em deixá-la. Fiquei sozinho assim por várias horas, às vezes pensando naqueles nativos — mas sem temê-los, pois a confiança imperturbável do capitão me convenceu — e às vezes me esquecendo deles para admirar os esplendores daquela noite tropical. Minha memória voou de volta para a França, seguindo as estrelas do zodíaco que a iluminariam em poucas horas. A lua brilhava intensamente em meio às constelações do zênite. Pensei então que esse nosso satélite, fiel e complacente, retornaria depois de amanhã, nesse mesmo lugar, para levantar essas ondas e arrancar o *Nautilus* de seu leito de coral. Perto da meia-noite, vendo que tudo estava calmo nas ondas escuras, bem como sob as árvores da costa, voltei para minha cabine e adormeci tranquilamente.

A noite passou sem incidentes. Os papuas, sem dúvida, ficaram assustados com a simples visão do monstro encalhado na baía, pois as escotilhas, deixadas abertas, teriam lhes dado fácil acesso ao interior do *Nautilus*.

Às seis horas da manhã — 8 de janeiro — subi novamente na plataforma. As sombras da manhã estavam se dissipando. A ilha logo se mostrou através das névoas que se dissipavam, primeiro suas praias, depois seus picos.

Os nativos ainda estavam lá, mais numerosos do que no dia anterior, talvez quinhentos ou seiscentos. Alguns deles, aproveitando a maré baixa, haviam avançado para as cabeças de coral a menos de dois cabos do *Nautilus*. Conseguia distingui-los facilmente. Eram autênticos papuas, de estatura atlética, boa aparência, fronte larga e alta, narizes grandes, mas não achatados, e dentes brancos. Sua carapinha, tingida de vermelho, contrastava com um corpo negro e luzidio como o dos núbios. Do lobo de suas orelhas, bífidas e repuxadas, pendiam adornos de ossinhos. Em maioria, estavam nus. Entre eles, notei algumas mulheres, vestidas do quadril ao joelho com uma verdadeira crinolina de grama sustentada por um cinto vegetal. Alguns dos chefes haviam decorado seus pescoços com crescentes e colares de miçangas brancas e vermelhas. Quase todos estavam armados com arcos, flechas e escudos, e carregavam nos ombros uma espécie de rede contendo as pedras arredondadas que seus estilingues lançavam com habilidade.

Um desses chefes, bem próximo ao *Nautilus*, estava examinando-o cuidadosamente. Devia ser um *mado* de alto escalão, pois estava envolto em uma capa de folhas de bananeira, serrilhada nas bordas e cravejada de cores brilhantes. Eu poderia facilmente ter atirado nesse nativo, que estava a curta distância, mas achei melhor esperar por uma demonstração realmente hostil. Sempre é apropriado, aos civilizados, reagir e não atacar.

Durante a maré baixa, os nativos rondavam o *Nautilus*, mas não eram barulhentos. Ouvi-os repetir com frequência a palavra *assai* e, por seus gestos, entendi que estavam me convidando para ir à praia, um convite que senti que deveria recusar.

Assim, naquele dia, o bote não saiu da costa, para grande desgosto do Mestre Land, que não conseguiu completar suas provisões. O habilidoso canadense passou seu tempo preparando a carne e a farinha que havia trazido da Ilha Gueboroar. Quanto aos indígenas, eles retornaram à terra por volta das onze horas da manhã, assim que os corais começaram a desaparecer sob a maré alta. Mas vi seu número aumentar consideravelmente na praia. Era provável que tivessem vindo das ilhas vizinhas ou da própria Papuásia. No entanto, eu não tinha visto uma única piroga nativa.

Sem nada melhor para fazer, pensei em dragar aquelas belas águas claras, que revelavam uma profusão de conchas, zoófitas e plantas pelágicas. Além disso, era o último dia que o *Nautilus* passaria nessas águas, se, todavia, flutuasse na maré alta no dia seguinte, como o capitão Nemo havia prometido.

Então chamei Conseil, que me trouxe uma draga pequena e leve, mais ou menos como as usadas para pegar ostras.

— E esses nativos? — perguntou Conseil. — Não me leve a mal, mas não me parecem muito hostis!

— Mas são antropófagos, rapaz.

— É possível ser canibal e uma boa pessoa — respondeu Conseil —, assim como é possível ser guloso e honesto. Uma coisa não exclui a outra.

— Pois bem, Conseil, posso concordar que são antropófagos honestos e que devoram honestamente seus prisioneiros. No entanto, como não quero ser devorado, nem mesmo honestamente, ficarei atento, pois o capitão do *Nautilus* não parece estar tomando nenhuma precaução. E, agora, vamos ao trabalho.

Durante duas horas, pescamos ativamente, mas sem trazer nenhuma raridade. Orelhas-de-midas, harpas, melânias e, especialmente, um dos mais belos martelos que eu já vi. Pescamos ainda algumas holotúrias, ostras e pequenas tartarugas, reservadas para a provisão de bordo.

Mas, quando eu menos esperava, encontrei uma maravilha, ou melhor, uma deformidade natural, muito rara de se encontrar. Conseil tinha acabado de fazer um arrasto, e seu aparelho estava vindo carregado com várias conchas bastante comuns, quando, de repente, ele me viu mergulhar meu braço rapidamente na rede, puxar uma concha e soltar um grito de conquiliólogo, ou seja, o grito mais penetrante que uma garganta humana pode produzir.

— O que há com o senhor? — perguntou Conseil, muito surpreso. — Foi mordido?

— Não, meu rapaz, e se fosse, teria pago minha descoberta com um dedo!

— Que descoberta?

— Esta concha — disse eu, apontando para o objeto de meu triunfo. — Mas é simplesmente uma oliva-porfíria, gênero das olivas, ordem dos pectinibrânquios, classe dos gastrópodes, ramo dos moluscos...

— Sim, Conseil, mas em vez de se enrolar da direita para a esquerda, essa oliva se enrola da esquerda para a direita!

— Isso é possível?! — exclamou Conseil.

— Sim, meu rapaz, é uma concha canhota!

— Uma concha canhota! — repetiu Conseil, com o coração palpitando.

— Veja a espiral!

— Ah, acredite, senhor — disse Conseil, pegando a preciosa concha com a mão trêmula —, nunca senti tamanha emoção!

E era um bom motivo para ficar emocionado! Como os naturalistas já apontaram, a destreza é uma lei da natureza. As estrelas e seus satélites, em seus movimentos de translação e rotação, movem-se da direita para a esquerda. O homem usa a mão direita com mais frequência do que a esquerda e, consequentemente, seus instrumentos e dispositivos, escadas, fechaduras, molas de relógio etc., são combinados de forma a serem usados da direita para a esquerda. A natureza geralmente seguiu essa lei para o enrolamento de suas conchas. Todas elas são destras, com raras exceções, e quando, por acaso, sua espiral é canhota, os colecionadores pagam seu peso em ouro.

Conseil e eu estávamos contemplando profundamente nosso tesouro, e jurava a mim mesmo que enriqueceria o Museu com ele, quando uma pedra, lançada por um nativo, quebrou o objeto precioso na mão de Conseil.

Dei um grito de desespero! Conseil se jogou sobre meu rifle e apontou para um nativo que estava balançando seu estilingue a dez metros de distância. Tentei impedi-lo, mas seu tiro disparou e quebrou o bracelete de amuleto pendurado no braço do indígena.

— Conseil — gritei. — Conseil!

— O que foi?! O senhor não vê que esse canibal começou o ataque?

— Uma concha não vale a vida de um homem!

— Ah, desgraçado! — exclamou Conseil. — Preferiria que tivesse quebrado minha cabeça!

Conseil estava falando sério, mas eu não podia concordar com ele. No entanto, a situação havia mudado nos últimos momentos, e não havíamos percebido. Cerca de vinte embarcações estavam agora cercando o *Nautilus*. Essas pirogas, esculpidas em troncos de árvores, longas, estreitas e bem montadas para a navegação, eram equilibradas por meio de um estabilizador duplo de bambu que flutuava na superfície da água. Eram manobrados por hábeis remadores seminus, e não foi sem preocupação que os vi avançar.

Era óbvio que esses papuas já haviam tido relações com os europeus e estavam familiarizados com seus navios. Mas o que pensariam desse longo cilindro de ferro que estava na baía, sem mastros ou chaminé? Nada de bom, pois, a princípio, mantiveram uma distância respeitosa dele. Entretanto, ao vê-lo imóvel, eles gradualmente recuperaram a confiança e tentaram se familiarizar com ele. Era exatamente essa familiaridade que precisava ser evitada. Nossas armas, que não tinham detonação, só poderiam produzir um efeito medíocre nos nativos, que só têm respeito por máquinas barulhentas. Um relâmpago, sem o estrondo do trovão, assustaria muito pouco os homens, embora o perigo esteja no relâmpago, não no barulho.

Naquele momento, as pirogas se aproximaram do *Nautilus* e uma nuvem de flechas caiu sobre ele.

— Está chovendo flechas! — disse Conseil. — E podem estar envenenadas!

— Precisamos avisar o capitão Nemo — falei enquanto entrava pela escotilha.

Desci até o salão. Não encontrei ninguém. Aventurei-me a bater na porta que dava para o quarto do capitão. Um "entre" me respondeu. Encontrei o capitão Nemo mergulhado em um cálculo no qual não faltavam x e outros sinais algébricos.

— Atrapalho? — perguntei educadamente.

— De fato, sim, Sr. Aronnax — respondeu o capitão —, mas acredito que o senhor tenha motivos sérios para querer me ver...?

— Muito sérios. As pirogas dos nativos estão nos cercando e, em poucos minutos, certamente seremos atacados por várias centenas de indígenas.

— Ah! — fez o capitão Nemo calmamente. — Vieram com suas pirogas?

— Sim, senhor.

— Bem, senhor, tudo o que temos a fazer é fechar as escotilhas.

— Exatamente, e eu vinha lhe dizer...

— Nada mais simples — disse o capitão Nemo.

E, pressionando um botão elétrico, ele transmitiu uma ordem para a estação da tripulação.

— Está feito, senhor — disse ele, após alguns instantes. — O barco está no lugar e as escotilhas estão fechadas. Suponho que não esteja preocupado com a possibilidade de esses senhores atravessarem paredes que as balas de canhão da sua fragata não conseguiram penetrar?

— Não, capitão, mas ainda há um perigo.

— Que é, senhor...?

— Amanhã a esta hora, teremos que reabrir as escotilhas para renovar o ar no *Nautilus*...

— Sem dúvida, senhor, pois nosso navio respira como um cetáceo.

— Agora, se os papuas ocuparem a plataforma naquele momento, não vejo como impedi-los de entrar.

— Então, senhor, está presumindo que virão a bordo?

— Tenho certeza de que sim.

— Bem, senhor, deixe que subam. Não vejo razão para impedi-los. Afinal de contas, são uns pobres coitados, esses papuas, e não quero que minha visita à Ilha Gueboroar custe a vida de um único deles!

Dito isso, eu estava prestes a me retirar, mas o capitão Nemo me impediu, me convidando para sentar ao seu lado. Perguntou-me, com interesse, sobre nossas excursões em terra e nossas caçadas, e parecia não entender a necessidade de carne que fascinava o canadense. Depois, a conversa se voltou para vários assuntos e, apesar de não mais comunicativo, o capitão Nemo se mostrou mais amável.

Entre outras coisas, chegamos a falar sobre a situação do *Nautilus*, encalhado justamente nesse estreito onde Dumont d'Urville esteve prestes a naufragar.

Sobre isso, o capitão falou:

— Esse d'Urville foi um daqueles grandes marinheiros, um dos navegadores mais inteligentes! Ele é o capitão Cook de vocês, franceses. Pobre cientista! Ter enfrentado os blocos de gelo do Polo Sul, os recifes de coral da Oceania, os canibais do Pacífico, apenas para perecer miseravelmente em um trem! Se esse homem enérgico foi capaz de refletir nos últimos segundos de sua vida, dá para imaginar quais devem ter sido seus supremos pensamentos?!

Enquanto falava, o capitão Nemo parecia emocionado, e eu atribuo essa emoção à identificação com o assunto. Depois, com o mapa na mão, revisamos o trabalho do navegador francês, suas viagens de circunavegação, sua dupla tentativa de chegar ao Polo Sul, que levou à descoberta das terras de Adélie e Louis-Philippe e, finalmente, seus levantamentos hidrográficos das principais ilhas da Oceania.

— O que seu d'Urville fez na superfície dos mares — disse-me o capitão Nemo —, eu fiz no fundo do oceano, e com mais facilidade e de forma mais completa do que ele. O *Astrolabe* e o *Zélée*, constantemente sacudidos por furacões, não eram páreo para o *Nautilus*, um gabinete de trabalho silencioso, verdadeiramente estável no meio da água!

— Entretanto, capitão — eu disse —, há uma semelhança entre as corvetas de Dumont d'Urville e o *Nautilus*.

— Que é, senhor?

— Que o *Nautilus* encalhou como elas!

— O *Nautilus* não encalhou, senhor — respondeu friamente o capitão Nemo. — O *Nautilus* foi projetado para repousar no fundo do mar, e eu não farei o trabalho árduo e as manobras que o d'Urville teve de fazer para reflutuar suas corvetas. O *Astrolabe* e o *Zélée* quase pereceram, mas o meu *Nautilus* não corre perigo. Amanhã, no dia marcado, na hora marcada, a maré o levantará tranquilamente e ele voltará a navegar pelos mares.

— Capitão — respondi —, não tenho dúvidas...

— Amanhã — acrescentou o capitão Nemo ao se levantar —, amanhã, às 14h40, o *Nautilus* flutuará e deixará o Estreito de Torres sem danos.

Com essas palavras muito breves, o capitão Nemo fez uma leve reverência. Essa foi a minha despedida e voltei para o meu quarto. Lá encontrei Conseil, que queria saber o resultado de minha conversa com o capitão.

— Meu rapaz — respondi —, quando eu dei a entender que seu *Nautilus* estava ameaçado pelas criaturas de Papua, o capitão respondeu com muita ironia. Portanto, só tenho uma coisa a lhe dizer: confie nele e vá dormir em paz.

— O senhor não precisa de meus serviços?

— Não, meu amigo. O que Ned Land está fazendo?

— Licença — respondeu Conseil —, mas o amigo Ned está fazendo uma torta de canguru que será maravilhosa.

Fiquei sozinho, deitei-me, mas dormi muito mal. Ouvia o barulho dos nativos pisoteando a plataforma, emitindo gritos ensurdecedores. A noite continuou assim, sem que a tripulação saísse de sua inércia habitual. Não estavam mais preocupados com a presença desses canibais do que os soldados de um forte blindado estão com as formigas que atravessam suas defesas.

Levantei-me às seis da manhã. As escotilhas não haviam sido abertas. Portanto, o ar interno não estava renovado, mas os tanques, carregados a cada oportunidade, funcionavam corretamente e lançavam alguns metros cúbicos de oxigênio na atmosfera saturada do *Nautilus*.

Trabalhei em meu quarto até o meio-dia, sem ter visto o capitão Nemo, nem por um instante. A bordo, nenhum preparativo aparente para a partida. Esperei mais um pouco e fui até o salão principal. O relógio marcava 14h30. Em dez minutos, o mar teria atingido sua altura máxima e, se o capitão Nemo não tivesse feito uma promessa vã, o *Nautilus* seria libertado imediatamente. Caso contrário, muitos meses se passariam antes que ele pudesse sair de seu leito de coral.

Logo, no entanto, sentiu-se alguns tremores iniciais no casco do barco. Ouvi as asperezas calcárias do leito de coral rangendo. Às 14h35, o capitão Nemo apareceu no salão.

— Vamos partir — falou.

— Ah! — fiz.

— Dei ordem para abrir as escotilhas.

— E os papuas?

— Os papuas? — respondeu o capitão Nemo, encolhendo ligeiramente os ombros.

— Não vão entrar no *Nautilus*?

— Como fariam isso?

— Pelas escotilhas que você mandou abrir.

— Sr. Aronnax — respondeu o capitão Nemo calmamente —, não se entra assim pelas escotilhas do *Nautilus*, mesmo quando estão abertas.

Fitei o capitão.

— Não está entendendo? — disse ele.

— De jeito nenhum.

— Bom, venha e veja.

Dirigi-me à escada central. Lá, Ned Land e Conseil, muito intrigados, olhavam alguns tripulantes que estavam abrindo as escotilhas, enquanto furiosos gritos e vociferações assustadoras ressoavam do lado de fora.

Os manteletes foram dobrados para fora. Vinte figuras horrendas apareceram. Mas o primeiro desses nativos que colocou a mão no corrimão da escada, jogado para trás por alguma força invisível, fugiu, soltando gritos terríveis e pulando exorbitantemente. Dez de seus companheiros o seguiram. Dez tiveram o mesmo destino.

Conseil ficou em êxtase. Ned Land, levado por seus instintos violentos, subiu as escadas correndo. Mas, assim que agarrou o corrimão com as duas mãos, foi jogado para trás.

— Diabos! — gritou. — Fui atingido por um raio!

Essa frase explicava tudo. Não era mais uma rampa, mas um cabo de metal, carregado com a eletricidade do navio, que levava à plataforma. Quem quer que o tocasse, era sacudido por tremores que teriam sido fatais, se o capitão Nemo jogasse toda a corrente à sua disposição nesse condutor! Podemos de fato dizer que, entre ele e seus agressores, havia estendido uma rede elétrica que ninguém poderia atravessar ileso.

Nisso, os papuas bateram em retirada, em pânico e terror. Nós, entre risos, consolamos o infeliz Ned Land, que praguejava como um homem possuído. Mas, naquele momento, o *Nautilus*, levantado pelas últimas ondas do mar, deixou seu leito de coral no quadragésimo minuto, exatamente como fixado pelo capitão. Sua hélice batia na água com uma lentidão majestosa. A velocidade aumentou gradualmente e, navegando na superfície do oceano, saiu a salvo das perigosas passagens do Estreito de Torres.

CAPÍTULO XXIII

Aegri somnia[3]

No dia seguinte, 10 de janeiro, o *Nautilus* retomou sua viagem intercontinental, mas com uma velocidade notável que não posso estimar em menos de trinta e cinco milhas por hora. A velocidade da hélice era tal que eu não conseguia acompanhar, menos ainda contar, suas voltas.

Quando pensava que aquele maravilhoso aparelho elétrico, depois de dar movimento, calor e luz ao *Nautilus*, também o protegia contra ataques externos e o transformava em uma arca sagrada que nenhuma pessoa profana poderia tocar sem ser atingida por um raio, minha admiração não teve limites e, do dispositivo, ela imediatamente se voltou para o engenheiro que o havia criado.

Seguimos diretamente para oeste e, em 11 de janeiro, contornamos o Cabo Wessel, situado a 135° de longitude e 10° de latitude norte, que forma a ponta leste do Golfo de Carpentária. Os recifes ainda eram numerosos, mas mais esparsos, e marcados no mapa com extrema precisão. O *Nautilus* evitou os quebra-mares de Money a bombordo e os recifes de Victoria a estibordo, localizados a 130° de longitude e nesse décimo paralelo que seguimos rigorosamente.

Em 13 de janeiro, o capitão Nemo chegou ao Mar de Timor e tomou conhecimento da ilha com esse nome, a 122° de longitude. A ilha, que tem uma área de superfície de mil seiscentas e vinte e cinco léguas quadradas, é governada por rajás. Esses príncipes afirmam ser filhos de crocodilos, ou seja, da mais alta origem que

3 Como os sonhos de um doente.

um ser humano pode reivindicar. Os ancestrais escamosos são abundantes nos rios da ilha e são objeto de veneração especial. Eles são protegidos, mimados, adorados, alimentados, recebem moças de sacrifício, e ai de qualquer estranho que pusesse a mão naqueles répteis sagrados.

Mas o *Nautilus* não tinha nada que tratar com esses animais perigosos. Timor só ficou visível por um momento, ao meio-dia, enquanto o companheiro levantava sua posição. Também só vi de relance a pequena Ilha de Roti, que faz parte do grupo e cujas mulheres têm uma reputação de beleza bem valorizada nos mercados malaios.

Desse ponto em diante, a latitude do *Nautilus* mudou para o sudoeste. Foi determinada a rota para o oceano Índico. Para onde os caprichos do capitão Nemo nos levariam? Navegaria ele pela costa da Ásia? Aproximaria-se das costas da Europa? Resoluções improváveis para um homem que estava fugindo de continentes habitados! Então, será que iria para o sul? Contornaria o Cabo da Boa Esperança, depois o Cabo Horn e seguiria para o polo antártico? Será que ele finalmente voltaria para os mares do Pacífico, onde o *Nautilus* encontra uma navegação fácil e independente? O futuro teria que dizer.

Depois de passar pelos recifes de Cartier, Hibernia, Seringapatam e Scott, os últimos esforços do elemento sólido contra o elemento líquido, em 14 de janeiro, estávamos além de toda a terra. A velocidade do *Nautilus* havia diminuído consideravelmente e, muito caprichoso em seus movimentos, às vezes nadava no meio da água e às vezes flutuava em sua superfície.

Durante esse período da viagem, o capitão Nemo realizou experimentos interessantes sobre as várias temperaturas do mar em diferentes camadas. Em condições normais, essas leituras são obtidas por meio de instrumentos bastante complicados, cujos relatórios são, no mínimo, duvidosos, sejam eles sondas termométricas, cujo vidro muitas vezes se estilhaça sob a pressão da água, ou dispositivos baseados na variação da resistência dos metais a correntes elétricas. Resultados obtidos dessa forma não podem ser suficientemente controlados. Já o capitão Nemo, pelo contrário, foi em pessoa medir essa temperatura nas profundezas do mar, e seu termômetro, colocado em comunicação com as várias camadas líquidas, deu-lhe imediata e seguramente o grau procurado.

Assim, seja sobrecarregando seus tanques ou descendo obliquamente por meio de seus planos inclinados, o *Nautilus* atingiu gradualmente profundidades de três, quatro, cinco, sete, nove e dez mil metros, e o resultado definitivo desses experimentos foi que o mar tinha uma temperatura permanente de quatro graus e meio, a uma profundidade de mil metros, em todas as latitudes.

Acompanhei tais experimentos com grande interesse. O capitão Nemo era realmente apaixonado por isso. Com frequência, perguntava-me por que fazia essas observações. Seria para o benefício de seus semelhantes? Era improvável, pois um dia ou outro seu trabalho pereceria com ele em algum mar desconhecido! A menos que quisesse que os resultados de seus experimentos ficassem para mim. Mas isso significaria admitir que minha estranha jornada chegaria a um fim, e eu ainda não conseguia vê-lo.

De qualquer forma, o capitão Nemo também me informou sobre vários dados que havia obtido e que estabeleciam a proporção das densidades da água nos principais mares do globo. Dessa conversa, tirei uma lição pessoal, que não era de forma alguma científica.

Era a manhã de 15 de janeiro. O capitão, com quem eu estava andando na plataforma, perguntou-me se eu conhecia as diferentes densidades das águas do mar. Respondi negativamente e acrescentei que a ciência carecia de observações rigorosas sobre esse assunto.

— Eu fiz essas observações — disse ele —, e posso afirmar sua certeza.

— Tudo bem — respondi —, mas o *Nautilus* é um mundo à parte, e os segredos de seus cientistas não chegam à terra.

— O senhor tem razão, professor — disse ele, após alguns instantes de silêncio. — É um mundo à parte. É tão estranho à Terra quanto os planetas que acompanham este globo ao redor do sol, e nunca conheceremos o trabalho dos cientistas de Saturno ou Júpiter. Entretanto, como o acaso ligou nossas duas existências, posso lhe contar os resultados de minhas observações.

— Sou todo ouvidos, capitão.

— Como o senhor sabe, professor, a água do mar é mais densa do que a água doce, mas essa densidade não é uniforme. De fato, se eu representar a densidade da água doce por um, encontrarei um 28º milésimo nas águas do Atlântico, um 26º milésimo nas águas do Pacífico, um 30º milésimo nas águas do Mediterrâneo...

"Ahá!", pensei, "ele está se aventurando no Mediterrâneo?"

— Um décimo oitavo de milésimo para as águas do Mar Jônico e um vigésimo nono de milésimo para as águas do Adriático.

Claramente, o *Nautilus* não estava fugindo dos mares agitados da Europa, e concluí que ele nos levaria de volta — talvez em pouco tempo — a continentes mais civilizados. Achei que Ned Land ficaria sabendo dessa particularidade com muita satisfação.

Durante vários dias, passamos o tempo todo em experimentos de todos os tipos, lidando com os graus de salinidade da água em diferentes profundidades, sua eletrificação, coloração e transparência e, em todas essas circunstâncias, o capitão Nemo demonstrou uma engenhosidade que só se igualava a sua boa vontade para comigo. Depois, por alguns dias, não o vi mais e fiquei isolado a bordo.

Em 16 de janeiro, o *Nautilus* parecia adormecido a poucos metros da superfície. Seu equipamento elétrico não estava funcionando e, com a hélice imóvel, deixava-se vagar com as correntes. Presumi que a tripulação estivesse fazendo reparos internos, necessários devido aos violentos movimentos mecânicos da máquina.

Meus companheiros e eu presenciamos uma cena curiosa. As escotilhas do salão estavam abertas e, como a lanterna do *Nautilus* não estava funcionando, uma vaga escuridão reinava no meio da água. O céu tempestuoso, coberto por nuvens espessas, dava às primeiras camadas do oceano apenas uma claridade insuficiente.

Eu estava observando o estado do mar nessas condições, e mesmo os maiores peixes apareciam para mim apenas como sombras pouco visíveis, quando o *Nautilus* foi subitamente transportado para a luz total. A princípio, pensei que a lanterna tivesse sido acesa novamente e estivesse projetando seu brilho elétrico na massa líquida. Estava enganado e, após uma rápida observação, reconheci meu erro. O *Nautilus* flutuava no meio de uma camada fosforescente que, naquela escuridão, tornava-se deslumbrante. Essa camada era produzida por miríades de animais luminosos, cujo brilho aumentava à medida que deslizavam sobre o casco metálico da embarcação. Eu via, então, flashes de luz no meio daquelas folhas luminosas, como chumbo derretido em uma fornalha ardente, ou massas metálicas tornadas branco-avermelhadas; de tal forma que, em contraste, certas porções luminosas lançavam uma sombra nesse ambiente ígneo, do qual todas as sombras pareciam ter sido banidas. Não! Não era mais o brilho calmo de nossa iluminação habitual! Havia um vigor e um movimento incomuns! Essa luz parecia viva!

De fato, era uma aglomeração infinita de infusórios pelagianos, de noctiluzes miliares, verdadeiros glóbulos de gelatina diáfana, cujos tentáculos são filiformes; contamos cerca de vinte e cinco mil em trinta centímetros cúbicos de água. E a iluminação deles era intensificada ainda mais pelos raios das medusas, astérias, aurélias, fóladesdáctilas e outros zoófitos fosforescentes, cobertos com a matéria orgânica granulada decomposta pelo mar e talvez com o muco secretado pelos peixes.

Por várias horas, o *Nautilus* flutuou nessas ondas brilhantes, e nossa admiração aumentou ao vermos os grandes animais marinhos brincando nelas como salamandras. Naquele fogo que não ardia, enxerguei botos elegantes e ligeiros, incansáveis palhaços dos mares e uns marlins de três metros, esses inteligentes detectores de furacões, cujo temível gládio às vezes fustigava o vidro do salão. Depois vi peixes menores, balistas variados, atuns saltadores, peixes-lobo e centenas de outros, que ziguezagueavam pela atmosfera luminosa.

Foi um espetáculo encantador! Talvez alguma condição atmosférica tivesse aumentado a intensidade do fenômeno? Talvez uma tempestade estivesse ocorrendo na superfície das ondas? Mas, nessa profundidade de apenas alguns metros, o *Nautilus* não sentia sua fúria e balançava tranquilamente no meio das águas calmas.

E assim andávamos, sempre encantados com alguma nova maravilha. Conseil observava e classificava seus zoófitos, articulados, moluscos, peixes. Os dias passavam rapidamente, e eu perdi a conta deles. Ned, seguindo seu hábito, tentou variar a rotina a bordo. Éramos como caracóis, e posso lhe dizer que é fácil se tornar um verdadeiro caracol.

Portanto, a existência parecia fácil e natural para nós, e nem sequer imaginávamos que havia uma vida diferente na superfície do globo, quando um evento nos lembrou da estranheza de nossa situação.

Em 18 de janeiro, o *Nautilus* estava a 105° de longitude e 15° de latitude sul. O tempo estava ameaçador, o mar estava agitado e tempestuoso. O vento soprava do leste em rajadas fortes. O barômetro, que vinha caindo há alguns dias, anunciava uma batalha iminente contra os elementos. Subi na plataforma no momento em que o imediato estava fazendo suas medições horárias de ângulo. Como era meu costume, esperei que a frase diária fosse dita. Mas, naquele dia, ela foi substituída por outra não menos incompreensível. Quase imediatamente, vi o capitão Nemo aparecer, e seus olhos, equipados com uma luneta, se voltaram para o horizonte.

Por alguns minutos, o capitão permaneceu imóvel, sem sair do ponto delimitado pelo campo de sua lente. Em seguida, baixou a luneta e trocou cerca de dez palavras com seu imediato. Este parecia estar sob o domínio de uma emoção que tentava em vão conter. O capitão Nemo, mais controlado, permaneceu impassível. Além disso, parecia estar fazendo certas objeções às quais o imediato respondia com afirmativas formais. Pelo menos foi isso que entendi pela diferença de tom e gestos.

Quanto a mim, olhei cuidadosamente na direção que estava observando, mas não vi nada. O céu e a água se fundiam em um horizonte perfeitamente claro. No entanto, o capitão Nemo caminhou de uma ponta à outra da plataforma, sem olhar para mim, talvez sem me ver. Seu passo era firme, mas menos regular do que o normal. Às vezes, ele parava e, com os braços cruzados sobre o peito, olhava para o mar. O que poderia estar procurando nesse imenso espaço? O *Nautilus* estava a várias centenas de quilômetros da costa mais próxima!

O imediato havia pegado seu telescópio e estava teimosamente examinando o horizonte, indo e vindo, batendo os pés, contrastando com seu chefe por sua agitação nervosa. O mistério, aliás, estava prestes a se tornar mais claro, e em pouco tempo, pois, por ordem do capitão Nemo, o motor, aumentando sua potência de propulsão, deu à hélice uma rotação mais rápida.

Nesse momento, o imediato mais uma vez chamou a atenção do capitão. Ele suspendeu sua caminhada e direcionou seu telescópio para o ponto indicado. Observou por um longo tempo. De minha parte, muito seriamente intrigado, desci ao salão e trouxe de volta uma excelente luneta que eu costumava usar. Depois, encostando-o na vitrine da cabine que se projetava da frente da plataforma, comecei a examinar toda a linha do céu e do mar.

Mas meu olho ainda não havia se ajustado à ocular, quando o instrumento foi arrancado de minhas mãos. Eu me virei e vi capitão Nemo à minha frente, mas não o reconheci. Seu rosto estava transfigurado. Os olhos, que brilhavam com um fogo escuro, estavam ocultos sob a testa franzida. Os dentes à mostra pela metade. O corpo rígido, os punhos cerrados, a cabeça recuada entre os ombros, testemunhavam o ódio violento que respirava por toda a sua pessoa. Ele não se mexeu. Minha luneta havia caído de sua mão e rolado até seus pés.

Será que, sem querer, eu havia provocado essa atitude raivosa? Será que ele imaginava, esse personagem incompreensível, que eu descobrira algum segredo proibido aos hóspedes do *Nautilus*?

Não! Eu não era o objeto de seu ódio, pois não olhava para mim; seu olhar permanecia obstinadamente fixo no ponto impenetrável do horizonte. Capitão Nemo enfim recuperou o controle de si mesmo. Seu rosto, tão profundamente alterado, recuperou a calma habitual. Falou algumas palavras em um idioma estrangeiro para seu imediato e depois se voltou para mim.

— Sr. Aronnax — disse, em um tom bastante imperioso —, exijo que cumpra um dos compromissos que me jurou.

— Quais, capitão?

— O senhor deve permanecer, com seus companheiros, preso até o momento em que eu julgar apropriado libertá-los.

— O senhor é o mestre — respondi, olhando para ele fixamente. — Mas posso lhe fazer uma pergunta?

— Nenhuma, senhor.

Com isso, não tinha por que discutir, mas apenas obedecer, já que qualquer resistência seria impossível. Fui até a cabine ocupada por Ned Land e Conseil e os informei sobre a decisão do capitão. Só posso imaginar como essa mensagem foi recebida pelo canadense. Além disso, não havia tempo para qualquer explicação. Quatro homens da tripulação estavam esperando na porta e nos levaram até a cela onde passamos nossa primeira noite a bordo do *Nautilus*.

Ned Land quis protestar, mas a porta se fechou para impedir qualquer resposta.

— O senhor pode me dizer o que isso significa? — perguntou Conseil.

Contei aos meus companheiros o que havia acontecido. Eles ficaram tão surpresos quanto eu, e igualmente confusos. No entanto, eu estava mergulhado em um abismo de reflexão, e a estranha apreensão da fisionomia do capitão Nemo nunca saiu de meus pensamentos. Não conseguia juntar duas ideias lógicas e estava perdido nas hipóteses mais absurdas, quando fui despertado de minha contenção mental pelas palavras de Ned Land:

— O almoço está servido!

De fato, a mesa estava posta. Era óbvio que o capitão Nemo havia dado essa ordem ao mesmo tempo que acelerava o progresso do *Nautilus*.

— O senhor me permite fazer uma recomendação?

— Sim, meu rapaz — respondi.

— Bem, então, o senhor deve fazer questão de almoçar. Isso é prudente, pois não sabemos o que pode acontecer.

— Você está certo, Conseil.

— Infelizmente — disse Ned Land —, só nos deram o cardápio do navio.

— Amigo Ned — respondeu Conseil —, o que você diria se não houvesse nada para o almoço?

Esse motivo pôs fim às recriminações do arpoador. Nós nos sentamos para almoçar. A refeição foi bastante tranquila. Comi muito pouco. Conseil "forçou-se", mais uma vez por precaução, e Ned Land, apesar de tudo, comeu e não deixou escapar uma mordida. Então, quando o almoço terminou, cada um de nós se sentou em seu canto.

Naquele momento, o globo de luz que iluminava a cela se apagou e nos deixou em uma escuridão profunda. Ned Land logo adormeceu e, para minha surpresa, Conseil também caiu em um sono profundo. Eu me perguntava o que poderia tê-lo levado a sentir uma necessidade tão urgente de dormir, quando senti um torpor espesso permear meu cérebro. Meus olhos, que tentava manter abertos, se fecharam contra minha vontade. Eu estava sob o efeito de uma alucinação dolorosa. Obviamente, alguma substância soporífera havia sido misturada à comida que tínhamos acabado de comer! Ora, a prisão não era suficiente para nos afastar dos planos do capitão Nemo; ainda devíamos dormir!

Então, ouvi as escotilhas se fecharem. As ondulações do mar, que causavam um leve movimento de rolagem, cessaram. Teria o *Nautilus* deixado a superfície do oceano? Teria retornado à camada de água estática?

Quis resistir ao sono. Era impossível. Minha respiração ficou mais lenta. Senti um frio mortal congelar meus membros, que pareciam pesados e paralisados. Minhas pálpebras, como tampas de chumbo, caíram sobre meus olhos. Não conseguia levantá-las. Um sono mórbido, repleto de alucinações, tomou conta de todo o meu ser. Depois, as visões desapareceram, deixando-me em um estado de completa aniquilação.

CAPÍTULO XXIV

O reino dos corais

Na manhã seguinte, acordei com a cabeça curiosamente limpa. Para minha grande surpresa, eu estava em meu quarto. Sem dúvida, meus companheiros haviam retornado à sua cabine, também sem que percebessem. Não sabiam o que havia acontecido durante a noite, assim como eu, e para desvendar esse mistério só poderíamos contar com os acasos do futuro.

Pensei em sair do meu quarto. Estaria eu novamente livre, ou ainda prisioneiro? Totalmente livre. Abri a porta, passei pelos corredores e subi a escada central. Os painéis, fechados no dia anterior, estavam abertos. Cheguei à plataforma.

Ned Land e Conseil estavam me esperando lá. Interroguei-os e não sabiam de nada. Ficaram muito surpresos, depois de um sono pesado que os deixou sem memória, ao se encontrarem em sua cabine.

Quanto ao *Nautilus*, parecia silencioso e misterioso como sempre. Flutuava na superfície das ondas em um ritmo moderado. Nada parecia ter mudado a bordo. Ned Land, com seus olhos penetrantes, observou o mar, que estava deserto. O canadense não viu nada de novo no horizonte, nem vela nem terra. Uma brisa oeste soprava ruidosamente, e as ondas longas, desgrenhadas pelo vento, davam à embarcação um balanço muito perceptível.

Depois de renovar o ar, o *Nautilus* mergulhou a uma profundidade média de quinze metros, de modo a poder retornar rapidamente à superfície das ondas. Essa operação foi realizada várias vezes durante o dia 19 de janeiro, contrariando a prática habitual. Em seguida, o imediato subiu na plataforma e a frase de praxe soou no interior do navio.

E quanto ao capitão Nemo, ele não apareceu. Das pessoas a bordo, vi apenas o impassível comissário, que me serviu com sua precisão e silêncio habituais. Por volta das duas horas, eu estava no salão, ocupado com minhas anotações, quando o capitão abriu a porta. Cumprimentei-o e ele retribuiu com um cumprimento quase imperceptível, sem me dirigir uma palavra. Voltei ao meu trabalho, esperando que pudesse me dar alguma explicação sobre os eventos da noite anterior; não o fez. Observei-o. Seu rosto me pareceu fatigado; seus olhos avermelhados não estavam descansados pelo sono; o rosto expressava profunda tristeza, verdadeiro pesar. Ele ia e vinha, sentava-se e levantava-se novamente, pegava um livro ao acaso e o abandonava imediatamente, consultava seus instrumentos sem fazer suas anotações habituais e parecia incapaz de ficar quieto por um momento. Finalmente, aproximou-se e me disse:

— O senhor é médico, Sr. Aronnax?

Fui pego tão desprevenido que fiquei olhando para ele por um tempo sem responder.

— O senhor é médico? — repetiu. — Vários de seus colegas estudaram medicina; Gratiolet, Moquin-Tandon e outros.

— De fato — respondi —, sou médico e professor de um hospital. Exerci a profissão por vários anos antes de entrar para o Museu.

— Muito bem, senhor.

Minha resposta obviamente satisfez o capitão Nemo. Mas como eu não sabia aonde ele queria chegar, esperei outras perguntas, reservando minhas respostas para as circunstâncias.

— Sr. Aronnax — retomou o capitão —, o senhor aceitaria cuidar de um dos meus homens?

— O senhor está com um homem doente?

— Sim — disse ele.

— Estou pronto para acompanhar o senhor.

— Venha comigo.

Devo confessar que meu coração estava batendo forte. Não sei por que vi uma certa conexão entre a doença de um dos tripulantes e os eventos do dia anterior, e esse mistério me preocupou tanto quanto o homem doente.

O capitão Nemo me levou até a popa do *Nautilus* e me conduziu a uma cabine próxima à estação dos marinheiros. Lá, em uma cama, estava deitado um homem de cerca de quarenta anos de idade, com um rosto enérgico, um verdadeiro tipo de anglo-saxão. Debrucei-me sobre ele. Não estava apenas doente, estava ferido. Sua cabeça, envolta em lençóis ensanguentados, estava apoiada em um travesseiro duplo. Desamarrei os panos, e o homem ferido me deixou fazer isso, olhando fixamente com seus grandes olhos, sem fazer uma única reclamação.

O ferimento era horrível. O crânio, estilhaçado por um instrumento contundente, expunha o cérebro, e a substância cerebral havia sofrido um desgaste profundo. Coágulos de sangue se formavam na massa difluente, que era de cor vermelho-vinho. Houve contusão e concussão do cérebro. A respiração do paciente estava lenta e alguns movimentos musculares espasmódicos agitavam seu rosto. A flegmasia cerebral era total, resultando em paralisia dos sentidos e dos movimentos. Medi o pulso do ferido. Estava instável. As extremidades do corpo já estavam esfriando, e vi que a morte se aproximava sem que fosse possível detê-la.

Depois de enfaixar o infeliz, rearranjei as bandagens ao redor de sua cabeça e me voltei para o capitão Nemo.

— De onde veio esse ferimento?

— Não importa! — respondeu o capitão, evasivamente. — Um choque do *Nautilus* quebrou uma das alavancas da máquina, que atingiu este homem. Mas qual é a sua opinião sobre o estado dele?

Hesitei em falar.

— Pode falar — disse o capitão. — Este homem não entende francês.

Dei uma última olhada no homem ferido e respondi:

— Este homem estará morto em duas horas.

— Nada pode salvá-lo?

— Nada.

A mão do capitão Nemo se fechou e lágrimas escorreram de seus olhos, que eu achava não terem sido feitos para chorar. Por alguns momentos, observei o homem moribundo, cuja vida se esvaía gradualmente. Sua palidez ficava ainda mais intensa sob o brilho elétrico que banhava seu leito de morte. Olhei para sua cabeça inteligente, cheia de rugas prematuras que o infortúnio, talvez a miséria, havia esculpido há muito tempo. Tentei captar o segredo de sua vida nas últimas palavras que escaparam de seus lábios.

— O senhor pode se retirar, Sr. Aronnax — disse capitão Nemo.

Deixei o capitão na cabine do moribundo e voltei para o meu quarto, muito emocionado com aquela cena. Durante todo o dia, fui agitado por pressentimentos sinistros. À noite, dormi mal e, entre meus sonhos frequentemente interrompidos, pensei ter ouvido suspiros distantes e uma espécie de salmodia fúnebre. Seria a oração dos mortos, sussurrada em um idioma que eu não conseguia entender?

Na manhã seguinte, subi ao convés. O capitão Nemo havia me precedido. Assim que me viu, veio até mim.

— Professor — falou —, estaria interessado em fazer uma excursão subaquática hoje?

— Com meus companheiros?

— Se quiserem.

— Estamos à sua disposição, capitão.

— Por favor, coloque seu equipamento de mergulho.

Não se falou sobre a morte ou o morto, e voltei para Ned Land e Conseil. Contei a eles sobre a proposta do capitão Nemo. Conseil se apressou em aceitar e, dessa vez, o canadense se mostrou muito disposto a nos acompanhar.

Eram oito horas da manhã. Às oito e meia, estávamos vestidos para essa nova caminhada e equipados com aparelhos de iluminação e de respiração. A porta dupla foi aberta e, acompanhados pelo capitão Nemo e uma dúzia de tripulantes, pisávamos a uma profundidade de dez metros, sobre o solo firme onde o *Nautilus* repousava.

Um leve declive conduzia a um terreno irregular, com cerca de quinze braças de profundidade. Aquele chão era completamente diferente do que eu havia visitado durante minha primeira excursão sob as águas do oceano Pacífico. Aqui não havia areia fina, nem prados submarinos, nem floresta pelágica. Reconheci imediatamente a região maravilhosa que o capitão Nemo estava nos mostrando naquele dia. Era o reino dos corais.

No filo dos zoófitos e na classe dos alcionários, observa-se a ordem das gorgonáceas, que encerra os três grupos dos gorgônios, isídios e coralinas. É a este último que pertence o coral, substância curiosa, por sua vez classificada nos reinos mineral, vegetal e animal. Um remédio para os antigos, uma joia para os modernos, foi somente em 1750 que o marselhês Peysonnel o colocou definitivamente no reino animal.

Um coral é um conjunto de animálculos, que se aglomeram em polipeiros de matéria quebradiça e pedrosa. Os pólipos compartilham um único genitor, que os produz por brotamento, e eles têm existência própria, embora participem de uma vida comum. Trata-se, portanto, de algo como um socialismo natural. Eu estava ciente do trabalho mais recente feito com aquele zoófito bizarro que, de acordo com a observação muito precisa dos naturalistas, se mineraliza ao mesmo tempo que se arboriza, e nada poderia ser mais interessante para mim do que visitar uma dessas florestas petrificadas que a natureza plantou no fundo do mar.

As câmeras Ruhmkorff foram colocadas em operação e seguimos um banco de corais em processo de formação que, com o tempo, um dia fechará essa parte do oceano Índico. A estrada era ladeada por arbustos inextricáveis, formados pelo emaranhado de galhos cobertos por pequenas flores em forma de estrela com raios brancos. Só que, ao contrário das plantas da terra, essas árvores, presas às rochas no chão, estavam todas apontando para baixo.

A luz produzia mil efeitos encantadores, brincando entre esses galhos de cores vivas. Pareceu-me que conseguia ver esses tubos cilíndricos membranosos tremendo sob as ondulações da água. Fiquei tentado a arrancar suas corolas frescas adornadas com tentáculos delicados, alguns recém-abertos, outros apenas emergindo, enquanto peixes leves com nadadeiras rápidas passavam por eles como bandos de pássaros. Mas se minha mão se aproximasse dessas flores vivas, dessas sencientes animadas, a colônia ficava imediatamente alarmada. As corolas brancas voltavam aos seus invólucros vermelhos, as flores desapareciam diante dos meus olhos e o arbusto se transformava em um bloco de mamilos de pedras.

O acaso havia me colocado frente a frente com as amostras mais preciosas dessa zoófita. Esse coral era tão bom quanto os pescados no Mediterrâneo, nas costas da França, Itália e Barbária. As cores vivas justificavam os nomes poéticos de "flor de sangue" e "espuma de sangue" dados pelo comércio a seus produtos mais bonitos. O quilo do coral pode ser vendido por até quinhentos francos, e aquelas camadas líquidas ultrapassam a fortuna de todos os catadores de coral do mundo. A preciosa matéria, esparsamente misturada com outros polipeiros, formava conjuntos compactos e emaranhados chamados *macciota*, nos quais observei espécimes admiráveis de coral rosa.

Logo, porém, os arbustos se tornaram mais acirrados e as árvores ficaram mais altas. Arvoredos petrificados e longos vãos de arquitetura fantasiosa se abriram diante de nós. O capitão Nemo entrou em uma galeria obscura, cujo declive suave nos levou a uma profundidade de cem metros. A luz de nossas bobinas às vezes produzia efeitos mágicos, capturando as asperezas desses arcos naturais e os pingentes dispostos como candelabros, que eram picados com pontas de fogo. Entre os arbustos de coral, observei outros pólipos não menos curiosos, melitas, íris com ramificações articuladas, depois alguns tufos de algas coralinas, algumas verdes, outras vermelhas, verdadeiras algas incrustadas em seus sais calcários, que os naturalistas, após longas discussões, classificaram definitivamente no reino vegetal. Mas, como observou um pensador, "talvez seja esse o verdadeiro ponto em que a vida se eleva obscuramente do sono de pedra, sem ainda se desprender desse rude ponto de partida".

Finalmente, após duas horas de caminhada, chegamos a uma profundidade de cerca de trezentos metros, o limite extremo em que os corais começam a se formar. Mas ali não se tratava mais de um arbusto isolado, nem de uma modesta moita. Era uma imensa floresta, grandes vegetações minerais, enormes árvores petrificadas, unidas por guirlandas de elegantes plumárias, aqueles cipós do mar, todos enfeitados em tons e reflexos. Passamos livremente sob seus galhos altos, perdidos na sombra das ondas, enquanto a nossos pés, tubíporos, meandrinas, asteras, fungos e cariofilas formavam um tapete de flores, salpicado de pedras preciosas deslumbrantes.

Que espetáculo indescritível! Ah, por que não podíamos comunicar nossos sentimentos, por que estávamos aprisionados sob aquela máscara de metal e vidro? Por que era proibido falar uns com os outros? Por que não podíamos ao menos viver a vida dos peixes que habitam o elemento líquido, ou melhor, a dos anfíbios que, por longas horas seguidas, podem vagar, a seu bel-prazer, pelo duplo domínio da terra e da água?

No entanto, o capitão Nemo havia parado. Meus companheiros e eu paramos de andar e, ao nos virarmos, vi que seus homens estavam formando um semicírculo ao redor do líder. Observando melhor, notei que quatro deles carregavam um objeto oblongo nos ombros.

Nesse momento, ocupávamos o centro de uma vasta clareira, cercada pelas árvores altas da floresta subaquática. Nossas lâmpadas lançavam uma espécie de crepúsculo sobre a área, estendendo as sombras no chão. Na borda da clareira, a escuridão tornou-se profunda novamente, com apenas pequenas faíscas capturadas pelas pontas afiadas do coral.

Ned Land e Conseil estavam ao meu lado. Ficamos observando, e me ocorreu que eu estava prestes a testemunhar uma cena estranha. Observando o solo, vi que em certos pontos havia pequenas protuberâncias incrustadas com depósitos calcários e dispostas com uma regularidade que traía a mão do homem. No meio da clareira, em um pedestal de pedras grosseiramente amontoadas, havia uma cruz de coral, com seus longos braços estendidos como se fossem feitos de sangue petrificado.

A um sinal do capitão Nemo, um de seus homens deu um passo à frente e, a alguns metros da cruz, começou a cavar um buraco com uma picareta que tirou do cinto. Então, entendi tudo! Essa clareira era um cemitério, esse buraco era uma sepultura, esse objeto oblongo era o corpo do homem que havia morrido durante a noite! O capitão Nemo e sua tripulação tinham vindo enterrar seu companheiro nesse lar compartilhado, no fundo desse oceano inacessível! Não! Nunca minha mente esteve tão superexcitada! Nunca ideias tão impressionantes invadiram meu cérebro! Eu não queria ver o que meus olhos estavam vendo!

Neste ínterim, a cova era cavada lentamente. Peixes fugiam aqui e ali de seu retiro conturbado. Ouvia-se o ferro da picareta ecoando no chão de calcário, às vezes faiscando ao bater em alguma pedra perdida no fundo da água. O buraco foi ficando cada vez mais comprido e largo, e logo estava fundo o suficiente para receber o corpo.

Então os carregadores se aproximaram. O corpo, envolto em um pano branco de bisso, foi posicionado na cova úmida. O capitão Nemo, com os braços cruzados sobre o peito, e todos os amigos do homem que os havia amado se ajoelharam em oração... Meus dois companheiros e eu inclinamos nossas cabeças religiosamente.

A sepultura foi então coberta com os detritos arrancados do solo, que formaram uma pequena protuberância. Quando isso foi feito, o capitão Nemo e seus homens se endireitaram; depois, aproximando-se da sepultura, todos dobraram o joelho novamente e estenderam a mão em sinal de despedida suprema... Em seguida, o grupo fúnebre tomou o caminho de volta para o *Nautilus*, passando por baixo dos arcos da floresta, através das moitas, ao longo dos arbustos de coral, e sempre subindo. Finalmente, as luzes da costa apareceram.

À uma hora, estávamos de volta ao *Nautilus*. Assim que troquei de roupa, subi novamente à plataforma e, tomado por uma terrível obsessão de ideias, fui me sentar perto do farol. O capitão Nemo se juntou a mim. Levantei-me e disse a ele:

— Então, de acordo com minhas suposições, esse homem morreu durante a noite?

— Sim, Sr. Aronnax — respondeu o capitão Nemo.

— E agora ele jaz ao lado de seus companheiros neste cemitério de coral?

— Sim, esquecido por todos, mas não por nós! Nós cavamos a cova, e os pólipos se encarregam de selar nossos mortos para a eternidade! — E com um gesto repentino, escondendo o rosto entre as mãos fechadas, o capitão tentou em vão reprimir um soluço. Em seguida, acrescentou:

— Esse é o nosso cemitério pacífico, a algumas centenas de metros abaixo da superfície das ondas!

— Pelo menos lá seus mortos dormem em paz, capitão, fora do alcance dos tubarões!

— Sim, senhor — respondeu gravemente o capitão Nemo —, dos tubarões e dos homens!

SEGUNDA PARTE

CAPÍTULO I

O oceano Índico

Aqui começa a segunda parte desta viagem no fundo do mar. A primeira terminou com aquela cena comovente no cemitério de corais, que deixou uma profunda impressão em mim. Assim, no coração desse imenso mar, a vida do capitão Nemo se desenrolava em sua totalidade, e até seu túmulo havia preparado no mais impenetrável de seus abismos. Onde nenhum dos monstros do oceano perturbaria o último sono dos hóspedes do *Nautilus*, desses amigos, ligados um ao outro, tanto na morte quanto na vida! "E nenhum homem, tampouco", acrescentou o capitão.

Sempre a mesma desconfiança feroz e implacável da sociedade humana!

De minha parte, eu não estava mais contente com as hipóteses que satisfaziam Conseil. O bom jovem persistia em ver no capitão do *Nautilus* apenas um daqueles cientistas obscuros que desprezam a humanidade, com indiferença. Para ele, era um mero gênio incompreendido que, cansado das decepções da terra, teve de se refugiar nesse ambiente inacessível, onde seus instintos eram exercidos livremente. Mas, em minha opinião, essa hipótese explicava apenas um lado do capitão Nemo.

De fato, o mistério daquela última noite, durante a qual estivemos acorrentados na prisão e dormindo, a precaução tão violentamente tomada pelo capitão para arrancar dos meus olhos o telescópio pronto para ler o horizonte, o ferimento mortal desse homem devido a um choque inexplicável do *Nautilus*, tudo isso me levou a uma nova direção. Não! O capitão Nemo não se contentava em fugir dos homens! Seu formidável dispositivo servia não apenas aos seus instintos de liberdade, mas talvez também aos interesses de sabe-se lá que terríveis represálias.

No momento, nada é óbvio para mim, só consigo ver lampejos de luz nessa escuridão, e tenho que me limitar a escrever, por assim dizer, sob o ditame dos acontecimentos. Além disso, nada nos prende ao capitão Nemo. Ele sabe que é impossível escapar do *Nautilus*, e nós não somos nem mesmo prisioneiros por palavra. Não há nenhuma jura de honra que nos prenda. Somos meramente cativos, prisioneiros disfarçados de convidados por uma aparência de cortesia. Ned Land, contudo, não perdeu a esperança de recuperar sua liberdade. É certo que ele aproveitará a primeira oportunidade que o acaso lhe oferecer. Eu, provavelmente, farei o mesmo. E, no entanto, não será sem uma espécie de arrependimento pelo que o capitão generosamente nos forneceu dos mistérios do *Nautilus*! Afinal de contas, devemos odiar esse homem ou admirá-lo? Ele é uma vítima ou um carrasco? E, para ser franco, antes de abandoná-lo para sempre, gostaria de completar esse passeio subaquático pelo mundo, cujo início foi tão magnífico. Gostaria de observar toda a série de maravilhas acumuladas sob os mares do globo. Gostaria de ver o que nenhum homem ainda viu, quando teria que pagar com minha vida por essa necessidade insaciável de aprender! O que explorei até agora? Nada, ou quase nada, já que percorremos apenas seis mil léguas pelo Pacífico!

No entanto, sei que o *Nautilus* estará próximo de terras habitadas e que, se tivermos alguma chance de salvação, seria cruel sacrificar meus companheiros à minha paixão pelo desconhecido. Terei que acompanhá-los, talvez até guiá-los. Mas será que essa oportunidade vai se apresentar? O homem privado pela força de seu livre-arbítrio deseja essa oportunidade, mas o cientista, o curioso, a receia.

Naquele dia, 21 de janeiro de 1868, ao meio-dia, o imediato veio checar a altura do sol. Subi na plataforma, acendi um charuto e fiquei observando a operação. Era óbvio para mim que aquele homem não entendia francês, pois várias vezes fiz reflexões em voz alta que deveriam ter despertado sua atenção involuntária, se as tivesse entendido, mas permaneceu impassível e mudo.

Enquanto ele observava o sextante, um dos marinheiros do *Nautilus* — o mesmo homem que nos acompanhou em nossa primeira excursão subaquática à Ilha Crespo — veio limpar o vidro do farol. Em seguida, examinei a instalação daquele aparelho, cuja potência era aumentada em cem vezes por anéis lenticulares dispostos como os dos faróis, que mantinham sua luz no plano útil. A lâmpada elétrica era disposta de forma a proporcionar seu poder de iluminação total. Sua luz era produzida em um vácuo, o que garante a regularidade e a intensidade. Esse vácuo também economizava as pontas de grafite entre as quais o arco de luz se desenvolve: uma economia importante para o capitão Nemo, que não teria conseguido renová-las facilmente. Mas, nessas condições, seu desgaste era quase imperceptível.

Quando o *Nautilus* se preparava para retomar sua jornada subaquática, voltei para o salão. As escotilhas se fecharam e o curso foi definido diretamente para oeste. Estávamos agora cruzando as ondas do oceano Índico, uma vasta planície líquida que cobre quinhentos e cinquenta milhões de hectares, cujas águas são tão transparentes que deixam tonto qualquer um que se incline sobre elas. O *Nautilus* geralmente flutuava em uma profundidade de cem a duzentos metros. E assim foi por vários dias. Para qualquer pessoa que não fosse eu, com meu imenso amor pelo mar, as horas, sem dúvida, teriam parecido longas e monótonas; mas essas caminhadas diárias na plataforma, em que eu mergulhava no ar revigorante do oceano, o espetáculo daquelas águas ricas através das vidraças do salão, a leitura dos livros na biblioteca, a escrita de minhas memórias, usavam todo o meu tempo e não me deixavam um momento de cansaço ou tédio.

Estávamos todos muito bem de saúde. A dieta do navio nos servia perfeitamente e, de minha parte, poderia ter passado sem as variações que Ned Land, em clima de protesto, tentou fazer. Além disso, com a temperatura constante, não havia nem mesmo um resfriado com que se preocupar. Ademais, a madrépora *Denfrophilea*, conhecida na Provença pelo nome de "funcho-do-mar", da qual havia uma certa reserva a bordo, teria fornecido, com a carne derretida de seus pólipos, um excelente remédio para tosse.

Durante vários dias, vimos um grande número de aves aquáticas, palmípedes, gaivotas e alcatraes. Algumas foram habilmente mortas e, preparadas de uma certa maneira, se tornaram uma caça muito aceitável. Entre as grandes aves, arrastadas para longe de quaisquer terras e que descansam sobre as águas das fadigas do voo, gritos dissonantes como zurros de asno atraíram meu olhar para magníficos albatrozes, pertencentes à família dos longipenes. A família dos totipalmados foi representada por fragatas velozes que rapidamente capturaram peixes na superfície e por numerosos faetontes, entre eles o barbatana vermelha, grande quanto um pombo, cuja plumagem branca é sombreada com tons róseos que enfatizam o preto de suas asas.

As redes do *Nautilus* trouxeram de volta vários tipos de tartarugas marinhas, do gênero *Caretta*, com dorso arredondado e cuja carapaça é altamente valorizada. Esses répteis são ótimos mergulhadores e podem permanecer debaixo d'água por longos períodos ao fechar a válvula carnuda localizada no orifício externo de sua passagem nasal. Quando algumas dessas tartarugas foram capturadas, continuavam dormindo em suas conchas, fora do alcance de animais marinhos. Sua carne era medíocre, mas seus ovos eram uma excelente iguaria.

Mencionarei principalmente o baiacu-cofre, típico do Mar Vermelho e do Mar das Índias, ou da parcela oceânica das costas da América equinocial. Tais peixes, como as tartarugas, os tatus, os ouriços e os crustáceos, são protegidos por uma couraça, que não é gretada nem pedrosa, mas de fato óssea, podendo ter a forma triangular ou quadrilátera. Vi, entre os triangulares, alguns de meio decímetro de comprimento, de carne salgada e sabor delicado, castanhos na cauda e amarelos nas nadadeiras, e cuja aclimatação recomendo inclusive em águas doces, às quais, por sinal, um certo número de peixes do mar adapta-se com facilidade. Observei também baiacus quadrados, com a cauda coberta por quatro grossos tubérculos; baiacus decorados com pintas brancas na barriga, domesticáveis como passarinhos; trigônidos, cujos agulhões são formados alongando a carapaça óssea e cujo singular grunhido lhes traz o apelido de "porcos-do-mar"; por fim, peixes-dromedários cuja carne é dura e coriácea.

Também cito as anotações diárias feitas pelo mestre Conseil sobre certos peixes do gênero tetrodon, peculiares a esses mares, espenglérios, de costas avermelhadas e peito esbranquiçado, identificáveis pelas três carreiras longitudinais de filamentos, e peixes-elétricos, de dezessete centímetros de comprimento, adornados por cores chamativas. Observei igualmente, como amostra de outros gêneros, ovoides — lembrando ovos castanho-escuros — transpassados por riscas brancas e finas e descaudados; diódons, autênticos porcos-espinhos do mar, cujos espinhos são capazes de inchar de modo que formam uma bola de dardos; hipocampos encontrados em todos os oceanos; pégasos, com o focinho afunilado, aos quais as nadadeiras peitorais alongadas e dispostas em forma de asas permitem, se não voar, pelo menos pular pelos ares; pombos espatulados de rabo revestido por inúmeros anéis de escamas; macrógnatas de maxilar protuberante, belos peixes com vinte e cinco centímetros de comprimento irradiando nas cores mais vistosas; caliomoros lívidos, com a fronte rugosa; miríades de blênios-saltadores, com listras pretas e compridas nadadeiras peitorais, deslizando pela superfície das águas; velíferos deliciosos, capazes de alçar as barbatanas nas correntes favoráveis cimo se fossem velas; *Kurtus* esplêndidos, nos quais a natureza não poupou amarelos e azuis-celestes, além de prata e ouro; tricópteros de asas formadas por filamentos; alcabozes que parecem sussurrar; triglas, cujo fígado é considerado venenoso; bodiões, que têm nos olhos uma espécie de capa; e, para terminar, peixes-cachimbo, de focinho comprido e tubular, verdadeiros góbios-moscas do oceano, armados com um fuzil não previsto nem pelos Chassepot e Remington, e que matam insetos atingindo-os com uma mera gota d'água.

No octogésimo nono gênero de peixes classificados por Lacépède, que pertence à segunda subclasse de peixes ósseos, caracterizada por seus opérculos e membranas branquiais, identifiquei uma escorpena com sua cabeça recoberta de espinhos e sua única nadadeira dorsal; esses animais podem ou não ser revestidos por pequenas escamas, dependendo do seu subgênero. O segundo subgênero tinha amostras de didáctilos, com três a quatro decímetros de comprimento, riscados de amarelo e com uma cabeça colossal. Do primeiro subgênero, notei diversos espécimes de um curioso peixe adequadamente apelidado de "sapo-marinho", com cabeças grandes convexas em sínus profundos e ao mesmo tempo côncavas em protuberâncias; com espinhos e tubérculos, seus chifres são irregulares e horríveis; o corpo e cauda são cobertos de calos, seus espinhos ferem perigosamente; é repulsivo e feio.

De 21 a 23 de janeiro, o *Nautilus* viajava a uma velocidade de duzentas e cinquenta léguas por vinte e quatro horas, ou quinhentas e quarenta milhas, ou vinte e duas milhas por hora. Se vimos diversas variedades de peixes ao passar, foi porque eram atraídos pelo brilho elétrico e tentaram nos acompanhar; a maioria deles, ultrapassada por nossa velocidade, logo ficou para trás; alguns, no entanto, conseguiram permanecer nas águas do *Nautilus* por algum tempo.

Na manhã do dia 24, na latitude 12° 5' sul e na longitude 94° 33', encontramos a Ilha Keeling, uma elevação madrepórica tomada por magníficos cocos, visitada por Darwin e pelo capitão Fitz-Roy. O *Nautilus* seguiu a linha costeira dessa ilha deserta por uma curta distância. Suas dragas trouxeram inúmeras amostras de pólipos e equinodermos, além de curiosas calotas do filo dos moluscos. Alguns exemplares preciosos da espécie delfínulos se juntaram aos tesouros do capitão Nemo, aos quais acrescentei uma astreia puntífera, um tipo de pólipo parasita geralmente preso a uma concha. A Ilha Keeling logo desapareceu no horizonte, e o curso foi traçado para o noroeste, em direção à ponta da península indiana.

— Terras civilizadas — me disse Ned Land naquele dia. — Será melhor do que as ilhas de Papua, onde se encontram mais nativos do que presas! Nessa terra indiana, professor, há estradas, ferrovias, cidades inglesas, francesas e hindus. Não dá para percorrer oito quilômetros sem encontrar um compatriota. Não chegou a hora de darmos o fora daqui?

— Não, Ned, não — respondi em um tom muito determinado. — Deixe a onda nos levar, como dizem os marinheiros. O *Nautilus* está se aproximando de continentes habitados. Está voltando para a Europa, deixe-o nos levar até lá. Quando chegarmos aos nossos mares, veremos o que a prudência nos aconselha a tentar. Além disso, acho que o capitão Nemo não nos permitirá caçar nas costas de Malabar ou Coromandel, como faz nas florestas da Nova Guiné.

— Bom, senhor, não podemos fazer isso sem a permissão dele?

Não respondi ao canadense. Não queria discutir. Basicamente, eu queria aproveitar ao máximo o acaso do destino que havia me jogado a bordo do *Nautilus*. Da Ilha Keeling em diante, nossa marcha normal foi desacelerada. Também se encheu de caprichos, e muitas vezes nos levava às profundezas. Várias vezes, acionaram os planos inclinados através de alavancas internas que posicionam o *Nautilus* obliquamente à superfície. Mergulhamos assim por dois e três quilômetros, mas sem jamais atingir o fundo do mar indiano, que nem sondas de treze mil metros foram capazes de alcançar. Quanto à temperatura das camadas inferiores, o termômetro indicava invariavelmente quatro graus acima de zero. Apenas observei que, nas camadas superiores, a água estava sempre mais fria nos baixios do que no mar aberto.

Em 25 de janeiro, como o oceano estava absolutamente deserto, o *Nautilus* passou o dia na superfície, batendo nas ondas com sua poderosa hélice e fazendo com que se elevassem a uma grande altura. Como, nessas condições, não seria confundido com um cetáceo gigantesco? Passei três quartos daquele dia na plataforma olhando o mar. Não havia nada no horizonte, exceto, por volta das quatro horas da tarde, um longo navio a vapor correndo para o oeste. Seu mastro ficou visível por um momento, mas não daria para ver o *Nautilus*, muito seguro na água. Pensei que o navio pertencia à linha Peninsular e Oriental, que opera da ilha do Ceilão até Sydney, passando pelo cabo do rei George e Melbourne.

Às cinco horas da tarde, antes daquele rápido crepúsculo que liga o dia à noite nas zonas tropicais, Conseil e eu ficamos maravilhados com um espetáculo curioso. Há um animal encantador cujo encontro, de acordo com os antigos, é um presságio de boa sorte. Aristóteles, Ateneu, Plínio e Oppiano estudaram seus gostos e esgotaram toda a poética dos cientistas gregos e italianos. Eles o chamavam de *náutilo* e *pompílio*, mas a ciência moderna não ratificou seus nomes, e esse molusco agora é conhecido como argonauta.

Qualquer um que consultasse Conseil teria aprendido com esse corajoso rapaz que o filo dos moluscos é dividido em cinco classes; que a primeira classe, os cefalópodes, cujos membros são às vezes nus, às vezes testáceos, compreende duas famílias, os dibranquiais e os tetrabranquiais, que se distinguem pelo número de suas brânquias; que a família dibranquial contém três gêneros, o argonauta, o calamar e a lula, e que a família tetrabranquial contém apenas um, o náutilo. Se, seguindo essa nomenclatura, uma mente rebelde tivesse confundido o argonauta, que é acetabulífero, ou seja, tem ventosas, com o náutilo, que é tentaculífero, ou seja, tem tentáculos, não poderá ser desculpado.

Um cardume desses argonautas estava nadando na superfície do oceano naquele momento. Podíamos contar várias centenas deles. Pertenciam à espécie de argonautas tuberculados que é específica dos mares da Índia.

Esses graciosos moluscos se moviam em esculturas, usando seu tubo locomotor para prender a água que haviam sugado. De seus oito tentáculos, seis, alongados e finos, flutuavam na água, enquanto os outros dois, arredondados como nadadeiras, se estendiam ao vento como uma vela leve. Eu conseguia ver perfeitamente sua concha ondulada e em forma de espiral, que Cuvier comparou, com razão, a um elegante barco a remo. De fato, um verdadeiro barco, carregando o animal que o secretou, sem que o animal nele se incruste.

— O argonauta é livre para sair da sua concha — disse a Conseil —, mas nunca o faz.

— Igual ao capitão Nemo — respondeu Conseil judiciosamente. — Poderia bem ter chamando seu navio de *Argonauta*.

Por cerca de uma hora, o *Nautilus* flutuou em meio a esse cardume de moluscos. Então, algo os assustou de repente. Como se fosse um sinal, todas as velas foram subitamente recolhidas; os braços se dobraram, os corpos se contraíram, as conchas viradas mudaram seu centro de gravidade e toda a flotilha desapareceu sob as ondas. Foi instantâneo, e nunca os navios de uma esquadra manobraram com mais harmonia. Naquele momento, a noite caiu repentinamente, e as ondas, mal levantadas pela brisa, se estenderam pacificamente sob o *Nautilus*.

No dia seguinte, 26 de janeiro, cruzamos a linha do Equador no octogésimo segundo meridiano e entramos novamente no hemisfério norte. Durante o dia, fomos acompanhados por um formidável cardume de tubarões, animais temidos que se aglomeram nesses mares e os tornam muito perigosos. Eram tubarões-philipps de costas marrom e barriga esbranquiçada, armados com onze fileiras de dentes; tubarões-olhudos, cujo pescoço é marcado por uma grande mancha preta que, circundada de branco, parece um olho; tubarões-isabelle, com o focinho abaulado e pontilhado de manchas escuras. A cada pouco, os poderosos animais precipitavam-se contra a vidraça do salão com uma violência pouco tranquilizadora, deixando Ned Land descontrolado. Ele queria subir à superfície das águas e arpoar os bichos, principalmente os tubarões-lixa, com aqueles dentes formando um mosaico, e os grandes tubarões-tigres, de cinco metros de comprimento, que o atiçavam com particular insistência. Mas logo o *Nautilus*, aumentando sua velocidade, deixou facilmente o mais rápido desses tubarões para trás.

Em 27 de janeiro, na foz do vasto Golfo de Bengala, nos deparamos com vários cadáveres flutuando na superfície das ondas. Eram os mortos das cidades indianas, levados pelo Ganges para o alto-mar, e que os abutres, os únicos coveiros do país, não haviam terminado de devorar. Mas não faltavam tubarões para ajudá-los em sua tarefa fúnebre.

Por volta das sete horas da noite, o *Nautilus*, meio submerso, navegou em um mar de leite. Até onde a vista alcançava, o oceano parecia um creme. Seria esse o efeito dos raios da lua? Não, porque a lua, ainda nova, estava perdida abaixo do horizonte sob os raios do sol. O céu inteiro, embora iluminado pelos raios siderais, parecia negro em contraste com a brancura da água.

Conseil não conseguia acreditar no que via e me perguntou sobre as causas desse estranho fenômeno. Felizmente, estava em condições de responder.

— É o que chamamos de mar de leite — disse a ele —, uma vasta extensão de água branca que é vista com frequência na costa de Amboine e nestas regiões.

— Mas — indagou Conseil — o senhor pode me dizer o que causa esse efeito, porque essa água não se transformou em leite, suponho?!

— Não, meu rapaz, e essa brancura que o surpreende se deve apenas à presença de miríades de animálculos infusórios, uma espécie de pequenas larvas luminosas, de aparência gelatinosa e incolor, com a espessura de um fio de cabelo e não mais do que um quinto de milímetro. Alguns desses bichos se aglomeram por várias léguas.

— Várias léguas! — exclamou Conseil.

— Sim, meu rapaz, e não tente adivinhar o número desses infusórios! Você não conseguiria, pois, se não me engano, marinheiros flutuaram nesses mares de leite por mais de quarenta milhas.

Não sei se Conseil ouviu minha recomendação, mas parecia estar refletindo profundamente, sem dúvida tentando calcular quantos quintos de milímetro contêm quarenta milhas quadradas. Quanto a mim, continuei a observar o fenômeno.

Durante várias horas, o *Nautilus* cortou essas ondas esbranquiçadas com seu esporão, e notei que ele deslizava silenciosamente sobre essa água ensaboada, como se estivesse flutuando nos redemoinhos de espuma que as correntes e contracorrentes das baías às vezes deixavam entre elas. Perto da meia-noite, o mar de repente assumiu sua tonalidade habitual, mas atrás de nós, até o horizonte, o céu, refletindo a brancura das ondas, pareceu por muito tempo imbuído do vago brilho de uma aurora boreal.

CAPÍTULO II

Uma nova proposta do capitão Nemo

Em 28 de janeiro[4], quando o *Nautilus* retornou à superfície do mar ao meio-dia, na latitude 9° 4' norte, estava à vista de terra a oito milhas a oeste. A primeira coisa que observei foi um conjunto de montanhas, com cerca de dois mil pés de altura, cujas formas eram bem modeladas. Depois de tomar a altura do sol, voltei ao salão e, quando o rumo foi demarcado no mapa, reconheci que estávamos perto da ilha de Ceilão, aquela pérola que pende do lóbulo inferior da península indiana.

Fui à biblioteca para procurar um livro sobre essa ilha, uma das mais férteis do mundo. Encontrei exatamente um volume de H. C. Sirr, intitulado *Ceilão e os Cingaleses*. Voltando ao salão, iniciei tomando nota das coordenadas do Ceilão, ao qual a antiguidade deu tantos nomes diferentes. Sua localização era entre 5° 55' e 9° 49' de latitude norte e entre 79° 42' e 82° 4' de longitude leste do meridiano de Greenwich; duzentas e setenta e cinco milhas de comprimento; a largura máxima era de cento e cinquenta milhas; novecentas milhas de circunferência e vinte e quatro mil quatrocentas e quarenta e oito milhas de área, ou seja, um pouco menor que a da Irlanda.

O capitão Nemo e seu imediato apareceram nesse momento. O capitão deu uma olhada na carta. Depois, voltando-se para mim, disse:

— A ilha do Ceilão, uma terra famosa pelos bancos de pérolas. Agradaria o senhor visitar uma dessas pescarias?

— Sem dúvida, capitão.

---

4 No original, o autor confunde-se e usa "fevereiro" ao invés de "janeiro".

— Muito bem, então. Isso será fácil. Só que, mesmo visitando os viveiros, não veremos os pescadores. A pesca anual ainda não começou. Mas não importa. Vou dar a ordem para seguirmos para o Golfo de Manaar, aonde chegaremos durante a noite.

O capitão disse algumas palavras ao seu primeiro oficial, que partiu imediatamente. Logo o *Nautilus* voltou a entrar em seu elemento líquido, e o manômetro indicou que estava a uma profundidade de trinta pés. Com o mapa à minha frente, procurei o Golfo de Manaar. Encontrei-o no nono paralelo, na costa noroeste do Ceilão. Era formado por uma linha alongada da pequena ilha de Manaar. Para chegar até ela, tive de percorrer toda a costa oeste do Ceilão.

— Professor — disse-me então o capitão Nemo —, as pérolas são pescadas na Baía de Bengala, no Mar da Índia, nos mares da China e do Japão, nos mares do sul da América, no Golfo do Panamá, no Golfo da Califórnia; mas é no Ceilão que produz os melhores resultados. Provavelmente chegamos um pouco cedo demais. Os pescadores só se reúnem em março no Golfo de Manaar, e lá, durante trinta dias, seus trezentos barcos se entregam a essa lucrativa exploração dos tesouros do mar. Cada barco é tripulado por dez remadores e dez pescadores. Os pescadores, divididos em dois grupos, se revezam mergulhando e descendo a uma profundidade de doze metros, usando uma pedra pesada que eles seguram entre os pés e amarram ao barco com uma corda.

— Então — perguntei —, esse método primitivo ainda está em uso?

— Ainda — respondeu o capitão Nemo —, embora essas pescarias agora pertençam aos ingleses, pois o Tratado de Amiens as cedeu em 1802.

— Parece-me, porém, que o traje de mergulho, como você usa, seria de grande utilidade em tal operação.

— Sim, porque esses pobres pescadores não conseguem ficar debaixo d'água por muito tempo. O inglês Percival, em sua viagem ao Ceilão, fala de um homem que ficou cinco minutos sem vir à superfície, mas o fato me parece inacreditável. Sei que alguns mergulhadores chegam a cinquenta e sete segundos, e alguns muito habilidosos chegam a oitenta e sete; no entanto, são raros e, quando voltam a bordo, esses infelizes soltam água com sangue pelo nariz e pelas orelhas. Acredito que o tempo médio que os pescadores aguentam é de trinta segundos, durante os quais eles amontoam apressadamente todas as ostras de pérola, que puxam em uma pequena rede; mas, em geral, esses pescadores não vivem até a velhice; sua visão enfraquece, aparecem úlceras nos olhos, feridas se formam em seus corpos e, muitas vezes, eles até são acometidos por apoplexia no fundo do mar.

— Sim — afirmei —, é um trabalho triste e que serve apenas para satisfazer alguns caprichos. Mas diga-me, capitão, quantas ostras um barco consegue pescar em um dia?

— Cerca de quarenta e cinco mil. Dizem até que em 1814, quando o governo inglês fez sua própria pescaria de ostras, seus mergulhadores trouxeram setenta e seis milhões de ostras em vinte dias de trabalho.

— Pelo menos — perguntei — esses pescadores são bem pagos?

— Mal o são, professor. No Panamá, ganham apenas um dólar por semana. Na maioria das vezes, recebem um centavo por cada ostra que contenha uma pérola, e quantas trazem que não contêm!

— Um centavo para essas pessoas pobres que enriquecem seus patrões! Isso é desprezível.

— Então, professor — disse o capitão Nemo —, o senhor e seus companheiros visitarão o banco de Manaar e, se por acaso algum pescador precipitado estiver lá, bem, nós o veremos trabalhar.

— Combinado, capitão.

— A propósito, Sr. Aronnax, o senhor não tem medo de tubarões?

— Tubarões? — exclamei. A pergunta me pareceu, no mínimo, muito sem propósito.

— E então? — insistiu capitão Nemo.

— Devo confessar, capitão, que ainda não estou muito familiarizado com esse tipo de peixe.

— Nós, por outro lado, estamos bem acostumados com eles — respondeu o capitão Nemo —, e com o tempo você se acostumará também. Além disso, estaremos armados e, ao longo do caminho, talvez possamos caçar alguns tubarões. É uma caçada interessante. Então, até amanhã, professor, e bem cedo.

Com isso, o capitão Nemo saiu do salão. Se você fosse convidado para caçar ursos nas montanhas da Suíça, diria: "Muito bem! Amanhã vamos caçar ursos". Se o convidassem para caçar leões nas planícies do Atlas, ou tigres nas selvas da Índia, você diria: "Ahá! Disseram que vamos caçar tigres ou leões!" Mas se fosse convidado para caçar tubarões em seu habitat natural, talvez pedisse para pensar antes de aceitar o convite.

De minha parte, passei a mão na testa, onde algumas gotas de suor frio estavam se acumulando. "Vamos pensar", disse a mim mesmo, "e levar o tempo que for preciso. Caçar lontras nas florestas subaquáticas, como fizemos nas florestas da Ilha Crespo, é uma coisa. Mas correr pelo fundo do mar, quando se tem certeza de que se vai encontrar tubarões, é outra coisa! Sei muito bem que em alguns países, especialmente nas Ilhas Andaman, os negros não hesitam em atacar tubarões com um punhal em uma mão e um laço na outra, mas também sei que muitos dos que enfrentam esses animais formidáveis não voltam vivos! Além disso, não sou negro e, se fosse, acho que, nesse caso, um pouco de hesitação de minha parte não seria descabido".

E lá estava eu, sonhando com tubarões, pensando naquelas enormes mandíbulas armadas com várias fileiras de dentes e capazes de cortar um homem no meio. Já sentia a dor nos rins. Ademais, não conseguia digerir a crueldade com que o capitão fizera o deplorável convite! Como se fosse ir caçar uma raposa inofensiva na floresta!

"Bom, Conseil nunca vai querer vir, e isso me dispensa de acompanhar o capitão", pensei. Quanto a Ned Land, confesso que não tinha tanta certeza de seu bom senso. Um perigo, por maior que fosse, sempre atraía sua natureza combativa.

Voltei a ler o livro de Sirr, mas folheava-o mecanicamente. Nas entrelinhas, via mandíbulas escancaradas. Naquele momento, Conseil e o canadense entraram, parecendo calmos e até alegres. Não sabiam o que os aguardava.

— Meu Deus, senhor — disse Ned Land —, esse capitão Nemo... que o diabo o carregue! Que oferta gentil esta.

— Ah! — fiz. — Vocês sabem...

— Com todo o respeito ao senhor — respondeu Conseil —, o capitão do *Nautilus* nos convidou para visitar a magnífica pesca do Ceilão amanhã, na companhia do senhor. Ele fez isso em termos excelentes e se comportou como um verdadeiro cavalheiro.

— Não falou mais nada?

— Nada, senhor — respondeu o canadense —, exceto que já lhe contara sobre este passeio.

— De fato — falei. — E ele não deu nenhum detalhe sobre...

— Nenhum, Sr. Naturalista. O senhor vai nos acompanhar, não vai?

— Eu... sem dúvida! Vejo que está pegando gosto, Mestre Land.

— Sim, é curioso, muito curioso.

— Talvez perigoso! — acrescentei em um tom insinuante.

— Perigoso — respondeu Ned Land —, uma simples excursão a um viveiro de ostras!

O capitão Nemo claramente julgou inútil despertar a ideia de tubarões na mente de meus companheiros. Olhei para eles com um olhar preocupado, como se já estivessem perdendo um membro. Deveria avisá-los? Sim, sem dúvida, mas eu não tinha certeza de como fazer isso.

— Senhor — continuou Conseil —, gostaria de nos dar alguns detalhes sobre a pesca de pérolas?

— Sobre a pesca em si — perguntei —, ou sobre os incidentes que...

— Sobre a pesca — respondeu o canadense. — Antes de se meter, é bom conhecê-la.

— Pois bem, sentem-se, meus amigos, e eu ensinarei tudo o que o inglês Sirr acabou de me ensinar.

Ned e Conseil tomaram seus lugares em um sofá, e o canadense começou me perguntando:

— Senhor, o que é uma pérola?

— Meu caro Ned — respondi —, para o poeta, uma pérola é uma lágrima do mar; para os asiáticos, é uma gota de orvalho que virou pedra; para as mulheres, é uma joia oblonga com um brilho hialino e um material nacarado para se usar no dedo, no pescoço ou na orelha; para o químico, é uma mistura de fosfato e carbonato de cal com um pouco de gelatina e, enfim, para o naturalista, é uma mera secreção doentia do órgão que produz a madrepérola em certos bivalves.

— Filo dos moluscos — completou Conseil —, classe dos acéfalos, ordem dos testáceos.

— Exatamente, douto Conseil. Agora, entre esses testáceos, são suscetíveis de produzir pérolas a orelha-do-mar, a íris, os pregados, as tridacnas, as pinhas-marinhas, ou seja, basicamente todos os que secretam madrepérola, aquela substância azul, azulada, roxa ou branca que reveste o interior de suas valvas.

— Mexilhões também? — perguntou o canadense.

— Sim! Mexilhões de certos rios da Escócia, País de Gales, Irlanda, Saxônia, Boêmia e França.

— Prestaremos atenção nisso de agora em diante — respondeu o canadense.

— Mas — continuei — o molusco por excelência que destila pérolas é a ostra perlífera, a *Meleagrina margaritifera*, a preciosa pintadina. A pérola em si não passa de uma concreção nacarada configurada numa forma globular. Ou ela adere à concha da ostra ou se incrusta nos interstícios do animal. Nas válvulas, a pérola é aderente; na carne, ela é livre. Mas o núcleo da pérola é sempre um pequeno corpo duro, seja um óvulo estéril ou um grão de areia, em torno do qual o material perolado é depositado ao longo de vários anos, sucessivamente e em camadas finas e concêntricas.

— É possível encontrar várias pérolas em uma mesma ostra?

— Sim, meu rapaz. Há algumas pérolas que formam um verdadeiro porta-joias. Há inclusive uma ostra que foi citada, mas eu duvido, como contendo nada menos que cento e cinquenta tubarões...

— Cento e cinquenta tubarões! — exclamou Ned Land.

— Eu disse tubarões? — exclamei bruscamente. — Quis dizer cento e cinquenta pérolas. Tubarões não faria sentido.

— De fato — disse Conseil. — Mas o senhor vai nos dizer agora como essas pérolas são extraídas?

— Há várias maneiras, e muitas vezes, quando as pérolas grudam nas válvulas, os pescadores as retiram com um alicate. No entanto, o mais comum é que as pintadinas sejam espalhadas em esteiras na praia. Dessa forma, elas morrem ao ar livre e, após dez dias, estão em um estado satisfatório de putrefação e são imersas em grandes tanques de água do mar, abertas e lavadas. É nesse momento que começa o trabalho duplo dos pescadores. Primeiro, separam as placas de madrepérola, conhecidas no comércio pelos nomes de argêntea-prateada, bastarda-branca e bastarda-negra, que são expedidas em caixas de cento e vinte e cinco a cento e cinquenta quilos. Em seguida, removem o parênquima da ostra, fervem-no e peneiram-no para extrair até mesmo as menores pérolas.

— O preço dessas pérolas varia de acordo com seu tamanho? — perguntou Conseil.

— Não apenas conforme com seu tamanho — respondi —, mas também conforme o formato, a "água", isto é, a cor, e com o "oriente", a aparência cintilante que as torna tão encantadoras. As pérolas mais bonitas são chamadas de pérolas-virgens, pois se engendram por si mesmas no tecido do molusco; são brancas, geralmente opacas, mas por vezes têm uma transparência opalina, e costumam ser esféricas ou piriformes. As esféricas viram braceletes; as piriformes, balangandãs, e, como valem mais, são vendidas por peça. Outras pérolas aderem à concha da ostra e, por serem mais irregulares, são vendidas por peso. Finalmente, em uma classe inferior, estão as pérolas pequenas, conhecidas como sementes; são vendidas por metro e usadas mais particularmente para bordados em ornamentos eclesiásticos.

— Mas esse trabalho, que consiste em separar as pérolas de acordo com o tamanho, deve ser demorado e difícil — diz o canadense.

— Não, meu amigo. É realizado usando onze peneiras com um número variável de orifícios. As pérolas que permanecem nas peneiras, que têm entre vinte e oitenta furos, são de primeira classe. As pérolas que não escapam das peneiras com um número de furos entre cem e oitocentos são de segunda categoria. Finalmente, as pérolas para as quais são usadas peneiras com novecentos a mil furos são as sementes.

— Engenhoso — disse Conseil —, e percebo que as pérolas são divididas e classificadas mecanicamente. E o senhor pode nos dizer qual o rendimento dos bancos de ostras de pérolas?

— De acordo com o livro de Sirr — respondi —, a pesca no Ceilão é firmada anualmente pela soma de três milhões de tubarões.

— Francos! — corrigiu Conseil.

— Sim, francos! Três milhões de francos — respondi. — Mas acho que essas pescarias não rendem mais o que rendiam antes. O mesmo se aplica aos viveiros americanos, que, sob o reinado de Carlos V, produziam quatro milhões de francos, agora reduzidos a dois terços. Em suma, o rendimento total do cultivo de pérolas pode ser estimado em nove milhões de francos.

— Mas não há umas pérolas famosas que foram cotadas a um preço extremamente alto? — perguntou Conseil.

— Sim, meu rapaz. Dizem que César ofereceu a Servília uma pérola avaliada em cento e vinte mil francos de nossa moeda.

— Até ouvi falar — disse o canadense — que uma certa senhora de antigamente bebia pérolas no vinagre.

— Cleópatra — respondeu Conseil.

— Isso deve ser ruim — acrescentou Ned Land.

— Péssimo, amigo Ned — respondeu Conseil —, mas um pequeno copo de vinagre que custa mil e quinhentos francos está valendo muito.

— Lamento não ter me casado com essa dama — disse o canadense, sacudindo o braço com um ar de insegurança.

— Ned Land, o marido de Cleópatra — gritou Conseil.

— E eu já estive para me casar, Conseil — respondeu o canadense com seriedade —, e não é minha culpa se o caso não deu certo. Até comprei um colar de pérolas para Kat Tender, minha noiva, que, a propósito, casou-se com outro homem. Bom, esse colar não me custou mais do que um dólar e meio e, no entanto... O professor queira acreditar em mim: as pérolas nele contidas não teriam passado pela peneira de vinte furos.

— Meu bom Ned — respondi, rindo —, eram pérolas artificiais, simples glóbulos de vidro revestidos por dentro com a essência do Oriente.

— Essa essência do Oriente — respondeu o canadense — deve ser cara.

— O mesmo que nada! Não é nada mais do que a substância prateada nas escamas de um abalone, coletada em água e preservada em amônia. Não tem valor algum.

— Talvez seja por isso que Kat Tender se casou com outra pessoa — respondeu filosoficamente o Mestre Land.

— Mas — retomei —, voltando às pérolas de grande valor, não acredito que algum soberano tenha possuído uma superior à do capitão Nemo.

— Esta aqui — disse Conseil, apontando para a magnífica joia na vitrine. — Certamente, não me engano ao avaliar seu valor em dois milhões de...

— Francos! — interrompeu Conseil rapidamente.

— Sim — confirmei —, dois milhões de francos, e sem dúvida só custou ao capitão o trabalho de pegá-la.

— Ah! — exclamou Ned Land. — Quem garante que amanhã, em nossa caminhada, não encontraremos nada parecido com isso?

— Pff! — fez Conseil.

— E por que não?

— E de que nos servem milhões a bordo do *Nautilus*?

— A bordo, não — disse Ned Land —, mas... em outro lugar.

— Oh, em outro lugar! — repetiu Conseil, balançando a cabeça.

— De fato — falei —, o Mestre Land está certo. E se algum dia trouxermos de volta à Europa ou à América uma pérola que valha alguns milhões, isso pelo menos dará grande autenticidade e, ao mesmo tempo, grande valor à história de nossas aventuras.

— Acredito que sim — disse o canadense.

— Mas — retomou Conseil, que estava sempre voltando ao lado instrutivo das coisas — essa pesca de pérolas é perigosa?

— Não — respondi rapidamente —, especialmente se você tomar certas precauções.

— Quais são os riscos desse trabalho? — perguntou Ned Land. — Engolir alguns goles de água do mar?!

— Você que sabe, Ned. A propósito — continuei, tentando soar como o capitão Nemo —, por acaso tem medo de tubarões, meu bom Ned?

— Eu? — respondeu o canadense. — Sou arpoador profissional! Meu trabalho é tirar sarro deles!

— Não é uma questão de pegá-los com um esmeril, içá-los no convés de um navio, cortar suas caudas com um machado, abrir seus estômagos, arrancar seus corações e jogá-los no mar!

— Então, é uma questão de...?

— Sim, exatamente.

— Na água?

— Na água.

— Por Deus, com um bom arpão! Sabe, senhor, esses tubarões são animais bem mal elaborados. Eles têm de se virar de barriga para cima para agarrá-lo e, enquanto fazem isso...

Ned Land tinha uma maneira de pronunciar a palavra *agarrar* que era arrepiante.

— Então, Conseil, o que acha desses tubarões?

— Vou ser franco com o senhor — disse Conseil.

— É a ideia — pensei.

— Se o senhor vai enfrentar os tubarões — continuou Conseil —, não vejo por que seu fiel empregado não deveria enfrentá-los também!

CAPÍTULO III

Uma pérola de dez milhões

Anoiteceu. Fui para a cama. Dormi muito mal. Os tubarões tiveram um papel importante em meus sonhos, e achei a etimologia que deriva seu nome, *requin*, da palavra *réquiem*, ao mesmo tempo muito justa e injusta.

No dia seguinte, às quatro da manhã, fui acordado pelo comissário que o capitão Nemo havia colocado especialmente a meu serviço. Levantei-me rapidamente, vesti-me e fui para o salão. O capitão Nemo estava lá me esperando.

— Sr. Aronnax, está pronto para sair? — falou ele.

— Estou pronto.

— Por favor, me acompanhe.

— E meus companheiros, capitão?

— Foram chamados e estão nos esperando.

— Não vamos colocar nossos trajes de mergulho?

— Ainda não. Não deixei o *Nautilus* chegar muito perto da costa e estamos bem longe do Banco de Manaar, mas preparei o bote para nos levar ao ponto exato de aterrissagem e nos poupar uma viagem bastante longa. Ele trará nosso equipamento de mergulho, que colocaremos quando começarmos a exploração subaquática.

Capitão Nemo me levou até a escada central, cujos degraus davam acesso à plataforma. Ned e Conseil estavam lá, encantados com o "entretenimento" que estava prestes a começar. Cinco marinheiros do *Nautilus*, com os remos empunhados, esperavam por nós no bote atracado na margem.

A noite ainda estava escura. Manchas de nuvens cobriam o céu e era possível ver apenas algumas estrelas. Olhei em direção à terra, mas tudo o que pude ver foi uma linha borrada que fechava três quartos do horizonte de sudoeste a noroeste. O *Nautilus*, que havia subido a costa oeste do Ceilão durante a noite, estava a oeste da baía, ou melhor, do golfo formado por essa terra e a ilha de Manaar. Ali, sob as águas escuras, encontrava-se o viveiro, um campo inesgotável de pérolas com mais de cem quilômetros de extensão.

Capitão Nemo, Conseil, Ned Land e eu tomamos nossos lugares na popa do bote. O capitão do barco assumiu o leme; seus quatro companheiros se apoiaram nos remos, a corda foi solta e zarpamos.

O barco seguiu para o sul. Os remadores não estavam com pressa. Observei que as braçadas de seus remos, vigorosamente engajadas sob a água, só se sucediam a cada dez segundos, de acordo com o método geralmente usado nas marinhas. Enquanto o barco corria, as gotículas de líquido estalavam no fundo negro das ondas como rebarbas de chumbo derretido. Uma pequena ondulação vinda do mar aberto dava ao barco um leve balanço, e algumas cristas de ondas bateram na proa.

Estávamos em silêncio. Em que estaria pensando o capitão Nemo? Talvez na terra da qual se aproximava, que ele achava muito próxima, ao contrário da opinião do canadense, para quem ainda parecia muito distante. Quanto a Conseil, estava lá apenas como um visitante curioso.

Por volta das cinco e meia, os primeiros tons do horizonte revelaram mais claramente a linha superior da costa. Bastante plana no leste, projetava-se um pouco para o sul. Ainda faltavam oito quilômetros, e a linha costeira se fundiu com as águas enevoadas. Entre ela e nós, o mar estava deserto. Nem um barco, nem um mergulhador. Profunda solidão nesse ponto de encontro dos pescadores de pérolas. Como o capitão Nemo dissera, chegávamos a essas águas um mês antes do previsto.

Às seis horas, a luz da manhã chegou repentinamente, com aquela velocidade peculiar às regiões tropicais, que não conhecem nem a aurora, nem o crepúsculo. Os raios de sol atravessaram a cortina de nuvens que se formava no horizonte leste, e a estrela radiante se ergueu rapidamente.

Eu conseguia ver claramente a terra, com algumas árvores espalhadas aqui e ali. O bote se dirigiu à ilha de Manaar, que se estendia ao sul. O capitão Nemo levantara do banco e observava o mar.

Ao seu sinal, a âncora foi lançada e a corrente mal caiu, pois o mar tinha só um metro de profundidade e era um dos pontos mais altos do viveiro das pintadinas. O bote evitou imediatamente a pressão da maré baixa, que levou o barco para o mar.

— Chegamos, Sr. Aronnax — disse o capitão Nemo. — O senhor pode ver esta baía estreita. É aqui que, dentro de um mês, os numerosos barcos de pesca dos exploradores se reunirão, e são essas águas que seus mergulhadores bravamente revistarão. Felizmente, a baía foi desenhada para esse tipo de pesca. Fica protegida dos ventos mais fortes e o mar nunca está muito agitado, o que é uma condição deveras favorável para os mergulhadores. Agora colocaremos nossas roupas de mergulho e começaremos nosso passeio.

Não respondi nada e, enquanto olhava para aquelas ondas suspeitas, com a ajuda dos marujos do barco, comecei a vestir meu pesado traje de mergulho. O capitão Nemo e meus dois companheiros também estavam se vestindo. Nenhum dos homens do *Nautilus* nos acompanharia nessa excursão.

Logo estávamos vestidos até o pescoço com o traje de borracha, e as máquinas de ar comprimido presas às nossas costas. Quanto aos dispositivos Ruhmkorff, não foi mencionado. Antes de colocar minha cabeça na cápsula de cobre, comentei isso com o capitão.

— Esses dispositivos seriam inúteis para nós — respondeu o capitão. — Não vamos nos aprofundar muito, e os raios solares serão suficientes para iluminar nosso caminho. Além disso, não é aconselhável levar uma lanterna elétrica por aqui. O brilho poderia atrair algum habitante perigoso dessas águas.

Enquanto o capitão Nemo dizia essas palavras, voltei-me para o Conseil e para Ned Land. Mas os dois amigos já haviam enfiado a cabeça na calota de metal e não podiam ouvir nem responder. Eu tinha uma última pergunta para o capitão Nemo:

— E quanto às nossas armas — perguntei a ele —, nossos rifles?

— Rifles! Para que servem? Os homens da montanha não atacam os ursos com adagas nas mãos, e o aço não é mais certeiro do que o chumbo? Aqui está uma lâmina sólida. Coloque-a no cinto e vamos embora.

Olhei para meus companheiros. Eles estavam armados, como nós, e Ned Land brandia um enorme arpão que pusera no bote antes de deixar o *Nautilus*. Então, seguindo o exemplo do capitão, permiti que me equipassem com a pesada esfera de cobre, e nossos tanques de ar foram imediatamente ativados.

Um momento depois, os marujos desembarcaram-nos, um após o outro e, em um metro e meio de água, pusemos os pés em uma areia sólida. O capitão Nemo acenou para nós o seguirmos, e desaparecemos sobre as ondas em uma suave inclinação.

Ali, as ideias que obcecavam meu cérebro me abandonaram. Fiquei surpreendentemente calmo de novo. A facilidade de meus movimentos aumentou minha confiança, e a estranheza do espetáculo cativou minha imaginação.

O sol já trazia iluminação suficiente sob a água. Os menores objetos eram perceptíveis. Depois de dez minutos de caminhada, estávamos a cinco metros de profundidade, e o chão ficava quase plano.

Como bandos de narcejas em um pântano, vinham seguindo-nos aos calcanhares bandos de peixes curiosos do gênero dos monópteros, cujos espécimes possuem apenas a nadadeira caudal. Entre eles, observei o javanês, serpente com oito decímetros, barriga branca, confundível com os côngruos, mas sem as listras douradas dos flancos. Do gênero dos estromáteos, de corpo compacto e ovalado, identifiquei peixes-frade impressionantemente coloridos e com sua nadadeira dorsal em forma de foice, peixes comestíveis que, secos e marinados, formam um excelente prato conhecido como *karawade*. Depois vi *tranquebars*, do gênero dos aspidoforoides, cujo corpo é envolto em uma couraça escamosa com oito abas longitudinais.

O sol gradativamente se elevava e iluminava com mais força a água. O solo se alterava aos poucos. A areia fina era substituída por uma verdadeira calçada de seixos redondos, forrados por um tapete de moluscos e zoófitos. Entre os espécimes desses dois ramos, havia placenos com valvas finas e irregulares; ostráceos exclusivos do Mar Vermelho e do oceano Índico; lucinídeos alaranjados; terebelas afiladas; púrpuras-pérsicas muito raras, que produziam e forneciam ao *Nautilus* uma bela tinta; rochedos em riste, com quinze centímetros de comprimento, que se erguiam sob as águas como mãos que querem algo agarrar; turbinelas corníferas espinhosas; língulas bífidas; anatinas, conchas comestíveis que abastecem os mercados do Hindustão; pelágias panópiras, delicadamente luminosas; e, finalmente, admiráveis oculinas flabeliformes, magníficos leques que formam uma das mais exuberantes vegetações daqueles mares.

Em meio a essas plantas vivas e sob os berços de hidrófitas, corriam as legiões desengonçadas de articulados, particularmente raninos dentados, cuja carapaça representa um triângulo ligeiramente arredondado, criaturas exclusivas daquelas redondezas, partênopes horríveis, cuja aparência era repulsiva aos olhos. Um animal não menos hediondo que encontrei várias vezes foi o enorme caranguejo observado pelo Sr. Darwin, ao qual a natureza deu o instinto e a força necessários para se alimentar de cocos; ele sobe nas árvores da costa, deixa cair a noz que se parte em sua queda e a abre com suas garras poderosas. Aqui, sob essas ondas claras, esse caranguejo corria com uma agilidade incomparável, enquanto os quelônios, da espécie que frequenta as costas de Malabar, moviam-se lentamente entre as rochas acidentadas.

Por volta das sete horas, finalmente inspecionamos o viveiro das pintadinas, no qual ostras de pérolas se reproduzem aos milhões. Esses preciosos moluscos se agarravam às rochas e estavam fortemente presos pelo bisso marrom que impede que se desloquem. É por isso que essas ostras são inferiores aos próprios mexilhões, aos quais a natureza não negou toda a locomoção.

A pintadina-meleagrina, a pérola-máter, de valvas regulares e praticamente iguais, é uma concha redonda, grossa, com a face externa enrugada. Algumas dessas conchas eram foliculosas e com sulcos esverdeados que irradiavam do topo, o que representa juventude; as demais, com a superfície áspera e escura, já tinham dez anos ou mais, chegando a uma largura de até quinze centímetros.

O capitão Nemo me mostrou esse monte prodigioso de pintadinas com a mão, e eu entendi que essa mina era realmente inesgotável, porque a força criadora da natureza supera o instinto destrutivo do homem. Ned Land, fiel a esse instinto, apressou-se em encher uma rede ao seu lado com os mais belos moluscos.

Mas não podíamos parar. Tínhamos de acompanhar o capitão, que parecia estar seguindo caminhos conhecidos apenas por ele. O solo se inclinava bastante e, às vezes, meu braço erguido ficava acima da superfície do mar. Em seguida, o nível da margem caía consideravelmente. Com frequência, virávamos rochas altas que se afunilavam em pirâmides. Em suas fendas escuras, grandes crustáceos, sob suas altas patas pontiagudas como sob máquinas de guerra, nos observavam com olhos parados. Sob nossos pés rastejavam mirianas, glicérios, arícias e anelídeos, espichando suas antenas e cirros tentaculares.

Nesse ponto, uma vasta caverna se abriu diante de nós, esculpida em uma pitoresca pilha de rochas alinhadas com toda a flora subaquática alta e lisa. No início, essa caverna parecia profundamente escura. Os raios de sol pareciam se dissipar em camadas sucessivas. Sua vaga transparência não passava de luz afogada.

O capitão Nemo entrou e nós o seguimos. Meus olhos logo se acostumaram à relativa escuridão. Conseguia distinguir as projeções caprichosamente contornadas da abóbada, que eram sustentadas por pilares naturais assentados amplamente na base de granito, como as pesadas colunas da arquitetura toscana. Por que nosso incompreensível guia nos levava ao fundo dessa cripta subaquática? Eu estava prestes a descobrir.

Depois de descer um declive bastante íngreme, nossos pés tocaram o fundo de uma espécie de poço circular. Ali, o capitão Nemo parou e indicou com a mão um objeto que eu ainda não tinha percebido.

Tratava-se de uma ostra extraordinariamente grande, uma tridacna gigantesca, uma concha que poderia conter um lago de água benta, uma bacia com mais de dois metros de largura, ou seja, maior do que a que adornava o salão do *Nautilus*.

Aproximei-me daquele molusco fenomenal, com seu bisso preso a uma placa de granito, onde crescia isolado nas águas calmas da caverna. Estimei o peso dessa tridacna em trezentos quilos. Ora, uma ostra como essa contém quinze quilos de carne, e seria necessário o estômago de um Gargântua para absorver algumas dúzias.

O capitão Nemo obviamente já estava ciente da existência desse bivalve. Não era a primeira vez que a visitava, e pensei que, ao nos levar até lá, estaria apenas nos mostrando uma curiosidade natural. Enganei-me. O capitão Nemo tinha um interesse especial em constatar o estado atual daquela tridacna.

As duas valvas do molusco estavam abertas. O capitão se aproximou e inseriu seu punhal entre as conchas para evitar que se dobrassem para trás; depois, com a mão, levantou a túnica membranosa, franjada nas bordas, que formava o manto do animal.

Ali, entre as dobras foliculadas, vi uma pérola solta, do tamanho de um coco. Seu formato globular, sua perfeita limpidez e sua admirável orientação faziam dela uma joia de valor inestimável. Levado pela curiosidade, estendi a mão para pegá-la, pesá-la, senti-la! Mas o capitão me impediu, fez um sinal negativo e, retirando seu punhal em um movimento rápido, deixou as duas valvas se fecharem repentinamente.

Entendi então a intenção do capitão Nemo. Ao deixar essa pérola enterrada sob o manto da tridacna, permitia que crescesse imperceptivelmente, pois a cada ano a secreção do molusco acrescentava novas camadas concêntricas. Somente o capitão conhecia a caverna onde esse maravilhoso fruto da natureza estava "amadurecendo"; somente ele poderia criá-lo, por assim dizer, para que um dia pudesse ser transportado para seu precioso museu. Talvez, seguindo o exemplo dos chineses e indianos, ele tenha até condicionado a produção dessa pérola, introduzindo nas dobras do molusco algum pedaço de vidro e metal, que gradualmente se cobriu com o material perolado. De qualquer forma, comparando essa pérola com as que eu já conhecia, com as que brilhavam na coleção do capitão, estimei seu valor em pelo menos dez milhões de francos. Uma excelente curiosidade natural, mas não uma joia de luxo, pois não sei que orelhas seriam capazes de suportá-la.

A visita à opulenta tridacna terminara. O capitão Nemo deixou a caverna e subimos de volta para o viveiro das pintadinas, em meio a águas claras que ainda não eram perturbadas pelo trabalho dos mergulhadores. Caminhamos dispersos, verdadeiros errantes, cada um parando ou se afastando conforme sua vontade. No que me dizia respeito, eu não estava mais preocupado com os perigos que minha imaginação havia exagerado de forma tão ridícula. O fundo do mar se aproximava mais da superfície dele, e logo minha cabeça estava um metro acima do nível do oceano. Conseil se juntou a mim e, colando sua grande cápsula à minha, fez uma saudação amigável com os olhos. Mas esse platô alto media apenas alguns metros, e logo estávamos de volta ao nosso elemento. Considero que agora tenho o direito de descrevê-lo como tal.

Dez minutos depois, o capitão Nemo parou de repente. Pensei que ele estava parando para refazer seus passos. Não. Com um gesto, ele ordenou que nos juntássemos a ele e entrássemos em uma grande fenda. Sua mão foi até um ponto na massa líquida, e observei atentamente.

A cinco metros de mim, uma sombra surgiu e baixou até o solo. A ideia preocupante de tubarões passou por minha cabeça. Mas estava enganado, e dessa vez não estávamos lidando com os monstros do oceano.

Era um homem, um homem vivo, um indiano, um negro, um pescador, um pobre coitado, sem dúvida, que tinha vindo pescar antes da pesca. Via o fundo de sua canoa molhada alguns metros acima de sua cabeça. Ele mergulhava e emergia sucessivamente. Uma pedra talhada, que ele apertava com o pé enquanto uma corda o prendia ao barco, ajudava-o a descer mais rapidamente ao fundo do mar. Esse era todo o seu equipamento. Quando chegava ao fundo, a uma profundidade de cerca de cinco metros, ajoelhava-se e enchia sua sacola com pintadinas colhidas ao acaso.

Depois, voltava para a superfície, esvaziava a bolsa, trazia de volta a pedra e repetia a operação, que durava apenas trinta segundos.

O mergulhador não nos viu. A sombra da rocha nos escondeu de sua visão. Além disso, como esse pobre indiano poderia supor que homens, seres semelhantes a ele, estivessem ali, debaixo d'água, espionando seus movimentos, sem perder um único detalhe de sua pescaria?

Várias vezes, emergia e mergulhava novamente. Não trazia mais do que uma dúzia de pintadinas em cada mergulho, pois tinham de ser arrancadas do fundo ao qual se agarravam por seus robustos fios de bisso. E quantas dessas ostras pelas quais arriscou sua vida não traziam nenhuma pérola!

Eu o observava com atenção. Suas manobras eram regulares e, por meia hora, nenhum perigo parecia ameaçá-lo. Estava me familiarizando com o espetáculo de um homem que se movia em direção ao mar quando, de repente, em um momento em que o indiano estava estendido no fundo, vi-o fazer um gesto assustado, levantar-se e sair para subir à superfície da água.

Entendi seu susto. Uma sombra gigantesca apareceu sobre o infeliz mergulhador. Era um grande tubarão que avançava na diagonal, com os olhos em chamas e as mandíbulas abertas! Fiquei mudo de horror, incapaz de fazer qualquer movimento.

O animal voraz se lançou vigorosamente contra o homem, que se jogou para o lado e evitou a mordida do tubarão, mas não a batida de sua cauda, que o atingiu no peito e o fez se esparramar no solo.

Essa cena durou apenas alguns segundos. O tubarão voltou e, virando-se de costas, estava prestes a cortar o indiano em dois, quando senti o capitão Nemo, que estava perto de mim, levantar-se de repente. Então, com seu punhal na mão, foi direto em direção ao monstro, pronto para lutar corpo a corpo. Quando estava prestes a pegar o infeliz pescador, o tubarão avistou seu novo adversário e, voltando a ficar de barriga para cima, avançou rapidamente em sua direção.

Ainda consigo ver a pose do capitão Nemo. Dobrado sobre si mesmo, ele esperou com admirável serenidade pelo formidável tubarão e, quando este se precipitou sobre ele, o capitão, jogando-se para o lado com prodigiosa agilidade, evitou o impacto e cravou o punhal na barriga. Mas isso não era tudo. Seguiu-se uma luta terrível.

O tubarão rugiu, por assim dizer. Sangue jorrava de suas feridas. O mar ficou vermelho e, nesse líquido opaco, eu não conseguia ver nada. Nada mais, até que, em uma clareira, vi o ousado capitão, agarrado a uma das barbatanas do animal, lutando corpo a corpo com o monstro, cravando punhais na barriga do inimigo, mas incapaz de dar o golpe letal, ou seja, atingi-lo bem no coração. O esqualo estava se debatendo, sacudindo a massa de água furiosamente, e o refluxo ameaçava me derrubar.

Quis correr em auxílio do capitão. Mas, atordoado pelo horror, não consegui me mover. Fiquei olhando, com os olhos arregalados. Eu podia ver as fases da luta mudando. O capitão caiu no chão, derrubado pela enorme massa que pesava sobre ele. Em seguida, as mandíbulas do tubarão se abriram como uma guilhotina industrial, e o capitão estaria morto se Ned Land, rápido como um raio, com seu arpão na mão, não tivesse corrido em direção ao animal e o atingido com sua implacável ponta.

As ondas ficaram impregnadas com uma massa de sangue. Elas se agitavam sob os movimentos do tubarão, que as golpeava com uma fúria indescritível. Ned Land não havia errado o alvo. Era o turbilhão da morte do monstro. Atingido no coração, ele se debateu em espasmos assustadores, cujas propagações derrubaram Conseil.

Enquanto isso, Ned Land havia soltado o capitão. Este, levantado sem ferimentos, foi direto até o indiano, cortou rapidamente a corda que o prendia à pedra, pegou-o nos braços e, com um vigoroso pontapé, subiu à superfície do mar.

Nós três o seguimos e, em poucos instantes, milagrosamente salvos, chegamos ao barco do pescador. A primeira preocupação do capitão Nemo foi trazer o infeliz de volta à vida. Eu não sabia se ele conseguiria, mas esperava que sim, pois o pobre diabo não estava na água há muito tempo. O golpe da cauda do tubarão, contudo, poderia tê-lo matado.

Felizmente, sob as vigorosas massagens de Conseil e do capitão, vi o homem afogado voltar a si gradualmente. Ele abriu os olhos. Como deve ter ficado surpreso, e até assustado, ao ver as quatro grandes cabeças de cobre curvadas sobre ele!

E, acima de tudo, o que deve ter pensado quando o capitão Nemo, tirando um saco de pérolas de um bolso de sua roupa, colocou-o em sua mão? Esse magnífico presente do homem das águas para o pobre nativo do Ceilão foi aceito por ele com a mão trêmula. Seus olhos assustados mostravam que ele não sabia a que seres sobre-humanos devia sua fortuna e sua vida.

A um sinal do capitão, voltamos ao viveiro das pintadinas e, seguindo a rota que já havíamos percorrido, depois de meia hora de caminhada, encontramos a âncora que prendia o bote do *Nautilus* ao solo.

Uma vez a bordo, cada um de nós, com a ajuda dos marujos, livrou-se das pesadas calotas de cobre. As primeiras palavras do capitão Nemo foram para o canadense.

— Obrigado, Mestre Land — disse ele.

— É uma retribuição, capitão — respondeu Ned Land. — Eu lhe devia isso.

Um sorriso pálido cruzou os lábios do capitão, e isso foi tudo.

— Para o *Nautilus* — disse ele.

O barco saiu flutuando. Alguns minutos depois, nos deparamos com o cadáver flutuante do tubarão. Pela cor preta na extremidade de suas nadadeiras, reconheci o terrível melanóptero do Mar da Índia, da espécie dos tubarões propriamente ditos. Ele tinha mais de seis metros de comprimento e sua enorme boca ocupava um terço do corpo. Era um adulto, como se podia ver pelas seis fileiras de dentes dispostas em triângulos isósceles na mandíbula superior.

Conseil observou-o com interesse científico e tenho certeza de que ele estava certo ao classificá-lo como da classe dos cartilaginosos, ordem dos condropterígios de brânquias fixas, família dos seláquios, gênero dos esqualos.

Enquanto eu examinava essa massa inerte, recebemos a visita de uma dúzia desses vorazes melanópteros, os quais, sem se preocuparem conosco, lançaram-se sobre o cadáver e disputaram seus despojos em torno da embarcação.

Comecei então a refletir sobre os incidentes de nossa excursão ao banco de Manaar. Duas observações surgiram inevitavelmente. Uma dizia respeito à audácia incomparável do capitão Nemo, a outra à sua devoção a um ser humano, um dos representantes da raça da qual ele estava fugindo no fundo do mar. Independentemente do que ele dissesse, esse homem estranho ainda tinha algo no coração.

Quando fiz essa observação, ele respondeu em um tom ligeiramente emocionado:

— Esse indiano, professor, é um habitante da terra dos oprimidos, e eu ainda sou e, até meu último suspiro, serei dessa mesma terra!

CAPÍTULO IV

O Mar Vermelho

Durante o dia 29 de janeiro, a ilha do Ceilão desapareceu no horizonte, e o *Nautilus*, a uma velocidade de vinte milhas por hora, entrou no labirinto de canais que separam as Maldivas das Laquedivas. Chegou a passar pela Ilha Kittan, uma terra de origem madrepórica, descoberta por Vasco da Gama em 1499, e uma das dezenove ilhas principais do arquipélago das Laquedivas, situado entre 10° e 14° 30' de latitude norte e 69° e 50° 72' de longitude leste.

Havíamos navegado dezesseis mil duzentas e vinte milhas, ou sete mil e quinhentas léguas, desde o nosso ponto de partida nos mares japoneses. No dia seguinte, 30 de janeiro, quando o *Nautilus* subiu à superfície do oceano, não havia terra à vista. O *Nautilus* estava se dirigindo para o norte-noroeste, em direção ao Mar Arábico, que se estende entre a Arábia e a península indiana e serve de saída para o Golfo Pérsico.

Era obviamente um impasse, um beco sem saída. Para onde será que o capitão Nemo estava nos levando? Eu não sabia dizer. Isso não satisfez o canadense, que naquele dia me perguntou aonde íamos.

— Estamos indo, Mestre Ned, para onde quer que o capricho do capitão nos leve.

— Esse capricho — respondeu o canadense — não pode nos levar longe. Não há como sair do Golfo Pérsico e, se entrarmos nele, não demorará muito para termos de refazer nossos passos.

— Bem, nós voltaremos, Mestre Land, e se, depois do Golfo Pérsico, o *Nautilus* quiser visitar o Mar Vermelho, o estreito de Bab-el-Mandeb sempre estará lá para dar passagem.

— Não preciso lhe dizer, senhor — respondeu Ned Land —, que o Mar Vermelho não é menos fechado do que o Golfo, pois o Istmo de Suez ainda não foi perfurado e, se tivesse sido, um barco misterioso como o nosso não se aventuraria em seus canais cortados por eclusas. Ou seja, o Mar Vermelho ainda não é a rota que nos levará de volta à Europa.

— Ora, eu não disse que voltaríamos para a Europa.

— Então, o que você acha?

— Suponho que, depois de visitar essas partes curiosas da Arábia e do Egito, o *Nautilus* atravessará o oceano Índico, talvez pelo Canal de Moçambique, talvez ao largo das Ilhas Mascarenhas, para chegar ao Cabo da Boa Esperança.

— E quando chegarmos ao Cabo da Boa Esperança? — perguntou o canadense, com uma insistência particular.

— Bom, entraremos no Atlântico, que ainda não conhecemos. Ah, amigo Ned, está se cansando dessa jornada no fundo do mar? Está entediado com o espetáculo das maravilhas subaquáticas, que muda constantemente? No que me diz respeito, vou encerrar essa viagem com o maior pesar, pois foi oferecida a tão poucos homens.

— Mas você sabe, Sr. Aronnax — respondeu o canadense —, que estamos presos a bordo deste *Nautilus* há quase três meses?

— Não, Ned, não sei, não quero saber, e não estou contando os dias ou as horas.

— Mas e a conclusão?

— A conclusão virá em seu próprio tempo. Além disso, não há nada que possamos fazer a respeito e estamos discutindo inutilmente. Se viesse até mim e dissesse, bom Ned: "Temos uma chance de escapar", eu analisaria. Mas não é o caso e, para dizer a verdade, acho que o capitão Nemo jamais se aventurará nos mares europeus.

A partir desse breve diálogo, podemos ver que, como um fanático pelo *Nautilus*, eu estava encarnado na pele de seu capitão. Quanto a Ned Land, ele encerrou a conversa com estas palavras, na forma de um monólogo:

— Tudo isso é muito bonito, mas, na minha opinião, onde há desconforto, não há prazer.

Durante quatro dias, até 3 de fevereiro, o *Nautilus* visitou o Mar de Omã em várias velocidades e profundidades. Ele parecia andar ao acaso, como se estivesse hesitando sobre a rota a seguir, mas nunca ultrapassou o Trópico de Câncer.

Ao sairmos desse mar, por um momento avistamos Mascate, a cidade mais importante do país de Omã. Admirei sua estranha aparência, em meio às rochas negras que a cercam e contra as quais suas casas e fortalezas se destacam em branco. Vislumbrei as cúpulas arredondadas de suas mesquitas, as pontas elegantes de seus minaretes e seus terraços verdes e frescos. Mas foi apenas uma breve visão, e o *Nautilus* logo afundou sob as ondas escuras dessas águas.

Em seguida, a seis milhas de distância, percorreu as costas árabes de Mahrah e Hadramant, com sua linha sinuosa de montanhas e ruínas antigas. Em 5 de fevereiro, finalmente entramos no Golfo de Aden, um verdadeiro funil introduzido no Bab-el-Mandeb, que canaliza as águas indianas para o Mar Vermelho.

Em 6 de fevereiro, o *Nautilus* flutuou à vista de Aden, situada em um promontório ligado ao continente por um estreito istmo, uma espécie de Gibraltar inacessível, cujas fortificações foram reconstruídas pelos ingleses depois de sua tomada em 1839. Vislumbrei os minaretes octogonais dessa cidade, que já foi o armazém mais rico e comercial da costa, de acordo com o historiador Edrisi.

Pensei que o capitão Nemo, tendo chegado a esse ponto, fosse voltar; mas eu estava errado e, para minha grande surpresa, não voltamos. No dia seguinte, 7 de fevereiro, entramos no Estreito de Bab-el-Mandeb, cujo nome significa "o portão das lágrimas" em árabe. Com cem quilômetros de largura, tem apenas cinquenta e dois quilômetros de comprimento, e o *Nautilus* levou apenas uma hora para atravessá-lo a toda velocidade. Mas não vi nada, nem mesmo a ilha de Perim, que o governo britânico fortificou em Aden. Havia muitos navios a vapor ingleses e franceses nas linhas de Suez para Bombaim, Calcutá, Melbourne, Bourbon e Ilhas Maurício para permitir que o *Nautilus* se arriscasse. Sendo assim, manteve-se cautelosamente entre duas águas.

Finalmente, ao meio-dia, cruzamos as ondas do Mar Vermelho; o famoso lago de tradição bíblica, que dificilmente é resfriado pela chuva, que não é regado por nenhum rio importante, que é incessantemente sugado pela evaporação e que perde uma porção de líquido de um metro e meio de altura a cada ano! Nesse aspecto, é inferior a seus vizinhos, o Cáspio e o Asfaltite, cujo nível só caiu até o ponto em que sua evaporação se iguala à quantidade de água que recebem.

O Mar Vermelho tem dois mil e seiscentos quilômetros de comprimento e uma largura média de duzentos e quarenta quilômetros. Na época dos Ptolomeus e dos imperadores romanos, era a grande artéria comercial do mundo, e a construção do istmo restaurará sua antiga importância, que as ferrovias de Suez já restauraram parcialmente.

Eu não queria nem tentar entender o capricho do capitão Nemo, que poderia tê-lo levado a nos arrastar para esse golfo. Mas aprovava sem reservas o fato de o *Nautilus* ter entrado nele. Andávamos em velocidade média, às vezes permanecendo na superfície, às vezes mergulhando para evitar um navio, e assim pude observar o interior e o topo desse mar tão curioso.

Em 8 de fevereiro, nas primeiras horas da manhã, vimos Moca, uma cidade agora em ruínas, cujas muralhas desmoronam ao simples som de canhões, e protegida aqui e ali por algumas tamareiras verdes. Outrora uma cidade importante, continha seis mercados públicos e vinte e seis mesquitas, e suas muralhas, defendidas por quatorze fortes, formavam um cinturão de três quilômetros de comprimento.

Aproximando-se da costa da África, o *Nautilus* encontrou-se num mar muito mais profundo. Ali, entre as águas cristalinas, podíamos admirar pelas escotilhas abertas deslumbrantes arbustos de coral e extensões de rocha cobertas por uma esplêndida camada verde de algas e fucos. Que espetáculo incrível, e que variedade de paisagens e espaços próximos desses recifes e ilhotas vulcânicas margeiam a costa da Líbia! Contudo, essas arborizações revelam toda sua beleza na região das praias orientais, que o *Nautilus* logo alcançou, nas costas do Tehama, pois na época este manancial de zoófitos não apenas florescia abaixo do nível do mar, mas também formava emaranhados curiosos que se erguiam dez braças acima; mais caprichosos, porém não menos coloridos do que aqueles cujo frescor é propiciado pela vitalidade úmida das águas.

Foram muitas as horas agradáveis que despendi olhando pela janela do salão! Quantas espécies inéditas da flora e da fauna submarina admirei à luz do facho do nosso farol elétrico! Fungos agariciformes, actínias cor de ardósia, como a *Thalassianthus aster*, tubíporas posicionadas como flautas e aguardando apenas o sopro de Pã, as conchas que se apresentam apenas naquele mar, dispostas nas concavidades madrepóricas e com bases torneadas em curta espiral, e, por fim, mil espécimes de um polipeiro que eu ainda não encontrara, a vulgar esponja.

A primeira classe do grupo dos pólipos, os espongiários, foi criada precisamente por esse tipo curioso, de utilidade incontestável. A esponja não é um vegetal, como ainda afirmam alguns naturalistas, e sim um animal da última ordem, um polipeiro inferior ao do coral. Ser um animal é inquestionável, e deve-se desconsiderar a opinião dos antigos que a viam como uma criatura intermediária entre plantas e animais. De todo modo, devo mencionar que os naturalistas não chegaram a um acordo quanto à organização da esponja. Para alguns, é um polipeiro, e para outros, como o Sr. Milne-Edwards, é um indivíduo isolado e único.

Essa classe tem cerca de trezentas espécies, encontradas em muitos mares e até em alguns rios, recebendo o nome de "fluviáteis". Suas águas preferidas, no entanto, são as do Mediterrâneo, das ilhas gregas, da costa da Síria e do Mar Vermelho. Nelas, reproduzem-se e desenvolvem-se esponjas delicadas e macias, cujo valor chega a cento e cinquenta francos; a esponja-loura da Síria, a esponja-dura da Berbéria etc. E, já que não pude estudar esses zoófitos nas Escalas do Levante, do qual estávamos separados pelo intransponível istmo de Suez, contentei-me em observá-los nas águas do Mar Vermelho. Sendo assim, chamei também Conseil, enquanto o *Nautilus*, em uma profundidade média de oito a nove metros, percorria lentamente as belas rochas da costa leste.

Vimos esponjas de todos os formatos, pediculadas, foliculadas, globulares, digitiformes. Sua aparência fazia jus aos nomes de corbelhas, cálices, rocas, chifre-de-alce, pata-de-leão, cauda-de-pavão, luva-de-netuno, atribuídos pelos pescadores, mais poetas do que os cientistas. Do tecido fibroso, besuntado por uma substância gelatinosa, escapavam incessantemente filetes de água, que, depois de terem levado vida a cada uma das células, eram expulsos por um movimento contrátil. A substância gelatinosa desaparece após a morte do pólipo e, ao apodrecer, libera amoníaco, deixando subsistir somente as fibras córneas ou também gelatinosas de que se compõe a esponja doméstica, a qual tem uma cor avermelhada e serve a diversos usos, dependendo de seu grau de elasticidade, permeabilidade ou resistência à maceração.

Esses polipeiros aderiam aos rochedos, às conchas dos moluscos e mesmo aos caules de hidrófitos, ocupando as menores anfractuosidades, uns esparramando-se, outros aprumando-se ou pendendo como excrescências coralígenas. Ensinei a Conseil que aquelas esponjas eram pescadas de duas maneiras: ou por meio da draga ou manualmente. Este último método, que requer o uso de mergulhadores, é preferível, pois, preservando o tecido do polipeiro, torna-o muito mais valioso.

Os outros zoófitos que se aglomeravam ao lado das esponjas consistiam principalmente em uma espécie muito elegante de água-viva; os moluscos eram representados por variedades de lulas que, segundo d'Orbigny, são características do Mar Vermelho, e os répteis por tartarugas *virgata*, pertencentes ao gênero dos quelônios, que forneceram à nossa mesa um prato saudável e delicado.

Quanto aos peixes, eles eram numerosos e muitas vezes espetaculares. Eis alguns daqueles que as redes do *Nautilus* capturavam em maior quantidade: raias, entre as quais as limas, de forma oval, cor de tijolo, corpo semeado por manchas azuis desiguais, e identificáveis por seu duplo esporão rendado; peixes-fantasma com o dorso prateado; raias com espinhos e a cauda pontilhada, bem como *bockats*, vastos mantos com dois metros de comprimento que ondulavam entre as águas; aodontes, absolutamente desprovidos de dentes, espécies de cartilaginosos aparentados ao esqualo; ostrações-dromedárias cuja corcova termina num agulhão curvo, com meio metro de comprimento; ofídios, autênticas moreias de cauda prateada, dorso azulado, peitorais marrons debruados de cinza; "gordinhos", da família dos estromáteos, zebrados com estreitas listras douradas e paramentados com as três cores da França; blênios *garamits*, com quatro decímetros de comprimento; soberbos aracimboras, decorados com sete faixas transversais de um belo negro, exibindo barbatanas azuis e amarelas e escamas douradas e prateadas; centrópodes; sargos auriflamantes de cabeça amarela; peixes-papagaio, bodiões, balistas, gobídeos etc., e milhares de outros peixes comuns aos oceanos que já havíamos atravessado.

Em 9 de fevereiro, o *Nautilus* estava flutuando na parte mais larga do Mar Vermelho, entre Souakin, na costa oeste, e Quonfodah, na costa leste, com um diâmetro de noventa milhas. Naquele dia, ao meio-dia, depois do ponto, o capitão Nemo subiu na plataforma, onde eu estava. Prometi a mim mesmo que não o deixaria descer sem ao menos sondá-lo sobre seus planos futuros. Ele veio até mim assim que me viu, ofereceu-me gentilmente um charuto e disse:

— Então, professor, este Mar Vermelho lhe agrada? Já observou suficientemente as maravilhas que ele encobre, seus peixes e zoófitos, leitos de esponjas e florestas de corais? Já viu as cidades construídas em suas margens?

— Sim, capitão Nemo — respondi —, e o *Nautilus* se prestou maravilhosamente bem a todo esse estudo. Ah, é um barco inteligente!

— Sim, senhor, inteligente, ousado e invulnerável! Não teme as terríveis tempestades do Mar Vermelho, nem suas correntes, nem seus recifes.

— De fato — eu disse —, esse mar é citado como um dos piores e, se não me engano, na época dos antigos sua reputação era detestável.

— Detestável, Sr. Aronnax. Os historiadores gregos e latinos não falam muito bem dele, e Estrabão diz que é particularmente difícil durante os ventos etésios e a estação das chuvas. O árabe Edrisi, que o descreve sob o nome de Golfo de Colzum, diz que muitos navios perecem em seus bancos de areia, e que ninguém se atreve a navegar por lá à noite. Segundo ele, é um mar propenso a terríveis furacões, pontilhado de ilhas inóspitas e "que não oferecem nada de bom" nem em suas profundezas nem em sua superfície. Essa é a opinião de Arrão, Agatarco e Artemidoro.

— Como você pode ver — respondi —, esses historiadores não navegaram a bordo do *Nautilus*.

— De fato — respondeu o capitão, sorrindo —, e nesse aspecto, os modernos não são mais avançados do que os antigos. Foram necessários muitos séculos para descobrir a potência mecânica do vapor! Quem sabe se veremos um segundo *Nautilus* daqui a cem anos! O progresso é lento, Sr. Aronnax.

— É verdade — respondi —, seu navio está um século, talvez vários séculos, à frente de seu tempo. Que infelicidade que um segredo desses morra com seu inventor!

O capitão Nemo não respondeu. Após alguns minutos de silêncio:

— Estava me falando — disse ele — da opinião dos historiadores antigos sobre os perigos de navegar pelo Mar Vermelho?

— É verdade — respondi —, mas os temores deles não eram exagerados?

— Sim e não, Sr. Aronnax — respondeu o capitão Nemo, que me pareceu conhecer o "seu Mar Vermelho" por dentro. — O que não é mais perigoso para um navio moderno, bem equipado, solidamente construído e que domina sua direção graças ao vapor obediente, oferecia perigos de todos os tipos para os navios dos antigos. É preciso imaginar esses primeiros navegadores se aventurando em barcos feitos de tábuas costuradas com cordas de palmeira, calafetadas com resina triturada e besuntadas com banha de tubarão. Eles não tinham nem mesmo instrumento para dizer para onde estavam indo e rumavam por navegação estimada em correntes que mal conheciam. Nessas condições, os naufrágios eram e deviam ser numerosos. Atualmente, no entanto, os navios a vapor que operam entre Suez e os mares do sul não têm nada a temer dos ventos furiosos do golfo, apesar das monções contrárias. Seus capitães e passageiros não se preparam para a partida com sacrifícios propiciatórios e, ao retornarem, não vão mais, adornados com guirlandas e faixas douradas, agradecer aos deuses no templo mais próximo.

— Concordo — disse eu —, e me parece que o vapor matou a gratidão no coração dos marinheiros. Mas, capitão, já que o senhor parece ter feito um estudo especial desse mar, pode me dizer a origem de seu nome?

— Há muitas explicações sobre esse assunto, Sr. Aronnax. Gostaria de saber a opinião de um cronista do século XIV?

— Com certeza.

— Esse fantasista afirma que seu nome foi dado após a passagem dos israelitas, quando o faraó pereceu nas ondas que se fecharam à voz de Moisés: "Refletindo aquela maravilha/ O mar ficou vermelho. /Não souberam denominá-lo /Senão como mar vermelho".

— Uma explicação de poeta, capitão Nemo — respondi —, mas não posso me contentar com ela. Por isso, quero ouvir sua opinião pessoal.

— E aqui está. Na minha opinião, Sr. Aronnax, o nome Mar Vermelho é uma tradução da palavra hebraica *edrom*, e se os antigos lhe deram esse nome, foi por causa da cor particular de suas águas.

— Até agora, porém, só vi águas claras, sem nenhuma tonalidade específica.

— Sem dúvida, mas à medida que você se aproxima do fundo do golfo, notará essa aparência singular. Lembro-me de ter visto a baía de Tor totalmente vermelha, como um lago de sangue.

— E você atribui essa cor à presença de uma alga microscópica?

— Sim, é uma substância mucilaginosa roxa produzida por aquelas plantinhas insignificantes conhecidas como *trichodesmium*, das quais são necessárias quarenta mil para ocupar o espaço de um milímetro quadrado. Talvez você encontre algumas quando chegarmos a Tor.

— Então, capitão Nemo, essa não é a primeira vez que você viaja pelo Mar Vermelho a bordo do *Nautilus*?

— Não, senhor, não é.

— Já que o senhor falou anteriormente sobre a passagem dos israelitas e a catástrofe dos egípcios, gostaria de perguntar se o senhor reconheceu algum vestígio desse grande evento histórico debaixo d'água?

— Não, professor, e por um excelente motivo.

— Por quê?

— Porque o mesmo lugar por onde Moisés passou com todo o seu povo está agora tão assoreado que os camelos mal conseguem lavar as pernas. Sendo assim, o meu *Nautilus* não teria água suficiente para navegar.

— E esse lugar fica...? — perguntei.

— Este lugar está localizado um pouco acima de Suez, em um braço que já formou um estuário profundo, quando o Mar Vermelho se estendia até os lagos salobros. Agora, quer essa passagem tenha sido milagrosa ou não, os israelitas passaram por aqui em seu caminho para a Terra Prometida, e o exército do Faraó pereceu exatamente nesse ponto. Portanto, acredito que escavações realizadas no meio dessa areia revelariam uma grande quantidade de armas e ferramentas de origem egípcia.

— Claro — concordei —, e devemos esperar, para o bem dos arqueólogos, que essas escavações sejam realizadas mais cedo ou mais tarde, quando novas cidades forem estabelecidas nesse istmo, depois que o Canal de Suez for perfurado. Um canal sem utilidade para um navio como o *Nautilus*!

— Sem dúvida, mas útil para o mundo inteiro — disse o capitão Nemo. — Os antigos entenderam que estabelecer uma ligação entre o Mar Vermelho e o Mediterrâneo teria sido útil para seu comércio, mas não pensaram em cavar um canal direto, usando o Nilo como intermediário. É muito provável que o canal que unia o Nilo ao Mar Vermelho tenha sido iniciado sob domínio de Sesóstris, a seguir pela tradição. E é certeiro que, 615 anos antes de Jesus Cristo, Neco executou obras que planejavam um canal fomentado pelas águas do Nilo, ao longo da planície do Egito que contempla a Arábia. Tal canal era atravessado em quatro dias, e sua largura permitia que duas trirremes pudessem cruzá-lo. Dario, filho de Histapo, continuou-o, tendo provavelmente sido concluído por Ptolomeu II. Estrabão consagrou-o à navegação, mas o breve declive entre seu ponto de partida, perto de Bubaste, e o Mar Vermelho, tornava-o navegável somente durante alguns meses do ano. Esse canal serviu ao comércio até o século dos Antoninos; abandonado, assoreado, depois reformado por ordens do califa Omar, foi definitivamente vedado em 761 ou 762 pelo califa Al-Mansur, que assim quis impedir a chegada de víveres a Mohammed ben Abdallah, amotinado contra ele. Durante a expedição do Egito, seu general Bonaparte encontrou vestígios dessa obra no deserto de Suez e, surpreendido pela maré, quase pereceu algumas horas antes de chegar a Hadjaroth, o mesmo lugar onde Moisés acampara três mil e trezentos anos antes dele.

— Pois bem, capitão, o que os antigos não ousaram fazer, essa junção entre os dois mares que encurtará a rota de Cádiz para a

Índia em nove mil quilômetros, o Sr. de Lesseps fez, e em pouco tempo ele terá transformado a África em uma imensa ilha.

— Sim, Sr. Aronnax, e o senhor tem todo o direito de se orgulhar de seu compatriota. Ele é um homem que honra uma nação mais do que os maiores capitães! Ele começou como tantos outros, com problemas e rejeição, mas triunfou, porque tem o gênio da vontade. E é triste pensar que esse trabalho, que deveria ter sido internacional, que teria bastado para ilustrar um reinado, foi bem-sucedido apenas por causa da energia de um homem. Portanto, viva ao Sr. de Lesseps!

— Sim, viva a esse grande cidadão — respondi, surpreso com o sotaque com o qual o capitão Nemo acabara de falar.

— Infelizmente — continuou ele —, não posso levá-lo pelo Canal de Suez, mas o senhor poderá ver os longos molhes de Port Said depois de amanhã, quando estivermos no Mediterrâneo.

— No Mediterrâneo! — exclamei.

— Sim, professor. Isso o surpreende?

— O que me surpreende é pensar que estaremos lá depois de amanhã.

— É mesmo?

— Sim, capitão, embora eu já devesse estar acostumado a não me surpreender com nada desde que cheguei a bordo!

— Mas qual é o motivo dessa surpresa?

— A velocidade terrível que o senhor será forçado a empregar no *Nautilus* para estar no Mediterrâneo depois de amanhã, depois de ter circunavegado a África e contornado o Cabo da Boa Esperança.

— E quem disse que navegaremos ao redor da África, professor? Quem disse algo sobre contornar o Cabo da Boa Esperança?

— No entanto, a menos que o *Nautilus* vire em terra firme e passe sobre o istmo...

— Ou sob ele, Sr. Aronnax.

— Sob ele?

— Sem dúvida — respondeu calmamente o capitão Nemo. — A natureza já fez há muito tempo sob essa camada de terra o que os homens estão fazendo hoje em sua superfície.

— Então existe uma passagem?

— Sim, uma passagem subterrânea que chamei de Túnel das Arábias. Começa abaixo de Suez e leva ao Golfo de Pelusa.

— Mas esse istmo não é nada além de areia movediça?

— Até uma certa profundidade. Mas apenas cinquenta metros abaixo há um leito de rocha inabalável.

— E foi por acaso que o senhor descobriu essa passagem?

— Acaso e raciocínio, professor, e ainda mais raciocínio do que acaso.

— Capitão, estou ouvindo, mas meus ouvidos não creem no que ouvem.

— Ah, senhor! *Aures habent et non audient*[5] é um velho ditado que continua válido. Essa passagem não apenas existe, mas já a usei várias vezes. Se não existisse, não teria me aventurado neste beco sem saída do Mar Vermelho hoje.

— É indiscrição perguntar como descobriu esse túnel?

— Senhor — respondeu o capitão —, não pode haver segredos entre pessoas que não devem mais se separar.

Ignorei a insinuação e aguardei a história do capitão Nemo.

— Professor — continuou ele —, foi o simples raciocínio de um naturalista que me levou a descobrir essa passagem que só eu conheço. Eu notara que o Mar Vermelho e o Mediterrâneo tinha certos peixes de espécies totalmente idênticas: ofídios, estrômatos, bodiões, percas, peixes-rei e peixes-voadores. Ciente disso, questionei-me se existiria uma comunicação entre os dois mares. Se sim, a corrente subterrânea devia seguir, obrigatoriamente, o sentido do Mar Vermelho para o Mediterrâneo, a julgar somente pela diferença dos níveis. Pesquei uma grande quantidade de peixes nas imediações de Suez. Prendi-lhes na cauda um aro de cobre, e os devolvi ao mar. Meses depois, nas costas da Síria, pesquei novamente alguns espécimes de meus peixes adornados com anéis identificadores. A comunicação entre os dois estava então demonstrada para mim. Procurei por ela com o *Nautilus*, descobri-a, aventurei-me nela e, em breve, professor, o senhor também terá passado pelo meu túnel das arábias!

5 "Tendo ouvidos, não ouvis" (Marcos, 8:18).

CAPÍTULO V

Túnel das Arábias

Naquele mesmo dia, relatei a Conseil e Ned Land a parte da conversa que era de interesse direto deles. Quando lhes disse que em dois dias estaríamos no meio do Mediterrâneo, Conseil bateu palmas, mas o canadense encolheu os ombros.

— Um túnel subaquático! — exclamou ele. — Comunicação entre os dois mares! Quem já ouviu falar de tal coisa?

— Amigo Ned — respondeu Conseil —, já ouvira falar do *Nautilus*? Não! Mas ele existe. Portanto, não dê de ombros com tanto desdém e não descarte as coisas só porque nunca ouviu falar delas.

— Veremos! — respondeu Ned Land, balançando a cabeça. — Afinal de contas, eu gostaria muito de acreditar nessa tal passagem, e que Deus permita que realmente nos leve ao Mediterrâneo.

Naquela mesma noite, na latitude 21° 30’ norte, o *Nautilus*, flutuando na superfície do mar, aproximou-se da costa da Arábia. Vi Djeddah, um importante entreposto comercial para o Egito, a Síria, a Turquia e a Índia. Pude ver claramente todos os edifícios, os navios atracados ao longo dos cais e aqueles cujo calado os obrigava a atracar no ancoradouro. O sol, bem baixo no horizonte, estava batendo nas casas da cidade, realçando sua brancura. Do lado de fora, algumas cabanas de madeira ou de junco indicavam a área habitada pelos beduínos.

Djeddah logo desapareceu nas sombras da noite, e o *Nautilus* voltou para as águas levemente fosforescentes. No dia seguinte, 10 de fevereiro, vários navios apareceram, correndo ao nosso lado. O *Nautilus* retomou sua navegação subaquática, mas ao meio-dia, na altura da medição, como o mar estava deserto, subiu até a linha d'água. Acompanhado por Ned e Conseil, fui me sentar na plataforma. A costa a leste aparecia como uma massa, apenas borrada por uma névoa úmida.

Encostados na lateral do bote, estávamos conversando sobre várias coisas, quando Ned Land, estendendo a mão em direção a um ponto no mar, me disse:

— Está vendo alguma coisa ali, professor?

— Não, Ned — respondi — mas você sabe que não tenho olhos como os seus.

— Olhe bem — continuou Ned —, ali, na proa a estibordo, mais ou menos na altura do farol! Não vê uma massa que parece estar se movendo?

— De fato — disse, depois de observar cuidadosamente —, posso ver um longo corpo escuro na superfície da água.

— Outro *Nautilus*? — disse Conseil.

— Não — respondeu o canadense —, ou estou muito enganado, ou é algum tipo de animal marinho.

— Há baleias no Mar Vermelho? — perguntou Conseil.

— Sim, meu rapaz — respondi —, às vezes são avistadas.

— Não é uma baleia — replicou Ned Land, que não tirava os olhos do objeto em questão. — As baleias e eu somos velhos conhecidos e eu não me enganaria com sua velocidade.

— Vamos esperar — disse Conseil. — O *Nautilus* está se dirigindo para lá e, em pouco tempo, saberemos do que se trata.

De fato, o objeto escuro logo estava a apenas uma milha de nós. Parecia um grande rochedo encalhado em mar aberto. O que era? Eu ainda não sabia dizer.

— Está mergulhando! — exclamou Ned Land. — Mil demônios! Não tem a cauda bifurcada como a de uma baleia ou cachalote, e suas nadadeiras parecem membros amputados.

— Mas então... — indaguei.

— Olhem — continuou o canadense —, lá está, de costas, com o peito erguido no ar!

— É uma sereia — gritou Conseil —, uma sereia de verdade, que me perdoe o cavalheiro.

A palavra sereia me colocou no caminho certo, e percebi que esse animal pertencia àquela ordem de criaturas marinhas, da qual a fábula criou as sereias, metade mulheres e metade peixes.

— Não — disse eu a Conseil —, não é uma sereia, mas uma criatura curiosa da qual quase não restam exemplares no Mar Vermelho. É um dugongo.

— Ordem dos sirenídeos, grupo dos pisciformes, subclasse dos eutérios, classe dos mamíferos, ramo dos vertebrados — respondeu Conseil.

E depois que Conseil falou isso, não havia mais nada a dizer. Mas Ned Land ainda estava observando. Seus olhos brilhavam de luxúria diante do animal; sua mão parecia pronta para arpoá-lo. Era como se ele estivesse esperando o momento de se lançar ao mar para atacá-lo em seu elemento.

— Oh, senhor — falou, com a voz trêmula de emoção —, nunca matei um desses.

Era o resumo genuíno e total do arpoador, aquela frase. Naquele momento, o capitão Nemo apareceu na plataforma. Viu o dugongo. Percebeu a atitude do canadense e se dirigiu diretamente a ele:

— Se estivesse segurando um arpão, Mestre Land, não queimaria a sua mão?

— Com certeza, senhor.

— E o senhor não gostaria de voltar a ser pescador por um dia e acrescentar esse cetáceo à lista dos que já aniquilou?

— Não me importaria nem um pouco.

— Bom, pode tentar.

— Obrigado, senhor — respondeu Ned Land, com os olhos faiscando.

— Só que — continuou o capitão — eu o aconselharia a não errar, para o seu próprio bem.

— É perigoso atacar esses dugongos? — perguntei, apesar de o canadense ter dado de ombros.

— Sim, às vezes — respondeu o capitão. — Esse animal se volta contra seus agressores e vira o barco deles. Mas para o Mestre Land, esse perigo não é de se temer; tem o olhar ágil e braços firmes. Se o aconselho a não errar esse dugongo, é porque é considerado uma boa carne, e sei que o Mestre Land não despreza uma boa iguaria.

— Ah! — fez o canadense. — O animal dá ainda o luxo de uma boa refeição?

— Sim, Mestre Land. Sua carne, uma verdadeira iguaria, é muito apreciada em toda a Malásia e fica reservada para a mesa dos príncipes. Esse excelente animal é caçado de forma tão implacável que, assim como seu congênere peixe-mulher, está se tornando cada vez mais raro.

— Então, capitão — disse Conseil com seriedade —, se por acaso este for o último de sua espécie, não seria melhor poupá-lo, no interesse da ciência?

— Talvez — respondeu o canadense —, mas no interesse da culinária, seria melhor caçá-lo.

— Faça isso, Mestre Land — respondeu o capitão Nemo.

Naquele momento, sete homens da tripulação, silenciosos e impassíveis como sempre, subiram na plataforma. Um deles carregava um arpão e uma linha semelhante àquelas usadas pelos baleeiros. O bote foi desatrelado, arrancado de seu encaixe e lançado ao mar. Seis remadores tomaram seus lugares nos bancos e o timoneiro assumiu o leme. Ned, Conseil e eu nos sentamos na popa.

— O senhor não vem, capitão?

— Não, senhor, mas espero que tenha uma boa caçada.

O bote zarpou e, levantado por seus seis remos, dirigiu-se rapidamente para o dugongo, que estava flutuando a duas milhas do *Nautilus*. Quando chegou a poucos metros do cetáceo, diminuiu a velocidade e os remos mergulharam silenciosamente nas águas calmas. Ned Land, com seu arpão na mão, foi para a proa do bote. O arpão usado para atacar a baleia geralmente é preso a uma corda longa, que se desenrola rapidamente quando o animal ferido o arrasta consigo. Mas aqui a corda não tinha mais do que dez braças de comprimento, e sua extremidade estava presa apenas a um pequeno barril que, ao flutuar, indicaria o progresso do dugongo sob a água.

Levantei-me e dei uma boa olhada no adversário do canadense. Esse dugongo, também conhecido como *halicare*, era muito parecido com o peixe-mulher. Seu corpo oblongo terminava em uma cauda muito alongada e suas nadadeiras laterais eram verdadeiros dedos. Diferenciava-se do peixe-mulher pelo fato de sua mandíbula superior ser armada com dois dentes longos e pontiagudos, que formavam presas divergentes em ambos os lados.

O dugongo, que Ned Land estava se preparando para atacar, tinha um tamanho colossal, com pelo menos sete metros de comprimento. Não se movia e parecia estar dormindo na superfície da água, uma circunstância que facilitava a captura.

O barco se aproximou cautelosamente do animal até três metros de distância. Os remos permaneceram suspensos em suas travas. Fiquei de pé. Ned Land, com o corpo um pouco inclinado para trás, empunhava o arpão com uma mão experiente. De repente, ouviu-se um apito e o dugongo desapareceu. O arpão, arremessado com força, provavelmente só havia atingido a água.

— Mil demônios! — gritou o canadense furioso. — Errei!

— Não — eu disse —, o animal está ferido, veja o sangue, mas o arpão não ficou no corpo dele.

— Meu arpão! Meu arpão! — gritou Ned Land.

Os marinheiros começaram a remar novamente, e o timoneiro dirigiu o barco em direção ao barril flutuante. Depois que o arpão foi recuperado, o barco partiu em busca do animal.

De tempos em tempos, ele voltava à superfície do mar para respirar. O ferimento não o enfraquecera, pois nadava com extrema rapidez. O barco, manobrado por braços fortes, seguiu seu caminho. Várias vezes, chegava a poucas braças e o canadense ficava prestes a atacar, mas o dugongo subitamente mergulhava e tornava impossível alcançá-lo. É de se imaginar a ira que exaltava o impaciente Ned Land. Lançava os xingamentos mais enérgicos da língua inglesa contra o infeliz animal. No que me dizia respeito, também me irritava ver o dugongo desviar de todos os nossos truques.

Nós o perseguimos incansavelmente por uma hora, e eu estava começando a pensar que seria muito difícil pegá-lo, quando o animal foi tomado por uma infeliz ideia de vingança, da qual acabou por se arrepender. Retornou para atacar a canoa, por sua vez. Essa manobra não passou despercebida pelo canadense.

— Cuidado! — disse ele.

O capitão disse algumas palavras em sua língua estranha e, provavelmente, avisou seus homens para ficarem atentos. O dugongo, a seis metros da canoa, parou, farejou o ar com suas enormes narinas perfuradas não na ponta, mas no topo do focinho. Depois, ganhando impulso, correu em nossa direção.

A canoa não pôde evitar o colapso; meio virada, absorveu uma ou duas toneladas de água, que teve de ser retirada; mas, graças à perícia do timoneiro, atingido obliquamente e não de cheio, não virou. Ned Land, agarrado no castelo de proa, fustigava com arpoadas o gigantesco animal, que, com os dentes cravados na amurada, levantava a embarcação para fora d'água como um leão faz com um cabrito. Estávamos caídos uns sobre os outros, e não sei como teria terminado a aventura se o canadense, ainda implacável contra o animal, não o tivesse finalmente atingido no coração.

Ouvi o ranger de dentes em uma chapa de metal, e o dugongo desapareceu, levando o arpão com ele. Logo o barril voltou à superfície e, alguns momentos depois, o corpo do animal apareceu, virado de costas. O bote se aproximou, levou-o a reboque e foi em direção ao *Nautilus*.

Foram necessários guinchos potentes para içar o dugongo até a plataforma. Ele pesava cinco toneladas. Foi despedaçado na frente do canadense, que queria acompanhar cada detalhe da operação. No mesmo dia, o comissário de bordo me serviu algumas fatias dessa carne, habilmente preparada pelo cozinheiro do navio, para o jantar. Eu a achei excelente e até superior à vitela, se não à carne bovina.

No dia seguinte, 11 de fevereiro, a cozinha do *Nautilus* foi novamente enriquecida com saborosa carne de caça. Um bando de andorinhas-do-mar pousou sobre o *Nautilus*. Eram da espécie *Sterna nilotica*, exclusiva do Egito, de bico preto, cabeça cinzenta e pontilhada, olho circundado por pontinhos brancos, dorso, asas e cauda acinzentados, ventre e papo brancos, patas vermelhas. Pegamos também algumas dúzias de patos-do-nilo, aves selvagens muito saborosas com pescoço branco e manchas pretas no topo da cabeça.

A velocidade do *Nautilus* era moderada. Estava se movendo, passeando, por assim dizer. Percebi que a água do Mar Vermelho ficava cada vez menos salgada à medida que nos aproximávamos de Suez. Por volta das cinco horas da tarde, contornamos o cabo de

Ras Mohammed ao norte. Esse cabo forma o fim da Arábia Petreia, entre o Golfo de Suez e o Golfo de Acaba.

O *Nautilus* entrou no Estreito de Jubal, que leva ao Golfo de Suez. Eu podia ver claramente uma alta montanha dominando o Ras Mohammed entre os dois golfos. Era o Monte Horebe, ou Sinai, no cume do qual Moisés viu Deus face a face, e que a imaginação humana sempre ilustra coroado por relâmpagos.

Às seis horas, o *Nautilus*, às vezes flutuando, às vezes submerso, passou ao largo de Tor, parado no final de uma baía cujas águas pareciam tingidas de vermelho, observação já feita pelo capitão Nemo. Então a noite caiu, em meio a um silêncio pesado, quebrado ocasionalmente pelo grito do pelicano e de alguns pássaros noturnos, pelo som das ondas irritadas nas rochas ou pelo gemido distante de um navio a vapor batendo nas águas do golfo com suas pás sonoras.

Das oito às nove horas, o *Nautilus* permaneceu alguns metros debaixo d'água. De acordo com meus cálculos, devíamos estar muito perto de Suez. Pelos painéis do salão, eu podia ver afloramentos rochosos brilhantemente iluminados por nossa luz elétrica. Parecia-me que o estreito estava se afunilando cada vez mais.

Às nove e quinze, com o barco de volta à superfície, subi na plataforma. Muito impaciente para atravessar o túnel do capitão Nemo, eu não conseguia ficar parado e tentava respirar o ar fresco da noite. Logo, nas sombras, vi uma luz pálida, meio apagada pela névoa, brilhando a um quilômetro de distância de nós.

— Um farol flutuante — alguém disse perto de mim. Eu me virei e reconheci o capitão. — É o farol flutuante de Suez — ele continuou. — Não vai demorar muito para chegarmos à boca do túnel.

— Não deve ser fácil de entrar, não é?

— Não, senhor. Por isso, costumo ficar na cabine do timoneiro para eu mesmo dirigir a manobra. E agora, se quiser descer, Sr. Aronnax, o *Nautilus* afundará sob as ondas e não voltará à superfície até que tenha atravessado o Túnel das Arábias.

Segui o capitão Nemo. A escotilha se fechou, os tanques de água se encheram e a embarcação submergiu cerca de dez metros. Quando estava prestes a voltar para o meu quarto, o capitão me parou:

— Professor — disse ele —, gostaria de me acompanhar até a cabine do timoneiro?

— Não ousaria pedir isso — respondi.

— Pois venha comigo. Verá tudo o que há para ver nessa navegação que é subterrânea e subaquática ao mesmo tempo.

O capitão Nemo me conduziu até a escada central. No meio do caminho, ele abriu uma porta, seguiu pelos corredores superiores e chegou à cabine do timoneiro, que, como se sabe, ficava no final da plataforma.

Era uma cabine de quatro metros quadrados, semelhante à ocupada pelos timoneiros dos barcos a vapor do Mississippi e do Hudson. No meio, havia uma roda disposta verticalmente, ligada às linhas do leme que iam até a popa do *Nautilus*. Quatro orifícios de vidro lenticular, cortados nas paredes da cabine, permitiam que o timoneiro olhasse em todas as direções.

A cabine estava escura, mas meus olhos logo se acostumaram à escuridão e pude ver o piloto, um homem vigoroso cujas mãos estavam apoiadas nos aros do leme. Do lado de fora, o mar estava bem iluminado pelo farol que brilhava atrás da cabine, na outra extremidade da plataforma.

— Agora — disse o capitão Nemo —, vamos procurar nossa passagem.

Fios elétricos ligavam a cabine do timoneiro à sala de máquinas e, de lá, o capitão podia comunicar simultaneamente a direção e a movimentação ao seu *Nautilus*. Ele apertou um botão de metal e, imediatamente, a velocidade da hélice foi reduzida consideravelmente.

Encarei em silêncio o paredão alto e muito íngreme que estávamos contornando, a base inabalável da massa arenosa da costa. Nós o seguimos por uma hora, a apenas alguns metros de distância. O capitão Nemo nunca tirava os olhos da bússola pendurada em seus dois círculos concêntricos na cabine. Com um simples gesto, o timoneiro mudava a direção do *Nautilus* a todo momento.

Fiquei na vigia de bombordo e vi magníficas subestruturas de coral, zoófitas, algas e crustáceos balançando suas enormes pernas e se esticando para fora das fendas da rocha.

Às dez e quinze, o capitão Nemo assumiu o leme. Uma ampla galeria, negra e profunda, abriu-se diante de nós. O *Nautilus* entrou corajosamente. Um ruído estranho se ouviu em suas laterais. Eram as águas do Mar Vermelho que, na encosta do túnel, estavam escoando em direção ao Mediterrâneo. O *Nautilus* seguia a torrente, tão rápido quanto uma flecha, apesar dos esforços do motor, que para resistir batia a todo vapor contra as ondas.

Tudo o que eu podia ver nas paredes estreitas da passagem eram listras brilhantes, linhas retas, sulcos de fogo traçados pela velocidade sob o brilho da eletricidade. Meu coração batia forte e eu apertava o peito com a mão.

Às dez horas e trinta e cinco minutos, o capitão Nemo abandonou a roda do leme e se voltou para mim:

— O Mediterrâneo! — disse ele.

Em menos de vinte minutos, o *Nautilus*, arrastado por essa torrente, havia cruzado o Istmo de Suez.

CAPÍTULO VI

O arquipélago grego

No dia seguinte, 12 de fevereiro, ao amanhecer, o *Nautilus* veio à superfície. Corri para a plataforma. Três milhas ao sul, a vaga silhueta de Pelusa podia ser vista. Uma torrente havia nos levado de um mar para o outro. Mas esse túnel, que era fácil de descer, parecia impraticável subir.

Por volta das sete horas, Ned e Conseil se juntaram a mim. Esses dois companheiros inseparáveis haviam dormido tranquilamente, sem se preocupar com as proezas do *Nautilus*.

— Bem, Sr. Naturalista — perguntou o canadense em um tom levemente zombeteiro —, e o Mediterrâneo?

— Estamos flutuando em sua superfície, amigo Ned.

— Hã? Na noite de ontem mesmo...? — disse Conseil.

— Sim, na noite de ontem, no espaço de poucos minutos, cruzamos esse istmo intransponível.

— Não acredito — respondeu o canadense.

— E se equivoca, Mestre Land — continuei. — Essa costa baixa que se curva para o sul é a costa egípcia.

— Conte outra, senhor — respondeu o teimoso canadense.

— Mas já que o cavalheiro o afirma — disse Conseil —, deve-se acreditar no cavalheiro.

— Além disso, Ned, o capitão Nemo me deu as honras de conhecer o túnel, e eu estava ao lado dele, na cabine do timoneiro, enquanto ele mesmo dirigia o *Nautilus* por essa passagem estreita.

— Ouviu, Ned? — questionou Conseil.

— E você, que tem olhos tão bons — acrescentei —, pode ver, Ned, os cais de Port Said se estendendo no mar.

O canadense olhou atentamente.

— De fato — disse ele —, tem razão, professor, e seu capitão é um mestre. Estamos no Mediterrâneo. Muito bem. Vamos conversar sobre nossos negócios, por favor, mas de forma que ninguém possa nos ouvir.

Eu podia ver aonde o canadense queria chegar. De qualquer forma, achei melhor conversar, já que ele queria, e nós três fomos nos sentar perto do farol, onde ficávamos menos expostos à umidade das ondas.

— Agora, Ned, estamos ouvindo — eu disse. — O que tem a nos contar?

— O que tenho a falar é muito simples — respondeu o canadense. — Estamos na Europa e, antes que os caprichos do capitão Nemo nos levem ao fundo dos mares polares ou de volta à Oceania, quero deixar o *Nautilus*.

Devo confessar que essa discussão com o canadense sempre me constrangia. Eu não queria, de forma alguma, impedir a liberdade de meus companheiros e, no entanto, não sentia nenhum desejo de fugir do capitão Nemo. Graças a ele, graças ao seu aparelho, todos os dias amplio meus estudos subaquáticos e refaço meu livro sobre as profundezas do mar bem no meio do seu elemento. Não, claro que não! Portanto, não conseguia abandonar o *Nautilus* antes de concluirmos nosso ciclo de investigações.

— Amigo Ned — falei —, responda-me francamente. Você está entediado a bordo? Lamenta que o destino o tenha jogado nas mãos do capitão Nemo?

O canadense permaneceu em silêncio por alguns instantes. Depois, cruzando os braços, ele disse:

— Francamente, não me arrependo dessa viagem ao fundo do mar. Ficarei feliz por tê-la feito; mas, para tê-la feito, ela precisa terminar. Esse é o meu sentimento.

— E terminará, Ned.

— Onde e quando?

— Onde? Não sei. Quando? Não sei dizer, ou melhor, acho que terminará quando esses mares não tiverem mais nada a nos mostrar. Nesse mundo, tudo o que começou chega ao fim.

— Também acho — respondeu Conseil —, e é bem possível que, depois de ter percorrido todos os mares do mundo, o capitão Nemo dê liberdade para nós três.

— Liberdade! — exclamou o canadense. — No máximo uma surra!

— Não vamos exagerar, Mestre Land — continuei. — Não temos nada a temer do capitão, mas também não compartilho das ideias de Conseil. Temos posse dos segredos do *Nautilus*, e não espero que seu comandante, para nos devolver a liberdade, aceite vê-los correr o mundo conosco.

— Então, o que espera? — perguntou o canadense.

— Que surjam circunstâncias das quais possamos tirar proveito, tanto daqui a seis meses quanto agora.

— Sim! — exclamou Ned Land. — E onde estaremos daqui a seis meses, por favor, Sr. Naturalista?

— Talvez aqui, talvez na China. Como o senhor sabe, o *Nautilus* anda rápido. Cruza oceanos como uma andorinha cruza o ar, ou um expresso cruza continentes. Não tem medo de mares agitados. Quem poderia dizer se não irá para as costas da França, Inglaterra ou América, onde poderíamos tentar fugir de forma tão vantajosa quanto aqui?

— Sr. Aronnax — respondeu o canadense —, seus argumentos são falhos. Fala no tempo futuro: "Nós estaremos lá!" Eu estou falando no tempo presente: "Estamos aqui e temos que aproveitar ao máximo".

Fui pressionado pela lógica de Ned Land e me senti derrotado nesse terreno. Não sabia que argumentos apresentar a meu favor.

— Senhor — continuou Ned —, vamos supor, por hipótese, que o capitão Nemo lhe ofereça a liberdade hoje mesmo. Aceitaria?

— Não sei — respondi.

— E se acrescentar que essa oferta que de hoje não será repetida mais tarde, aceitaria?

Eu não respondi.

— E o que o amigo Conseil acha? — perguntou Ned Land.

— O amigo Conseil — respondeu o jovem digno calmamente —, o amigo Conseil não tem nada a dizer. Está absolutamente desinteressado no assunto. Como seu mestre e seu camarada Ned, ele é solteiro. Não tem esposa, pais ou filhos em casa. Trabalha para o cavalheiro, pensa como o cavalheiro, fala como o cavalheiro e, para seu grande pesar, não se pode contar com ele para formar uma maioria. Há apenas duas pessoas aqui em confronto: o senhor de um lado, e Ned Land do outro. Dito isso, o amigo Conseil escuta e está pronto para marcar os pontos.

Não pude deixar de sorrir ao ver Conseil aniquilar por completo sua personalidade. No fundo, o canadense deve ter adorado não o ter contra ele.

— Então, senhor — disse Ned Land —, já que Conseil não conta, vamos conversar entre nós. Eu falei e o senhor me ouviu. O que você tem a dizer?

Obviamente, eu tinha que chegar a uma conclusão e não gostava de tergiversações.

— Amigo Ned — comecei —, aqui está minha resposta. Você tem razão, e meus argumentos não resistem aos seus. Não se pode contar com a boa vontade do capitão Nemo. A prudência comum o proíbe de nos libertar. Por outro lado, a prudência determina que aproveitemos a primeira oportunidade de deixar o *Nautilus*.

— Muito bem dito, Sr. Aronnax, e com sabedoria.

— Tenho apenas uma observação a fazer. A oportunidade deve ser séria. Nossa primeira tentativa de fuga deve ser bem-sucedida, pois, se não for, não teremos a chance de fazer isso novamente e o capitão Nemo não nos perdoará.

— Tudo isso é verdade — respondeu o canadense. — Mas sua observação se aplica a qualquer tentativa de fuga, quer ela ocorra em dois anos ou em dois dias. Portanto, a questão ainda é esta: se surgir uma oportunidade favorável, devemos aproveitá-la.

— Concordo. E agora, Ned, o que você quer dizer com uma oportunidade favorável?

— Seria aquela que, em uma noite escura, levaria o *Nautilus* para perto de uma costa europeia.

— E você tentaria nadar para longe?

— Sim, se estivéssemos perto o suficiente de uma costa e se o navio flutuasse na superfície. Não, se estivéssemos longe e o navio estivesse navegando debaixo d'água.

— E nesse caso?

— Nesse caso, eu tentaria pegar o bote. Eu sei como ele funciona. Entraríamos nele e, com os parafusos removidos, subiríamos à superfície sem que o timoneiro na proa percebesse nossa fuga.

— Muito bem, Ned. Fique atento a uma oportunidade, mas não se esqueça de que, se não conseguirmos, estaremos perdidos.

— Não esquecerei, senhor.

— E agora, Ned, gostaria de saber minha opinião sobre seu projeto?

— Com prazer, Sr. Aronnax.

— Bem, eu acho — não digo que espero — que essa oportunidade favorável não vai se apresentar.

— Por que não?

— Porque o capitão Nemo não deve ignorar que não perdemos a esperança de recuperar nossa liberdade, e que ele estará atento, especialmente nos mares e à vista das costas europeias.

— Concordo com o senhor — disse Conseil.

— Veremos — respondeu Ned Land, balançando a cabeça com determinação.

— E agora, Ned Land — acrescentei —, vamos deixar isso para lá. Nem mais uma palavra sobre isso. No dia em que estiver pronto, você nos avisará e nós o seguiremos. Deixo tudo em suas mãos.

Essa conversa, que mais tarde teria consequências tão sérias, terminou assim. Devo dizer agora que os fatos pareciam confirmar minhas previsões, para grande desespero do canadense. Será que o capitão Nemo desconfiava de nós nesses mares agitados, ou será que só queria se esconder dos muitos navios de todas as nações que cruzam o Mediterrâneo? Não sei, mas na maior parte do tempo ficou entre duas águas e ao largo da costa. Ou o *Nautilus* emergia, deixando visível apenas a cabine do timoneiro, ou ia para grandes profundidades, porque entre o Arquipélago Grego e a Ásia Menor não encontramos o fundo por dois mil metros.

Portanto, só fiquei sabendo da ilha de Cárpatos, uma das Espórades, por esta frase de Virgílio que o capitão Nemo citou para mim, colocando o dedo em um ponto do planisfério:

Est in Carpathio Neptuni gurgite vates
Caeruleus Proteus...[6]

Esse era, de fato, o antigo lar de Proteus, o velho pastor do rebanho de Netuno, hoje a ilha de Escarpanto, situada entre Rodes e Creta, da qual só conseguia ver as fundações de granito da ilha pela janela do salão.

No dia seguinte, 13 de fevereiro, resolvi passar algumas horas estudando os peixes do arquipélago, mas, por algum motivo, as escotilhas permaneceram hermeticamente fechadas. Quando fui tomar a posição do *Nautilus*, percebi que ele estava indo em direção a Cândia, a antiga ilha de Creta. Na época em que embarquei no *Abraham Lincoln*, essa ilha havia acabado de se levantar contra o despotismo turco. Mas eu não sabia o que havia acontecido com essa insurreição desde aquela época, e não seria o capitão Nemo, privado de qualquer comunicação com a terra, que poderia me contar.

Portanto, não fiz nenhuma referência a esse evento quando, à noite, me vi sozinho com ele no salão. Ele parecia taciturno e preocupado. Então, ao contrário de seu costume, ordenou que os dois painéis do salão fossem abertos e, movendo-se de um para o outro, observou cuidadosamente a massa de água. Não conseguia imaginar com que propósito e, de minha parte, passei meu tempo estudando os peixes que passavam diante de meus olhos.

Pude ver, entre tantas outras coisas, os góbios afísios mencionados por Aristóteles, vulgarmente chamados de "cabozes-marinhos", encontrados sobretudo nas águas salgadas ao delta do Nilo. Perto deles, encontravam-se pargos semifosforescentes, esparídeos que os egípcios classificavam como animais sagrados, cuja chegada às águas do rio, para anunciar a cheia, era celebrada com cerimônias

6 "Há no golfo de Cárpatos, reino de Netuno, um adivinho, o deus cerúleo Proteu". Virgílio, *Geórgicas*, IV, 387-388.

religiosas. Observei ainda quilinas de três decímetros de comprimento, peixes ósseos com escamas transparentes, cuja cor sutil é entremeada por manchas vermelhas; alimentam-se de vegetais marinhos, o que lhes concede um sabor sofisticado e as tornaram muito apreciadas pelos gastrônomos da Roma antiga; suas vísceras, servidas com ovas de moreias, cérebros de pavões e línguas de fenicópteros, formavam o divino prato que deliciava Vitélio.

Outro habitante desses mares chamou minha atenção e trouxe de volta todas as lembranças da antiguidade: a rêmora, que viaja agarrada na barriga dos tubarões. De acordo com os antigos, esse pequeno peixe, preso ao casco de um navio, podia impedi-lo em seu caminho, e um deles, ao deter o navio de Antônio durante a batalha de Áctio, facilitou a vitória de Augusto. De quanto depende o destino das nações! Notei igualmente incríveis *anthias*, pertencentes à ordem dos lutjanídeos, peixes sagrados para os gregos, que julgavam possuir o poder de expulsar os monstros marinhos das águas onde vivem; tal nome significa "flor", o que é justificado pelas cores sedutoras, todas na gama do vermelho — desde a suavidade do cor-de-rosa até a intensidade do rubi — e pelos fugazes reflexos que ornam sua nadadeira dorsal. Meus olhos não conseguiam se afastar dessas maravilhas do mar quando, de repente, foram atingidos por uma aparição inesperada.

No meio da água, apareceu um homem, um mergulhador carregando uma bolsa de couro em seu cinto. Não se tratava de um corpo abandonado às ondas. Era um homem vivo nadando com uma mão vigorosa, às vezes desaparecendo para respirar na superfície e depois mergulhando novamente. Voltei-me para o capitão Nemo e, com uma voz emocionada, disse:

— Um homem! Um náufrago! Precisamos salvá-lo, a qualquer custo!

O capitão não respondeu e se encostou na janela. O homem havia se aproximado e, com o rosto encostado no painel, estava olhando para nós.

Para meu profundo espanto, o capitão Nemo acenou para ele. O mergulhador acenou de volta, subiu imediatamente à superfície do mar e nunca mais apareceu.

— Não se preocupe — disse o capitão. — É Nicolas, do Cabo Matapan, apelidado de Pesce. Ele é bem conhecido em todas as Cíclades. Um mergulhador ousado! A água é seu elemento, e vive mais na água do que em terra, mudando-se constantemente de uma ilha para outra, até Creta.

— O senhor o conhece, capitão?

— E por que não, Sr. Aronnax?

Dito isso, o capitão Nemo foi em direção a um móvel próximo ao painel esquerdo do salão, ao lado do qual vi um baú com aro de ferro, cuja tampa trazia em uma placa de cobre o monograma do *Nautilus*, com o lema *Mobilis in mobile.*

Naquele momento, o capitão, sem saber da minha presença, abriu o armário, uma espécie de cofre que continha um grande número de lingotes.

Eram barras de ouro. De onde vinha esse metal precioso, que representava uma enorme soma? Onde o capitão estava coletando esse ouro e o que faria com ele?

Eu não disse uma palavra. Apenas observei. O capitão Nemo pegou os lingotes um a um e os arrumou metodicamente no baú, que encheu completamente. Calculei que continha mais de mil quilos de ouro, ou seja, quase cinco milhões de francos.

O cofre foi fechado com segurança, e o capitão escreveu um endereço na tampa em caracteres que deviam ser do grego moderno. Feito isso, apertou um botão cujo fio correspondia à estação da tripulação. Quatro homens apareceram e, com alguma dificuldade, empurraram o baú para fora do salão. Em seguida, ouvi-os içando-o para a escada de ferro usando guinchos.

Naquele momento, o capitão Nemo virou-se para mim:

— E o que estava dizendo, professor? — perguntou ele.

— Eu não disse nada, capitão.

— Então, senhor, permita-me desejar-lhe boa noite.

E com isso, o capitão Nemo deixou o salão. Voltei para o meu quarto, compreensivelmente muito confuso. Tentei em vão dormir. Estava procurando alguma relação entre a aparição do mergulhador e o baú cheio de ouro. Logo, senti certos movimentos de rolagem e inclinação, como se o *Nautilus* estivesse saindo das camadas inferiores e retornando à superfície da água.

Então, ouvi passos na plataforma. Percebi que o bote estava sendo desamarrado e lançado ao mar. Por um momento, ele bateu nas laterais do *Nautilus* e, então, todo o barulho cessou.

Duas horas depois, o mesmo barulho, as mesmas idas e vindas, ocorreram novamente. O barco, içado a bordo, foi reajustado em seu encaixe, e o *Nautilus* afundou novamente sob as ondas.

Assim, os milhões foram transportados para seu destino. Em que parte do continente? Quem seria o correspondente do capitão Nemo?

No dia seguinte, contei a Conseil e ao canadense sobre os eventos daquela noite, que despertaram ao máximo minha curiosidade. Meus companheiros não ficaram menos surpresos do que eu.

— Onde ele conseguiu esses milhões? — perguntou Ned Land.

Não havia resposta para isso. Depois do café da manhã, fui para o salão e comecei a trabalhar. Fiz minhas anotações até as cinco horas da tarde. Naquele momento, ou pelo menos foi o que pensei, senti um calor extremo e tive que tirar minha roupa de bisso. Isso era incompreensível, pois não estávamos em altas latitudes e, além disso, o *Nautilus*, submerso, não deveria sofrer nenhum aumento de temperatura. Olhei para o medidor de pressão, que mostrava uma profundidade de sessenta pés, a qual o calor atmosférico não poderia alcançar.

Continuei meu trabalho, mas a temperatura subiu a ponto de se tornar insuportável.

— Seria um incêndio a bordo? — perguntei.

Eu estava prestes a deixar o salão quando o capitão Nemo entrou. Ele se aproximou do termômetro, consultou-o e virou-se para mim:

— Quarenta e dois graus — disse ele.

— Estou sentindo, capitão — respondi —, e se esse calor aumentar, não conseguiremos suportar.

— Oh, professor, o calor só aumentará se quisermos.

— Então o senhor pode controlá-lo como quiser?

— Não, mas posso me afastar da fonte de calor.

— Então é externa?

— Sem dúvida. Estamos flutuando em um fluxo de água fervente.

— É possível? — exclamei.

— Veja.

Os painéis se abriram e vi o mar ao redor do *Nautilus*, totalmente branco. Uma fumaça de vapores sulfurosos se desprendia no meio das ondas, que borbulhavam como água em um caldeirão. Pressionei minha mão contra uma das vidraças, mas o calor era tão intenso que tive de retirá-la.

— Onde estamos? — perguntei.

— Perto da ilha de Santorini, professor — respondeu o capitão —, e precisamente no canal entre Nea Kameni e Nisis Palaia Kameni. Eu queria mostrar-lhe o curioso espetáculo de uma erupção submarina.

— Pensava — falei — que a formação dessas ilhas estava concluída.

— Nada é concluído em áreas vulcânicas — respondeu o capitão Nemo —, e o globo está sempre sendo trabalhado por incêndios subterrâneos. De acordo com Cassiodoro e Plínio, no ano dezenove d.C., uma nova ilha, Theia, a divina, apareceu no mesmo local onde essas ilhotas haviam se formado recentemente. Em seguida, ela afundou sob as ondas, apenas para se erguer novamente no ano sessenta e nove e afundar mais uma vez. Desde então e até agora, o trabalho plutoniano foi suspenso. Mas em 3 de fevereiro de 1866, uma nova ilhota, conhecida como George's Island, emergiu dos vapores sulfurosos perto de Nea Kameni e se estabeleceu no dia 6 do mesmo mês. Sete dias depois, em 13 de fevereiro, a ilhota Afroessa apareceu, deixando um canal de dez metros entre ela e Nea Kameni. Eu estava nesses mares quando o fenômeno ocorreu e pude observar todas as suas fases. A ilhota Afroessa, de formato redondo, media trezentos pés de diâmetro e trinta pés de altura. Consistia de lava preta e vítrea misturada com fragmentos feldspáticos. Finalmente, em 10 de março, uma ilhota menor chamada Reka apareceu perto de Nea Kameni e, desde então, essas três ilhotas, fundidas, formaram uma única ilha.

— E o canal onde estamos agora?

— Aqui está — respondeu o capitão Nemo, mostrando-me um mapa do Arquipélago. — Pode ver que eu incluí as novas ilhotas.

— Mas será que um dia esse canal vai se fechar?

— É provável, Sr. Aronnax, porque, desde 1866, oito pequenas ilhotas de lava surgiram em frente ao porto São Nicolau em Nisis Palaia Kameni. Portanto, é evidente que Nea e Palaia unirão forças em um futuro próximo. Se no meio do Pacífico são os infusórios que formam os continentes, aqui são os fenômenos eruptivos. Veja, senhor, veja o trabalho que está acontecendo sob essas ondas.

Voltei para a janela. O *Nautilus* não se movia. O calor estava se tornando insuportável. O mar passava de branco para vermelho, devido à presença de um sal de ferro. Apesar do fechamento hermético do salão, emanava um odor sulfuroso insuportável, e eu podia ver chamas escarlates cuja vivacidade matava o brilho da eletricidade.

Eu estava escorrendo suor, sufocando, assando. Sim, de verdade, eu me sentia cozinhando!

— Não podemos ficar mais nessa água fervente — disse ao capitão.

— Não, isso não seria sensato — respondeu o impassível Nemo.

Foi dada uma ordem. O *Nautilus* virou a proa e se afastou da fornalha, que não poderia mais aguentar. Um quarto de hora depois, estávamos respirando na superfície das ondas. Pensei que, se Ned tivesse escolhido essa área para escapar, não teríamos conseguido sair vivos daquele mar de fogo.

No dia seguinte, 16 de fevereiro, deixamos essa bacia que, entre Rodes e Alexandria, tem profundidades de três mil metros, e o *Nautilus*, passando ao largo de Cerigo, abandonou o Arquipélago Grego, depois de contornar o Cabo Matapan.

CAPÍTULO VII

O Mediterrâneo em quarenta e oito horas

O Mediterrâneo: o verdadeiro mar azul, o "grande mar" dos hebreus, o "mar" dos gregos, o *mare nostrum* dos romanos, margeado por laranjeiras, aloés, cactos e pinheiros marítimos, aromatizado de mirtos, emoldurado por montanhas escarpadas, soprado por um ar puro e translúcido, erodido, todavia, pelos incessantes fogos da terra, é um verdadeiro campo de batalha, no qual Netuno e Plutão ainda se enfrentam pelo domínio do mundo. Segundo Michelet, é nele, em suas praias e águas, que uma pessoa pode se revigorar em um dos climas mais pujantes da Terra.

Mas, por mais bela que seja, só consegui ter uma visão rápida dessa bacia, cuja superfície cobre dois milhões de quilômetros quadrados. Não tive nem mesmo o conhecimento pessoal do capitão Nemo, pois a figura enigmática não apareceu nenhuma vez durante aquela veloz travessia. Calculo que o *Nautilus* percorreu cerca de seiscentas léguas sob as ondas desse mar, e essa jornada foi concluída em duas vezes vinte e quatro horas. Partindo da Grécia na manhã de 16 de fevereiro, ao amanhecer do dia 18 já havíamos atravessado o Estreito de Gibraltar.

Ficou claro para mim que o capitão Nemo não gostava do Mediterrâneo, espremido no meio das terras das quais ele queria fugir. Suas ondas e brisas traziam muitas lembranças, se não muitos arrependimentos. Aqui, não tinha mais a liberdade de velocidade, a independência de manobra que os oceanos lhe proporcionavam, e seu *Nautilus* se sentia esmagado entre as costas próximas à África e à Europa.

Nossa velocidade era de vinte e cinco milhas por hora, ou doze léguas de quatro quilômetros. Não é preciso dizer que Ned Land, para seu grande aborrecimento, teve de abandonar seus planos de fuga. Não podia usar o bote, que estava sendo conduzido a uma velocidade de doze a treze metros por segundo. Abandonar o *Nautilus* nessas condições teria sido como pular de um trem a essa velocidade, uma manobra imprudente. Além disso, nossa nave só subia à superfície das ondas à noite para renovar seu suprimento de ar e só se orientava de acordo com as indicações da bússola e as orientações da barquilha.

Portanto, tudo o que vi do interior do Mediterrâneo foi o que um viajante de trem expresso vê da paisagem que voa diante de seus olhos, ou seja, os horizontes distantes, não o primeiro plano, que passa como um raio. No entanto, Conseil e eu pudemos observar alguns dos peixes mediterrâneos, cujas nadadeiras poderosas os mantiveram nas águas do *Nautilus* por alguns momentos. Estávamos de vigia em frente às vidraças do salão, e as anotações me permitem dar uma breve visão geral da ictiologia daquele mar.

Dos vários peixes que o habitam, eu vi alguns, vislumbrei outros, sem mencionar aqueles que a velocidade do *Nautilus* roubou de meus olhos. Portanto, deixe-me classificá-los de acordo com essa classificação fantasiosa. Ela dará uma ideia melhor de minhas rápidas observações.

Naquela massa d'água, iluminada pelas brilhantes chapas elétricas, vagavam algumas lampreias de um metro de comprimento que se encontram em quase todos os climas. Oxirrincos, espécies de raias com dois metros de largura, ventre branco, dorso acinzentado e manchado, retorciam-se como grandes lenços carregados pelas correntes. Outras raias passavam tão rapidamente que não conseguia saber se mereciam o apelido de "águias" dado pelos gregos ou os de "rato", "sapo" e "morcego", com que os pescadores modernos as identificaram. Tubarões-lixa de quatro metros de comprimento, particularmente temidos por pescadores, disputavam corrida entre si. Raposas-marinhas, com dois metros e meio de comprimento e faro sensível, apareciam do nada como grandes sombras azuladas. Da ordem dos esparídeos, algumas das quais medindo até treze decímetros, ostentavam revestimentos em prata e azul areolados por listras, que contrastam com o tom escuro das nadadeiras; peixes consagrados a Vênus, e cujo olho fica posicionado numa fronte dourada; uma espécie valiosa, adequada a qualquer água, doce ou salgada, que habita rios, lagos e oceanos, vive em todos os climas, suporta todas as temperaturas, e cuja raça, que remonta às épocas geológicas da Terra, preservou toda a beleza de seus primórdios. Os magníficos esturjões, animais agitados, com nove a dez metros de comprimento, batiam as caudas poderosas na vidraça das escotilhas e nos mostravam os dorsos azulados com manchas marrons; assim como os tubarões, cuja força evidentemente não emulam, são encontrados em todos os mares. Na primavera, gostam de subir os grandes rios, contra as correntes do Volga, do Danúbio, do Pó, do Reno, do Loire e do Oder, e se alimentam de arenques, cavalas, salmões e bacalhaus. Ainda que pertençam à classe dos cartilaginosos, são suaves, e, frescos, secos, marinados ou salgados, eram triunfalmente servidos à mesa de Lúculo. Porém, entre esses vários habitantes do Mediterrâneo, os que pude ver com mais precisão, enquanto o *Nautilus* se aproximava da superfície, eram do sexagésimo terceiro gênero dos peixes ósseos. Atuns, escombrídeos de dorso azul e preto, barriga couraçada prateada, com raios dorsais refletindo fagulhas douradas. Sua reputação é de acompanhar a rota dos navios procurando sombra fresca sob o calor do céu tropical, fato que confirmaram ao escoltar o *Nautilus* como outrora escoltaram as naus de La Pérouse. Por longas horas, correram com nossa embarcação. Não me cansava de admirar aquelas criaturas, desenhadas especialmente para velocidade: cabeça pequena, corpo liso e fusiforme, que em alguns superava três metros, peitorais robustos e caudas bífidas. Nadavam em triângulo, como certas aves, igualando-se em rapidez e levando os antigos a pensar que entendiam de geometria e estratégia. E, no entanto, nunca se livraram da perseguição dos provençais, que os estimavam como os habitantes de Propôntida e da Itália, e como homens cegos e atordoados, esses animais valorosos se jogaram e pereceram aos milhares nas almadravas de Marselha.

Para mero registro, cito os peixes do Mediterrâneo que Conseil e eu vimos apenas de relance. Gimnotos-carapós esbranquiçados passando como intangíveis vapores; moreias-congros, serpentes de três a quatro metros, rajadas de verde, azul e amarelo; pescadas-bacalhaus, de três pés de comprimento, cujo fígado é considerado um prato sofisticado; cépolas-tênias flutuavam como esguias algas; triglas, chamadas de peixes-liras pelos poetas e de peixes-assobiadores pelos marujos, cujo focinho é decorado com duas lâminas triangulares e dentadas, semelhantes ao instrumento do velho Homero; triglas-andorinhas da rapidez do pássaro cujo nome empresta; holocentros-garoupas, de cabeça vermelha e nadadeira dorsal composta de filamentos; pintalgados com manchas pretas, cinzas, marrons, azuis, amarelas e verdes, sensíveis à voz estridente das campainhas; esplêndidos pregados; aqueles faisões do mar, espécies de losangos com barbatanas amareladas, respingados de castanho, cujo lado superior, o esquerdo, costuma ser marmorizado em marrom e amarelo; e por fim, incríveis cardumes de ruivos, verdadeiros paradiseídeos do oceano, pelos quais os romanos pagavam até dez mil sestércios por peça para matá-los na mesa acompanhando com um olhar cruel a mudança de cor do vermelho cinábrio da vida para o branco pálido da morte.

E se não consegui identificar peixes-raias, balistas, tetrodontídeos, hipocampos, acarás-joia, centriscos, blênios, salmonetes, peixes-espinho, anchovas, voadores, pargos, bogas e orfas, tampouco os representantes da ordem dos pleuronectos, solhas, linguados e rodovalhos, comuns ao Atlântico e ao Mediterrâneo, deve-se culpar a velocidade vertiginosa que arrastava o *Nautilus* por aquelas águas ricas.

Quanto aos mamíferos marinhos, penso ter reconhecido dois ou três cachalotes, com barbatana dorsal, do gênero dos fisetérios; alguns delfins dos globicéfalos, exclusivos do Mediterrâneo, cuja parte da frente da cabeça é rajada por pequenas listras claras; mais uma dúzia de focas de ventre branco e pelagem escura, conhecidas como "monges", que parecem dominicanos de três metros de comprimento.

Conseil, por sua vez, pensou ter visto uma tartaruga de um metro e meio de largura com três cristas salientes no sentido do comprimento. Lamentei não ter visto esse réptil, pois, a julgar pela descrição de Conseil, poderia ser um alaúde, uma espécie raríssima. De minha parte, discerni algumas tartarugas-amarelas com a carapaça alongada.

Quanto aos zoófitos, pude apreciar, por alguns instantes, uma admirável galeolária alaranjada, que se agarrou à vidraça do painel de bombordo. Era um longo e tênue filamento, arborizando-se em ramos infinitos e terminando na mais fina renda jamais tecida pelas rivais de Aracne. Infelizmente, não pude pescar aquele admirável exemplar e, sem dúvida, nenhum outro zoófito mediterrâneo teria se oferecido ao meu olhar, se o *Nautilus*, na noite do dia 16, não tivesse diminuído sua velocidade de forma singular. Aqui estão as circunstâncias.

Estávamos passando entre a Sicília e a costa de Tunes. Nesse espaço estreito entre o Cabo Bom e o Estreito de Messina, o leito do mar se eleva quase repentinamente, formando uma verdadeira crista na qual restavam apenas dezessete metros de água, enquanto em ambos os lados a profundidade era de cento e setenta metros. O *Nautilus*, portanto, teve que manobrar com cuidado para evitar bater nessa barreira submarina.

Mostrei a Conseil a localização desse longo recife no mapa do Mediterrâneo.

— Mas, que o senhor me perdoe — comentou Conseil —, é como um verdadeiro istmo que liga a Europa à África.

— Sim, meu rapaz — respondi —, ele fecha o Estreito da Líbia, e as sondagens de Smith provaram que os continentes já estiveram unidos entre o Cabo Boco e o Cabo Furina.

— Acredito prontamente nisso — disse Conseil.

— Devo acrescentar — continuei — que existe uma barreira semelhante entre Gibraltar e Ceuta, que em tempos geológicos fechou completamente o Mediterrâneo.

— E se um dia alguma erupção vulcânica elevasse essas duas barreiras acima das ondas?

— Isso é pouco provável, Conseil.

— Enfim, se o senhor me permite terminar, se esse fenômeno ocorresse, seria lamentável para Sr. de Lesseps, que está tendo tanto trabalho para perfurar seu istmo!

— Concordo, mas repito, Conseil, esse fenômeno não ocorrerá. A violência das forças subterrâneas está diminuindo constantemente. Os vulcões, tão numerosos nos primórdios do mundo, estão morrendo gradualmente; o calor interno está enfraquecendo, a temperatura das camadas inferiores do globo está caindo consideravelmente a cada século, em detrimento do nosso globo, porque esse calor é a sua vida.

— No entanto, o sol...

— O sol é insuficiente, Conseil. Ele pode restaurar o calor em um cadáver?

— Que eu saiba, não.

— Bem, meu amigo, um dia a Terra será esse cadáver frio. Ela se tornará inabitável como a lua, que perdeu seu calor vital há muito tempo.

— Em quantos séculos? — perguntou Conseil.

— Em algumas centenas de milhares de anos, meu rapaz.

— Então — respondeu Conseil —, temos muito tempo para concluir nossa jornada, se Ned Land não atrapalhar!

E Conseil, mais tranquilo, voltou a estudar o banco de areia em que o *Nautilus* estava deslizando a uma velocidade moderada.

Ali, sob um solo rochoso e vulcânico, crescia uma flora exuberante: esponjas, holotúrias, cidípias hialinas decoradas com estertores vermelhos e levemente fosforescentes; beróis, vulgarmente chamados de pepinos-do-mar, banhando-se no lusco-fusco de um raio solar; comátulas ambulantes, de um metro de largura, tingindo de púrpura as águas; belos euríalos arborescentes; pavonáceas com caules compridos; uma grande quantidade de ouriços comestíveis de espécies variadas, bem como actínias verdes de tronco acinzentado e disco castanho, que se perdiam em suas mechas de tentáculos oliva.

Conseil estava particularmente interessado em observar os moluscos e articulados e, embora a nomenclatura seja um pouco seca, não quero prestar um desserviço a esse bom rapaz omitindo suas observações pessoais.

No filo dos moluscos, citou vários petúnculos pectiniformes; espôndilos em forma de ferradura, que se amontoam uns sobre os outros; donáceas triangulares; híalas tridentadas, com as barbatanas amarelas e as conchas transparentes; pleurobrânquios alaranjados; ouriços sardados ou semeados de pontos esverdeados; aplísias, também chamadas de lebres-marinhas; dolabelas, áceros carnudos e umbrelas endêmicas do Mediterrâneo; orelhas-do-mar, que produzem a cobiçada madrepérola em sua concha; petúnculos flamulados, anomias que os nativos da Languedoc preferem às ostras e mexilhões, tão apreciados pelos marselheses; verrucosas-de-vênus duplas, brancas e gordurosas, moluscos que abundam nas costas da América do Norte e muito consumidos em Nova Iorque; vieiras operculares de cores variadas; mexilhões-tâmara metidos em suas tocas, cujo sabor apimentado eu adorava; venericárdias estriadas, cuja concha com o topo abaulado apresentava vértebras salientes; cíntias cobertas por tubérculos escarlates; carniárias com a ponta em curva e semelhantes às ligeiras gôndolas; férulas coroadas; atlantes com as conchas espiraliformes; tétis cinzentas, manchadas de branco e revestidas por uma mantilha franjada; eolidídeos, parecidos com pequenas lesmas; cavolinas rastejando sobre o dorso; aurículas, com destaque para a aurícula miosótis, de concha oval; peixes-anjo amarelos, litorinas, iantinas, cinerárias, petrícolas, lamelares, cabochões, pandoras etc.

Quanto aos articulados, Conseil, em suas notas, dividiu-os corretamente em seis classes, três das quais pertencem ao mundo marinho. Essas são as classes dos crustáceos, cirrípedes e anelídeos.

Os crustáceos são subdivididos em nove ordens; na primeira, há os decápodes, animais com cabeça e tórax geralmente unidos, cujo aparelho bucal é composto de vários pares de membros, tendo quatro, cinco ou seis pares de pernas torácicas ou ambulatórias. Conseil seguiu o método de mestre Milne-Edwards, que separa os decápodes em três seções: os braquiúros, os macruros e os anomuros (nomes um pouco rudes, mas corretos e precisos). Entre os braquiúros, Conseil mencionou as amatias, cujo cenho possui duas grandes pontas divergentes; o escorpião, que entre os gregos era símbolo de sabedoria; lampreias-massena e lampreias-spinimana, deslocadas ali, posto que vivem em grandes profundidades; xantos, pilunas, romboides, calapídeos granulosos — facílimos de digerir, anotava Conseil —, coristos desdentados, ebálias, cimopólias, doripas lanosas etc. Entre os macruros, subdivididos em cinco famílias, os couraçados, os escavadores, os ástacos, os salicoques e os oquizópodes, falou das lagostas comuns, sendo mais estimada a carne da fêmea; gansos cilarídeos ou cigarras-do-mar; pitus ribeirinhos e todo tipo de espécies comestíveis. Omite, porém, a subdivisão dos ástacos, que inclui lagostas, pois as vermelhas são as únicas lagostas do Mediterrâneo. Finalmente, entre os anomuros, ele notou drômias comuns, abrigadas atrás de conchas abandonadas das quais se apropriam, bem como hômolos, com a fronte revestida de espinhos, bernardos-eremitas, porcelanas e assim por diante.

Ali se encerrou o trabalho de Conseil. Ficara sem tempo para terminar a classe dos crustáceos, por conta do exame de estomatópodes, anfípodes, homópodes, isópodes, trilobitos, branquiápodes, ostracódeos e entomostráceos. E, para finalizar o estudo dos articulados marinhos, deveria ter citado a classe dos cirrípedes, que compreende os ciclopes, as cracas, e a classe dos anelídeos, que subdividiria em tubículos e dorsibrânquios. Mas o *Nautilus*, depois de passar pelas águas rasas do Estreito da Líbia, retomou sua velocidade habitual em águas mais profundas. A partir de então, não havia mais moluscos, nem articulados, nem zoófitos. Apenas alguns peixes grandes que passavam como sombras.

Na noite de 16 para 17 de fevereiro, entramos nessa segunda bacia do Mediterrâneo, cuja maior profundidade é de três mil metros. O *Nautilus*, sob o impulso de sua hélice, deslizando em seus planos inclinados, afundou até as últimas camadas do mar.

Ali, na ausência de maravilhas naturais, a massa de água me ofereceu muitas cenas comoventes e terríveis. Com efeito, estávamos atravessando aquela parte do Mediterrâneo que é tão rica em desastres. Desde a costa argelina até as margens da Provença, tantos navios naufragaram, tantas embarcações desapareceram! O Mediterrâneo é apenas um lago, comparado às vastas planícies líquidas do Pacífico, mas é um lago caprichoso, com ondas traiçoeiras, hoje favoráveis e carinhosas com a frágil tartana, que parece flutuar entre o duplo ultramar das águas e o céu, amanhã furiosas, atormentadas, desmanteladas pelos ventos, quebrando os navios mais fortes com suas ondas curtas que os atingem com golpes precipitados.

E assim, nessa rápida caminhada pelas camadas profundas, vi tantos destroços estendidos no fundo, alguns já incrustados de coral, outros com apenas uma camada de ferrugem, âncoras, canhões, balas de canhão, acessórios de ferro, ramos de hélice, peças de motor, cilindros quebrados, caldeiras esmagadas, cascos flutuando entre duas águas, alguns em pé, outros virados.

Desses navios naufragados, alguns pereceram por colisão, outros por baterem em algum escolho de granito. Vi alguns que haviam afundado com força, com os mastros retos e o cordame enrijecido pela água. Parecia que estavam ancorados em uma enorme enseada, esperando o momento de zarpar. Quando o *Nautilus* passou entre eles e os envolveu em seu halo elétrico, parecia que esses navios iriam saudá-lo com sua bandeira e enviar-lhe seu número de série! Mas não, nada além de silêncio e morte nesse campo de catástrofes!

Comecei a notar que, à medida que o *Nautilus* se aproximava do Estreito de Gibraltar, o fundo do Mediterrâneo ficava cada vez mais repleto desses destroços sinistros. As costas da África e da Europa vão ficando mais cerradas e, nesse espaço estreito, colisões são frequentes. Vi muitos cascos de ferro, ruínas fantásticas de navios a vapor, alguns deitados, outros de pé, como animais formidáveis. Apresentava-se sob um aspecto terrível uma dessas embarcações: os flancos abertos, a chaminé tombada, hélices de que só restava estrutura, o leme separado do cadaste e ainda suspenso por uma corrente de ferro, o emblema da popa corroído pelos sais marinhos. Quantas vidas haveriam sido ceifadas naquele naufrágio! Quantas vítimas, arrastadas para o fundo das águas! Será que algum marinheiro a bordo sobreviveu para contar esse terrível desastre, ou as ondas ainda guardam o segredo desse evento sinistro? Não sei por que, mas me ocorreu que esse barco enterrado no fundo do mar poderia ser o *Atlas*, que desapareceu de corpo e alma há cerca de vinte anos, para nunca mais se ouvir falar! Ah, que história sinistra é a dessas profundezas do Mediterrâneo, com seu vasto ossário, onde tanta riqueza foi perdida, onde tantas vítimas morreram!

O *Nautilus*, indiferente e veloz, corria a toda velocidade pelas ruínas. Em 18 de fevereiro, por volta das três horas da manhã, chegou à entrada do Estreito de Gibraltar.

Há nele duas correntes: uma superior, reconhecida há muito tempo, que leva as águas do oceano para a bacia do Mediterrâneo; e uma contracorrente inferior, cuja existência foi agora demonstrada por lógica. De fato, a soma das águas do Mediterrâneo, constantemente aumentada pelas ondas do Atlântico e pelos rios que desembocam nele, deveria elevar o nível do mar todos os anos, pois sua evaporação é insuficiente para restabelecer o equilíbrio. Entretanto, isso não acontece, e naturalmente tivemos que admitir a existência de uma corrente inferior que, através do Estreito de Gibraltar, despeja o transbordamento do Mediterrâneo na bacia do Atlântico.

Isso é de fato verdade. O *Nautilus* aproveitou essa contracorrente e avançou rapidamente pelo canal estreito. Por um momento, pude vislumbrar as admiráveis ruínas do templo soterrado de Hércules, de acordo com Plínio e Avieno, com a ilha baixa que o sustentava, e alguns minutos depois estávamos flutuando nas ondas do Atlântico.

CAPÍTULO VIII

A Baía de Vigo

O Atlântico! Vasta extensão de água que cobre vinte e cinco milhões de milhas quadradas, com nove mil milhas de comprimento e uma largura média de duas mil e setecentas. Um vasto mar, quase desconhecido pelos antigos, exceto talvez pelos cartagineses, os holandeses da antiguidade, que em suas peregrinações comerciais seguiam as costas ocidentais da Europa e da África! Oceano cujas margens sinuosamente paralelas abrangem um imenso perímetro, regado pelos maiores rios do mundo: o São Lourenço, o Mississipi, o Amazonas, o Prata, o Orinoco, o Níger, o Senegal, o Elba, o Loire e o Reno, que trazem água de todos os cantos! Uma planície magnífica, constantemente atravessada por navios de todas as nações, protegida por todas as bandeiras do mundo e que termina em dois pontos terríveis, temidos pelos navegadores, o Cabo Horn e o Cabo das Tormentas!

O *Nautilus* rompeu as águas sob a ponta de seu esporão, depois de ter percorrido quase dez mil léguas em três meses e meio, uma distância maior do que um dos grandes círculos da Terra. Para onde estávamos indo agora, e o que o futuro nos reservava? O *Nautilus*, ao sair do Estreito de Gibraltar, foi para o mar aberto. Voltou à superfície das ondas, e nossas caminhadas diárias na plataforma nos foram devolvidas.

Subi imediatamente, acompanhado por Ned Land e Conseil. A uma distância de doze milhas, via-se vagamente o Cabo Saint-Vincent, que forma a ponta sudoeste da península hispânica. O vento soprava do sul com bastante força. O mar estava pesado e agitado.

O *Nautilus* rolava violentamente. Era quase impossível se manter na plataforma, que era constantemente atingida por ondas enormes. Então, descemos novamente depois de respirar um pouco de ar.

Voltei para o meu quarto. Conseil voltou para sua cabine, mas o canadense, parecendo bastante preocupado, me seguiu. Nossa rápida travessia pelo Mediterrâneo não permitiu que colocasse seus planos em ação, e ele pouco fez para esconder sua decepção.

Quando a porta do meu quarto se fechou, ele se sentou e olhou para mim em silêncio.

— Amigo Ned — falei —, eu entendo, mas você não tem nada do que se recriminar. Nas condições em que o *Nautilus* estava navegando, teria sido loucura pensar em abandoná-lo!

Ned Land não disse nada. Seus lábios se contraíram e suas sobrancelhas se franziram, indicando a obsessão violenta de uma ideia fixa.

— Vejamos — continuei —, ainda não é nada de se desesperar. Estamos navegando pela costa de Portugal. Não muito longe, fica a França e a Inglaterra, onde poderíamos facilmente encontrar refúgio. Ah! Se o *Nautilus*, depois de deixar o Estreito de Gibraltar, tivesse ido para o sul, se tivesse nos levado para essas regiões onde não há continentes, eu compartilharia de suas preocupações. Mas, como sabemos agora, o capitão Nemo não evita os mares civilizados e, em poucos dias, acredito que você poderá agir com alguma segurança.

Ned Land me fitou ainda mais fixamente e, enfim, soltou a língua:

— É para hoje — replicou.

Eu me levantei de repente. Devo admitir que não estava preparado para essa frase. Queria ter respondido algo ao canadense, mas não consegui encontrar as palavras.

— Concordamos em esperar por uma circunstância — continuou Ned Land. — Eu tenho a circunstância. Esta noite, estaremos a apenas alguns quilômetros da costa espanhola. A noite está escura. O vento está soprando ao largo. Tenho sua palavra, Sr. Aronnax, e estou contando com você.

Enquanto eu permanecia em silêncio, o canadense se levantou e veio até mim:

— Hoje à noite, às nove horas — disse. — Já avisei Conseil. Nesse horário, o capitão Nemo estará trancado em seu quarto e provavelmente na cama. Nem os engenheiros nem a tripulação nos verão. Conseil e eu iremos pela escada central. O senhor ficará na biblioteca, a poucos passos de nós, aguardando meu sinal. Os remos, o mastro e a vela estão no bote. Consegui até levar algumas provisões. Peguei uma chave inglesa para desparafusar as porcas que prendem o bote ao casco do *Nautilus*. Então, está tudo pronto. Até hoje à noite.

— O mar está agitado — apontei.

— Concordo — respondeu o canadense —, mas temos de arriscar. Vale a pena pagar pela liberdade. Além disso, o barco é robusto, e algumas milhas com vento forte não são nada demais. Quem sabe se amanhã não estaremos a cem léguas da costa? As circunstâncias podem nos favorecer e, entre dez e onze horas, estaremos pousados em algum ponto de terra firme, ou mortos. Então, seja o que Deus quiser, e vejo vocês hoje à noite!

Com isso, o canadense se retirou, deixando-me quase estupefato. Eu imaginava que, se necessário, teria tempo para pensar e discutir. Meu companheiro teimoso não me deixou. Ned Land estava cem vezes certo. Era uma boa circunstância, e ele tiraria vantagem disso. Será que poderia voltar atrás em minha palavra e assumir a responsabilidade de comprometer o futuro de meus companheiros para meu próprio ganho pessoal? Será que o capitão Nemo não poderia nos arrastar para um lugar distante de toda a terra amanhã?

Naquele momento, um apito bastante alto me informou que os tanques estavam se enchendo e o *Nautilus* afundou sob as ondas do Atlântico. Fiquei em meu quarto. Queria evitar o capitão para esconder de seus olhos a emoção que me dominava. Passei aquele dia triste, dividido entre o desejo de recuperar meu livre-arbítrio e o lamento de abandonar esse maravilhoso *Nautilus*, deixando meus estudos subaquáticos inacabados! Deixar esse oceano, *meu Atlântico*, como eu gostava de chamá-lo, sem ter observado suas últimas camadas, sem ter descoberto os segredos que os mares do Índico e do Pacífico haviam me revelado! Meu romance me caía das mãos após o primeiro volume, e meus sonhos se interrompiam no momento mais belo! Que horas infelizes se passaram assim, às vezes me vendo a salvo em terra firme com meus companheiros, às vezes desejando, apesar da razão, que alguma circunstância imprevista impedisse a realização dos planos de Ned Land.

Fui duas vezes ao salão. Queria consultar a bússola. Queria ver se a direção do *Nautilus* de fato nos aproximava da costa, ou se nos levava para mais longe. Mas não, o *Nautilus* ainda estava em águas portuguesas, apontando para o norte, seguindo a costa.

Então, tive que me decidir e me preparar para fugir. Minha bagagem não era pesada. Minhas anotações, nada mais.

Quanto ao capitão Nemo, eu me perguntava o que pensaria de nossa fuga, que preocupações isso lhe causaria, que mal poderia lhe fazer, e o que ele faria se fosse descoberta ou desse errado! Sem dúvida, eu não tinha do que reclamar, pelo contrário. Nunca alguém foi tão hospitaleiro quanto ele. Deixando-o, porém, eu não poderia ser taxado de ingrato. Nenhum juramento nos prendia a ele. Ele se fiava apenas na força das circunstâncias e não em nossa palavra de que ficaríamos com ele para sempre. Mas essa pretensão altamente declarada de nos manter eternamente prisioneiros a bordo justificava todas as nossas tentativas.

Eu não via o capitão desde a nossa visita à ilha de Santorini. O acaso viria a me colocar em sua presença antes de nossa partida? Era o que desejava e temia ao mesmo tempo. Prestei atenção para ver se conseguia ouvi-lo andando no quarto ao lado do meu. Nenhum som chegou aos meus ouvidos. O quarto devia estar deserto.

Então, comecei a me perguntar se essa pessoa estranha estava a bordo. Desde aquela noite em que o bote havia deixado o *Nautilus* para algum serviço misterioso, minhas ideias sobre ele haviam mudado um pouco. Achava que, independentemente do que tivesse me dito, o capitão Nemo devia manter algum tipo de relação com a terra. Será que ele nunca deixava o *Nautilus*? Muitas vezes, semanas inteiras se passavam sem que eu o encontrasse. O que ele fazia durante esse tempo e, quando eu achava que estava sofrendo de ataques de misantropia, será que não estaria ele realizando algum ato secreto em um lugar distante, cuja natureza até então me escapava?

Todas essas ideias e milhares de outras me assaltaram de uma só vez. O campo de conjecturas é infinito na estranha situação em que nos encontrávamos. Senti uma inquietação insuportável, pois esse dia de espera parecia eterno. As horas passavam devagar demais para minha impaciência.

Meu jantar foi servido em meu quarto, como sempre. Comi mal, pois estava muito preocupado. Saí da mesa às sete horas. Cento e vinte minutos — eu os contei — ainda me separavam do momento em que me encontraria com Ned Land. Minha agitação redobrou. Meu pulso batia violentamente. Não conseguia ficar parado. Andava para frente e para trás, esperando que o movimento acalmasse o tumulto em minha mente. A ideia de sucumbir à nossa empreitada imprudente era a menos dolorosa das minhas preocupações; mas ao pensar em revelar nosso plano antes de deixar o *Nautilus*, ao pensar em ser trazido de volta ao capitão Nemo, irritado ou, o que seria pior, chateado com meu abandono, meu coração palpitava.

Queria ver o salão uma última vez. Fui pelas passagens e cheguei ao museu, onde havia passado tantas horas agradáveis e úteis. Olhei para todas essas riquezas, todos esses tesouros, como um homem às vésperas de um exílio eterno que está partindo para nunca mais voltar. As maravilhas da natureza, as obras-primas da arte, nas quais minha vida havia se concentrado por tantos dias, eu iria abandoná-las para sempre. Eu teria gostado de olhar pela janela do salão para as águas do Atlântico, mas os painéis estavam hermeticamente fechados e uma capa de metal me separava daquele oceano que eu ainda não conhecia.

Ao atravessar o salão, cheguei à porta, na parede lateral, que dava para o quarto do capitão. Para minha surpresa, a porta estava entreaberta. Involuntariamente, dei um passo para trás. Se capitão Nemo estivesse em seu quarto, podia me ver. No entanto, não ouvi nenhum barulho e me aproximei. O quarto estava deserto. Abri a porta. Dei alguns passos para dentro. Ela ainda tinha a mesma aparência severa e cenobítica.

Naquele momento, chamaram minha atenção algumas gravuras penduradas na parede, que eu não havia notado em minha primeira visita. Eram retratos de grandes homens da história, cuja existência tinha sido uma devoção perpétua a uma grande ideia humana. Kościuszko, o herói tombado ao grito de *Finis Poloniae*; Botzaris, o Leônidas da Grécia moderna; O'Connell, o defensor da Irlanda; Washington, o fundador da União americana; Manin, o patriota italiano; Lincoln, morto pela bala de um escravagista; e, finalmente, o mártir da libertação da raça negra, John Brown, pendurado na forca, como tão terrivelmente desenhado pelo lápis de Victor Hugo.

Que ligação havia entre essas almas heroicas e a alma do capitão Nemo? Poderia eu, finalmente, a partir dessa coleção de retratos, desvendar o mistério de sua existência? Seria ele o herói dos povos oprimidos, o libertador das raças escravizadas? Teria participado das últimas revoltas políticas ou sociais deste século? Teria sido um dos heróis da terrível guerra americana, uma guerra lamentável e para sempre gloriosa?

De repente, o relógio bateu oito horas. A batida do primeiro martelo no gongo me tirou de meus devaneios. Estremeci como se um olho invisível tivesse penetrado em meus pensamentos mais íntimos e saí correndo do quarto.

Meus olhos se voltaram então para a bússola do salão. Ainda estávamos indo para o norte. A barquilha indicava uma velocidade moderada e o manômetro uma profundidade de cerca de sessenta pés. As circunstâncias, portanto, favoreciam os planos do canadense.

Voltei para o meu quarto. Vesti roupas quentes, como botas de marinheiro, um gorro de lontra e um agasalho de bisso forrado com pele de foca. Eu estava pronto; fiquei esperando. Apenas o estremecimento da hélice perturbava o profundo silêncio que reinava a bordo. Escutei, coloquei meu ouvido no chão. Será que não haveria uma súbita explosão de vozes informando que Ned Land acabava de ser surpreendido? Uma ansiedade mortal tomou conta de mim. Tentei em vão recuperar minha compostura.

Quando faltavam poucos minutos para as nove, coloquei meu ouvido perto da porta do capitão. Não havia nenhum som. Saí do meu quarto e voltei para o salão, que estava meio escuro, mas deserto.

Abri a porta que dava para a biblioteca. A mesma luz fraca, a mesma solidão. Fui até a porta da escada central e fiquei parado. Aguardava o sinal de Ned Land.

Naquele momento, o tremor da hélice diminuiu sensivelmente e, depois, cessou. Por que essa mudança na velocidade do *Nautilus*? Eu não sabia dizer se essa parada ajudava ou atrapalhava os planos de Ned Land. O silêncio só era perturbado pelas batidas do meu coração.

De repente, senti um leve choque. Percebi que o *Nautilus* tinha acabado de pousar no fundo do oceano. Minha ansiedade redobrou. O sinal do canadense não chegava a mim. Queria alcançar Ned Land para pedir que adiasse sua tentativa. Senti que não estávamos mais navegando em condições normais.

Naquele momento, a porta do grande salão se abriu e o capitão Nemo apareceu. Ele me viu e, sem mais preâmbulos, disse:

— Ah, professor — disse ele em um tom amigável —, estava procurando por você. O senhor conhece a história da Espanha?

Mesmo quem soubesse de cor a história de seu próprio país, nas condições em que me encontrava, com a mente agitada e a cabeça perdida, não conseguiria citar uma palavra sequer.

— E então — disse o capitão Nemo —, ouviu minha pergunta? Conhece a história da Espanha?

— Muito pouco — respondi.

— É assim que são os sábios — disse o capitão —, eles não sabem. Então, sente-se — acrescentou —, e eu lhe contarei um episódio curioso dessa história.

O capitão se deitou em um divã e eu me sentei ao seu lado na meia penumbra.

— Professor — disse ele —, ouça com atenção. Essa história será de algum interesse para o senhor, pois responderá a uma questão que, sem dúvida, o senhor não conseguiu resolver.

— Estou ouvindo, capitão — respondi, sem saber onde meu interlocutor queria chegar e imaginando se esse incidente estava relacionado aos nossos planos de fuga.

— Professor — continuou o capitão Nemo —, permita-me voltar a 1702. Como o senhor sabe, naquela época o seu rei Luís XIV, acreditando que bastava um ato de protesto para que os Pirineus fossem enterrados, impôs aos espanhóis o Duque de Anjou, seu neto. Esse príncipe, que reinou de forma mais ou menos incômoda sob o nome de Filipe V, teve de lidar com um partido forte do lado de fora. No ano anterior, as casas reais da Holanda, Áustria e Inglaterra concluíram um tratado de aliança em Haia, com o objetivo de arrancar a coroa espanhola de Filipe V e colocá-la na cabeça de um arquiduque, a quem deram prematuramente o nome de Carlos III. A Espanha teve de resistir a essa coalizão, mas estava quase desprovida de soldados e marinheiros. No entanto, não lhe faltava dinheiro, desde que seus galeões, carregados de ouro e prata da América, entrassem em seus portos. No final de 1702, esperavam um rico comboio escoltado por uma frota de vinte e três navios franceses sob o comando do Almirante de Château-Renault, já que as marinhas da coalizão corriam para cima e para baixo no Atlântico na época. Esse comboio deveria ir para Cádiz, mas o almirante, depois de saber que a frota inglesa estava navegando nessa área, decidiu ir para um porto francês. Os comandantes espanhóis do comboio protestaram contra a decisão. Queriam ser levados para um porto espanhol e, na falta de Cádiz, para a baía de Vigo, situada na costa noroeste da Espanha, que não estava bloqueada. O almirante de Château-Renault teve a fraqueza de obedecer a essa injunção, e os galeões entraram na baía de Vigo. Infelizmente, essa baía forma um ancoradouro aberto que não pode ser defendido de forma alguma. Ou seja, era necessário apressar-se para descarregar os galeões antes da chegada das frotas da coalizão, e teria havido tempo para o desembarque, se uma infeliz questão de rivalidade não tivesse surgido de repente. Está acompanhando a sequência dos eventos corretamente? — perguntou o capitão Nemo.

— Perfeitamente — confirmei, ainda sem saber do que se tratava essa aula de história.

— Deixe-me continuar. O que aconteceu foi o seguinte. Os comerciantes de Cádiz tinham o privilégio de receber todas as mercadorias vindas das Índias Ocidentais. Descarregar os lingotes dos galeões no porto de Vigo era ir contra seu direito. Eles, portanto, reclamaram em Madri e conseguiram obter do fraco Filipe V que o comboio, sem continuar com o descarregamento, permaneceria no ancoradouro de Vigo até que as frotas inimigas tivessem partido. Enquanto essa decisão estava sendo tomada, em 22 de outubro de 1702, navios ingleses chegaram à baía de Vigo. O almirante de

Château-Renault, apesar de suas forças inferiores, lutou bravamente. Mas quando viu que as riquezas do comboio estavam prestes a cair em mãos inimigas, incendiou e afundou os galeões, que naufragaram com seus imensos tesouros.

O capitão Nemo parou. Confesso que ainda não estava vendo como essa história poderia me interessar.

— E então? — perguntei a ele.

— Então, Sr. Aronnax — respondeu o capitão Nemo —, estamos na Baía de Vigo, e cabe ao senhor desvendar seus mistérios.

O capitão se levantou e pediu que eu o acompanhasse. Já tinha tido tempo para me recuperar e obedeci. O salão estava escuro, mas através das janelas transparentes, as ondas do mar brilhavam. Olhei em volta.

Ao redor do *Nautilus*, em um raio de meia milha, as águas pareciam impregnadas de luz elétrica. O fundo do mar estava limpo e claro. Homens da tripulação, vestidos com roupas de mergulho, ocupavam-se retirando barris meio apodrecidos e caixotes estripados dos destroços enegrecidos. Lingotes de ouro e prata, cascatas de piastras e joias se derramavam dessas caixas e barris. A areia estava repleta deles. Depois, carregados com esse precioso espólio, os homens retornavam ao *Nautilus*, depositavam a carga e continuavam sua inesgotável caça à prata e ao ouro.

Entendi tudo. Esse era o cenário da batalha de 22 de outubro de 1702. Os galeões carregados para o governo espanhol haviam naufragado aqui. Foi aqui que o capitão Nemo vinha buscar, conforme sua necessidade, os milhões com os quais ele carregava o *Nautilus*. Foi para ele, e somente para ele, que a América entregou seus metais preciosos. Ele era o herdeiro direto e indivisível desses tesouros roubados dos incas e dos derrotados de Hernán Cortez.

— O senhor sabia, professor — perguntou ele, sorrindo —, que o mar continha tanta riqueza?

— Sabia — respondi — que se estima que dois milhões de toneladas de prata estejam suspensas em suas águas.

— Sem dúvida, mas para extrair essa prata, as despesas seriam maiores que o lucro. Aqui, por outro lado, tudo o que tenho a fazer é coletar o que os homens perderam, e não apenas nesta baía de Vigo, mas também nos milhares de naufrágios cujas localizações foram registradas em meu mapa subaquático. Entende agora que sou bilionário?

— Entendo, capitão. Permita-me, no entanto, que lhe diga que, ao explorar precisamente esta baía de Vigo, o senhor apenas antecipou o trabalho de uma empresa rival.

— Que empresa é essa?

— Uma empresa que recebeu do governo espanhol o privilégio de procurar galeões afundados. Os acionistas são atraídos pela tentação de um lucro enorme, pois o valor dessas riquezas afundadas é estimado em quinhentos milhões.

— Quinhentos milhões! — respondeu o capitão Nemo. — Estavam lá, mas não estão mais.

— De fato — afirmei. — Portanto, um aviso a esses acionistas seria um ato de caridade. Quem sabe, porém, se seria bem recebido. O que os apostadores geralmente mais lamentam não é tanto a perda de seu dinheiro, mas a perda de suas esperanças. Afinal de contas, sinto menos pena deles do que dos milhares de pessoas infelizes que poderiam ter se beneficiado de tanta riqueza bem distribuída, mas que aqui permanecerão eternamente estéreis!

Assim que expressei esse pesar, senti que ferira o capitão Nemo.

— Estéreis! — exclamou ele, ficando mais exaltado. — Acha, senhor, que essas riquezas estão perdidas, quando sou eu que as coleciono? É para mim mesmo, na sua opinião, que eu me dou ao trabalho de coletar esses tesouros? Quem pode dizer que eu não faço bom uso deles? Acha que eu não sei que há seres que sofrem, raças oprimidas nesta terra, pessoas miseráveis que precisam de alívio, vítimas que precisam ser vingadas? Não entende que...?

O capitão Nemo fez uma pausa nessas últimas palavras, talvez lamentando ter falado demais. Mas tinha entendido. Quaisquer que fossem os motivos que o forçaram a buscar a independência nos mares, acima de tudo permaneceu humano! Seu coração ainda palpitava com os sofrimentos da humanidade, e sua imensa caridade era dirigida tanto aos povos escravizados quanto aos indivíduos.

Foi então que entendi a quem se destinavam os milhões enviados pelo capitão Nemo quando o *Nautilus* navegava nas águas da Creta rebelada!

CAPÍTULO IX

Um continente que se foi

Na manhã seguinte, 19 de fevereiro, vi o canadense entrar em meu quarto. Eu o esperava. Ele parecia muito desapontado.

— Tudo bem, senhor? — perguntou.

— Bem, Ned, o acaso estava contra nós ontem.

— Sim, aquele maldito capitão teve de parar quando estávamos prestes a fugir de seu navio.

— Sim, Ned, ele tinha negócios com seu banqueiro.

— Seu banqueiro!

— Ou melhor, com seu banco. Refiro-me àquele fundo do mar, onde sua riqueza está mais segura do que nos cofres de um Estado.

Em seguida, contei ao canadense os incidentes do dia anterior, na esperança secreta de trazê-lo de volta à ideia de não abandonar o capitão; mas meu relato não teve outro resultado senão o arrependimento, energicamente expresso por Ned, de não ter sido capaz de fazer uma excursão no campo da batalha de Vigo.

— Enfim — disse ele —, não está tudo perdido! Foi apenas um golpe de arpão perdido! Em outra ocasião, teremos sucesso, e hoje à noite, se for preciso...

— Para que lado o *Nautilus* está indo?

— Eu não sei — respondeu Ned.

— Bem, ao meio-dia, veremos onde estamos.

O canadense voltou para Conseil. Assim que me vesti, fui para o salão. A bússola não estava me tranquilizando. O curso do *Nautilus* era sul-sudoeste. Estávamos de costas para a Europa.

Esperei com impaciência que o ponto fosse traçado no mapa. Por volta das onze e meia, os tanques se esvaziaram e nossa embarcação subiu à superfície do oceano. Corri para a plataforma. Ned Land havia me precedido.

Não havia terra à vista. Nada além do mar imenso: algumas velas no horizonte, sem dúvida umas indo ao Cabo São Roque para buscar ventos favoráveis para contornar o Cabo da Boa Esperança. O tempo estava nublado. Uma ventania se formava.

Ned ficou furioso ao tentar perfurar o horizonte enevoado. Ainda tinha esperança de que, por trás de toda aquela neblina, estivesse a terra que tanto desejava.

Ao meio-dia, o sol apareceu por um momento, e o imediato aproveitou a claridade para medir a altura. Quando o mar ficou mais agitado, voltamos para baixo e a escotilha foi fechada.

Uma hora depois, quando consultei o mapa, vi que a posição do *Nautilus* era indicada pela longitude 16° 17' e latitude 33° 22', a cento e cinquenta léguas da costa mais próxima. Não havia como pensar em fugir, e só posso imaginar como o canadense ficou furioso quando lhe contei da nossa situação.

De minha parte, não fiquei muito angustiado. Senti-me aliviado do peso que me oprimia e pude retomar meu trabalho habitual com relativa calma.

À noite, por volta das onze horas, recebi uma visita inesperada do capitão Nemo. Ele me perguntou muito gentilmente se eu estava cansado de ter ficado acordado a noite toda. Respondi que não.

— Então, Sr. Aronnax, vou lhe propor uma excursão curiosa.

— Proponha, capitão.

— O senhor só visitou o fundo do mar durante o dia e sob a luz do sol. Gostaria de vê-lo em uma noite escura?

— Com prazer.

— Será uma caminhada cansativa, já aviso. Terá que caminhar muito e escalar uma montanha. As trilhas não são muito bem conservadas.

— O que o senhor está me dizendo, capitão, aumenta minha curiosidade. Estou pronto para acompanhá-lo.

— Venha, professor, vamos vestir nossos trajes de mergulho.

Quando cheguei ao vestiário, vi que nem meus companheiros nem nenhum membro da tripulação nos seguiriam nessa excursão. O capitão Nemo nem sequer sugeriu que eu levasse Ned ou Conseil.

Em poucos instantes, vestimos nosso equipamento. Os tanques, fortemente carregados de ar, foram posicionados em nossas costas, mas as lanternas elétricas não foram preparadas. Chamei a atenção do capitão para esse fato.

— Elas seriam inúteis — respondeu ele.

Achei que tinha ouvido mal, mas não pude repetir minha observação, pois a cabeça do capitão já havia desaparecido em seu invólucro de metal. Terminei de vestir meu arnês, senti um cajado sendo colocado em minha mão e, alguns minutos depois, após a manobra habitual, pisamos no fundo do Atlântico, a uma profundidade de trezentos metros.

Era quase meia-noite. As águas estavam escuras como breu, mas o capitão Nemo me mostrou ao longe uma mancha avermelhada, uma espécie de fulgor amplo, que brilhava a cerca de duas milhas do *Nautilus*. Não sei dizer o que era esse fogo, que materiais o alimentavam, por que e como revivia na massa líquida. De qualquer forma, nos iluminava, vagamente, é verdade, mas logo me acostumei com essa escuridão particular e compreendi, nessa circunstância, a inutilidade dos dispositivos Ruhmkorff.

O capitão Nemo e eu caminhamos próximos um do outro, diretamente sobre o fogo sinalizado. O terreno plano se elevava imperceptivelmente. Demos passos largos, ajudando-nos com o bastão, mas nossa caminhada era lenta, pois nossos pés frequentemente afundavam em uma espécie de lama amassada com algas marinhas e repleta de pedras planas.

À medida que avançávamos, ouvia uma espécie de barulho de chiado acima de minha cabeça. Às vezes, esse ruído aumentava e produzia uma espécie de cintilação contínua. Logo entendi a causa. Era a chuva caindo violentamente, estalando na superfície da água. Instintivamente, pensei que ia ficar encharcado! Na água, no meio da água! Não pude deixar de rir dessa ideia. Mas, para dizer a verdade, sob o traje grosso, não se sente mais o elemento líquido e parece que se está no meio de uma atmosfera um pouco mais densa do que a atmosfera da Terra, só isso.

Depois de meia hora de caminhada, o solo se tornou rochoso. Era parcialmente iluminado pela fosforescência de medusas, crustáceos microscópicos e penátulas, e eu vislumbrava pedras cobertas por milhões de zoófitos e algas. Não parava de escorregar nos viscosos tapetes de sargaços e, não fosse meu bastão de ferro, teria caído mais de uma vez. Ao me virar, ao longe avistei o farol esbranquiçado do *Nautilus* começando a se apagar.

Esses montes de pedras que acabei de mencionar estavam dispostos no fundo do oceano com uma certa regularidade que eu não conseguia explicar. Eu podia ver sulcos gigantescos que se perdiam na escuridão distante, e cuja extensão escapava a qualquer avaliação. Havia também outras peculiaridades que eu não conseguia admitir. Parecia-me que minhas pesadas solas de chumbo esmagavam um monte de ossos que estalavam com um ruído seco. O que era essa vasta planície que eu atravessava? Queria ter questionado o capitão, mas sua linguagem de sinais, que lhe permitia conversar com seus companheiros quando o acompanhavam em suas excursões subaquáticas, ainda era incompreensível para mim.

No entanto, a luz avermelhada que nos guiava aumentava e incendiava o horizonte. A presença daquele fogo sob a água me intrigou ao máximo. Seria algum tipo de efluência elétrica? Algum fenômeno natural ainda desconhecido pelos cientistas do mundo? Ou mesmo — pois esse pensamento passou pela minha cabeça — seria a mão do homem intervindo nessa conflagração? Seria ele que alimentava aquele incêndio? Iria eu encontrar, nas profundezas, companheiros do capitão Nemo vivendo, como ele, aquela estranha existência, a quem ele faria uma visita? Haveria lá uma colônia inteira de exilados, que, cansados das misérias da terra, procuraram e descobriram a independência no fundo do oceano? Todas essas ideias loucas e absurdas me perturbavam e, nessa disposição de espírito, sempre superexcitado pela série de maravilhas que passavam à minha frente, não teria me surpreendido de encontrar, no fundo do mar, uma daquelas cidades submarinas com que sonha o capitão Nemo!

Nossa rota se tornou cada vez mais iluminada. O brilho esbranquiçado irradiava do topo de uma montanha com cerca de oitocentos metros de altura. Mas o que via era uma simples reverberação ampliada pelo cristal das camadas de água. A chama, a fonte dessa luz inexplicável, estava no lado oposto da montanha.

No meio do labirinto pedregoso que cruzava o fundo do Atlântico, o capitão Nemo avançava sem hesitar. Ele conhecia a estrada escura. Sem dúvida, percorrera-a muitas vezes e não se perderia. Eu o segui com uma confiança inabalável. Era para mim um dos gênios do mar e, enquanto caminhava à minha frente, eu admirava sua alta estatura contra o fundo luminoso do horizonte.

Era uma hora da manhã. Tínhamos chegado às primeiras rampas da montanha. Mas, para chegar a elas, tivemos que nos aventurar pelos caminhos difíceis de um vasto bosque.

Sim, uma floresta de árvores mortas, sem folhas, sem seiva, árvores mineralizadas pela ação das águas, dominada por pinheiros gigantes. Assemelhava-se à hulheira, ainda de pé, presa por suas raízes ao solo erodido, cuja ramagem como finos recortes de papel-carbono desenhava-se nitidamente no teto de água. Imaginem um bosque de Hartz, agarrado aos flancos de um monte, mas um bosque submerso. As trilhas eram atulhadas de algas e fucos, onde fervilhava um mundo de crustáceos. Eu ia montando as rochas, ultrapassando os troncos caídos, arrebentando os cipós marinhos que balançavam de uma árvore para outra, assustando os peixes que voavam de galho em galho. Levado pela correnteza, não me sentia mais cansado. Segui meu guia, que nunca se cansava.

Que espetáculo! Como eu poderia transmitir a aparência desses bosques e rochas nesse ambiente líquido, as bases escuras e ferozes, os dosséis avermelhados, sob uma claridade que dobrava a força reluzente das águas? Escalávamos rochedos que, em seguida, desmoronavam em pedaços inteiros, com um surdo rugido de avalanche. À direita e à esquerda, abriam-se obscuras galerias onde o olhar se perdia. Mais adiante, vastas clareiras pareciam ter sido esculpidas pela mão humana, e às vezes eu me perguntava se algum habitante dessas regiões submarinas não me apareceria de repente.

Mas o capitão Nemo continuava subindo. Eu não queria ficar para trás e o segui corajosamente. Meu cajado foi uma ajuda útil. Um passo em falso teria sido perigoso nessas passagens estreitas cortadas nas laterais dos abismos, mas caminhei com um pé firme e sem sentir a intoxicação da vertigem. Algumas vezes, pulava uma fenda cuja profundidade teria me feito recuar no meio das geleiras da terra; outras vezes, me aventurava nos troncos vacilantes de árvores lançados de um abismo a outro, sem olhar sob meus pés, tendo olhos apenas para admirar os locais selvagens da região. Ali, rochas monumentais, apoiadas em suas bases irregularmente cortadas, pareciam desafiar as leis do equilíbrio. Entre seus joelhos de pedra, as árvores cresciam como um jato sob tremenda pressão, sustentando aquelas que as sustentavam. Depois, havia as torres naturais, com laterais amplas esculpidas como cortinas, inclinadas em um ângulo que as leis da gravitação não teriam permitido na superfície das regiões da Terra.

Eu não sentia essa diferença devido à forte densidade da água e, apesar de minhas roupas pesadas, minha cabeça de cobre e minhas solas de metal, subi as encostas intransponivelmente íngremes, atravessando-as, por assim dizer, com a leveza de um cabrito!

Ao contar a história dessa excursão sob as águas, percebo que não soo verossímil! Sou o historiador de coisas aparentemente impossíveis que, no entanto, são reais e incontestáveis. Não as sonhei. Eu vi e senti!

Duas horas depois de deixarmos o *Nautilus*, cruzamos a linha de vegetação e o pico surgiu trezentos metros acima de nossas cabeças, com a silhueta projetando-se no ofuscante brilho da vertente oposta. Alguns arbustos petrificados se estendiam em zigue-zagues pronunciados, aqui e ali. Um turbilhão de peixes se erguia ao passarmos, como aves flagradas no capinzal. A massa rochosa tinha anfractuosidades reservadas, grutas profundas, tocas insondáveis, no fundo dos quais ouvia-se coisas terríveis se remexendo. O sangue voltava ao meu coração quando me deparava com alguma antena descomunal obstruindo a passagem, ou com o ruído de alguma pinça tenebrosa fechando-se na sombra das cavidades! Milhares de pontos luminosos brilhavam em meio às trevas. Eram olhos de crustáceos gigantes, recolhidos em seu antro, lagostas imponentes, de pinças apontando como alabardas e de patas remexendo com um retinir de ferragem, caranguejos titânicos, mirados como canhões sobre sua base, e polvos assustadores, entrelaçando seus tentáculos como uma touceira viva de cobras.

O que era esse mundo exorbitante que eu ainda não conhecia? A que ordem pertenciam aquelas criaturas articuladas, sobre as quais a rocha se forma como uma segunda concha? Onde a natureza encontrara o segredo de sua existência vegetativa, e há quantos séculos elas viviam assim nas profundezas do oceano?

Mas eu não podia parar. Capitão Nemo, familiarizado com esses animais horrendos, não deu atenção. Chegamos ao primeiro platô, onde outras surpresas ainda me aguardavam. Havia ruínas pitorescas que revelavam mais a mão humana do que a do Criador. Eram imensos montes de pedra, onde se distinguiam as formas vagas de castelos e templos, cobertos por um mundo de zoófitas floridas, e sobre os quais, em vez de hera, algas marinhas e rochas formavam um espesso manto vegetal.

Que parte do globo, engolida pelos cataclismos, seria aquela? Quem havia disposto essas rochas e pedras como dólmens de tempos pré-históricos? Onde eu estava, aonde a fantasia do capitão Nemo havia me levado?

Eu queria questioná-lo, mas não podia, então o impedi. Agarrei seu braço, e ele, balançando a cabeça e apontando para o último pico da montanha, parecia me dizer:

— Venha! Continue! Continue!

Eu o segui com um último esforço e, em poucos minutos, havia escalado o pico que dominava toda a massa rochosa por cerca de dez metros. Olhei para o lado que tínhamos acabado de atravessar. A montanha se erguia apenas sete ou oito metros acima da planície, mas no lado oposto se elevava duas vezes mais do fundo dessa parte do Atlântico. Meu olhar se estendeu ao longe e abrangeu um vasto espaço iluminado por uma violenta fulguração. A montanha era na verdade um vulcão. Quinze metros abaixo do pico, em meio a uma chuva de pedras e escórias, uma grande cratera expelia torrentes de lava, que se dispersavam em uma cascata de fogo dentro da massa líquida. Assim, esse vulcão, como uma imensa tocha, iluminava a planície inferior até a borda do horizonte.

Eu disse que a cratera submarina expelia lava, mas não chamas. As chamas precisam do oxigênio do ar e não podem se desenvolver debaixo d'água; mas os fluxos de lava, que têm em si o princípio de sua incandescência, podem atingi-la, lutar vitoriosamente contra o elemento líquido e se vaporizar a seu contato. Rápidas corredeiras arrastavam todos aqueles gases em difusão, e as torrentes de magma deslizavam até o pé da montanha, como os resíduos do Vesúvio em outra Torre del Greco.

De fato, ali, diante de meus olhos, em ruínas, destruída, posta abaixo, aparecia uma cidade arrebatada, com seus telhados desmoronados, seus templos derrubados, seus arcos deslocados, suas colunas caídas no chão, onde ainda se podia perceber as proporções sólidas de um tipo de arquitetura toscana; mais adiante, restos de um enorme aqueduto; aqui, as alturas de uma acrópole, com as formas flutuantes de um Partenon; ali, os resquícios de um cais, como se algum porto antigo tivesse abrigado navios mercantes e trirremes de guerra nas margens de um oceano desaparecido; mais adiante, longas linhas de paredes em ruínas, ruas largas e desertas, uma Pompeia inteira enterrada sob as águas, que o capitão Nemo ressuscitava aos meus olhos!

Onde eu estava? Onde? Eu queria saber a todo custo, queria falar, queria arrancar a esfera de cobre que aprisionava minha cabeça. Mas o capitão Nemo veio até mim e me impediu com um gesto. Então, pegando um pedaço de pedra calcária, dirigiu-se a uma rocha de basalto negro e desenhou esta única palavra:

ATLÂNTIDA

Foi como raio passando por minha mente! Atlântida, a antiga Merópides de Teopompo, a Atlântida de Platão, esse continente negado por Orígenes, Porfírio, Jâmblico, D'Anville, Malte-Brun, Humboldt, que atribuiu seu desaparecimento a relatos lendários, admitido por Possidônio, Plínio, Amiano Marcelino, Tertuliano, Engel, Sherer, Tournefort, Buffon, d'Avezac, eu o tinha bem diante de meus olhos, ainda com a evidência irrefutável de sua catástrofe! Assim era essa região submersa que existia fora da Europa, Ásia e Líbia, além das Colunas de Hércules, onde vivia o poderoso povo atlante e contra o qual foram travadas as primeiras guerras da Grécia Antiga.

O historiador que registrou em seus escritos os grandes feitos daqueles tempos heroicos foi o próprio Platão. Seu diálogo de Timeu e Crítias foi, por assim dizer, inspirado por Sólon, poeta e legislador.

Um dia, Sólon estava conversando com alguns anciãos de Sais, uma cidade que já tinha oitocentos anos de idade, conforme evidenciado pelos anais gravados nas paredes sagradas de seus templos. Um desses anciãos contou a história de outra cidade mil anos mais antiga. Essa primeira cidade ateniense, com novecentos séculos de idade, havia sido invadida e parcialmente destruída pelos atlantes. Esses atlantes, disse ele, ocupavam um imenso continente maior do que a África e a Ásia, cobrindo uma área que ia do décimo segundo grau de latitude ao quadragésimo grau de norte. Seu domínio se estendia até o Egito. Eles tentaram impor seu domínio até a Grécia, mas foram forçados a se retirar diante da resistência indomável dos helenos. Séculos se passaram. Ocorreu um cataclismo: enchentes, terremotos. Em uma única noite e um único dia, essa Atlântida, cujos picos mais altos — Madeira, Açores, Canárias e Cabo Verde — ainda estão de pé, foi aniquilada.

Essas foram as lembranças históricas que a inscrição do capitão Nemo trouxe à vida em minha mente. Então, guiado pelo mais estranho dos destinos, eu pisava em uma das montanhas deste continente! Tocava com minha mão as ruínas que têm milhares de anos e são contemporâneas de épocas geológicas! Caminhava onde os contemporâneos do primeiro homem haviam caminhado! Esmagava sob minhas solas pesadas os esqueletos de animais de épocas fabulosas, que essas árvores, agora mineralizadas, cobriam com sua sombra!

Gostaria de ter descido as encostas íngremes daquela montanha, percorrido toda a extensão desse imenso continente que, provavelmente, ligava a África à América, e visitado essas grandes cidades antediluvianas. Talvez ali, diante de meus olhos, estivessem Makhimos, o guerreiro, e Eusébia, a piedosa, cujos gigantescos habitantes viveram por séculos inteiros e cuja força não faltou para empilhar esses blocos que ainda resistiam à ação das águas. Um dia, talvez, algum fenômeno eruptivo traga essas ruínas afundadas à superfície das ondas! Inúmeros vulcões submarinos foram relatados nessa parte do oceano, e muitos navios sentiram tremores extraordinários ao passar por essas profundezas atormentadas. Alguns ouviram ruídos abafados que anunciavam a luta profunda dos elementos; outros coletaram cinzas vulcânicas lançadas do mar. Esse solo inteiro, até a linha do equador, ainda é influenciado pelas forças plutônicas. E quem sabe se, em tempos remotos, engrandecidos pelos dejetos vulcânicos e pelas camadas ignívomas, não veremos cumes de montanhas vindo à superfície do Atlântico!

Enquanto eu devaneava, enquanto tentava fixar em minha memória todos os detalhes dessa paisagem grandiosa, o capitão Nemo, encostado em uma estela musgosa, permanecia imóvel e como que petrificado em um êxtase silencioso. Estaria ele pensando naquelas gerações desaparecidas e pedindo a elas o segredo do destino humano? Será que foi a esse lugar que o homem estranho veio para reimergir nas memórias da história e reviver a vida antiga, ele, que não queria nada com a vida moderna? O que eu não daria para conhecer seus pensamentos, compartilhá-los, entendê-los!

Ficamos naquele local por uma hora inteira, olhando para a vasta planície sob o brilho da lava, que às vezes assumia uma intensidade surpreendente. As ebulições internas faziam a crosta da montanha estremecer com intermitência. Ruídos profundos, claramente transmitidos por esse meio líquido, reverberavam com amplitude majestosa.

Nesse momento, a lua apareceu por um instante em meio à massa de água e lançou alguns raios pálidos sobre o continente engolfado. Foi apenas um lampejo, mas teve um efeito indescritível. O capitão se levantou, deu uma última olhada na imensa planície e depois fez sinal para que eu o seguisse.

Descemos rapidamente a montanha. Depois de passar pela floresta mineral, vi a lanterna do *Nautilus* brilhando como uma estrela. O capitão foi direto em direção a ela, e estávamos de volta a bordo no momento em que os primeiros tons do amanhecer clareavam a superfície do oceano.

CAPÍTULO X

As minas de carvão submarinas

No dia seguinte, 20 de fevereiro, acordei muito tarde. O cansaço da noite havia prolongado meu sono até as onze horas. Vesti-me rapidamente. Estava ansioso para saber a direção do *Nautilus*. Os instrumentos me informaram que ainda estava indo para o sul a uma velocidade de vinte milhas por hora em uma profundidade de cem metros.

Conseil entrou. Contei-lhe sobre nossa excursão noturna e, com as escotilhas abertas, ainda conseguiu vislumbrar parte desse continente submerso.

De fato, o *Nautilus* estava deslizando sobre a planície de Atlântida, apenas dez metros acima do solo. Ele se movia como um balão levado pelo vento sobre as pradarias da terra; mas seria mais real dizer que estávamos nesse salão como no vagão de um trem expresso. As primeiras imagens que passaram diante de nossos olhos foram rochas fantasticamente cortadas, florestas de árvores que passaram do reino vegetal para o reino animal e cujas silhuetas imóveis figuravam carrancudas sob as ondas. Havia também massas de pedra enterradas sob tapetes de ascídias e anêmonas, com longos hidrófitos em riste, depois blocos de lavas esculpidos com uma extravagância que atestava toda a fúria das expansões plutônicas.

Enquanto esses locais bizarros brilhavam sob nossas luzes elétricas, contei a Conseil a história desses atlantes que, de um ponto de vista puramente imaginário, inspiraram tantas páginas encantadoras em Bailly. Contei a ele sobre as guerras desses povos heroicos. Discuti a questão da Atlântida como um homem que não podia mais duvidar. Mas Conseil, distraído, pouco me ouviu, e sua indiferença em relação a esse ponto histórico logo me foi explicada.

Com efeito, muitos peixes atraíam sua atenção e, quando passavam, Conseil, levado pelo abismo da classificação, deixava o mundo real. Nesse caso, tudo o que eu tinha a fazer era segui-lo e retomar nossos estudos ictiológicos com ele.

Esses peixes do Atlântico, aliás, não eram muito divergentes dos observados até então. Eram raias descomunais, de cinco metros de comprimento e de grande força muscular, o que lhes permitia saltar sobre as águas; esqualos de variadas espécies, entre eles um glauco de cinco metros com dentes triangulares e agudos, cuja transparência o deixava quase invisível sob as águas; sargos marrons, tubarões em forma de prismas e couraçados por uma pele tuberculosa; esturjões, semelhantes a seus parentes do Mediterrâneo; síngnatos-trombetas de meio metro de comprimento, marrons e com pequenas barbatanas cinza, sem dentes nem língua, e que perambulavam como finas e flexíveis serpentes.

Dos peixes ósseos, Conseil observou marlins escuros, com três metros de comprimento e um esporão pontiagudo na mandíbula superior; ágeis, vistosos, conhecidos na época de Aristóteles pelo nome de dragões-marinhos e difíceis de capturar em função dos espinhos que têm no dorso; corifenídeos, com costas acastanhadas, listradas de azul e emolduradas por uma margem amarela; belos dourados e peixes-lua, discos com reflexos anil, que, iluminados na parte superior pelos raios solares, formavam manchas prateadas; ainda, cardumes de xífias-espadas, de oito metros e com barbatanas amareladas e curvadas, e longos gládios de dois metros, animais intrépidos, antes herbívoros que piscívoros e que obedecem às fêmeas como maridos ensinados.

Mas enquanto eu observava essas várias amostras da fauna marinha, continuei examinando as longas planícies de Atlântida. Às vezes, caprichosos acidentes no solo forçavam o *Nautilus* a reduzir sua velocidade, e então deslizava com a habilidade de um cetáceo em fendas estreitas nas colinas. Se o labirinto se tornasse inextricável, a máquina se elevava como um aeróstato e, uma vez superado o obstáculo, retomava seu curso rápido alguns metros acima do fundo. Uma navegação admirável e encantadora, que lembrava as manobras de uma caminhada aerostática, com a diferença de que o *Nautilus* obedecia passivamente à mão de seu timoneiro.

Por volta das quatro horas da tarde, o terreno, geralmente composto de lama espessa misturada com galhos mineralizados, mudou gradualmente; tornou-se mais rochoso e parecia estar repleto de conglomerados e tufos basálticos, com algumas manchas de lava e obsidiana sulfurosa. Pensei que as longas planícies logo seriam sucedidas pela região montanhosa e, de fato, à medida que o *Nautilus* se movia em certas direções, vi o horizonte sul bloqueado por uma muralha que parecia fechar todas as saídas. Seu cume estava obviamente acima do nível do oceano. Devia ser um continente, ou pelo menos uma ilha, uma das Canárias ou uma das Ilhas de Cabo Verde. Eu não sabia onde estávamos, pois não havíamos registrado nossa posição — talvez deliberadamente. De qualquer forma, essa parede me pareceu marcar o fim dessa Atlântida, da qual havíamos percorrido apenas uma pequena parte.

A noite não interrompeu minhas observações. Conseil havia retornado à sua cabine. O *Nautilus*, diminuindo o ritmo, pairava sobre as massas confusas do solo, às vezes deslizando sobre elas como se quisesse aterrissar, às vezes subindo caprichosamente à superfície das ondas. Pude então distinguir algumas constelações vívidas através do cristal da água, e precisamente cinco ou seis daquelas estrelas zodiacais que seguem a cauda de Órion.

Por muito tempo teria permanecido em minha janela, admirando a beleza do mar e do céu, quando os painéis se fecharam. Naquele momento, o *Nautilus* havia alcançado a muralha. Como iria manobrar, eu não conseguia imaginar. Voltei ao meu quarto. O *Nautilus* não estava mais se movendo. Adormeci com a firme intenção de acordar depois de algumas horas de sono.

No dia seguinte, porém, eram oito horas quando voltei ao salão. Olhei para o medidor de pressão. Mostrou-me que o *Nautilus* flutuava na superfície do oceano. Eu ouvia passos na plataforma. No entanto, não havia nenhum movimento que denunciasse a ondulação das ondas superiores.

Subi até a escotilha, que estava aberta. Mas, em vez da luz brilhante do dia que esperava, me vi cercado por uma escuridão profunda. Onde estávamos? Será que havia cometido um erro? Ainda era noite? Não! Não havia uma única estrela brilhando, e a noite não tem essa escuridão absoluta.

Não sabia o que pensar, quando uma voz me disse:

— É você, professor?

— Capitão Nemo — respondi —, onde estamos?

— No subsolo, professor.

— No subsolo! — gritei. — E o *Nautilus* ainda está flutuando?

— Ainda está flutuando.

— Mas será que estou entendendo bem?

— Espere alguns instantes. Nosso farol se acenderá e, se gosta de luminosidade, ficará satisfeito.

Subi na plataforma e esperei. A escuridão era tão completa que eu não conseguia nem ver o capitão Nemo. Entretanto, olhando para o zênite, exatamente acima da minha cabeça, pensei ter visto um brilho indistinto, uma espécie de meia-luz preenchendo um buraco circular. Naquele momento, o farol se acendeu de repente e seu brilho intenso fez com que a luz vaga desaparecesse.

Depois de fechar os olhos por um momento, olhei, deslumbrado com o jato elétrico. O *Nautilus* estava parado. Estava flutuando ao lado de uma praia disposta como um cais. O mar que o sustentava no momento era um lago aprisionado em um cerco de paredes de dez quilômetros de diâmetro, ou trinta de circunferência. Seu nível — como indicava o manômetro — só poderia ser o nível externo, pois havia necessariamente um elo de comunicação entre esse lago e o mar. As paredes altas, inclinadas na base, arredondavam-se em uma abóbada e formavam um imenso funil invertido, com quinhentos ou seiscentos metros de altura. No topo havia uma abertura circular pela qual eu tinha visto uma leve luz, obviamente devido à luz do dia.

Antes de examinar o interior dessa enorme caverna mais de perto, antes de me perguntar se era obra da natureza ou do homem, fui até o capitão Nemo.

— Onde estamos?

— Bem no centro de um vulcão extinto — respondeu o capitão —, um vulcão cujo interior foi invadido pelo mar após alguma convulsão do solo. Enquanto o senhor estava dormindo, professor, o *Nautilus* entrou nessa lagoa por um canal natural dez metros abaixo da superfície do oceano. Este é o seu porto de origem, um porto seguro, conveniente e misterioso, protegido de todos os ruídos do vento! Encontre-me nas costas de seus continentes ou de suas ilhas um ancoradouro que valha esse refúgio seguro contra a fúria dos furacões.

— De fato — respondi —, é seguro aqui, capitão Nemo. Quem poderia alcançá-lo no centro de um vulcão? Mas em seu cume, não há uma abertura?

— Sim, sua cratera, uma cratera que já foi repleta de lava, vapor e chamas, e que agora dá lugar ao ar revigorante que respiramos.

— Mas que montanha vulcânica é essa?

— Ela pertence a uma das muitas ilhotas que pontilham esse mar. Um mero recife para os navios, para nós uma imensa caverna. O acaso me fez descobri-la e, com isso, o acaso me serviu muito bem.

— Mas não dá para descer pela abertura que forma a cratera do vulcão?

— Não mais do que eu poderia subir lá em cima. Até trinta metros, a base interna dessa montanha é transitável, mas acima disso, as paredes se projetam e suas rampas não podem ser atravessadas.

— Vejo, capitão, que a natureza o serve em todos os lugares, e sempre. Está seguro neste lago, e ninguém além de você pode visitar suas águas. Mas de que serve esse refúgio? O *Nautilus* não precisa de um porto.

— Não, professor, mas precisa de eletricidade para se mover, elementos para produzir sua eletricidade, sódio para fornecer seus elementos, carvão para produzir seu sódio e campos de carvão para extrair seu carvão. Agora, bem aqui, o mar cobre florestas inteiras que foram enterradas no tempo geológico; mineralizadas agora e transformadas em carvão, são uma mina inesgotável para mim.

— Então seus homens, capitão, são mineiros aqui?

— Exatamente. Essas minas se estendem sob as ondas como as minas de carvão de Newcastle. É aqui que meus homens, em seus trajes de mergulho, com pás e picaretas nas mãos, extraem o carvão que sequer pedi das minas de terra. Quando eu queimo esse combustível para produzir sódio, a fumaça que sai da cratera dessa montanha ainda dá a ela a aparência de um vulcão ativo.

— E veremos seus companheiros trabalhando?

— Não, pelo menos não desta vez, pois estou com pressa para continuar nossa viagem subaquática pelo mundo. Portanto, terei de usar as reservas de sódio que tenho. Levará apenas um dia para colocá-los a bordo, e então retomaremos nossa viagem. Portanto, se quiser explorar essa caverna e dar a volta na lagoa, aproveite esse dia, Sr. Aronnax.

Agradeci ao capitão e fui procurar meus dois companheiros, que ainda não haviam saído de sua cabine. Convidei-os a me acompanhar sem dizer onde estavam.

Eles subiram na plataforma. Conseil, que não se surpreende com nada, considerou muito natural acordar embaixo de uma montanha depois de ter adormecido sob as ondas. Mas Ned Land não tinha outra ideia a não ser ver se havia alguma saída da caverna.

Depois do almoço, por volta das dez horas, fomos para a praia.

— Então, estamos em terra novamente — disse Conseil.

— Eu não chamaria isso de *terra* — respondeu o canadense. — Além disso, não estamos na terra, estamos embaixo dela.

Entre o sopé dos paredões da montanha e as águas do lago havia uma costa arenosa que, em seu ponto mais largo, media quinhentos pés. A partir dessa margem, era fácil caminhar ao redor do lago. Mas a base dos altos penhascos formava um terreno atormentado, no qual jaziam, em um pitoresco amontoado, blocos vulcânicos e enormes pedras-pomes. Todas essas massas desintegradas, cobertas por um esmalte polido pela ação dos fogos subterrâneos, brilhavam intensamente em contato com os jatos elétricos do farol. A poeira micácea da margem, levantada por nossos passos, voou como uma nuvem de faíscas.

O solo se elevava sensivelmente à medida que nos afastávamos da beira da água, e logo chegamos a rampas longas e sinuosas, verdadeiros degraus que nos permitiam subir pouco a pouco, mas tínhamos de pisar com cuidado no meio desses conglomerados, que não eram cimentados, e nossos pés escorregavam sobre traquitos vitrificados, compostos de cristais de feldspato e quartzo.

A natureza vulcânica dessa enorme escavação era evidente por todos os lados. Chamei a atenção de meus companheiros para esse fato.

— Conseguem imaginar — perguntei a eles —, como devia ser esse funil cheio de lava borbulhante, o nível desse líquido incandescente subindo até a boca da montanha, como ferro fundido nas paredes de uma fornalha?

— Consigo imaginar perfeitamente — respondeu Conseil. — Mas o senhor poderia me dizer por que a grande fundição suspendeu sua operação e como é que a fornalha foi substituída pelas águas calmas de um lago?

— Muito provavelmente, Conseil, porque alguma convulsão abaixo da superfície do oceano produziu a abertura pela qual o *Nautilus* passou. Em seguida, as águas do Atlântico se precipitaram sobre a montanha. Houve uma terrível luta entre os dois elementos, que terminou em favor de Netuno. Mas muitos séculos se passaram desde então, e o vulcão submerso se transformou em uma caverna pacífica.

— Muito bem — respondeu Ned Land. — Aceito a explicação, mas lamento, para nosso bem, que essa abertura de que o professor fala não tenha ocorrido acima do nível do mar.

— Mas, amigo Ned — respondeu Conseil —, se essa passagem não estivesse embaixo d'água, o *Nautilus* não teria atravessado!

— E eu acrescentaria, Mestre Land, que as águas não teriam se precipitado sob a montanha e o vulcão teria continuado sendo um vulcão. Portanto, suas lamentações são supérfluas.

Nossa subida continuou. As rampas se tornaram mais íngremes e estreitas. Às vezes, eram cortadas por fendas profundas que devíamos atravessar. As massas pendentes queriam ser viradas. Deslizávamos de joelhos, rastejávamos de barriga para baixo. Mas com a habilidade de Conseil e a força do canadense, todos os obstáculos foram superados.

A uma altura de cerca de trinta metros, a natureza do terreno mudou, sem que ele se tornasse mais praticável. Na sequência dos aglomerados e traquitos, havia basaltos escuros, uns achatados como toalhas ásperas e inchadas, outros de formas regulares, posicionados como colunatas suportando os arcos da colossal abóbada, admirável exemplo da arquitetura natural. Adiante, entre os basaltos, correntes de lava resfriadas fluíam em listras betuminosas, e, volta e meia, extensos carpetes de enxofre. Entrando pela cratera superior, uma luz mais forte despejava-se com vaga claridade naquele magma vulcânico, para sempre sepultado no seio da montanha extinta.

Entretanto, nossa subida foi logo interrompida, a uma altura de cerca de duzentos e cinquenta pés, por obstáculos intransponíveis. O arco interno estava pendendo, e a subida teve de ser transformada em uma caminhada circular. Nesse último andar, o reino vegetal começava a se impor contra o mineral: nos orifícios da parede, germinavam arbustos e até mesmo algumas árvores. Identifiquei eufórbios expelindo seu suco cáustico. Heliótropos, que não faziam jus a seu nome visto que os raios solares nunca chegavam até eles, lançavam desanimados seus cachos de flores de cores e aromas fugares. Em certos pontos, crisântemos mirrados cresciam ao pé de aloés, com longas folhas tristes e adoentadas. Ainda assim, entre os córregos de lava pude notar minúsculas violetas, ainda perfumadas por um leve aroma que, confesso, aspirei deliciado. O perfume é a alma da flor, e as flores do mar, hidrófitos esplêndidos, não têm alma!

Tínhamos chegado ao pé de um grupo de robustos dragoeiros, que empurravam as rochas para o lado com o esforço de suas raízes musculosas, quando Ned Land exclamou:

— Ah, senhor, uma colmeia!

— Uma colmeia! — respondi, fazendo um gesto de total descrença.

— Sim, uma colmeia — repetiu o canadense — e abelhas zumbindo ao redor dela.

Aproximei-me e tive de encarar a evidência. Na boca de um buraco cavado no tronco de um dragoeiro, havia alguns milhares desses engenhosos insetos, tão comuns em todas as Canárias, e cujos produtos são particularmente apreciados ali.

Naturalmente, o canadense queria estocar mel, e não teria por que me opor a isso. Uma certa quantidade de folhas secas misturadas com enxofre acendeu-se sob a faísca de seu isqueiro, e ele começou a defumar as abelhas. O zumbido parou gradualmente, e a colmeia eviscerada produziu vários quilos de mel perfumado. Ned Land encheu sua mochila:

— Quando misturar esse mel com a pasta do artocarpo, farei um bolo delicioso.

— Por Deus! — disse Conseil. — Será uma doçura.

— Que seja doçura — eu disse —, mas vamos continuar com essa caminhada interessante.

Em certos pontos do caminho que seguíamos, o lago aparecia em toda a sua extensão. O farol iluminava totalmente a sua superfície pacífica, que não conhecia ondulações. O *Nautilus* permaneceu perfeitamente imóvel. Em sua plataforma e na margem, os homens da tripulação se moviam, sombras negras distintamente recortadas na atmosfera luminosa.

Nesse momento, contornávamos a crista mais alta desses primeiros planos de rocha que sustentavam o dossel. Vi então que as abelhas não eram as únicas representantes do reino animal dentro do vulcão. Aves de rapina pairavam e rodopiavam aqui e ali, nas sombras, ou fugiam de seus ninhos empoleirados em afloramentos rochosos. Eram gaviões de barriga branca e piado estridente, que se exibiam nas escarpas como as belas e gordas abetardas, com toda a rapidez de suas patas compridas. Não sei se a gula do canadense foi atiçada ao ver aquela caça saborosa, ou se se frustrou por não estar com um fuzil. Só sei que tentou trocar as balas por pedras, e que, após várias tentativas frustradas, conseguiu acertar uma elegante ave. Não seria mentira dizer que arriscou mil vezes a vida para capturá-la, mas, no fim, o hábil caçador juntou o animal ao mel na sua bolsa.

Em seguida, tivemos que descer em direção à margem, pois o cume estava ficando intransitável. Acima de nós, a cratera aberta parecia um poço largo que se abria. Desse ponto, o céu podia ser visto com bastante clareza, e eu podia ver nuvens desgrenhadas pelo vento oeste, arrastando seus trapos enevoados até o topo da montanha. Estava claro que essas nuvens não eram muito altas, pois o vulcão não se elevava a mais de oitocentos pés acima do nível do oceano.

Meia hora depois da última façanha do canadense, voltamos para a costa do interior. Aqui, a flora era representada por grandes tapetes dessa erva-doce marinha, uma umbelífera, pequena planta ótima para conservas, por vezes chamada de fura-pedra e funcho-marinho, e da qual Conseil recolheu alguns espécimes. Já a fauna abrangia crustáceos aos milhares e de todos os tipos: lagostas, caranguejos, palemonídeos, misídios, opiliões, galateias e uma enorme quantidade de conchas, porcelanas, rochedos e lapas.

Uma gruta magnífica se abria ali. Meus companheiros e eu gostamos de deitar em sua areia fina. O fogo havia polido suas paredes brilhantes e envidraçadas, todas salpicadas com pó de mica. Ned Land apalpou as paredes e tentou avaliar sua espessura. Não pude deixar de sorrir. A conversa então se voltou para seus eternos planos de fuga, e achei que poderia, sem ir muito longe, dar a ele esta esperança: que o capitão Nemo só tinha ido para o sul para renovar seu suprimento de sódio.

Portanto, eu esperava que ele chegasse agora às costas da Europa e da América, o que permitiria ao canadense retomar sua tentativa abortada com mais sucesso.

Estávamos deitados nessa gruta encantadora havia uma hora. A conversa, animada no início, agora estava lânguida. Uma certa sonolência tomou conta de nós. Como eu não via razão para resistir, deixei-me levar por um sono profundo. Estava sonhando — não se escolhe o que se sonha —, estava sonhando que minha existência havia sido reduzida à vida vegetativa de um simples molusco. Era como se a gruta formasse a válvula dupla de minha concha...

De repente, fui acordado pela voz de Conseil.

— Alerta! Alerta! — gritou o bom rapaz.

— Qual é o problema? — perguntei, parcialmente me levantando.

— A água está nos alcançando!

Eu me levantei. O mar estava correndo como uma torrente em nossa direção e, como não éramos moluscos, tínhamos de nos salvar.

Em poucos instantes, estávamos em segurança no topo da própria gruta.

— O que está acontecendo? — perguntou Conseil. — Algum fenômeno novo?

— Não, meus amigos — respondi —, é a maré, é apenas a maré que quase nos pegou como o herói de Walter Scott! O oceano está se avolumando lá fora e, por uma lei muito natural de equilíbrio, o nível do lago também está subindo. Já estamos de banho tomado. Vamos nos trocar no *Nautilus*.

Quarenta e cinco minutos depois, concluímos nossa caminhada circular e voltamos a bordo. A tripulação terminava de carregar os suprimentos de sódio, e o *Nautilus* poderia partir a qualquer momento. No entanto, o capitão Nemo não deu nenhuma ordem. Será que queria esperar o anoitecer e sair secretamente por sua passagem subaquática? Talvez sim.

De qualquer forma, no dia seguinte, o *Nautilus*, tendo deixado seu porto de origem, estava navegando longe da terra, poucos metros abaixo das ondas do Atlântico.

CAPÍTULO XI

O Mar de Sargaços

A direção do *Nautilus* não havia mudado. Toda a esperança de retornar aos mares europeus teve de ser rejeitada por hora. O capitão Nemo continuava indo para o sul. Para onde nos levava? Eu não ousava imaginar.

Naquele dia, o *Nautilus* atravessou uma parte singular do oceano Atlântico. Todos conhecem essa grande corrente de água quente chamada de Corrente do Golfo. Depois de deixar os canais da Flórida, segue em direção a Spitzbergen. Mas, antes de entrar no Golfo do México, por volta da latitude quarenta e quatro graus norte, a corrente se divide em dois braços; o principal se dirige para as costas da Irlanda e da Noruega, enquanto o segundo se curva para o sul, em direção aos Açores; depois, atingindo as correntes africanas e descrevendo uma forma oval e alongada, retorna para as Antilhas.

Esse segundo braço — é mais um colar do que um braço — circunda com seus anéis de água quente o trecho frio, calmo e imóvel do oceano, conhecido como Mar de Sargaços. Um verdadeiro lago no meio do Atlântico, as águas da grande corrente levam nada menos do que três anos para circunavegá-lo.

A rigor, o Mar de Sargaços cobre toda a parte submersa de Atlântida. Alguns autores até admitiram que as numerosas gramíneas que o cobrem foram retiradas dos prados desse antigo continente. É mais provável, entretanto, que essas gramíneas, algas e juncos, retirados das costas da Europa e da América, tenham sido levados pela corrente do Golfo até este ponto. A propósito, este foi um dos motivos que fizeram Colombo considerar a possível existência de um novo continente. Quando as embarcações desse implacável explorador chegaram ao mar de Sargaços, foi com dificuldade que navegaram por aquele que lhes obstruía o curso, para grande horror da tripulação, e despenderam três longas semanas para cruzá-lo.

Essa era a região que o *Nautilus* visitava então, uma verdadeira pradaria, um tapete denso de algas marinhas, fucos e uvas tropicais, tão espesso e compacto que a proa de um navio não o atravessaria sem dificuldade. Assim, o capitão Nemo, não querendo enfiar sua hélice nessa massa gramínea, permaneceu alguns metros abaixo da superfície das ondas.

O nome Sargaço vem da palavra espanhola *sargazzo*, que significa alga. Essa alga, a alga nadadora ou alga da baía, forma a parte principal desse imenso leito. E eis por que, de acordo com o erudito Maury, autor de *Géographie physique du globe*, essas hidrófitas se reúnem nessa pacífica bacia do Atlântico:

"A explicação que pode ser dada", disse ele, "parece-me resultar de uma experiência conhecida por todos. Se colocarmos fragmentos de rolhas ou corpos flutuantes de qualquer tipo em um vaso e dermos à água do vaso um movimento circular, veremos que os fragmentos dispersos se reúnem em um grupo no centro da superfície líquida, em outras palavras, no ponto menos agitado. No fenômeno com o qual estamos preocupados, o vaso é o Atlântico, a Corrente do Golfo é a corrente circular e o Mar dos Sargaços é o ponto central onde os corpos flutuantes se reúnem".

Sou da mesma opinião de Maury e tive a possibilidade de examinar o fenômeno nesse ambiente especial, onde navios raramente adentram. Acima de nós havia corpos de todas as origens, flutuando amontoados entre gramíneas castanhas, troncos de árvores arrancados dos Andes ou das Montanhas Rochosas e trazidos pelo Amazonas ou pelo Mississipi, incontáveis escolhos, restos de quilhas ou cascos, carenas destroçadas, tudo de tal modo apertado por conchas e cracas que não conseguia subir à superfície. E um dia o tempo justificará outro ponto de vista de Maury, segundo o qual essas matérias, acumuladas durante séculos, acabarão mineralizadas pela ação das águas e formarão depósitos inesgotáveis de carvão — uma reserva preciosa que a natureza está preparando para o momento que a humanidade tiver esgotado as minas dos continentes.

Na teia inextricável de algas e fucos, pude ver alcíones estrelados, de fascinantes tons róseos; actínias arrastando suas mechas de tentáculos; medusas verdes, vermelhas, azuis e, especialmente, os rizóstomos de Cuvier, cujo guarda-chuva azulado é margeado por um festão roxo.

O dia inteiro de 22 de fevereiro foi passado no Mar de Sargaços, onde os peixes, que gostam de plantas marinhas e crustáceos, encontram alimento abundante. No dia seguinte, o oceano voltou ao seu estado normal. Dali em diante, por dezenove dias, de 23 de fevereiro a 12 de março, o *Nautilus*, segurando o meio do Atlântico, nos levou a uma velocidade constante de cem léguas por vinte e quatro horas. O capitão Nemo obviamente queria concluir seu programa subaquático, e eu não tinha dúvidas de que, depois de contornar o Cabo Horn, ele estava pensando em voltar para os mares do sul do Pacífico.

Ned Land, portanto, tinha razão em temer. Nesses mares vastos, sem ilhas, não havia sentido em tentar sair da costa. Tampouco havia como se opor aos desejos do Capitão Nemo. A única opção era se conformar; mas o que não esperávamos mais conseguir à força ou pela astúcia, ainda pensei ser possível conseguir por persuasão. Ao fim da viagem, será que o capitão Nemo não aceitaria restituir nossa liberdade, sob promessa de jamais revelarmos a sua existência? Uma promessa de honra que nós teríamos cumprido. Mas tínhamos que lidar com essa questão delicada com o capitão. Poderia eu não reivindicar a liberdade? Não havia ele próprio declarado formalmente, desde o início, que o sigilo de sua vida exigia nossa prisão perpétua a bordo do *Nautilus*? Meu silêncio, nos últimos quatro meses, não pareceria a ele uma aceitação tácita dessa situação? Voltar a esse assunto não despertaria suspeitas que poderiam prejudicar nossos planos, se alguma circunstância favorável surgisse depois? Ponderei todas essas coisas, revi-as em minha mente e as apresentei a Conseil, que não ficou menos constrangido do que eu. Em suma, embora não desanimasse facilmente, percebi que as chances de voltar a ver meus companheiros diminuíam a cada dia, especialmente em um momento em que o Capitão Nemo corria imprudentemente em direção ao sul do Atlântico!

Durante os dezenove dias que mencionei anteriormente, nenhum incidente em particular marcou a viagem. Vi pouco o capitão, que estava trabalhando. Na biblioteca, muitas vezes encontrava livros que ele deixara entreabertos, especialmente de história natural. Meu livro sobre o fundo do oceano, que ele folheava, estava coberto de anotações nas margens, às vezes contradizendo minhas teorias e sistemas. O capitão, porém, contentava-se em refinar meu trabalho dessa forma, e era raro discuti-lo comigo. Às vezes, escutava os sons melancólicos do órgão, que o capitão tocava com afinco, mas somente à noite, no meio da escuridão mais secreta, quando o *Nautilus* adormecia nos desertos do oceano.

Durante essa parte da viagem, passamos dias inteiros na superfície das ondas. O mar estava como que abandonado. Havia apenas alguns navios a vela, com destino às Índias, em direção ao Cabo da Boa Esperança. Um dia, fomos perseguidos pelos barcos de um baleeiro que, sem dúvida, nos tomou por uma enorme baleia de alto valor.

Mas o capitão Nemo não quis desperdiçar o tempo e o trabalho dessas pessoas corajosas e terminou a perseguição mergulhando na água. Esse incidente pareceu ser de grande interesse para Ned Land. Acho que não estou errado ao dizer que o canadense deve ter lamentado que nossa baleia de lata não tenha sido atingida até a morte pelo arpão desses pescadores.

Os peixes que Conseil e eu estudamos durante esse período diferiam pouco daqueles que já havíamos avistado em outras latitudes. Eram, principalmente, exemplares do terrível gênero dos cartilaginosos, dividido em três subgêneros, que incluem pelo menos trinta e duas espécies: esqualos agaloados, de cinco metros de comprimento, cabeça achatada e mais larga que o corpo, barbatana caudal abaulada, o dorso com sete listras pretas, paralelas e longitudinais, e esqualos perolados, acinzentados e com sete orifícios branquiais e uma única barbatana dorsal, disposta mais ou menos no meio do corpo.

Enormes cães-do-mar, peixes extremamente vorazes, circulavam. Tudo bem não acreditar em histórias de pescadores, mas um deles diz ter encontrado uma cabeça de búfalo e um bezerro inteiro na barriga de um desses animais; em outro, dois atuns e um marinheiro ainda fardado; em outro, um soldado com sua espada; e em outro, enfim, um cavalo e o cavaleiro. Tudo isso, para ser honesto, é questão de fé. Fato é que nenhum desses animais se deixou cair nas redes do *Nautilus*, e assim não pude verificar sua voracidade.

Tropas de golfinhos elegantes e brincalhões nos acompanharam por dias a fio. Eles vinham em grupos de cinco ou seis, caçando em bandos como lobos no campo; além disso, não eram menos vorazes do que os cães-do-mar, se crer no professor de Copenhague, que tirou treze botos e quinze focas do estômago de um golfinho. É verdade que se tratava de uma baleia assassina, pertencente à maior espécie conhecida, que às vezes ultrapassa os seis metros. Na família das delfinídeas há dez gêneros, e os espécimes que vi eram dos delfinorrincos, identificáveis pelo focinho afunilado e quatro vezes maior do que o crânio. Medindo três metros, seus corpos eram escuros em cima e, por baixo, de um rosa-esbranquiçado com manchas estranhas.

Também gostaria de mencionar alguns exemplares curiosos desses peixes da ordem dos acantopterígios e da família dos cienídeos. Alguns autores, mais poetas que naturalistas, afirmam que esses peixes cantam melodiosamente e que suas vozes, reunidas, proporcionam um concerto que um coro de vozes humanas seria incapaz de igualar. Não estou dizendo que não, mas os que vimos não nos fizeram uma serenata quando passamos, algo a lamentar.

Por fim, Conseil classificou um grande número de peixes-voadores. Nada mais curioso do que ver os golfinhos perseguindo-os com uma precisão maravilhosa. Qualquer que fosse o alcance de seu voo, qualquer que fosse a trajetória que descrevesse, mesmo por cima do *Nautilus*, o pobre peixe deparava-se sempre com a boca do golfinho escancarada. Eram triglídeos, de boca luminosa, que, à noite, após traçar riscas de fogo na atmosfera, mergulhavam nas águas escuras como estrelas cadentes.

Continuamos navegando nessas condições até 13 de março. Naquele dia, o *Nautilus* foi usado para experimentos de sondagem que me interessaram muito. Tínhamos então percorrido quase treze mil léguas desde nossa partida em alto-mar do Pacífico. O ponto nos colocava na latitude 45° 37' sul e na longitude 37° 53' oeste. Essas eram as mesmas águas em que o capitão Denham, do *Herald*, atravessou quatorze mil metros de água sem encontrar o fundo. O tenente Parcker, da fragata americana *Congress*, também não havia conseguido chegar ao fundo a quinze mil cento e quarenta metros.

O capitão Nemo decidiu mandar seu *Nautilus* à maior profundidade possível para verificar essas várias sondagens. Preparei-me para registrar todos os resultados do experimento. As escotilhas do salão foram abertas e começaram as manobras para alcançar essas camadas prodigiosamente remotas.

É claro que não havia possibilidade de mergulhar enquanto se enchiam os tanques. Talvez não fossem capazes de aumentar suficientemente a gravidade específica do *Nautilus*. Além disso, para subir, a sobrecarga de água teria de ser expelida, e as bombas não eram potentes o suficiente para superar a pressão externa.

O capitão tentou alcançar o fundo do oceano traçando uma diagonal longa, usando os planos laterais que foram colocados em um ângulo de quarenta e cinco graus em relação à linha-d'água do *Nautilus*. Em seguida, a hélice foi levada à sua velocidade máxima e a pá quádrupla bateu nas ondas com uma violência indescritível.

Com esse poderoso impulso, o casco do *Nautilus* tremeu como uma corda sonora e afundou firmemente sob a água. O capitão e eu, a postos no salão, acompanhávamos o ponteiro do manômetro, que derivava rapidamente. Logo ultrapassamos as zonas habitáveis e, se alguns animais não conseguem sobreviver senão na superfície dos mares ou rios, outros, menos numerosos, mostram-se à vontade nas regiões abissais. Entre estes últimos, observei o albafar, espécie de tubarão dotado de seis ventas respiratórias; o telescópio, com olhos enormes; o bacamarte, com barbatanas cinzentas, peitorais pretos, protegidos por um jabô de placas ósseas vermelho-claras; e, por fim, o granadeiro, que, vivendo a mil e duzentos metros de profundidade, resistia a uma pressão de cento e vinte atmosferas.

Perguntei ao capitão Nemo se já vira algum peixe em profundidades ainda maiores.

— Peixes? Raramente. Mas, considerando o estado atual da ciência, o que presumimos e o que sabemos? — respondeu ele.

— Vejamos, capitão. Sabemos que, à medida que avançamos em direção às camadas mais fundas do mar, a vegetação some mais depressa que a vida animal; que, onde ainda há animais vivos, não vegeta mais um único hidrófito; que vieiras e ostras sobrevivem a dois mil metros de profundidade e que McClintock, o herói dos mares polares, coletou uma estrela-do-mar viva à profundidade de dois mil e quinhentos metros. Sabe-se ainda que a tripulação do *Bull Dog*, da Marinha Real, encontrou uma astéria a duas mil seiscentas e vinte braças, ou seja, mais de uma légua de profundidade. Mas talvez o capitão Nemo responda que ninguém sabe de nada...?

— Não, professor — respondeu o capitão —, não serei tão rude. No entanto, gostaria de lhe perguntar como o senhor explica que os seres possam viver em tais profundidades?

— Por duas razões — respondi. — Em primeiro lugar, porque as correntes verticais, produzidas pelas diferenças na salinidade e densidade das águas, geram um movimento suficiente para manter a vida rudimentar dos crinoides e das astérias.

— Isso mesmo — disse o capitão.

— Em segundo lugar, porque se o oxigênio é a base da vida, sabemos que a quantidade de oxigênio dissolvido na água do mar aumenta com a profundidade, em vez de diminuir, e que a pressão das camadas inferiores ajuda a comprimi-lo.

— Ah, sabemos disso? — respondeu o capitão Nemo, um pouco surpreso. — Bem, professor, temos mesmo que saber, porque é a verdade. Acrescentaria que, de fato, a bexiga natatória dos peixes contém mais nitrogênio do que oxigênio, quando esses animais são capturados na superfície da água, e há mais oxigênio do que nitrogênio, ao contrário, quando são retirados das grandes profundidades. Isso corrobora seu sistema. Mas vamos continuar com nossas observações.

Meus olhos voltaram para o manômetro. O instrumento indicava uma profundidade de seis mil metros. Estávamos submersos há uma hora. O *Nautilus*, deslizando em suas superfícies inclinadas, continuava afundando. As águas desertas eram admiravelmente transparentes e de uma diafaneidade que nada poderia pintar. Uma hora depois, estávamos a uma profundidade de treze mil metros — cerca de três léguas e um quarto —, e não havia sinal do fundo do oceano.

Entretanto, a quatorze mil metros, pude ver picos enegrecidos saindo da água. Mas esses picos poderiam pertencer a altas cordilheiras, como a do Himalaia ou a do Mont Blanc, mais altos até. E a profundidade daqueles abismos permanecia impossível de avaliar.

O *Nautilus* afundou ainda mais, apesar das fortes pressões a que estava submetido. Eu sentia suas chapas de metal tremendo sob as juntas dos parafusos; as barras se curvavam; as anteparas gemiam; as janelas do salão pareciam se dobrar sob a pressão da água. E aquela estrutura sólida, sem dúvida, teria cedido se, como seu capitão havia dito, não fosse capaz de resistir como um bloco sólido.

Percorrendo as encostas dessas rochas perdidas sob a água, ainda pude ver conchas, sérpulas, *spirorbis* vivas, bem como algumas astérias. Todavia, esses últimos representantes da vida animal logo desapareceram e, três léguas abaixo, o *Nautilus* ultrapassou os limites da existência subaquática, assim como o balão que se eleva no ar acima das zonas respiráveis. Chegávamos a uma profundidade de dezesseis mil metros — quatro léguas —, e as laterais do *Nautilus* estavam agora suportando uma pressão de mil e seiscentas atmosferas, ou seja, mil e seiscentos quilos para cada centímetro quadrado de sua superfície!

— Que situação! — exclamei. — Viajar por essas regiões profundas aonde o homem nunca chegou! Veja, capitão, veja essas rochas magníficas, essas cavernas desabitadas, esses últimos receptáculos do globo, onde a vida não é mais possível! Que lugares desconhecidos, e por que devemos nos limitar a guardar apenas a memória deles?

— O senhor gostaria — perguntou o capitão Nemo — de levar mais do que a memória?

O que quer dizer com essas palavras?

— Quero dizer que nada é mais fácil do que tirar uma foto dessa região subaquática!

Não tive tempo de expressar minha surpresa com essa nova proposta quando, a pedido do Capitão Nemo, alguém trouxe uma câmera para o salão. Pelas escotilhas destrancadas, a massa líquida, iluminada eletricamente, espalhava-se com uma irradiação perfeita, sem as sombras ou oscilações de nossa luz artificial. Nem o sol serviria melhor a uma operação daquela natureza. O *Nautilus*, sob o empuxo da hélice e controlado pela inclinação de seus planos, permanecia imóvel. O aparelho foi apontado para o fundo oceânico e, em poucos instantes, obtiveram um negativo de alta resolução.

Essa é a prova material que descrevo aqui. É possível nela ver as rochas primordiais que nunca conheceram a luz dos céus, os granitos que formam o robusto alicerce do globo, grotões vazados nos rochedos, perfis de incomparável nitidez e cujo remate destaca-se em preto, como se produzido pelo pincel de certos artistas flamengos. Adiante, um horizonte de montanhas formava o segundo plano da paisagem, em uma magnífica ondulação. É indescritível o conjunto de rochas lisas, escuras, envernizadas, sem um musgo, uma mancha, formas curiosamente recortadas e solidamente posicionadas naquele tapete de areia que brilhava à luz elétrica.

No entanto, quando o capitão Nemo terminou sua operação, disse-me:

— Vamos subir, professor. Não devemos abusar dessa situação nem expor o *Nautilus* a essa pressão por muito tempo.

— Vamos! — concordei.

— Segure-se.

Eu ainda não tinha tido tempo de entender por que o capitão estava fazendo essa recomendação, quando fui jogado no tapete. Sua hélice foi acionada a um sinal do capitão, seus planos se elevaram verticalmente e o *Nautilus*, carregado como um balão no ar, subiu com a velocidade de um raio. Atravessou a massa de água com um estremecimento sonoro. Nenhum detalhe era visível. Em quatro minutos, cruzara as quatro léguas que o separavam da superfície do oceano e, depois de emergir como um peixe voador, caiu para trás, fazendo as ondas voarem a uma altura prodigiosa.

CAPÍTULO XII

Cachalotes e baleias

Durante a noite de 13 para 14 de março, o *Nautilus* retomou o rumo sul. Eu achava que, ao nível do Cabo Horn, estabeleceria um curso para o oeste, a fim de alcançar os mares do Pacífico e completar sua circunavegação. O navio não o fez, e continuou a se dirigir para as regiões do sul. Então, para onde estava indo? Para o polo? Isso não fazia sentido. Comecei a acreditar que a imprudência do capitão justificava suficientemente as apreensões de Ned Land.

Há algum tempo, o canadense não falava comigo sobre seus planos de fuga. Ele havia se tornado menos comunicativo, quase silencioso. Era visível como essa prisão prolongada estava pesando sobre ele. Sentia-se a raiva se acumulando dentro dele. Quando encontrava o capitão, seus olhos se iluminavam com um fogo escuro, e eu ainda temia que sua índole explosiva o levasse a algum extremo.

Naquele dia, 14 de março, ele e Conseil vieram me ver em meu quarto. Perguntei qual era o motivo de sua visita.

— Uma pergunta simples para o senhor — respondeu o canadense.

— Fale, Ned.

— Quantos homens acha que há a bordo do *Nautilus*?

— Não sei dizer, meu amigo.

— Parece-me — disse Ned Land — que o trabalho aqui não exige uma tripulação grande.

— De fato — respondi —, nas condições em que se encontra, uma dúzia de homens, no máximo, deve ser suficiente para manobrá-lo.

— Pois bem — continuou o canadense —, por que deveria haver mais?

— Por quê? — respondi. Fiquei olhando para Ned Land, cujas intenções eram fáceis de adivinhar. — Porque, se posso confiar em meus instintos, se entendi o capitão corretamente, o *Nautilus* não é apenas um navio. Ele é também um local de refúgio para aqueles que, como seu capitão, romperam todos os laços com a terra.

— Talvez — acrescentou Conseil —, mas afinal de contas, o *Nautilus* só comporta um certo número de homens, e o senhor não poderia estimar esse máximo?

— Como, Conseil?

— Por cálculo. Dada a capacidade do navio, que o senhor conhece e, por consequência, a quantidade de ar que ele contém; ou, sabendo, além disso, o que cada homem gasta ao respirar, e comparando esses resultados com a necessidade de o *Nautilus* subir a cada vinte e quatro horas...?

A frase de Conseil não terminou, mas dava para ver aonde queria chegar.

— Entendo o ponto — eu disse —, mas esse cálculo, que é fácil de fazer, daria sempre um número muito incerto.

— Não interessa — continuou Ned Land, insistindo.

— Aqui vai o cálculo — respondi. — Cada homem gasta, em uma hora, o oxigênio contido em cem litros de ar, ou, em vinte e quatro horas, o oxigênio contido em 2.400 litros. Portanto, precisamos descobrir quantas vezes o *Nautilus* contém dois mil e quatrocentos litros de ar.

— Exatamente — confirmou Conseil.

— Agora — continuei —, como a capacidade do *Nautilus* é de mil e quinhentas toneladas, e uma tonelada pesa mil litros, o *Nautilus* contém mil e quinhentas vezes mil litros de ar, que, divididos por dois mil e quatrocentos... — fiz um cálculo rápido a lápis — o quociente é seiscentos e vinte e cinco, o que significa que o ar contido no *Nautilus* poderia bastar para seiscentos e vinte e cinco homens durante vinte e quatro horas.

— Seiscentos e vinte e cinco! — repetiu Ned.

— Mas pode ter certeza — acrescentei — de que, entre passageiros, marinheiros ou oficiais, não somos nem a décima parte desse número.

— Ainda é muito para três homens!

— Portanto, meu pobre Ned, só posso aconselhá-lo a ter paciência.

— E ainda mais do que paciência — respondeu Conseil —, resignação.

Conseil tinha usado a palavra certa.

— Afinal de contas — continuou ele —, o capitão Nemo não pode ir sempre para o sul! Ele terá de parar, mesmo que seja apenas por uma geleira, e voltar para mares mais civilizados! Então, será hora de retomar os planos de Ned Land.

O canadense sacodiu a cabeça e levou a mão à testa; sem responder, retirou-se.

— Com sua licença, senhor — começou Conseil —, mas observo que o pobre Ned vive a pensar no que não pode ter. Tudo de sua vida passada vem-lhe à lembrança. Tudo o que nos é proibido lhe parece saudoso. As antigas lembranças o oprimem e seu coração está pesado. O senhor tem que entendê-lo. O que ele tem a fazer aqui? Nada. Não é um cientista como o cavalheiro e não tem o mesmo gosto pelas coisas maravilhosas do mar que nós temos; daria tudo para entrar em uma taberna na sua própria região!

É certo que a monotonia da vida a bordo devia ser insuportável para o canadense, que estava acostumado a uma vida livre e ativa. Eram raros os eventos que o empolgavam. Naquele dia, entretanto, um incidente o fez lembrar de seus dias de glória como arpoador.

Por volta das onze horas da manhã, enquanto estava na superfície do oceano, o *Nautilus* se deparou com um grupo de baleias. Não fiquei surpreso ao vê-las, pois sabia que esses animais, caçados até a extinção, se refugiavam nas bacias das altas latitudes.

O papel desempenhado pela baleia no mundo marinho e sua influência nas descobertas geográficas foram consideráveis. Foram baleias, trazendo atrás de si, em suas andanças nos mares, primeiro os bascos, então os asturianos, os ingleses e os holandeses, que ensinaram sobre os perigos do oceano, servindo-lhes de guia de uma extremidade à outra da Terra. As baleias gostam de circular pelos mares austrais e boreais, daí sugerirem as lendas antigas que esses cetáceos levaram os pescadores a apenas trinta quilômetros do polo norte. Se o fato não é verdadeiro, um dia o será, e é provavelmente assim, expulsando as baleias para regiões árticas ou antárticas, que os homens alcançarão esses pontos desconhecidos do globo.

Estávamos sentados na plataforma; o mar, calmo. Mas o mês de outubro nessas latitudes nos proporcionou belos dias de outono. Foi o canadense — nisso, ele não estaria enganado — que sinalizou uma baleia no horizonte leste. Se olhássemos com cuidado, poderíamos ver seu dorso negro subindo e descendo alternadamente acima das ondas, a cinco milhas do *Nautilus*.

— Ah! — exclamou Ned Land. — Se eu estivesse a bordo de um baleeiro, esse é um encontro que me daria muito prazer! É um animal enorme! Olha com que força suas ventas expelem ar e vapor! Mil diabos! Como fui parar preso dentro desta casca de ferro?!

— Quê? — indaguei. — Ned, voltou às suas antigas ideias de pesca?

— Um baleeiro, senhor, seria capaz de esquecer seu antigo ofício? Será que alguém poderia enjoar das emoções de uma caçada como esta?

— Já pescou nestes mares, Ned?

— Nunca, senhor. Somente nos mares do norte, e tanto no Estreito de Bering quanto no Estreito de Davis.

— Portanto, ainda não conhece a baleia-austral. Foi a baleia-franca que você pescou até aqui, e ela não se aventuraria além das águas quentes do Equador.

— Ah, professor, o que está me dizendo? — respondeu o canadense em tom incrédulo.

— A verdade.

— Pronto! Há dois anos e meio, em 1865, ancorei uma baleia perto da Groenlândia que ainda carregava em seu flanco o arpão perfurado de um baleeiro de Bering. Agora, pergunto: como, depois de ser atingido a oeste da América, o animal teria ido morrer no leste, senão contornando o Cabo Horn ou o Cabo da Boa Esperança depois de cruzar o Equador?

— Penso como meu amigo Ned — disse Conseil —, e espero ouvir o que o cavalheiro tem a dizer.

— O cavalheiro dirá, meus amigos, que as baleias, dependendo de sua espécie, localizam-se em determinados mares, dos quais nunca saem. E, se um desses animais veio do Estreito de Bering para o Estreito de Davis, é simplesmente porque há uma passagem de um mar para o outro, seja na costa da América ou na costa da Ásia.

— Devemos acreditar? — perguntou o canadense, fechando um olho.

— Devemos acreditar no senhor — respondeu Conseil.

— Então — continuou o canadense —, como nunca pesquei nessas águas, não conheço as baleias que as frequentam?

— Como lhe disse, Ned.

— Mais uma razão para me apresentar — respondeu Conseil.

— Vejam! Vejam! — gritou o canadense, com a voz embargada. — Ela se aproxima! Está vindo em nossa direção! Está me provocando! Sabe que não posso fazer nada contra ela!

Ned batia com os pés. Sua mão tremia enquanto brandia um arpão imaginário.

— Esses cetáceos — perguntou ele — são tão grandes quanto os dos mares do norte?

— Parelho, Ned.

— Eu já vi baleias grandes, senhor, baleias de até trinta metros de comprimento! Disseram-me até que a Hullamock e a Umgallick, das Ilhas Aleutas, às vezes ultrapassam trinta metros.

— Acho que isso é um exagero — respondi. — Esses animais não passam de baleinópteros, com nadadeiras dorsais e, assim como as cachalotes, são geralmente menores do que a baleia-franca.

— Ah! — exclamou o canadense, cujos olhos nunca deixavam o oceano. — Está se aproximando, está chegando às voltas do *Nautilus*!

Então, retomando a conversa:

— O senhor fala de cachalotes como se fossem animais pequenos! Mas há relatos de cachalotes gigantescos. São cetáceos inteligentes. Dizem que alguns deles se cobrem com algas marinhas e rochas e são confundidos com ilhotas. As pessoas instalam-se nelas, montam acampamento, fazem fogueiras...

— Constroem casas nelas — acrescentou Conseil.

— Sim, piadista — respondeu Ned Land. — Então, em um belo dia, o animal mergulha e arrasta todos os seus habitantes para o fundo do abismo.

— Exatamente como nas viagens de Simbad, o marujo — respondi, rindo. — Ah, Mestre Land, ouvi dizer que você gosta de histórias extraordinárias! Que cachalotes essas suas! Espero que o senhor não acredite nisso!

— Sr. Naturalista — respondeu o canadense com seriedade —, deve-se acreditar em tudo a respeito de baleias! Como nada rápido, esta aqui! Como se esquiva! Dizem que esses animais podem circunavegar o mundo em uma quinzena.

— Eu não diria que não.

— Mas o que o senhor provavelmente não sabe, Sr. Aronnax, é que no início do mundo as baleias nadavam ainda mais rápido.

— Ah, é, Ned! E por que isso?

— Porque, naquele tempo, tinham uma cauda enviesada, como os peixes, ou seja, isso significa que, sendo achatada verticalmente, ela batia na água da esquerda para a direita e da direita para a esquerda. Mas o Criador, julgando aquela velocidade excessiva, retorceu-lhes a cauda, e desde então batem n'água de cima para baixo, reduzindo a velocidade.

— Bem, Ned — falei, usando uma das expressões do canadense —, devemos acreditar em você?

— Não muito — respondeu Ned Land —, e não mais do que se eu dissesse que há baleias com cem metros de comprimento e pesando quinhentas toneladas.

— Seria demais, de fato — respondi. — Entretanto, é preciso dizer que alguns cetáceos crescem consideravelmente, pois dizem que fornecem até cento e vinte toneladas de óleo.

— Isso eu já vi — disse o canadense.

— Acredito prontamente nisso, Ned, assim como acredito que algumas baleias são equivalentes a cem elefantes. Imagine os efeitos produzidos por uma massa dessas lançada a toda velocidade!

— É verdade — perguntou Conseil — que conseguem afundar navios?

— Acho que não — respondi. — Dizem, no entanto, que exatamente nestes mares do sul, uma baleia atacou o *Essex* em 1820, fazendo-o recuar a uma velocidade de quatro metros por segundo. Entrando água na proa, o naufrágio do *Essex* foi quase instantâneo.

Ned olhou para mim com curiosidade.

— No que me diz respeito — disse ele —, fui atingido pela cauda de uma baleia em meu bote, nem é preciso dizer. Meus companheiros e eu fomos arremessados a uma altura de seis metros. Mas, comparada à baleia do professor, a minha era apenas um filhote.

— Esses animais vivem muito tempo? — perguntou Conseil.

— Mil anos — respondeu o canadense sem hesitar.

— E como você sabe, Ned?

— Porque é o que dizem.

— E por que dizem isso?

— Porque o sabem.

— Não, Ned, não sabem, mas supõem, e aqui está o raciocínio por trás dessa suposição. Há quatrocentos anos, quando os pescadores caçaram baleias pela primeira vez, esses animais eram maiores do que são hoje. Portanto, supõe-se, de forma bastante lógica, que a inferioridade das baleias atuais se deve ao fato de que não tiveram tempo de atingir o desenvolvimento completo. Foi isso que levou Buffon a dizer que esses cetáceos poderiam e deveriam viver por mil anos. Está ouvindo?

Ned Land não estava mais escutando. Não prestava atenção. A baleia continuava se aproximando. Ele a devorava com os olhos.

— Ah! — gritou. — Não é mais uma baleia, são dez, são vinte, é um bando inteiro! E não poder fazer nada! De pés e mãos atados!

— Mas, amigo Ned — disse Conseil —, por que não pede ao capitão Nemo permissão para caçar?

Conseil mal havia terminado sua frase quando Ned Land caiu sobre a escotilha e saiu correndo em busca do capitão. Alguns momentos depois, os dois reapareceram na plataforma.

O capitão Nemo observou o cardume de cetáceos brincando nas águas a uma milha do *Nautilus*.

— São baleias-austrais — falou. — Valem uma fortuna.

— Então, senhor, será que posso caçá-las, nem que seja para relembrar do meu antigo trabalho como arpoador? — perguntou o canadense.

— Qual é o objetivo — respondeu o capitão Nemo — de caçar apenas para matar?! Não temos emprego para óleo de baleia a bordo.

— No entanto, capitão — contestou o canadense —, no Mar Vermelho, o senhor nos autorizou a perseguir um dugongo!

— Isso foi para conseguir carne fresca para a minha tripulação. Aqui, seria matar por matar. Estou ciente de que é um privilégio do homem, mas não concordo com esses passatempos assassinos. Ao destruir a baleia austral, e também a baleia franca, ambas criaturas inofensivas e boas, nossa espécie, Mestre Land, está cometendo um ato repreensível. Já despovoaram toda a Baía de Baffin e eliminarão uma classe de animais úteis. Deixe os pobres cetáceos em paz. Sem sua intromissão, eles já têm problemas suficientes com seus inimigos naturais — cachalotes, peixes-espada e peixes-serra.

Dá para imaginar a cara do canadense durante essa palestra moral. Argumentar como tal a um caçador era desperdiçar suas palavras. Ned Land olhava para o capitão Nemo e visivelmente não entendia o que ele estava tentando dizer. No entanto, o capitão tinha razão: a obsessão bárbara e impensada dos pescadores um dia acabará com a última baleia do oceano.

Ned Land assobiou seu *Yankee Doodle* entre os dentes, enfiou as mãos nos bolsos e nos deu as costas. O capitão Nemo, no entanto, estava observando o cardume de cetáceos e, virando-se para mim, disse:

— Não minto ao dizer que, sem contar o homem, as baleias já têm outros inimigos naturais suficientes. Essas baleias enfrentarão uma luta difícil em breve. Consegue ver, Sr. Aronnax, a oito milhas ao vento, aqueles pontos pretos que se movem?

— Sim, capitão — respondi.

— São cachalotes, animais terríveis que às vezes encontrei em cardumes de duzentos ou trezentos! Quanto a esses animais, cruéis e malignos, temos motivos para exterminá-los.

O canadense virou-se bruscamente com essas últimas palavras.

— Bom, capitão — comecei —, ainda há tempo, no interesse das próprias baleias...

— Inútil se expor, professor — ele me interrompeu. — O *Nautilus* basta para dispersar os cachalotes. Está armado com um esporão de aço que é tão bom quanto o arpão do Mestre Land, imagino.

O canadense deu de ombros. Quem já tinha ouvido falar de uma coisa tal! Atacar cetáceos com um esporão?!

— Espere, Sr. Aronnax — disse o capitão Nemo. — Assistirá a uma caçada como nunca viu antes. Não haverá piedade desses cetáceos ferozes. São só boca e dentes!

Boca e dentes! O cachalote macrocefálico, que às vezes ultrapassa os vinte e cinco metros de comprimento, não poderia ser melhor descrito. A cabeça colossal ocupa aproximadamente um terço do corpo. Mais bem armado do que as baleias, cuja maxila superior tem apenas barbelas, conta com vinte e cinco grandes dentes, de vinte e cinco centímetros de altura, cilíndricos e cônicos no topo, cada um pesando um quilo. Na parte de cima daquela cabeça incrível, em cavidades distintas por cartilagens, há um armazenamento de entre trezentos e quatrocentos quilogramas da valiosa banha chamada de "espermacete de baleia". O cachalote é um animal feio, mais embrião do que peixe, segundo a observação de Frédol. É um tanto disforme, tendo "perdido", digamos, toda a parte esquerda de sua estrutura; enxerga, aliás, apenas com o olho direito.

Enquanto isso, o monstruoso cardume se aproximava. Avistara as baleias e se preparava para atacar. A vitória dos cachalotes foi uma conclusão precipitada, não apenas porque são mais bem preparados para o ataque do que seus adversários inofensivos, mas também porque podem permanecer sob as águas por mais tempo, sem necessidade de respirar na superfície.

Já era hora de irmos ao resgate das baleias. O *Nautilus* se colocou entre duas águas, e Conseil, Ned e eu tomamos nossos lugares em frente às vidraças do salão. O capitão Nemo foi até o timoneiro para manobrar sua embarcação como uma máquina de guerra. Logo senti a hélice batendo cada vez mais rápido.

Já havia começado a batalha entre os cachalotes e as baleias, quando o *Nautilus* chegou, manobrando de forma a cortar o cardume dos macrocéfalos que, a princípio, pouco se afetaram com a visão do enorme, inédito monstro, mas logo foram obrigados a se defender de seus golpes.

Que luta! O próprio Ned Land, logo encantado, acabou por bater palmas. O *Nautilus* era um formidável arpão, brandido pela mão de seu capitão, que o lançou contra as massas carnudas e, atravessando-as, deixava após sua passagem os animais partidos na metade. Sequer sentia os tremendos golpes das caudas atingindo o flanco, tampouco os choques que ele mesmo produzia. Ao exterminar um cachalote, o submarino se precipitava sobre outro, rodopiava no eixo para não deixar fugir a presa, avançando, recuando e mergulhando atrás do cetáceo quando este imergia às profundezas, subindo à superfície quando voltava, golpeando-o de frente ou de flancos, cortando-o, estraçalhando e, em todas as direções e velocidades, perfurando-o com seu horrível esporão.

Que carnificina! Que alvoroço na superfície das ondas! Que silvos agudos e roncos peculiares os desses animais assustados! Em meio a camadas normalmente pacíficas, suas caudas criavam verdadeiros vagalhões.

Por uma hora estendeu-se esse massacre homérico, do qual os macrocéfalos não podiam fugir. Em várias ocasiões, dez ou doze deles tentaram esmagar o *Nautilus* sob sua massa coordenada. Víamos pela vidraça as bocarras cheias de presas e os olhos de ciclope. Ned Land, descontrolado, ameaçava e xingava-os. Parecia que se encarnavam com nosso aparelho como cães a um osso. O *Nautilus*, porém, forçando sua hélice, ora os empurrava, ora os arrastava, ora os levava acima das águas, indiferente tanto a seu peso enorme quanto a suas presas poderosas.

Por fim, a massa de cachalotes diminuiu. As ondas ficaram calmas novamente. Senti que estávamos subindo à superfície do oceano. A escotilha foi aberta e corremos para a plataforma.

O mar estava coberto de cadáveres mutilados. Nem uma explosão devastadora teria sido capaz de arrebentar, cortar ou despedaçar mais violentamente aquelas massas de carne. Flutuávamos entre corpos descomunais, azulados em cima, esbranquiçados embaixo, e com enormes protuberâncias formando corcovas. No horizonte, alguns cachalotes fugiam apavorados. As águas se coloriam de vermelho por várias milhas; o *Nautilus* flutuava em meio a um mar de sangue.

O capitão Nemo se juntou a nós.

— E então, Mestre Land? — falou.

— Então, senhor — respondeu o canadense, cujo entusiasmo havia diminuído —, é realmente um espetáculo terrível. Mas não sou açougueiro, sou caçador, e isso é apenas abate.

— É o abate de animais malignos — respondeu o capitão —, e o *Nautilus* não é uma faca de açougueiro.

— Prefiro meu arpão — respondeu o canadense.

— Cada um com a sua — respondeu o capitão, encarando Ned Land.

Meu receio era que ele se deixasse levar por algum impulso violento, que teria consequências deploráveis. Mas sua raiva foi dispersada pela visão de uma baleia ao lado do *Nautilus*.

O animal não havia conseguido escapar dos dentes dos cachalotes. Reconheci a baleia franca austral, com sua cabeça deprimida, que é totalmente preta. Anatomicamente, diferencia-se da baleia-branca e da *nord-caper* pela junta das sete vértebras verticais, além de ter duas costelas a mais que suas congêneres. O infeliz cetáceo, deitado de lado e com o ventre estraçalhado por mordidas, estava morto. Na ponta da nadadeira mutilada, ainda segurava um pequeno filhote, que não conseguira salvar do massacre. Água escorria de sua boca aberta, através das barbelas.

Capitão Nemo levou o *Nautilus* para perto do cadáver do animal. Dois de seus homens subiram para o lado da baleia e eu vi, não sem espanto, eles extraindo de seus úberes todo o leite que continham, ou seja, dois ou três barris.

O capitão me ofereceu uma xícara desse leite ainda morno. Não pude deixar de expressar minha aversão à bebida. Ele me garantiu que o leite era excelente, e em nada diferente do leite de vaca.

Provei e tive que concordar. Era, portanto, uma útil aquisição para reservarmos, pois esse leite, na forma de manteiga salgada ou queijo, acrescentaria uma variedade agradável às nossas refeições. Daquele dia em diante, notei com preocupação que a atitude de Ned Land em relação ao capitão Nemo estava se tornando cada vez mais negativa, e resolvi vigiar de perto as ações do canadense.

CAPÍTULO XIII

A banquisa

O *Nautilus* retomara seu curso imperturbável em direção ao sul. Seguia o quinquagésimo meridiano com uma velocidade considerável. Será que pretendia chegar ao Polo? Eu julgaria que não, pois até agora todas as tentativas de chegar a esse ponto do globo haviam fracassado. Além disso, a estação já estava bem avançada, pois o dia 13 de março na Antártica corresponde ao dia 13 de setembro nas regiões boreais, dando início ao período equinocial.

No dia 14 de março, vi blocos de gelo a 55° de latitude, simples detritos pálidos de seis a sete metros, formando escolhos sobre os quais o mar rebentava. O *Nautilus* permaneceu na superfície do oceano. Ned Land, que já havia pescado nos mares do Ártico, estava familiarizado com o espetáculo dos icebergs, porém Conseil e eu o admirávamos pela primeira vez.

Na atmosfera, em direção ao horizonte sul, estendia-se uma faixa branca deslumbrante. Os baleeiros ingleses lhe deram o nome de *iceblinck*. Por mais espessas que sejam as nuvens, elas não conseguem obscurecê-la. Isso anuncia a presença de um bloco de gelo.

De fato, blocos maiores de gelo logo apareceram, mudando seu brilho de acordo com os caprichos da bruma. Alguns apresentavam veios verdes, como se sulfato de cobre tivesse traçado suas linhas onduladas. Outros, como enormes ametistas, deixavam-se penetrar pela luz, ora refletindo os raios do sol nas mil facetas de seus cristais, ora sombreados com os reflexos vívidos do calcário, e teriam bastado para construir uma cidade inteira de mármore.

Quanto mais ao sul rumávamos, mais numerosas e imponentes se tornavam essas ilhas flutuantes, onde se abrigavam milhares de ninhadas de aves polares. Os cantos de petréis, pardelas e grazinas nos ensurdeciam. Por vezes, algumas vinham descansar em cima do *Nautilus*, tomando-o pelo cadáver de uma baleia, e bicavam-no fazendo ressoar seu revestimento metálico.

Durante a navegação pelo gelo, o capitão Nemo permanecia bastante na plataforma, observando cuidadosamente as águas desertas. Às vezes, eu via seu olhar calmo ganhar vida. Será que ele estava dizendo a si mesmo que, nesses mares polares proibidos para o homem, ele estava em casa, dominando esses espaços intransponíveis? Talvez estivesse, mas não falou. Imóvel, voltava-se a si apenas quando seus instintos de manobra assumiam o controle. Dirigindo o *Nautilus* com perfeita destreza, evitava habilmente o impacto dos blocos, alguns com vários quilômetros de comprimento, e entre setenta e oitenta metros de altura. Muitas vezes, o horizonte parecia completamente fechado. No sexagésimo grau de latitude, o caminho parecia estar obstruído. O capitão, contudo, com um exame atento logo encontrou uma estreita abertura, pela qual deslizava com audácia, bem sabendo que voltaria a se fechar atrás dele.

Assim o *Nautilus*, guiado por aquela mão sagaz, venceu todos os blocos de gelo, tradicionalmente classificados, segundo sua forma ou tamanho, com uma precisão que deslumbrava Conseil: icebergs ou montanhas, *icefields* ou campos uniformes e sem limites, *drift ice* ou blocos flutuantes, *packs* ou bancos rachados, denominados *palchs* quando circulares e *streams* quando formam fragmentos alongados.

A temperatura caíra bastante. O termômetro, exposto ao ar externo, marcava dois ou três graus abaixo de zero. Estávamos bem agasalhados com peles, pelas quais as focas e os ursos marinhos haviam pago com a vida. O interior do *Nautilus*, regularmente aquecido por seu equipamento elétrico, desafiava o frio mais intenso. Aliás, bastava afundar alguns metros abaixo das ondas para que a temperatura fosse suportável.

Dois meses antes, teríamos desfrutado de luz do dia perpétua nessa latitude; mas já era noite por três ou quatro horas e, mais tarde, lançaria uma sombra de seis meses sobre essas regiões circumpolares.

Em 15 de março, cruzamos a latitude das ilhas Shetland e passamos as Órcades do Sul. Segundo o relato do capitão, antigamente numerosos grupos de focas habitavam aqueles mares, mas com a fúria de destruição dos baleeiros ingleses e americanos, que massacravam adultos e fêmeas prenhes, restara apenas o silêncio da morte onde já vibrava a vida.

Em 16 de março, por volta das oito da manhã, o *Nautilus*, seguindo o quinquagésimo quinto meridiano, cruzou o Círculo Polar Antártico. O gelo nos cercava por todos os lados e fechava o horizonte. No entanto, o capitão Nemo estava passando de um lado para o outro e subindo constantemente.

— Para onde está indo? — perguntei.

— Em frente — respondeu Conseil. — Afinal de contas, quando não puder ir adiante, vai parar.

— Eu não apostaria nisso — respondi.

Para ser franco, devo admitir que essa excursão aventureira não me desagradava nem um pouco. As belezas daquelas novas regiões me maravilhavam indescritivelmente. As geleiras tinham aparências soberbas: aqui, desenhavam uma cidade oriental, com inúmeras mesquitas e minaretes; ali, uma cidade em ruínas, derrubada por uma convulsão do solo. Aparência incessantemente tocada pelos raios solares oblíquos ou oculta nas brumas cinzentas, em meio aos redemoinhos de neve. De todos os lados, quedas, desmoronamentos, colisões de icebergs, mudando o cenário como a paisagem de um diorama.

Quando o *Nautilus* submergiu, no momento em que esses equilíbrios foram rompidos, o barulho se propagou sob a água com intensidade aterrorizante, e a queda dessas massas criou agitações assustadoras nas camadas profundas do oceano. O *Nautilus* rolava e se agitava como um navio abandonado à fúria dos elementos.

Muitas vezes não podia ver qualquer saída e julgava que estávamos definitivamente presos; porém, com o instinto o guiando, à menor pista, o capitão Nemo descobria novas passagens. Ele nunca se enganava ao observar os finos fios de água azulada que cruzavam os campos de gelo. Portanto, eu não tinha dúvidas de que ele já havia aventurado o *Nautilus* nos mares da Antártica.

No entanto, durante o dia 16 de março, os campos de gelo bloquearam completamente nosso curso. Não era ainda a banquisa, mas sim vastos campos solidificados. Capitão Nemo não seria detido pelo obstáculo, e se lançou furiosamente contra ele. O *Nautilus* entrou como uma cunha no bloco gelado, partindo-o com horríveis rachaduras. Era o antigo aríete impelido por uma força infinita. Pedaços de gelo, projetados para cima, caíam como granizo ao redor. Movido exclusivamente pela força de impulsão, nossa embarcação abria um canal particular. Algumas vezes, impulsionado pelo próprio movimento, o submarino subia no campo de gelo e o esmagava com seu peso; outras, enfiado sob ele, dividia-o com uma simples pancada, que produzia largas fendas.

Durante esses dias, violentas rajadas de vento nos atingiram. Em algumas neblinas espessas, não era possível enxergar de uma ponta a outra da plataforma. O vento mudava repentinamente em todos os pontos da bússola. A neve se acumulava em camadas tão duras que era preciso quebrar com picaretas. Em uma temperatura de apenas cinco graus abaixo de zero, todas as partes externas do *Nautilus* estavam cobertas de gelo. Uma enxárcia não teria servido, pois o cordame emperraria nas roldanas. Latitudes tão altas só poderiam ser enfrentadas por embarcações sem velas, propulsadas por motores elétricos e que não necessitassem de carvão.

Em tais condições, o barômetro indicava queda constante, chegando até mesmo a setecentos e trinta e cinco milímetros de mercúrio. As leituras da bússola não eram mais confiáveis, e seus ponteiros, enlouquecidos, apontavam direções contraditórias, aproximando-se do polo magnético meridional, o qual não corresponde ao sul do globo. De acordo com Hansteen, esse polo está situado a aproximadamente 70° de latitude e 130° de longitude e, de acordo com as observações de Duperrey, a 135° de longitude e 70° 30' de latitude. Foi preciso então consultar diversas bússolas, instaladas em diferentes setores da embarcação, e tirar a média. Mas, geralmente, tomava-se uma estimativa como base para retraçar a rota percorrida, método pouco satisfatório nessas gargantas sinuosas, cujas referências mudavam incessantemente.

Finalmente, em 18 de março, após vinte tentativas falhadas, o *Nautilus* ficou enfim bloqueado. Não se tratava mais de *streams*, nem *palchs*, nem *icefields*, mas de uma infinita e imóvel barreira formada por montanhas soldadas entre si.

— A banquisa! — disse o canadense.

Percebi que para Ned Land, assim como para todos os navegadores que nos precederam, esse obstáculo era intransponível. Tendo o sol aparecido por um momento por volta do meio-dia, o capitão Nemo obteve uma observação bastante precisa que indicava nossa posição a 51° 30' de longitude e 67° 39' de latitude sul. Já era um ponto avançado nas regiões antárticas.

Não havia mais mar ou superfície líquida diante de nossos olhos. Sob o esporão do *Nautilus* havia uma planície vasta e atormentada, emaranhada com blocos confusos, com toda a confusão caprichosa que caracteriza a superfície de um rio algum tempo antes de o gelo se romper, mas em proporções gigantescas. Aqui e ali, picos pontiagudos, agulhas delicadas que se elevam a uma altura de seiscentos metros; mais adiante, uma série de penhascos escarpados revestidos de tons acinzentados, vastos espelhos que refletem alguns raios de sol meio afogados nas brumas. Depois, sobre essa paisagem desolada, um silêncio feroz, mal rompido pelo bater de asas de petréis ou pardelas. Tudo, até o som, estava congelado.

Assim, o *Nautilus* teve que parar em seu curso de aventura pelos campos de gelo.

— Senhor — disse Ned Land para mim naquele dia —, se o seu capitão for mais longe...

— E então?

— Ele seria um herói.

— Por que, Ned?

— Porque ninguém consegue atravessar a banquisa. Ele é um homem poderoso, seu capitão, mas não mais poderoso do que a natureza, e onde a natureza estabelece limites, nós temos que parar, por bem ou por mal.

— De fato, Ned Land, mas eu gostaria de saber o que há por trás daquela banquisa! Uma parede, isso é o que mais me irrita!

— O senhor tem razão — diz Conseil. — As paredes só foram inventadas para implicar com os cientistas. Não deveria haver paredes em lugar nenhum.

— Ótimo! — disse o canadense. — Atrás desse banco de gelo, sabemos o que há.

— O quê?

— Gelo e mais gelo!

— Você parece ter certeza, Ned — respondi —, mas eu não tenho. É por isso que quero ver.

— Bom, professor — respondeu o canadense —, desista da ideia. Chegamos à banquisa, o que já é suficiente, e não iremos mais longe, nem você, nem o seu capitão Nemo, nem o *Nautilus* dele. E, quer goste ou não, voltaremos ao norte, em outras palavras, à nossa terra.

Tive que convir que Ned Land estava certo e, enquanto os navios não forem feitos para navegar em campos de gelo, terão de parar diante da banquisa.

De fato, apesar de seus esforços, apesar dos poderosos meios empregados para quebrar o gelo, o *Nautilus* foi reduzido à imobilidade. Normalmente, quando não se pode ir mais longe, é preciso voltar por onde veio. Mas aqui, voltar era tão impossível quanto avançar, porque as passagens haviam se fechado atrás de nós e, se nossa embarcação permanecesse parada, logo seria bloqueada. Foi justamente o que aconteceu por volta das duas horas da tarde, e o gelo novo se formou nas laterais do navio com uma velocidade impressionante. Tenho que admitir que o comportamento do capitão Nemo foi mais do que imprudente.

Eu estava na plataforma naquele momento. O capitão, que observou a situação por alguns instantes, me disse:

— Então, professor, o que acha?

— Acho que estamos presos, capitão.

— Presos! E o que o senhor quer dizer com isso?

— Quero dizer que não podemos ir para frente ou para trás, ou para qualquer lado. Isso, creio eu, é o que se chama de "preso".

— Então, Sr. Aronnax, o senhor não acha que o *Nautilus* conseguirá se libertar?

— Dificilmente, capitão, porque a estação já está muito avançada para que você possa contar com a quebra do gelo.

— Ah, professor — respondeu o capitão Nemo ironicamente —, será sempre o mesmo! Tudo o que vê são obstáculos e impedimentos! Posso lhe garantir que o *Nautilus* não apenas flutuará, mas irá ainda mais longe!

— Mais ao sul? — perguntei, olhando para o capitão.

— Sim, senhor, até o Polo.

— O Polo! — exclamei, incapaz de conter minha descrença.

— Sim! — respondeu o capitão friamente. — O Polo Antártico, aquele ponto desconhecido onde todos os meridianos do globo se cruzam. Você sabe que eu faço o que quiser com o *Nautilus*.

Sim, eu sabia. Sabia que esse homem era ousado ao ponto de ser imprudente! Mas superar os obstáculos que cerceiam o Polo Sul, que é mais inacessível do que o Polo Norte, que ainda não foi alcançado pelos navegadores mais ousados, era um empreendimento absolutamente insano, que só a mente de um louco poderia conceber!

Ocorreu-me então perguntar ao capitão Nemo se já havia explorado esse Polo, que nunca havia sido pisado por uma criatura humana.

— Não, senhor — respondeu ele —, e nós o exploraremos juntos. Onde outros falharam, eu não falharei. Nunca cheguei tão longe nos mares do sul com meu *Nautilus*; mas, repito, iremos ainda mais longe.

— Quero acreditar no senhor, capitão — disse, um pouco ironicamente. — Eu acredito! Vamos seguir em frente! Não há obstáculos em nosso caminho! Vamos atravessar essa banquisa! Vamos explodi-la e, se resistir, vamos dar asas ao *Nautilus* para que possa sobrevoá-la!

— Por cima? — respondeu calmamente o capitão Nemo. — Não por cima, mas por baixo.

— Por baixo! — exclamei.

Uma súbita revelação dos planos do capitão tinha acabado de iluminar minha mente. Compreendi que as maravilhosas qualidades do *Nautilus* iriam ajudar novamente nessa empreitada sobre-humana!

— Vejo que estamos começando a nos entender, professor — disse o capitão, com meio-sorriso. Já consegue ver a possibilidade, e eu diria o sucesso, dessa tentativa. O que é impraticável em um navio comum se torna fácil no *Nautilus*. Se um continente surgir no polo, pararemos diante desse continente. Mas se, ao contrário, for o mar aberto que o banhar, iremos até o próprio Polo!

— De fato — falei, atraído pelo raciocínio do capitão —, se a superfície do mar estiver solidificada pelo gelo, suas camadas inferiores estarão livres, por aquela razão providencial que colocou a densidade máxima da água do mar em um grau mais alto do que o de congelamento. E, se não estou enganado, a parte submersa dessa para a parte emersa na proporção de quatro para um...

— Mais ou menos, professor. Para cada pé que os icebergs têm acima do mar, têm três abaixo dele. Agora, como essas montanhas de gelo não têm mais de cem metros de altura, afundam em apenas trezentos metros. Porém, o que são trezentos metros para o *Nautilus*?

— Nada, senhor.

— Poderia até ir mais fundo para encontrar a temperatura uniforme das águas marinhas, e lá poderíamos enfrentar impunemente os trinta ou quarenta graus de frio na superfície.

— Muito bem, senhor, muito bem — respondi, ficando mais animado.

— A única dificuldade — continuou o capitão Nemo — será permanecer submerso por vários dias sem reabastecer nosso suprimento de ar.

— Isso é tudo? — respondi. — O *Nautilus* tem tanques enormes, que enchidos nos fornecerão todo o oxigênio de que precisamos.

— Bem pensado, Sr. Aronnax — respondeu o capitão, sorrindo. — Mas não quero que me acuse de imprudência, por isso vou fazer todas as minhas objeções antecipadamente.

— O senhor tem alguma?

— Só uma. É possível, se encontrarmos o mar no Polo Sul, que esse mar esteja completamente bloqueado e, consequentemente, que não possamos retornar à sua superfície!

— Bem, senhor, esqueceu-se de que o *Nautilus* está armado com um formidável esporão, que podemos lançar diagonalmente contra os campos de gelo e rompê-los com o impacto.

— Professor, está com boas ideias hoje!

— Além disso, capitão — acrescentei, ficando ainda mais entusiasmado —, por que não encontraríamos mares abertos no Polo Sul, como há no Polo Norte? Nem no hemisfério austral nem no boreal confundem-se polos de frio e de terra, e, salvo atestado o contrário, há de se supor ou um continente ou um oceano degelado nesses dois pontos do globo.

— Também acho, Sr. Aronnax — respondeu o capitão Nemo. — Gostaria apenas de salientar que, depois de levantar tantas objeções ao meu projeto, agora o senhor está me esmagando com argumentos a favor dele.

O capitão Nemo estava certo. Eu o superava em audácia! Estava nos conduzindo ao Polo! Eu tomava a dianteira, à frente dele... mas não! Vã ilusão. O capitão Nemo conhecia os prós e os contras da questão melhor do que eu, e ele se divertia ao me ver levado por sonhos do impossível!

Enquanto isso, não perdeu um instante. Com um sinal seu, o imediato apareceu. Os dois homens conversaram rapidamente em seu idioma incompreensível, e ou o marujo havia sido avisado com antecedência ou achou o projeto viável, pois não demonstrou surpresa.

Mas, por mais impassível que estivesse, não demonstrou impassibilidade mais completa do que Conseil, quando anunciei ao digno rapaz nossa intenção de avançar até o Polo Sul. A minha comunicação foi recebida com um "como o senhor quiser", e eu tive que me contentar com isso. Quanto a Ned Land, se alguma vez alguém ergueu seus ombros em desdém, foi o canadense.

— Veja, senhor — disse ele —, tenho pena de você e do seu capitão Nemo!

— Mas estamos indo para o Polo, Mestre Ned.

— É possível, mas não voltarão!

Ned Land voltou para sua cabine, "para não fazer cena", em suas palavras. Entretanto, os preparativos para essa tentativa ousada estavam apenas começando. O ar bombeado pelas potentes bombas do *Nautilus* para dentro dos reservatórios era armazenado a alta pressão. Perto das quatro horas, o capitão Nemo me avisou que os alçapões da plataforma seriam fechados. Dei um último olhar na geleira colossal que nos precedia. O céu estava claro, o ar puro, o vento constante, e a temperatura era doze graus abaixo de zero, mas, como o vento se acalmara, não parecia insuportável.

Uma dúzia de homens subiu nas laterais do *Nautilus* e, armados com picaretas, quebraram o gelo ao redor do casco, que logo foi removido. A operação foi realizada rapidamente, pois o gelo jovem ainda era fino. Todos entramos no navio. Os tanques foram enchidos com essa água liberada. O *Nautilus* logo submergiu.

Eu havia tomado meu lugar no salão com Conseil. Pela janela aberta, podíamos ver as camadas mais baixas do oceano Antártico. O termômetro estava subindo. A agulha do manômetro estava se desviando no mostrador.

A cerca de trezentos metros, como o capitão Nemo havia previsto, estávamos flutuando sob a superfície ondulante da banquisa. Mas o *Nautilus* afundou ainda mais. Ele atingiu uma profundidade de oitocentos metros. A temperatura da água, que era de doze graus na superfície, agora era de apenas onze graus. Dois graus já haviam sido ganhos. Não é preciso dizer que a temperatura do *Nautilus*, elevada por seus sistemas de aquecimento, foi mantida em um nível muito mais alto. Todas as manobras foram realizadas com extraordinária precisão.

— Passaremos — disse Conseil —, caso queira o senhor.

— Estou contando com isso! — respondi com um tom de profunda convicção.

Sob esse mar aberto, o *Nautilus* rumava direto para o Polo, sem se desviar do quinquagésimo segundo meridiano. De 67° 30' a 90°, restavam vinte e dois graus e meio de latitude a serem percorridos, ou seja, pouco mais de quinhentas léguas. O *Nautilus* assumiu uma velocidade média de vinte e seis milhas por hora, a velocidade de um trem expresso. Se mantivesse essa velocidade, quarenta horas seriam suficientes para chegar ao Polo.

Durante parte da noite, a novidade da situação fez com que Conseil e eu ficássemos olhando pela janela do salão. O mar se iluminava sob o brilho elétrico do farol, mas estava deserto. Não havia peixes nas águas confinadas, apenas usavam-nas de passagem em seu caminho do Antártico para o mar aberto no Polo. Nossa marcha era rápida e era possível sentir isso nas vibrações do longo casco de aço.

Por volta das duas da manhã, fui descansar por algumas horas. Conseil fez o mesmo. Quando cruzei os corredores, não vi o capitão Nemo. Presumi que estivesse na cabine do timoneiro.

No dia seguinte, 19 de março, às cinco da manhã, assumi minha posição no salão. O farol elétrico me informou que a velocidade do *Nautilus* tinha sido moderada. Agora, subia em direção à superfície, mas com cautela, esvaziando lentamente seus tanques.

Meu coração batia forte. Será que iríamos emergir e retornar à atmosfera livre do Polo?

Não. Um choque me informou que o *Nautilus* atingira a superfície inferior da banquisa, que ainda era muito espessa, a julgar pelo barulho seco. Na verdade, tínhamos "tocado", para usar a expressão marinha, mas no sentido oposto e a mil pés de profundidade. Isso nos deu dois mil pés de gelo acima de nós, dos quais mil pés ficavam emersos. A banquisa estava agora mais alta do que havíamos encontrado em suas bordas. Não era uma circunstância muito tranquilizadora.

Durante o dia, o *Nautilus* repetiu o mesmo experimento várias vezes e em todos se deparou com a muralha que o sufocava. Em certas ocasiões, encontrou-a a novecentos metros, indicando assim mil e duzentos metros de espessura, dos quais trezentos estavam acima da superfície. Isso era o dobro de altura do que quando o *Nautilus* mergulhou nas ondas.

Anotei cuidadosamente essas várias profundidades e, assim, obtive o perfil submarino dessa cadeia que se desenvolvia sob as águas. Naquela noite, não houve mudança em nossa situação. Ainda havia gelo entre quatrocentos e quinhentos metros de profundidade. Uma redução evidente, mas que muralha ainda tão espessa havia entre nós e a superfície do oceano.

Eram então oito horas. O ar dentro do *Nautilus* deveria ter sido renovado quatro horas antes, de acordo com o costume diário a bordo, mas não estava sofrendo muito, embora o capitão Nemo ainda não tivesse pedido oxigênio extra aos seus tanques. Tive uma noite de sono difícil. A esperança e o medo me assediavam sucessivamente. Levantei-me várias vezes. O *Nautilus* continuava em suas tentativas. Por volta das três horas da manhã, notei que a superfície inferior do bloco de gelo tinha apenas cinquenta metros de profundidade. Cento e cinquenta pés nos separavam da superfície da água. A banquisa estava gradualmente se transformando em um campo de gelo. A montanha tornou-se novamente uma planície.

Meus olhos não deixavam o manômetro. Continuamos subindo, seguindo a superfície cintilante na diagonal, que brilhava sob os raios elétricos. A banquisa irradiava acima e abaixo de nós em rampas alongadas, ficando mais fina a cada quilômetro.

Finalmente, às seis horas da manhã do memorável dia de 19 de março, a porta do salão se abriu. O capitão Nemo apareceu.

— Mar aberto! — declarou.

CAPÍTULO XIV

O Polo Sul

Corri para a plataforma. Sim! Mar aberto. Apenas alguns cubos de gelo espalhados, icebergs à deriva; ao longe, um mar vasto, um mundo de pássaros no ar, miríades de peixes sob as águas, acompanhando os tons dos fundos, entre azul-escuro a verde-oliva. O termômetro marcava três graus acima de zero. Era quase como uma primavera presa atrás da banquisa, cujas massas longínquas tracejavam-se no horizonte ao norte.

— Estamos no Polo? — perguntei ao capitão, com o coração palpitando.

— Não sei — respondeu ele. — Ao meio-dia, faremos um balanço.

— Mas será que o sol vai aparecer através dessa névoa? — perguntei, olhando para o céu acinzentado.

— Por menor que seja o brilho, será o suficiente para mim — respondeu o capitão.

Dez milhas ao sul do *Nautilus*, uma ilhota solitária se ergueu a uma altura de duzentos metros. Fomos em direção a ela, mas com cautela, pois o mar poderia estar repleto de escolhos.

Uma hora depois, chegamos à ilhota. Duas horas depois, já a havíamos contornado. Media quatro ou cinco milhas de circunferência. Um canal estreito a separava de um grande pedaço de terra, talvez um continente, cujos limites não conseguíamos ver. A existência daquela extensão de terra parecia dar razão às hipóteses de Maury. Com efeito, o engenhoso americano percebeu que, entre o polo sul e o paralelo sessenta, o mar é juncado de imensos blocos de gelo flutuantes, o que não acontece no Atlântico Norte. Desse fato, e levando em conta que icebergs não se formam em alto-mar, mas apenas em litorais, deduziu que o círculo antártico contém terras consideráveis. Segundo seus cálculos, a massa dos blocos de gelo que povoam o polo austral forma uma vasta calota, cuja largura deve perfazer quatro mil quilômetros.

Enquanto isso, por medo de encalhar, o *Nautilus* havia parado a seiscentos metros de uma praia dominada por uma magnífica pilha de rochas. O bote foi lançado ao mar. O capitão, dois de seus homens carregando os instrumentos, Conseil e eu subimos a bordo. Eram dez horas da manhã. Eu não tinha visto Ned Land, que, sem dúvida, não queria se desdizer na presença do Polo Sul.

Algumas remadas levaram a canoa para a areia, onde encalhou. Quando Conseil estava prestes a pular para a terra, eu o impedi.

— Senhor — disse ao capitão Nemo —, tenha a honra de ser o primeiro a pisar nesta terra.

— Sim, senhor — respondeu-me o capitão —, e se eu não hesito em pisar neste solo polar, é porque, até agora, nenhum ser humano deixou a marca de seus passos nele.

Com isso, pulou levemente na areia. Seu coração batia forte de emoção. Ele subiu até um afloramento rochoso no final de um pequeno promontório e, ali, com os braços cruzados, o olhar ardente, imóvel e silencioso, parecia tomar posse dessas regiões do sul. Depois de cinco minutos nesse êxtase, ele se voltou para nós.

— Quando quiser, senhor — gritou para mim.

Desci, seguido por Conseil, deixando os dois homens na canoa. O solo, por grande extensão, era coberto de um pó fino e vermelho, como se fosse tijolo moído: escórias, chapas de lava e pedras-pomes o revestiam. A sua origem vulcânica era evidente. Em locais, algumas leves fumarolas, expelindo um cheiro sulfuroso, atestavam que o fogo ainda conservava seu poder expansivo. Curiosamente, depois de escalar uma alta escarpa, não avistei vulcões em um raio de várias milhas. É sabido que, nas regiões antárticas, James Ross encontrou as crateras do Erebo e do Terror em plena atividade, no centésimo sexagésimo sétimo meridiano e a 77° 32’ de latitude.

Parecia-me extremamente limitada a vegetação daquele continente desolado. Havia alguns líquens da espécie *Usnea melanoxantha* espalhados sobre as rochas negras, com plântulas microscópicas, diatomeias rudimentares, espécies de células situadas entre duas conchas quártzicas, e longos fucos púrpura e carmim, que pequenas boias natatórias faziam flutuar e o jogo das águas lançava no litoral.

Na costa, havia uma imensidão de moluscos, pequenos mexilhões, lapas, búzios lisos em forma de coração e, particularmente, de clios oblongos e membranosos, cuja cabeça é formada por dois lobos convexos. Vi também inúmeros clios-boreais, com três centímetros de comprimento, dos quais as baleias engolem um milhão em cada bocada. Encantadores pterópodes, as autênticas borboletas do mar, dançavam pelas águas fluidas ao longo da costa.

Havia, entre os outros zoófitos nos baixios, arborescências coralígenas que, conforme observações de James Ross, vivem a até mil metros de profundidade nos mares antárticos; depois, pequenos corais moles pertencentes à espécie *Procellaria pelagica*; e um grande número de astérias peculiares a esses climas, e estrelas-do-mar recobrindo o solo.

Mas onde a vida abundava era no ar. Ali, milhares de pássaros de várias espécies voavam e esvoaçavam, afogando-nos com seus gritos. Outros se aglomeravam nas rochas, fitando-nos destemidamente enquanto corriam atrás de nós. Eram pinguins, tão ágeis e flexíveis na água, onde às vezes são confundidos com bonitos velozes, quanto são desajeitados e pesados em terra. Emitiam gritos barrocos e formavam numerosas assembleias, sóbrias em seus gestos, mas prodigiosas em seu clamor.

Dos pássaros, avistei uma pomba-antártica, da família dos pernaltas: do tamanho de pombos comuns, branca, de bico curto e cônico, olho circulado em vermelho. Com elas, Conseil fez um estoque, pois essas aves, se preparadas de acordo, compõem um saboroso prato. Pelos ares, passavam albatrozes cheios de penas e com uma envergadura de quatro metros, que faziam jus ao apelido de abutres do oceano; petréis gigantescos, inclusive quebra-ossos, com as asas arqueadas e grandes comedores de focas; pombos-do-cabo, um tipo de pequeno pato cuja parte inferior do corpo é preta e branca; por fim, toda uma série de petréis, uns brancos com as asas rajadas de marrom, outros azuis, exclusivos dos mares antárticos, estes últimos "tão oleosos", eu disse a Conseil, "que os moradores das ilhas Faroe só precisam encaixar-lhes uma mecha para acendê-los."

— Um pouco mais — respondeu Conseil —, e seriam lâmpadas perfeitas! Depois, só faltava que a natureza as equipasse com um pavio!

O solo, oitocentos metros adiante, estava repleto de ninhos de pinguins, tocas construídas para colocarem ovos, de onde saía uma série de aves. O capitão Nemo mandou caçar algumas depois, pois sua carne escura seria bastante apreciável. Zurrando como burros e do tamanho de gansos, aqueles animais de corpo cor de ardósia, ventre branco e gravata limão deixavam-se matar a pedradas sem sequer cogitar fugir.

No entanto, a neblina não se dissipava e, às onze horas, o sol ainda não havia aparecido. Sua ausência me preocupou. Sem ele, nenhuma observação seria possível. Como, então, poderíamos determinar se havíamos chegado ao Polo?

Quando me juntei ao capitão Nemo, encontrei-o silenciosamente apoiado em uma rocha, olhando para o céu. Parecia impaciente e irritado, mas o que ele poderia fazer? Era um homem audacioso e poderoso, só que não comandava o sol como comandava o mar.

Meio-dia chegou sem que a estrela do dia tivesse se mostrado por um único momento. Não era possível nem mesmo ver onde ela estava por trás da cortina de névoa. Logo a névoa se transformou em neve.

— Veremos amanhã — disse apenas o capitão, e voltamos ao *Nautilus* em meio aos redemoinhos da atmosfera.

Durante nossa ausência, haviam jogado as redes, e com interesse examinei os peixes que acabavam de trazer a bordo. Os mares antárticos são refúgio de um grande contingente de migrantes, em fuga das tormentas das zonas menos elevadas, para, é verdade, cair nas presas dos marsuínos e das focas. Notei alguns cotídeos austrais, com um decímetro de comprimento, espécie de cartilaginosos esbranquiçados com listras transversais e espinhosos, além de quimeras antárticas, com um metro de comprimento, corpo afilado, pele branca, prateada e uniforme, cabeça arredondada, nadadeiras no dorso e focinho curvado em uma tromba na direção da boca. Provei sua carne, mas achei que não tinha gosto, apesar da opinião de Conseil, que estava bastante satisfeito com ela.

A nevasca durou até o dia seguinte. Era impossível ficar em pé na plataforma. Do salão, onde eu registrava os incidentes dessa excursão ao continente polar, podia ouvir os gritos dos petréis e albatrozes brincando em meio à tempestade. O *Nautilus* não ficou parado e, continuando ao longo da costa, percorreu mais umas dez milhas em direção ao sul, entre a meia-luz que o sol deixava ao contornar as bordas do horizonte.

No dia seguinte, 20 de março, a neve parou e o frio aumentou, com o termômetro indicando dois graus abaixo de zero. A neblina se dissipou e eu esperava que nossa observação pudesse ser feita naquele dia.

O Capitão Nemo ainda não havia aparecido, então o bote levou Conseil e a mim e nos deixou em terra. A composição do solo era a mesma: vulcânica. Havia vestígios de lava, escórias, basaltos por toda parte, sem que fosse possível saber qual cratera os expelira. Miríades de animais animavam, aqui e ali, essa parte do continente polar, império que partilhavam com grandes rebanhos de mamíferos marinhos, que nos fitavam com olhos meigos. Eram focas de espécies diversas, algumas deitadas no chão, outras sobre cubos de gelo à deriva, muitas emergindo do mar ou voltando a entrar nele. Elas não fugiram quando nos aproximamos, pois nunca tiveram nada a ver com humanos, e contei o suficiente para abastecer algumas centenas de navios.

— Ainda bem — disse Conseil — que Ned Land não veio conosco!

— Por que, Conseil?

— Porque o caçador raivoso teria matado tudo.

— Tudo é demais, mas não acho que conseguiríamos impedir nosso amigo canadense de arpoar alguns desses magníficos mamíferos. O que teria desagradado o capitão Nemo, que não derrama o sangue de animais inofensivos desnecessariamente.

— E com razão.

— Com certeza, Conseil. Mas, diga-me, já classificou essas excelentes amostras da fauna marinha?

— O senhor sabe — respondeu Conseil — que eu não sou muito bom em trabalhos práticos. Quando o senhor me ensinar os nomes desses animais...

— São focas e morsas.

— Dois gêneros que pertencem à família dos pinípedes — disse depressa o sábio Conseil —, ordem dos carnívoros, grupo dos unguiculados, subclasse dos eutérios, classe dos mamíferos, ramo dos vertebrados.

— Muito bem, Conseil — respondi —, mas esses dois gêneros, focas e morsas, são divididos em espécies e, se não me engano, teremos a oportunidade de observá-los aqui. Vamos lá.

Eram oito horas da manhã. Ainda tínhamos quatro horas de sobra até que o sol pudesse ser observado de forma útil. Direcionei nossos passos para uma vasta baía que cortava os penhascos de granito da costa.

Ali, até onde a vista alcançava, a terra e os blocos de gelo ao nosso redor estavam cheios de mamíferos marinhos, e involuntariamente eu buscava o velho Proteu, o mitológico pastor dos imensos rebanhos de Netuno. Focas, em sua maioria, formavam grupos distintos de machos e fêmeas, o pai tomando conta da família, a mãe amamentando os filhotes, alguns deles, já jovens, desenvolvidos, emancipavam-se após uma curta caminhada. Quando queriam se deslocar, avançavam em pequenos saltos impulsionados pela contração do corpo, desajeitadamente apoiando-se na nadadeira imperfeita, que, no peixe-mulher, seu congênere, forma um verdadeiro antebraço. Devo dizer que, na água, seu elemento por excelência, esses animais, de espinha dorsal maleável, ancas estreitas, pelos curtos e densos e patas achatadas, nadam admiravelmente. Em repouso e em terra, ostentam gestos extremamente graciosos, o que levou os antigos, poetizando-os ao observar sua fisionomia dócil e olhar expressivo — como o mais belo olhar de mulher —, seus olhos aveludados e límpidos, suas poses encantadoras, a transmutarem os machos em tritões e as fêmeas em sereias.

Chamei a atenção de Conseil para o desenvolvimento considerável dos lobos cerebrais daquelas criaturas. Nenhum mamífero, com exceção do homem, tem uma matéria cerebral mais rica. As focas também são suscetíveis a um certo grau de instrução; são facilmente treinadas, e eu concordo com alguns naturalistas que, se adequadamente treinadas, poderiam ser de grande utilidade como cães de pesca.

Grande parte delas dormia nas rochas ou na areia. Entre as focas propriamente ditas, que não têm orelhas externas — em oposição aos leões-marinhos —, notei diversas variedades de pinípedes, identificáveis pelo branco do pelo e a cabeça de buldogue, com cerca de três metros de comprimento e mais ou menos dez dentes em cada mandíbula, quatro incisivos em cima e embaixo e dois grandes caninos depurados em forma de flor-de-lis. Havia entre eles também elefantes-marinhos, focas com trombas curtas e móveis, as maiores da espécie, que, com circunferência de seis metros, mediam dez de comprimento. Não esboçavam a menor reação à nossa aproximação.

— Não são animais perigosos? — perguntou Conseil.

— Não — respondi —, a menos que ameaçados. Quando uma foca defende os filhotes, sua fúria é terrível, e não é incomum que despedacem barcos de pescador.

— Está em seu direito — respondeu Conseil.

— Não digo que não.

Duas milhas adiante, fomos parados pelo promontório que cobria a baía contra os ventos do sul e caía no mar, espumando sob as ondas. Mais além, havia um rugido estremecedor, digno de uma manada de ruminantes.

— Hum — fez Conseil —, será um concerto de touros?

— Não — respondi —, um show de morsas.

— Estão brigando?

— Ou brincando.

— Se o senhor permite, é algo que devemos ver.

— Devemos ver, Conseil.

E lá fomos nós, atravessando as rochas negras, no meio de deslizamentos de terra inesperados e pedras muito escorregadias devido ao gelo. Mais de uma vez, escorreguei e senti o prejuízo nas minhas costas. Conseil, que era mais cauteloso ou mais robusto, quase não vacilava, e me levantou dizendo:

— Se o cavalheiro fizesse a gentileza de abrir mais as pernas, manteria melhor o equilíbrio.

Ao chegarmos ao canto superior do pontal, avistei uma ampla planície branca, repleta de morsas. Esses animais estavam brincando uns com os outros. Eles estavam uivando de alegria, não de raiva.

As morsas se assemelham às focas no formato de seus corpos e na disposição de seus membros. Todavia, sua mandíbula inferior não tem caninos ou incisivos, e, quanto aos caninos superiores, consistem em duas cerdas com quatro centímetros de comprimento, cujo alvéolo mede trinta e três de circunferência. Compostos de marfim compacto e sólido, sem estrias, mais duro que o dos elefantes e menos sujeito a amarelar, esses dentes são muito cobiçados. Desse fato, resulta que as morsas são alvo de caça ensandecida e em breve terminarão exterminadas, considerando que os caçadores, ao massacrar indistintamente as fêmeas prenhes e as jovens, eliminam mais de quatro mil destes animais por ano.

Ao passar por esses animais curiosos, pude examiná-los à vontade, pois eles não estavam nem um pouco perturbados. Sua pele era grossa e áspera, de cor marrom a avermelhada, com pelagem curta e esparsa. Alguns tinham quatro metros de comprimento. Mais tranquilos e menos temerosos do que seus congêneres do norte, eles não confiavam a tarefa de vigiar os arredores do acampamento a sentinelas selecionados.

Depois de percorrer a cidade das morsas, pensei em voltar. Eram onze horas, e se o capitão Nemo estivesse em condições favoráveis para a observação, eu queria estar presente nessa operação. Eu, porém, não esperava que o sol saísse naquele dia. As nuvens esmagadas contra o horizonte o ocultavam. Parecia que a estrela ciumenta não queria revelar esse ponto inacessível do globo aos seres humanos.

De todo modo, pensava em voltar ao *Nautilus*. Seguimos por um caminho estreito que contornava o topo do penhasco. Às onze e meia, chegamos ao ponto de desembarque. O bote encalhado havia deixado o capitão em terra. Vi-o em pé sobre um bloco de basalto, com os instrumentos ao seu lado. Seu olhar estava fixo no horizonte norte, perto do qual o sol descrevia então sua curva alongada.

Tomei meu lugar ao lado dele e esperei sem falar. Meio-dia chegou e, como no dia anterior, o sol não apareceu. Era uma fatalidade. Ainda nos faltava a confirmação da posição. Se o sol não aparecesse amanhã, teríamos que desistir definitivamente.

Com efeito, era precisamente 20 de março. No dia seguinte, 21, era equinócio: desconsiderando a refração, o sol sumiria no horizonte durante seis meses, e tal descida daria início à longa noite polar. Desde o equinócio de setembro, ele despontara do horizonte setentrional, elevando-se por espirais alongadas até 21 de dezembro. Por essa época, solstício de verão nas regiões boreais, voltara a descer, e no dia seguinte lançaria ali seus últimos raios.

Expressei minhas observações e preocupações ao capitão Nemo.

— O senhor tem razão, Sr. Aronnax — disse ele —, se amanhã não conseguir obter a altura do sol, não poderei retomar essa operação durante seis meses. Mas também, justamente porque os perigos da minha navegação me trouxeram a esses mares em 21 de março, será fácil encontrar meu ponto se, ao meio-dia, o sol aparecer.

— Por que, capitão?

— Porque, quando o astro do dia descreve espirais tão alongadas, é difícil medir sua altura exata acima do horizonte, e os instrumentos ficam sujeitos a erros graves.

— Então, como vai proceder?

— Vou usar apenas o cronômetro — respondeu o capitão Nemo. — Se amanhã, 21 de março, ao meio-dia, o disco do sol, levando em conta a refração, for cruzado exatamente pelo horizonte norte, então estou no Polo Sul.

— Sem dúvida — eu disse. — Entretanto, essa asserção não é de rigor matemático, porque o equinócio não cai necessariamente ao meio-dia.

— Sem dúvida, professor, mas a margem de erro não será superior a cem metros, e isso é tudo de que precisamos. Até amanhã, então.

Capitão Nemo voltou para o navio. Conseil e eu ficamos até às cinco horas andando pela praia, observando e estudando. Não encontrei nada de curioso, a não ser um ovo de pinguim, notável por seu tamanho, pelo qual um colecionador teria pago mais de mil francos. Sua cor amarelada e as listras e caracteres que o adornavam como hieróglifos faziam dele um raro bibelô. Coloquei-o nas mãos de Conseil, e o rapaz prudente, com os pés firmes e segurando-o como uma porcelana preciosa, trouxe-o intacto de volta ao *Nautilus*.

Guardei o ovo raro em uma das vitrines do museu. Jantei com apetite um excelente pedaço de fígado de foca que tinha sabor de carne de porco. Depois, fui para a cama, não sem antes invocar, como um hindu, os favores da estrela radiante.

No dia seguinte, 21 de março, às cinco da manhã, subi na plataforma. Lá encontrei o capitão Nemo.

— O tempo está abrindo um pouco — ele me disse. — Estou esperançoso. Depois do almoço, iremos à terra para escolher um posto de observação.

Com isso combinado, fui ao encontro de Ned Land. Queria levá-lo comigo. O teimoso canadense se recusou, e eu podia ver que sua taciturnidade e seu humor irritado aumentavam a cada dia. No final das contas, não lamentei sua teimosia nessa ocasião: havia muitas focas em terra, e o pescador desvairado não resistiria se submetido a essa tentação.

Quando terminei o almoço, fui para a praia. O *Nautilus* havia avançado algumas milhas durante a noite. Estava estacionado ao largo, a uma boa légua da costa dominada por um pico pontiagudo de quatrocentos ou quinhentos metros. O bote levava o capitão Nemo, dois tripulantes e os instrumentos, ou seja, um cronômetro, uma luneta e um barômetro.

Nessa travessia, vi diversas baleias das três espécies exclusivas dos mares austrais: a baleia-franca ou "a *right-whale*" para os ingleses, desprovida de nadadeira dorsal; a *hump-back*, baleinópteros de ventre plissado, grandes nadadeiras esbranquiçadas, que, apesar do nome, não têm formato de asas; e o mais sagaz desses cetáceos, a *fing-back*, castanho-amarelada. É possível ouvir de longe esse poderoso animal, quando lança a grande altitude suas colunas de ar e vapor, que parecem turbilhões de fumaça. Os vários mamíferos entretinham-se em cardumes nas águas tranquilas, e vi que essa bacia no Polo Antártico estava sendo usada como refúgio para os cetáceos que eram perseguidos com muita intensidade pelos caçadores. Também observei longos cordões esbranquiçados de salpas, um tipo de molusco agregado, e grandes águas-vivas balançando com as ondas.

Às nove horas, chegamos à costa. O céu estava clareando. As nuvens fugiram para o sul e a névoa abandonou a superfície fria da água. O Capitão Nemo se dirigiu ao pico, que decerto usaria como observatório. Foi uma escalada difícil, em meio a lavas pontiagudas, em uma atmosfera bastante saturada pelas emanações sulfúricas das fumarolas. Para um homem desabituado a andar em terra, o capitão escalava as escarpas mais íngremes com flexibilidade e agilidade que eu não conseguia equiparar, e que faria inveja a um alpinista.

Levamos duas horas para chegar ao cume desse pico de pórfiro e basalto. De lá, podíamos ver um vasto mar que, em direção ao norte, traçava claramente sua linha terminal contra o fundo do céu. A nossos pés, campos de brancura ofuscante. Sobre nossas cabeças, um azul-claro, sem neblina. Ao norte, o disco do sol, uma bola de fogo já partida pelo gume do horizonte. Centenas de magníficos esguichos projetavam-se em feixes do meio das águas. Ao longe, o Nautilus, como um cetáceo adormecido. Atrás, ao sul e a leste, uma terra imensa, um amontoamento caótico de rochas e blocos de gelo a perder de vista.

Ao chegar ao cume do pico, capitão Nemo fez uma leitura cuidadosa da altura com o barômetro, pois tinha que levar isso em conta em suas observações.

Faltando quinze minutos para o meio-dia, o sol, visto apenas por refração naquele momento, apareceu como um disco dourado e espalhou seus últimos raios sobre aquele continente abandonado, aqueles mares nunca antes cruzados.

Capitão Nemo, equipado com uma luneta reticulada, a qual, mediante um espelho, corrigia a refração, observou o astro que se esgueirava sem pressa atrás do horizonte, seguindo uma diagonal bem alongada. Eu segurava o cronômetro. Meu coração batia rápido. Se o desaparecimento do semicírculo do sol coincidisse com o meio-dia do cronômetro, estaríamos no polo exato.

— Meio-dia! — gritei.

— Polo Sul! — respondeu o capitão Nemo em voz grave, entregando-me a luneta que mostrava a estrela do dia cortada precisamente em duas partes iguais pelo horizonte.

Vi os últimos raios coroarem o gume e as sombras se erguerem gradualmente em suas encostas.

Naquele momento, o Capitão Nemo, pousando a mão em meu ombro, disse-me:

— Senhor, em 1600, arrastado por correntes e tempestades, o holandês Gheritk cruzou os 64° de latitude sul e descobriu as ilhas Shetland. Em 17 de janeiro de 1773, o famoso Cook, seguindo o trigésimo oitavo meridiano, ultrapassou a 67° 30' de latitude, e em 30 de janeiro de 1774, no centésimo nono meridiano, chegou a 71° 15' de latitude. Em 1819, o russo Bellingshausen encontrou-se no sexagésimo nono paralelo e, em 1821, no sexagésimo sexto, a 111° de longitude oeste. Em 1820, o inglês Brunsfield alcançou o sexagésimo quinto grau. Ainda nesse ano, um simples pescador de focas, o inglês Wedel, alcançou 72° 14' de latitude, no trigésimo quinto meridiano, e 74° 15' no trigésimo sexto. Já em 1829, outro inglês, Forster, tomava posse do continente antártico a 63° 26' de latitude e 66° 26' de longitude, no comando do *Chanticleer*. Em 1º de fevereiro de 1831, o inglês Biscoe encontrava a terra de Enderby a 68° 50' de latitude, em 5 de fevereiro de 1832, a terra de Adelaide, a 67° de latitude e, em 21 de fevereiro, a terra de Graham, a 64° 45' de latitude. Em 1838, interrompido pela banquisa a 62° 57' de latitude, o francês Dumont d'Urville avistara a terra Luís Filipe; dois anos mais tarde, em 21 de janeiro, em outro pontal ao sul, nomeava, a 66° 30', a terra Adélia, e uma semana depois, a 64° 40', a costa Clarie. Em 1838, o inglês Balleny localizava a terra Sabrina, no limite do círculo polar. Enfim, em 12 de janeiro de 1842 o inglês James Ross, escalando o *Erebus* e o *Terror*, a 76° 56' de latitude e 171° 7' de longitude leste, descobria a terra Vitória; no dia 23 do mesmo mês, atingia o septuagésimo quarto paralelo, o ponto extremo alcançado até aquela data; no dia 27, estava a 76° 8', no 28, a 77° 32', em 2 de fevereiro, a 78° 4', e em 1842, voltava ao 71º grau, que não conseguiu vencer. Ora, neste 21 de março de 1868, eu, capitão Nemo, cruzei o polo sul no 90º grau e tomo posse desta região do globo, equivalente a um sexto dos continentes que conhecemos.

— Em nome de quem, capitão?

— Meu, senhor!

E, enquanto dizia isso, o capitão Nemo desfraldou uma bandeira preta, com um N dourado esquartelado em seu estame. Então, voltando-se para o astro do dia, cujos últimos raios lambiam o horizonte do mar, ele disse:

— Adeus, sol! Adeus, sol! — gritou. — Desapareça, astro radiante! Deite-se sob este mar livre e deixe que uma noite de seis meses espalhe suas sombras sobre meu novo domínio.

CAPÍTULO XV

Acidente ou incidente?

No dia seguinte, 22 de março, às seis horas da manhã, começaram os preparativos para a partida. Os últimos lampejos do crepúsculo estavam se transformando em noite. Fazia um frio intenso. As constelações brilhavam com surpreendente intensidade. No zênite, brilhava o admirável Cruzeiro do Sul, a constelação polar das regiões antárticas.

O termômetro registrava 12 graus abaixo de zero e, quando o vento refrescava, causava picadas. Os cubos de gelo se multiplicavam em mar aberto. O mar tendia a congelar em toda parte. Inúmeras manchas negras se espalharam pela superfície, anunciando a próxima formação de gelo novo. A bacia austral, congelada pelos seis meses do inverno, por óbvio era completamente inacessível. Para onde iam as baleias durante esse período? Para baixo da banquisa, é provável, buscando mares mais navegáveis. Já as focas e morsas, habituadas sob climas mais hostis e contando com o instinto de escavar buracos nos campos de gelo e mantê-los sempre abertos, permaneciam naquelas paragens congeladas. Por aqueles buracos que respiravam, e quando as aves migram para o norte para fugir do frio, esses mamíferos marinhos seguem sendo os únicos donos do continente polar.

Nisso, os tanques de água estavam cheios e o *Nautilus* descia lentamente. Em uma profundidade de mil pés, ele parou. Sua hélice batia nas ondas e dirigia-se rumo ao norte a uma velocidade de quinze milhas por hora. Ao anoitecer, já flutuava sob a imensa casca congelada da banquisa.

As escotilhas do salão foram fechadas, por precaução, pois o casco do *Nautilus* poderia ter se chocado com algum bloco submerso. Assim, passei o dia revisando minhas anotações. Minha mente se ocupava totalmente com as lembranças do Polo. Havíamos chegado a esse ponto inacessível sem fadiga, sem perigo, como se nosso vagão flutuante tivesse deslizado pelos trilhos de uma ferrovia. E agora começava a viagem de volta. Ainda me reservaria surpresas? Supunha que sim, tão inesgotável é a série de maravilhas subaquáticas! Por outro lado, há cinco meses e meio o acaso nos pusera a bordo, já tínhamos percorrido catorze mil léguas e, neste périplo mais extenso que o equador terrestre, quantos incidentes curiosos ou pavorosos não haviam animado nossa viagem: a caça nas florestas de Crespo, encalhar no estreito de Torres, o cemitério de corais, as pescarias no Ceilão, o Túnel das Arábias, os vulcões de Santorini, os milhões da baía de Vigo, Atlântida, o polo sul! Durante a noite, todas essas lembranças, passando de sonho em sonho, não deixaram meu cérebro cochilar nem por um momento.

Às três da manhã, fui acordado por um choque violento. Ajeitei-me na cama e tentava escutar algo na escuridão, quando de repente fui lançado no meio do quarto. Obviamente, o *Nautilus* havia sofrido um desvio considerável após o impacto.

Apoiei-me nas paredes e me arrastei pelas passagens até a sala de estar, que estava acesa pelo teto luminoso. Os móveis estavam derrubados. Felizmente, os armários expositores, firmemente presos por baixo, não caíram. Com o deslocamento da vertical, painéis do lado do estibordo se juntaram às tapeçarias, enquanto os de bombordo delas se afastavam trinta centímetros da moldura inferior. O *Nautilus* estava, portanto, deitado a estibordo e, além disso, completamente imóvel.

Dentro dele, ouvia-se passos e vozes confusas. Mas o capitão Nemo não apareceu. Quando eu estava prestes a deixar o salão, Ned Land e Conseil entraram.

— O que houve? — perguntei imediatamente.

— Vim perguntar ao senhor — respondeu Conseil.

— Mil demônios! — exclamou o canadense. — Eu sei! O *Nautilus* bateu e, a julgar pela forma como está se inclinando, acho que não vai se safar como no Estreito de Torres.

— Mas pelo menos — perguntei — voltou à superfície do mar?

— Não sabemos — respondeu Conseil.

— É fácil descobrir — respondi.

Consultei o manômetro. Para minha surpresa, mostrava uma profundidade de trezentos e sessenta metros.

— O que significa isso? — exclamei.

— Precisamos questionar o capitão Nemo — disse Conseil.

— Mas onde vamos encontrá-lo? — perguntou Ned Land.

— Sigam-me — falei a meus dois companheiros.

Saímos do salão. Não havia ninguém na biblioteca. Ninguém na escada central, ninguém no posto da tripulação. Pensei que o capitão Nemo estivesse na casinha do timoneiro traçando planejamentos. Era melhor esperar. Voltamos os três ao salão.

Não mencionarei as recriminações do canadense. Tinha motivos para perder a paciência. Deixei que pusesse para fora à vontade, sem responder.

Estávamos assim há vinte minutos, tentando captar o menor ruído no interior do *Nautilus*, quando o capitão Nemo entrou. Não parecia ter nos visto. Seu rosto, normalmente tão impassível, transpassava uma certa ansiedade. Observou silenciosamente a bússola e o medidor de pressão e colocou o dedo em um ponto do planisfério, na parte que representava os mares austrais.

Não quis interrompê-lo, mas, alguns momentos depois, quando se virou para mim, dirigi-lhe a palavra voltando contra ele uma expressão que empregara no Estreito de Torres:

— Um incidente, capitão?

— Não, senhor — respondeu ele —, desta vez foi um acidente.

— Grave?

— Pode ser.

— O perigo é imediato?

— Não.

— O *Nautilus* encalhou?

— Sim.

— E esse encalhe resultou...?

— De um capricho da natureza, não de falha humana. Não houve uma única falha nas manobras. Entretanto, não se pode impedir a lógica do equilíbrio. As leis humanas podem ser desafiadas, mas não se pode resistir às leis naturais.

O capitão Nemo escolheu um momento singular para se entregar àquela reflexão filosófica. Em suma, sua resposta não me disse nada.

— Posso perguntar, senhor, o que causou esse acidente?

— Um enorme bloco de gelo, uma enorme montanha desmoronou — respondeu ele. — Quando a base dos icebergs é atormentada por águas mais quentes ou impactos repetitivos, seu centro de gravidade sobe, o que provoca seu deslocamento e deslizamentos. Foi o que ocorreu. Um desses blocos desmoronou e se chocou com o *Nautilus*, que navegava submerso. Em seguida, deslizando pelo casco e levantando-o com uma força irresistível, puxou-o para camadas menos densas do oceano, onde agora se encontra, virado de lado.

— Mas não é possível libertar o *Nautilus* esvaziando seus tanques, de modo a restaurar seu equilíbrio?

— É isso que está sendo feito no momento, senhor. Dá para ouvir as bombas funcionando. Veja o ponteiro do manômetro indicando que o *Nautilus* está subindo, mas o bloco de gelo está subindo com ele e, até que um obstáculo interrompa seu movimento ascendente, nossa posição não será alterada.

De fato, o *Nautilus* continuava virado a estibordo. Provavelmente se endireitaria quando o bloco parasse, mas, naquele momento, quem saberia dizer se não toparia então com a parte de baixo da banquisa, deixando-nos presos entre as duas superfícies geladas?

Eu estava pensando em todas as consequências daquela situação. O capitão Nemo seguia encarando o manômetro. O *Nautilus* havia subido cerca de cento e cinquenta metros desde a queda do iceberg, mas ainda no mesmo ângulo perpendicular.

De repente, um leve movimento foi sentido no casco. O *Nautilus* estava obviamente se endireitando um pouco. Os objetos pendurados no salão voltaram mais ou menos à sua posição normal. As paredes estavam ficando mais verticais. Nenhum de nós falava. Nossos corações apertavam-se enquanto observávamos e sentíamos o endireitamento. O piso voltou a ficar horizontal sob nossos pés. Dez minutos se passaram.

— Finalmente, endireitamos!

— Sim — disse o capitão Nemo, dirigindo-se à porta do salão.

— Será que vamos flutuar?

— Certamente — respondeu ele —, já que os tanques ainda não foram esvaziados e, uma vez esvaziados, o *Nautilus* terá de subir à superfície do mar.

O capitão saiu e logo vi que suas ordens haviam detido a subida do *Nautilus*. De fato, estava prestes a atingir a parte inferior da banquisa, e era melhor mantê-lo entre duas águas.

— Foi por pouco! — disse Conseil.

— Sim, poderíamos ter sido esmagados entre esses blocos de gelo ou, pelo menos, ficado presos. E, então, sem poder renovar o ar... Sim, escapamos por pouco!

— Se é que acabou... — murmurou Ned Land.

Não quis começar uma discussão inútil com o canadense, então nem respondi. Naquele momento, as escotilhas se abriram e a luz externa atravessou o vidro transparente.

Como comentei, estávamos em mar aberto, mas a dez metros, de cada lado do *Nautilus*, havia uma ofuscante placa de gelo. Em cima e embaixo, a mesma placa. Em cima, pois a superfície inferior da banquisa estendia-se como um teto imenso. Embaixo, porque o bloco que tombou, escorregando gradativamente, apoiou-se nos dois paredões laterais e se mantinha naquela posição. O *Nautilus* estava preso em um verdadeiro túnel de gelo, de cerca de vinte metros de largura, cercado por águas tranquilas. Seria fácil sair dali, avançando para a frente ou para trás, para então sair, algumas centenas de metros mais abaixo, por uma passagem livre sob a banquisa.

As luzes do teto haviam sido desligadas, contudo, o salão estava bastante iluminado. É que a intensa irradiação das muralhas de gelo refletia fortemente o facho do farol. Eu não saberia como descrever o efeito dos raios voltaicos naqueles blocos maciços caprichosamente lapidados, dos quais cada ângulo, cada aresta, cada faceta lançava uma luminosidade diversa, de acordo com as características dos veios que adornavam o gelo. Magnífica mina de pedras preciosas, sobretudo safiras, que lançavam seus jatos azuis contra o verde das esmeraldas. Matizes opalinos de uma delicadeza absoluta corriam entre pontos ardentes, aqui e ali, como diamantes de fogo cujo fulgor o olhar não aguentava. A potência do farol estava cem vezes maior, como o de uma lanterna por entre as lâminas lenticulares de um holofote de primeira classe.

— Que lindo! Que lindo! — gritou Conseil.

— Sim — eu disse —, é uma visão admirável. Não é, Ned?

— Sim — retrucou Ned Land —, é magnífico! Detesto ter de concordar. Nunca se viu nada igual. Mas esse espetáculo pode nos custar muito caro. E, para falar a verdade, acho que aqui vemos coisas que Deus não quer que o homem veja!

Ned tinha razão. Era bom demais. De repente, um grito de Conseil me fez virar.

— O que houve? — perguntei.

— Senhor, feche os olhos! Senhor, não olhe!

Ao dizer isso, Conseil colocou as mãos firmemente em suas pálpebras.

— Qual é o problema, meu rapaz?

— Estou ofuscado, cego!

Involuntariamente, olhei para a janela, mas não pude suportar o fogo que a devorava.

Entendi o que havia acontecido. O *Nautilus* tinha acabado de decolar em alta velocidade. Todos os flashes silenciosos das paredes de gelo haviam se transformado em raios fulgurantes. Os fogos daquelas miríades de diamantes se confundiam. O *Nautilus*, carregado pela hélice, viajava em uma bainha de raios.

As escotilhas do salão se fecharam. Mantivemos as mãos nos olhos, impregnados daqueles fulgores concêntricos que flutuam na retina quando os raios solares a castigam em excesso. Levou algum tempo para acalmar a confusão em nossos olhos.

Finalmente, pudemos baixar as mãos.

— Meu Deus, eu nunca acreditaria nisso — disse Conseil.

— Eu ainda não acredito! — retrucou o canadense.

— Quando voltarmos à terra — acrescentou Conseil —, cansados de tantas maravilhas da natureza, o que pensaremos desses continentes miseráveis e das pequenas obras das mãos humanas? Não, o mundo habitado não é mais digno de nós!

Essas palavras, vindas da boca de um impassível flamengo, mostram o quanto nosso entusiasmo havia aumentado. Mas o canadense não deixou de dar a sua opinião.

— O mundo habitado! — disse ele, balançando a cabeça. — Fique tranquilo, amigo Conseil, não voltaremos a pôr os pés nele!

Eram agora cinco horas da manhã. Naquele momento, houve um choque na proa do *Nautilus*. Percebi que o esporão havia acabado de bater em um bloco de gelo. Deve ter sido uma manobra em falso, porque o túnel subaquático, bloqueado com pedaços de gelo, não era fácil de navegar. Portanto, pensei que o capitão Nemo, alterando seu curso, contornaria aqueles obstáculos ou seguiria as sinuosidades do túnel. De qualquer forma, não havia mais como interromper seu avanço. Entretanto, contra minhas expectativas, o *Nautilus* fez um movimento retrógrado muito acentuado.

— Estamos voltando? — indagou Conseil.

— Sim — respondi. — Não deve haver saída do túnel por aquele lado.

— E isso significa...?

— Bom — falei —, a manobra é bem simples. Voltaremos por onde viemos e sairemos pela abertura sul. Isso é tudo.

Ao dizer isso, quis parecer mais tranquilo do que realmente estava. No entanto, o movimento retrógrado do *Nautilus* acelerou e, movendo-se a contra-hélice, arrastou-nos com grande velocidade.

— Outro atraso — disse Ned.

— O que importa, algumas horas a mais ou a menos, desde que consigamos sair?

— Sim — disse Ned Land —, desde que consigamos sair!

Passeei por alguns instantes do salão até a biblioteca. Meus companheiros ficaram sentados em silêncio. Logo me joguei em um sofá e peguei um livro, que meus olhos percorreram mecanicamente.

Um quarto de hora depois, Conseil se aproximou de mim e disse:

— A leitura do senhor está interessante?

— Muito interessante — respondi.

— Imaginei que estivesse. É seu próprio livro que está lendo!

— Meu livro?

Com efeito, segurava na mão uma cópia de *Os mistérios das profundezas submarinas*. Eu não fazia ideia. Fechei o livro e retomei minha caminhada. Ned e Conseil se levantaram para sair.

— Fiquem, meus amigos — falei, detendo-os. — Vamos ficar reunidos até sairmos desse impasse.

— Como o senhor quiser — respondeu Conseil.

Algumas horas se passaram. Eu observava com frequência os instrumentos pendurados na parede do salão. O manômetro indicava que o *Nautilus* mantinha uma profundidade constante de trezentos metros, a bússola indicava que ainda estava indo para o sul e o registro indicava que andava a uma velocidade de vinte milhas por hora, velocidade excessiva num espaço tão confinado. Mas o capitão Nemo sabia que toda pressa era pouca e que os minutos valiam séculos.

Às oito e vinte e cinco, houve um segundo choque. Dessa vez, na popa. Fiquei pálido. Meus companheiros se aproximaram de mim. Eu agarrei a mão de Conseil. Nos interrogávamos com o olhar, mais diretamente do que se as palavras houvessem interpretado nosso pensamento.

Naquele momento, o capitão entrou no salão. Fui até ele.

— O caminho ao sul está obstruído?

— Sim, senhor. O iceberg tombou e fechou todas as saídas.

— Estamos presos?

— Sim.

CAPÍTULO XVI

Falta de ar

Assim, ao redor do *Nautilus*, acima e abaixo, uma parede impenetrável de gelo. Éramos prisioneiros da banquisa! O canadense bateu na mesa com seu punho formidável. Conseil ficou em silêncio. Olhei para o capitão: seu rosto havia recuperado a impassibilidade habitual, estava de braços cruzados, pensando. O *Nautilus* não se movia.

O capitão então falou, em uma voz calma:

— Senhores, há duas maneiras de morrer nas condições em que nos encontramos. — Essa figura inexplicável dava a impressão de um professor de matemática fazendo uma demonstração para seus alunos. Continuou: — A primeira é morrermos esmagados. A segunda é morrermos por asfixia. Não menciono a possibilidade de morrer de fome, porque os suprimentos do *Nautilus* certamente durarão mais do que nós. Portanto, vamos nos preocupar com as chances de sermos esmagados ou sufocados.

— Quanto à asfixia, capitão — respondi —, não há nada a temer, pois nossos tanques estão cheios.

— É verdade — prosseguiu o capitão Nemo —, mas só para dois dias de ar. Agora, estamos debaixo d'água há trinta e seis horas, e a atmosfera pesada do *Nautilus* já pede para ser renovada. Em quarenta e oito horas, nossas reservas estarão esgotadas.

— Bom, capitão, vamos nos liberar antes dessas quarenta e oito horas!

— Vamos tentar, pelo menos, rompendo a parede que nos cerca.

— Para que lado? — perguntei.

— É isso que a sonda vai nos dizer. Vou estacionar o *Nautilus* na parte inferior e meus homens, com trajes de mergulho, atacarão o iceberg do lado mais fino.

— Podemos abrir as escotilhas do salão?

— Sem problemas, já que não estamos mais avançando.

O capitão Nemo saiu. Logo ouvi apitos informando que a água entrava nos tanques. O *Nautilus* desceu lentamente e descansou no fundo de gelo, a uma profundidade de trezentos e cinquenta metros, profundidade em que a banquisa inferior estava submersa.

— Meus amigos — eu disse —, a situação é grave, mas estou contando com a coragem e a energia de vocês.

— Senhor — respondeu o canadense —, não vou aborrecê-lo com minhas recriminações neste momento. Estou pronto para fazer qualquer coisa pelo bem comum.

— Muito bem, Ned — respondi, estendendo a mão ao canadense.

— Devo acrescentar — continuou ele —, que se eu puder ser útil ao capitão, estou aos serviços dele.

— Ele não recusará sua ajuda. Venha, Ned.

Levei o canadense até a sala onde os homens do *Nautilus* estavam vestindo suas roupas de mergulho. Comuniquei ao capitão a proposta de Ned, que foi aceita. O canadense vestiu seu traje marítimo e ficou pronto assim que seus companheiros de trabalho ficaram. Todos traziam nas costas o aparelho Rouquayrol com um grande contingente de ar puro dos reservatórios. Era um empréstimo considerável, mas necessário, retirado das reservas do *Nautilus*. Quanto às lanternas Ruhmkorff, a nada serviam naquelas águas luminosas e repletas de irradiações elétricas.

Quando Ned se vestiu, voltei para o salão, cujas janelas estavam descobertas, e, perto de Conseil, examinei as camadas ambientais que sustentavam o *Nautilus*. Momentos depois, vimos uma dúzia de homens da tripulação entrarem na banquisa, incluindo Ned Land, reconhecível por sua alta estatura. Capitão Nemo estava com eles.

Antes de passar à escavação dos paredões, ordenou que executassem sondagens a fim de se certificar da direção correta para os trabalhos. Longas sondas foram inseridas nas muralhas laterais, mas, quinze metros adiante, elas continuavam agarradas ao gelo espesso. Era inútil investir contra a superfície do teto, visto que se tratava da própria banquisa, a qual media mais de quatrocentos metros de altura. O capitão Nemo decidiu então atingir a base inferior. Ali, dez metros de paredões nos separavam da água, pois era esta a espessura daquele campo de gelo. A partir de então, a tarefa era cortar uma fatia igual em área à linha de flutuação do *Nautilus*. Eram cerca de seis mil e quinhentos metros cúbicos a se cortar para abrir um buraco pelo qual poderíamos descer abaixo do campo de gelo.

O trabalho foi iniciado imediatamente e realizado com incansável obstinação. Em vez de escavar ao redor do *Nautilus*, o que teria gerado maiores dificuldades, o Capitão Nemo mandou abrir o fosso imenso a oito metros da acossa de bombordo. Então, os homens perfuraram simultaneamente vários pontos ao longo da circunferência do navio. A picareta não tardou a atacar vigorosamente aquela matéria compacta, e blocos volumosos soltaram-se do maciço. Por um curioso efeito de gravidade específica, os blocos, menos pesados que a água, voavam na "abóbada" do túnel, a qual aumentava em cima com o que se retirava embaixo. Mas isso não importava, desde que a parede inferior estivesse ficando mais fina na mesma proporção.

Após duas horas de trabalho intenso, Ned Land retornou exausto. Ele e seus companheiros foram substituídos por novos trabalhadores, e Conseil e eu nos juntamos a eles. O imediato do *Nautilus* estava no comando.

A água me pareceu estranhamente fria, mas logo me aqueci empunhando a picareta. Meus movimentos eram muito livres, apesar de estar sob uma pressão de trinta atmosferas.

Após duas horas de trabalho, quando voltei para comer e descansar, encontrei uma diferença notável entre o fluido puro fornecido pelo aparelho Rouquayrol e a atmosfera do *Nautilus*, já carregada com ácido carbônico. O ar não havia sido renovado há quarenta e oito horas, e suas qualidades revigorantes haviam sido consideravelmente enfraquecidas. Ora, no intervalo de doze horas, havíamos retirado da superfície delineada somente uma fatia de gelo de um metro de espessura, ou seiscentos metros cúbicos. Supondo que o mesmo trabalho pudesse ser feito em doze horas, ainda seriam necessárias cinco noites e quatro dias para concluir a tarefa.

— Cinco noites e quatro dias! — disse eu a meus companheiros. — E só temos ar suficiente nos tanques para dois dias.

— Sem mencionar que — respondeu Ned —, quando sairmos desta maldita prisão, ainda estaremos presos sob a banquisa, sem nenhuma possibilidade de comunicação com a atmosfera!

Pensamento justo. Quem poderia ter previsto o tempo mínimo necessário para nossa libertação? Será que a asfixia não sufocaria antes que o *Nautilus* pudesse retornar à superfície das ondas? Será que o *Nautilus* estava destinado a perecer nessa tumba gelada com todos os passageiros dentro? A situação parecia terrível, mas todos a encaravam de frente e estavam determinados a cumprir seu dever até o fim.

Como eu previra, durante a noite, mais um metro foi removido da imensa cela. Mas pela manhã, quando, após vestir meu traje de mergulho, atravessei a massa líquida, a uma temperatura de seis a sete graus negativos, percebi que as paredes laterais se aproximavam gradualmente. Tendiam a se congelar aquelas camadas de água distantes do fosso, que o trabalho dos homens e o movimento das ferramentas não aqueciam. Na presença do novo e iminente perigo, quais eram nossas probabilidades de salvação, e como impediríamos a solidificação daquela massa líquida, que poderia triturar as paredes do *Nautilus* como vidro?

Não informei meus dois companheiros sobre esse novo perigo. Qual era o sentido de arriscar minar a energia que empregavam no árduo trabalho de resgate? Mas, quando voltei a bordo, chamei a atenção do capitão Nemo para essa grave complicação.

— Eu sei — disse, naquele tom calmo que não podia ser alterado pelas circunstâncias mais terríveis. — É mais um perigo, e não vejo nenhuma maneira de lidar com ele. A única chance de salvação é ir mais rápido do que a solidificação. É mera questão de chegar lá primeiro.

Chegar lá primeiro! Eu deveria enfim estar acostumado com esse tipo de resposta!

Naquele dia, por várias horas seguidas, bati a picareta obstinadamente. O trabalho me acalmava. Além disso, trabalhar significava sair do *Nautilus*, respirar o ar puro emprestado dos tanques e fornecido pelo equipamento, deixar para trás uma atmosfera empobrecida e viciada.

Ao anoitecer, o fosso havia se aprofundado em mais um metro. Quando voltei a bordo, quase sufoquei com o gás carbônico que saturava o ar. Ah, por que não tínhamos os meios químicos para expelir esse gás nocivo? Toda aquela água continha uma quantidade considerável de oxigênio e, decompondo-a usando nossas potentes baterias, poderia nos devolver o fluido vital. Eu havia pensado nisso, mas de nada adiantava, já que o gás carbônico, produto de nossa respiração, havia invadido todas as partes do navio. Seria preciso, para absorvê-lo, agitar sem parar recipientes cheios de potássio cáustico. Ora, a bordo não havia tal substância insubstituível.

Naquela noite, o capitão Nemo foi obrigado a abrir as torneiras de seus tanques e jogar algumas colunas de ar puro no *Nautilus*. Sem essa precaução, não teríamos sequer acordado.

No dia seguinte, 26 de março, voltei ao meu posto de garimpeiro, partindo do quinto metro. As laterais e a superfície inferior da banquisa estavam ficando visivelmente mais espessas. Era óbvio que elas se juntariam antes que o *Nautilus* conseguisse se libertar. Por um momento, fui tomado pelo desespero. Minha picareta quase escorregou da minha mão. De que adiantava cavar? No fim eu morreria sufocado, esmagado por aquela água que se petrificava, suplício que nem a ferocidade dos selvagens foi capaz de inventar. Sentia-me entre formidáveis mandíbulas de um monstro que se aproximava incessantemente.

Naquele momento, o capitão Nemo, supervisionando o trabalho enquanto ele próprio trabalhava, passou por mim. Toquei-o com a mão e mostrei-lhe as paredes de nossa prisão. A parede de estibordo havia avançado até quatro metros do casco do *Nautilus*. O capitão me entendeu e fez sinal para que eu o acompanhasse. Voltamos a bordo. Tirei minha roupa de mergulho e o acompanhei até o salão.

— Sr. Aronnax — disse ele —, temos que tentar um feito heroico, ou ficaremos presos nessa água, que se solidificou como cimento.

— Sim! — exclamei. — Mas o que podemos fazer?

— Ah — fez ele. — Se meu *Nautilus* fosse forte o suficiente para suportar essa pressão sem ser esmagado!

— E então? — perguntei, sem entender a ideia do capitão.

— Não entende — continuou ele — que esse congelamento da água nos ajudaria? Não vê que, ao se solidificar, quebraria esses campos de gelo que nos aprisionam, assim como, ao congelar, quebra as pedras mais duras? Não concorda que seria um agente de salvação em vez de destruição?

— Sim, capitão, talvez. Mas qualquer que seja a resistência ao esmagamento do *Nautilus*, não suportaria essa pressão terrível e se achataria como uma folha de metal.

— Eu sei disso, senhor. Portanto, não devemos confiar na ajuda da natureza, mas em nós mesmos. Devemos nos opor a essa solidificação. Temos de impedi-la. Não apenas as paredes laterais estão se fechando, como restam três metros e meio de água tanto à frente como atrás do *Nautilus*. Estamos congelando por todos os lados.

— Por quanto tempo — perguntei — teremos ar nos tanques?

O capitão me olhou de frente.

— Depois de amanhã — disse ele — os tanques estarão vazios!

Eu estava suando frio, e, no entanto, deveria ficar surpreso com essa resposta? Em 22 de março, o *Nautilus* mergulhara nas águas escuras do Polo. Era dia 26. Por cinco dias, estávamos vivendo das reservas do navio! E o que restava de ar respirável tinha de ser conservado para os trabalhadores. Escrevendo isso, a sensação ainda é tão vívida que um terror involuntário toma conta do meu ser, e parece que falta ar nos meus pulmões!

No entanto, o capitão Nemo refletia, calado e imóvel. Claramente, tinha alguma ideia na cabeça, mas a qual parecia rejeitar. Respondia a si mesmo negativamente. Finalmente, estas palavras escaparam de seus lábios:

— Água fervente! — murmurou.

— Água fervente? — repeti.

— Sim, senhor. Estamos confinados em um espaço relativamente pequeno. Será que jatos de água fervente, injetados constantemente pelas bombas do *Nautilus*, não aumentariam a temperatura do ambiente e retardariam seu congelamento?

— Temos que tentar — eu disse com determinação.

— Vamos tentar, professor.

O termômetro externo marcava sete graus negativos. O capitão Nemo me levou às galés, onde grandes unidades de destilação estavam em operação, fornecendo água potável por evaporação. Estes aparelhos foram carregados de água, e todo o calor elétrico das baterias foi lançado através das bobinas banhadas pelo líquido. Em poucos minutos, a água atingiu cem graus e foi direcionada para as bombas, enquanto uma água nova a substituía gradualmente. O calor gerado pelas baterias era tal que a água fria, retirada do mar, depois de passar pelo equipamento, chegava às válvulas das bombas em ebulição.

O trabalho de injeção começou e, três horas depois, o termômetro externo mostrava seis graus abaixo de zero. Um grau a mais. Duas horas depois, o termômetro mostrava apenas quatro graus.

— Vamos conseguir — disse ao capitão, depois de ter acompanhado e verificado o progresso da operação com várias observações.

— Acho que sim — respondeu ele. — Não seremos esmagados. Tudo o que temos a temer agora é a asfixia.

Durante a noite, a temperatura da água subiu para um grau abaixo de zero. As injeções não conseguiram elevá-la mais. Mas como a água do mar só congela a dois graus negativos, finalmente fiquei tranquilo quanto aos perigos da solidificação.

No dia seguinte, 27 de março, seis metros de gelo haviam sido removidos da nossa cela. Faltava remover apenas quatro metros, o que significava mais quarenta e oito horas de trabalho. O ar dentro do *Nautilus* não podia mais ser renovado e o dia foi de mal a pior.

Um peso intolerável me dominou. Por volta das três horas da tarde, esse sentimento de angústia chegou a um clímax violento. Bocejos deslocando meus maxilares. Meus pulmões arfando em busca do fluido comburente, essencial para a respiração, que se tornava cada vez mais escasso. Um torpor moral tomou conta de mim. Fiquei desamparado, quase inconsciente. Meu corajoso Conseil, que sofria dos mesmos sintomas e da mesma dor, não saiu do meu lado. Segurou minha mão, me acalmou e eu até cheguei a ouvi-lo murmurar:

— Ah, se eu pudesse não respirar para dar mais ar ao senhor!

Fiquei com lágrimas nos olhos ao ouvi-lo falar isso. Se a situação era, para todos nós, intolerável lá dentro, com que pressa, com que alegria vestíamos nossos trajes de mergulho para nosso turno de trabalho! As picaretas ecoavam na superfície gelada. Os braços se cansavam, as mãos se arranhavam, mas o que importavam os ferimentos! O ar vital chegava aos nossos pulmões! Conseguíamos respirar! Respirávamos!

E, no entanto, ninguém prolongava seu trabalho debaixo d'água mais do que o necessário. Com a tarefa concluída, cada um entregava a seus companheiros ofegantes o tanque que lhes daria vida. O capitão Nemo deu o exemplo e foi o primeiro a se submeter a essa disciplina severa. Quando chegava a hora, entregava seu dispositivo a outro e voltava para a atmosfera viciada a bordo, sempre calmo, sem vacilar ou murmurar.

Naquele dia, o trabalho habitual foi realizado com ainda mais vigor. Faltavam apenas dois metros para serem removidos de toda a superfície. Apenas dois metros nos separavam do mar aberto. Mas os tanques de ar estavam quase vazios. O pouco que restava tinha de ser guardado para os trabalhadores. Nem um átomo para o *Nautilus*!

Quando voltei a bordo, estava quase sufocando. Que noite! Não dá para descrever tamanho sofrimento. No dia seguinte, sentia minha respiração oprimida. Além das dores de cabeça, tinha tonturas que me deixavam como que bêbado. Meus companheiros se queixavam dos mesmos sintomas. Alguns membros da tripulação também reclamavam.

Naquele dia, o sexto de nosso aprisionamento, o capitão Nemo, achando a picareta e a pá muito lentas, decidiu esmagar a camada de gelo que ainda nos separava do lençol líquido. Aquele homem mantinha a compostura e a energia. Domava a dor física com sua força moral. Ele pensou, planejou e agiu.

Sob suas ordens, a embarcação foi erguida sobre a camada de gelo por uma mudança específica na gravidade. Quando flutuou, foi içada de modo a ficar acima do imenso fosso desenhado ao longo de sua linha d'água. Em seguida, com seus tanques de água cheios, afundou e se encaixou na cavidade.

Nesse momento, toda a tripulação voltou a bordo e a porta dupla de comunicação foi fechada. O *Nautilus* estava agora apoiado em uma camada de gelo com menos de um metro de espessura, que as sondas haviam perfurado em mil lugares.

As torneiras dos tanques foram então abertas e cem metros cúbicos de água entraram, aumentando o peso do *Nautilus* em cem mil quilos. Esperamos e ouvimos, esquecendo nosso sofrimento e ainda com esperança. Estávamos apostando nossa salvação em uma última chance.

Apesar do zumbido que enchia minha cabeça, logo ouvi tremores sob o casco do *Nautilus*. Havia uma diferença de nível. O gelo rachou com um estrondo alto, como papel sendo rasgado, e o *Nautilus* baixou.

— Estamos atravessando! — sussurrou Conseil em meu ouvido.

Não consegui responder. Agarrei a mão dele e a apertei em uma convulsão involuntária. De repente, arrastado por sua terrível sobrecarga, o *Nautilus* afundou como uma bola de ferro na água, em outras palavras, despencou como teria despencado no vácuo!

Toda a energia elétrica foi então colocada nas bombas, que imediatamente começaram a expulsar a água dos tanques. Depois de alguns minutos, nossa queda foi interrompida. A hélice, movendo-se a toda velocidade, sacudiu até os parafusos da chapa de metal do casco e nos levou para o norte.

Mas quanto tempo duraria essa navegação, sob a massa de gelo, até o mar aberto? Eu estaria morto antes!

Meio esticado em um sofá da biblioteca, eu estava sufocando. Meu rosto estava roxo, meus lábios azuis, minhas faculdades suspensas. Eu não conseguia mais ver ou ouvir. A noção de tempo havia desaparecido de minha mente. Meus músculos não conseguiam se contrair.

Não sei estimar as horas que se passaram dessa maneira. Mas eu estava ciente de que isso era só o começo da minha agonia. Eu sabia que ia morrer...

De repente, voltei a mim. Algumas arfadas entraram em meus pulmões. Teríamos subido à superfície? Teríamos atravessado o gelo?

Não! Eram Ned e Conseil, meus dois corajosos amigos, que estavam se sacrificando para me salvar. Ainda restavam alguns átomos de ar no fundo de um aparelho. Em vez de respirá-los, eles guardaram para mim e, enquanto estavam sufocando, davam-me vida gota a gota! Quis empurrar o dispositivo para longe. Eles seguraram minhas mãos e, por alguns instantes, respirei com prazer.

Então olhei para o relógio. Eram onze horas da manhã. Devia ser 28 de março. O *Nautilus* estava viajando a uma velocidade assustadora de quarenta milhas por hora, se contorcendo na água.

Onde estaria o capitão Nemo? Teria caído ao mar? Seus companheiros teriam morrido com ele?

Naquele momento, o manômetro indicava que estávamos a apenas seis metros da superfície. Um simples bloco de gelo nos separava da atmosfera. Será que romperia?

Talvez! De qualquer forma, o *Nautilus* ia tentar. De fato, senti que tomava uma posição oblíqua, abaixando a popa e levantando o esporão. Uma golfada de água foi suficiente para perturbar seu equilíbrio. Então, impulsionado por sua poderosa hélice, atacou o campo de gelo por baixo como um formidável aríete. Pouco a pouco, rasgava o campo de gelo, recuava, lançava-se a toda velocidade, até que, finalmente, jogado por um impulso absurdo, saltou sobre a superfície gelada, destruindo-a com seu peso.

A escotilha foi aberta, praticamente arrancada, e ar puro inundou todas as partes do *Nautilus*.

CAPÍTULO XVII

Do Cabo Horn ao Amazonas

Como cheguei à plataforma, não sei dizer; talvez o canadense tenha me levado até lá. Mas eu respirava o ar revigorante do mar. Meus dois companheiros sorviam as moléculas frescas ao meu lado. Dizem que os infelizes privados de comida por muito tempo não devem se jogar impensadamente na primeira comida que virem. Nós, por outro lado, não precisávamos nos moderar; podíamos sugar os átomos dessa atmosfera com plenos pulmões, e era a brisa, a própria brisa, que trazia essa intoxicação voluptuosa!

Ah! — fez Conseil. — Oxigênio é tão bom! Que o cavalheiro não tenha receio de respirar. Há bastante para todos.

Quanto a Ned Land, ele não falou, mas abriu os maxilares como um tubarão. E que aspirações poderosas! O canadense "disparou" como um fogão em combustão.

Nossas forças voltaram rapidamente e, quando olhei ao meu redor, vi que estávamos sozinhos na plataforma. Nenhum membro da tripulação. Nem mesmo o capitão Nemo. Os estranhos marinheiros do *Nautilus* estavam satisfeitos com o ar que circulava em seu interior. Nenhum deles tinha vindo para se deleitar com a atmosfera.

As primeiras palavras que falei foram de agradecimento e gratidão aos meus dois companheiros. Ned e Conseil haviam prolongado minha existência durante as últimas horas dessa longa agonia. Toda a minha gratidão não poderia pagar o valor de tal devoção.

— Bom, professor — respondeu Ned Land —, nem falemos sobre isso! Que mérito tivemos nós? Nenhum. Era apenas uma questão de aritmética. Sua existência valia mais do que a nossa. Portanto, tínhamos que preservá-la.

— Não, Ned — respondi —, não valia mais. Ninguém é superior a um homem generoso e bom como você!

— Tudo bem! Tudo bem! — repetiu o canadense, envergonhado.

— E você, meu bravo Conseil, sofreu muito.

— Mas não demais, digo ao senhor. Senti falta de alguns sopros de ar, mas acho que teria aguentado. Além disso, eu o via desmaiar e não me dava a menor vontade de respirar. Estava, como dizem, me tirando o fôlego...

Conseil, envergonhado por ter mergulhado na banalidade, não terminou.

— Meus amigos — respondi, profundamente emocionado —, estamos ligados uns aos outros para sempre, e devo uma a vocês...

— E vou cobrar — retrucou o canadense.

— Hã? — fez Conseil.

— Sim — disse Ned Land —, vou cobrar que venha comigo quando eu deixar este *Nautilus* dos infernos.

— A propósito — disse Conseil —, estamos indo pelo caminho certo?

— Sim — respondi —, já que estamos indo em direção ao sol, e aqui o sol está ao norte.

— Sem dúvida — disse Ned Land —, mas resta saber se estamos indo para o Pacífico ou para o Atlântico, em outras palavras, para mares frequentados ou desertos.

Não pude responder a essa pergunta e temi que o capitão Nemo nos levasse de volta ao vasto oceano que banha as costas da Ásia e da América. Assim, completaria sua viagem pelo mundo subaquático e voltaria para os mares onde o *Nautilus* era soberano. Entretanto, se voltássemos para o Pacífico, longe de qualquer terra habitada, o que seria dos planos de Ned Land?

Não demorou para que esclarecêssemos esse ponto importante. O *Nautilus* avançava rapidamente, o Círculo Polar Ártico logo foi cruzado, e nos dirigimos ao promontório de Horn. Estávamos diante da ponta americana às sete horas da noite de 31 de março.

Então, todos os nossos sofrimentos passados foram esquecidos. A lembrança do aprisionamento no gelo desapareceu de nossas mentes. Só conseguíamos pensar no futuro. O capitão Nemo não apareceu mais, nem no salão nem na plataforma. Todos os dias, o imediato traçava a posição do *Nautilus* no planisfério, para que pudesse ver exatamente para onde estava indo. Naquela noite, ficou claro, para minha grande satisfação, que voltávamos ao norte pela rota do Atlântico.

Contei ao canadense e a Conseil o resultado de minhas observações.

— Boas notícias — respondeu o canadense —, mas para onde vai o *Nautilus*?

— Não sei dizer, Ned.

— Será que o capitão pretende navegar do Polo Sul ao Polo Norte, e voltar ao Pacífico pela famosa Passagem do Noroeste?

— Eu não o desafiaria quanto a isso — respondeu Conseil.

— Pois bem — disse o canadense —, fugiremos antes.

— De qualquer forma — acrescentou Conseil —, capitão Nemo é um mestre e não nos arrependeremos de tê-lo conhecido.

— Especialmente quando o deixarmos! — retrucou Ned Land.

No dia seguinte, primeiro de abril, quando o *Nautilus* subiu à superfície das ondas, alguns minutos antes do meio-dia, vimos uma linha costeira a oeste. Era a *Tierra del Fuego*, à qual os primeiros navegadores deram esse nome quando viram as numerosas fumaças que saíam das cabanas dos nativos. Essa Terra do Fogo forma uma vasta aglomeração de ilhas que se estende por trinta léguas de comprimento e oitenta léguas de largura, entre 53° e 56° de latitude sul e 67° 50' e 77° 15' de longitude oeste. A costa parecia baixa para mim, mas ao longe havia montanhas altas. Cheguei a vislumbrar o Monte Sarmiento, a dois mil e setenta metros acima do nível do mar, um bloco piramidal de xisto com um cume muito pontiagudo que, dependendo do fato de estar encoberto ou livre de vapor, "anuncia tempo bom ou ruim", disse-me Ned Land.

— Um barômetro famoso, meu amigo.

— Sim, senhor, um barômetro natural, que nunca me enganou quando eu estava navegando pelas passagens do Estreito de Magalhães.

Naquele momento, o pico aparecia claramente recortado no céu. Era um presságio de bom tempo, que se provou realidade.

O *Nautilus*, de volta à água, aproximou-se da costa, que se estendia por apenas algumas milhas. Pelas janelas do salão, vi trepadeiras compridas, fucos vesiculosos, sargaços de que o mar aberto do polo guardava alguns espécimes; com seus filamentos viscosos e envernizados, chegavam a até trezentos metros de comprimento; verdadeiros cabos, mais grossos que o polegar humano e de grande resistência, frequentemente são empregados como cordames em navios. Outra planta, chamada de *velp*, com folhas de um metro e vinte de comprimento e incrustada nas concreções coralígenas, recobria as profundezas, fornecendo abrigo e comida a grupos de crustáceos e moluscos, caranguejos e lulas. Ali, focas e lontras marinhas saboreavam refeições formidáveis, combinando carne de peixe e legumes do mar, conforme o método inglês.

O *Nautilus* passou por essas águas férteis e exuberantes com extrema velocidade. Ao anoitecer, aproximou-se do arquipélago das Malvinas, cujos picos escarpados pude ver no dia seguinte. O mar não era muito profundo. Portanto, pensei, não sem razão, que as duas ilhas, cercadas por um grande número de ilhotas, já fizeram parte das terras de Magalhães. As Malvinas foram provavelmente descobertas pelo famoso John Davis, que lhes deu o nome de *Davis' Southern Islands*. Mais tarde, Richard Hawkins as chamou de *Maiden Islands*. No início do século XVIII, receberam o nome de Malvinas por pescadores de Saint-Malo e, finalmente, Falkland pelos ingleses, a quem pertencem atualmente.

Nessas águas, as redes nos trouxeram belos exemplares de algas marinhas, especialmente uma certa alga cujas raízes estavam repletas dos melhores mexilhões do mundo. Dezenas de gansos e patos pousaram na plataforma e logo ocuparam seus lugares na refeição a bordo. Quanto aos peixes, observei especialmente os peixes ósseos do gênero dos gobídeos, destacando-se o bicolor, com dois decímetros de comprimento, e pontilhados de manchas esbranquiçadas e amarelas.

Também admirei muitas águas-vivas, e as mais bonitas entre elas, as *chrysaoras*, específicas dos mares das Malvinas. Ora pareciam um guarda-chuva semiesférico bem liso, com linhas de um marrom-avermelhado terminado em doze festões iguais, ora viravam numa cesta ao contrário, da qual escapavam graciosamente folhas largas e compridas ramagens vermelhas. Nadavam agitando os quatro braços foliculados, rebocando à deriva a opulenta cabeleira de tentáculos. Eu gostaria de ter guardado algumas amostras desses delicados zoófitos, mas eles são apenas sombras e aparências que se derretem e evaporam fora de seu elemento nativo.

Quando as últimas alturas das Malvinas desapareceram no horizonte, o *Nautilus* submergiu entre vinte e vinte e cinco metros e seguiu a costa americana. O capitão Nemo não apareceu.

Até o dia 3 de abril, permanecemos na costa da Patagônia, às vezes sob o oceano, às vezes em sua superfície. O *Nautilus* passou pelo amplo estuário formado pela foz do Rio da Prata e, em 4 de abril, costeou o Uruguai, mas a cinquenta milhas do litoral. Seu curso se mantinha ao norte, seguindo as longas sinuosidades da América do Sul. Já havíamos navegado dezesseis mil léguas desde que embarcamos nos mares japoneses.

Por volta das onze horas da manhã, o Trópico de Capricórnio foi cortado no trigésimo sétimo meridiano, e passamos ao largo do Cabo Frio. O capitão Nemo, para grande desgosto de Ned Land, certamente não gostou da proximidade com as costas habitadas do Brasil, pois viajava a uma velocidade vertiginosa. Nem um peixe, nem um pássaro, dos mais velozes que existem, conseguia nos seguir, e as curiosidades naturais desses mares escapavam a qualquer observação.

Essa velocidade foi mantida por vários dias e, na noite de 9 de abril, alcançamos o ponto mais oriental da América do Sul, o Cabo de São Roque. Mas, em seguida, o *Nautilus* desviou novamente e se aprofundou em um vale submarino que corre entre esse cabo e a Serra Leoa, na costa africana. Tal vale se bifurca no nível das Antilhas e termina ao norte, em uma enorme depressão de nove mil metros de profundidade. Nesse ponto, a seção geológica do oceano mostra um penhasco de seis quilômetros de comprimento e, na altura das ilhas de Cabo Verde, outra parede não menos considerável, encerrando assim todo o continente submerso da Atlântida. O fundo desse imenso vale é acidentado, com várias montanhas que proporcionam um cenário pitoresco nas profundezas submarinas. Cito principalmente os mapas manuscritos contidos na biblioteca do *Nautilus*, elaborados pelo capitão Nemo com base em suas observações pessoais.

Durante dois dias, visitamos essas águas profundas e desertas pelos planos inclinados. O *Nautilus* fez longas curvas diagonais que o levavam a todas as alturas. Mas, em 11 de abril, subiu de repente e avistamos a terra novamente, na foz do rio Amazonas, vasto estuário cujo fluxo é tão considerável que arrasta o mar por várias léguas.

Cruzamos o Equador. Vinte milhas a oeste ficavam as Guianas, terra de domínio francês, onde teríamos encontrado um refúgio fácil, mas o vento soprava forte e as ondas furiosas não permitiriam que uma mera canoa as enfrentasse. Ned Land, sem dúvida, percebeu, pois não me disse nada. De minha parte, não fiz nenhuma alusão a seus planos de fuga, afinal, não queria forçá-lo a uma tentativa que inevitavelmente fracassaria.

Compensei com prazer esse atraso fazendo estudos interessantes. Durante os dois dias de 11 e 12 de abril, o *Nautilus* não saiu da superfície do mar, e sua rede trouxe uma pesca milagrosa de zoófitas, peixes e répteis.

Alguns zoófitos ficaram embaraçados na rede; a maioria eram anêmonas, da família das actínias. Entre outras espécies, havia a *Phyctalis protexta*, de origem dessa mesma região oceânica; um pequeno tronco cilíndrico, riscado verticalmente, pontilhado de vermelho e adornado por uma magnífica coroa de tentáculos. Os moluscos, por sua vez, eram espécimes que eu já observara: turritelas, olivas porfírias, com linhas transpassadas de modo regular e manchas ruivas que se destacavam vivamente do fundo cor de carne; extravagantes pteróceras, semelhantes a escorpiões petrificados, híalas translúcidas, argonautas, lulas de excelente sabor e certas espécies de calamares, classificados pelos antigos naturalistas como peixes-voadores e usados sobretudo como isca para a pesca do bacalhau.

Dos peixes dessas águas, que eu ainda não tinha tido a oportunidade de estudar, observei várias espécies. Entre os peixes cartilaginosos, lampreias-dos-rios, semelhantes a enguias, com trinta centímetros de comprimento, cabeça esverdeada, nadadeiras roxas, costas em azul-acinzentado, barriga castanha e prateada com exuberantes rajadas, íris rodeadas de dourado, animais curiosos trazidos para o mar pela corrente do Amazonas, pois seu habitat é a água doce; raias tuberculadas, de focinho pontiagudo, cauda comprida e desfiada, trazendo um longo aguilhão denteado; com um metro, pequenos esqualos cinza e brancos, cujos dentes encarreirados curvam-se para trás, vulgarmente conhecidos pelo nome de "pantufas"; lófios-vespertílios, tipos de triângulos isósceles avermelhados com aproximadamente um metro e meio, cujos peitorais formam alongamentos carnosos que lhes trazem uma aparência de morcegos, mas que, por conta do apêndice córneo encontrado junto das narinas, são conhecidos como unicórnios-do-mar; por fim, algumas espécies de balistas, o de Curaçau, de flancos pontilhados com reflexos cintilantes de uma cor dourada, e o peixe-porco violeta, com matizes furta-cor como o pescoço dos pombos.

Encerrarei essa nomenclatura um tanto seca, mas muito precisa, com os peixes ósseos que pude registrar: ituís-cavalos, do gênero apteronotídeo, com um alvo focinho obtuso e o corpo em um belo tom de preto, portando um chicote carnoso comprido e esfiapado; odontógnatos espinhosos; sardinhas finas, de três decímetros e com um intenso brilho prateado; escombrídeos dotados de duas nadadeiras traseiras; centrenotos negros, comumente pescados com archotes, peixes de dois metros de comprimento, tons escuros, carne gordurosa, branca, dura, que frescos têm gosto de enguia e, secos, de salmão defumado; bodiões escarlates, revestidos por escamas somente na base das nadadeiras dorsais e traseiras; crisópteros, sobre os quais reflexos de ouro e prata se mesclam ao do rubi e do topázio; esparídeos rabo-de-ouro, de carne extremamente delicada, e cuja fosforescência o entrega nas águas; esparídeos-pobs, com a língua fina, em tons laranja; cienas-corbs com caudas douradas; acanturos pretos; anablepídeos do Suriname e assim por diante.

Todo esse *et cetera* não irá me impedir de mencionar outro peixe, do qual Conseil se lembraria por muito tempo, e por um bom motivo.

Uma de nossas redes trouxe de volta uma raia de cerca de vinte quilos bastante achatada, que, sem a cauda, formava um disco perfeito. Era branca por baixo e avermelhada por cima, com grandes manchas arredondadas em azul-escuro, com bordas pretas; tinha a pele lisa, completada por uma nadadeira bilobada. A raia se debatia, tentando se virar com movimentos convulsivos sobre a plataforma, e seu esforço quase foi recompensado, mas, quando prestes a voltar à água, Conseil, que prestava atenção no peixe, correu a ele e, antes que eu pudesse impedi-lo, agarrou-o com as duas mãos.

Imediatamente foi derrubado, de pernas para o ar, metade do corpo imobilizado, gritando:

— Ah! Ajude-me!

Era a primeira vez que o pobre garoto falava comigo no imperativo. O canadense e eu o pegamos no colo, estávamos esfregando-o com força e, quando ele voltou a si, esse eterno classificador murmurou com voz embargada:

— Classe dos cartilaginosos, ordem dos condropterígios, brânquias fixas, subordem dos seláquios, família das raias, gênero dos poraquês!

— Sim, meu amigo — respondi —, foi um poraquê que o colocou nesse estado deplorável.

— Ah, senhor, acredite — respondeu Conseil —, vou me vingar desse animal.

— E como?

— Comendo-o.

O que ele fez naquela mesma noite, mas apenas como retaliação, porque, francamente, era difícil. O pobre Conseil fora atacado por um peixe-elétrico da espécie mais perigosa, a cumana. Essa estranha criatura, em um ambiente condutor como a água, pode queimar peixes a metros de distância, tão mortífero é o seu potente órgão elétrico, cujas superfícies passam de setenta centímetros quadrados.

No dia seguinte, 12 de abril, o *Nautilus* se aproximou da costa holandesa, em direção à foz do Maroni. Lá, vários grupos de peixes-mulher viviam como uma família. Eram peixes-boi marinhos, os quais, como o dugongo e o leão-marinho, pertencem à ordem dos sirenídeos. Pacíficos e inofensivos, o peso daqueles belos animais de seis a sete metros de comprimento devia chegar a no mínimo quatro toneladas. Eu disse a Ned Land e a Conseil que a natureza previdente havia atribuído a esses mamíferos um papel importante.

Eles, como as focas, têm de pastar nos prados submarinos e, assim, destruir os tufos de algaque que obstruem a foz dos rios tropicais.

— E sabem — acrescentei —, o que aconteceu desde que o homem eliminou quase completamente essas raças úteis? As ervas putrefatas envenenaram o ar e, com o ar envenenado, a febre amarela assolou regiões admiráveis. A vegetação venenosa se multiplicou sob esses mares tórridos, e a doença se espalhou irresistivelmente da foz do Rio da Prata até a Flórida.

E, a crer em Toussenel, esse flagelo ainda não é nada comparado ao que atingirá nossos descendentes quando os mares forem despovoados de baleias e focas. Então, repletos de polvos, águas-vivas e lulas, tornar-se-ão vastos focos de infecção, já que suas ondas não conterão mais "os vastos estômagos que Deus encarregara de limpar a superfície dos mares".

Entretanto, sem desprezar essas teorias, a tripulação do *Nautilus* levou meia dúzia de peixes-boi. O objetivo era abastecer as despensas com uma carne excelente, superior à de vaca e vitela. A caçada não teve nada de interessante, pois os peixes-boi deixam-se ferir sem esboçar defesa. Toneladas de carne, que virariam carne-seca, foram armazenados a bordo.

Naquele dia, as reservas do *Nautilus* foram reforçadas por uma pescaria particularmente boa, já que os mares eram tão ricos em caça: a rede de arrasto trouxe vários peixes cujas cabeças terminavam em placas ovais com bordas carnudas. Eram equeneidas, da terceira família dos malacopterígios sub-braquianos. O seu disco plano é composto por lâminas cartilaginosas móveis, entre as quais o animal pode criar um vácuo, permitindo que se prenda a objetos como uma ventosa.

A rêmora, que observei no Mediterrâneo, pertence a essa espécie. Mas aqui se trata da rêmora *osteochir*, específica deste mar. Quando as pescavam, nossos marinheiros as colocavam em baldes cheios d'água.

Quando a pesca terminou, o *Nautilus* se aproximou da costa. Nesse momento, várias tartarugas marinhas dormiam na superfície das ondas. Teria sido difícil capturar esses preciosos répteis, pois o menor ruído os acorda e suas carapaças sólidas são à prova de arpões. Mas a rêmora não pode deixar de capturá-los com extraordinária segurança e precisão. E, de fato, essa criatura é uma isca viva, capaz de trazer felicidade e sorte ao ingênuo pescador.

Os homens do *Nautilus* prenderam um anel à cauda do peixe, largo o suficiente para não impedir seus movimentos, e a esse anel, uma longa corda com a outra ponta amarrada ao barco.

As rêmoras, lançadas ao mar, imediatamente começaram a desempenhar seu papel e se prenderam aos plastrões das tartarugas. Sua tenacidade era tanta que preferiam ser dilaceradas do que sucumbir. Foram puxadas para bordo e, com elas, as tartarugas às quais se agarravam. Assim também vários cauanãs, com um metro de largura e pesando duzentos quilos, foram levados a bordo. Suas carapaças, cobertas por placas grandes, finas, transparentes, de chifre marrom com manchas brancas e amarelas, tornavam-nas extremamente valiosas. Além disso, eram excelentes para culinária, assim como as tartarugas-francas, muito saborosas.

Com isso, encerramos nossa estada na Amazônia e, à noite, o *Nautilus* retornou ao mar aberto.

CAPÍTULO XVIII

O polvo

Durante vários dias, o *Nautilus* continuou se afastando da costa americana. Obviamente, não queria frequentar as ondas do Golfo do México ou do Mar do Caribe. No entanto, não haveria falta de água sob sua quilha, já que a profundidade média desses mares é de mil e oitocentos metros; mas, provavelmente, essas águas, salpicadas de ilhas e atravessadas por navios a vapor, não eram adequadas para o capitão Nemo.

Em 16 de abril, cruzamos com Martinica e Guadalupe, a cerca de trinta milhas de distância. Por um momento, pude ver seus altos picos.

O canadense, que pretendia realizar seus planos no Golfo, fosse desembarcando ou atracando em um dos muitos barcos que cruzam a costa de uma ilha à outra, ficou muito desconcertado. A fuga teria sido muito possível, se Ned Land tivesse conseguido se apoderar do bote sem o conhecimento do capitão. Mas, no meio do oceano, não havia nem por que pensar nisso.

O canadense, Conseil e eu tivemos uma longa conversa sobre esse assunto. Éramos prisioneiros do *Nautilus* há seis meses, tínhamos viajado dezessete mil léguas e, como disse Ned Land, nada indicava que acabaria. Então, ele me fez uma proposta que eu não esperava: perguntar diretamente ao capitão Nemo se ele pretendia nos manter a bordo indefinidamente.

Além de me sentir repelido por essa abordagem, julgava-a fadada ao fracasso. Não deveríamos esperar nada do capitão do *Nautilus*, mas sim de nós mesmos. Ademais, há algum tempo, aquele homem havia se tornado mais sombrio, mais retraído, menos sociável. Parecia me evitar e só o encontrava em raros intervalos. Ele costumava gostar de me explicar as maravilhas do mar; agora, me abandonava a meus estudos e não vinha mais ao salão.

Que mudança se passara com ele? Por quê? Talvez nossa presença a bordo estivesse pesando sobre ele, mas eu não podia esperar que ele nos desse a liberdade.

Portanto, implorei a Ned que me deixasse pensar antes de agir. Se essa medida não resultasse em nada, poderia reavivar suas suspeitas, tornar nossa situação mais difícil e prejudicar os planos do canadense. Gostaria de acrescentar que não poderia de forma alguma argumentar que estávamos bem de saúde. Com exceção da dura provação nos blocos de gelo do Polo Sul, nem Ned, nem Conseil nem eu jamais estivemos em melhor estado de saúde. Essa alimentação saudável, essa atmosfera salubre, essa regularidade de existência, essa uniformidade de temperatura não davam lugar a doenças, e para um homem a quem as lembranças da terra não deixavam arrependimentos, para um capitão Nemo, que está em casa, que vai aonde quer, que por caminhos misteriosos para os outros, não para si mesmo, caminha para seu objetivo, eu entendia essa existência. Mas nós não havíamos rompido com a humanidade. De minha parte, eu não queria enterrar comigo meus estudos, tão curiosos e tão novos. Agora eu tinha o direito de escrever o verdadeiro livro do mar, e queria que esse livro visse a luz do dia o quanto antes.

Mais uma vez, nas Antilhas, dez metros sob a superfície, através da escotilhas abertas, quantos espécimes interessantes pude anotar em meus apontamentos diários! Entre outros zoófitos, havia galeras, chamadas também de fisálias-pelágicas, um tipo de bolhas oblongas e volumosas, com reflexos nacarinos, cuja membrana se estirava e os tentáculos flutuavam tal qual fios de seda, medusas encantadoras para o olhar, verdadeiras urtigas que, ao toque, liberam um líquido corrosivo. Já dos articulados, vi anelídeos com um metro e meio de comprimento, uma tromba cor-de-rosa e dezessete órgãos locomotores, serpenteando sob as águas e refletindo, ao passar, toda a gama de tons do espectro solar. No ramo dos peixes, os gigantescos seres cartilaginosos que são as raias-manta, com três metros de comprimento e trezentos quilos, uma nadadeira peitoral triangular, uma certa protuberância no centro das costas, olhos situados nas pontas da face anterior da cabeça, e que, boiando como um escolho de navio, às vezes se prendiam na janela feito uma persiana opaca. Havia ainda balistas-americanos, para os quais a natureza dedicou apenas o preto e o branco, góbios-plumários, afilados e carnudos, com suas nadadeiras amarelas e a mandíbula proeminente; e escombrídeos com dezesseis decímetros, cobertos de pequenas escamas e com dentes curtos e pontiagudos, que fazem parte da espécie das albacoras. Depois, enxames de sardas, revestidas com listras douradas da cabeça à cauda, agitavam suas resplandecentes nadadeiras, verdadeiras obras-primas de ourivesaria outrora consagradas à Diana, particularmente cobiçada pelos ricos romanos, cujo provérbio dizia: "Quem as apanha, não as come!" Finalmente, peixes-anjos dourados, enfeitados com fitas esmeralda, parecendo vestidos de veludo e seda, passavam à nossa frente como grão-senhores de Veronese; salemas cheias de espinhos fugiam com sua veloz nadadeira torácica; clupanodontes de quinze polegadas envolviam-se em sua emanação fosforescente; as tainhas chicoteavam o mar com sua espantosa cauda carnuda; os coregonídeos vermelhos, com seu peitoral bem-definido, pareciam varrer as águas; e as selenes prateadas, que fazem jus ao nome, com seus claros reflexos brilhavam como o luar no horizonte das águas.

Quantas outras amostras novas e maravilhosas eu teria observado, se o *Nautilus* não tivesse descido gradualmente em direção às camadas mais profundas! Seus planos inclinados o levaram a profundidades entre dois e três mil e quinhentos metros. Naquele local, faziam menção à vida animal apenas lírios e estrelas-do-mar, lindos pentácrinos cabeça-de-medusa, com um pequeno cálice apoiado na antena esquerda, troquídeos, conchas-sangrentas e fissurelas, grandes moluscos costeiros.

Em 20 de abril, tínhamos atingido uma profundidade média de mil e quinhentos metros. A terra mais próxima era o arquipélago das Ilhas Lucaias, espalhadas como uma pilha de paralelepípedos na superfície da água. Vimos altos penhascos submarinos, paredes retas feitas de blocos rudes dispostos em cursos largos, entre os quais havia buracos negros escavados que nossos raios elétricos não iluminavam até o fundo.

Essas rochas eram atapetadas com gramíneas altas, laminares gigantes, algas colossais, um verdadeiro espiral de hidrófitas digno de um mundo de Titãs. Dessas plantas colossais de que estávamos falando, Conseil, Ned e eu fomos naturalmente levados aos gigantescos animais do mar. Alguns são obviamente destinados a alimentar os outros. No entanto, através das janelas do quase imóvel *Nautilus*, entre os filamentos ainda via apenas os principais articulados da subdivisão dos braquiúros, aqueles caranguejos-aranhas de patas compridas, os caranguejos violáceos e clios comuns dos mares das Antilhas.

Eram cerca de onze horas quando Ned Land chamou minha atenção para um tremor que agitava as grandes algas.

— Olha — falei —, isso aqui são cavernas de polvos, e não me surpreenderia ver alguns desses monstros aqui.

— O quê! — exclamou Conseil. — Calamares, simples calamares, da classe dos cefalópodes?

— Não — respondi —, polvos gigantes. Mas nosso amigo Land deve ter se enganado, pois não consigo ver nada.

— Que pena — respondeu Conseil. — Gostaria de ficar cara a cara com um desses polvos de que tanto ouvi falar, que podem arrastar navios para o fundo do abismo. Essas feras são chamadas de *krak*...

— Cracas diz tudo — respondeu o canadense ironicamente.

— *Krakens* — terminou Conseil, sem se preocupar com a piada do companheiro.

— Ninguém jamais me fará acreditar — disse Ned Land — que esses animais existem.

— Por que não? — respondeu Conseil. — Nós acreditávamos no narval do senhor.

— Estávamos errados, Conseil.

— Sem dúvida! Mas outros ainda acreditam nisso.

— É provável, Conseil, mas, no que me diz respeito, estou determinado a não admitir a existência desses monstros até que os tenha dissecado com minhas próprias mãos.

— Então — perguntou Conseil —, não acredita em polvos gigantescos?

— Quem diabos acreditaria? — exclamou o canadense.

— Muita gente, amigo Ned.

— Não pescadores. Cientistas, talvez!

— Desculpe, Ned. Pescadores e cientistas!

— Mas eu, que estou falando com você — disse Conseil, com o ar mais sério do mundo —, lembro-me perfeitamente de ter visto um grande barco sendo arrastado sob as ondas pelos braços de um cefalópode.

— Você viu isso? — perguntou o canadense.

— Sim, Ned.

— Com seus próprios olhos?

— Com meus próprios olhos.

— Onde, pode me dizer?

— Em Saint-Malo — respondeu Conseil imperturbavelmente.

— No porto? — disse Ned Land ironicamente.

— Não, em uma igreja — respondeu Conseil.

— Em uma igreja! — gritou o canadense.

— Sim, amigo Ned. Era uma pintura do tal polvo!

— Ótimo! — exclamou Ned Land, explodindo em gargalhadas.

— A propósito, ele tem razão — eu disse. — Já ouvi falar dessa pintura, mas o tema que retrata é tirado de uma lenda, e vocês sabem o que pensar de lendas quando se trata de história natural! Além disso, quando se trata de monstros, a mente adora dar asas à imaginação. Não apenas foi afirmado que esses polvos podiam arrastar navios, mas um certo Olaus Magnus fala de um cefalópode de um quilômetro de comprimento que mais parecia uma ilha do que um animal. Diz-se também que o bispo de Nidros certa vez montou um altar em uma enorme rocha. Quando a missa terminou, a rocha partiu e voltou para o mar. A rocha era um polvo.

— Isso é tudo? — perguntou o canadense.

— Não — respondi. — Outro bispo, Pontoppidan de Bergen, também falou de um polvo sobre o qual um regimento de cavalaria poderia manobrar!

— Os bispos de antigamente estavam bem, hein! — disse Ned Land.

— Finalmente, os naturalistas da Antiguidade mencionam monstros cuja boca se assemelhava a um golfo e que eram grandes demais para passar pelo Estreito de Gibraltar.

— Esse é um bom argumento! — disse o canadense.

— Mas, de todas essas histórias, o que é verdade? — perguntou Conseil.

— Nada, meus amigos, pelo menos nada que ultrapasse a linha da verossimilhança e se transforme em fábula ou lenda. Entretanto, a imaginação dos contadores de histórias precisa, se não de uma causa, pelo menos de um pretexto. Não se pode negar que existem polvos e lulas de espécies muito grandes, mas inferiores aos cetáceos. Aristóteles registrou as dimensões de uma lula de cinco cúbitos, ou três metros e dez centímetros. Nossos pescadores frequentemente veem calamares com mais de um metro e oitenta centímetros de comprimento. Os museus de Trieste e Montpellier têm esqueletos de polvo de dois metros. Além disso, de acordo com os cálculos dos naturalistas, um desses animais, com apenas um metro e oitenta de comprimento, teria tentáculos de vinte e sete metros. Isso é suficiente para torná-lo um monstro formidável.

— E são pescados hoje em dia? — perguntou o canadense.

— Se não pescados, os marinheiros pelo menos os veem. Um amigo meu, o capitão Paul Bos, do Havre, sempre me conta que encontrou algum desses monstros colossais nos mares da Índia. Mas o fato mais surpreendente, que torna impossível negar a existência desses animais gigantescos, aconteceu há alguns anos, em 1861.

— O que aconteceu? — perguntou Ned Land.

— Foi isto: em 1861, ao nordeste de Tenerife, mais ou menos na latitude em que estamos no momento, a tripulação do *Alecton* viu um calamar monstruoso nadando em suas águas. O comandante Bouguer se aproximou do animal e o atacou com arpões e rifles, sem muito sucesso, pois as balas e os arpões perfuravam a carne macia como uma gelatina sem consistência. Depois de várias tentativas sem sucesso, a tripulação conseguiu amarrar um nó no corpo do molusco. Esse nó deslizou até as nadadeiras caudais e parou ali.

Eles tentaram então içar o monstro para bordo, mas seu peso era tão grande que, sob o puxão da corda, se separou de sua cauda e, sem esse ornamento, desapareceu sob as águas.

— Bom, isso é fato? — disse Ned Land.

— Fato indiscutível, meu bom Ned. É por isso que foi sugerido que chamássemos esse polvo de "calamar de Bouguer".

— E qual era o comprimento dele? — perguntou o canadense.

— Não tinha cerca de seis metros de comprimento? — disse Conseil, que estava na janela, examinando novamente as fendas do penhasco.

— Exatamente — respondi.

— Sua cabeça — continuou Conseil — não era coroada com oito tentáculos, que se agitavam na água como um ninho de cobras?

— Exatamente.

— Seus olhos, junto à cabeça, não apresentavam um desenvolvimento absurdo?

— Sim, Conseil.

— E sua boca, não era como um bico de papagaio, mas um bico anormal?

— Fato, Conseil.

— Bem, se não é o calamar de Bouguer, é pelo menos um de seus irmãos — respondeu Conseil, calmamente.

Olhei para Conseil. Ned Land correu para a janela.

— A fera terrível! — gritou ele.

Olhei, por minha vez, e não consegui reprimir um movimento de repulsa. Diante de meus olhos estava um monstro horrível, digno de aparecer em lendas teratológicas.

Era um calamar colossal, com oito metros de comprimento, que se locomovia de ré, em extrema velocidade, na direção do *Nautilus*. Olhava com seus olhos grandes e fixos, de tons amarelados. Seus oito tentáculos, ou melhor, suas oito patas, implantadas na cabeça, que valeram a esses animais o nome de cefalópodes, apresentavam um volume que era o dobro de seu corpo e retorciam-se como a cabeleira das Fúrias. Viam-se nitidamente, sob forma de cápsulas semiesféricas, suas duzentas e cinquenta ventosas dispostas sobre a face interna dos tentáculos, que por vezes grudavam na vidraça do salão, produzindo um vácuo. A boca do monstro — um bico córneo na forma de bico de papagaio — se abria e se fechava verticalmente. A língua, substância igualmente rígida, dotada de várias carreiras de espinhos afiados, projetava-se vibrando para fora daquela autêntica cisalha. Que capricho da natureza! Um bico de ave num molusco! Seu corpo, fusiforme e inchado na região medial, formava uma massa carnuda que devia pesar entre vinte e vinte e cinco toneladas. Sua cor, rapidamente mutável dependendo do grau de irritação do animal, passava sucessivamente do cinza lívido ao marrom avermelhado.

O que tanto irritava o molusco? Sem dúvida, a presença do *Nautilus*, mais colossal do que ele próprio, e sobre o qual seus braços e mandíbulas sugadores não tinham poder. E, no entanto, que monstros são esses polvos, que vitalidade o Criador lhes deu, que vigor em seus movimentos, afinal, têm três corações!

O acaso havia nos levado à presença desse calamar, e eu não queria perder a oportunidade de estudar cuidadosamente aquele espécime de cefalópodes. Superei meu horror de sua aparência e, pegando um lápis, comecei a desenhá-la.

— Pode ser o mesmo do *Alecton* — disse Conseil.

— Não — respondeu o canadense —, pois este está inteiro e o outro perdeu a cauda!

— Não seria por isso — respondi. — Os braços e as caudas desses animais se reformam por reintegração e, nos últimos sete anos, a cauda do calamar de Bouguer deve ter tido tempo de crescer novamente.

— E aliás — retrucou Ned —, se não for este, pode ser um daqueles!

De fato, outros polvos apareceram na janela de estibordo. Eu contei sete. Eles estavam seguindo o *Nautilus*, e eu podia ouvir o rangido de seus bicos no casco de metal. Estávamos bem servidos.

Continuei meu trabalho. Os monstros se mantinham ao nosso redor com tanta precisão que pareciam imóveis, e eu poderia tê-los traçado no vidro. Além disso, estávamos andando em um ritmo moderado.

De repente, o *Nautilus* parou. Um choque sacudiu toda a estrutura.

— Será que encalhamos? — perguntei.

— Se for — respondeu o canadense —, já estamos livres, pois flutuamos.

O *Nautilus* estava, sem dúvida, flutuando, mas não se movia. As pás da hélice não batiam contra as ondas. Um minuto se passou e capitão Nemo, seguido por seu imediato, entrou no salão.

Eu não o via há algum tempo. Ele parecia sombrio. Sem falar conosco, talvez sem nos ver, foi até o painel, olhou para os polvos e disse algumas palavras ao imediato.

Este último saiu. Logo os painéis se fecharam e o teto se iluminou.

Fui até o capitão.

— Curiosa coleção de polvos — disse a ele, no tom casual que um amador usaria vendo o cristal de um aquário.

— De fato, Sr. Naturalista — respondeu ele —, e vamos lutar com eles corpo a corpo.

Encarei o capitão. Achei que não tinha ouvido direito.

— Corpo a corpo? — repeti.

— Sim, senhor. A hélice parou. Acho que algumas mandíbulas duras de um desses calamares ficaram presas nas pás. Isso está nos impedindo de andar.

— E o que você vai fazer?

— Emergir e matar todos esses parasitas.

— É uma tarefa difícil.

— Difícil mesmo. Balas elétricas são impotentes contra essa carne macia, onde não encontram resistência suficiente para estourar. Mas nós os atacaremos com machados.

— E com um arpão, senhor — disse o canadense —, se aceitar minha ajuda.

— Eu aceito, Mestre Land.

— Vamos com o senhor — eu disse, e, seguindo o capitão Nemo, nos dirigimos à escadaria central.

Lá, uma dúzia de homens, armados com machados de abordagem, estavam prontos para atacar. Conseil e eu pegamos dois machados. Ned Land pegou um arpão.

O *Nautilus* já havia retornado à superfície. Um dos marinheiros, posicionado nos últimos degraus, desparafusou o painel. Mas assim que as porcas foram soltas, a escotilha se levantou com extrema violência, obviamente puxada pela ventosa de um braço de polvo.

Imediatamente, um desses longos braços deslizou como uma cobra pela abertura, e outros vinte se agitaram acima dele. Com um golpe de machado, capitão Nemo cortou o formidável tentáculo, que deslizou pelos degraus, contorcendo-se e girando.

No momento em que estávamos nos pressionando para alcançar a plataforma, dois outros braços, que se lançavam pelo ar, caíram sobre o marinheiro à frente do capitão Nemo e o levantaram com uma violência irresistível.

Capitão Nemo soltou um grito e saiu correndo. Nós corremos atrás dele.

Que cena! O infeliz, agarrado pelo tentáculo e colado em suas ventosas, balançava no ar a bel-prazer daquela enorme tromba. Ele gemia, engasgava e gritava: “Socorro! Socorro!” Essas palavras, pronunciadas em francês, causaram-me profundo espanto! Então, tinha um compatriota a bordo, talvez vários! Ouvirei esse grito de partir o coração pelo resto de minha vida!

O infeliz estava perdido. Quem poderia arrancá-lo daquele abraço poderoso? Enquanto isso, o capitão Nemo correu para o polvo e, com um golpe de seu machado, cortou outro braço. Seu imediato lutava furiosamente contra outros monstros que se arrastavam pelas laterais do *Nautilus*, e a tripulação lutava a machadadas. O canadense, Conseil e eu cravávamos nossas armas nas massas carnudas. Um cheiro violento de almíscar permeava o ar. Era horrível.

Por um momento, pensei que o infeliz homem, laçado pelo polvo, seria aspirado por sua poderosa sucção. Sete dos oito braços haviam sido cortados. Apenas um, o que brandia a vítima como uma pena, contorcia-se no ar. Mas, no momento em que o capitão Nemo e seu imediato corriam em direção a ele, o animal disparou um jato de líquido negro secretado de uma bursa em seu abdômen. Ficamos cegos. Quando a nuvem se dissipou, o calamar havia desaparecido e, com ela, meu infeliz compatriota!

Quem iria nos impelir então contra esses monstros? Não tínhamos mais controle de nós mesmos. Dez ou doze polvos haviam invadido a plataforma e os flancos do *Nautilus*. Rolávamos numa confusão de segmentos serpentários, que deslizavam pela plataforma entre poças de sangue e tinta preta. Parecia que aqueles tentáculos viscosos renasciam como as cabeças da hidra. O arpão de Ned Land mergulhava nos olhos vidrados dos calamares, arrancando-os, mas meu corajoso companheiro foi subitamente derrubado pelos tentáculos de um monstro de que não conseguiu desviar.

Oh, como meu coração se apertou de comoção e horror! O enorme bico do se abria sobre Ned Land, e o infeliz estava prestes a ser cortado em dois. Corri em seu auxílio, mas capitão Nemo chegou antes de mim. Seu machado desapareceu entre as duas enormes mandíbulas e, milagrosamente salvo, o canadense se levantou e mergulhou o arpão até o coração triplo do polvo.

— Eu devia essa vingança! — disse capitão Nemo ao canadense.

Ned se curvou sem responder. A luta havia durado um quarto de hora. Os monstros derrotados, mutilados e espancados até a morte, finalmente cederam a nós e desapareceram sob as ondas. Capitão Nemo, respingado de sangue, imóvel ao lado do farol, observava o mar que havia engolido um de seus companheiros, com lágrimas escorrendo de seus olhos.

CAPÍTULO XIX

A corrente do Golfo

Essa cena terrível de 20 de abril jamais será esquecida por nenhum de nós. Eu a escrevi sob uma emoção violenta. Desde então, voltei a examiná-la e a li para Conseil e para o canadense, que a consideraram precisa como fato, mas insuficiente como efeito. Para pintar tais quadros, seria necessária a pena do mais ilustre de nossos poetas, o autor de *Os trabalhadores do mar*.

Eu disse que o capitão Nemo chorou ao contemplar as ondas. Sua dor era imensa. Era o segundo companheiro que perdia desde que chegamos a bordo. E que morte aquela! O amigo, esmagado, sufocado, quebrado pelo braço descomunal de um polvo, destruído sob suas mandíbulas de ferro, não iria descansar com seus companheiros nas águas tranquilas do cemitério de corais!

Para mim, naquela luta, o que me quebrou o coração foi o grito de desespero proferido pelo infeliz. O pobre francês, esquecendo-se da língua convencional, voltou a falar a língua pátria e materna para fazer aquele supremo apelo! Entre a tripulação do *Nautilus*, vinculada de corpo e alma ao capitão Nemo, fugindo do contato humano como ele, eu tinha um compatriota! Seria o único representante da França nessa misteriosa associação, evidentemente formada por indivíduos de diferentes nacionalidades? Era mais um daqueles problemas insolúveis que sempre surgiam em minha mente!

Capitão Nemo voltou para seu quarto e não o vi mais por algum tempo. Mas ele devia estar triste, desesperado e irresoluto, a julgar pelo navio do qual era a alma, e que expressava todas as suas impressões! O *Nautilus* não tinha mais uma direção determinada, indo e vindo como um cadáver nas ondas. A hélice havia sido aposentada e mal era usada. Navegava ao acaso, sem conseguir se afastar da cena da última luta, do mar que havia devorado um dos seus!

Dez dias se passaram assim. Foi somente em 1º de maio que o *Nautilus* retomou genuinamente seu curso para o norte, depois de avistar as Lucaias ao largo do Canal das Bahamas. Estávamos então seguindo a corrente do maior rio marítimo, que tem suas próprias margens, seus próprios peixes e sua própria temperatura. Eu a chamo de Corrente do Golfo.

É um rio, de fato, que flui livremente no meio do Atlântico e cujas águas não se misturam com as oceânicas. É um rio salgado, mais salgado do que o mar circundante. Sua profundidade média é de três mil pés e sua largura média é de sessenta milhas. Em alguns lugares, sua correnteza flui a uma velocidade de quatro quilômetros por hora. O volume constante de suas águas é maior do que o de todos os rios do mundo.

A verdadeira fonte da Corrente do Golfo, reconhecida pelo Comandante Maury, seu ponto de partida, se preferir, está no Golfo de Biscaia. Lá, suas águas, ainda fracas em temperatura e cor, começam a se formar. Ela desce para o sul, contornando a África Equatorial, aquecendo suas ondas com os raios da zona tórrida, atravessando o Atlântico, chegando ao Cabo de São Roque, na costa brasileira, e se bifurcando em dois ramos, um dos quais ficará saturado com as moléculas quentes do Mar do Caribe. Nesse ponto, a Corrente do Golfo, responsável por restaurar o equilíbrio de temperatura e misturar as águas dos trópicos com as da zona boreal, inicia seu papel de equilíbrio. Aquecida no Golfo do México, ela sobe para o norte ao longo da costa americana, avança até a Terra Nova, desvia-se sob a pressão da corrente fria no Estreito de Davis, retorna ao oceano, seguindo a linha do círculo loxodrômico em um dos grandes círculos do globo, divide-se em dois braços em torno do quadragésimo terceiro grau, um dos quais, ajudado pelo vento alísio do nordeste, retorna ao Golfo da Biscaia e aos Açores, e o outro, depois de ter atraído as costas da Irlanda e da Noruega, vai até além de Spitsbergen, onde sua temperatura cai para quatro graus, formando o mar aberto do polo.

Era nesse rio do oceano que o *Nautilus* navegava na época. Ao sair do Canal das Bahamas, a Corrente do Golfo tem quatorze léguas de largura e trezentos e cinquenta metros de profundidade, fluindo a uma velocidade de oito quilômetros por hora. Essa velocidade diminui constantemente à medida que se move para o norte, e é de se esperar que essa regularidade continue, pois se, como foi observado, sua velocidade e direção mudarem, os climas europeus estarão sujeitos a distúrbios cujas consequências não podemos calcular.

Por volta do meio-dia, eu estava na plataforma com Conseil. Expliquei a ele as particularidades da Corrente do Golfo. Quando terminei minha explicação, convidei-o a mergulhar suas mãos na corrente.

Conseil obedeceu e ficou muito surpreso por não sentir nenhuma sensação de calor ou frio.

— Isso ocorre porque a temperatura das águas da Corrente do Golfo, ao saírem do Golfo do México, é pouco diferente da temperatura do sangue. Essa corrente do Golfo é um vasto calorífero que permite que as costas da Europa sejam adornadas com uma vegetação perene. E, a acreditar em Maury, o calor dessa corrente, se totalmente utilizado, forneceria energia calórica suficiente para manter em fusão um rio de chumbo tão grande quanto o Amazonas ou o Missouri.

Naquele momento, a Corrente do Golfo fluía a uma velocidade de dois metros e vinte e cinco por segundo. Sua corrente é tão distinta do mar ao redor que suas águas comprimidas se projetam do oceano e há uma diferença de nível entre elas e as águas frias. De cor escura e ricas em matéria salina, seu índigo puro se destaca contra as ondas verdes que as cercam. Tal é a clareza de sua linha divisória que o *Nautilus*, ao largo das Carolinas, cortou a Corrente do Golfo com seu esporão, enquanto sua hélice ainda batia contra o oceano.

Essa corrente carregava consigo um mundo inteiro de criaturas vivas. Os argonautas, tão comuns no Mediterrâneo, viajavam para lá em grande número. Entre as criaturas cartilaginosas, as mais notáveis eram as arraias, cujas caudas muito finas formavam cerca de um terço de seus corpos, e que pareciam grandes losangos de vinte e cinco pés de comprimento; depois, havia pequenas escamas, com cerca de um metro de comprimento, cabeças grandes, focinhos curtos e arredondados, dentes pontiagudos dispostos em várias fileiras e cujos corpos pareciam estar cobertos de escamas.

Dentre os peixes ósseos, caranhas, habitantes exclusivos daqueles mares; esparídeos de olhos ardentes como fogo; cienas de um metro de comprimento com a boca cheia de dentes pequenos e emitindo grunhidos; centro-notos, dos quais já falei; corifenídeos azuis, decorados em dourado e prateado; peixes-papagaio, verdadeiros arco-íris do oceano, cujo colorido compete com os mais belos pássaros dos trópicos; blênios de cabeça triangular; *rhombus* azulados sem escamas; batracoides ataviados com uma faixa amarela e transversal em formato de um *teta* grego; grupos de pequenos gobídeos com manchas castanhas; dipterodontes de cabeça prateada e a cauda amarela; diversos espécimes de salmões; tainhas de silhueta esbelta, com um brilho sutil, cujo nome Lacépède dedicou à amável companheira de sua vida e, por fim, um belo peixe, o cavaleiro americano, que, decorado com todas as ordens e enfeitado com todas as fitas, frequenta as costas dessa grande nação, onde fitas e ordens são tão pouco apreciadas.

Gostaria de acrescentar que, durante a noite, as águas fosforescentes da Corrente do Golfo rivalizavam com o brilho elétrico do nosso farol, especialmente no tempo trovejante que frequentemente nos ameaçava.

Em 8 de maio, ainda estávamos pelo Cabo Hatteras, próximo à Carolina do Norte. A Corrente do Golfo tem setenta e cinco milhas de largura e duzentos e dez metros de profundidade. O *Nautilus* continuou a se aventurar. Parecia não haver vigilância a bordo. Concordo que, nessas condições, uma fuga poderia ser bem-sucedida. De fato, as costas habitadas ofereciam refúgio fácil em todos os lugares. O mar era constantemente cruzado pelos muitos navios a vapor que operam entre Nova Iorque ou Boston e o Golfo do México, e noite e dia pelas pequenas escunas que fazem comércio costeiro ao longo dos vários pontos da costa americana. Havia esperança de ser salvo. Era, portanto, uma oportunidade favorável, apesar das trinta milhas que separavam o *Nautilus* da costa da União.

Mas uma circunstância infeliz frustrou totalmente os planos do canadense. O tempo estava muito ruim. Estávamos nos aproximando da área onde as tempestades são comuns, onde ocorrem as trombas d'água e os ciclones, gerados justamente pelas águas da Corrente do Golfo. Enfrentar um mar tempestuoso em um barco pequeno era uma receita certa para a desgraça. O próprio Ned Land concordou. Por isso, ele se empenhou em pisar nos freios, tomado por uma nostalgia furiosa que só a fuga poderia curar.

— Senhor — ele me disse naquele dia —, isso tem que acabar. Quero tirar esse peso do coração. Seu Nemo está se afastando da terra e indo para o norte. Mas eu lhe digo, já estou farto do Polo Sul e não vou segui-lo até o Polo Norte.

— O que podemos fazer, Ned, já que uma fuga é impraticável no momento?

— Volto à minha ideia. Temos de falar com o capitão. Você não disse nada quando estávamos nos mares de seu país. Quero falar agora que estamos nos mares do meu. Quando penso que em poucos dias o *Nautilus* estará ao alto da Nova Escócia, e que lá, em direção à Terra Nova, uma ampla baía se abre, que nessa baía corre o São Lourenço, e que o São Lourenço é o meu rio, o rio de Quebec, minha cidade natal; quando penso nisso, o sangue me sobe à cabeça, meus cabelos ficam em pé. Prefiro me jogar no mar! Não vou ficar aqui! Isso está me sufocando!

O canadense estava obviamente perdendo a paciência. Sua natureza vigorosa não conseguia lidar com aquela longa prisão, seu caráter ficou cada vez mais sombrio. Sentia o que ele devia estar sofrendo, porque eu também sentia saudades. Quase sete meses haviam se passado sem nenhuma notícia da terra. Além disso, o isolamento do capitão Nemo, seu humor alterado, especialmente após a luta com o polvo, sua taciturnidade, tudo isso me fez ver as coisas sob uma luz diferente. Eu não sentia mais o entusiasmo dos primeiros dias. Era preciso ser um flamengo como Conseil para aceitar essa situação, nesse ambiente reservado aos cetáceos e outros habitantes do mar. Na verdade, se aquele bravo rapaz tivesse guelras em vez de pulmões, acho que teria vivido bem como peixe!

— E então, senhor? — disse Ned Land, vendo que eu não estava respondendo.

— Então, Ned, quer que eu pergunte ao capitão Nemo quais são as intenções dele quanto a nós?

— Sim, senhor.

— Mesmo que ele já as tenha revelado?

— Sim, senhor, quero. Quero me certificar uma última vez. Fale por mim só, em meu nome só, se quiser.

— Mas raramente o encontro. Ele inclusive está me evitando.

— Mais uma razão para ir procurá-lo.

— Eu perguntarei, Ned.

— Quando? — perguntou o canadense, insistindo.

— Quando o encontrar.

— Senhor Aronnax, quer que eu vá procurá-lo?

— Não, deixe isso comigo. Amanhã?

— Hoje — disse Ned Land.

— Que seja. Hoje vou vê-lo — respondi ao canadense, que, agindo por conta própria, certamente teria comprometido tudo. Fiquei sozinho. Uma vez que o pedido foi feito, resolvi acabar com isso imediatamente. Prefiro coisas feitas a coisas a fazer.

Voltei para o meu quarto. De lá, ouvi o capitão Nemo andando no seu. Não podia deixar escapar a oportunidade de encontrá-lo. Bati na porta. Não houve resposta. Bati novamente e girei a maçaneta. A porta se abriu.

Entrei. O capitão estava lá, debruçado sobre sua mesa, e não me ouvia. Determinado a não ir embora sem questioná-lo, aproximei-me dele. Ele levantou a cabeça bruscamente, franziu a testa e me disse em um tom bastante áspero:

— Você aqui! O que o senhor quer?

— Falar com o senhor, capitão.

— Mas estou ocupado, senhor, estou trabalhando. Não posso ter essa mesma liberdade que estou lhe dando para se isolar?

A recepção não foi muito animadora. Mas eu estava determinado a ouvir de tudo para poder responder a tudo.

— Senhor — falei friamente —, preciso falar sobre um assunto que não é possível adiar.

— O que é, senhor? — ele respondeu ironicamente. — Fez alguma descoberta que me escapou? O mar lhe mostrou novos segredos?

Estávamos longe da questão. Mas antes que eu pudesse responder, ele me mostrou um manuscrito que estava sobre sua mesa e disse em um tom mais sério:

— Aqui, Sr. Aronnax, está um manuscrito escrito em vários idiomas. Contém um resumo de meus estudos sobre o mar e, se Deus quiser, não perecerá comigo. Esse manuscrito, assinado com meu nome e completado com a história de minha vida, será colocado em um pequeno dispositivo inafundável. O último sobrevivente de todos nós a bordo do *Nautilus* lançará esse dispositivo ao mar, e ele irá para onde as ondas o levarem.

O nome desse homem! Sua história, escrita por ele mesmo! Será que seu mistério seria revelado algum dia? Mas, no momento, via essa comunicação como nada mais do que uma apresentação.

— Capitão — respondi —, não posso aprovar o pensamento que o levou a agir como age. O fruto de seus estudos não deve ser perdido, mas os meios que emprega me parecem primitivos. Quem sabe para onde os ventos soprarão esse dispositivo, em que mãos ele cairá? Não seria possível pensar em algo melhor? Não poderia o senhor ou um de seus funcionários...?

— Jamais, senhor — disse o capitão, interrompendo-me.

— Mas eu e meus companheiros estamos preparados para manter esse manuscrito em sigilo, e se o senhor nos der a liberdade...

— Liberdade! — disse o capitão Nemo, levantando-se.

— Sim, senhor, e é sobre isso que eu queria o interrogar. Estamos a bordo há sete meses, e hoje lhe pergunto, em nome dos meus companheiros e de mim mesmo, se pretende nos manter aqui para sempre.

— Senhor Aronnax — respondeu o capitão Nemo —, vou dizer hoje o que disse há sete meses: quem entra no *Nautilus* nunca mais sai.

— O senhor está nos impondo a escravidão!

— Chame do que quiser.

— Mas os escravos de todos os lugares têm o direito de recuperar sua liberdade!

— Esse direito — replicou o capitão Nemo —, quem o está negando a você? Alguma vez pensei em acorrentá-lo com um juramento?

O capitão olhou para mim, cruzando os braços.

— Senhor — falei —, voltar a esse assunto de novo não seria do seu agrado nem do meu. Mas já que começamos, vamos encerrá-lo. Repito, não se trata apenas de mim. Para mim, o estudo é um auxílio, uma poderosa diversão, um impulso, uma paixão que pode me fazer esquecer tudo. Como você, sou um homem que vive o desconhecido, o obscuro, na frágil esperança de um dia legar ao futuro os resultados do meu trabalho, por meio de um dispositivo hipotético confiado ao acaso das ondas e dos ventos. Em suma, posso admirá-lo, segui-lo sem desgosto em um papel que compreendo em certos pontos; mas há ainda outros aspectos de sua vida que para mim a cercam de complicações e mistérios que, aqui, somente meus companheiros e eu não temos parte. E mesmo quando nossos corações foram capazes de bater por você, comovidos por alguma de suas dores ou por seus atos de gênio ou bravura, tivemos que suprimir até a menor evidência daquela simpatia que surge diante do que é belo e bom. É essa sensação de que somos estranhos a tudo o que o afeta que torna nossa posição inaceitável, impossível até mesmo para mim, mais ainda para Ned Land em particular. Todo homem, pelo simples fato de ser homem, merece ser considerado. Você já se perguntou como o amor à liberdade, o ódio à escravidão, poderia dar origem a planos de vingança em uma natureza como a do canadense, o que ele poderia pensar, arriscar, tentar?

Fiquei em silêncio. O capitão Nemo se levantou:

— O que me importa se Ned Land pensa, arrisca e tenta alguma coisa? Não sou eu que fui procurá-lo! Não estou mantendo-o a bordo para meu próprio prazer! Quanto ao senhor, Sr. Aronnax, é um daqueles que conseguem entender tudo, até mesmo o silêncio. Não tenho mais nada a lhe dizer. Que esta primeira vez que o senhor trata desse assunto seja a última, porque uma segunda vez, eu sequer o ouviria.

Eu me retirei e, daquele dia em diante, nossa situação ficou muito tensa. Relatei minha conversa aos meus dois companheiros.

— Agora sabemos — disse Ned — que não podemos esperar nada desse homem. O *Nautilus* se aproxima de Long Island. Vamos fugir, independentemente do clima.

Mas o céu ficava cada vez mais ameaçador, com sinais de furacão. A atmosfera estava esbranquiçada e leitosa. No horizonte, as nuvens cirros, com chumaços desfiados, faziam sequência aos blocos de cúmulos-nimbos; esvaíam-se rapidamente outras nuvens baixas. O mar agitava e aumentava as ondas. As aves desapareciam, salvo os petréis, amigos das tempestades. O barômetro caía bruscamente, indicando a forte pressão dos vapores na atmosfera. A mistura do vidro preditor de tempestades decompunha-se sob a influência da eletricidade, que saturava a atmosfera. A batalha dos elementos era iminente.

A tempestade estourou em 18 de maio, exatamente quando o *Nautilus* estava flutuando no alto de Long Island, a poucos quilômetros das passagens de Nova Iorque. Posso descrever essa batalha dos elementos porque, em vez de fugir dela nas profundezas do mar, o capitão Nemo, por algum capricho inexplicável, quis enfrentá-la em sua superfície.

O vento soprava do sudoeste, a princípio muito fresco, e com uma velocidade de quinze metros por segundo, que aumentou para vinte e cinco metros por volta das três horas da tarde. Esse é o código das tempestades.

O capitão Nemo, inabalado pelas rajadas, ocupou seu lugar na plataforma. Estava ancorado pela cintura para resistir às ondas monstruosas que rebentavam. Eu subi e me amarrei, compartilhando minha admiração pela tempestade e pelo homem incomparável que a enfrentava.

O mar tempestuoso era varrido por grandes nuvens que se envolviam nas ondas. Não conseguia mais ver nenhuma das pequenas ondas intermediárias que se formam no fundo de grandes tubos. Nada além de longas ondulações fuliginosas, cuja crista não se quebra, de tão compactas que são. A altura aumentava e elas se agitavam mutuamente. O *Nautilus*, às vezes de lado, às vezes de pé como um mastro, rolava e se sacudia terrivelmente.

Por volta das cinco horas, caiu uma chuva torrencial que nada fez para acalmar o vento ou o mar. O furacão se enfureceu a uma velocidade de quarenta e cinco metros por segundo, ou quase quarenta léguas por hora. Nessas condições, derrubava casas, telhas, quebrava grades de ferro e movia canhões de vinte e quatro libras. E, no entanto, em meio à tempestade, o *Nautilus* justificou as palavras de um engenheiro experiente: "Não há casco bem construído que não possa desafiar o mar!" Não era uma rocha resistente que essas ondas teriam que demolir, mas um fuso de aço, obediente e móvel, sem cordame, sem mastro, que enfrentava sua fúria impunemente.

Enquanto isso, examinei cuidadosamente as ondas desencadeadas. Chegavam até quinze metros de altura e 50 a 175 metros de comprimento, e sua velocidade de propagação, metade da velocidade do vento, era de quinze metros por segundo. Seu volume e potência aumentavam com a profundidade da água. Compreendi então o papel dessas ondas, que prendem o ar em suas laterais e o empurram para o fundo do mar, onde transportam vida e oxigênio. Sua força extrema de pressão — segundo cálculos — pode chegar a até três toneladas para cada trinta centímetros quadrados da superfície que elas neutralizam. Foram vagalhões desse tipo que moveram um pedregulho de oitenta e quatro mil libras nas Hébridas. Na tempestade de 23 de dezembro de 1864, depois de derrubar parte da cidade de Edo, no Japão, a uma velocidade de setecentos quilômetros por hora, elas se quebraram nas costas da América no mesmo dia.

A intensidade da tempestade aumentou ao entardecer. O barômetro caiu para setecentos e dez milímetros, como havia acontecido em 1860 na Ilha da Reunião durante um ciclone. Ao cair da noite, vi um grande navio passando no horizonte. Estava a baixo regime para se manter ereto contra as ondas. Devia ser um dos navios a vapor das linhas de Nova Iorque para Liverpool ou Havre. Logo desapareceu na escuridão.

Às dez horas da noite, o céu estava em chamas. A atmosfera se encontrava repleta de relâmpagos violentos. Eu não conseguia suportar o brilho, enquanto capitão Nemo, olhando-os de frente, parecia sugar a alma da tempestade para dentro de si. Um ruído terrível enchia o ar, um ruído complexo composto pelo uivo das ondas esmagadas, o rugido do vento e os estalos de trovão. O vento mudava em cada ponto do horizonte, e o ciclone se movia do leste para o norte, oeste e sul, na direção oposta às tempestades rotativas do hemisfério sul.

Ah, a Corrente do Golfo! Certamente fazia jus ao seu apelido de rainha das tempestades! Cria esses ciclones formidáveis pela diferença de temperatura das camadas de ar sobrepostas em suas correntes.

A chuva foi seguida por uma chuva de fogo. As gotas de água se transformaram em feixes flamejantes. Era como se o capitão Nemo, querendo uma morte digna dele, estivesse procurando ser atingido por um raio. Com um movimento de arremesso aterrorizante, o *Nautilus* ergueu seu esporão de aço no ar como a haste de um para-raios, e vi longas faíscas saírem dele.

Quebrado e exausto, rastejei de costas em direção ao painel. Abri-o e entrei no salão. A tempestade estava agora em sua intensidade máxima. Era impossível ficar de pé dentro do *Nautilus*.

Capitão Nemo voltou por volta da meia-noite. Ouvi os tanques se enchendo pouco a pouco, e o *Nautilus* afundou suavemente abaixo da superfície das ondas.

Pelas janelas abertas do salão, vi peixes grandes e assustados passando como fantasmas pelas águas ardentes. Alguns deles foram abatidos diante de meus olhos!

O *Nautilus* continuava a descer. Achei que ficaria quieto na profundidade de quinze metros. Não. As camadas superiores estavam violentamente agitadas. Tivemos de procurar descanso a cinquenta metros de profundidade, nas entranhas do mar.

Mas que tranquilidade, que silêncio, que ambiente pacífico! Quem poderia imaginar que um terrível furacão irrompia na superfície daquele oceano?

CAPÍTULO XX

Latitude 47° 24' e longitude 17° 28'

Como resultado dessa tempestade, fomos jogados para o leste. Toda a esperança de escaparmos para os desembarques de Nova Iorque ou do St. Lawrence havia desaparecido. O pobre Ned, em desespero, se isolou como o capitão Nemo. Conseil e eu nunca saímos do lado um do outro.

Eu disse que o *Nautilus* havia se afastado para o leste; deveria ter dito, mais precisamente, para o nordeste. Por alguns dias, vagava ora na superfície das ondas, ora abaixo delas, em meio àquelas brumas tão temidas pelos navegadores. Isso se deve principalmente ao derretimento do gelo, que mantém a atmosfera extremamente úmida. Quantos navios se perderam nessas águas, tentando reconhecer as luzes incertas da costa! Quantos desastres foram causados por essa névoa opaca! Quantos choques nesses recifes, cuja rebentação é abafada pelo som do vento! Quantas colisões entre navios, apesar de seus sinalizadores, dos avisos de seus apitos e sinos de alarme!

O fundo desses mares era como um campo de batalha, onde todos os navios derrotados pelo oceano ainda jaziam, alguns velhos e já apodrecendo, outros jovens e refletindo o brilho de nosso farol em seus acessórios e cascos metálicos. Entre eles, quantos navios perderam corpo e alma, com suas tripulações, seu mundo de emigrantes, naqueles pontos perigosos indicados nas estatísticas, o Cabo Race, a ilha Saint Paul, o estreito de Bela Ilha, o estuário do São Lourenço! E quantas vítimas foram registradas em obituários, só de uns anos para cá, pelas linhas do Royal Mail, Inmann e Montreal: o *Solway*, o *Isis*, o *Paramatta*, o *Hungarian*, o *Canadian*, o *Anglo-Saxon*, o *Humboldt* e o *United States*, todos naufragaram; o *Artic* e o *Lyonnais*, sucumbiram por abalroamento; o *Président*, o *Pacific*, o *City of Glasgow* desaparecidos e cujo paradeiro segue ignorado; todos escolhos escuros por entre os quais o *Nautilus* navegava, como se revistasse os mortos!

Em 15 de maio, estávamos na ponta sul do Banco de Terra Nova. Esse banco é um produto de depósitos aluviais marinhos, uma pilha considerável de detritos orgânicos, trazidos do Equador pela Corrente do Golfo ou do polo norte pela contracorrente de água fria que corre ao longo da costa americana. É aqui também que se acumulam as pedras irregulares trazidas pela quebra do gelo. E se forma um vasto ossuário de bilhões de peixes, moluscos e zoófitos que ali morrem.

O mar não é muito profundo no banco da Terra Nova. Algumas centenas de braças, no máximo. Mas, em direção ao sul, há uma súbita e profunda depressão, um buraco de três mil metros. Ali a Corrente do Golfo se amplia. Suas águas florescem. Ela perde velocidade e temperatura, mas se torna um mar.

Entre os peixes que a passagem do *Nautilus* espantava, notei o ciclóptero, com um metro de comprimento, dorso escuro, ventre alaranjado, exemplo pouco seguido de fidelidade conjugal; um *unernack* de grande porte, espécie de moreia esmeralda, de excelente sabor; *karraks* de olhos grandes, com cabeças um tanto semelhantes às dos cães; blênios, ovíparos como as serpentes; gobídeos pretos de dois decímetros; macruros de compridas cauda com reflexos de um brilho prateado, peixes rápidos, que se aventuram longe dos mares hiperbóreos.

As redes também capturaram um peixe ousado, audacioso, vigoroso, bem musculoso, armado com espinhos na cabeça e ferrões nas barbatanas, um verdadeiro escorpião de dois a três metros de comprimento, um inimigo ferrenho de blênios, bacalhaus e salmões: era o cadoz dos mares setentrionais, de corpo tubercular, marrom, e nadadeiras vermelhas. Os pescadores do *Nautilus* tinham alguma dificuldade em capturar esse animal que, graças à conformação de suas brânquias, protege seus órgãos respiratórios do contato seco da atmosfera e pode viver por algum tempo fora da água.

Mencionarei agora — para relembrar — os bosquianos, pequenos peixes que seguem teimosos os navios dos mares boreais; barracudas-oxirrincos, exclusivas do Atlântico norte; escorpenas e, finalmente, gadídeos, com destaque para o bacalhau, encontrado em suas águas preferidas naquele banco interminável da Terra Nova.

Pode-se dizer que aqueles bacalhaus são peixes de montanha, porque Terra Nova não passa de uma montanha submarina. Quando o *Nautilus* abriu caminho através de suas falanges prensadas, Conseil não conseguiu conter sua observação:

— Oh, bacalhau! — exclamou. — Mas eu pensei que o bacalhau fosse tão achatado quanto os linguados.

— Ingênuo! — repliquei. — O bacalhau só é achatado na peixaria, onde é exposto aberto e limpo. Mas, na água, são peixes fusiformes, como as tainhas, e têm o formato perfeito para nadar.

— Acredito no senhor — respondeu Conseil. — Que enxame, que formigueiro!

— Sabe quantos ovos foram contados em uma única fêmea?

— Quinhentos mil.

— Onze milhões, meu amigo.

— Onze milhões. Isso é algo que eu nunca vou admitir, a menos que eu mesmo os conte.

— Pode contar, Conseil, mas é mais fácil só acreditar em mim. Além disso, os franceses, os ingleses, os americanos, os dinamarqueses e os noruegueses pescam bacalhau aos milhares. Eles são consumidos em quantidades prodigiosas e, sem a surpreendente fecundidade desses peixes, os mares logo estariam despovoados. Somente na Inglaterra e na América, cinco mil navios tripulados por setenta e cinco mil marinheiros são empregados na pesca do bacalhau. Cada navio traz uma média de quarenta mil peixes, o que totaliza vinte e cinco milhões. O mesmo acontece na costa norueguesa.

— Bem — respondeu Conseil —, vou deixar isso para o senhor. Não vou contá-los.

— O que você não vai contar?

— Os onze milhões de ovos. Mas farei uma ressalva.

— E qual é?

— Se todos os ovos eclodissem, seriam necessários apenas quatro bacalhaus para alimentar a Inglaterra, a América e a Noruega.

Enquanto deslizávamos pelo fundo do banco de Terra Nova, pude ver perfeitamente aquelas longas linhas, armadas com duzentos anzóis, que cada barco lança às dúzias. Cada linha, puxada em uma extremidade por um pequeno gancho, se mantinha na superfície por uma corda presa a uma boia de cortiça. O *Nautilus* teve que manobrar habilmente por entre a rede subaquática.

Porém, não ficou muito tempo nessas águas movimentadas e subiu até cerca do quadragésimo segundo grau de latitude. Isso era perto de St. John's e Heart's Content, onde termina a extremidade do cabo transatlântico.

Em vez de seguir em direção ao norte, o *Nautilus* virou para o leste, como se quisesse seguir o platô telegráfico no qual o cabo se apoia, e cujo relevo foi revelado com extrema precisão por várias sondagens.

Foi no dia 17 de maio, a cerca de quinhentas milhas de Heart's Content, a uma profundidade de dois mil e oitocentos metros, que vi o cabo deitado no solo. Conseil, que eu não havia prevenido, a princípio o tomou por uma gigantesca serpente marinha e estava prestes a classificá-lo de acordo com seu método habitual. Mas esclareci as dúvidas do rapaz e, para consolá-lo de seu contratempo, ensinei-lhe vários detalhes sobre a instalação desse cabo.

Nos anos de 1857 e 1858, foi instalado o primeiro cabo, que, entretanto, parou de funcionar depois de transmitir cerca de quatrocentos telegramas. Os engenheiros construíram um novo cabo em 1863, que media três mil e quatrocentos quilômetros, pesava quatro mil e quinhentas toneladas, e foi embarcado no *Great Eastern*. Essa tentativa fracassou novamente.

Então, em 25 de maio, o *Nautilus*, submerso a uma profundidade de três mil oitocentos e trinta e seis metros, estava no exato local onde ocorreu a ruptura que arruinou todo o empreendimento. O local ficava a seiscentas e trinta e oito milhas da costa da Irlanda. Às duas horas da tarde, descobriu-se que as comunicações com a Europa haviam sido interrompidas. Os eletricistas a bordo decidiram cortar o cabo antes de pescá-lo e, às onze horas da noite, trouxeram de volta a parte danificada. Uma nova junção e emenda foram feitas e o cabo foi submerso novamente. Porém, alguns dias depois, ele se rompeu e não pôde ser recuperado das profundezas do oceano.

Os americanos não desistiram. Uma nova subscrição, imediatamente coberta, foi lançada pelo ousado Cyrus Field, promotor do empreendimento e que ali arriscava toda a sua fortuna. Outro cabo foi instalado em melhores condições. O feixe de fios condutores, isolado em uma bainha de guta-percha, foi protegido por um colchão de material têxtil contido em uma estrutura metálica. O Great-Eastern zarpou novamente em 13 de julho de 1866.

O feixe de fios condutores, encapados com guta-percha isolante, era protegido por um revestimento de matérias têxteis e encaixado em uma armação metálica. O *Great Eastern* foi-se novamente ao mar em 13 de julho de 1866.

A operação correu bem. No entanto, houve um contratempo. Ao desenrolar o cabo, os eletricistas notaram que pregos haviam sido recentemente enfiados nele, com o objetivo de danificar o núcleo. O capitão Anderson, seus oficiais e engenheiros se reuniram, deliberaram e colocaram um aviso de que, se o culpado fosse pego, seria jogado no mar sem julgamento. Desde então, a tentativa criminosa nunca mais se repetiu.

Em 23 de julho, o *Great Eastern* estava a apenas oitocentos quilômetros de Terra Nova quando lhe telegrafaram da Irlanda a notícia do armistício concluído entre a Prússia e a Áustria após Sadowa. No dia 27, navegou em meio à neblina até o porto de Heart's Content. O empreendimento estava felizmente concluído e, com seu primeiro despacho, a jovem América dirigiu à velha Europa aquelas sábias palavras tão raramente compreendidas: "Glória a Deus nas alturas e paz na Terra aos homens de boa vontade".

Eu não esperava encontrar o cabo elétrico em seu estado original, como estava quando saiu das oficinas. A longa serpente, coberta de fragmentos de conchas e repleta de foraminíferos, estava incrustada em um impasto de pedra que a protegia de moluscos perfuradores. Repousava tranquilamente, protegida dos movimentos do mar e sob uma pressão favorável à transmissão da faísca elétrica que passa da América para a Europa em trinta e dois centésimos de segundo. O cabo, sem dúvida, durará indefinidamente, pois foi observado que o invólucro da guta-percha melhora com o tempo passado na água do mar.

Além disso, nesse platô felizmente escolhido, o cabo nunca é imerso a profundidades que possam o romper. O *Nautilus* o seguiu até o ponto mais baixo, a quatro mil quatrocentos e trinta e um metros, onde ainda descansava sem nenhuma tensão de tração. Em seguida, nos aproximamos do local onde ocorrera o acidente de 1863.

O fundo do oceano formou então um vale de cento e vinte quilômetros de largura, no qual o Mont Blanc poderia ter sido colocado sem que seu cume emergisse da superfície das ondas. Esse vale ficava fechado a leste por um paredão de dois mil metros de altura. Chegamos lá em 28 de maio, e o *Nautilus* estava agora a apenas cento e cinquenta quilômetros da Irlanda.

O capitão Nemo voltaria a subir para navegar nas águas Britânicas? Não. Para sua grande surpresa, voltou ao sul e retornou aos mares europeus. Ao contornar a Ilha Esmeralda, vislumbrei a luz do Cabo Clear e o farol de Fastenet, que ilumina os milhares de navios que saem de Glasgow e Liverpool.

Uma questão importante surgiu então em minha mente. O *Nautilus* se atreveria a entrar no Canal? Ned Land, que havia reaparecido desde que nos aproximamos da terra, não parava de me fazer perguntas. Como poderia lhe responder? O capitão Nemo permanecia invisível. Depois de dar ao canadense um vislumbre das costas da América, será que me mostraria a costa da França?

No entanto, o *Nautilus* continuava ao sul. Em 30 de maio, passou à vista de Land's End, entre a ponta extrema da Inglaterra e as Sorlingas, que deixou a estibordo. Se quisesse entrar no Canal da Mancha, teria que virar para o leste, e não o fez.

Durante todo o dia 31 de maio, o *Nautilus* desenhou uma série de círculos no mar, que me intrigaram muito. Parecia estar procurando um lugar que tinha dificuldade para encontrar. Ao meio-dia, o capitão Nemo veio medir a posição; não falou comigo. Parecia mais sombrio do que nunca. O que poderia tê-lo deixado tão triste? Seria a proximidade com as costas europeias? Será que ele sentia saudade de seu país abandonado? O que ele sentia, então? Remorso, arrependimento? Esse pensamento ocupou minha mente por um longo tempo, e tive a premonição de que o acaso logo revelaria os segredos do capitão.

No dia seguinte, 1º de junho, o *Nautilus* manteve o mesmo ritmo. Era óbvio que tentava encontrar um ponto preciso no oceano. Capitão Nemo veio medir a altura do sol, como no dia anterior. O mar estava lindo, o céu claro. Oito milhas a leste, um grande navio a vapor surgia no horizonte, sem nenhuma bandeira hasteada em seu chifre, e não consegui reconhecer sua nacionalidade.

Poucos minutos antes de o sol cruzar o meridiano, o capitão Nemo pegou seu sextante e observou com extrema precisão. A calma absoluta das ondas facilitou sua operação. O *Nautilus*, que estava imóvel, não sofria nem rotação nem inclinação.

Eu estava na plataforma naquele momento. Quando terminou de calcular a posição do *Nautilus*, o capitão disse estas palavras:

— É aqui!

E voltou a descer pela escotilha. Teria percebido o barco que parecia estar vindo em nossa direção? Eu não sabia dizer.

Voltei para o salão. A escotilha se fechou e ouvi o chiado da água nos tanques. O *Nautilus* começou a afundar, traçando uma linha vertical, pois sua hélice travada não lhe dava mais movimento.

Poucos minutos depois, parou em uma profundidade de 833 metros e se recostou no chão. O teto luminoso do salão então se apagou, as escotilhas se abriram e, através das janelas, vi o mar brilhantemente iluminado pelos raios do farol, em um raio de meia milha.

Olhei para bombordo e não vi nada além da imensidão de águas calmas. A estibordo, ao fundo, havia uma forte protuberância que chamou minha atenção. Parecia haver ruínas enterradas sob uma camada de conchas esbranquiçadas, como se estivessem sob um manto de neve. Ao examinar a massa de perto, pensei ter reconhecido as formas espessas de um navio, sem seus mastros, o qual deve ter afundado pela proa. Devia se tratar de um acidente sinistro de muito tempo atrás. Para estar tão incrustado no calcário das águas, esse destroço já havia passado muitos anos no fundo do oceano.

Que navio era? Por que o *Nautilus* visitava seu túmulo? Não fora um naufrágio que arrastou essa embarcação para debaixo d'água?

Eu não sabia o que pensar quando, perto de mim, ouvi o capitão Nemo dizer em voz baixa:

— No passado, esse navio se chamava *Marseillais*. Ele carregava setenta e quatro canhões e foi inaugurado em 1762. Em 1778, em 13 de agosto, comandado por La Poype-Vertrieux, lutou corajosamente contra o Preston. Em 1779, em 4 de julho, participou da captura de Granada com a esquadra do Almirante d'Estaing. Em 1781, em 5 de setembro, participou da batalha do conde de Grasse na Baía de Chesapeak. Em 1794, a República Francesa mudou seu nome e juntou-se, em Brest, em 16 de abril do mesmo ano, à esquadra de Villaret-Joyeuse, comandada pelo almirante Van Stabel e designada a escoltar um comboio de trigo proveniente das Américas. Em 11 e 12 pradial, ano II, essa esquadra encontra-se com os navios ingleses. Professor, no dia 13 do mês de pradial, 1º de junho de 1868. Exatamente a setenta e quatro anos atrás, neste mesmo ponto, a 47° 24' de latitude e 17° 28' de longitude, esse navio foi amputado de seus três mastros após um combate heroico, inundando assim os paióis e, com um terço da tripulação fora de combate, preferiu afundar com seus trezentos e cinquenta e seis marinheiros do que se render, e, encravando sua bandeira na popa, mergulhou sob as ondas aos gritos de *Viva a República!*

— O *Vingador!* — gritei.

— Sim, senhor! O *Vingador*! Uma beleza! — murmurou o capitão Nemo, cruzando os braços.

CAPÍTULO XXI

Hecatombe

Aquela maneira de falar, o inesperado da cena, a história do navio patriota, primeiro contada friamente, depois a emoção com que o estranho personagem pronunciou suas últimas palavras, o nome *Vingador*, cujo significado não me escapou, tudo isso se encaixava para surpreender ainda mais minha mente. Eu não conseguia tirar os olhos do capitão. Ele, com as mãos estendidas em direção ao mar, fitava o glorioso naufrágio com um olhar ardente. Talvez eu nunca viesse a saber quem ele era, de onde vinha ou para onde estava indo, mas, cada vez mais, eu via o homem emergindo do cientista. Não fora a misantropia comum que confinara o capitão Nemo e seus companheiros no *Nautilus*, mas um ódio, monstruoso ou sublime, que o tempo era incapaz de enfraquecer.

Aquele ódio ainda buscava vingança? O tempo logo diria.

Enquanto isso, o *Nautilus* subia lentamente em direção à superfície do mar e, pouco a pouco, vi as formas confusas do *Vingador* desaparecerem. Logo, um leve rolar me disse que estávamos flutuando em mar aberto. Naquele momento, um estrondo abafado fez-se ouvir. Olhei para o capitão, que não se moveu.

— Capitão? — perguntei.

Ele não respondeu. Deixei-o e subi à plataforma. Conseil e o canadense me precederam.

— De onde veio esse estrondo?

— De um tiro de canhão — respondeu Ned Land.

Olhei na direção do navio que tinha visto antes. Havia se aproximado do *Nautilus* e estava navegando mais rápido. Seis milhas os separavam de nós.

— Que navio é esse, Ned?

— A julgar pelo cordame e pela altura dos mastros baixos — respondeu o canadense —, aposto que é um navio de guerra. Que ele venha até nós e afunde, se necessário, o maldito *Nautilus*!

— Amigo Ned — respondeu Conseil —, que mal ele pode fazer ao *Nautilus*? Ele o atacará sob as ondas? Será que ele vai atirá-lo no fundo do mar?

— Diga-me, Ned — perguntei —, consegue reconhecer a nacionalidade desse navio?

O canadense, franzindo as sobrancelhas, baixando as pálpebras, apertando os cantos dos olhos, olhou para o navio por alguns instantes com toda a força de seu olhar.

— Não, senhor — respondeu ele. — Não sei a que nação ele pertence. Sua bandeira não está hasteada. Mas posso dizer que é um navio de guerra, pois há uma longa flâmula na ponta do mastro principal.

Por um quarto de hora, continuamos a observar o navio vindo em nossa direção. Eu não podia acreditar, entretanto, que teria reconhecido o *Nautilus* a aquela distância, muito menos que soubesse o que era um submarino.

O canadense logo me disse que se tratava de um grande navio de guerra, de dois conveses, blindado e com esporão. Suas duas chaminés soltavam uma espessa fumaça preta. As velas, diminuídas, confundiam-se com a linha das vergas. A caixa do mastro não trazia pavilhão algum. A distância ainda impossibilitava a identificação das cores da flâmula, esvoaçando como uma fina fita.

Estava se movendo rapidamente. Se o capitão Nemo o deixasse se aproximar, teríamos uma chance de salvação.

— Senhor — disse-me Ned Land —, se esse navio passar por nós a menos de uma milha, jogarei-me no mar, e peço que faça o mesmo.

Não respondi à sugestão do canadense e continuei a olhar para o navio, cujo tamanho aumentava. Quer fosse inglês, francês, americano ou russo, era certo que ele nos receberia, se conseguíssemos subir a bordo.

— O senhor deve se lembrar — disse Conseil — que temos alguma experiência de natação. Pode contar comigo para rebocá-lo até esse navio, se lhe convier seguir nosso amigo Ned.

Eu estava prestes a responder, quando um vapor branco irrompeu da proa do navio de guerra. Então, segundos depois, a água agitada pela queda de um corpo pesado espirrou sobre a popa do *Nautilus*. Pouco depois, um estrondo atingia o meu ouvido.

— Estão atirando em nós! — exclamei.

— Gente boa! — murmurou o canadense.

— Será que não acham que estamos naufragando e nos agarrando a um destroço...!

— Com todo o respeito... bom — disse Conseil, sacudindo a água que uma nova bala de canhão havia jogado sobre ele. — Que o senhor me perdoe, mas devem ter reconhecido o narval e atiram nele com os canhões.

— Mas devem enxergar que estão lidando com homens! — exclamei.

— Talvez seja por isso! — respondeu Ned Land, me encarando.

Uma revelação completa surgiu em mim. Decerto agora sabiam o que pensar da existência do suposto monstro. Será que, em sua colisão com o *Abraham Lincoln*, quando o canadense o atingiu com seu arpão, o comandante Farragut reconheceu que o narval era uma embarcação submarina, mais perigosa do que um cetáceo sobrenatural?

Sim, tinha de ser, sem dúvida, essa terrível máquina de destruição estava sendo perseguida por todos os mares! Terrível, se, como se poderia supor, o capitão Nemo estivesse usando o *Nautilus* para um trabalho de vingança!

Durante aquela noite, quando nos aprisionou na cela no meio do oceano Índico, ele não havia atacado algum navio? Aquele homem, agora enterrado no cemitério de corais, não fora vítima do choque causado pelo *Nautilus*? Sim, eu repito. Tinha que ser isso. Parte da misteriosa existência do Capitão Nemo estava sendo revelada. E, se sua identidade não fosse conhecida, pelo menos agora os países coligados contra ele não mais caçavam uma criatura quimérica, mas um homem que revidaria com um ódio implacável!

Toda aquela incrível sequência de eventos passou diante de meus olhos. Em vez de encontrarmos amigos no navio que se aproximava, só podíamos encontrar inimigos impiedosos.

No entanto, as balas de canhão se multiplicaram ao nosso redor. Algumas delas atingiram a superfície líquida e ricochetearam, perdendo-se a distâncias consideráveis. Mas nenhuma atingiu o *Nautilus*.

O navio de guerra estava a apenas três milhas de distância. Apesar da violenta canhonada, o capitão Nemo não apareceu na plataforma. E, no entanto, uma daquelas balas de canhão cônicas, que normalmente atingia o casco do *Nautilus*, teria sido fatal.

O canadense então me disse:

— Senhor, temos que fazer tudo o que pudermos para sair dessa situação. Vamos fazer alguns sinais! Talvez entendam que somos pessoas honestas!

Ned Land pegou seu lenço e o agitou no ar. Mas mal o havia desenrolado quando, atingido por uma mão de ferro, apesar de sua força prodigiosa, caiu no convés.

— Desgraçado — gritou o capitão —, quer que o pregue no esporão do *Nautilus* antes de atacar aquele navio?

Terrível aos ouvidos, capitão Nemo era ainda mais terrível aos olhos. A palidez tomava seu rosto sob os espasmos do coração, que devia ter parado de bater por um momento. Suas pupilas se contraíram assustadoramente. A voz não mais falava, mas rugia. Com o corpo inclinado para a frente, ele espremeu os ombros do canadense entre as mãos.

Então, abandonando-o e voltando-se para o navio de guerra, cujas balas de canhão choviam ao seu redor:

— Ah, sabe quem eu sou, navio de uma nação amaldiçoada! — ele gritou com sua voz poderosa. — Eu não preciso de suas cores para reconhecê-lo! Dê uma olhada! Eu lhe mostrarei as minhas!

E capitão Nemo desfraldou uma bandeira negra na frente da plataforma, semelhante à que havia fincado no Polo Sul. Naquele momento, uma bala de canhão atingiu o casco do *Nautilus* obliquamente, sem danificá-lo, e ricocheteou no capitão, perdendo-se no mar.

Capitão Nemo encolheu os ombros. Depois, voltando-se para mim, disse rapidamente:

— Vá para baixo, você e seus companheiros.

— Senhor — gritei —, vai atacar este navio?

— Vou afundá-lo.

— O senhor não vai fazer isso!

— Vou sim — respondeu o capitão Nemo friamente. — Não se atreva a me julgar, senhor. O destino está lhe mostrando o que não deveria ver. Eles atacaram. A resposta será terrível. Entre.

— Que navio é este?

— Não sabe? Sua nacionalidade, pelo menos, permanecerá em segredo. Vá para baixo.

O canadense, Conseil e eu não tivemos escolha a não ser obedecer. Uma quinzena de marinheiros do *Nautilus* cercaram o capitão e encaravam com ódio implacável o navio que avançava em direção a eles. Era possível sentir que o mesmo espírito de vingança animava todas aquelas almas.

Desembarquei no momento em que outro projétil atingiu o casco do *Nautilus* e ouvi o capitão gritar:

— Ataque, navio tolo! Atire seus projéteis inúteis! Não escapará do esporão do *Nautilus*. Mas não é nesse lugar que perecerão! Não quero que suas ruínas se misturem com as ruínas do *Vingador*!

Voltei para o meu quarto. O capitão e seu imediato ficaram na plataforma. A hélice foi colocada em movimento. O *Nautilus* se afastou rapidamente, fora do alcance das balas de canhão do navio. Mas a perseguição continuou e o capitão Nemo se contentou em manter distância.

Por volta das quatro horas da tarde, incapaz de conter a impaciência e a ansiedade que estavam me consumindo, voltei à escada central. A escotilha estava aberta. Aventurei-me na plataforma. O capitão ainda andava, inquieto. Observava o navio que continuava a cinco ou seis milhas a sotavento, cercando como uma fera selvagem, atraindo-o para o leste e permitindo que o perseguisse. No entanto, não atacou. Talvez ainda hesitasse?

Quis intervir uma última vez, mal havia interpelado o capitão Nemo, e ele me impôs silêncio:

— Eu tenho direito, eu sou a justiça! Sou o oprimido, e aqui está o opressor! Tudo o que amei, estimei e venerei, meu país, minha esposa, meus filhos, meu pai e minha mãe, todos pereceram por causa dele! Tudo o que eu odeio está ali! Cale-se!

Dei uma última olhada no navio de guerra, cada vez mais veloz. Depois, me juntei a Ned e Conseil.

— Vamos fugir! — gritei.

— Ótimo — disse Ned. — Que navio é aquele?

— Não faço ideia. Mas seja ele qual for, será afundado antes do anoitecer. De qualquer forma, é melhor morrer com ele do que ser cúmplice de represálias cuja justiça não podemos avaliar.

— Sou da mesma opinião — respondeu Ned Land friamente. — Vamos esperar até o anoitecer.

A noite chegou. Um profundo silêncio reinava a bordo. A bússola indicava que o *Nautilus* não havia mudado de direção. Eu ouvia sua hélice batendo nas ondas com rápida regularidade. O *Nautilus* estava na superfície da água, e um leve balanço o levava ora para um lado, ora para outro.

Meus companheiros e eu resolvemos fugir assim que o navio se aproximasse o suficiente, tanto para sermos ouvidos quanto para sermos vistos, a lua, que deveria estar cheia em três dias, brilhava intensamente. Uma vez a bordo daquele navio, se não pudéssemos evitar o golpe que o ameaçava, pelo menos faríamos tudo o que as circunstâncias nos permitissem tentar. Várias vezes, pensei que o *Nautilus* estava se preparando para atacar. Mas se contentava em deixar seu adversário se aproximar e, pouco depois, retomar sua rapidez.

Parte da noite passou sem incidentes. Ficamos atentos a uma oportunidade de agir. Falamos pouco, pois estávamos muito tensos. Ned Land queria correr para o mar e o forcei a esperar. Na minha opinião, o *Nautilus* deveria atacar o navio de dois andares na superfície da água, e então seria possível e fácil escapar.

Às três horas da manhã, preocupado, subi na plataforma. O capitão Nemo não havia saído de lá. Estava de pé na proa, perto de sua bandeira, soprada sobre sua cabeça por uma leve brisa. Não tirava os olhos do navio. Seu olhar, com sua extraordinária intensidade, parecia atraí-lo, fasciná-lo, puxá-lo mais firme do que se estivesse em reboque!

A lua estava no meridiano. Júpiter nascia no leste. Em meio a essa natureza pacífica, o céu e o oceano rivalizavam em tranquilidade, e o mar oferecia à estrela da noite o mais belo espelho que já havia refletido sua imagem.

E quando pensei nessa profunda calma dos elementos, em comparação a toda a ira que estava se formando no imperceptível *Nautilus*, senti o meu ser vibrar por inteiro. A embarcação estava a duas milhas de distância de nós. Havia se aproximado, ainda se movendo em direção ao brilho fosforescente que sinalizava a presença do *Nautilus*. Enxerguei as suas luzes, as de posição, verde e vermelha, e seu farol branco pendurado no grande estai de seu mastro. Uma sutil irradiação reverberava da enxárcia, indicando que o vapor estava com força máxima. Feixes de faíscas e cinzas de carvões incandescentes sopravam de suas chaminés, estrelando a atmosfera.

Fiquei assim até às seis da manhã, sem que o capitão Nemo parecesse me notar. O navio ainda estava a uma milha e meia atrás de nós e, com a primeira luz do dia, sua canhonada recomeçou. Não poderia estar longe o momento em que, com o *Nautilus* atacando seu adversário, meus companheiros e eu deixaríamos para sempre aquele homem que eu não ousava julgar.

Eu estava prestes a descer para avisá-los, quando o imediato subiu na plataforma. Vários marinheiros estavam com ele. O capitão Nemo não os viu ou não quis vê-los. Foram tomadas certas providências que poderiam ser chamadas de "preparativos de combate" do *Nautilus*. Eram bem simples: abaixou-se a grade que formava a amurada da plataforma; assim também, os compartimentos do farol e do timoneiro adentraram no casco, mas não completamente. A superfície do longo charuto metálico não possuía mais qualquer aresta que pudesse prejudicar suas manobras.

Voltei para o salão. O *Nautilus* ainda estava emergindo. Alguma luz da manhã estava se infiltrando na camada líquida. Sob certas ondulações da água, as janelas ganhavam vida com a vermelhidão do sol nascente. Aquele dia terrível de 2 de junho estava amanhecendo.

Às cinco horas, a barquilha me informou que o *Nautilus* estava diminuindo a velocidade. Percebi que permitia a aproximação. As detonações eram ouvidas com mais violência. As balas de canhão atravessavam a água com um som peculiar de assobio.

— Meus amigos — exclamei —, chegou o momento. Um aperto de mão e que Deus nos salve!

Ned Land estava determinado, Conseil, calmo, e eu estava tão nervoso que mal conseguia me conter. Entramos na biblioteca. Assim que abri a porta da escada central, ouvi o painel superior se fechar.

O canadense saltava sobre os degraus, mas o impedi. Um som familiar de assobio me disse que a água entrava nos tanques a bordo. De fato, em poucos instantes, o *Nautilus* submergiu alguns metros abaixo da superfície.

Eu entendi a manobra. Era tarde demais para agir. O *Nautilus* não estava pensando em atingir o dois-conveses em sua blindagem impenetrável, mas abaixo da linha d'água, onde o casco de metal não mais protegia o costado.

Estávamos aprisionados mais uma vez, forçados a testemunhar o drama sinistro prestes a se desenrolar. Mal tivemos tempo de pensar. Refugiando-nos em meu quarto, olhamos um para o outro sem dizer uma palavra. Um profundo estupor havia tomado conta de minha mente. Os pensamentos estavam estagnados dentro de mim. Estava naquele estado doloroso que precede a expectativa de um forte estrondo. Aguardava, escutava, vivia exclusivamente pelo sentido da audição.

No entanto, a velocidade do *Nautilus* aumentou perceptivelmente. Ganhava impulso. Todo o seu casco tremia.

De repente, soltei um grito. Houve um choque, mas um choque relativamente leve. Senti a força penetrante do esporão de aço. Ouvi ruídos de raspagem e de arranhões. Mas o *Nautilus*, arrastado por sua força propulsora, atravessou a massa da embarcação como a agulha do marinheiro atravessa o cânhamo!

Eu não conseguia suportar aquilo. Perturbado e irracional, saí correndo do meu quarto e fui para o salão.

Capitão Nemo estava lá. Silencioso, sombrio, implacável, olhava pela escotilha de bombordo. Uma enorme massa afundava sob as águas e, para não perder nada de sua agonia, o *Nautilus* afundava com ela no abismo. A dez metros de mim, vi o casco entreaberto, onde a água adentrava com um barulho estrondoso, depois a linha dupla de canhões e paveses. O convés cobria-se de sombras agitadas.

A água subia. Os infelizes saltavam nas velas, agarravam-se aos mastros, contorciam-se sob a água. Era um formigueiro humano surpreendido pelo mar invasor!

Paralisado, rígido de angústia, com os cabelos arrepiados, os olhos arregalados, a respiração incompleta, sem fôlego, sem palavras, eu também assistia! Uma atração irresistível me prendia à vidraça!

A enorme embarcação afundava lentamente. O *Nautilus*, atrás, espiava todos os seus movimentos. De repente, houve uma explosão. O ar comprimido fez o convés do navio voar, como se os porões de carga estivessem pegando fogo. O fluxo de água foi tão grande que o *Nautilus* se desviou do curso.

O desaventurado navio afundou ainda mais rápido. Surgiram à vista, carregadas de vítimas, suas gáveas, em seguida os cordames, entortando sob pencas de corpos, e, enfim, o topo do mastro principal. Então a massa escura desapareceu, levando com ela uma tripulação de cadáveres arrastados por um enorme redemoinho...

Voltei-me para o capitão Nemo. O terrível vingador, o arcanjo do ódio, ainda observava. Quando tudo terminou, foi até a porta de seu quarto, abriu-a e entrou. Segui-o com os olhos.

No painel traseiro, abaixo dos retratos de seus heróis, vi o de uma jovem mulher e dois bebês. Capitão Nemo os fitou por alguns instantes, estendeu-lhes os braços e, ajoelhando-se, pôs-se a chorar.

CAPÍTULO XXII

As últimas palavras do capitão Nemo

As escotilhas haviam se fechado diante da visão assustadora, mas a luz do salão não fora restaurada. Dentro do *Nautilus*, apenas escuridão e silêncio. Deixava aquele lugar desolado, a cem pés abaixo da água, com uma velocidade prodigiosa; para onde estava indo? Para o norte ou para o sul? Para onde aquele homem fugiria depois daquela terrível represália?

Eu havia retornado ao meu quarto, onde Ned e Conseil esperavam em silêncio. Senti um horror insuperável pelo capitão Nemo. O que quer que tenha sofrido nas mãos dos homens, não tinha o direito de puni-los dessa forma. E havia me transformado, se não em cúmplice, pelo menos em testemunha de sua vingança! Isso já era demais.

Às onze horas, a luz elétrica reapareceu. Fui até o salão, que estava deserto. Consultei os diversos instrumentos. O *Nautilus* fugia para o norte a uma velocidade de vinte e cinco milhas por hora, às vezes na superfície do mar, às vezes trinta pés abaixo.

Quando me orientei pelo mapa, vi que passávamos ao largo da Mancha e que rumávamos para os mares do norte, com uma velocidade incomparável.

Passávamos por barões de focinho comprido, tubarões-martelo e patas-roxas que frequentam essas águas. Fugiam-me ainda as grandes raias-águias-do-mar, nuvens de cavalos-marinhos, que pareciam os de jogos de xadrez, enguias agitadas como girândolas, enxames de caranguejos correndo obliquamente e atravessando as pinças sobre a carapaça, além de cardumes de golfinhos que disputavam corrida contra o *Nautilus*. Agora, contudo, já não se tratava de estudar ou classificar.

Ao anoitecer, havíamos cruzado duzentas léguas do Atlântico. As sombras caíram e o mar foi invadido pela escuridão até o nascer da lua. Voltei para o meu quarto. Não conseguia dormir, sempre atormentado por pesadelos. A horrível cena de destruição se repetia em minha mente.

Desde aquele dia, quem pode dizer até onde o *Nautilus* nos arrastou na bacia do Atlântico Norte? Sempre com uma velocidade apreciável! Sempre no meio das brumas hiperbóreas! Teria acostado na ponta de Spitzbergen, nos penhascos da Nova Zembla? Cruzou os mares incógnitos — o mar Branco, o mar de Kara, o golfo de Obi, o arquipélago de Liarrov —, as praias desconhecidas da costa asiática? Não saberia dizer. Perdi a noção do tempo, parado nos relógios de bordo. A noite e o dia, como nos confins polares, pareciam não seguir mais seu curso regular. Sentia-me puxado para os domínios do estranho, lá onde atua a fértil imaginação de Edgar Allan Poe. Como o fabuloso Gordon Pym, esperava me deparar a qualquer instante com "aquela figura humana velada, de proporções mais avantajadas do que a de qualquer habitante da terra, lançada através da catarata que defende o acesso ao polo!"

Calculo — mas posso estar errado — que essa viagem aventureira do *Nautilus* durou quinze ou vinte dias, e não sei quanto tempo teria ainda durado se não fosse o desastre que encerrou a viagem. Não víamos mais o capitão Nemo, nem seu imediato. Nenhum membro da tripulação aparecia por um momento sequer. Quase incessantemente, o *Nautilus* flutuava sob a água. Quando subia à superfície para renovar o ar, as escotilhas abriam e fechavam automaticamente. Não havia mais pontos no planisfério. Não sabia onde estávamos.

Eu também diria que o canadense, exausto e sem paciência, não apareceu mais. Conseil não conseguia arrancar uma única palavra dele e temia que, em um ataque de delírio e sob a influência de uma nostalgia assustadora, pudesse se matar. Por isso, vigiava-o com devoção constante.

Compreensivelmente, a situação não era mais suportável. Certo dia — em que data, não sei dizer — cochilei nas primeiras horas da manhã, um sono doloroso e doentio. Quando acordei, vi Ned Land debruçado sobre mim e o ouvi dizer em voz baixa:

— Vamos fugir!

Eu me levantei.

— Quando?

— Na próxima noite. Toda a vigilância do *Nautilus* sumiu. Parece haver um estado de estupor a bordo. Estará pronto, senhor?

— Sim. Onde estamos?

— À vista de uma terra que reconheci esta manhã no meio do nevoeiro, vinte milhas a leste.

— Que terras são essas?

— Não sei, mas seja lá o que for, é lá que vamos nos refugiar.

— Sim, Ned. Sim, fugiremos esta noite, mesmo que o mar nos engula!

— O mar está agitado e o vento violento, mas vinte milhas neste leve bote do *Nautilus* não me assustam. Consegui carregar um pouco de comida e algumas garrafas de água sem que a tripulação notasse.

— Vou acompanhá-lo.

— Além disso — acrescentou o canadense —, se eu for apanhado, será matar ou morrer.

— Morreremos juntos, amigo Ned.

Eu estava determinado a fazer qualquer coisa. O canadense me deixou só. Dirigi-me à plataforma, na qual mal conseguia me segurar contra o choque das ondas. O céu estava ameaçador, mas, como a terra estava ali em meio a essas brumas espessas, tivemos de fugir. Não podíamos perder um dia ou uma hora.

Voltei ao salão, ao mesmo tempo temendo e desejando encontrar o capitão Nemo, querendo e não querendo vê-lo novamente. Conseguiria esconder dele o horror involuntário que sentia por ele? Não! Era melhor não ficar cara a cara com ele! Era melhor esquecê-lo! E, apesar disso...

Como foi longo aquele dia, o último que eu passaria a bordo do *Nautilus*! Fiquei sozinho. Ned Land e Conseil evitaram falar comigo por medo de se denunciarem. Às seis horas, jantei, mas não estava com fome. Forcei-me a comer, apesar de minha repugnância, para não enfraquecer.

Às seis e meia, Ned Land entrou em meu quarto e me disse:

— Não nos veremos mais até partirmos. Às dez horas, a lua ainda não estará alta, portanto, aproveitaremos a escuridão. Venha até a canoa. Conseil e eu esperaremos por você lá.

E o canadense partiu sem me dar tempo para responder. Quis verificar a direção do *Nautilus* e fui até o salão. Estávamos indo no sentido norte-nordeste, a uma velocidade assustadora, em uma profundidade de cinquenta metros.

Dei uma última olhada nas maravilhas da natureza, nas riquezas da arte colecionadas naquele museu, naquele acervo incomparável fadado a perecer no fundo do mar com o homem que o fez. Eu queria gravar uma impressão absoluta em minha mente. Fiquei lá por uma hora, banhado nos eflúvios do teto luminoso, examinando os esplêndidos tesouros nas vitrines. Depois, voltei para o meu quarto.

Lá, vesti meus robustos trajes. Juntei minhas anotações e as guardei comigo. Meu coração batia acelerado; minha confusão e agitação teriam, com certeza, me denunciado ao capitão Nemo.

O que ele estaria fazendo naquele momento? Fiquei atento à porta de seu quarto. Ouvi passos. Capitão Nemo estava lá. Não dormia. Toda vez que se movia, parecia que ele surgiria e me perguntaria por que eu queria fugir! Sofria sobressaltos incessantes e minha imaginação os ampliava. A sensação se tornava tão pungente que me perguntei se não seria melhor entrar no quarto do capitão, vê-lo cara a cara, desafiá-lo com minha atitude e meu olhar!

Era ideia de louco. Felizmente, eu me contive e me estiquei na cama para acalmar a inquietação do corpo. Meus nervos se acalmaram um pouco, mas com o cérebro superexcitado, rapidamente relembrei toda a minha existência a bordo do *Nautilus*, todos os incidentes, tanto felizes quanto infelizes, que haviam ocorrido desde o meu desaparecimento do *Abraham Lincoln*; as caçadas submarinas, o Estreito de Torres, os indígenas da Papuásia, o encalhe, o cemitério de corais, a passagem por Suez, a ilha de Santorini, o mergulhador de Creta, a Baía de Vigo, Atlântida, a banquisa, o Polo Sul, o aprisionamento no gelo, a batalha dos polvos, a tempestade da Corrente do Golfo, o *Vingador* e aquela cena horrível do navio afundado com sua tripulação!... Todos esses eventos passaram diante de meus olhos, como os cenários que se desenrolam no fundo de um teatro. Capitão Nemo crescia de modo desmedido naquele cenário extravagante. Sua estatura se acentuava e tomava proporções sobre-humanas: não era mais meu equivalente, mas sim o homem das águas, o gênio dos mares.

Eram nove e meia da noite. Segurei minha cabeça com as duas mãos para evitar que ela explodisse. Fechei os olhos. Não queria mais pensar. Mais meia hora de espera! Meia hora de um pesadelo que poderia me levar à loucura!

Naquele momento, ouvi os acordes vagos do órgão, uma harmonia triste sob um canto indefinível, os verdadeiros lamentos de uma alma que quer romper seus laços terrenos. Escutei com todos os meus sentidos, mal respirando, imerso como o capitão Nemo nos êxtases musicais que o levavam além dos limites deste mundo.

Então, um pensamento repentino me aterrorizou. O capitão Nemo havia saído de seu quarto. Estava no salão, que eu tinha de atravessar para escapar. Lá, o encontraria pela última vez. Ele me veria, talvez até falasse comigo! Um gesto dele poderia me destruir, uma palavra poderia me acorrentar a bordo!

Nesse meio-tempo, já estava prestes a soar dez horas e havia chegado o momento de sair do meu quarto e me juntar aos meus companheiros. Não havia motivo para hesitar, mesmo que o capitão Nemo estivesse na minha frente. Abri a porta com cuidado, mas me pareceu que, ao girar em suas dobradiças, ela fez um rangido assustador, talvez apenas para minha imaginação.

Avancei sorrateiramente pelos corredores escuros do *Nautilus*, parando a cada passo para comprimir as batidas do meu coração. Cheguei à porta angular do salão. Abri-a lentamente. O salão estava mergulhado em uma escuridão profunda. Os acordes do órgão soavam fracamente. O capitão Nemo estava lá e não conseguia me ver. Acho que nem em plena luz teria me visto, de tão absorto em seu êxtase.

Arrastei-me pelo carpete, evitando o menor tropeço cujo ruído poderia ter denunciado minha presença. Levei cinco minutos para chegar à porta dos fundos da biblioteca.

Estava prestes a abri-la quando um suspiro do capitão Nemo me fez parar. Percebi que ele se levantava. Até o vi de relance, quando alguns raios de luz da biblioteca entraram no salão. Veio em minha direção, de braços cruzados, silencioso, deslizando em vez de andar, como um espectro. Seu peito oprimido inchava em soluços. E eu o ouvi murmurar estas palavras — as últimas que chegaram aos meus ouvidos:

— Deus Todo-Poderoso, basta!

Seria a confissão de remorso que escapava da consciência daquele homem?

Desnorteado, corri para a biblioteca. Subi a escada central e segui pela passagem superior até o bote. Entrei pela abertura que já havia sido atravessada pelos meus dois companheiros.

— Vamos! Vamos! — gritei.

— Depressa! — respondeu o canadense.

O buraco na chapa de metal do *Nautilus* foi fechado e parafusado com uma chave inglesa que Ned Land havia fornecido. A abertura no bote também se fechou, e o canadense começou a desparafusar as porcas que ainda nos prendiam ao submarino.

De repente, ouviu-se um barulho lá dentro. Vozes se interpelavam em alto e bom som. Teriam percebido nossa fuga? Senti Ned Land colocar um punhal em minha mão.

— Sim! — cochichei. — Vamos morrer!

O canadense parou o que estava fazendo e uma palavra, repetida vinte vezes, uma palavra terrível, revelou-me a causa da agitação que se espalhava a bordo do *Nautilus*. Não era a nós que sua tripulação queria!

— *Maëlstrom! Maëlstrom!* — diziam os gritos.

Maëlstrom! Poderia haver nome mais assustador para uma situação tão assustadora? Estávamos nas águas perigosas da costa norueguesa? Teria o *Nautilus* sido arrastado para aquele abismo no momento em que nosso bote estava prestes a se soltar de seus flancos?

Sabemos que, no fluxo, as águas comprimidas entre as Ilhas Feroe e Lofoten são precipitadas com violência irresistível e formam um redemoinho do qual nenhum navio jamais conseguiu escapar. De todos os pontos do horizonte, ondas monstruosas se precipitam.

Elas formam o abismo que é corretamente chamado de "Umbigo do Oceano", cujo poder de atração se estende a uma distância de quinze quilômetros. É para ali que não apenas os navios, mas também as baleias e os ursos polares das regiões boreais são sugados.

Foi a esse local que o *Nautilus* — sem querer, talvez — foi levado por seu capitão, descrevendo uma espiral cujo raio ficava cada vez menor. Como ele, o bote, ainda agarrado ao seu flanco, era levado a uma velocidade vertiginosa. Sentia a tontura doentia que se segue ao excesso de movimento de rotação. Estávamos apavorados, horrorizados, com a circulação suspensa, nossos nervos aniquilados, e suando frio, o suor da agonia! E que barulho envolvia nossa frágil canoa! O rugido ecoava por quilômetros! Que choque o daquelas águas quebrando nas rochas afiadas do fundo, ali onde os corpos mais duros se quebram, onde os troncos das árvores carcomidas formam "uma floresta de agulhas", para usar a expressão norueguesa!

Que situação! Éramos jogados de um lado para o outro. O *Nautilus* se defendia como um ser humano. Seus músculos de aço estalavam. Às vezes se levantava, e nós junto com ele!

— Temos que nos segurar firme — disse Ned — e aparafusar as porcas de volta. Se ficarmos presos ao *Nautilus*, ainda poderemos nos salvar...!

Ele mal havia terminado de falar quando se ouviu um som de rachadura. Algumas porcas haviam sido tiradas, e o bote, caindo de seu encaixe, foi jogado como uma pedra de um estilingue no redemoinho. Minha cabeça se chocou com um vergalhão e o impacto violento me fez perder a consciência.

CAPÍTULO XXIII

Conclusão

Eis a conclusão desta viagem ao fundo do mar. O que aconteceu durante aquela noite, como o barco escapou do formidável redemoinho do *Maëlstrom*, como Ned Land, Conseil e eu saímos do abismo, não sei dizer. Mas quando voltei a mim, estava deitado em uma cabana de pescador nas Ilhas Loffoden. Meus dois companheiros, sãos e salvos, estavam ao meu lado, segurando minhas mãos, e nos abraçamos efusivamente.

Naquela situação, era impossível voltar para a França. Há poucos meios de comunicação entre a Noruega setentrional e o sul. Assim, vi-me forçado a esperar a passagem do vapor que faz a linha bimensal do cabo Norte.

Foi aqui, portanto, entre as pessoas boas que nos acolheram, que revisitei a história dessas aventuras. Ela é verídica. Nenhum fato foi omitido, nenhum detalhe foi exagerado. É um relato fiel da incrível expedição sob um elemento inacessível ao homem, e cujas rotas o progresso um dia abrirá.

Acreditarão em mim? Não sei. Afinal de contas, não importa. O que posso afirmar agora é meu pleno direito de falar desses mares sob os quais, em menos de dez meses, percorri vinte mil léguas, dessa viagem submarina pelo mundo que me revelou tantas maravilhas pelo Pacífico, Índico, Mar Vermelho, Mediterrâneo, Atlântico, mares austrais e boreais!

Mas o que aconteceu com o *Nautilus*? Teria resistido ao redemoinho *Maelström*? Será que capitão Nemo ainda vive? Tramaria ainda suas assustadoras represálias sob o oceano ou desistia diante do último massacre? Será que um dia as ondas trarão à terra o manuscrito que contém a história de sua vida? Será que finalmente saberei o nome desse homem? O navio desaparecido nos dirá, por sua nacionalidade, a do capitão Nemo?

Espero que sim. Espero também que sua poderosa máquina tenha vencido o mar em seu mais terrível abismo, e que o *Nautilus* tenha sobrevivido onde tantos navios pereceram! Se assim for, se o capitão Nemo ainda habita o oceano, sua pátria adotiva, que o ódio em seu coração feroz esteja apaziguado! Que a contemplação de tantas maravilhas possa aplacar seu desejo de vingança! Que o vingador desapareça, e o cientista continue sua exploração pacífica dos mares! Se é um estranho destino, o seu, é igualmente sublime. Não o compreendi eu mesmo? Não vivi dez meses dessa existência extranatural? Portanto, à pergunta feita há seis mil anos por Eclesiastes: "Quem já esteve nas profundezas do abismo?", dois homens, entre todos os homens, têm o direito de afirmar que já estiveram: capitão Nemo e eu.

vitrola
Editora

vitrolaeditora

VITROLA EDITORA E DISTRIBUIDORA LTDA.
Rua das Camélias, 321 – Aparecida
CEP: 98400-000 – Frederico Westphalen – RS
Tel.: (55) 3744-6878 – www.vitrola.com.br
editora@vitrola.com.br